易代文心

晚清民初的海上文化賡續與新變

呂文翠

目次

第三部分：「百美圖」相——文化時尚與性別展演

易代文心

晚清民初的海上文化賡續與新變

緒論

本書立意於晚清、民初更替易代的海上文化時空內，凝聚「文心」表徵討論知識「變」、「續」過程中的才子主體形塑過程。所涉文字有政論、新聞（當代史）、翻譯、小說、詩文、圖像、雜錄，內容包括歐西軍事外交、亞際空間時事、海上都會繁華、紛紜香豔時尚、波雲詭譎人情，觸及的人物更是輾轉八方、形形色色、側身變相而身分難歸舊類，幸而可借魯迅所謂「洋場才子」概其形神，清代同、光年間這一派海上文化圖景正是鶯飛草長、葳蕤蕪雜。我之研究乃以脈絡化方式穿行其間，構建文化迴廊交錯延伸於諸多範疇：在公領域中窺見私領域、在冶遊情欲中揭示家國想像、讓佳人豔事與稗官野史共構、從俗世悲歡離合中孳衍前世今生的人情。論域不嫌廣泛，歸宗只在「文心」。

本書論述採用的基本方法：首先是將紛繁的論述對象脈絡化，接下來致力於脈絡的結構化，進行文化迴廊的建造，在其中選取鳥瞰「節點」貫串諸多脈絡，在交叉錯綜的脈絡裡辯證／驗證「文心」。此外，我並不專一運用任何理論，除非它已經成為某一元素內化在結構脈絡中。

本書抽繹的論述脈絡，多不基於現成的線性歷史。將那些規制之下分屬於不同領域的材料脈絡化，我甘冒非鳳、非龜的「四不相」風險，跨越既定學科界域、跨文化建構起自己的論述，由是固定理論的基準便難以生效，在撼動既定準則中完成那些才子的知識主體的塑形。因為要突出其文心，便有了種種越界之舉：「百美圖」的脈絡不合藝術史研究路數，與民初小說的互文闡釋也跳出了文學史；「海上法蘭西」的史志研究，由《普法戰紀》帶出「東亞知識社群」的跨國文人集團之前所未有的對當代世界歷史的關注，也於史學研究途徑殊異。這一切無非為了追求：在無路處踩踏出歧徑幽境，於蕪雜蔓生的荒園中搭建迴廊以便觀賞另一片寥闊風景，於生機勃勃中凸顯那個世界裡搏／驛動的文心。

在晚清民初的這片歧路花園的文化迴廊上，建構一些重要「節點」，立於這些節點上鳥瞰花園，才得以把握迴廊的結構性關聯。這些節點可以是一些多面相的人物，也可以是一類寫作方式，還可以是一部經典小說。多面相人物譬如王韜（一八二八—一八九七）：可以在中西文化經典翻譯的脈絡中討論他對《聖經》或「五經」雙向溝通的貢獻，可惜我不談義理；可以在報人圈中論其《循環日報》的功績，只看刊載〈臺灣番社風俗考〉就說明他對東亞局勢的敏感與關注，番社問題本書未及詳論，但他的文章在上海、東京報紙上的流轉刊載便顯現其溝通亞際之功；他關注普法戰爭的方式足以為東亞歷史、政治著述的先驅或導師；其香豔風月文字與日本文士同調，現代風流蛻變中的都市上海與東京遙相呼應；法國史志的東亞寫作方式標誌了中日知識階層對歐洲、美洲的認識的一致與互補，正是在這種現代知識氛圍中，東亞的文化秩序已被重新組構。《海上花列傳》作為人情小說的經典之作近年來已經確立無疑，然而晚清出現一系列「海上小說」的現象並未保證被仿效者的地位，卻大有被遮蔽的危機，賴張愛玲英文翻譯、吳語／國語轉換之力重回晚清，並且以她的美學闡釋將小說、都市洋場、人情的現代譜系振作起來，這樣的文化迴廊不是按時間順序建構的。我們可以在香豔小傳統中勾勒圖像的媚美系列，但是吳友如之為前瞻後顧的節點，是前此作百美圖者無可比擬，後來者沈泊塵、丁悚、但杜宇等人亦無法掩蓋其光芒。

建構這些文化迴廊的價值是：將人事置於變動不居的易代背景上、在複雜迂迴的文化現象與脈絡中，更聚焦現代知識階層形塑的「過程中的主體」（subject in process）[1]。多樣化的過程中主體的重疊交互之結構性呈現，才是時移世易的海上現代性的複雜樣貌。若問本書所討論的現代知識主體究竟如何清晰狀貌？答曰：始終處於過程中者無由定型，即使居於同一過程者亦人各異象。故晚清、民初乃至「五四」或國民政府統一、甚而言之抗戰，都沒有形貌一致的現代知識主體，不求意識形態的統一，便無須強求知識分子的同質化。明乎此，易代文心之深邃多元可得而察焉。

二

目的與方法說明之後，有一些概念須得正名。

「海上」一詞從明末三百多年來被人們用作俗語指稱地域，我的研究中借它構建繁複的文化迴廊，結構關聯多個脈絡。我所見文化人親筆「海上」，最早不過《題琴鶴高風詩冊》中自署「海上晚生徐光啟」者（見下圖）。[2]明末徐光啟與利瑪竇之交往已是學界常識，其人文、自然包括農學的百科全書般的貢獻，端賴「欲求超勝，必然會通；欲求會通，必須翻譯」的理念。[3]在他的意念中，堪輿之學的「海上」與思想文化知識的世界交流已經是密不可分的，他的文化身分也以此為標誌。晚清以降，「海上」歷來也是上海文化圈中對本地之別稱。我用「海上」乃循清末民初文化特徵，溯徐光啟之端緒，試圖呈現深層次的內涵，非徒標示區域地名或行政單位劃分，意旨側重於交通，既有舟楫交際，更有意識觀念遙通東亞乃至泰西之涵義。對外，它是通往異域、異族文化乃至歐西器物文明之「門戶」；對內，空間上它的地域邊緣呈模糊擴張，不斷地吸納周邊（特別是蘇南、浙江，也有安徽、江西、湖北沿江地區）之官紳仕商、中下階層布衣平民，文化上它呈現其提升文明、擢拔人之識見的同化力，呈巨大吸納融涵之能量。在我的研究中，「海上法蘭西」之「宏觀海上」指陳當代西方世界的政治、文化、新聞、歷史在東亞的迴響，從資訊層面上說，有全球化的意味；「中觀海上」則以上海、香港、東京的亞際文化迴廊為標誌，現代書籍、報刊新聞的文化流轉催生出東亞現代知識主體；「微觀海上」則以華洋雜處的上海租界與舊城為地理標誌，洋行資本、掮客買辦、才子文人、書寓妓女麕集，這些形象的寓言表達則有《海上花列傳》，它引起一系列的以「海上」命名的追隨小說，餘下大小報紙都記載彼時特殊的洋場人文。

1 此概念乃法國文化理論家茱莉亞・克莉斯蒂娃（Julia Kristeva）在其著作 *Polylogue*（1977）中提出，用來詮釋文學藝術創作者主體性的多元複雜與流放，呈現出處於邊緣狀態而沒有固定身分認同的主體性。而這不固定的身分認同，保持變化的主體，才有可能不斷更新創造。此即她所討論「在危機狀態中的主體」。參見劉紀蕙，〈導論：文化主體的「賤斥」——論克莉斯蒂娃的語言中分裂主體與文化恐懼結構〉，收入克莉斯蒂娃著，彭仁郁譯，《恐怖的力量》（*Pouvoirs de l'horreur. Essai sur l'abjection*）（台北：桂冠，二〇〇三），頁xii—xiii。

2 見吳國豪總編，《萬曆萬象：多元開放的晚明文化特展》專刊（台北：財團法人何創時書法藝術文教基金會，二〇一五），頁四〇—四一。

3 徐光啟，〈曆書總目表〉。見王重民輯校，《徐光啟集》（北京：中華書局，一九六三），頁三七四。

易代「文心」由「才子」造就，現代知識主體就是在才子脈絡和海上語境中生成。晚清民初的海上文化充滿活力，明代的江南才子傳統不絕如縷，匯聚海上的幾代文人因應中外交通的歷史情境變化而形塑其個人主體，其於世變中吸納與蘊含的多元文化因素，在洋場租界上轉異新變出現代文化生產機制。文人們從傳統的文化格局中走出來，將經史子集的知識修養從修齊治平的應用目標轉變為謀生本錢；他們立身海上現代文化中而不脫「才子」氣息，因了解學習泰西文明而適應洋場文化氛圍；他們運用文字為稻粱謀而龍蟲並雕，遠離了服從科舉考試的「君子」[4]生活範式；他們一身而寓幾個面相，養成了洋場文化的人格而良莠不齊。這複雜的海上世代既滿蘊生機也充斥是非矛盾，隨機局部地面對與評價任何現象，都令人難以遽斷，故需要加以脈絡化，在多方位的脈絡中建立出結構化的文化迴廊。

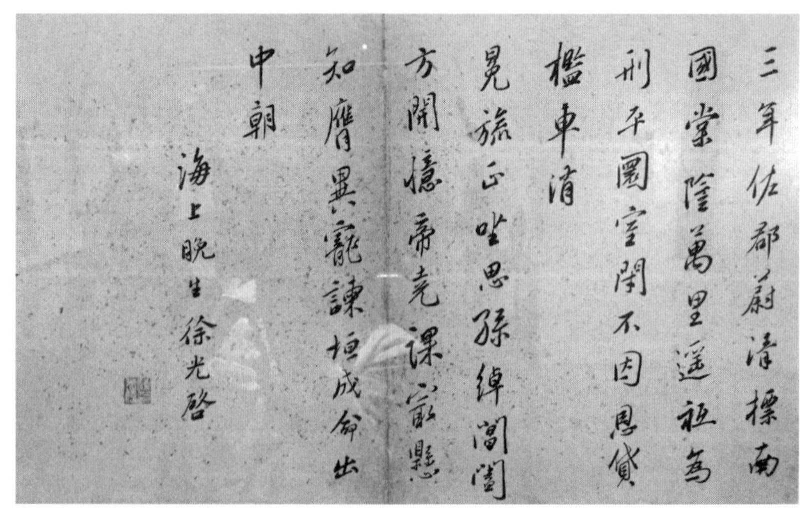

徐光啟題陸萬言《題琴鶴高風詩冊》手跡
作者攝於「萬曆萬象：多元開放的晚明文化」特展（台北，2015）

我的論述脈絡不看重科場出身者，其由官場而洋務亦是現代化之一途，但是真正的現代主體必然是「別樣的人們」[5]。魯迅談民初上海的鴛鴦蝴蝶派小說時曾分別追求功名者與才子的差別：「君子是唯讀四書五經，做八股，非常規矩的。而才子卻此外還要看小說，例如《紅樓夢》，還要做考試上用不著的古今體詩之類。」[6]這是科考終止前後的真實情形，魯迅自身跳出君子、才子格局，由格致之學走向改造國民靈魂的社會批判，他對君子、才子的貶抑可謂左右開弓。晚清舉凡文心變化之呈現多在越出體制的才子，他們不寄希望於科場，個中人多有於此途受挫折者，如王韜、蔡爾康、鄒弢、韓邦慶都是這一類才子。君子迂腐而未必有文心，海上文人才子則不失人之常情。當然，君子未必固陋，才子不一定浮薄。且才子因海上多樣的文化生活經驗成就其多元知識結構，他們必得認識與理解了清帝國以外的世界，方得以逞才。

王韜、蔡爾康、鄒弢、韓邦慶、吳友如一輩才子各有擅場，還有其一批海上文人圈內的追隨者，他們創造海上文化的經歷正是洋場上知識菁英成長的歷史，也是**海上知識社群**的形成過程。他們在租界文明的規制中保持固有文化主體，又在與西人合作、與西方文化直接或間接的交流中改變自身的知

---

4 引自魯迅，〈上海文藝之一瞥——八月十二日在社會科學研究會講〉提及晚清洋場才子的特徵，文云：「那時的讀書人，大概可以分他為兩種，就是君子與才子。」見魯迅，《二心集》，《魯迅全集》卷六（台北：唐山，一九八九），頁八八。

5 魯迅，〈《吶喊》自序〉：「我要到N進K學堂去了，彷彿是想走異路，逃異地，去尋求別樣的人們。」見《吶喊》，《魯迅全集》卷二（台北：唐山，一九八九），頁六。

6 魯迅，《二心集》，《魯迅全集》卷六，頁八八。

識結構與行為方式。此外，印刷與新聞媒體的推廣滲透，維新教育的發展，都促生「文心」之變，是故晚清海上知識社群思想轉型、知識轉渡，漸漸呈現易代之象，創一時文化新風，別啟文章流脈。王韜從蘇州水鄉用直到上海之後的發展過程，他在上海、香港的文化建樹正是這一社群海上文化建構的翦影。

王國維於民初作《宋元戲曲史．序》言「凡一代有一代之文學」[7]。其討論下限止於「元之曲」，晚清民初是令他痛苦而又省思不定的對象。於今，我們仍無法如「唐之詩、宋之詞」一樣經典化地確定晚清、民初的「一代之文學」。但晚清遭逢「三千年未有之變局」是個共識，民初也不曾是個定局，晚清大變局催生三千年未有之文心大變，文人變化乃有文章、文化之變。若就人文主體論，由王氏論斷同理可得：「一代有一代之**文心**」。本書以「易代文心」為題的緣由，就是要由王韜等洋場才子的為文變通、順應天道循環、文化融匯，一窺晚清文心變化之理路，借張愛玲「不相干」的「小我」主體，反思《紅樓夢》、《海上花列傳》人情文學在民國時期斷續之脈絡。此中特別關注，晚清民初這一番文心易代必須歸因於海上洋場之新聞、印刷的發達便捷了傳播與接受，形塑了新型文化結構，將文心放大、文字廣播乃至視覺圖像反轉引導生活。尤具價值者：晚清民初文化結構的變動過程，亦為才子文心主體的形塑過程，也是至今未曾底定或者從此再也不能固定的現代主體，其過程中文人主體的危機和生機，正是饒富意味的論述空間。

「易代文心」並非內涵與外延充分穩固確定的概念，「文心」亦無法在本書論述的時空範圍內就此定型，正是由「易代」的基本特徵所限制著，「過程中的主體」是易代最重要的特質。這個過程體現在個別文人才子身上，會有對最前沿的世界變化的感知與適應，因而能夠採取應變的態度、汲取有效的資源、針對現實進行創造性的實踐。王韜在香港辦《循環日報》利用中西文字資訊、面對東亞世界的變化、痛切感受中國的思想文化政治體制的問題而發表旨在變革的政論，與此前撰譯《普法戰紀》等著皆可視為文化前衛之舉，此即晚清知識階層突出的現代性標誌，其晚年在上海任格致書院山長，便企圖將改革之議寄託於教育遠景。然而，在港時期所撰不無回憶筆調的《海陬冶遊錄》雖有對洋場現代特徵的把握，卻仍擺脫不了《板橋雜記》餘韻流風的籠罩，這與他重回上海（一八八四）連載刊出的筆記小說《淞隱漫錄》[8]相彷彿，諸多篇章每每呈現新異獵奇的域外視界，可在文體作法上一仍《聊齋》筆風，新舊雜陳，古今混搭乃其基本特質。可以說，像王韜這樣的文人才子，一腳已經踏進了現代世界的大門，卻還留一條後腿在門檻內，他們的文心內部多元，可謂是「多心」的一代。就海上文人群體來看，如王韜一般腳踏東西世界、自覺作變革文章者，仍屬鳳毛麟角；次一等若鄒弢者流，並無能力直面西方世界，但他尊王韜為師，亟欲效其先鋒行徑；更有一群海上文人時刻追隨時尚潮流，其出發點往往是覷出了利益的可乘之機，但是這種人多了，便有了移風易俗的作用，就創造

7 文云：「凡一代有一代之文學，楚之騷，漢之賦，六代之駢語，唐之詩，宋之詞，元之曲，皆所謂一代之文學，而後世莫能繼焉者也。」見王國維，〈宋元戲曲考·序〉，《王國維文學論著三種》（北京：商務，二〇〇一），頁五七。

8 《淞隱漫錄》序言與首篇刊登於光緒十年（一八八四）創刊的《點石齋畫報》第六號上，此後每隔旬日即以一圖一文的方式連載，長達三年以上。

現代文化市場而論他們是主力，而且有相當一批人是後來被稱為「海派」文化的始作俑者。本書討論的對象聚焦於王韜乃至於鄒弢，或稍涉或不及這一批「追隨者」，但並不否認他們仍是易代文心流風所被之對象。

本書研究聚焦於海上文人才子的主體結構的衍變：文人活動所拓展的世界範圍、其世界認知與主觀意識中文章的仕途和道德功用、文體譜系的承傳與偏離、藝術形式的守成與創新，括而言之，綜其文字生涯、文章與個人生活乃至國族命運的關聯。其文心與當代文化的關係是海上才子生活的重要組成部分：他們不復牢牢心繫科場，不再將受制朝廷帝王文化看作崇高榮耀，卻在洋場上覓得相對寬鬆的環境與自由揮灑文字的空間。報紙筆政、翻譯介紹的稻粱謀文字之外，既有入世的時政雜感，也有閒心作豔情詩文、筆記、人情小說。報刊媒介是他們文心展示、情感流露的空間，報刊上氣味相投的文字呼應，是海上知識社群心意聯絡的活動方式，這些活動又往往跨越國家區域空間的界限。正是海上文人在世變中的文心變化，形成海上文化的風氣，是他們的文心外化，造就了與文人主體一致的海上文化。

命名一百數十年前的知識主體為「文心」，乃冀求突破現今學術體制的學科劃分，因它並不僅僅拘限、黏著於文學、文章，而多涉及文史、圖像甚或其他多種文藝形式。海上文人之文心、文化面相，依賴於相對開放的世界，此文心已迥非劉勰、陸機之文心，不再以登山觀海的情意顯勝，其世界遊歷亦非「收視反聽，耽思傍訊。精騖八極，心遊萬仞」[9]的神與物遊。才子文心形成於「遊」，王韜主動與被動地往上海、香港、歐洲、扶桑的世界遊歷，原非杜甫的〈壯遊〉和岑參、高適的邊塞幕府生涯，且既異於科考舉子的赴京遊學，亦非隱士遊歷娛心於名山大川，更沒有鄭和下西洋的浩然陣勢，卻擁有一顆中國最早醒悟而懂得世界之「易」的文心；韓邦慶在長三書寓、么二堂子[10]的冶遊經歷比他的科考失利重要得多，閱洋場與工商背景上活動的校書、狎客、掮客、鄉愚無數，終而參透現代世故人情，據此才把中國人情小說的成就推向高高的巖頂，開啟後世的都市文學。

三

全書所論內容廣泛而或有旁逸斜出，其實不出「文心」籠罩之下的幾個主題與體現易代特徵的重要人物及藝文類別。這些主題是：當代與歷史的關係，世變中的人情，時尚與香豔傳統乃至性別文化。這幾個重要的人物都是文化迴廊上的節點，諸如王韜、韓邦慶、張愛玲、百美圖。

王韜是交疊、歧出的文化迴廊上鳥瞰八方的重要節點，其經歷與行為回應著當代史、時尚與香豔多重主題的交響。王韜是讀書人，由經史子集而現代百科，都與現實文化息息相關。他一度為海上文

9〔晉〕陸機撰，張永康集釋，《文賦集釋》（台北：漢京文化，一九八七），頁二五。

10 長三是晚清上海高級妓女的稱號，由早期擅長說書唱曲、以藝取勝的「書寓」、「校書」演變而來。這些妓院家庭氣氛濃厚，在她們那裡打茶圍（訪客飲茶談話）銀幣三元，出局（應召侑酒）也是三元，像骨牌中的長三，兩個三點並列。所以二等妓女叫么二，打茶圍一元，出局二元。見王書奴，《中國娼妓史》（長沙：岳麓書社，一九九八），頁二九九；另見〔清〕韓子雲著，張愛玲國語註譯，《海上花》（台北：皇冠，一九八九），頁三七。

運之軸心，其文史著述、新聞傳播、詩詞流布、中西及東亞文化交流和逸樂文化之多重向度。王韜與理雅各（James Legge, 1815-1897）合作翻譯介紹五經給歐西世界，研究經學而不一味「宗經、徵聖」[11]，唯信奉「易」之「天行健，君子自強不息」原則。他的《普法戰紀》（一八七三年香港出版）是開風氣者，居民間而述史，非野史而為外國當代歷史，數十年完成由「紀」而「志」（《重訂法國志略》，一八八九年上海出版）的歷史文類之升格。此類史著不求「居今識古」（《文心雕龍・史傳第十六》[12]），卻創發當代史敘述路徑。不間斷地編撰與法國有關的史志論著，自一八七〇年代初期至一八八九、一八九〇年近二十年的時間，對此歐陸名邦未嘗稍懈的持續關注，幾乎可以說貫穿了王韜一生中的壯年期精華歲月（四十四歲至六十一歲）。緣此線索仔細觀察其書寫法國及編撰史志的過程，當能深度審視晚清時期的思想轉型與知識轉渡的各個階段，進而揭示「海上知識社群」的實踐與貢獻在近現代中國文學文化的演變歷程中，不容忽視。

其歷史著述的開端實緣於自上海出逃後在香港辦報，上海、香港、東京三城之間的新聞及其刊載詩文的流轉溝通中，王韜不啻頭號指標人物，從東亞文人社群的交流來看，亦堪稱引領群倫。詩的交流呈現一種「亞際文化生態」，彌足珍貴地在東亞現代報刊中轉載刊登，《朝野新聞》、《循環日報》與《申報》形成文化迴廊，串聯東京、香港和上海，又遠遠應答歐西現代，捕捉了明治維新後日本學界著重撰譯外國史的風潮、新聞紙與報社成為輿論公器的時代氛圍。故遁至天南的「逸民」，在日本的地位不下公使，他與日本幕末遺臣、《朝野新聞》主筆成島柳北的著作，展現中日文人面對來勢洶洶的西方文明與潮流的深刻思索。此類城市冶遊文學中，亦凝煉出東亞大城上海、東京與香港的當世容顏，城市史的現代書寫模式於焉肇始。此外，王韜的感召力更在城市逸樂文化生活圈中望重一時，海陬神遊、品花選秀當仁不讓。從菁英文化到香豔逸樂面面俱到，他和海上知識社群共同塑造了海上文化及洋場意識形態。

「當代與歷史的關係」、「世變中的人情」皆為個人研究方向的延展。二〇〇九年出版的拙著《海上傾城：上海文學與文化的轉異，一八四九—一九〇八》中已有兩個專章[13]重點考察王韜；韓邦慶是博士論文《現代性與情色烏托邦：韓邦慶〈海上花列傳〉研究》（二〇〇四）完成後仍反覆闡釋的母題，它也延伸為前揭拙著的三章。[14]經過這些年來的省思審視，益加確定：韓邦慶的價值需借由張愛玲顯現，人情一脈表述近現代洋場人際關係非韓邦慶無以名，非張愛玲這個海上傳人的翻譯闡發幾至黯沒。韓邦慶除了筆記小說文類與王韜等有交集，虛構的章回小說《海上花列傳》無可比擬，追隨者

11〈徵聖第二〉、〈宗經第三〉，俱見劉勰所著《文心雕龍》之篇名。

12〈史傳第十六〉開篇云：「開闢草昧，歲紀緜邈，居今識古，其載籍乎？」見〔齊〕劉勰著，周振甫注，周振甫、王文進、李正治、蔡英俊、龔鵬程譯，《文心雕龍注釋》（台北：里仁，一九八四），頁二九三。

13見第二章〈文化傳譯中的世界秩序與歷史圖像——以王韜《普法戰紀》為中心〉，第三章〈晚清上海的跨文化行旅——談王韜與袁祖志的泰西遊記〉，均見拙著，《海上傾城：上海文學與文化的轉異，一八四九—一九〇八》（台北：麥田，二〇〇九）。

14見第四章〈才子奇書的現代變奏——韓邦慶《海上奇書》與晚清上海文藝圈〉，第七章〈海上新傳奇——從三部「海上」小說看滬城文化的成熟與轉型〉，第九章〈情色烏托邦的回歸與消解——韓邦慶《海上花列傳》的現代性閱讀〉，均見《海上傾城》。

「海上小說」[15]甚囂塵上，乃至蝕損了始作俑者的光華，這也可算是海上文化市場行銷的諷刺。張愛玲體味中國小說中的人情，其深入不下於在《中國小說史略》中提出「人情小說」概念的魯迅，與魯迅的見解差異在於她沒有放棄這個概念在晚清文學中的活力，她看一般視為黑幕的妓家人際關係亦是常人之情。魯迅則以「譴責」與「狹邪」作為晚清小說的主流文類，置《海上花列傳》於狹邪一流中。張愛玲把韓邦慶從文學史的「狹邪」框範中解放出來，她和韓邦慶於人情一脈其心一也。張愛玲留意人情小說脈絡從《金瓶梅》到《紅樓夢》、《海上花列傳》，對後二者尤有跳脫學術框架的另類研究著述，這是在歷經層疊的世變之後，抓住變和不變的人情，闡釋中華文化中人的生命的特殊內涵。

在歷經了一九二〇至一九三〇年代個性解放、集體主義與革命意識形態而後，人情主題必須假道張愛玲復歸。張愛玲以英語敘述開始創作，在比較文學視野中她不無憾恨地表達：中國小說「起了個大早，趕了個晚集」[16]。折返「早起」狀態，她必然與《紅樓夢》、《海上花列傳》相逢。回到韓邦慶，張愛玲《海上花》的英譯及國語註譯與研究是經歷社會文化易代、超越時間距離的對晚清「文心」的熨帖闡釋。一個後世的反思者張愛玲堪為重要節點，唯有通過她才對十九世紀最傑出的海上才子韓邦慶有了充分的估價，張愛玲全力找回被丟失的文心（她在《海上花．譯後記》文末云「看官們『三棄海上花』」[17]），正是韓邦慶與張愛玲之間的人情小說的脈絡，才體現出中國敘事文學自身的特質。海上文人韓邦慶面對急速變化的易代淞濱，面對洋場海上發聲，他高度節制的「穿插藏閃」結構藝術將意圖控制在隱喻層面，竟至使《海上花列傳》成為一個在其當世及身後數十年意義未被釋放的寓言。弔詭的是，徒有仿效他的表象的「海上」小說紛紛擾擾，如《海上繁華夢》、《九尾龜》等大行其道、紅極一時。像許多死後聞名的文學藝術家，解開韓邦慶藝術符碼的程式，只能期之於易代。重返當時文化語境，韓邦慶雖未如後來學者所言那樣寂寞，但真正理解他的深邃文心，竟是隔代的事了。孟子曰：「學問之道無他，求其放心而已」，韓邦慶的被「放（棄）」、被遺失的文心，經張愛玲上下求索，「五詳紅樓夢」，質問被敗壞的閱讀習慣為何讓看官們「三棄海上花」？找回「彷彿我們沒有過去，至少過去沒有小說」[18]的軼失環節——那些失落的文心。

傳統的文學／文化結構中，經國濟世的士大夫第一考慮的是君臣關係，天人合一的詩人常常抒發人與自然的關係，白話故事中歷練出來的小說家總是在紛紜世事中看見人際／人情關係。晚清才子不

15「海上小說」指一八九二年在雜誌《海上奇書》上連載的《海上花列傳》、一八九四年甲午戰爭開打期間出版的《海上塵天影》（小石印本，鄒弢著），以及一八九八年戊戌變法思潮籠罩時開始登載於報上的《海上繁華夢》（孫玉聲著）等。這三部小說除了皆以滬北租界區的現代化環境作為小說場景，另一顯著特徵是它們都以妓家生態作為敘述主軸。另，從文化語境脈絡化觀察，韓邦慶《海上花列傳》全書刊行前，上海文壇已經出現了數部專述冶遊門徑或記錄上海「花榜」選秀的城市筆記書，其中不乏用「海上」作為標題的書籍：如一八八四年的《海上群芳譜》、《海上繁華圖》，一八九一年的《海上冶遊備覽》等書，它們都是韓邦慶將小說原先的標題《花國春秋》易名為《海上花列傳》所參照的前行範例。擴大來看，這些城市筆記叢談亦為晚清「海上」小說一脈所繼承與轉化。參見〈滬娼研究書目提要〉，收入上海通社編，《舊上海史料匯編》（北京：北京圖書館，一九九八），頁五八八—九五。

16 見張愛玲，〈紅樓夢魘．自序〉，《紅樓夢魘》（台北：皇冠，一九八七），頁九。

17 張愛玲，〈譯後記〉，見《海上花》，頁六〇八。

18 張愛玲，《紅樓夢魘》，頁九。

大在意「廟堂」與「江湖」，他們有一個聯繫更廣泛的「海上」。王韜的國際視野與韓邦慶的華洋雜處經驗為他們那一代構建了新的文化空間和聯繫迴廊，易代的後繼者張愛玲於此歷史文化迴廊上更添新的風景。她穿越晚清、五四與整個二十世紀，讓韓邦慶活在我們生活的當代。從韓邦慶到張愛玲，他們完成了現代中國小說「人情演義——世變與世故」的充滿情感衝突的人際關係論述主題。

晚清語境中，王韜來香港之後的政論，是他對國際社會關係作出迅即反應的方式；韓邦慶借洋場上一個個書寓、校書，以穿插藏閃的方式塑造新型人際關係。表面上看來，他們二人看似沒有發生活動範圍的事實關聯，但是文化迴廊上某種知識階層的結構性內在關聯仍然存在。這種文化的結構性關聯的易代體現，竟然著落在張愛玲身上，她將政治現代性的王韜與洋場經濟現代性的韓邦慶，輕輕綰結於港戰中的人際關係上面來。她筆下的戰時香港與上海，不走「戰爭與和平」的雙向路徑，專寫戰爭語境中的和平或不太和平的人際關係中穿插藏閃的人情征戰。張愛玲與韓邦慶的人情流脈貫穿的「世故」猶勝「世變」，為了不致掩蔽了後者，我的討論採取了「並置」方式，將香港作為一個文化平台（見本書第四章），且將一般文學比較（無論是「平行」還是「影響」）的基準與原則擱置，探究從王韜延伸至張愛玲的文化迴廊上的人如何以各自方式與現代中國對話。

王韜另樣經史的當代敘述與韓邦慶的《海上花列傳》人情小傳統雖非相印之心，仍同歸晚清變易之文心。王韜之另樣文史，其改弦更張顯而「易」見；魯迅評斷《海上花列傳》為「《紅樓夢》在狹邪小說之澤至此而斬」[19]，此非「錯斬」而是另開局面；張愛玲以她的*The Book of Change*（中譯為《易經》）、《小團圓》等小說創作賡續韓邦慶，以她的「不相干」美學迴響應答王韜的「天行健」，海上文人／文化／文學之一變再變，都印證了易代文心之非常，乃為常態的「過程中之主體」。

在文史之外開啟另一主題，我致力建構圖像結構方式的文化迴廊，考究明清以降至民初時期「百美圖」的文化轉渡、性別文化的嬗變。此研究有一個渾融的文藝視野，不介意文學（小說）與藝術（圖像）的界限，更表明我的態度：文心根基不僅在男性文人菁英主體，文心體現不盡在主流文類，也在一般社會的女性主體與時尚文化互動的轉接變化中。圖畫中的女性行跡與文史符碼共同建構海上都市文明歷史，「百美圖」敘事可以看作晚清民初海上文化賡續與新變的一個風向標。「百美圖」變相的歷史轉渡，從晚明余懷《板橋雜記》的遺民氣息到《點石齋畫報》著名畫師吳友如的海上繁華香豔愈濃，進入民國的過程既融入了梁啟超的新民啟蒙與改良元素，更有民初「前五四」性別文化的交錯紛繁。王韜、韓邦慶體現的文史價值空間以外，視覺文化層面的百美圖像流轉的媚、美、豔、學（女學生）軌跡則可透視其性別文化的衍生、增殖及疆界跨越。「百美圖」相——文化時尚與性別展演的梳理，是延續至今的歷史課題，儘管百美圖多已移諸虛擬空間與螢幕視屏，猶可啟示仍在演變過程中的後繼者。

百美圖「相」的文化迴廊組建出更大的文化結構，更多方映射文心。香豔百美圖畫傳統源遠流長，「百美圖」的共名歷經媚、美、豔、學的形跡移轉——從表現晚明仕女小景至晚清洋場的西洋景之嬗遞、民初女性由男性畫家在想像中為之「易（妝）代（言）」，由明末以降而至民初的文化衍生

19 見魯迅，《中國小說史略》，《魯迅全集》卷三（台北：唐山，一九八九），頁二七九。

與增殖，在在說明文心不得不變的大勢所趨。考察比較冠以「百媚」、「百美」、「百豔」、「時裝百美」的畫冊圖籍可見：明末清初宛俞子編《吳姬百媚》（一六一七年出版）品評吳中媚者，不外琴（撫琴度曲）棋書畫（筆墨情趣）、攀花望月、納涼擁爐、憑欄陟阜、垂釣採蓮，畫者標舉的是「品格」之「媚」——「棲神於淡」、「托懷於曠」、「寓情於傲、標韻於落拓」，是歷代關於妓女的理想化（溢美）的集合；稍後同類型的《金陵百媚》（一六一八年出版）中的美人圖像，置景多為梅蘭竹菊等花木芳草，襯托人物氣韻，品格標榜仍延續《吳姬百媚》的路數；清中期顏希源所輯《百美新詠圖傳》立意迂闊，選取標準和排列秩序儼然王朝正統，美人乃「經史詩傳習見……，稗官野史所撰概不收入」，講究有來歷而「采其事蹟，綴以圖傳」[20]；清中後期海上畫派仕女畫家改琦的《紅樓夢圖詠》則在小說想像基礎上再度想像，看似相近的美人圖像，其虛構的價值取向恰與顏希源《百美新詠圖傳》相反；海上／洋場才子王韜、蔡爾康、鄒弢等的豔史、宮閨譜系、冶遊指南的文字建構並不能保證並行的圖像的藝術水準，《上海品豔百花圖》（鄒弢評定）一類反而風行俗濫，圖像畫面亦未能興起一種個性化的審美欲望，區別這些正在大張豔幟的美人圖畫的是畫面右上角的具名，欲辨究竟則須於堂子裡冶遊一番；此後群起的媚美圖像的畫面品質的提升，端賴攝影技術的保證，但根據照片而摹繪的細節真實終究不能賦予畫面太豐富的內蘊；吳友如所繪《海上百豔圖》（後收為《吳友如畫寶》之一）圖像主要內容堪謂為「婦嬰行樂圖」，婦女居家的各式生活內容都可以看出帶有情節性的想像，圖集亦有多幅表現洋場妓女生活，這些圖像共同呈現出諸多華洋雜處的物質元素，洋場特徵滲透到民間與妓家的環境布局中。展現出吳友如一面傳承古今媚／美傳統，另一面則對海上洋場女性

「寫照傳神」，不僅有技術上的進步，更重要的是富有寫實特徵的海上景象誕生了。

這些洋場上的原景實物本身就是多樣化的結構，它使得圖像結撰的人物與背景之間的關係邁向新境，一個現代的藝術圖景呼之欲出，但畫圖人物的主體性仍不足以標誌中國女人的現代性，海上名妓於公共場域高張豔幟的性別展演，並不能證明她們不是依附型主體，晚清畫風亟待一個現代主體的補正。人格的獨立與自由以知性自我的建立為前提，女子受新式教育既是清末熱門話題，也是民初百美圖的重大題材，女學生身分的呈現成為此類圖籍聚焦之所在。從學生裝的表層深入到女學生的自我形塑的性別意識，民初畫家沈泊塵、丁悚、但杜宇用圖畫展示了各種女學生的可能性，再現敘述了二十世紀前二十年的女子之「文明小史」，不僅掩映了圍繞著「女學生」議題的多重主體之內在衝突，更揭示出與當代社會價值觀參差錯雜的性別文化。

四

本書內在邏輯的延伸與主題的彰顯雖經歷較長時間，論述意圖同樣是一個「過程中的主體」，總體思考的邏輯一致性與具體論述多樣性之間的內在張力不應消弭，也不完全可以簡括為幾句提綱挈領

20 顏希源，〈自序〉。見〔清〕顏希源撰，〔清〕王翽繪，〔清〕袁簡齋先生鑑定，《百美新詠圖傳》（揚州：廣陵書社，據華東師範大學所藏清嘉慶十年刻本〔集腋軒藏版〕，二〇一二）。

的話，所以分章呈現論述過程的個別介紹還是必要的。本書三大部分共七章所處理的面相如下：

第一部分「新史學——動態的當代史與城市史」由前三章構成。第一章〈海上法蘭西——王韜與東亞知識社群的當代史志書寫〉，聚焦王韜所撰法國史志與相關著作，論析晚清時期輻輳於海上的文人與知識社群之思想融匯與文化實踐，揭示「海上知識社群」交會於上海一地，而始終面向世界的特徵。冀深度審視「海上知識社群」的文化實踐與貢獻於晚清時期的思想轉型和知識轉渡階段，所占據的關鍵地位。

第二章〈由《朝野新聞》看王韜與中日菁英社群詩文中的亞際文化融匯〉，欲復現一八七〇年代末亞際文化迴廊上的生態，回溯時空語境：光緒己卯年（一八七九）王韜居香港，因《普法戰紀》揚名東瀛而受邀訪日。在日本期間，東京的日報曾多次刊登其政論文章、中日友人贈答酬和的漢文詩歌。本章集中觀察《朝野新聞》所載王韜在日期間的文化活動與所作詩文，仔細梳理報刊中饒富文化交融意義的相關消息，探究十九世紀末葉亞際文化融匯的複雜內涵。通過各個層面的考察分析，重構王韜和十九世紀末葉亞際菁英社群互動融通之軌跡，呈現此交流所輻輳出的東亞城市——上海、香港、東京——三地的思想文化之跨域匯合，審思其開展或後續發酵的豐碩文化動能。

第三章〈冶遊、城市史與文化傳繹——以王韜與成島柳北為中心〉，則探討冶遊文學在晚清上海以及日本明治維新時期東京城市文學發展過程所起的作用，特別關注明清之際著名文人余懷記述南京秦淮河畔青樓文化興衰的《板橋雜記》之影響印痕。晚清海上文壇仿余著者以王韜於滬地青樓北里滄桑寄寓家國身世之慼的《海陬冶遊錄》為箇中翹楚。《板橋雜記》作為東亞漢文學圈共同的文化資源，在日本明治維新時期之後續迴響亦不絕如縷：日本幕府末葉與明治維新之際的文士成島柳北（一八三七—一八八四）記敘江戶時期吉原地區「遊里」[21]空間的《柳橋新誌》，即為其跨國流播的清晰印痕，亦提供我們嶄新視角審視晚清時期「漢文學」在西潮東漸的文化語境中如何傳繹與轉化，並與在地文化衝突融滙。除了擅長描摹大城風月事蹟與遊里興衰之外，王韜與成島柳北的著作更幽微地揭示他們於風月冶遊書中寄藏「傷今思古」之意，從中梳理個人與歷史之文化記憶，並創造嶄新文化傳繹的豐富內涵。

第二部分「人情演義——世變與世故」由第四章與第五章構成。第四章〈香港的文學「易」代——從王韜到張愛玲〉關注動盪不安的晚清時期與太平洋戰爭期間，兩位文壇重量級的人物——王韜與張愛玲——與香港結下的不解之緣。仔細檢視其著作編年，香港階段的文學成果及其引發的廣大迴響，都在他／她的一生中占據關鍵位置，故分外值得審視香江經驗於其人其文留下的深刻文化烙印。本章以「易」為核心母題，從王韜因應變局而作的政論呈顯其欲建構「大我」家國歷史敘述為始，繼之探究張愛玲自承挖掘陰柔「小我」的「世俗的悲歡得失」[22]面相，從這連貫《紅樓夢》、《海上花列

---

21 即日文的風月歡場，青樓妓院之意，亦有「遊廓」一稱。參見〔日〕沖浦和光著，桑田草譯，《極樂惡所：日本社會的風月演化》（台北：麥田，二〇〇八），頁一三五—一三七。日本江戶全盛時期的吉原（位於今東京地區）不僅是擁有數以千計的妓女之盛況的大「遊廓」，同時亦為江戶時代文學作品發展的舞台背景，作家從事文學創作與鑑賞活動的重要場所。見〔日〕大木康著，辛如意譯，〈中文版自序〉，《風月秦淮：中國遊里空間》（台北：聯經，二〇〇七），頁X。

22 見張愛玲，〈譯後記〉，《海上花》，頁五九一。

傳》而遠離大敘述所帶出的文化省思，追索王韜、張愛玲個人的命運的窮通如何呼應著歷史，揭示其「小我」與「大我」的對照，為近代中國文學與文化的現代性轉型留下重要見證。

第五章〈五詳《紅樓夢》，三棄《海上花》？——張愛玲的人情文學系譜〉。如前文所述，張愛玲與韓邦慶於中國現代的小說可謂同心契合：她的文學譜系建立在曹雪芹、韓邦慶的人情寫實基礎上；而韓邦慶《海上花列傳》的文學價值與歷史地位，則是張愛玲立足於普遍世俗的悲歡離合、在人情小說的流脈中與小說美學平台上重新估定的。她從一九六〇年代開始投入《紅樓夢》考證與英譯及國語註譯《海上花列傳》，認為《金瓶梅》、《紅樓夢》一脈相承，而韓邦慶的《海上花列傳》上承《紅樓夢》的人情文學系譜，這一方面說明張氏為《海上花》的核心價值長期遭到忽視發出不平之鳴，一方面也透露出張氏企圖凸顯中國近代小說的人情表述與愛欲書寫之重要意義，並隱有傳人自況之意味。深入分析張愛玲與《紅樓夢》、《海上花》間的文學傳承與相互闡釋的複雜關係，可梳理出張愛玲自覺建構自身文學定位的曲折心理脈絡，更得窺晚清民初都市文學如《歇浦潮》寫實呈現的現代主體之複雜內涵。

第三部分探討「『百美圖』相——文化時尚與性別展演」的子題。由第六章〈點石飛影．海上寫真——晚清「百美圖」敘事的文化轉渡〉與第七章〈民初海上「百美圖」時尚敘事與性別文化的塑形嬗變〉構成。此兩章可視為姊妹篇，梳理悠久的百美圖敘事傳統自明末到民初的轉型衍變過程，聚焦探討清末民初「百美圖」除畫面形象同一為女人外，幾次三番變相，呈現出媚、美、豔、學的脈絡過程，二文因之分別論述。清代圖像的媚、美、豔三階段呈現是香豔傳統與物質文化結合漸變為海上文化標誌的過程；民初圖像的媚美傳統轉化為以女學生的形象身分為主，在開啟民智與自由獨立的意識背景上更顯性別文化之多面意涵。

上篇爬羅明清以降「百美圖」敘事傳統，聚焦分析清末上海文藝圈圖文並茂的報刊文學及圖像書籍的各種「百美圖」敘事文本透顯出的思維概念的轉渡過程，討論「百美圖」如何影響及創造了近現代文學中圖像敘事的範式，進而追問當視覺的因素突出之後，文學的想像是被削弱了，抑或其得以乘載及涵融更豐富的意象？乃至於透過此圖像媒介，轉渡為更具活力的文化創見？藉此反省近代文人文化私情論述與隸屬於小道的香豔文學傳統在晚清民初上海文化圈的發凡與變演過程。下篇擇取民初上海文藝圈畫報、書籍「百美圖」多種，以最具代表性的三家為核心，揭示其與晚清之區別在創作主體打破以褒讚之名行拘限之實的百媚／百美／百豔繪畫傳統，在了解和同情的基礎上體現民初女性群像與性別文化的相互定義和辯證關係。論述方法上，側重民國百美圖與晚清上海以吳友如為標誌的媚／美／豔圖畫脈絡關係的梳理，故欲顯示其從晚清到民國初年的演化理路，仍著眼於現代都市中性別主體的衍生變態歷程。就中特別關注：作為代言身分的男性畫家如何參與並形塑近現代女性主體意識的複雜過程，該類圖籍不僅反映民國初年文化思維曾一度踟躕不前卻艱難行進的足跡，更揭顯近代中國性別意識的萌芽與衍化歷程遭遇的困境，及相應而生的種種創新求變的嘗試方案。析論的主要內容固然先是拈出民初「百美圖」敘事的基本面相與特徵，最終歸結於對新女性身分（女學生）猶然參差的駁雜意涵，但闡釋過程中特別關注新百美圖範疇與新舊文化語境的拮抗對話：在跳脫窠臼的當下，又與舊有傳統藕斷絲連的姿態。

承續橫向與縱向脈絡，自王韜因應變局而作的政論呈顯其欲建構「大我」家國歷史敘述為始，繼而探究張愛玲自承挖掘「小我」面相而遠離大敘述所帶出的文化省思、人情美學，再從文化研究的視角，通過清末民初海上文藝圈林林總總的「百美圖」書籍，重現文人文化私情論述與香豔文學傳統在晚清民初上海文化圈的變遷歷程，反思其如何影響及創造了近現代文學的書寫範式，轉渡為更具活力的文化創見。

「易代文心」作為專書出版而保留論文單獨發表的痕跡，深深淺淺一步一腳印，邏輯一貫地考察易代之際文心異變的軌跡，冀能具體呈現晚清民初海上文學文化賡續與新變的動態圖景。

第一部分：新史學——動態的當代史與城市史

第一章　海上法蘭西

——王韜與東亞知識社群的當代史志書寫

前言

王韜（一八二八—一八九七）作為十九世紀「海上知識社群」的樞紐人物，其傳奇生命經歷，已受學界公認為清末時期非循正途出身的一介落第秀才成為洋務與西學通人的代表範例。但本章更要提出，他的眾多著作中有一條線索貫穿其間：自一八七〇年代初以降近二十年的時間，持續不斷進行著與法國有關的史志或論著，緣此線索考察其書寫法國及編撰述史志的過程，將之置諸於清季咸豐、同治與光緒三朝的時代文化語境、十九世紀末葉東亞漢文化圈與國際情勢中，當能深度審視晚清時期的思想轉型與知識轉渡的各個階段，進而揭示「海上知識社群」的文化實踐與貢獻在近現代中國文學史與文化史的演變歷程中所扮演的重要角色。

一、海上因緣：從「麥家圈」遙接歐美文化與世界圖景

相較於多數在太平天國之亂後避難來滬的江南文人，甫過弱冠（二十一歲），其時仍以王瀚為名的王韜，於道光二十八年（一八四八）便離開蘇州甪直家鄉正式卜居上海，繼承父親王昌桂在英國倫敦會傳教士麥都思（Walter Henry Medhurst, 1796-1857）主持的墨海書館（London Missionary Society Press）協助翻譯聖經工作，[1] 堪稱最早謀食於滬城西人的第一代洋場文人代表。同一年，法國租界區繼一八四五年英國租界區、一八四八年美國租界區成立後，亦正式於上海闢設，且逐漸成為與英美租

界相互頡頏的繁華區塊。此三者，構成了鴉片戰爭後上海舊縣城以北「十里洋場」之泰西地景與歐美文化圖像的主要格局。

這當中，又以成立最早的英租界，以及活躍於一八四〇至一八五〇年代上海文化圈的墨海書館傳教士與中國文士社群——亦可稱為「麥家圈」[2]知識社群——及其發行的中文報刊《六合叢談》（*Shanghae Serial*），引起的思想啟發與東西文化交流最值得關注，有助於深入了解十九世紀上半葉來到南亞、東亞與中國的傳教士透過中文期刊傳教及間接傳播西學的經過。

追溯起來，一八一五年第一位來華的新教傳教士馬禮遜（Robert Morrison, 1782-1834）、米憐（William Milne, 1785-1822）與麥都思在麻六甲、巴達維亞（今雅加達）即曾創辦中文期刊《察世俗每月統記傳》（*Chinese Monthly Magazine*）傳布於南洋群島、泰國、越南等東南亞華人聚居區，在廣州、澳門一帶亦見流通，至一八二一年停刊前共出七卷。除了傳教的文章外，逐期刊載的國際時事新聞報導，成為後來的文化傳繹與西潮東漸的模式之雛形。在這樣的脈絡中，馬禮遜一八三三年於

1 《王韜日記》（北京：中華書局，一九八七），頁四；另見〔清〕王韜，〈與英國理雅各學士〉，見《弢園尺牘》卷六（台北：文海出版社據「光緒二年丙子秋九月以活字版排印天南遁窟所藏」版印刷，一九八三），頁一六上，總頁數二五七；參見游斌，〈王韜、中文聖經學翻譯及其解釋學策略〉，《聖經文學研究》第一輯（二〇〇七），頁三五六。

2 從地理位置而言，乃指以墨海書館為中心，與住宅五處、教堂和仁濟醫院同列之倫敦會總部，上海本地人以麥都思之名稱為「麥家圈」，約位於今之福州路、廣東路之間的山東中路。本文更側重論述此地吸納了來自江南地區的秉筆華士並釋出嶄新文化氛圍，逐步形成十九世紀中葉海上文化地標的「麥家圈」知識社群。

中國境內廣州創刊，由普魯士傳教士郭實臘（Karl Friedrich August Gützlaff, 1803-1851）署名「愛漢者」主編的《東西洋考每月統記傳》（*Eastern Western Monthly Magazine*），總計發行三十三期，[3]則進一步從政治、歷史、經濟、科學，及世界地理概論等層面，為中國人打開了一扇眺望全球時勢與國際近況的視野。累積了這些發行中文期刊的經驗，麥都思於香港傳教時便發行了《遐邇貫珍》（*Chinese Serials*, 一八五三年創刊），期刊除了傳教的文章，亦介紹了西學與新知，每期有關世界要聞與東亞近事的消息與報導，在東亞世界逐漸產生影響，如幕府末期的日本，這些中文刊物已見流通。[4]

此前籌辦中文期刊的豐碩成果，麥都思深知中文期刊的流播將改變傳統觀念並能深入人心，故在上海時期，除經營墨海書館，以當時最先進的半機器鉛印活字版印刷技術出版中文聖經與西書外，一八五七年（咸豐七年正月發行第一期）創辦了由偉烈亞力

青年時代王韜像
見忻平，《王韜評傳》（上海：華東師範大學出版社，1990），頁1。

偉烈亞力（Alexander Wylie）
見汪曉勤，《中西科學交流的功臣：偉烈亞力》（北京：科學，2000），扉頁附圖。

（Alexander Wylie, 1815-1887）主編的綜合文藝期刊《六合叢談》（*Shanghae Serial*），該刊每月發行一次，內容豐富，除基督教經文的闡釋外，舉凡地理、科學、政經、文化等類文章兼備，每期的「泰西近事述略」更具掌握與鳥瞰國際時事的新聞價值，在上海中文報刊的濫觴階段留下深刻印痕。

一八五七年麥都思回英後三天不幸猝逝，偉烈亞力便成為主持《六合叢談》的核心人物，因擔任刊物的總編輯而與書館華士密切合作。歷來最受稱道的是，科學素養深厚的偉烈亞力自一八五〇年代即開始與多位墨海書館的華士合譯各種西學著作，如與王韜

3〈東西洋考每月統記傳．導言〉，見〔普〕愛漢者等著，黃時鑑整理，《東西洋考每月統記傳》（據哈佛大學哈佛燕京圖書館藏本影印。北京：中華書局，一九九七），頁五。

4 見〔日〕松浦章，〈《遐邇貫珍》中所見的近代東亞世界〉，收入氏著，鄭潔西等譯，《明清時代東亞海域的文化交流》（南京：江蘇人民，二〇〇九），頁二一三—八〇。

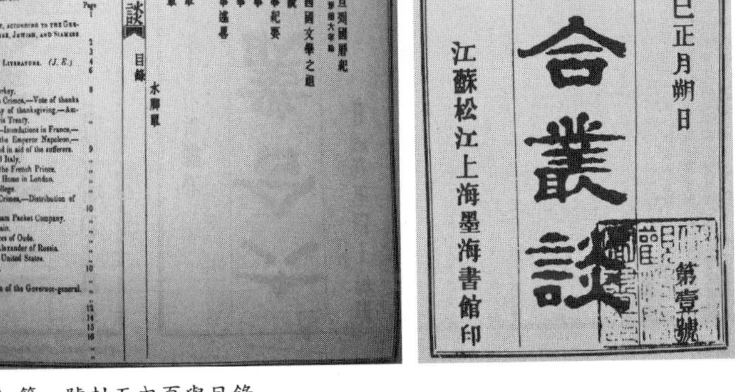

《六合叢談》第一號封面內頁與目錄

翻譯的《重學淺說》、《西國天學源流考》，[5] 和李善蘭（一八一〇—一八八二）[6] 翻譯的《談天》、《幾何原本》，[7] 都呈現出「麥家圈」西儒以傳教為目的出版中文刊物，透過評介西方最新科學思潮並試圖拉攏華人智識階層、與中國文化傳統融接的過渡期特徵。

（二）秉筆華士群與「麥家圈」文化圈——《華英通商事略》的撰著因緣

將目光鎖定在本文主角王韜，就會明白像他這樣具備秀才身分，科舉屢試不第，因「米珠薪桂，家食殊艱」，[8] 不得已在當時仍具爭議的歐美傳教士主持的教會機構為稻粱謀的「秉筆華士」，絕非孤例。除前述李善蘭外，經王韜引薦入館的忘年之交蔣敦復（一八〇八—一八六七），[9] 曾與英國傳教士慕維廉（William Muirhead, 1822-1900）合譯《大英國志》，三人可謂華士群箇中佼佼，名畫家胡公壽據此繪有「海天三友圖」；曾與治好王韜足疾頑痾的英國傳教士合信（Benjamin Hobson, 1816-1873）[10] 修譯醫書三種

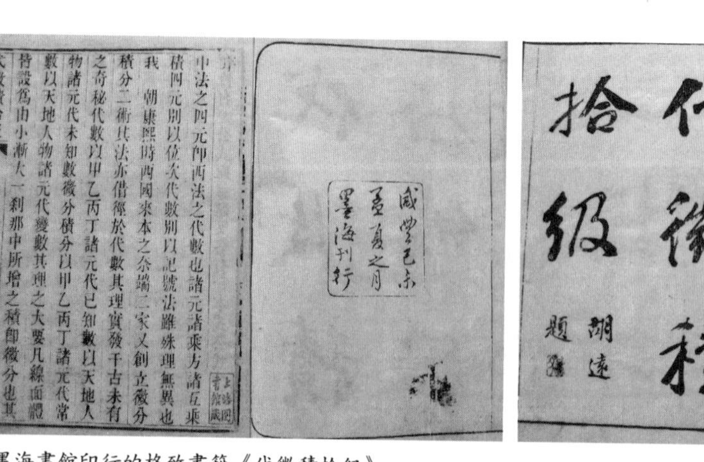

代微積拾級

胡遠 題

咸豐己未
孟夏之月
墨海刊行

中法之四元即西法之代數也諸元諸乘方諸互乘
積四元別以位次代數別以記號法雖殊理無異也
我 朝康熙時西國來本之奈端二家又創立微分
積分二術其法亦借徑於代數其理實發千古未有
之奇秘代數以甲乙丙丁諸元代已知數以天地人
物諸元代未知數微分積分以甲乙丙丁諸元代常
數以天地人物諸元代變數其理之大要凡線面體
皆設為由小漸大一刹那中所增之積即微分也其

墨海書館印行的格致書籍《代微積拾級》

的管嗣復（?—一八六〇），[11]亦為王韜在墨海書館期間的摯友，他曾助美籍傳教士裨治文（Elijah

---

5 王韜不僅翻譯，還撰寫介紹西學的論著，有《西學原始考》、《重學淺說》、《光學圖說》、《西國天學源流》、《泰西著述考》、《華英通商事略》，後收入《西學輯存六種》（光緒己丑十五年〔一八八九〕，淞隱廬校印本）。

6 李善蘭，字壬叔，浙江海寧人，因科考頻頻失利，遂至上海。一八五二至一八六六年受聘於墨海書館任編譯。同治二年（一八六三）被招致曾國藩幕中。同治五年（一八六六）曾國藩出資三百金為李善蘭刻《幾何原本》後九卷。一八六八年，入京師同文館總教習，執教演算法，前後八年。

7 李善蘭在墨海書館此譯出《代數學》這本世界數學名著十三卷，為中國第一本近代數學譯著，很快成為備受歡迎的教材；他所譯《代微積拾級》，也是中國首部介紹微積分的書籍；其他方面的著作尚有《植物學》、《談天》（天文學）、《重學》、《圓錐曲線說》、《奈端數理》，皆約為一八五二至一八五四年完成的著作，可窺見上海開明文人與第一波現代性思潮互動對話的模式。

8 《王韜日記》，頁一五。

9 蔣敦復，寶山（今屬上海）人。原名爾鍔，字克父，一字劍人。道光二十二年（一八四二）英軍入侵，蔣上書兩江總督牛鑒，獻策抵禦，因直言觸犯官員，險被逮捕，蔣避禍入寺為僧。鴉片戰爭結束，牛鑒被撤職查辦後，蔣還俗，浪跡大江南北。晚年寓居上海，常與當代名士交往，著有《嘯古堂詩文集》、《芬陀利室詞》。

10 此人為馬禮遜的女婿，曾在澳門、香港教會任職，一八四〇至一八五〇年代來到上海在墨海書館中譯書，一八五七年任上海仁濟醫院（Chinese Hospital）醫生。參見忻平，《王韜評傳》，頁一五。

11 管嗣復，字小異，江蘇上元人，管同之子。生年不詳，約卒於清文宗咸豐十年後不久。諸生，通算學，能文。太平軍踞金陵，嗣復陷城中，經歲始得脫。移家吳會，繼來滬上。主於英人合信。合信工醫術，嗣復亦雅好之，因譯醫書數種，為《西醫略論》、《內科新說》、《婦嬰新說》、《全體新論》，風行海內。咸豐十年（一八六〇）應聘往客山陰。未幾，吳門失守，蘇鄉風鶴頻驚，嗣復奔走道路，竟以憂卒。嗣復所為文章，附刊於父遺集《因寄軒文集》內。參見《王韜日記》，頁九七。

Coleman Bridgman, 1801-1861）潤色修訂《美理哥合省國志略》，[12]於一八六一年以《聯邦志略》書名重版印行，為一八五〇至一八六〇年代晚清開明文士考證海外史地的重要文獻資源；近年來學界逐漸正視到與李善蘭同樣潛心於天文算學與格致之學的雲間（松江婁縣）舉人韓綠卿（名應陛，一八一三或一八一五—一八六〇），[13]亦與王韜交往頻繁。咸豐九年（一八五九）初，他登門將親自手校且出資授梓的十五卷本《幾何原本》相贈，王韜展讀後，倍極讚譽。[14]韓曾在《六合叢談》第肆號上發表過〈用強說〉，[15]提出世局變動中萬物強弱相生相抑的原理，此文引發王韜在第九號發表了〈反用強說〉[16]與韓商榷，間接證實其亦為廣義的「麥家圈」知識社群之一員。

這說明了儘管「麥家圈」華士群們未必卸下夷夏大防，委屈棲身在洋人處，乃出於下策，但求溫飽，時常有「去留尚不可知」[17]的迷罔徬徨；對基督教的教理不以為然，時時質疑有悖儒教聖訓；[18]即便與傳教士合譯格致書籍，但對科學觀念的接受度依然有限，如王韜曾致信好友，表達自己不喜西國語言文字，隨學隨忘，也對李善蘭所稱精通算學則可「探天地造化之秘，是最大學問」的說法不以為然；[19]傭書西人，但傳統觀念的士子功名之心未嘗稍減，以王韜為例：十七歲時（一八四五）首次應縣考於崑山，取得第一等第三名的優異成績，隔年（一八四六）秋應鄉試於金陵，鎩羽而歸，在〈與英國理雅各學士〉[20]的信中曾自白：此次赴試的挫敗經驗，遂自此摒棄帖括，絕意科舉。這個說法曾在學界占據主流，[21]近年來因王韜早期日記與尺牘的詳細解讀，卻可考證一八五六年以及一八五九

12 一八五九年王韜回鄉參加歲考結束後回到上海，就對管嗣復助禕治文譯改《美里哥地志》的成果相當稱讚，認為「米利

堅，新闢之地，人至者少，是編乃裨君紀其往來足跡所經，見聞頗實，倘得譯成，亦考證海外輿地之學之一助也」。見《王韜日記》，頁一〇七。

13 韓氏生卒年參見鄒百耐纂，石菲整理，陳先行審定，〈整理說明〉，《雲間韓氏藏書題識彙錄》（上海：上海古籍，二〇一三），頁一。周振鶴，〈《六合叢談》的編纂及其詞彙〉談及韓與墨海書館的成員有密切交往，見沈國威編著，《六合叢談（附解題索引）》（上海：上海辭書，二〇〇六），頁一六六—七〇。另有鄒振環考證，韓氏為金山錢熙輔之婿，張文虎曾館錢氏家長達三十年，因與韓結為密友。見鄒振環，《晚明漢文西學經典：編譯、詮釋、流傳與影響》（上海：復旦大學出版社，二〇一一），頁一七七—七八。此外，筆者早已關注到韓綠卿即為晚清著名小說《海上花列傳》作者韓邦慶的堂伯父，說明了韓氏家族在晚清上海文化圈嘗扮演重要角色，詳見拙著，《海上傾城》，頁二七七—七九。

14 《王韜日記》，頁六九；王韜〈與韓綠卿孝廉〉書信亦可參照，見《弢園尺牘》，頁九八—九九。

15 咸豐丁巳年四月朔日第肆號，《六合叢談》，頁七。見《六合叢談（附解題索引）》，頁五七六。

16 王韜此文署名王利賓，〈反用強說〉刊於《六合叢談》一卷九號，咸豐七年八月發行，頁八。見《六合叢談（附解題索引）》，頁六五七。

17 《弢園尺牘》，頁六九。

18 最常被學界引用的例子為咸豐八年王韜在日記所載與管嗣復詰問對話。當時教會請管氏參與翻譯《舊約聖經》，他堅辭不就，並表示：「終生不譯彼教中書，以顯悖聖人」，進一步解釋：「吾人既入孔門，既不能希聖希賢，造於絕學，又不能攘斥異端，輔翼名教，而豈可親執筆墨，作不根之論著，悖理之書，隨其流、揚其波哉？」（《王韜日記》，頁九二—九三），王韜本不以為然，然而最終仍被說服，並對傭書西人生涯頗為追悔。參見〔美〕韓南（Patrick Hanan）撰，姚達兌譯，〈漢語基督教文學：寫作的過程〉（Chinese Christian Literature: The Writing Process），《中國文學研究》二〇一二年第一期（二〇一二年一月），頁一〇。

19 《王韜日記》，頁六九。

20 《弢園尺牘》，頁二五七。

21 如柯文（Paul A. Cohen）與忻平皆持此看法。見Paul A Cohen, *Between Tradition and Modernity: Wang T'ao and Reform in*

年，[22]亦即王韜在墨海書館供職階段，至少曾參加過兩次的科舉縣考。尤其一八五九年的日記詳細記下崑山縣考每場考試的題目，[23]雖然並未透露其科場失利的沮喪心情，但可想見其對此落第經驗耿耿於心，這也是文獻所顯示出王韜參加的最後一場科舉縣試。歸納可知，海上傭書十年，如王韜一般徘徊在仕進與時務之間的文士身影不在少數，恰恰映現出「海上知識社群」成形初期猶疑艱難的步履。

饒是如此，王韜等人因緣際會地結識並深入交往「麥家圈」的西國傳教士群體：如前述的裨治文、合信、偉烈亞力、慕維廉、魏雒頡（William Lockart, 1811-1896）、美魏茶（William Charles Milne, 1815-1863）、艾約瑟（Joseph Edkins, 1823-1905）、戴德生（James Hudson Taylor, 1832-1905）、林樂知（Young John Allen, 1836-1907）等人，使他們有機會間接參與了鴉片戰爭後上海文化圈第一波現代西學的引進與傳布，並形塑了有別於傳統文士的思想特徵與文化實踐模式。故墨海書館不僅是在洋務運動時期設立「江南製造局翻譯館」之前，引介西方人文地理與科學新知最具影響力的機構，「麥家圈」交遊網絡亦無心插柳地培育出首批溝通中西之學的中國文士。更值得關注的是，即使收入不豐，「賣文」所得尚能維持生活，[24]但這些落第的江南秀才畢竟得益於海上一地，因中西文化衝突交匯而釋放出的就業機會，可選擇相異於過去功名無成的士子既定營生方式，在洋場覓得棲身之所，這意味著新形態「以文治生」的方式將使他們逐步在上海文化圈掙得一席之地。

如前所述，墨海書館時期的王韜曾助偉烈亞力編《六合叢談》，與艾約瑟、偉氏共同翻譯諸種格致書籍，故亦頗留心本地文士出版介紹西學的書籍（如與韓綠卿的交往）。他曾與偉氏共同撰述《華英通商事略》，[25]細數自明萬曆年間至清道光年間英國東印度公司（文中稱：英「東方貿易公局」）來華經商貿易的曲折，詳述鴉片戰爭的遠因近事：

> 壬午（筆者按，即道光二年，一八二二），鴉片土船自澳門進泊伶仃，售銷甚利，以粵有司不行，嚴禁也。有司官欺罔貪婪，不能杜弊除害，中國人屢次為鴉片船砲傷命，屍親陳訴于官。官既與船商曖昧，無顏訊明，公局不預其事，有思貿易道廣，何必專於一粵海口。于是公局遣一印度船勞亞默爾思，以各貨物與能華言者，俱泛海入廈門、福州、甯波、上海，繞道至高麗、琉球，往返六月有餘。[26]

這段文字述及鴉片戰爭之起因有商船、華官與英政府各方勢力的角力；在一八五九年的日記中，

Late Ch'ing China (Cambridge, Mass.: Council on East Asian Studies, Harvard University: Distributed by Harvard University Press, 1987), pp. 10-11.；忻平，《王韜評傳》，頁一〇—一一。

22 王宏志，〈「賣身事夷」的王韜：當傳統文士當上了譯者〉，《復旦學報》二〇一一年第二期（二〇一一年三月），頁二八。

23 《王韜日記》，頁九四—一〇七。

24 「今茲賣文所入，歲得兩百金」，《弢園尺牘》，頁六九。

25 該文自咸豐丁巳年二月至九月（一八五七年一至八月）逐次登載。見《六合叢談》一卷二號、一卷六號、一卷七號、一卷八號、一卷九號、一卷一〇號。

26 第六篇〈華英通商事略〉末段文字，見《六合叢談》一卷一〇號，頁一〇下。

王韜重新提及此書，[27]並分析清末英商於粵東與沿海港口貿易的始末：

英自康熙時在粵通商設立公局，直至嘉慶間，未嘗一得志，蓋其時國中多事，米利堅義民叛於內，法蘭西強鄰逼於外，印度未取，國且中弱，故無暇與中國為患。至道光時，君位已安，民心已固，財富兵強，駸駸自大智謀英杰之士如馬禮遜、義律、羅伯聘輩接踵而至粵，效中國之語言文字，漸有窺伺之心，而大逞其所欲為。即無焚烟之舉，亦將別啟釁端，故不得盡為林文忠公咎也。[28]

這段話除了剖析第一次鴉片戰爭的導火線——林則徐於虎門銷焚禁煙事件——僅是表面因素，此事的背後根由，乃是西方貿易公司與跨國大型企業，往往挾國家武力為後盾進行商業活動。換言之，清廷面對的不僅是國際貿易的競爭，更是國與國間的殘酷角力，要如何回應這些來自海上的威脅，必須對「夷情」有嶄新的觀照視野，善用歐美列強的利益衝突，以爭取有利條件。日記中他更提及英法聯軍戰後訂定天津條約，面臨英、法、美、俄瓜分中國之嚴峻情勢，當務之急乃是如何在國際中自振自強。

今在廷諸大臣，無一人能熟稔夷情者。制夷之善法，莫如勿當其鋒，而承其敝。譬諸春秋之時，夫差爭長黃池，方欲逞志於晉，而不虞越之襲其後也。滿必覆，驕必敗，天道然也。英得志於中國日益甚，則與國忌之日益深。今泰西戰爭方始，英自以雄國無役不與，則甲兵必日鈍，財用必日匱。耀兵疆場，與戎肘腋，未可知也。然後中國審機以發，觀釁而動；或以夷間夷，或以夷攻夷；惟我所用，皆足以制其死命而安受其燼。若今以積弱之勢，而當此至凶之鋒，多事之秋而復增一至強之敵，是未明乎事之緩急、勢之利害、時之盛衰也，雖愚者亦不出此也。[29]

王韜自己也承認，此時中國的積弱不振，難行「審機以發，觀釁而動，或以夷間夷，或以夷攻夷」之策，計需二十年後，方能達此境。

在墨海書館共計十三年的生涯，對中西政治形態的比較更為深入，他曾向蔣敦復批判道：「西國政之大謬者，曰男女並嗣也；君民同治也；政教一體也」[30]。偉烈亞力聞之，有如下一番辯駁，王韜亦載之於日記中：

泰西之政，下悅而上行，不敢以一人攬其權，而乾綱仍弗替焉。商足而國富，先欲與萬民用其

27 咸豐九年四月七日丁未的日記載：「余謂近所著《六合叢談》，中有《泰西通商事略》一卷，載其貿易粵東顛末甚詳」，此所謂《泰西通商事略》即為《六合叢談》上連載共六期的〈華英通商事略〉集結成冊。見《王韜日記》，頁一一四。

28《王韜日記》，頁一一四。

29《王韜日記》，頁一一五。

30《王韜日記》，頁一一三。此段議論也在王韜日後撰寫《重訂法國志略》一書中再度出現，詳見本章第三節分析。

利，而財用無不裕焉。故有事則歸議院，而無蒙蔽之虞；不足則籌國債，而無捐輸之弊。今中國政事壅于上聞，國家有所興作，小民不得預知。何不仿行新聞月報，上可達天聽，下可通民意。況泰西之善政頗多，茍能效而行之，則國治不難。31

此處王韜借外人之簡介乃至肯定當時尚不為國內知識界所了解熟知的泰西政治體制，雖然他接著提出「新聞月報」在地小民聚之泰西諸國較易施行，中國地大則恐電氣秘機難以通行，此法猶待商榷。這說明他對泰西學術崇尚實學的認識，持保守態度地比較「中外異治」的緣由，固未見得脫出徐繼畬《瀛寰志略》與魏源《海國圖志》二書「中體西用」的格局，卻也勾勒出一八五〇至一八六〇年代海上知識圈熟稔西國近事，熱中觀察泰西諸國勢力消長與角力關係，並企圖深入追索緣由的思維輪廓。

（二）遁跡香港與走向世界——《普法戰紀》與東亞開明知識圈

當王韜逐漸融入麥家圈文化群體的同時，晚清時期最大的民亂太平天國軍陸續攻陷杭州、常州、蘇州、嘉興等江南名城，並有步步進逼上海之勢。這段期間的日記，均可見王韜對戰火肆虐江南，蒼生慘遭屠戮，百姓流離失所的哀憫悲歎，滬地也湧進一波波難民，「海上彈丸地，奔投趨避於此者，實繁」；32相對地，官軍將帥指揮無方，或有焚城以拒賊兵，或有士卒敗陣潰逃的消息屢屢傳來，與王韜常往來的管嗣復、李善蘭、蔣敦復、龔孝拱、管子駿、梁閬齋、周弢甫等滬地文士，聞之無不痛切激昂：「嗚呼，至今日兵驕將惰、民窮餉匱、文武恬嬉、上下因循。雖有善者，亦無如之何已！」

可見其對清廷政治腐敗、諸臣於洋務昏然蒙昧與社會亂象的不滿。[33]

同治元年（一八六二）回鄉探親時，王韜化名黃畹向太平天國蘇福省民政長官劉肇均獻策，[34]詳述攻克上海的具體謀略，未料此書中途為清軍截獲，朝廷以通賊的嫌疑犯通緝王韜。因上海道台吳煦積極緝捕，當時的英國領事，亦是王韜的前雇主麥都思的兒子麥華陀（Walter Henry Medhurst, 1823-1885）出面斡旋奔走。王韜匿跡領事館一百三十五天，[35]最後在麥華陀與香港英華書院（Ying Wa College，舊稱 Anglo-Chinese College）的院長理雅各的聯繫下，於十月悄悄搭船前往香港避禍，此去一別就是二十三年，王韜也自此展開人生另一段風景。

在香港初期，王韜自易其名「瀚」為「韜」，因適應不良，在日記中寫下不少自咎自悔的詩文，更花了不少時間面對新生活環境的挑戰，[36]但過不多久，王韜已漸漸與香江本地的開明知識社群頗有

31《王韜日記》，頁一一三。

32《王韜日記》，頁一七九。

33《王韜日記》，頁一五一—五二，頁一七三。

34〔清〕王韜撰，王稼句點校，《漫遊隨錄圖記》（濟南：山東畫報，二〇〇四），頁三。關於王韜化名黃畹上書太平軍的考證，參見王爾敏，〈王韜早年從教活動及其與西洋教士之交遊〉，《近代經世小儒》（桂林：廣西師範大學出版社，二〇〇八），頁一一六—一一七。

35見上海通社編，《舊上海史料匯編》上冊（北京：北京圖書館，一九九八），頁六八二。

36見〔清〕王韜，〈悔余漫錄〉，《王韜日記》（台北：中華書局，一九八七），頁一九七。

往來。當時他主要的工作內容跟墨海書館階段的「傭書」方式略有不同，除了在教會機構中協助翻譯宗教典籍外，最重要的工作是幫助理雅各完成中國儒家經典的翻譯工作，[37]同時結識了英華書院中負責印刷事務的華人菁英，中西文報刊創辦人與主筆、廣東仕紳名流等知識社群，種下了王韜在香港創辦中文日報（一八七四年創立《循環日報》）與編譯泰西史志的因緣。

一八六七年理雅各回英國蘇格蘭家鄉省親，由於仍有多部中國經典的翻譯尚未完成，遂邀請王韜偕同赴英佐譯五經。在年底成行的這趟目的特殊的歐遊之旅，王韜曾兩度行經法國，驚嘆其國力鼎盛，首都巴黎繁華富足，訪問了法國漢學家儒蓮（Stanislas Aignan Julien, 1797-1873），兩人當時的筆談與後來通信中，他曾向儒蓮提及法國史志在中國付諸闕如，企盼兩人能共同修撰法史以「俾中國好奇之士」。[38]此事雖無下文，這樣的構想亦因儒蓮過世而未能實現，但已顯示出王韜對法國歷史的情有獨鍾，埋下他日後獨力撰著《法國志略》的因緣。

居住在蘇格蘭長達兩年的王韜，譯

1869年，王韜（右一）與理雅各全家在蘇格蘭合影

見*The Victorian Translation of China: James Legge's Oriental Pilgrimage*，頁61。

書之暇漫遊各地，直至一八七〇年春回港。衡諸晚清中國，當時比王韜更早踏上歐陸的僅有清廷派遣的斌椿父子之出使團，鴉片戰爭後、甲午之戰以前非官方或半官方派遣的出洋團隊中，王韜一介布衣的身分在英國長達二十八閱月佐譯五經，[39]確為眾多為公為私的遊歷者中所僅見。有別於走馬看花的掠影印象或制式化的官方行儀，王韜這趟歐洲之行，不管是逆旅途中自由地走訪歐洲各地名勝，或在英國期間可以近距離觀察國俗民情，種種切身經驗，大幅度開拓了他的胸襟與視野。

同治九年下旬（一八七〇），亦為王韜結束歐遊之旅回到香港後半年，不久即爆發普法交兵戰事（一八七〇—一八七一）。王韜驚詫歐陸霸主法國在戰役中慘敗，有感於與泰西諸國與國際情勢的巨變，遂參照香港的西文報刊資料著手完成了近代第一部記述海外戰爭的史著《普法戰紀》，此書刊未刊之前抄本早已流傳，印行後更引起廣大迴響，奠定了他鼓吹思想啟蒙與社會變革的知識領袖地位。

從報刊資料著眼，自同治十一年九月初一日（一八七二年十月二日）起，上海的《申報》刊出了〈普法戰紀〉，一直至同治十二年的六月十二日（一八七三年八月四日），只要翻開《申報》，很難忽略王韜的《普法戰紀》。《普法戰紀》不定期於《申報》上刊出長達十一個月之久，總計二十五篇長

37 王韜與理雅各合作翻譯中國的十三經，最終出版五巨冊《中國經典》（*The Chinese Classics*），造就理雅各在西方漢學界的崇高地位。見Norman J. Girardot, *The Victorian Translation of China: James Legge's Oriental Pilgrimage* (Berkeley, CA.: University of California Press, 2002), pp. 60-61。

38 〔清〕王韜，〈與法國儒蓮學士書〉，《弢園尺牘》，頁三〇八—三〇九。

39 〔清〕王韜，〈代上丁中丞書〉，《弢園尺牘》，頁三二二—三二三。

文，幾可視為草創初期的《申報》上持續連載最久的專題論說。半年後（一八七四年初），《申報》更陸續刊登《戰紀》的書籍廣告，申報館遍布全國近二十餘處的售報點也寄賣在香港已付梓刊行的十四卷《普法戰紀》。[40]

除了刊登將近一年書籍廣告外，《申報》主筆更專文推介，文末呼籲「還望諸名士於讀史之暇，採訪他國史事，繙譯成文，流傳各省」[41]。全書發售後一個月不到，報館亦有針對全書總體的短評，強調該書「閱之令人識見為之大擴，心志為之舒暢，外國之事，未嘗有如是書可以譯供眾覽者」[42]；一週後另一篇頗具分量的書評隨即推出，讚譽王著「用筆之簡古，敘事之變化，幾可與左氏龍門比烈，實屬繙譯西書中之特出者，真可為西史增光，定能傳世於無窮」[43]，都說明該書引起朝野人士矚目。再從《普法戰紀》自一八七三年於香港中華印務總局印行後，隔年即由申報館寄售，不到一個月便有番禺士人李光廷將之刪纂為四卷的《普法戰紀輯要》；一八七八年日本陸軍文庫出版印行《普法戰紀》；一八八六年、一八九五年、一八九七年皆有「遯叟手校本」（王韜自號遯叟）屢屢再

1873年中華印務總局出版《普法戰紀》

40 見《申報》，一八七四年一月八日至十一月九日，長達近一年。詳見拙著，《海上傾城》，頁八六—八八。

41〈讀普法戰紀書後〉，《申報》（同治十二年（一八七二）三月二十五日），頁一。

42〈讀普法戰紀〉，《申報》（同治十二年（一八七二）十一月二十八日），頁二。

43〈讀普法戰紀書後〉，《申報》（同治十二年（一八七二）十二月六日），頁一。

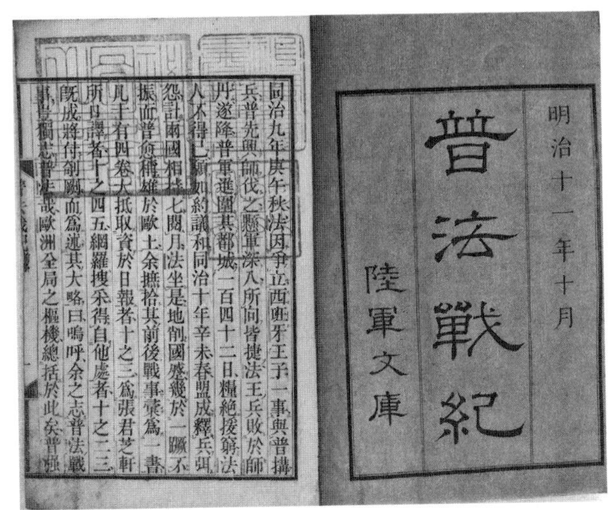

明治十一年十月
普法戰紀
陸軍文庫

同治九年庚午秋法因爭立西班牙王子一事與普搆兵普先興師伐之懸軍深入所向皆捷法王兵敗於師丹遂降普軍進圍其都城一百四十二日糧絕援窮法人不得已願如約議和同治十年辛未春盟成釋兵弭怨計兩國相持七閱月法坐是地削國蹙幾於一蹶不振而普愈稱雄於歐土余摭拾其前後戰事彙爲一書凡十有四卷大抵取資於日報者十之三爲張君芝軒所口譯者十之四五網羅搜采得自他處者十之二三既成將付剞劂而爲述其大略曰嗚呼余之志普法戰事豈獨志普法哉歐洲全局之樞機總括於此矣普强

1878年日本陸軍文庫出版《普法戰紀》

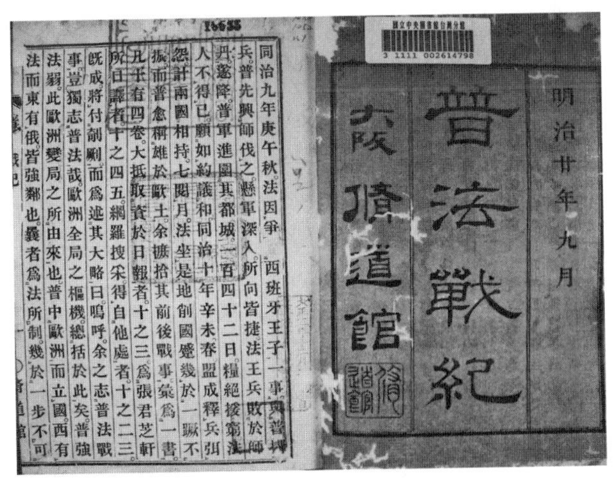

明治廿年九月
普法戰紀
大阪 修道館

同治九年庚午秋法因爭西班牙王子一事與普搆兵普先興師伐之懸軍深入所向皆捷法王兵敗於師丹遂降普軍進圍其都城一百四十二日糧絕援窮法人不得已願如約議和同治十年辛未春盟成釋兵弭怨計兩國相持七閱月法坐是地削國蹙幾於一蹶不振而普愈稱雄於歐土余摭拾其前後戰事彙爲一書凡十有四卷大抵取資於日報者十之三爲張君芝軒所口譯者十之四五網羅搜采得自他處者十之二三既成將付剞劂而爲述其大略曰嗚呼余之志普法戰事豈獨志普法哉歐洲全局之樞機總括於此矣普強法弱此歐洲變局之所由來也普中歐洲而立國西有法而東有俄皆強鄰也曩者爲法所制幾於一步不可

1887年大阪修道館出版《普法戰紀》

版發行。可見自一八七〇至一八九〇年代末葉，此書長銷達二十餘年，其對同治、光緒年間開明知識圈的影響，不言可喻。

若從著述體例的沿襲來看，與王氏同屬洋場報人圈的蔡爾康，於一八九七年出版了他協助傳教士林樂知編纂的《中東戰紀本末》[44]也可看出此「新史」著述模式的傳承印痕。該書乃甲午之戰的資料匯編，固然在例言中強調是仿照《通鑑紀事本末》與《左傳紀事本末》的體例來編纂，但就內容視之，其「本末」[45]所載內容之來源相當複雜多元：除了記述戰爭過程的「卷之四」外，還有公牘、傳教士與華人譯介、著述的評論、條約、電報、語錄等，如第六、七卷採集中外論議以通曉萬國之公見。[46]更大部分為輯錄自《萬國公報》的議論文章、奏疏、軍中電文、中日合約、中外報紙的報導、評論等等，包括戰爭與議和談判內幕的揭露、批評中國的故步自封與自傲、鼓吹變法、提出新政策等。此夾敘夾議（譯）當代戰史的書寫範式，明顯來自《普法戰紀》的啟發，也引動當時政治社會

南京圖書館藏四種不同版本的《普法戰紀》

各個層面的廣泛迴響。[47]上面的分析，可知《普法戰紀》在晚清文化史上所扮演的推動文化革新與反思之關鍵地位。

故可言，即便與成書後長達十四卷的《普法戰紀》相比較，《申報》上的連載雖然只敘述至普軍攻入巴黎城即戛然而止，但已呈現出香港報界與上海文化圈的聲息與共，說明了一八七〇年代以上海為中心的文化思潮將擴及東亞世界知識圈。與中國同樣處於政、經、社會轉型期的日本知識界對《普法戰紀》的濃烈興趣，可知該書之流通接受的過程，開啟了晚清「海上知識社群」與明治維新初期的日本朝野智識階層的交流對話契機。

44《中東戰紀本末》的「中東」，「中」是指中國，「東」是指日本，即是中日甲午戰爭。

45 見蔡爾康，〈中東戰紀本末例言〉。〔美〕林樂知著譯，〔清〕上海蔡爾康芝紱纂輯，《中東戰紀本末初編》，收入陳支平主編，《臺灣文獻匯刊第六輯第八冊》，頁三二一。

46 同前注，頁三二二。

47 此書發行後，頗受好評，三千部銷售一空，以致一八九六年十二月再次刊印，並接著發行續編、三編。上海廣學會告白，〈中東戰紀本末第二次印成出售并印售續編豫啟〉云：「《中東戰紀本末》一書於本年春末、夏初校刊問世，猥承　諸君子不我遐棄，迄今七閱月之間，全書三千部銷售一空，即日命工重印，今又告成……」《萬國公報》卷九五（一八九六年十二月）。引自〔美〕林樂知主編，《萬國公報》影印合訂本第二六冊，頁一六五五六。參見李哲仁，〈海上「新」選家：蔡爾康編譯事業研究〉（桃園：國立中央大學中國文學研究所碩士論文，二〇一五），第五章第二節〈「甲午戰爭」新聞評彙編：《中東戰紀本末》〉分析。另參見潘光哲，《晚清士人的西學閱讀史（一八三三—一八九七）》（台北：中央研究院近代史研究所，二〇一四），頁二七六—七七。

二、東亞報刊界及知識社群的互動對話

（一）「報知社」與《朝野新聞》

對日本的知識界來說，《普法戰紀》未出版之前，魏源《海國圖志》與徐繼畬《瀛寰志略》一直是政界、軍方與知識圈了解西方的重要典籍，但王韜曾身履目睹歐洲文化風俗的特殊經歷，透過西文報刊動態地掌握泰西世界的最新實況，使《普法戰紀》突出於日本當代相關的西方史著與地理書。種種緣由，促成了王韜受邀於光緒五年閏三月初七日（一八七九年四月二十三日）從香港道經上海，轉赴一衣帶水的東瀛。

邀請王韜訪日的靈魂人物，亦為「報知社」的社長與主筆栗本鋤雲（別號匏菴）[48]有〈王紫詮の來遊〉一文，提及《普法戰紀》乃其子貞次郎隨岩倉大使（岩倉具視）遊歐而還，途經上海所購得。栗本展讀未及半部，便覺此書能脫漢人議論之俗套。後「陸軍省文庫」欲刻此書付梓，邀栗本訓讀其中二卷，可知栗本鋤雲不僅為此書最早的東瀛知音之一，更間接促成了該書在日本的首刻付印（陸軍文庫於明治十一年〔一八七八〕出版，見上圖）。

龜谷行為王韜的行旅日記《扶桑遊記》所撰跋文，進一步詳述邀請王韜赴東瀛的緣起與相關人士商量細節的經過。[49]文中提到的幾個關鍵人物：栗本匏菴、曾派駐朝鮮的外交官佐田白茅（亦為漢文期刊《明治詩文》的主編）、東京圖書館館長岡鹿門（名千仞）、[50]文學家龜谷行、重野安繹（字成

齋，時任修史館編修），皆為明治維新初期開明知識群的代表人物。除了東道主「報知社」外，經常援引轉錄王韜在香港創設的華文日報《循環日報》中詩文或新聞消息的東京報紙《朝野新聞》[51]（創辦人與主筆為幕末名士成島柳北），也在王韜訪日期間，同步刊載不少王韜與日本友人如增田貢（岳陽）往來酬酢的詩文。[52]有趣的是，明治十二年（一八七九）六月十五日《朝野新聞》第三頁「論

48 栗本鋤雲（一八二二—一八九七），名鯤，字化鵬，號鋤雲，別號匏菴，漢學家，著有《鉛筆紀聞》、《曉窓追錄》，受「報知社」所聘，任日報編輯主筆。〈王紫詮の來遊〉（原文為日文）見〔日〕栗本匏菴著，日本史籍協會編，《匏庵遺稿》（東京：東京大學出版會，昭和五十年〔一九七五〕），頁二九二—九三。

49 〔日〕龜谷行，《扶桑遊記》上卷跋文。見沈雲龍主編，近代中國史料叢刊六十二輯，〔清〕王韜著，《扶桑遊記》（台北：文海，一九七一），頁六七—六八。

50 岡千仞（一八三三—一九一四），字天爵，又字振衣，號鹿門，日本宮城縣仙台市人。出身武士家庭，卒業於當時的最高學府昌平黌，精通漢學與西學，明治維新後，曾任修史館編修官，東京府書籍館幹事等職。當時與駐日公使何如璋、黎庶昌以及其他使館成員，訪日的王韜等人均與其有密切交往。一八八四年五月來華，以上海為中心漫遊南北各地近一年，著《觀光紀遊》、《觀光續紀》、《觀光遊草》等記載來華觀感。著有《米利堅志》、《尊攘記事》、《法蘭西志》、《藏名山房文集》、《涉史偶筆》等著多種。

51 見《朝野新聞》明治十二年五月十九日第四頁第一欄引錄「支那使臣張斯桂氏東京雜詩（循環日報）」五首；五月二十四日有「張斯桂氏東京雜詩之續」；五月二十八日有〈張斯桂氏東京雜詩之續〉。另，同年十月二十四日第四頁有〈循環日報中我邦ノ毒婦阿傳ノ詩有錄シラ看官ニ示ス〉錄出王韜所撰〈阿傳曲〉長詩。此事見錄於王韜的《扶桑遊記》中（頁一〇六—一一〇），後來於上海《點石齋畫報》第七號刊出《淞隱漫錄．記日本女子阿傳事》（詳見第二章分析）。

52 這些詩文若參照王韜的日記《扶桑遊記》，會發現《朝野新聞》幾乎相隔不到一週便刊出王氏與日本友人往來酬唱的詩

說」一欄，有〈支那ノ新聞記者ノ給金多少〉一文，即針對傳聞所云香港大報社《循環日報》社長王韜受聘赴日之行，所得酬薪僅為二百金，委實甚寡，據此推測華人報社主筆的薪資與日本報社記者的待遇兩相比較，日本記者收入尚屬豐厚。[53]不管這些報上的議論是否僅可視為談資流言，都側面說明了王韜在日期間的文化活動及與中日文士交遊往來，受到當時新聞界與開明文士的矚目。

觀察王韜在日本密切往來的友人，除上文提及的日東文士外，留學英國的學界名士中村正直、[54]時任埼玉縣教諭的木原元禮、《萬國史記》作者岡本監輔、清史家增田貢、[55]任高崎知縣的源氏後人大河內輝聲（源桂閣）、漢學家森春濤等人，可說明治初期朝野各界與開明知識社群的代表人物，皆不約而同前來與素孚盛譽的王韜晤面筆談，詩賦往返。王韜將這段遊歷的詳細經過以日記體裁記述於三卷《扶桑遊記》中，現在看來，此書鳥瞰地速寫明治維新十餘年後（時為明治十二年〔一八七九〕）日本政經社會與文化狀況，與王韜交往的各界知識菁英群像更提供清晰的橫剖面，更讓我們了解東亞國家與泰西思潮衝擊、碰撞的摸索經驗，記錄了同樣身處社會劇烈變動期的中、日文化人之對話交流過程。

結合《扶桑遊記》的視野，回過頭來看《普法戰紀》，清楚披露該書與當代「世變」思潮接軌的歷史敘述，深深地打動了新舊轉型期日本知識分子之心靈。在這樣的理解之下，重野安繹與王韜筆談時雖讚譽他為「今時之魏默深」，卻更從符合時代實際需求的觀點剖析《戰紀》與二十年前的《海國圖志》之別：

默深所著《海國圖志》等書，僕亦嘗再讀之，其憂國之心深矣。然於海外情形，未能洞若著龜，於先生所言，不免大有逕庭，竊謂默深未足以比先生也。[56]

文，可見朝野新聞社筆政群與王韜的密切關係。如四月初六日王韜記下與張魯生（斯桂）副使、黍園琴仙昆仲，至增田岳陽家，小飲小有亭，詩酒歡聚（見《扶桑遊記》，頁六四—六六）。席間詩歌贈答均刊登在明治十二年五月三十一日《朝野新聞》第四頁第一欄（有王韜〈與岳陽增田君書〉一文與〈四月六日，集於岳陽先生鳴謙齋。同集者，張魯生公使，王黍園、琴仙昆仲及余。主人先有呈公使詩，因步韻錄呈〉、張斯桂〈次岳陽先生韻〉兩首詩）。當日增田岳陽即席附贈一律，則與王治本（號黍園）之詩刊登於六月三日《朝野新聞》第四頁第一欄（王治本〈和岳陽先生玉韵〉、增田岳陽〈魯生張公使見訪酒間賦贈〉及〈贈紫詮王詞宗〉三詩）。另，同年十一月六日《朝野新聞》第四頁錄出王韜題日本漢學家森春濤之子森槐南的〈題補春天傳奇〉序，此文亦曾見錄於《扶桑遊記》六月二十七日的日記（頁一六九—七〇）。詳見第二章分析。

53 見明治十二年六月十五日《朝野新聞》，第三頁至第四頁。該文可中譯為〈中國報社記者薪水知多少〉。見第二章詳述。

54 一八七一年，中村正直翻譯十九世紀英國思想家斯邁爾斯（Samuel Smile）的《自助論》（*Self-Help*），並以《西國立志編》為名，將此書付梓出版，即轟動東瀛。此外，他亦曾翻譯穆勒（John Stuart Mill）的《自由論》（*On Liberty*）。參見王晴佳，〈中國近代「新史學」的日本背景——清末「史界革命」和日本的「文明史學」〉，《臺大歷史學報》一二卷三二期（二〇〇三年十二月），頁一九七。

55 增田貢，字岳陽，曾著《清史擥要》，該書剖析晚清上海政局時提及王韜的貢獻。見〔日〕增田貢，《清史擥要》卷之六（東京：別所平七，明治十年〔一八七七〕），頁一下—二上。詳見第二章分析。

56 《扶桑遊記》上卷，頁四八。

王韜則自認為兩人的關鍵差異在於：

> 當默深先生之時，與洋人交際未深，未能洞見其肺腑。然師長一說，實倡先聲，惜昔日言之而不為，今日為之而猶徒襲皮毛也。[57]

可見魏源《海國圖志》的地位在日本固然崇高，但在海外情勢的深入了解方面，《普法戰紀》顯然睥睨於同期各類相關史籍。[58]故曾撰美國、[59]法國、英國相關史著的岡千仞，推崇王韜為「當世偉人」[60]，除因《普法戰紀》精準道出當代國際情勢風雲變幻之外，王韜「慨歎歐人耽耽虎視，親航歐洲，熟彼情形，將出其所得以施之當世」[61]的懷抱，與岡千仞對世界情勢和未來動向的體察頗有契合方為主因。[62]後來王韜從日本回到香港，繼續著手法國史志，除了參酌《西國近事彙編》（主要記載同治癸酉年（一八七三）泰西近事）[63]、岡本監輔的《萬國史記》外，大量取資參考的便是由高橋二郎抄譯自法國猶里氏（Jean Victor Duruy, 1811-1894）原著、由岡千仞刪定的《法蘭西志》（此書與《萬國史記》均發行於明治十二年（一八七九））[64]。

57《扶桑遊記》上卷，頁四八—四九。

58 王晴佳分析：魏源的《海國圖志》除了將日本三島的地理位置與相互關係弄錯外，該書觀念上仍將中國視為天下的中心，而當時世界形勢的變化，使這種世界觀與歷史觀顯得落後於時代。見〈中國近代「新史學」的日本背景〉，頁二〇三。

59 岡千仞曾與河野通之根據美國格堅勃斯（Quackenbos, G. P. George Payn, 1826-1881）原文而撰譯《米利堅志》（東京：博聞社、光啟社發行，明治六年〔一八七三〕十二月出版）。其例言云：「原書米人格堅扶氏所撰。通之以其過略，參觀瀛環志略、聯邦志略、萬國公法、格物入門等書，間有可取，竝載以補之」（岡千仞，《米利堅志》例言）。岡千仞完成書稿後，「會小牧偉卿隨欽差大久保大臣赴支那北京，因寄一部于駐紮公使柳原君請諸名流評閱」（見《米利堅志》岡千仞於李序後補述語），當時任北京同文館天文算學掌教的李善蘭受美國在華傳教士丁韙良（William Alexander Parsons Martin, 1827-1916）所囑，為該書作序；岡千仞於一八八四年遊歷中土，至北京時赴同文館拜見丁韙良，亦再度提及當年將《米利堅志》就教於丁氏的因緣（見〔日〕岡千仞，《觀光紀遊》〔台北：文海，一九七一〕，頁一五二）。

60 岡千仞，《扶桑遊記》下卷跋文。

61 同前注。尤其是兩人著作均主張的「俄國威脅論」。

62 翻閱岡千仞所著《藏名山房文初集》，除有〈與王紫詮書〉（卷四，頁一八上—一九上）、〈扶桑遊記跋〉（卷六，頁四下—五下）兩文可見其與王韜交往密切外，亦見數文之末附有王韜的短評讚語，如卷二〈尚不愧齋存稿序〉（頁四下）、〈白山文集序〉（頁九下）、卷六〈三好清房臨絕書牘跋〉（頁四上）、〈書斯文會告文後〉（頁一三上），足見兩人詳閱彼此著作的深度交流。見〔日〕岡千仞，《藏名山房文初集》（東京：岡百世，大正九年〔一九二〇〕出版）。關於岡千仞與王韜的交往與兩人思想之異同，學界已有詳細討論，如易惠利，〈日本漢學家岡千仞與王韜——兼論一八六〇～一八七〇年代中日知識界的交流〉（《近代中國》第一二輯〔二〇〇二年十二月〕，頁一六八—二四三）、徐興慶，〈王韜與日本維新人物之思想比較〉（《臺大文史哲學報》六四期〔二〇〇六年五月〕，頁一三一—七一）；另，鄭海麟披露了王韜致信岡千仞的書信內容（見鄭海麟，〈王韜遺墨〉（《近代中國》第九輯〔一九九九年六月〕）；〈王韜、黃遵憲與日本岡鹿門的文字因緣〉（《近代中國》第九輯〔一九九九年六月〕）在在說明兩人非同一般的深厚交情。

63 見〔美〕金楷理口譯，〔清〕姚棻筆述（第一至三卷）、〔清〕蔡錫齡筆述（第四卷），《西國近事彙編》（上海：上海機器製造局刊印，同治十二年〔一八七三〕）。

64 見王韜，〈凡例〉一，《重訂法國志略》，凡例一。

總結來看，近四個月的扶桑之行，固然是自《普法戰紀》輻射出而交織形成的一場中日文士的對話，亦與王韜數十年來的泰西經驗形成互為鑑鏡與相嵌連結的微妙關係，體現在日後《重訂法國志略》的編纂方式與寫作模式中。此「日本經驗」更因為近代報刊跨疆域與跨文化的特徵，中日知識圈不約而同著重當代史與經世致用之學，呈現東亞國家企圖擺脫舊傳統，在追求現代化與文明圖景過程中不免徬徨迷惑，卻仍汲汲於尋思對策的思維特徵。

（二）重返滬上：《法越交兵記》與中、日、越的思想激盪

從日本回香港後過了四年，即光緒十年（一八八四），王韜在傅相李鴻章的默許下回到暌違二十餘年的上海。該年，滬地報刊之激烈競爭因申報館《點石齋畫報》的刊行進入新的階段。衡諸該畫報在上海的暢銷風行，實與當時閱眾渴望「即時」得知一八八四年爆發的中法戰爭消息，關係至為密切，《點石齋畫報》上第一期（一八八四年四月）刊出的頭幾幅圖便是有關中法戰役的繪像（如第一號「力攻北寧」、「輕入重地」的戰況圖繪與第三號「越事行成」的兩國締約），此後旬日發刊，連續幾期皆有顯目的中法戰役實際戰況的圖像。

報刊界掌握民眾們對中法戰況的好奇心態，標榜對時事、要聞「圖像式」的即時掌握，使《點石齋畫報》迅速成為「申報館」跨足出版業賣相最佳的大眾讀物，說明了上海讀者對資訊的傳播與時事要聞的時效性要求之與日俱增；上海另一大中文報《字林滬報》為了與之競爭，報紙頭版連續幾日刊登安南的形勢圖繪，剖析中法戰況、刊出黑旗軍將領劉永福的畫像，[65] 均見滬地報業企圖拉攏市民讀

者的銷售策略，漸漸成為經營報刊文化事業不可或缺的一環。

佐以報刊資料，會發現在日趨白熱化的報刊角力場中，王韜非但參與其中，甚且擔任要角：《點石齋畫報》第六號上刊出並連載的「聊齋體」文言小說《淞隱漫錄》即出自王韜之手，過了三年，《淞隱漫錄》尚未刊畢，他的歐土遊歷記《漫遊隨錄》（亦為文圖對照）亦加入連載的陣營。一八八七年十月二日《申報》頭版刊有〈一百二十七號畫報並新增漫遊隨錄圖記出售〉的告白，說明日後畫報之首增加王韜《漫遊隨錄》，與畫報末尾的《淞隱漫錄》相互呼應，並逐期連載至一八八九年底。可說從一

《點石齋畫報》第三號〈越事行成〉
見《點石齋畫報》第三號（光緒十年〔1884〕五月上澣刊行）。

65《字林滬報》，一八八四年三月十五日、三月十七日、三月二十二日、七月十日（劉永福畫像）第一頁頭版。相關論述參見張純梅，〈第二代洋場才子的文化創新：蔡爾康與字林滬報研究（一八八二—一八八八）〉（桃園：國立中央大學中國文學研究所碩士論文，二〇一二），頁八三—九二。

八八四到一八八九年長達五年的時間，王韜的作品一直以旬日刊出、圖文對照的方式，持續在滬上最暢銷的通俗畫報上曝光。[66]

前文已分析《點石齋畫報》的暢銷當與市民讀者欲即時得知中法戰爭的消息關係密切，乍看起來，王韜的《淞隱漫錄》屬「聊齋體」文言小說，似不具備反映當代社會的文學成分，可若仔細閱讀此書各個篇章，便會發現它相當程度融合王韜的海外遊歷經驗，一新讀者耳目。如〈海外美人〉、〈海底奇境〉與〈海外壯遊〉中的主人公，皆好汗漫遊，他們遊歷東西洋時，除了豔遇不少，屢與外國女子譜出戀曲外，更曾踏足歐土著名城市的建築與地標：博物院、玻璃巨室、圖書館、機器局等。〈海底奇境〉中的女主人公為瑞士女子蘭娜，她家資鉅富，藏有法國廢后的宮廷珍寶，並贈與男主人公助他度過劫難；〈海外壯遊〉更可見王韜將自己在歐洲兩年餘的生命經驗融入，[67]男主人公錢思衍隨一道士修行，道士以法術示現幻境，錢在幻境中翩然飛抵英倫與巴黎，與兩位西方美人同遊兩座車馬闐闐的泰西大城等等情節，均可見小說家獨特的海外視野已開拓了晚清志怪傳奇的新境界。

王韜在《點石齋畫報》上刊登的小說集與歐遊回憶錄《漫遊隨錄》，雖有不少篇幅描述在巴黎的所見所聞，與該書的敘述重心——英國——相映成趣，構成王氏筆下具體而微的泰西文明景觀，乍看並未直接提及中法之役，亦無專文評議。但若橫向考察，觀察他返滬後與日東文士的交遊，就會發現他與「興亞會」[68]創立者之一日本文士曾根俊虎（一八四七—一九一〇，號嘯雲）[69]合著的《法越交兵記》[70]——該著封面內頁並列三位作者：「大日本曾根嘯雲輯著　大清王韜仲弢刪纂　越南阮述荷亭校閱」——便可窺見王韜關注法國擴張對外殖民地之心未嘗稍懈，並以自身和洋人打交道的經驗，從歷史之縱深與衍變的視角著手刪纂日本文士著作，復將此心得累積為五年後成書的《重訂法國志略》內容。

66 詳見拙著，《海上傾城》，頁二〇〇—二〇四。

67 如王韜在英期間曾拜訪在香港創立日報的報界大老德臣（Andrew Dixson, ?-1873），便化為小說中人錢思衍在英國所遇曾至中國故能華語者；小說描述錢遊歷倫敦的博物院、藏書室與機器房、製造局及玻璃屋，並在巴黎的法宮參觀珍寶「金剛鑽石」等等，皆可看出王韜將身履其地的歐遊體驗融入小說情節的痕跡。

68 王韜致岡千仞信函中曾提及他與興亞會成員的交往：「聞貴國有志之士，近日剏設興亞會，此誠當務之急，而其深識遠慮，所見之大，殊不可及。……其執興亞會中牛耳者，為曾根俊虎、伊東蒙吉，咸願納交于弟，通縞紵而結苔岑焉。」引自鄭海麟，〈王韜、黃遵憲與日本岡鹿門的文字因緣〉與〈王韜遺墨〉兩文。二文俱見《近代中國》第九輯（一九九九年六月），頁一三〇、一三一、一三八。

69 曾根俊虎，少時學習漢學，以英資聰慧稱。曾入海軍省，任海軍少尉。二十六歲為交換日清修好條規的批准書，曾根作「判任隨員」隨大使赴清。一八七八年以「清國通」謁見明治天皇，獻上《清國近世亂志》（一八七九年刊行，主要記太平天國亂事）和清國《諸炮台圖》兩部書。後升任海軍大尉。一八八〇年創立「興亞會」，任幹事長，主張日清兩國的親睦和大亞洲主義思想。駐日公使何如璋也曾加入此會，並引介王韜入會。一九〇四年，著《俄國暴狀志》，主張日、清、韓三國聯合抗俄，依然宣揚他的興亞思想，六十三歲病卒於東京。參見〔日〕曾根俊虎著，范建明譯，〈譯者序〉，《北中國記行．清國漫遊志》（北京：中華書局，二〇〇七），頁一—三。

70 此書封面內頁並列三位作者，明治十九年（一八八六）十一月由東京的報行社印行。該書後收入沈雲龍主編「近代中國史料叢刊六十二輯」，《法越交兵記》（台北：文海，一九七一）。此版本可見日人曾我佑準、赤松則良、川田剛、栗本鯤、王韜、洋務大臣伍廷芳、旅日書法家張滋昉、沈守琴、蔣同寅、曾任直隸知州的沈嵩齡及曾根俊虎（自序），共計十一人為該書作序，可見此書受到中日朝野知識人的注目。

如《法越交兵記》中王韜序言，細數清末時期清廷外交之路的顛簸道途：

今日之弊，和議一成，即若無事，不知其間循環倚伏即出乎？是金陵議欵，則有津門之役；臺灣議酬，則有琉球之役；經界不正，則有伊犁之役；西貢不問，則有北甯之役。但苟目前之安，而不顧日後之害，此覬覦之所以易生，肆侮之所以迭乘也。而今而後，其尚思變計乎哉？[71]

自一八五六年肇始而導致的英法聯軍、一八七一年起日本因牡丹社事件侵占琉球、一八八一年與俄國簽訂《伊犁條約》收回新疆伊犁、一八八四年因安南（今越南）問題引發的中法衝突等等，這一連串涉外事務的挫敗，說明了中法戰爭的發生乃是內政外交問題日積月累的必然結果。文中憂心指陳清廷此役與法國的議和，極可能種下日後的變亂根苗，在在顯示出主權不振，國體、邊疆與外藩面臨危機，中國作為宗主國必須認識到東亞地區的臣屬國與朝貢體系日漸崩解的現實。

他將此序收錄在自己編選的《弢園文錄外編》卷十一中，並曾屢屢在書信中向洋務官員伍廷芳、盛宣懷提及曾根俊虎的興亞會主張，[72]即便後來王韜對「興亞會」暗藏侵華的野心有所批判，《法越交兵記》卻已烙下一八八〇年代中葉「海上知識社群」思想交匯的印痕。

曾根俊虎漢文素養深厚，曾任日本海軍軍官，因蒐集與偵查情報資訊多次遊歷中國，著《北中國紀行》與《清國漫遊錄》記下他對一八七〇至一八八〇年代中國的觀察，創立「興亞會」主張日清兩國親睦及大亞洲主義思想。一八八三至一八八四年旅滬期間，與王韜往來密切，「昕夕過從」[73]，王鼓勵他著書，故有「嘯雲遂日操鉛槧，紀事陳詞，每終一篇，輒出就正」[74]的合作方式。讀者不難在《法越交兵記》每卷的卷終或篇末處見到「逸史氏王韜」的長篇論評。

與一八八九年出版的《重訂法國志略》略一對照，就會發現，《法越交兵記》卷一末段第一處「逸史氏」評語，[75]後來就被王韜全數挪用到《重訂法國志略》卷十四的〈奪地安南〉一篇

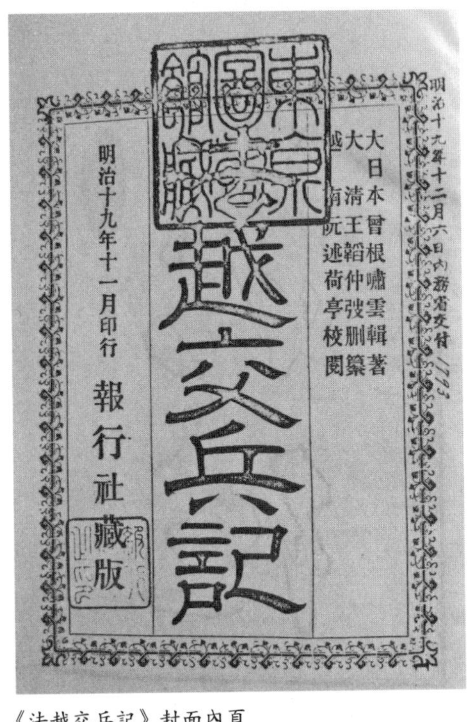

《法越交兵記》封面內頁

71 王韜，〈法越交兵記序〉，《法越交兵記》，頁二九—三〇。亦見〔清〕王韜，《弢園文錄外編》（原書於一八八二年由香港印務總局出版。本書所引版本為上海：上海書店出版社，二〇〇二），頁二五七—六〇。

72 參見王韜所著〈與日本岡鹿門〉、〈與伍秩庸觀察〉、〈與盛杏蓀觀察〉三文，均見〔清〕王韜，《弢園文新編》（北京：生活·讀書·新知三聯，一九九八），頁三〇〇—三〇一；頁三一六—一七；頁三一八—二〇。

73 王韜，〈法越交兵記序〉。見《法越交兵記》，頁二二。

74 同前注，頁二二—二三。

75 《法越交兵記》，頁一四三。

《法越交兵記》西貢應法人徵募兵丁圖

《法越交兵記》河內陶器街圖

中；王韜在《法越交兵記》序言中所謂清廷藩屬國與邊疆地域——包括高麗、越南、琉球及台灣、雲南等地——招致歐洲列強覬覦而牽動的問題，在《法越交兵記》卷一中更有詳細剖析。

從東亞諸國知識菁英的互動關係來看，越南使臣阮述[76]擔任《法越交兵記》之「校閱」者，亦釋出值得深入追索的重要訊息。阮述漢學素養深厚，作為越南嗣德朝晚期名宦，因法越交戰而分別於一八八〇與一八八二年出使中國求助，無奈最終得不到中國的奧援，於一八八三年黯然返國。他的《往津日記》便以日記體載錄了這兩次出使中國途中所見所聞：一八八三年途經香江時，曾與學貫中西的王韜相見暢談。[77]後在上海時，恰遇王氏短暫回滬就醫，經他引介，結識了日東文士曾根俊虎等人，

76 阮述（Nguyễn Thuật），號荷亭，越南廣南省禮陽縣人，生卒年不詳，有詩集《每懷吟草》。為阮朝末年重要官員，曾先後兩次出使清朝，第一次為光緒六年（一八八〇），由陸路經廣西、湖南至北京，於光緒七年（一八八一）返國；第二次乃光緒八年（一八八二）臘月中旬，由水路出發，途經香港、廣州，復往上海、天津等地，於光緒九年（一八八三）底返回越南順化。其第二次出使行程時撰有行使日程《往津日記》一冊。因出使時日長達一年，而又途經多地，交遊唱和廣泛，故其日記「諛聞佚事，尤能引人興趣，皆由目擊，洵為實錄」。阮述身處中、越動亂之時，而又身居要職，以故《往津日記》尤能凸顯中、法、越三國之間的複雜關係，對於了解、研究十九世紀後期中越外交關係、歷史和文化交流等，留下珍貴見證。參見龔敏，〈阮述《往津日記》引發的學術因緣——以香港大學饒宗頤學術館藏戴密微、饒宗頤往來書信為中心〉，見《社會科學論壇》二〇一一年第三期（二〇一一年三月），頁四三—四四。

77 阮述記載：「三十日，偕謝欽派、阮孟仙往訪王紫詮諱韜。紫詮江蘇長州人，博學能文。年前粵匪之亂，上書當事，陳破賊計，又團鄉勇，以應官軍。適為讒人誣以通匪，紫詮乃避之外洋，遍遊歐洲各國。其於語言文字、人情風物，多習而知之，又能揣摩中外大局，發為議論，以寄懷抱。今在香港主循環日報館。聞余至，喜甚。邀坐筆談……間又詢及我國與法

曾根氏以書稿《法越交兵記》相示。阮將之記載於日記中：

> 初六日，曾根嘯雲來見。余與望山延坐，筆談甚久。嘯雲乃出書二本相示。……其一為《法越交兵記略》，所記多采諸日報傳聞之詞，訛謬太半。該員固請潤正，余摘其甚者數十條，略為刪改，餘不勝也。……初七日，嘯雲復來，言承斧正其書，不勝喜慰。[78]

此記載說明了成書後的《法越交兵記》（一八八六）標明阮氏校閱的緣由。

作為越南大臣，阮述不滿該書僅摘錄報刊上未盡真實的傳聞報導，便進行更正修改，並以注解式的補充，反駁或修正了曾根俊虎帶有褊狹觀點的種族歧視論述。如卷一提到越南人民：「男女顏色陋惡，步趨疎野，又自頭顱至腰腳，大有屈曲，其骨格亦多欹斜。蓋幼時母若保，使小兒兩腳跨於己之兩腳上而乳養之，故致此耳。」阮述於文後注解：「田夫野婦，貌多不揚，若官紳女士，儀容亦多俊雅，非人盡惡陋也」[79]；又如同一卷中，曾根俊虎提到越南土俗極重視喪禮，無論貧富，往往花費鉅金操辦喪葬之事，故「因葬親而失其家產，或陷於大不幸者有之，亦土人之風氣也」，阮駁之：「國人冠婚喪祭，皆用朱文公家禮，而喪祭二事，極其哀敬，故中國有生蘇杭、死安南之語，其喪事而用巫用僧，不過一二家而已，非一國皆然也」[80]。

再看該書凡例云：

> 是書所載，大半係得諸各新報所登，並越南、滇粵、香港等各處電傳，以及予友池田氏歷述，在越南法陣中目覩交兵實況。其中奏章各件，或見之於京報，或譯之於西文，間有內外諸人之論說，足資採繹者，亦並錄之，使閱者知此中亦大有人焉。[81]

由分析可知，《法越交兵記》敘述體例固與王韜於一八七三年輯撰的《普法戰紀》相仿，均透過當代報刊、西文書籍蒐羅與論述翔實的戰況，掌握國際動態，但此書之編纂輯撰，更有賴中、日、越三方有識之士的合作，方能竣工。

值得一提的是，中法戰事方殷之際，日本文士岡千仞也在一八八四年五月抵達上海，並以滬地為中心，至蘇杭、燕京、廣東、香港、澳門等地，展開了將近一年的中國之旅。前文已述王韜訪日期間，岡千仞與之來往密切，此番岡千仞既至滬上，除了與在滬日本友朋相見，自然也與王韜及其友朋

人交涉現情，纔片刻間，彼此談紙已盈寸矣。」見阮述著，陳荊和編註，《阮述〈往津日記〉》（香港：香港中文大學出版社，一九八〇），頁二三。

78 《阮述〈往津日記〉》，頁五九。

79 《法越交兵記》卷之一，頁九一。

80 《法越交兵記》卷之一，頁一〇六。

81 〈凡例〉，《法越交兵記》，頁六一。

和上海報刊界人士有了進一步交往酬酢的機會。[82]他亦在〈航滬日記〉、〈滬上日記〉與〈滬上再記〉（均收入《觀光紀遊》一書）中多處提及與曾根俊虎共同關注討論於時方殷的中法戰事，[83]整部日記更屢屢長篇議論剖析中法戰事的進展變化及其如何攸關東亞與國際未來局勢。如〈滬上再記〉曾載一八八四年十二月十九日參觀「申報館」，主筆錢昕伯與何桂笙出與相迎並出示日報，他才得知自己與王韜筆談議論中法戰局的內容，已成為日報上的時事策，「此篇一朝傳播，中外無不說余名姓」，引為快事；[84]另《申報》光緒十年十一月念六日（西曆一八八五年一月十一日）附張，更曾刊出他與王韜唱和往還的詩作，益使岡千仞訪華一事廣為上海智識階層所知。綜觀岡氏在中土南北遊歷的觀察，甚至預言了十年後因朝鮮問題而引發的甲午之戰，如同王韜一貫關切中法關係惡化的來龍去脈，並密切注意其發展與動向的用心，皆可見東亞知識人憂心國事世局而尋索解決之道的過程，不約而同面臨家國民族主體的現代性轉型之艱難課題，益發揭示出輻輳於滬地的「海上知識社群」思想特徵之複雜面相。

（三）「法蘭西」形象的海上演變

故可知，從一八七〇年代的《普法戰紀》至一八八〇年代的《法越交兵記》、《漫遊隨錄》，王韜的泰西史志或遊記之出版刊載，始終與上海報刊界和新聞業密不可分，這也構成了《重訂法國志略》中突出的「當代」觀點，及編譯西文報刊「時事」入史的獨有特色。

《重訂法國志略》的序言雖已開宗明義述及此書之撰著歷時近二十年：王氏曾於一八七〇年代初

奉丁日昌之命撰寫十四卷《法國志略》[85]，惟此書可能並未出版，直至一八八〇年代，遊歷東瀛歸來後將《法國志略》加以擴充，大量增補日人之西洋史著作、上海的西文報刊相關消息與傳教士編纂一八七〇年代泰西諸國之事的《西國近事彙編》，才完成光緒己丑十五年（一八八九）「弢園老民校刊」的二十四卷《重訂法國志略》[86]，但若加入前文所述一八七〇年代初的《普法戰紀》、一八八〇年代

82（光緒十年）六月六日「午牌至上海……岸田吟香出迎……訪王紫詮，曰得書以後，日夜以待。曾根俊虎、品川二氏從松村少將（惇藏）來過……」（《觀光紀遊》，頁一九）。岡千仞一抵滬，幾個前來相迎的在滬日人皆為中日文化交流史上的重要人物。如岸田吟香（一八八三—一九〇五）為報界及出版業人士外，同時也是經營有成的實業家。一八六六年來滬，曾開設樂善堂，販售藥品及書籍，還參與設立東亞同文會等組織，頻繁往來於中日兩國間。

83 見《觀光紀遊》，頁一九、一〇七、一一八、一二八。

84《觀光紀遊》，頁二二七—二八。

85 雖然學界對於王韜究竟有無出版《法國志略》仍未有定論，但依筆者於台灣、大陸地區（上海圖書館、北京國家圖書館、南京圖書館）以及日本東京大學圖書館、哈佛燕京圖書館等地訪查，均未見十四卷本《法國志略》一書，故參照目前最常見的不同版本《重訂法國志略》所收〈法國志略原序〉（完成於同治辛未春〔一八七一〕）所述，十四卷本《法國志略》極可能未曾出版，但其主要內容成為二十四卷本《重訂法國志略》的最初組成。

86 筆者所見《重訂法國志略》有幾種版本：南京圖書館館藏為光緒己丑年（一八八九）弢園老民校刊本、一八九〇年光緒庚寅仲春淞隱廬刊（由葉耀元、鄒弢、蔡嘉穀等人手校）；上海圖書館與中研院傅斯年圖書館及哈佛燕京圖書館館藏皆為光緒庚寅仲春淞隱廬刊，中研院近史所圖書館亦有雲間麗澤學會出版於光緒壬寅年（一九〇二）的版本。本文撰寫時，皆參考過上述版本，書中引文，為求第一手資料的翔實度，皆引用光緒己丑年（一八八九）於上海出版的「弢園老民」校刊本。

中末葉的《法越交兵記》與《漫遊隨錄》，梳理其中脈絡，更可見王韜所建構的「法蘭西」圖像在海上文化圈中不斷演變的種種面貌。

《重訂法國志略》中卷七有關普法戰役的描述如〈普法交兵〉、〈法京內亂〉與卷八〈法人追論普法戰事〉、卷九〈普法用兵傳聞〉等篇章，往往在描述普法兩國用兵經過與戰爭結果時，將全歐與世界秩序重新洗牌、國際世局隱藏的不安因素帶入，即於《普法戰紀》的行文理路與敘事模式之基礎上，加入一八七〇至一八八〇年代法國「當代史」的詮釋並擴充至世界動態，反覆申說：卷七的〈法立通商條約〉（與英國訂約）、〈訂定比利時商約〉、〈法謀據安南全境〉、〈西墺近事〉、〈東南洋近事〉（言及北非法國殖民地），卷八的〈法圖越南〉、〈法結緬甸〉，卷十的〈俄法交歡〉、〈備論歐東時事〉、〈法注意歐東全局〉，卷十一、十二的〈法英婚盟和戰紀〉，卷十三的〈英法助土攻俄記〉，卷十四的〈法墺戰和始末〉、〈法援墨西哥〉、〈奪地安南〉、〈日本啟釁〉、〈進攻高麗〉、〈法征阿洲〉等等篇章，幾乎將法國勢力遍及四大洲的現況盡皆蒐羅納入，復不厭其煩提供訊息來源與報導素材，呈現符合時代脈動的全景視野。

卷十七〈志車路〉、〈志郵政〉中詳述法國交通運輸與電信郵政的歷史溯源：

> 歐洲諸國所以遞郵傳、載軍旅、通商賈、運貨物，取道於陸者，無不恃乎輪車，故鐵路之築尤廣，而藉以覘國勢之盛強焉。按輪車鐵路之興肇自西麻一千八百零四年，今歐洲列國共置鐵道二十七萬六千三百四十八里。……凡輪車所行之道，必設電氣通標，所以速遞消息，亦使彼往此來

毋相誤值，此車路與電線所以必相輔而行，互為表裏也。其專設之電線則為軍國郵政所急，而民間亦得共之。頃刻萬里，神速莫比，雖隔環瀛，無殊對語，故敵國入境，必先毀鐵路、斷電線，以遏絕郵傳。[87]

王韜以歐遊之旅「嘗至英京電報總局」[88]的足履目睹，以及作為第一代媒體人採用隔洋電報消息於報章新聞的經驗，提出對於泰西郵政與火輪車之便捷的親身感受，也呈現歐洲國家不管在國防軍旅或民間貿易與日常生活便利各層面皆獲裨益的社會情況。令人想起王氏《普法戰紀》中描述普軍於開仗的第一個月首次獲捷後，即著手「建築鐵路，轉輸軍實，以資接濟」，「所造鐵路，仿亞墨利加人建於平原之法，殊甚簡潔，不日可就。建築工匠，日有數千人」，「鐵路既成，皆以輪車轉饟，供應軍需。糗糒芻糧，器械彈藥，無不充給」[89]的種種描述。火輪車的順利運輸，確保了前線的充足物資，鐵路又與電線網絡的設置密切相關。故可見《普法戰紀》中的犀利洞察與《重訂法國志略》一以

87〈志車路附電線〉，《重訂法國志略》卷一七，頁二八下—三一上。

88見《重訂法國志略》卷一七，頁三二下；王韜更以一八六七至一八七〇年間遊經倫敦所見，娓娓道來：「余嘗至英京電報總局，樓局崇隆，垣墉高峻，左右兩所屋，各數百椽，大堂中字盤數十，電線千條。司收發者皆少女，計一千二百人。司郵事者為男子，計九百餘人，幾至日不暇給。法便於民，利歸於官，誠為法良意美也哉！」見《重訂法國志略》卷一七，頁三二下—三三上。

89〔清〕王韜撰，《普法戰紀》卷三（大阪：脩道館印行，明治二十年（一八八七）九月），頁一〇下。

貫之，後者更從主述中心法國為輻輳，投射出充滿危機卻飽含可能性的世界新秩序，給予一道晚清中國與東亞知識圈在時代危機中思索契機的全新視角。

熟悉《點石齋畫報》所連載《漫遊隨錄》的讀者們，不難在《重訂法國志略》卷二十一〈法京巴黎斯志〉重遇法京繁華，邂逅似曾相識的巴黎風光。該卷以全數篇幅描繪巴黎城市圖景，其中〈博物院〉、〈藏書庫〉、〈戲館樂園〉、〈火輪車路〉、〈法王遺跡〉、〈街衢市肆〉、〈馬車公所〉、〈新聞紙館〉的描述文字，皆剪裁自《漫遊隨錄》中對巴黎風俗社會的描繪。[90]如卷十七〈志學校〉詳述泰西教育制度，受教之權男女平等：「教化又下及乎女子，國中女塾公私並設，不櫛之流，咸工筆墨而嫻吟詠。琴歌畫理，數學方

《點石齋畫報》刊出的《漫遊隨錄》之〈道經法境〉

《漫遊隨錄》之〈法京觀劇〉

言，無不兼通並擅，或有鬚眉而媿此巾幗者」[91]，即讓人想起《漫遊隨錄》中描述英法諸國由女性教師開辦的女塾即便在鄉間也相當普遍，[92]宴席中女教師與女弟子往來論辯研習學問的情況屢見不鮮，[93]社交場合中常有女性彈琴高歌、跳舞、觀劇的現象，無不展現西方現代女子活躍的行動力。這些篇章中呈現的社會風貌若與晚清上海的文化條件作一番比較——一八九一年，曾任《上海新報》主編、創辦《教會新報》的林樂知在上海創辦了中西女塾，課程內容中西兼備，但它究竟仍是傳教士所創辦的學堂；一直至一八九八年，第一所由華人（經元善）自辦的中國女學才正式在上海成立，學堂內開設的功課

《漫遊隨錄》之〈巴黎勝概〉

90 見《漫遊隨錄》中〈道經法境〉、〈巴黎覽勝〉、〈法京古跡〉、〈法京觀劇〉、〈博物大觀〉、〈游觀新院〉、〈秋千盛會〉等篇章。

91 《重訂法國志略》卷一七，頁一〇上。

92 見〈杜拉遊山〉、〈三遊蘇京〉，《漫遊隨錄圖記》，頁一一三、一三四。

93 王韜，〈三遊蘇京〉，《漫遊隨錄圖記》，頁一四三。

中西合璧，[94]頗能彰顯歐洲女學的核心精神——便能明白——王韜分別在一八八七與一八八九年刊行與出版的《漫遊隨錄》與《重訂法國志略》兩部書中共同呈現的歐洲城市之具體風俗樣貌，一來不乏提供讀者「域外獵奇」的閱讀樂趣，二來更提前示範了泰西文化的實踐行為，扮演了文化斡旋與協商中介的重要角色。

此外，《重訂法國志略》中有不少篇幅關注博物院與賽珍會（即世界博覽會）的建造與舉辦。卷十〈法開賽珍大會〉詳盡描述一八七八年五月一日在法國巴黎舉辦的世界賽珍大會從籌備、布置到建造雄偉建築以供展覽的過程。宇內珍希寶物羅列目前自不待言，該卷中〈記賽珍會參觀人數〉、〈賽珍會獎賞〉更鉅細靡遺載出世界各國前來參展觀覽的人數與列國獲獎情形。由於王韜早年（一八六七）旅經巴黎曾親眼目睹世界博覽會「傾動各國」的空前盛況，[95]因此他對賽珍大會中東方國家中國與日本參展之情形尤為關注，特別詳盡描繪日本所展覽物品，耐人尋思。如他提到：

> 內有最動人者，為文學一類，有格致器具物質，由是以觀日本幼孩自少學習西法，出自平日父母之教訓。所謂少成若天性，習慣如自然，已與泰西不甚相懸，其教習之法，做照英國北省章程，最為講究。男女皆分塾督教，房屋均高大通風，並令學徒諳曉保養身體臟腑方法，雖倫敦巴黎，無以加此。[96]

接著評論明治新政的教育改革推行方針：

古時學塾墨守舊法，但讀中國書，全不明格致要理，飽饗糟粕，以誤終身。今皆讀外國有用之書，測繪地圖，認真不苟，論歐羅巴各國疆域，甚詳且盡。所列水師表，凡各口岸險要處所，有圖有說，朗若列眉，並指明燈塔隘口，俾航海者避危而就安；所繪國家全圖、東京輿地，精妙絕倫，一無錯誤，可稱能自成家。不謂通商泰西歷年無多，而已能如此，國政人心效應如響，豈偶然哉？論者謂日本於前時本與歐洲相反，蔽明塞聰，以拒絕外國，有賢哲者出，高蹠遠矚，亟與歐人相交。屏除從前陋習，擴拓此後新規。其最足令人欽佩者，用歐人之長而不學歐人之短，從善如流，伉爽謙藹。於賽會之事，竭力周旋，所定價值，一秉至公，一旦風氣變通，日見旺盛，為效之速，一至於斯也！[97]

相較於這段文字後，緊接著描述中國展覽品有古銅瓷器、裝儲之物、三寸金蓮、木器、衣服、來自台灣的番族軍械、從廣東福建寧波上海天津各通商口岸運至的物產與食品……等等，僅以羅列山珍

94 課程有英語、算術、地理、圖畫、醫學、中文（內容包括：《女孝經》、《女四書》、《幼學須知句解》、《內則衍義》、唐詩、古文）、女紅、體操、琴學等，可謂中西合璧。參見夏曉虹，《晚清文人婦女觀》（北京：作家，一九九五），頁二〇—二六。

95〈法開賽珍大會〉，《重訂法國志略》卷一〇。

96 同前注，頁三七上。

97 同前注，頁三七上—下。

海錯、各方奇異物事為主，談不上從系列展品中凸顯精神理念的作法，對照上述有關日本教育從根本處實行理念，益發令人對積極學習泰西之法並去蕪存菁的明治維政府之嶄新氣象印象深刻。由測繪各國地圖與口岸形勢的精準之描述，也嗅得出幕府垮台後的明治維新政權積極經營涉外事務與勘查世界輿地形勢的旺盛企圖心。

上面的分析也可見王韜對於日本明治維新初期認為「中國書」跟不上時代潮流，該將之揚棄，頗有同感；其模仿自英國教育體制，但卻能「用歐人之長而不學歐人之短」，屏除陋習，融合東西教育理念之精髓，此由上而下浸染薰陶的時代風氣，也造就了開闊之視界與健朗之國家精神，具體展現在日本參加博覽會與西人周旋時不卑不亢的作風。王韜在字裡行間透露的政治改革理念不言可喻，衡諸中國情景，該書所談論泰西與日本施行社會文化新法的策略方針之足堪清廷主政者借鑑，亦可視為王氏輯撰法國史志要旨之所趨。

以上種種，都說明了王韜筆下「法蘭西」形象的豐饒意蘊。《重訂法國志略》兼有《普法戰紀》、《法越交兵記》自歐陸戰爭與帝國侵略的野心著眼，予以系統性剴切分析之犀利視野，復以《漫遊隨錄》看似片段瑣碎與非抽象哲思的筆觸，娓娓道出泰西現代化的運輸與郵電系統、教育體制，乃至於報館、印書局如何啟迪民智與開拓視野，善加運用物文明條件創造便利的日常生活，實為上海讀者最易接受的文化信息。其所釋放的新文明氣氛和含藏在內的隱憂，辯證地為十九世紀末葉的上海學著作或泰西地理書，開拓多方觀照及反思內視的深刻視野。

三、眾流歸海——海上知識社群的深層對話及辯難

(一)文明盛景抑或暴力輪迴?

前兩節詳述一八四九至一八八九年間王韜與上海、香港報刊界與東亞知識圈的對話關係,可描繪出一個更為清晰完整的輪廓:固如王韜在凡例所言,《重訂法國志略》乃「取資於日本岡千仞之《法蘭西志》,岡本監輔之《萬國史記》,而益以《西國近事彙編》,不足則復取近時之日報,并采泰西撰述有關於法事者」編纂成書,但若仔細比對高橋二郎從法國猶里氏之原著抄譯、岡千仞刪定之《法蘭西志》,岡本監輔《萬國史記》「歐羅巴史」中的三卷法蘭西記,卻可進一步得知,王韜一八七九年的扶桑之行除了即時汲取明治初期日本先進知識分子的法國史

光緒庚子新鐫

萬國史記

華國堂藏本

萬國史記跋

明治睿聖天皇卽位之初下詔郡縣大修學政而山陬僻地無不有小學之設子弟率先就學駸駸乎進於開明之域矣顧小學以上之教家異人殊無所適從其旦夕所講誦者唯有國史略日本外史數書耳未有及海外萬國沿革事蹟者或有之亦非其全備者余竊憾焉余友岡本監輔有見於此著萬國史記二十卷余取而閱之自萬國古今興廢制度文爲至英雄戰略奇士偉人言行可喜可愕之蹟無不網羅使讀者如身行其地目親其事不惟有益於學生卽使他人讀之亦未嘗不奮發興起也且余有感焉亞細亞之不振也尙矣同文諸國之民不遑外國事情者滔滔皆是自古文章首推中國而朝鮮安南暹羅緬甸皆爲我兄弟而其能求智識於海外者蓋無幾矣人心逐日偷薄風俗隨世衰退遁逸之上在其開者焉得默默而止哉是監輔之所以著此書余深知其有補乎諸國也則所以宣揚聖上明德于遠邇者亦與有力焉監輔好談佛理而惡其末流之弊也喟於儒者亦然今著此編余保其有所輕重而非僻於海外新奇之說者也於是乎書明治十一年三月下浣鳥尾小彌太撰

岡本監輔《萬國史記》

料資源成為《重訂法國志略》前六卷的主要構成外，他自身長達二十餘年對法國史事的關注與搜羅，時時將英國及世界局勢參照比較的動態視野，以及與日人二著的交鋒辯難，已使得《重訂法國志略》跳脫固有格局，鎔鑄為王氏法國論述之集大成著作。

且看《重訂法國志略》前六卷，記述美魯萬的氏建國至保拿巴氏（即拿破崙）為止，直接援用的是正值弱冠之年[98]的高橋二郎所譯《法蘭西志》[99]。王以高橋本過簡，故採岡本監輔《萬國史記》卷九至十一的《法蘭西記》三卷內容增補之，構成數千年歷史沿革與治亂興衰的法國編年史。該書的序言與例言中，也可看出王韜引述兩部日本著作中的序跋或凡例，為自己撰著法國史的緣起，以及相異於兩書的觀點作出解釋，甚或反駁修正。如《重訂法國志略》的第二篇序文開宗明義提出：法國乃是歐土中心的強國，在列國中率先與中國通商往來，但近數十年來，「政令傾頹，紀綱壞亂」，國家屢經蕩亂，政黨傾軋，人民不安，「法國人才前後輩出，皆能垂法於歐土，而國人常不得蒙其福，論者惜焉。」[100]序文開篇實乃錄自岡本監輔《萬國史記》第十一卷〈法蘭西記〉（即為法國史三卷的最終卷）的末段述評，[101]下文接著探討問題癥結並尋求治國良策：

> 日本岡本監輔讀法史至此，喟然嘆曰：嗚呼！法國之人，乃歐羅巴難治之民也。蓋自高盧桀驁自恣，以抗強敵羅馬而卒收厥効，哥羅味豪邁性成，大廓疆宇，沙立曼英武蓋世，推倒全歐，而國人皆化其風，爭功好勝，視若尋常。及路易十四，據無上之尊，肆無限之權，國人憤鬱，漸至放恣，此所謂川決而隄潰，其勢使之然也。故非洩諸外，則發於內，禍亂相因，日甚一日，雖國

律變更，終難以挽回，可勝慨哉！歷觀萬國，其民難治者亦多，固未有如法人者也。竊為之深思遠慮，欲弭其亂，而未有良策，無已有一於此：擇五大洲中要害數所，建立公法會，稱為天討府，鎮壓萬國，擬定條規十，令其遵行，期止兵亂。然其所言，同於向戍之弭兵，自非有大一統之主出，畏威懷德，必不能也！[102]

98《法蘭西志．附言》第七條：「第余弱冠敢撰此書，豈敢謂有所自發明焉？」可見高橋氏撰成此書時年約二十。見〔法〕猶里氏原撰，〔日〕高橋二郎譯述，〔日〕岡千仞刪訂，《法蘭西志》（日本露月樓上梓，明治十一年〔一八七八〕五月刻成）。

99 易惠莉指出，近代中日文化交流對中國有轉折性的變化當在一八七二年。這一年，日本明治政府對漢學教育措施改變，允許日本書籍出外販售，中國士人得以閱讀，形成文化交流目的（〈日本漢學家岡千仞與王韜〉，頁一七〇）。筆者以為，從海上知識社群的形成演變過程來看，更值得注意的是這一年《申報》創辦，且迅速成為上海第一大中文日報，故高橋與岡千仞本《法蘭西志》與岡本監輔之《萬國史記》皆曾於中國出版，前者有「湖南新學書局本，去眉批及東文」版本，後者有「申報館本，上海排印本，十冊」。可知當時對西學與新學關注的文人，皆知曉王韜《法國志略》多取材於高橋本《法蘭西志》。見徐維則，《增版東西學書錄》（光緒二十八年〔一九〇二〕）、趙維熙，《西學書目問答》（光緒二十七年〔一九〇一〕），二書均收入熊月之主編，《晚清新學書目提要》（上海：上海書店出版社，二〇〇七），頁一一、一八、五七一。

100〈序〉二，《重訂法國志略》，頁二上。

101 見〔日〕岡本監輔編纂，〔日〕中村正直閱，《萬國史記》卷一一（東京：岡本監輔出版，內外兵事新聞局出發兌，明治十一年〔一八七八〕），頁二九上—三〇上。

102〈序〉二，《重訂法國志略》，頁一下—二上。

但王韜對岡本監輔所謂仿效春秋時期宋國大夫向戌對六國提出的弭兵之議，建立一超然各國之上的勢力：「公法會」，並制定十策遵行政令，賦予「天討府」鎮壓亂事與約束民人的權力，頗不以為然。故有此斷語：

岡本監輔所論十策，乃書生迂談耳，不足當歐人一笑也。[103]

此「十策」即岡本氏在《萬國史記》卷十一〈法蘭西記〉末段詳述推舉出天討府的「大總管」、徵求自願兵、政教分治、管制兵器以避免民亂[104]……等方案。可王韜將岡本監輔原文通篇略過，僅指出此類「書生」之議在實踐層面上窒礙難行，治標而不能治本；其「以暴制暴」[105]思維亦隱約顯露軍國主義的傾向。[106]

這段敘述後接著是「逸史氏王韜」的大段議論：從歐洲歷年來的國際戰爭中剖析法國未能善用各國矛盾關係創造有利條件，文化風俗則「俗士輕佻，好為小說家言，纖語淫詞，不免壞人心術」[107]，在歐土中「教化」當屬次等；貿易通商與拓展經營勢力上亦不若英人之殫精竭慮，最後更指出法國「重兵不重民」是一大癥結，「蓋必先得民心然後能得土地，未有民心不向而能常有其土地者也。嗚呼！法於此不當憬然悟，惺然悔，而翻然亟思變計也哉？」[108]

以之為殷鑑，王韜不厭其煩、一再申明撰著一部翔實的漢文泰西史傳之迫切性：

日人木原元禮[109]曰：自龍門作史，始創傳體，成匈奴西夷諸傳，嗣後歷代正史，因之必立外國傳，以志四裔，蓋以備遠徼、籌邊防，不可不講之於平日也。惟其間敘事，率多孟浪，道聽塗說，襲謬承訛，不足為典要。豈由詳內而畧外、兼之侈乎文而儉乎實，殊方異族，不屑悉心為之考核歟？方今泰西諸國，智術日開，窮理盡性，務以富強其國，而我民人固陋自安，曾不知天壤

103 同前注，頁二上。

104《萬國史記》卷一一，頁二九下—三〇上。

105 關於王韜在《重訂法國志略》中究竟以譴責「民亂」或歌頌「革命」來記述法國的政治動亂與大革命，兩者之褒貶概念之分析，易惠莉、日本學者佐藤慎一與陳建華皆曾為文詳細探討，也顯現出王韜對弭兵治亂的概念始終游移未決，與日本開明知識圈代表人物岡千仞、岡本監輔等人傾向進化史觀的主張有所分歧。見易惠莉，〈日本漢學家岡千仞與王韜〉，頁一七八—八一；〔日〕佐藤慎一著，劉岳兵譯，《近代中國的知識份子與文明》（南京：江蘇人民，二〇〇六），頁一八三—八六；陳建華著，張暉譯，〈世界革命語境中的中國「革命」〉，《東亞觀念史集刊》一輯（二〇一一年十二月），頁二四三—四六。

106 王韜一八七九年赴日期間，岡本監輔曾來拜訪王韜，王韜對他的新作《萬國史記》稱賞不已，但針對學習西法一事也交換不同意見（《扶桑遊記》，頁一三〇—一三一）。

107〈序〉二，《重訂法國志略》，頁二下。

108 同前注，頁三上。

109 木原元禮，又名木原雄吉，字節夫，號老谷。日本儒學家，曾任修史館協修，為岡千仞摯友，與岡千仞、重野安繹是少年時同學。死後重野安繹為他撰墓誌銘，著作有《老谷遺稿》。見蔣英豪編著，《黃遵憲師友記》（香港：香港中文大學出版社，二〇〇二），頁一三三—三四。

間有瑰瑋絕特之事，則人何以自奮，國何以自立哉？余謂木原節夫斥昔日史官之陋，其說誠是也！[110]

與高橋本《法蘭西志》相對照，會發現王韜引述木原元禮之語，乃為木原氏為《法蘭西志》所撰跋文之首段內容，故此論深得作者認同，於此可見；《重訂法國志略》「凡例」第五條提出：

歐洲各國，素無史職，記載闕如，近代始有私史，其所以搜羅佚事，網舉舊聞，大半出於教士之手，其書又不諳體例，詳畧失當。近今所譯於中土者，惟紀國俗、輿地、物產而已，事實未備，茲為之補其所缺失，而後一國之典章制度，粲然以明。[111]

此文實轉化自沈文熒（一八三二—一八八六）[112]為《法蘭西志》所作序言。[113]王韜赴日時沈氏任第一任駐日公使何如璋之隨員，沈氏在文中讚揚「岡君與高橋氏」為深識時務之俊傑，與王韜輯撰法國史以切實了解世界動態為尚的觀點不謀而合。按清廷外交官何如璋（一八三八—一八九一）擔任首位駐日公使的四年半期間（一八七七—一八八二），正是幕府垮台後，明治新政甫成，新舊政權接壤過渡的時代作為大清公使，在爭取國家權利的同時，[114]亦與日本朝野文士往來密切，尤其關注惟西學是尚的明治初期日本知識圈新出版的世界史書籍。岡本監輔《萬國史記》的卷首即有何氏「經國之大業不朽之盛事」的書法題詞，讚譽此書網羅西學與外國史傳的宏富知識。[115]同樣的，沈文熒作為外交公使之隨員，為高橋二郎新著之法國史撰寫序言，證明了外交使節與當地知識圈往來密切，可見晚清涉外官員留心日人積極編譯撰述外國史著之一斑，日東文士因應變局與掌握世界局勢的強烈企圖自不

---

110 〈序〉二，《重訂法國志略》，頁三上—下。

111 〈凡例〉，《重訂法國志略》，頁一下。

112 沈文熒，字心燦、梅史，一作梅士，號敬軒，又號梅史，室名春萍館，浙江餘姚人。咸豐二年（一八五二）副貢，九年（一八五九）舉人，曾招集義勇抗擊太平軍。同治四年（一八六五），由陝西提督雷正綰聘為記室，轉戰關外，跋涉於天山蔥嶺之間，以戰功授正五品陝西省候補直隸知州。光緒三年（一八七七）十一月任出使日本隨員，光緒五年（一八七九）十一月西渡回國。一八七七年任駐日公使隨員期間，常參加與日本文士名流的筆談，曾與黃遵憲、王韜為日本漢詩人森春濤之子森槐南的劇作《補春天傳奇》撰文「序評」、卷首題詞。嘗與黃遵憲聯句作〈摸魚兒〉詞譜贈源氏後人大河內輝聲（源桂閣）。有《途中記行詩》，記隨使日本途中事，又有《石稿文集》。見《黃遵憲師友記》，頁一五八。沈氏與在日之中國文人與日本漢學家的詩歌往還，詳見（日）石川鴻齋編，《芝山一笑》，收入王寶平主編，「國家清史編輯委員會．文獻叢刊」，《晚清東遊日記匯編（一）．中日詩文交流集》（上海：上海古籍，二〇〇四），頁五九、六六、六九、七二、七三。相關分析詳見本書第二章。

113 序言中提及「法蘭西於古為奧盧地，漢初元間始屬羅馬，至齊高帝時始立國，其後治亂廢立不常，國無史職，記載闕如。近代始有私史，搜羅軼事，撮舉大略，顧其書不諳體例，詳畧失當，又多出於教士之手，凌雜異端。譯於中土者，惟紀國俗、輿地、物產而已。書不同文，語侏離舌，人諳其語而拙於文學，士長於彼而昧其字，欲為之志，不亦難乎！」見沈序，《法蘭西志》，頁一上—三下。

114 何如璋任職其時恰恰面臨日本強逼琉球為藩屬的一連串事件，其外交折衝手法，詳見第二章分析。

115 參見徐興慶，〈王韜的日本經驗及其思想變遷〉，收入徐興慶、陳明姿編，《東亞文化交流：空間．疆域．遷移》（台北：國立臺灣大學出版中心，二〇〇八），頁一六四—一六九。

待言。

（二）上古三代遺風——議會制度與法典

饒具意義的是，不僅是王韜在一八八〇年代末葉編撰法國史志時取資日本文士編譯的著作，高橋二郎《法蘭西志》卷二終段的論說部分（大部分出自岡千仞之手），主要回溯並詳述法國議會體制的創始與源流，書中眉批部分也引述當代重量級讀者王韜的回應，自我揄揚一番：

> 論曰：法國之有國會，創於法蘭哥之時。迨泰甫帝興，始開國會，為張治化之基本。令郡國舉代議士，春秋徵集，討論憲法制度，授之百司，施行政事。此會一開，為君相者不得濫用生殺與奪之權……至聖路易，主歸立法之權於國會，統行政之權於君相。公會、大議會等，陸續繼起，上下權限畫一，得人盡其分，始為軍民同治之體。各國模仿，駸駸乎日進文明之域。無他，以議會為張治化之基本也。……英人模里蘇著《萬國綱鑑》，贊帝德為歐洲堯舜，殆非虛稱也。[116]

此段文字本頁上緣之眉批處有：「王韜稱米利堅志為深識遠慮，稔歐洲事情。如此論，真稔歐洲事情矣」[117]，可知王韜在日期間，岡氏與之頻繁往來、筆談時事與外國史。故兩人對歐美議會制度的共同看法，便呈現在刪定評論高橋氏的《法蘭西志》中，側面顯出日本知識圈剖析國際情勢與尋思建立一理想政治體制的思想腳蹤。

兩人頻繁思想交鋒，或可解釋《重訂法國志略》多處篇章專論法國議會，表現出王韜對此制度高度關切的理由。王韜不僅詳盡敘述自法國創設議院後，歷經各朝多次王權擴張、黨派傾軋、修法易則等等變革，更特意凸顯法國議會制度屢仆屢起的來龍去脈，證此良法美制之實行並非一蹴可幾。[118]學者指出，王韜《重訂法國志略》卷十六〈志國會〉一文，多取自張德彝《航海述奇》中參觀英國議會的段落，他還將張氏對於「巴力門」（parliament，泛指議會或國會）的描述挪用在法國「國會」制度的介紹上，讚揚其內在精神「猶有上古之流風遺俗」[119]。曰：「中國三代以上其立法命意，未嘗不如是。每讀歐史至此，輒不禁睪然高望於黃農虞夏之世，而竊歎其去古猶未遠也」[120]，與日本士人亦以

116《法蘭西志》卷二，頁九下—一〇上。
117《法蘭西志》卷二，頁一〇上眉批文字。該言為一八七九年王韜抵日後未久與岡千仞暢談之言：「鹿門（按，即岡千仞）會著米志、法志，於泰西情形，瞭然若指掌。」見《扶桑遊記》，頁四七—四八。
118 王韜在日期間，《朝野新聞》主筆成島柳北與高橋基一合譯了英人趙舞亇的原著《英國國會沿革志》，並由《朝野新聞》社印行出版（明治十二年〔一八七九〕四月印行；該年五月十日、七月六日、九月十七日的《朝野新聞》第四版廣告欄皆可見此書的廣告）。
119〈志國會〉，《重訂法國志略》卷一六，頁二八上。相關論述參見潘光哲，〈追尋晚清中國「民主想像」的歷史軌跡〉，收入劉青峰、岑國良編，《自由主義與中國近代傳統：「中國近現代思想的演變」研討會論文集》（上）（香港：香港中文大學出版社，二〇〇二），頁一三七—四一。
120〈志國會〉，《重訂法國志略》卷一六，頁二八下。

中國政治清明的上古黃金年代來稱譽法國創始國會之帝王，其「帝德為歐洲堯舜始」[121]之用詞如出一轍。

王韜關於法國議會的介紹描述與說明此制於泰西國家行之有年，固然來自於他的歐洲經驗（特別是英國與法國），也為晚清士人了解法國情勢提供了重要資訊，但更可關注的是，《重訂法國志略》敘述歷史治亂時，更以法國國會的興廢與變革作為指標，歷歷呈現各朝代議會制施行的顛簸道途：如卷三〈大興民會〉，卷五〈開議會〉，卷七〈法國會黨作亂〉，卷九〈議員復集〉、〈擬設上院〉、〈更議國法〉、〈議院與黨相傾〉、〈追論議院歷年變動〉，卷十〈新建議院〉、〈新舉議員多主民政〉，卷十六〈志國會〉……等，王韜在書中花費大量篇幅詳述並格外關注當代現況的筆墨，置諸一八九〇年代的中國，不啻為觀察歐洲國家實行民主法制亦屢改屢變的清晰脈絡，益發顯出建立一典章制度過程的緩慢艱辛步伐。

與高橋二郎《法蘭西志》眉批中所謂「熟稔歐洲事

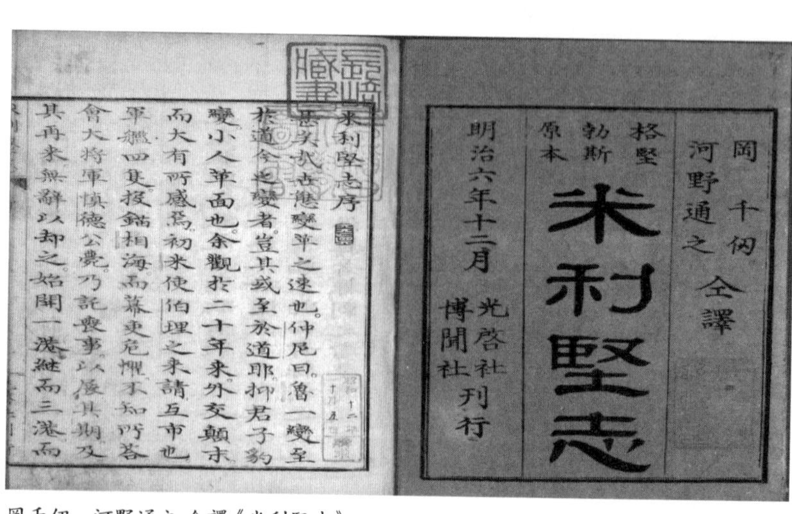

岡千仞、河野通之 全譯《米利堅志》

情」的王韜對國會、政黨等民主法制之核心關懷相仿，《法蘭西志》卷六中野口之布（一八三〇—一八九八）[122]在眉批處讚揚拿破崙創立新法典一段文字，王韜將之全數引用，並改頭換面為《重訂法國志略》之卷六尾段的論說。王韜先引錄「異史氏」（岡千仞）之言綜述拿破崙一生功過：

余特惜其徒恃攻城野戰之力，逞摧堅挫銳之威，戰鬪愈勝而國力愈疲，威武愈揚而智力愈窮也。余觀古來英雄用兵，立大功於天下者，必用諸不得已者也，何謂不得已？禹之行水是也，禹疏江淮河漢瀦彭蠡巨澤，皆因水勢之不得已者，而疏導之。[123]

接著指出拿破崙對普、墺、英、俄之戰，即因非「不得已」而貿然用兵，故導致最終之潰敗。王韜對此說表示贊同：

121 同樣的，對於英國國會制度，王韜也經常以「實有三代以上之遺意」稱道之，將中國上古「三代」視為政治圖像的完美境界。見王韜，〈紀英國政治〉，《弢園文錄外編》，頁八九。

122 野口之布，字士政，號犀陽，為王韜於光緒五年（一八七九）閏三月二十五日抵達東京時，前來迎接並同宴於東台長酡寺之日本文士中一員。見《扶桑遊記》，頁三七；另參見王立群，《中國早期口岸知識份子形成的文化特徵：王韜研究》（北京：北京大學出版社，二〇〇九），頁二三〇。

123 《重訂法國志略》卷六，頁三四上。

> 岡千仞此論，可謂能得其要領矣。日人野口之布曰：古今英雄，規模宏遠者，往往不留心於細務，獨崙帝攻畧之暇，用心吏治，定五法、創諸學，精到周詳，各國奉為模範，崙帝洵高出他英雄上哉，千百世下猶令人聞風興起焉。[124]

王韜借岡千仞與野口之語，強調一代霸主拿破崙大起大落之傳奇，最值得稱道之處並非其戰功彪炳，橫掃歐洲各國千軍，將法國國力推到巔峰，而在於頒布二千三百條律例的「民法」，又稱《拿破崙法典》。自此法令頒布後，更「盛築博物館、藏書庫。各科學校，創褒賞式，國人勳勞國家，發明各科藝術、器械者，賜牌章勸獎之。專講民利、興國益，政績粲然，闔國歡戴」[125]。此新法打破舊有的階級觀念，因「法國舊賜武器賞將士之功，崙此法一行，褒賞遍加，民權均一，無復貴賤懸隔之弊」[126]。自此法遂行，無論士庶貴賤，有創造之功者，皆能均沾榮譽。換言之，拿破崙從法律層面施以釜底抽薪的政治改革，也對法國的社會文化風俗造成深遠影響，此乃王韜所強調：崙帝創行法典之精神，足為治國者之鑑鏡，其典範將永垂後世的主要原因。

王韜與岡千仞對於君主何時應「用兵」的相異態度，在卷四末段並列「異史氏」與「逸史氏」論評間的角力可窺端倪。按《重訂法國志略》中「異史氏」與「逸史氏」的對話回應與批判，歷來已受到研究者注意，[127]王韜在每卷之末除了抄錄高橋本《法蘭西志》中岡千仞的評論，名之曰「異史氏」外，接著還有如《史記》「太史公曰」之總結式史傳評論，即以「逸史氏王韜曰」起頭，展開對法國歷史與異史氏（岡千仞）的歸納總結及辯駁。故《重訂法國志略》前六卷卷終「異史氏」之後的「逸史氏」總結論評，不但清楚反映了十九世紀末東亞知識人思維流變的軌跡，更見證了中日文士兩造間批駁商榷的當代觀點，為東亞知識界的思想交鋒留下珍貴側影。

誠然《重訂法國志略》前六卷每卷終段可以清楚見到岡千仞與王韜「並列式」的法國史評論與針對當代政治的不同主張。但若逐字對照高橋本《法蘭西志》，就會發現

124《重訂法國志略》卷六，頁三五上。高橋本《法蘭西志》野口之布的眉批為：「古今英雄，規模大者，不留心於細事，獨拿帝攻略之暇，用心於吏務。定五法，創統計學，精到周悉，各國奉為模範，是拿帝之規模所以異他英雄。」見《法蘭西志》卷六，頁二一上—下眉批文字。

125《法蘭西志》卷六，頁九上。王韜將這段話稍加潤飾全數錄下：「專講民利、興國益，辨人民交際權利之別。有暇親臨講席，條分件析，剖論入微，老學士聞之，莫不歎服。政績粲然，闔國歡戴。」見《重訂法國志略》卷六，頁一二下。

126《法蘭西志》卷六，頁九上—下眉批文字。王韜則以「注解」方式呈現，見《重訂法國志略》卷六，頁一二下。

127 *Between Tradition and Modernity*, pp. 122-28.

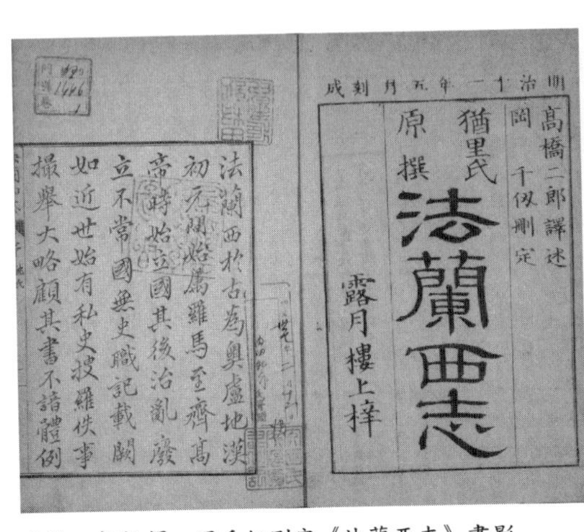

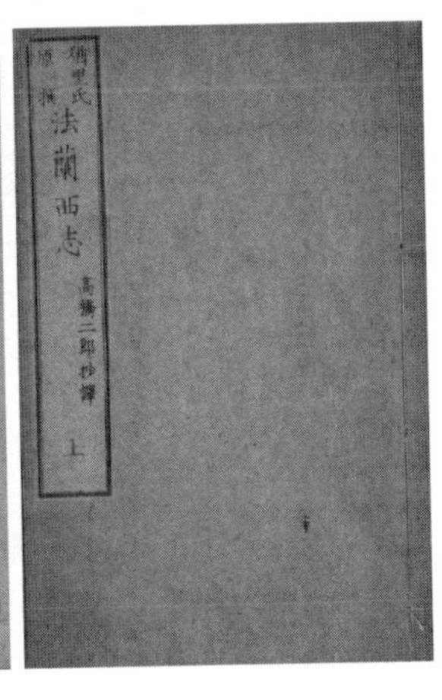

高橋二郎抄譯，岡千仞刪定《法蘭西志》書影

——王韜非但經常逸出法國史的敘述脈絡發表自己的評價，亦不甘於扮演「忠實抄錄」者，僅將日人史著評論原文照登，最後再加以總結論斷，而往往是在引錄中加諸個人的判斷並予以刪增剪輯，甚至暗度陳倉地將之置換成自己的觀點。

列出兩書（指《法蘭西志》與《重訂法國志略》）卷三的末段文字，我們發現，王韜除了將《法蘭西志》的「論曰」安上「異史氏曰」置於《重訂法國志略》中，還將其中牽涉到岡千仞對中國政治的批評段落移花接木，予以「加工」剪裁，這麼一來，原文之意圖因此大異其趣，轉化為王氏個人的觀點。試比較兩書之文：

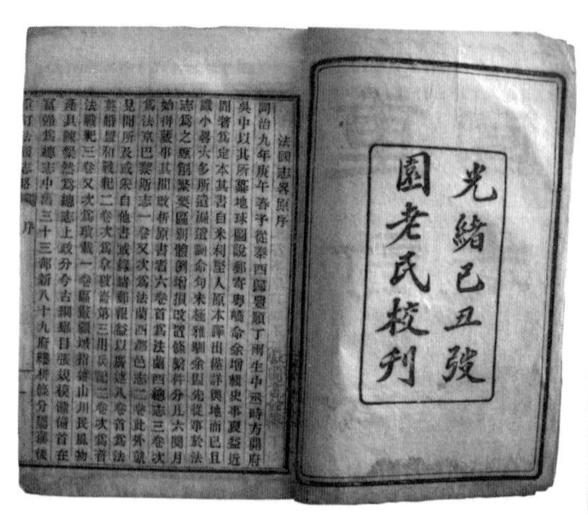

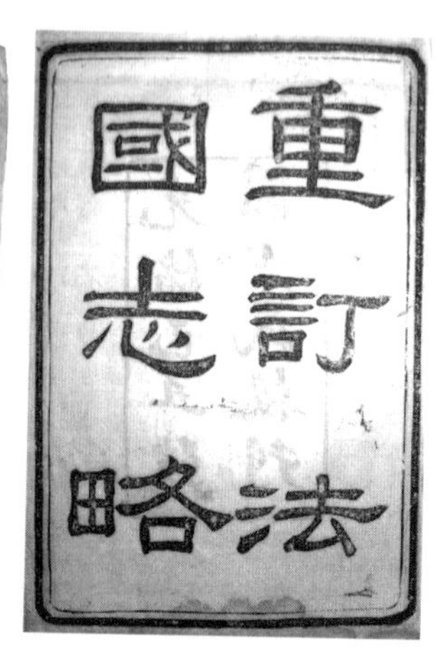

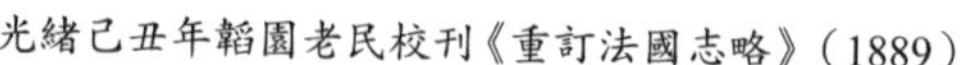
光緒己丑年韜園老民校刊《重訂法國志略》（1889）

出處	《法蘭西志》[128]	《重訂法國志略》[129]
評述	論曰	異史氏曰
出文字對照	余觀九世路易護民權，及四世非立諭國人自由權利，喟然歎曰：歐洲各國所以日趨乎旺盛者，在於此也歟！……蓋歐洲各國法律與漢土同其名而異其實，漢土法律出於法官所制，故為法以張政府威權為主，政府威權日愈隆盛，而人民生氣日愈凋敝矣。歐洲法律成於國會所定，故其為法以護人民權利為主，人民權利日愈增加，而國家元氣日愈隆盛矣。近世英米雄視宇內，職是之由。嗚呼！一法律也，一為漢土，一為英米，世之論政體得失者，宜鑑于此也。	余觀路易護民權，及腓立諭國人有自由權利，喟然歎曰：歐洲各國所以日趨于強盛者，其在斯歟！……蓋歐洲各國法律尚有三代之遺風，不務其名而求其實，夫治國大綱不外兩端：一尊君以臨民，一保民以輔君。君尊民卑，則必以張政府威權為主，政府威權日愈隆盛，而人民生氣日愈凋喪矣。歐洲有議院、有國會，君民共治，一秉至公，所有法律皆成於國會所定，故其為法以護人民權利為主，人民權利日愈充厚，而國家元氣日愈增加矣。上下之情通，君民之交固，國家有大事，千萬人之心為一心。近世歐洲列國雄視宇內，職是之由。嗚呼！世之論政體得失者，宜鑑于此也。

128《法蘭西志》卷三，頁二二下—二三下。
129《重訂法國志略》卷三，頁二八下—二九上。

王韜將岡千仞文中提到漢土雖有法律制度，但卻集權於君，人民未蒙自由權利的段落刪去，轉將歐洲各國行之有年的議院國會制度視之為中國上古「三代遺風」的展現。可見在王韜心中，歐洲各國施政典範之核心內涵，實與中國遠古「三代」精神遙相契合呼應，「上下之情通，君民之交固，國家有大事，千萬人之心為一心」，君民同心必能達到政治清明之理想境界。此觀點在《重訂法國志略》卷十六〈志國會〉一章中再次強調，也讓我們看到王韜對「三代」理想圖像在歐洲的國會制度中復活重現，於中土卻不見薪傳，發出喟然長嘆：

> 逸史氏王韜曰：國會之設，惟其有公而無私，故民無不服也，歐洲諸國類無不如是，即有雄才大略之主崛起於其間，亦不能少有所更易，新制變亂舊章也。偶或強行於一時，亦必反正於後日，拿破崙一朝即可援為殷鑑。夫如是，則上下相安，君臣共治，用克垂之於久遠，而不至於苛虐殃民，貪暴失眾。蓋上下兩院議員，悉由公舉，其進身之始，非出乎公正則不能得，若一旦舉事不當，大拂乎輿情，不洽於群論，則眾人得而推擇之，亦得而黜陟之，彼即欲不恤人言，亦必有所顧忌而不敢也。中國三代以上，其立法命意，未嘗不如是。每讀歐史至此，輒不禁睪然高望於黃農虞夏之世，而竊歎其去古猶未遠也！130

這段話意有所指地透露晚清中國已不復見「三代遺風」，他的嘆惋中隱藏著對清廷政治制度的批判之聲，亦顯露王韜在撰著法國史志上寄寓的政治變革思想。

（三）教會弄權與宗教干政所隱伏的東亞危機

緣於對西方教會左右政權的深刻理解，王韜，《重訂法國志略》亦透過卡頒的氏王朝（Capetian Dynasty, 978-1328，又譯為卡佩王朝）的興衰，進一步檢討法國歷代侯王攻伐連年，人民恃勇好戰，「頗有嬴秦氏之遺風，顧逞其方張之氣，輒能得志於一時，而終患不能持久」[131]的癥結。雖然開國之君哥羅味、查理曼與路易等皆賢明君主，養士愛民，「惟其信任教士，俾預政權，輕聽妄言，勞師遠伐，卒至帑藏空虛，甲兵凋敝，驅數十萬壯士殞戮於鋒刃，轉死乎溝壑，而國幾為之匱，豈非教之為害哉？」[132]

顯然王韜並未如岡千仞一味讚揚歐洲政體法制，

130《重訂法國志略》卷一六，頁二八下。
131《重訂法國志略》卷三，頁二九下。
132 同前注。

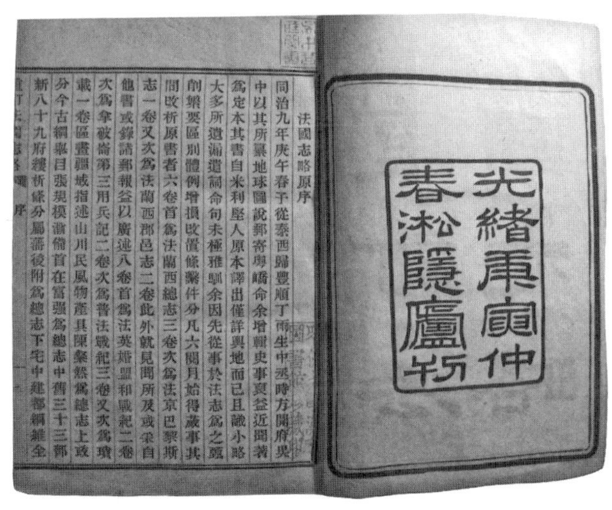
光緒庚寅仲春淞隱廬刊

法國志略原序
同治九年庚午春予從泰西歸豐順丁雨生中丞時方開府吳
中以其所纂地球圖說郵寄粵嶠命余增輯史事衷益近聞著
為定本其書自米利堅人原本譯出僅詳輿地而已且識小略
大多所遺漏遣詞命句未極雅馴余因先從事於法志為之甄
削繁要區別體例增損改竄條繫件分凡六閱月始得蕆事其
間攷析原書者六卷首為法蘭西總志三卷次為法京巴黎斯
志一卷又次為法蘭西郡邑志二卷此外就見聞所及或采自
他書或錄諸郵報益以廣述八卷首為法英婚盟和戰紀二卷
次為拿破崙第三用兵記二卷次為普法戰紀三卷又次為瑣
載一卷區畫疆域指述山川民風物產具陳纍然為總志上既
分今古綱舉目張規模備首在富強為總志中為三十三郡
新八十九府縷析條分屬藩後附為總志下宅中建都綱維全

光緒庚寅仲春淞隱廬刊，《重訂法國志略》（1890）

他從法國的朝代變革提出反省，並指出其中隱憂：

> 夫泰西之異於中土者有三，曰：君民共治也，男女竝嗣也，政教不分也。今法國時而君主，時而民主，有若奕者之舉棊不定，國家之亂遂因之而開。……獨是中葉以還，教權太重，逮拿破崙第三去位而始有轉機，作俑者，非由於王妃克魯智德哉？從來有創必有因，有開必有繼，貽謀之善，尤不可不深長思也。[133]

他譴責克魯智德女王（Queen Clotilda, 475-545）將教會權力推到巔峰，乃為禍亂之始作俑者。故仔細剖析前文所述王韜增刪《法蘭西志》的文字與「逸史氏」之評價，我們一方面可以見到晚清士人雖面對「世變」與東西洋文化的衝擊，但回顧自身文化傳統，仍保持從容持平地比較優劣的態度，與明治初期崇尚西學潮流下，日本文士否定漢學與舊有體制的心理傾向大異其趣；如前所述王韜於法國國會制度施行的曲折過程亦保持高度關注，對照他與西方傳教士（尤其是英國傳教士）相處數十年的經驗，得以比較兩造之優劣，故高度敏感於法國天主教會權利擴張的弊病。《重訂法國志略》卷十七〈志教會〉詳述「加特力」教（即天主教）之源流發展與「逸史氏」的總結評論，即重複申說卷九〈追論議院歷年變動〉一章中的結論：

> 泰西列國之在昔日誤於政教不分，而法為尤甚。當其盛時，列國君主皆需教皇為之加冕沐膏，

隱持其黜陟廢立之權，故列國無不畏之，幾於惟命是聽。由是教人益橫，咸謂教皇者，口操天憲，身秉國鈞，舉足為法，吐詞為經，出一言而無敢非之，行一事而無或撓之。發號施令，布於歐洲，奉為聖身，無敢加害，惟英國知其謬，首先背之。逮乎路得既興，群趨正道，新教熾而舊教微，然因是而至誅殛焚戮者，不可勝數。觀於法之助舊而除新，日殺無辜，惟恐衛道之不力，是誠何心哉？推其兩教之分，實同源而異流，而門戶水火之爭至於若是，耶穌在天之靈不當隱恫乎哉？法自敗於普，民主主政，漸悟其非，悔禍之延，幡然改轍，誠能如監必得[134]之言，政自政，教自教，各行其是，毋相凌雜，教人雖欲干國之紀，豈可得哉？[135]

法國教會勢力膨脹後往往干預國會制度，甚且超出王權，主導議院，造成法國黨派傾軋，政治不安，社會動盪因之而生。他更預見「宗教」勢力的消長對整個歐洲局勢穩定與否影響至鉅，此紛擾爭端已可從幾個國際事件窺見其亦將延燒至歐土之外的亞洲諸國。

法國從一八六四年開始逐步侵略越南，亦因傳教士在越宣教受阻或慘遭殺害之事所啟釁，為王韜

133　同前注，頁二二九下—二三〇上。

134　按，監必得（又譯為「甘必大」）為一八七〇年代法國國會議員，曾任民主黨黨魁，致書議院救國之策三方案，最後一方案即為「治教之章」，主張裁抑教人。見《重訂法國志略》卷九，頁二二八下。

135　《重訂法國志略》卷九，頁二二九上—下。

一貫注目的焦點，故不憚繁瑣地在《重訂法國志略》中一再申明，如卷七〈法謀據安南全境〉，卷八〈法圖越南〉，卷十四〈奪地安南〉、〈進攻高麗〉等篇章，揭露法國在越南「割其六省，立埠通商，近復恣其蠶食之謀，旁及他境」[136]的野心。卷十四〈進攻高麗〉一章便從英法兩國企進據朝鮮為通商版圖卻遭到抵制說起，綜述歐洲列強對外擴張版圖的成敗之因：

按泰西人士喜勤遠略地球各國中，凡舟車所可通者，足跡幾無不徧及。效其言語文字，察其風俗民情，其運慮周，其用心密。然自攘地據疆、強兵富國外，大旨不過兩端：曰通商，曰傳教。泰西諸邦英法為雄，二者之間，英法稍異。通商則英為急，傳教則法有權。人第知西國所至各處以兵力佐其行賈，而不知亦以武備與其文事，是以議者咸謂：通商則有利有害，傳教則有害而無利，齟齬嫌隙之開，悉由於此其說是也。然而聖王在上，仍其教不易其俗，一任異教之紛馳，而無戾蕩平之王道。蓋天下事無本者不立，無實者必撥，自為消長，一聽諸天，苟其機未至而悻悻焉，必欲與之爭勝，鮮不中其毒、受其禍矣！[137]

法國傳教受阻往往為侵略戰爭的合法藉口，再度回應上文所述：脈絡化地觀察中法兩國關係，一八五八年法國教士馬賴神父被廣西西林知縣處死，此「西林教案」使法國決定攻打中國，是為英法聯軍之役之肇因；一八七一年法國在華天主教堂爆發的「天津教案」震動朝野中外；一八八四年的中法之戰亦可追溯至咸豐八年（一八五八）時在越南傳教的法國神甫遭當地人戕殺事件。這些都是教會勢力恃武力為後盾向中國與亞洲擴張的表徵，此脈絡之梳理，彰顯出王韜在《重訂法國志略》中對越南問題高度關注的內在緣由。他提醒：相對於清廷的漠視對越政策，日人卻始終盯緊越南問題。在卷十四〈奪地安南〉篇末指出曾根俊虎《法越交兵記》，已剴切剖析中法之戰後中法簽訂條約，越南全境正式成為法國殖民地的遠因近因，更為清廷怠忽涉外事務與故步自封的政策方針提出警語。不管是琉球、台灣、越南、朝鮮，這些清廷的藩屬或朝貢國，一一受到歐洲列強甚至日本的併吞與蠶食，中國作為宗主國的地位業已左支右絀，清晰勾勒晚清中國「朝貢體系」與貿易體系崩解所隱藏的深沉危機。[138]

故王韜的法國史志固為亞洲與中國面臨的國際形勢之深度剖析，亦不啻為晚清帝國將遭遇的重重危機，敲下警鐘；從微觀到宏觀，這部外國史除了即時掌握世界各國動態發展外，也深切認知到：中國早已不能自外於此危機四伏的世界秩序，在時代巨輪中必須積極採取因應措施，否則終將慘遭淘汰。

《重訂法國志略》詳盡分析泰西「政教不分」的歷史傳統及其後續損益影響之來龍去脈、國會與

136《重訂法國志略》卷七，頁二〇下。

137《重訂法國志略》卷一四，頁一七下—一八上。

138 參見〔日〕濱下武治著，朱蔭貴、歐陽菲譯，虞和平校，《近代中國的國際契機：朝貢體系與近代亞洲經濟圈》（北京：中國社會科學，一九九九），頁三三—五一。

議院的創建、施行民主憲政體制過程的曲折過程，考察歐洲列強逐步進逼亞洲局勢的動態訊息，皆使得該書在上海的鉛印出版，置諸於一八八〇年代末葉的晚清中國，其意義已非侷限於該書凡例所言「近時英人慕維廉譯英吉里志，美人裨治文譯聯邦志畧，即以其國人之人，譯其國史，談遠畧者皆以先覩為快，而法志仍復闕如」[139]，欲彌補中國尚無法國史著的缺憾；亦不僅如柯文所言，王韜的著作在當時擔任中西「兩種文明間的調停者」[140]之不可或缺的地位，更揭示晚清時期東亞傳統文士過渡為現代知識人的主體與自我建構之艱辛歷程，呈顯出「海上知識社群」努力融攝東西方視域，思想交鋒辯證以及尋索解決時代難題的曲折步履。

結語

本文結合王韜生命史，爬梳其一八四〇年代末葉進入上海「麥家圈」文化社群，與歐西傳教士的交往奠定嶄新世界觀，一八六〇年代初期遁至香港，得益於特殊歷史機緣而遊歷歐西諸國，一八七〇年代末葉至東瀛與日本智識群體交流對話，此期間累積的廣闊東西文化比較視域，在一八八〇年代中葉重返滬上後的種種文化活動與實踐，更見深邃豐厚，故於一八八九年付印、一八九〇年刊行並廣為流傳的《重訂法國志略》，可謂積累數十年功力鎔鑄而成。

從晚清西學書籍的接受流通觀點來看，一八九〇年代以降，上海出版界出現不少纂輯各種外國史著作入套書或叢刊，並冠以「萬國」或「五洲」的書籍，[141]王韜的《重訂法國志略》的內文或段落便常常被其他人摘錄或編輯入書。如曾出使歐、亞、非三洲的外交參贊錢恂在他一九〇一年出版的《五洲各國政治考》中，敘述法國巴黎的都城〈街道〉[142]，以及鼓勵工藝創造、重視智慧財產權的民情風俗（〈工藝〉）[143]，就分別整段引用《重訂法國志略》內容。[144]與錢恂博采旁通著《五洲各國政治考》將十餘年前王韜的著作輯入異曲同工，雲間[145]麗澤學會於光緒壬寅年（一九〇二）出版了由閔萃祥編輯、席裕琨校，共計二十二冊的《五洲列國志彙》叢書，王韜的《重訂法國志略》也占有重要分量（收入該叢書第十三冊至十七冊）。

---

139 〈凡例〉第九條，《重訂法國志略》。

140 柯文，《在傳統與現代性之間：王韜與晚清改革》中文版序言。見〔美〕柯文（Paul A. Cohen）著，雷頤、羅檢秋譯，《在傳統與現代性之間：王韜與晚清改革》（*Between Tradition and Modernity: Wang T'ao and Reform in Late Ch'ing China*）（南京：江蘇人民，二〇〇三），頁一。

141 此外國史志亦影響了小說界在二十世紀初湧現以世界視野「演義」故事的熱潮，如《萬國演義》、《泰西歷史演義》等。參見顏健富，《從「身體」到「世界」：晚清小說的新概念地圖》（台北：國立台灣大學出版中心，二〇一四），頁二八—三〇。

142 工政〈街道〉，《五洲各國政治考》卷八。見〔清〕錢恂，《五洲各國政治考》（光緒二十七年〔一九〇一〕上海刊本），頁一〇下。該書的全文掃描檔收入海德堡大學漢學系的「Encyclopedias 類書」資料庫，感謝海德堡大學瓦格納教授（Rodulf G. Wagner）慷慨應允筆者可進入此蒐羅廣博的珍貴電子資料庫查閱文獻，並惠賜徵引權限。

143 工政〈工藝〉，《五洲各國政治考》卷八，頁一一上。

144 為《重訂法國志略》卷二一〈街衢市肆〉與卷一八〈給予文憑〉內容。

145 松江古稱雲間，上海縣城隸屬松江府，因此雲間亦可視為廣義的上海地區。

可知王韜的法國史志已成為近代中國知識分子為了解西方而編纂百科全書時頻頻徵引的豐富資源，堪稱為晚清民初中國知識分子傳遞與累積西學，推動社會啟蒙與政經文化革新的濫觴之作。[146]

故王韜其人其作，恰可證海上一地的文人與知識社群的活動並不囿於上海地域，他們因國際的文士交往而愈益彰顯，反證「海上」概念的非地域性。乃知，其時於海上，或擴展為東亞世界，來自歐美的傳教士及各國文士往來交遊，或翻譯外國史志，或彼此交換新作閱看，或輯其文章段落入書，或編為報刊之內容，或出於對政局與國際時事之深切關注，合作著述，正揭示出一個不容忽視的現象：所謂「海上知識社群」，乃包含往來上海的歐美與東亞諸國菁英文士。王韜的法國史志與書寫，具體演繹多維度多面相的複雜詮釋，深刻呈現十九世紀末同期的東亞諸國知識分子遭逢世變的心態衍異過程，「海上知識社群」之思想特質與文化實踐為晚清中國現代性轉型課題注入深層辯證元素，由是臻於明晰。

146　參見李孝悌，〈建立新事業：晚清的百科全書家〉一文，見《中央研究院歷史語言研究所集刊》第八一本，第三份（二〇一〇年九月出版）。

第二章　從《朝野新聞》看王韜與中日菁英詩文中的亞際文化融匯

前言

一八七〇年代末的亞際文化生態有過奇特一幕：文人的行走與聚合，詩文的流播與相互激盪，無論朝野，不限中外，悉由報紙而生，《朝野新聞》、《循環日報》與《申報》形成文化走廊，串聯東京、香港和上海，又遠遠應答歐西現代，其軸心人物是王韜。

第一章已提及，光緒己卯年（一八七九），居住在香港，因《普法戰紀》而揚名東瀛的王韜受邀訪日，與明治維新初期日本朝野人士、清廷駐日公使及當時寓日華士多有交流。在日本期間，東京兩大日報《郵便報知新聞》、《朝野新聞》皆刊登不少王韜的政論文章及其與中日友人贈答酬和的漢文詩歌作品。已有不少學者通過《郵便報知新聞》闡釋王韜在日發表的詩文及其影響，[1]但同樣保留該時期珍貴文獻的《朝野新聞》，學界鮮有系統性的介紹與分析。故本章以《朝野新聞》所登載王韜其人其文與在日期間的文化活動，報紙上乍看無一貫脈絡，仔細梳理卻饒富文化交融意義的相關消息，自下述方向深入探究十九世紀末葉亞際文化融匯的複雜內涵。

一、王氏赴日前不久，清廷派遣的大使何如璋（一八三八—一八九一）、副使張斯桂（一八一六—一八八八）、參贊黃遵憲（一八四八—一九〇五）等人已駐節東京。《朝野新聞》除陸續刊出清使團成員與日東文士間唱和贈答的詩文，亦開始出現轉載自王韜於香港創辦的中文報《循環日報》之詩歌、政論與國際消息。時值琉球事件引爆的中日兩國外交難題，除暴露清廷朝貢體系瓦解之兆，投射了巨變中的國際情勢，也具體呈現兩國朝野人士辯難交鋒的思想言論；副使張斯桂《使東詩錄》系列詩作刊登轉載於東亞三城（上海、香港、東京）報紙，標誌著中日外交史與文化史已進入嶄新階段，掩映出日益複雜的亞際文化交流課題；二、明治維新後日本學界著重撰譯外國史的風潮、新聞紙與報社成為輿論公器，都形塑了迎向西潮的近代日本社會文化新風貌，不僅影響王韜的史學觀，並在他日後的史志書寫留下深刻印痕；三、在日時期觀察明治新政十餘年的社會文化影響，與日本漢學家及朝野開明文士人的近距離接觸，皆使此前曾考察西洋文化的王韜無形中吸納東洋異域文學的養分，為其日後撰寫志怪傳奇體的筆記小說注入融合東西洋文化的嶄新元素，增益中國近現代文學的豐富多元。

通過上述這些層面的考察分析，試圖重新擬構王韜和十九世紀末葉亞際菁英社群互動融通之軌跡，呈現此交流所輻輳出的東亞城市——上海、香港、東京——三地的思想文化之跨域匯合，此一融通、匯合的過程當然不無複雜的張力結構，本章即著力於總體態勢，審思其開展或後續發酵的豐碩文化動能。

1　王曉秋曾在〈王韜日本之遊補論〉一文中，探討王韜赴日期間，日本東道主栗本鋤雲擔任主編的日報《郵便報知新聞》上所刊載的王韜消息與詩歌及議論（四篇論文），讓我們對王韜在日的文化活動，有更深入的了解。見林啟彥、黃文江主編，《王韜與近代世界》（香港：香港教育，二〇〇〇），頁三九五—四〇八；另見易惠莉，〈日本漢學家岡千仞與王韜〉，頁一六八—二四三；徐興慶，〈王韜與日本維新人物之思想比較〉，頁一三二—七一。

一、交流新序章：《朝野新聞》上的清國使團身影與《循環日報》消息

光緒五年（一八七九）暮春王韜赴日時，距離他一八六二年捲入通敵太平軍疑雲而自上海出逃避禍至香港，已屆十八年。在這段不算短的歲月中，他創辦中文報《循環日報》（一八七四年四月）並擔任主筆，主持中華印務總局，不管在報刊界或出版業，皆擁有舉足輕重地位。受日本《郵便報知新聞》主筆栗本鋤雲（一八二二—一八九七）之邀，他取道上海轉赴東瀛，以東京為中心展開四個月餘的遊歷，當地兩大日報（《郵便報知新聞》、《朝野新聞》）紛紛刊載其詩文作品，漢文期刊也收錄王韜曾發表在香港報紙上的文章。[2]居停百二十餘日行將回港前寫下的《扶桑遊記》交由「報知新聞社」加上日文訓讀出版。[3]東京的讀者不難透過此書清楚得知王韜扶桑歲月所見所思，該書亦因香港與上海發達的報刊出版業而流通廣遠，成為晚清時期開明文士了解近代日本的重要著作。

假如《普法戰紀》是王氏吸納歐洲經驗後的文化產物，那麼《扶桑遊記》除了是晚清第一批「東遊日記」其中佼佼，更微妙地呈現了上海、香港、東京三地間以報刊界為中心，隱然存在著一條看似大道通衢卻又藏著許多歧路幽徑的「文化迴廊」，匯聚了三城間或活躍或交錯、撞擊，或應答、洄游、循環的能量交換。作為近代日本頗具影響的東京日報《朝野新聞》正錄下王氏在三城間引動與釋放的這股蓬勃力道，將之與王氏日記參詳對照，恰可提供我們從另一視角重審一八七〇年代亞際知識菁英跨域融匯的過程。

《朝野新聞》乃《公文通誌》（明治五年〔一八七二〕十一月創辦）的改名版，明治七年（一八

七四）九月由成島柳北（一八三七—一八八四）出任社長與主筆。王韜在日記裡便曾對成島柳北與另兩大東京日報主筆栗本鋤雲、福地源一郎（《江湖新聞》主筆）等敢於批評時政的重量級報人多有讚譽。[4]值得注意的是，王韜與成島柳北身為香港、上海和東京報刊界大老，兩人又同樣具有歐洲遊歷的經驗（分別在一八六七年與一八七二年啟程遊歷歐洲，時間或近一年，或長達兩年餘）[5]，對泰西文化特別是新聞報刊界與出版業有較為深刻的觀察，這些親身體驗都增廣拓深了視野，成為他們日後擔任報社主筆的重要思想資源。

從近代中日關係來看，雖然同治年間清廷已與日本正式建交並簽訂《中日修好條約》（一八七一年八月，明治四年），但中國公使團卻因西鄉隆盛為首發動的「西南戰爭」[6]而延後出行。光緒三年

2 如以佐田白茅為首的大來社定期發刊的《明治詩文》第四十二期〈外集〉部分，便錄有王韜〈粵逆崖略〉一文。見夏曉虹，〈扶桑：追尋歷史的蹤跡（關東篇）〉，《返回現場：晚清人物尋蹤》（南昌：江西教育，二〇〇二），頁七—八。

3 王曉秋考證，日本報知新聞社於一八七九年十二月十五日發行上卷《扶桑遊記》（收入一八七九年四月二十七日至五月二十五日的日記），中卷為一八八〇年五月十二日（收入一八七九年五月二十六日至七月六日的日記）發行，下卷為一八八〇年九月二十九日發行（收入一八七九年七月六日至九月二十九日的日記）。王曉秋，〈王韜日本之遊補論〉，收入林啟彥、黃文江主編，《王韜與近代世界》，頁四〇三。

4 見第一章詳論，〔清〕王韜，《扶桑遊記》，頁七八。

5 見第一章詳論。參見〔日〕前田愛，《幕末・維新期の文学：成島柳北》（東京：筑摩書房，一九八九），頁五四四—五一一。

6 西南戰爭（一八七七年二月至十月）是以西鄉隆盛為盟主的士族（薩摩藩士族），以清君側名義所發動的起事，也是日本

十二月（明治十一年，一八七八年一月）戰事平息後，方由第一任公使何如璋、[7]副史張斯桂[8]率團前往日本就職，同行數十人員中還有參贊黃遵憲、[9]隨員沈文熒、廖樞仙等人。[10]兩國締約後關係更為緊密，《朝野新聞》上每每得見來自中國的近事要聞。特別是此前兩年，即光緒丁丑（一八七七）、戊寅（一八七八）兩年中國北方魯、冀、陝、晉、豫等各省發生百年未見的旱災，史稱「丁戊奇荒」。饑民餓殍數萬餘人，為求活路的災民紛紛湧向南方，在官府財政匱乏、吏治腐敗與糧倉空虛等不利因素下，災情若燎原之勢迅速擴大。江南沿海各地縉紳商賈紛紛發起賑災活動，東南沿海貿易重地如上海的《申報》上更頻繁刊出各種呼籲民間助賑的議論消息，除了蘇州、揚州、杭州、鎮江等地設有助賑機構相互支援，海外如美國、日本的華人也設立助賑點響應義舉。[11]

翻開明治十一年（一八七八）三月至九月的《朝野新聞》，幾乎每隔幾天即可見標題為〈支那救恤記事〉之文，下設〈清國饑民救恤鏤金姓名錄〉與〈華族[12]諸君姓名錄〉兩大欄位，逐條註明捐款者的姓名與捐助之金額，日人捐款跨國捐糧救賑饑荒的熱情於此可見。明治十一年五月十二日《朝野新聞》〈支那救恤記事〉，特別刊登當時奉外務卿大久保利通之命前往中國交付救災款項、米麥糧食的使臣竹添進一郎，[13]由上海至天津途中所記災情實況的書信。信中提及上海的《申報》刊載〈閔河

最後的內戰。明治政府軍最終擊敗薩摩軍，西鄉隆盛撤退回鹿兒島，在負傷的情況下由部下介錯（切腹儀式中，自己切開腹部後由他人砍下頭顱）而逝世，也宣告西南戰爭的結束。此役驗證了明治軍事改革的成果，代表明治維新以來倒幕派的正式終結。

7 何如璋，字子峨，嶺南人，在日本駐留近四年，於光緒六年十一月（一八八〇年十二月）被召回，後由許景澄接任。

8 張斯桂，字景顏，號魯生，世稱「張魯生」，浙江寧波秀才，曾從學於在寧波傳教的美國著名傳教士丁韙良（W. A. P. Martin, 1827-1916），一八五四年曾任中國第一艘機器輪船「寶順輪」的船長，屢有戰功，以其才幹聞名而入曾國藩幕下，工於製造洋器之法；亦曾入沈葆楨幕下，主持福州船政局，推行水雷、電信的國產化。一八六四年，為丁韙良的《萬國公法》中文譯本作序言，以春秋列國比喻歐洲時局，王韜曾讚譽其創見。一八七六年，奉旨欽差出使日本，擔任首任副使，一八八二年歸國任廣平知府，光緒十四年（一八八八）卒於任。

9 黃遵憲，字公度，別號人境廬主人。廣東梅州，光緒二年舉人，隨首任出使日本國大臣何如璋前往東京，到光緒八年（明治十五年，一八八二年三月）調任駐美國三藩市總領事，在日本居留四年餘。

10 據何如璋所載使節團詳細的成員有：「十月十九日庚子，拜摺具報出洋日期，並奏帶隨使人員。癸卯，偕張副使登程。同行有參贊黃令遵憲、正理事范丞錫明、副理事余舍人，及翻譯隨員沈二尹鼎鐘、沈牧文熒、廖教習錫恩等十餘人，共帶跟役二十六名。」見鍾叔河編，《「走向世界叢書III」·甲午戰前日本遊記五種·使東述略》（長沙：岳麓書社，二〇〇八），頁九〇。

11 參見楊劍利，〈晚清社會災荒救治功能的演變——以「丁戊奇荒」的兩種賑濟方式為例〉，《清史研究》二〇〇〇年第四期（二〇〇〇年十一月），頁五九—六四。另見〔美〕艾志端（Kathryn Edgerton-Tarpley）著，曹曦譯，《鐵淚圖：十九世紀中國對於饑饉的文化反應》（*Tears from Iron: Cultural Responses to Famine in Nineteenth-Century China*）（南京：江蘇人民，二〇一一），頁一六六—八一。

12 華族乃指是日本於明治維新後至《日本國憲法》頒布前（一八六九—一九四七）存在的貴族階層，包括來自公卿世家的「公家華族」、來自江戶時代各藩藩主的「大名華族」、對國家立有功勛的「勛功華族」，以及臣籍降下的「皇親華族」等。

13 由於竹添氏代表官方與民間赴中國救災，出力甚勤，傳相李鴻章對他兢兢業業的態度印象深刻。後來李還曾為他遊歷中國京、冀、豫、陝、川、渝順江至上海的《棧雲峽雨日記並詩草》一書作序，此書一八七九年在日本出版（《朝野新聞》明治十二年五月四日第五頁附錄，便曾刊登東京「奎文堂」發售該書的廣告：《棧雲峽雨日記並詩草》〔全三冊〕），很快成南奇荒鐵淚圖書後〉[14]一文，說明該圖描繪災區凶荒悽慘之情態，欲喚起各界仕紳庶民持續響應恤災。經過大半年的各方救濟，災情趨緩，助賑事宜告一段落，九月二十二日《朝野新聞》的〈支那救恤記事〉刊登了七月十三日由李鴻章親筆致竹添進一郎的謝狀全文，[15]後附有駐天津的日本領事池田寬治為文解說，均呈現了兩國友邦朝野情篤之一面。

與救災賑濟新聞約略同一時期，《朝野新聞》亦屢刊出清廷正副公使與日本各界名流與漢學家贈答的詩歌作品，呈現出清廷使節團數月間與各方文士聚會筆談與往來酬唱的情景。時值幕府垮台後新政實行恰滿十年，日本社會雖已逐漸轉向學步西洋的文化氛圍，但兩國間尚未直接發生衝突，深遠的歷史淵源使得仰慕中國文化的傾向仍盛行，故一般社會對中國官員與文人相當尊重。清廷正式派使駐節打破了過去德川幕府的鎖國局面，也改變了此前東渡寓日的華人文士[16]多以書畫造詣享譽日本文人圈，往來文會、侍宴酬和、題字繪畫或評詩的情形。相較之下，學養造詣深厚的清國使臣，更受到喜好漢文漢詩的日本文士們仰慕，因此清使館於光緒三年十二月二十日（明治十一年一月）在東京芝山的月界禪院設駐後，經常有各界名流文士造訪求見，使節成員屢屢受邀至官方與民間的文酒詩筵，與朝野公卿布衣的交流益發頻繁而深入。學界便是著眼於此歷史脈絡，將日本漢學家石川英（一八三三—一九一八，字君華，號鴻齋）所編的《芝山一笑》詩文集視之為見證了近代中日文化交流的嶄新扉頁。

有別於其他散見清使詩文的期刊或文集，[17]此書為何如璋等八名公使團成員[18]及寓日清人王治為日本國內聲名遠播的漢文體中國遊記，傳誦一時，在中國亦見流通。參見〔日〕竹添進一郎著，張明杰整理，《棧雲峽雨日記》（北京：中華書局，二〇〇七），頁八—九。一八七九年王韜從香港前取道上海搭輪船渡至日本前一日（光緒五年閏三月初七，陽曆四月二十七日），偕女婿錢昕伯至友馬洋行，就見到了赴中國交涉通商事宜與琉球問題的竹添進一郎，兩人筆談甚契合（見《扶桑遊記》，頁九）。

14 見《申報》一八七八年三月十五日，頁一。該圖應與收入於《齊豫晉直賑捐徵信錄》之中的〈四省告災圖啟〉有關。參見〔清〕佚名，《齊豫晉直賑捐徵信錄》，林慶彰等主編，《晚清四部叢刊》（台中：文聽閣圖書，二〇一二），第七編五〇冊，頁一—一三八。特別感謝中央大學中文系博士生林廣一在課堂中分享的精闢見解，筆者受益匪淺。

15 李鴻章文中強調「……曩以暘雨不時，饑饉荐臻。貴國大夫，不吝重貲。為泛舟輸粟之舉，擴監河借潤之情。執事復以精心緯之果力行之，噓枯養瘠，煦濡群萌。雖孔聖所謂老安少懷，孟氏所謂惻隱怵惕，何以尚茲？……」盛讚竹添進一郎代表日方朝野人士至中國賑恤，且親自監督捐款流向與施放米糧開設粥廠狀況，勤奮敦敏，不敢稍懈，務使善款全數施用於救災撫恤。見《朝野新聞》，明治十一年九月二十二日，頁二。

16 如葉煒（松石）、陳鴻誥（曼壽）、王治本（漆園）、王藩清（琴仙）、衛鑄生，以及書法家張滋昉。參見王寶平，〈前言：試論清末中日詩文往來〉，收入王寶平主編，《晚清東遊日記匯編．一．「中日詩文交流集」》（上海：上海古籍，二〇〇四），頁六。

17 如中村敬宇主編的《文學雜志》和漢學家森春濤主編的《新文詩》、《新文詩別集》中，也可散見清使成員的作品。如何如璋〈次長岡公使原韻即以為別〉便刊登在《新文詩》第六十一集。見王寶平，〈前言：試論清末中日詩文往來〉，頁八。出處同前注。

18 該書序言第一篇由沈文熒所撰，第二篇作者為王治本，後序則為源桂閣。何如璋的么弟何子綸以隸書體題名「芝山一笑」，頁左畫出兩株靈芝仙草，彰顯書名意旨。卷首〈後序〉文後列出使團成員何如璋、張斯桂、沈文熒、黃遵憲、劉壽鏗（神戶理事）、廖錫恩（字樞仙，為隨員之一）、潘任邦（隨員之一）、何定求（字子綸）、王治本、王藩清共十位官銜與名字。見《晚清東遊日記匯編．一．「中日詩文交流集」．芝山一笑》，頁五九—六三。

本、王藩清等，與石川往來贈答的詩歌「專集」。且該書在公使抵日不到一年（明治十一年八月），即由東京文昇堂出版，內收近八十首詩、書一封，書末有日本名士與漢學家十一人所撰跋文，[19] 堪稱為最早出版的清使與日人唱和的詩文專集，為公使團在東京駐節的初期歲月留下清晰翦影。

若對照《朝野新聞》，我們更會發現，收入《芝山一笑》詩歌中的第一組：石川英題贈公使何如璋與副使張斯桂的兩首七律（共計四首詩），以及當日何與張的贈答詩（每人各二首七律，共計四首），共八首詩歌之原作，早在明治十一年（一八七八）四月三十日的《朝野新聞》中便已刊出。[20] 十二天以後，即五月十二日，《朝野新聞》上文刊出石川氏〈再疊前韻呈欽差大臣何公〉、〈再步前韻呈副使張公〉兩詩，詩中提及日前偕兩位住持和尚（知恩院徹定、天德寺義應）同行來訪，故副使張斯桂誤認三位來客身分皆為僧人一事，修書自辯，並作詩調侃解嘲。當天亦刊出張斯桂贈答之七律兩首，笑談前日僧俗莫辨之誤識，有「謬呼名士為開士，漫說文心為佛心」之句。此錯認為僧，雙方解

19 包括徹定、僧義兩和尚、西洋史學家岡千仞、清史專家增田貢、文學家龜谷行、漢學家森春濤……等人，見《芝山一笑》，頁七三—七五。

20 茲將刊登於明治十一年四月三十日《朝野新聞》第四頁此組詩歌列於下：

欽差大臣何公閣下　石川鴻齋

文星來聚照仙壇，殊喜蒸蒸治化安。千里鸞旗披瑞霧，一雙鷁首截洪瀾。西河不墜何生學，東海猶羞馬氏歎。賴仲餘

光將乞教，論談勿惜弄毫端。

錦帆萬里孕仁風，奎運環來及日東。富嶽雲晴鶯始囀，金城春暖雪先融。李唐制度今將變，伊洛高蹤漸欲通。恨殺徐生空踏海，千年却俾惑歐公。

呈副使張公閣下

芝岳雪晴翻彩旗，知他清客退朝時。鐘聲遠慕寒山寺，鴻信遙思太液池。香界水甘須煮茗，公園花發好傾卮。本邦不賞韓生表，感讀康熙御製詩。

聞說晁衡蒙榮恩，秘書奉職齒公卿。紀綱中紊招萊樂，文運終衰郤魯生。辭賦更無賡舊韻，絃歌還有奏新聲。海東始見衣冠客，疑是微軀在北京。

和韻　何如璋

五雲寶盖擁經壇，齊仲彌天釋道安。今日黑灰經浩劫，諸公砥柱挽狂瀾。物情遷轉隨絲染，象法興衰拊枕歎。山濕榛苓寄西望，相期携手碧雲端。

神山遙指快乘風，問俗新來大海東。且喜僧祇逢法顯，愧無注義比房融。教分儒釋源雖異，字溯周秦道本同。衡宇相望還不遠，方園故趾共芝公。

同前　張斯桂

芝山禪院颺龍旗，正是皇華駐節時。我借雲房權作署，僧求星使暫臨池。（曾以紙索書）風生蓮坐饒書卷，香泛茶杯當酒巵。誰知扶桑多韵事，兩三衲子各工詩。

手持龍節荷恩榮，來到東瀛作客卿。異地儘多香世界，同文賴有楮先生。（問答都以筆談）靜參法苑傳燈錄，帳觸思鄉暮鼓聲。會待刀環齊唱日，樓船安穩返燕京。

對照新聞紙中所登載的詩歌，可知這八首詩歌，均經過作者將原詩修改更動後，收入集中，可見慎重。（見《芝山一笑》，頁六三—六四）

頤的公案即為《芝山一笑》書名由來，當日刊登在報上的這四首詩，[21]略經調整後，便是收入該書的第二組贈答詩歌。

有趣的是，往前翻閱較早的報紙內容，可知天德寺僧人義應亦能詩，各有一首七律分贈正副公使，何張二使亦有二詩酬答，這四首詩刊登在四月二十五日的《朝野新聞》中，生動地呈現了二僧一俗訪客與清使「以文會友」的實況。[22]但這些詩歌並未收入《芝山一笑》中，權可作為該書逸史之外一章，收「補闕」之效。當日亦在座中的參贊黃遵憲，亦有收入《芝山一笑》題為〈石川先生以張星使之誤為僧也來告予曰近者友人皆呼我為假佛印　願作一詩以解嘲　因戲成此篇　想閱之者更當拍

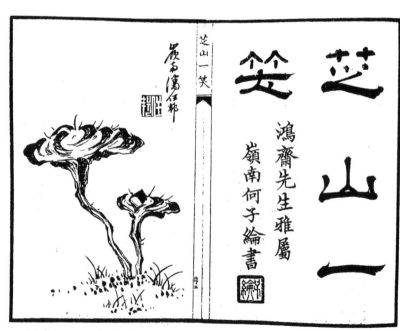

石川鴻齋編撰《芝山一笑》書影
翻攝自王寶平主編，《晚清東遊日記匯編・一・「中日詩文交流集」》，頁63。

21 茲將這四首詩歌列於下：

再疊前韻呈欽差大臣何公　石川鴻齋

擊節悲歌競士風，飄然一劍走西東。青年解印思元亮，白星空樽恥孔融。遙慕中華文物盛，尚懽弱水畫船通。未休萬里周遊志，又詣燕都欲謁公。

再步前韻呈副使張公

微力何期身後榮，去官負笈慕遊卿。樂山樂水趨千里，非佛非仙了一生。賴見使星齎鳳詔，何憂術士聽鵑聲。三盤五誥今猶在，只願昇平比鎬京。

石川先生，偕徹定等三僧，同時來訪，以詩見贈并持箋索書。置之高閣，久未裁答。偶一揮毫，忘其僧俗，後接來函，始知其誤。因題句答之，聊博一笑。四明　張斯桂

捧讀瑤函笑不禁，擬將一錯鑄烏金。謬呼名士為開士，漫說文心即佛心。愧我識韓踈海上，負君訪戴到山陰。何當沽取花間酒，掃徑重邀屐齒臨。

扶桑國裏我觀賓，僧俗同來一洗塵。蹤跡混干歡喜佛，頭銜忘却宰官身。青蓮金粟成真果，白傅香山悟夙因。從此雞林添話柄，錯將衣鉢付詩人。

22 詩如下：

呈欽差大臣何公（如璋）閣下　天德寺　秦義應

蓬萊島畔繫樓船，昨日仙宮自順天。雲擁海城開曙色，鶯啼山館入新年。看梅客或思南國，詠雪人應夢北燕。只願頒將錦囊句，淋漓一幅寫紅牋。

呈副使張公（斯桂）閣下

邦是比隣政弟兄，每聞消息總關情。鴻臚翻譯延羅什，蓮社論談伴謝生。唐宋之間當奉使，元明以後未尋盟。却思賓館過門者，硜硜誰當和磬聲。

掌大笑也〉的七言長詩，即指此事。該詩經斟酌修改後，易題為〈石川鴻齋英偕僧來謁張副使誤為僧鴻齋作詩自辯余賦此以解嘲〉，後收入黃晚年詩集《人境廬詩草》卷三中，[23]均可幫助我們還原當日時空語境。這些報章文獻所釋放的訊息，說明了《芝山一笑》結集成書的四個月前，東京的新聞紙已率先刊出清國正副公使與本地名流酬唱的詩歌，彷彿向讀者預告著：新式傳媒將在第一時間為中日交流的新序章寫照傳神。

當時報紙披露出的消息與日本文士所編撰的詩文集，皆可見不管是轉載來自入華使者或上海《申報》的新聞，或記錄使臣在日參與詩社文會活動的漢文詩歌，[24]日報上的相關消息均可見兩國關係大體維持和睦。但這個狀況到了明治十二年（一八七九）三、四月間，漸漸有了變化，當時日本政府對一向為中國藩屬國的琉球施加壓力，廢除了琉球藩，改為沖繩縣，並禁止其國王向清國朝貢。使得此前（一八七一—一八七四）因琉球漁民漂流到台灣遭牡丹社生番殺害事件而導致中日間外交齟齬，經英公使威妥瑪（Thomas Francis Wade, 1818-1895）調解而逐漸平息爭議的狀態，[25]一度轉為尖銳緊張。清廷總理各國事務衙門及駐日公使何如璋對此提出強烈抗議，[26]但日方政府態度強硬，一時不見妥協跡象，報紙投書者的往來辯難已有濃濃火藥味，[27]種種跡象，都顯出明治維新政權留心於隸屬中國朝貢體系的海外藩屬之動向。[28]

在此情境下，《朝野新聞》「海外新聞」欄除了報導來自上海的《申報》內容外，亦可見轉載王韜在香港創立的中文日報《循環日報》（一八七四年創立）的消息。如明治十二年（一八七九）一月二十九日、三十一日連續兩則皆標明為「循環日報抄譯」的〈越南の騷擾〉即為一例。此文提及粵匪

和韻　嶺南　何如璋

海風浩浩泛樓船，果信星河共此天。與子國原同一族，送僧詩已過千年。禮如求野多依漢，士肯登門為信燕。聞道佛經今百倍，願從披卷考長箋。

和義應大和尚原韻　四明　張斯桂

曾聞無着是師兄，香火因緣各占情。一指禪中誰頓悟，三神山上此浮生。我來鹿野參初佛，僧在騷壇主舊盟。節署西偏蕭寺近，枕邊時聽木魚聲。

23 見〔清〕黃遵憲著，陳錚編，《黃遵憲全集》（北京：中華書局，二〇〇五），頁九三。《人境廬詩草》在黃生前親自裒集定稿，逝世後由其弟黃遵楷初印（一九一一），後屢經翻印。參見《芝山一笑》，頁六七。

24《朝野新聞》，明治十二年一月三十一日、四月八日，仍可見何如璋、張斯桂與日本文士如兒玉奎卿與源氏後人源輝聲唱和的詩歌。寓日多年的書畫家，後來成為清公使團成員的王治本（桼園）、王藩清（琴仙）兩位同族昆仲亦常在座中聚會，其詩歌唱和屢見於報章。

25 王韜在香港期間於《循環日報》上發表不少日本出兵台灣的評論，且集錄十六篇〈台灣番社風俗考〉凡十六篇（見第四章詳論）。

26〔日〕佐藤三郎著，徐靜波、李建雲譯，《近代中日交涉史研究》（上海：上海人民，二〇一三），頁五一—一〇。

27 如明治十二年五月二十八日有寓日華人投書，以長詩對沖繩事發表議論，詩中譴責日方強占清朝藩屬之舉，詩末有「君不見無禮之國不義人，吾儕不與之相親」句，可見憤懣之情。兩週後（六月十三日）即有署名為「麴街　大村拔山」的兩首七言長詩，題名〈讀貴社新聞紙上第千七百十三號所載某氏詩不堪忿惋　因次其韻二首請記者先生貸其餘白　以示之原作者　幸甚矣〉反擊前文。

28 明治十二年八月二十六日《朝野新聞》刊有日本專管琉球事務的外務省官員、前薩摩藩藩士伊地知恒庵所著，任修史館編修的重野成齋所閱《沖繩志》書籍廣告；明治十二年十月二十一日《朝野新聞》幾乎可稱為琉球一事中日交涉往來的專題報導，清廷的談判代表恭親王與日本外務大臣往來協商過程，「論說」欄詳述此事葛藤之來龍去脈，可窺社會大眾強烈關注之一斑。

李揚材竄入越南滋擾其境，使多年來企圖侵占越南版圖的法國，經營海外殖民地的政策變數遽增，揭示出與西南邊疆毗連的中國藩屬國，正逐步陷入瓜分危機與國際角力中。《循環日報》作為《朝野新聞》登載海外新聞與鳥瞰中日交涉史過程的一扇窗口，也益發明晰起來。

二、文化映鏡裡的文明開化新氣象

抄譯自《循環日報》的內容除中國藩屬國的時事動態與國際新聞外，更可注意的是，駐日使節團一行人以詩歌體錄下派駐期間觀察所得的作品，因曾刊登在《循環日報》上，也引起了《朝野新聞》轉載的興趣。如明治十二年（一八七九）五月四日該報刊出副史張斯桂吟詠東京之四首七絕詩，名之為《使東詩錄》[29]，就捕捉了日本首善之都現代化轉型的城市新風貌。

支那使臣張斯桂氏東京雜詩（循環日報）
釣道具（買釣魚鉤舖子猶言釣魚一道之器也）
敲鑽針頭作々鉤。曲於新月冷於霜。一竿小試絲綸手。左拂珊瑚右釣璜。
四海波（酒名也）
佳釀都名四海波。洞庭春色較如何。偶逢酒渴思呑者。呼上船來面半酡。
八百屋（蔬菜店未詳何義）
小摘園蔬鬻滿筐。菜根滋味本來香。蔬瓠蓏蘊都羅列矣比成都八百桑。
御料理（御者大也料理猶言善治庖也）
料理羹湯口味香。易牙手段本精良。五侯奇膳兼官饋。貼地杯盤勸客嘗。
仙臺味噌（仙臺地名味噌看醬醃鹹菜等類也）
塞北酪漿真美品。江南鹽豉亦珍賤。苔菜甘薺新醃韭。寒素家風久亦香。
荒物類（荒物草器也）
草衣草帽草鞋両。草々生涯色々新。更有筐筥輕且巧。一層々繳細絲勻。
（以下次號）

《朝野新聞》（1879年5月18日）第四頁第一欄所刊張斯桂〈東京雜詩〉

從時間點來看，輔以《扶桑遊記》所載日記相對照，張斯桂四首以東京為題的七律詩刊出那天，恰恰是王韜受邀赴日，從香港出發，道經上海，搭乘輪船抵達長崎、赤馬關（即下關），甫駐神戶之時。精確的說是他踏入日本國土（四月三十日夜半）後第四天。王韜在神戶與香港舊識（曾助他輯譯《普法戰紀》的張芝軒、吳廣霈）、長崎領事廖樞仙相聚甚歡，一行人隨後乘輪車（火車）前往大阪與京都參觀博覽會後，復搭船經由水路抵橫濱，五月十七日正式抵達東京，隨即前往謁見何如璋、張斯桂與黃遵憲等使節團成員。[30]在王韜落腳東京的隔天，即五月十八日《朝野新聞》，復見轉載自《循環日報》，名為〈東京雜詩〉六首七絕詩（標題指出作者為「支那使臣張斯桂氏」）[31]，該不是偶然。六日後刊出〈張斯桂氏東京雜詩之續〉六首七絕（五月二十四日）[32]，隔三天（五月二十八日）亦見後續張氏七首七絕詩。若再對照當時中國上海英租界的第一大中文報《申報》，會發現張氏《使

29《朝野新聞》中首次錄出此組詩歌之標題為：〈循環日報ニ使東詩錄ト題シ支那公使一行中ノ人か作リシ詩ラ載ヤタリ左ニ錄出ス〉。

30《扶桑遊記》，頁一一—四〇。

31這些七絕詩分別在詩題後作題注，加以解釋或存疑，如：〈釣道具（買釣魚鉤舖子猶言釣魚一道之器也）〉、〈四海波（酒名也）〉、〈八百屋（蔬菜店未詳何義）〉、〈御料理（御者大也料理猶言善治庖者）〉、〈仙臺味噌（仙臺地名味噌者醬醃鹹菜等類也）〉、〈荒物類（荒物草器也）〉。

32分別為：〈玉子塲（玉子雞卵也塲買處也）〉、〈古帳買賣（古脹破碎舊紙用做還魂紙其整張者分與各舖以包什物）〉、〈御入齒（鑲配牙齒亦西法也）〉、〈彈擊所〉、〈楊弓店〉、〈髮鋏處（鋏剪也剪髮之匠也）〉。

東詩錄》系列詩歌早已陸續刊出，[33]可以說，此組詩作不啻為上海／香港／東京三城報刊界已形成靈活的訊息流通網絡並傳遞遠播的明證。

已有學者指出何如璋《詩東略述並雜詠》、張斯桂《使東詩錄》所收詩歌率先介紹了一批日本創制的新名詞，公認為「新語入華」的濫觴，改變並影響了近代華語的詞彙構成，在晚清中日文化交流史上扮演不容忽視的重要角色。[34]但若將刊載於三城報紙所呈現的亞際流通網絡考慮進去，張斯桂出使期間所寫下的一系列詩歌卻值得從連載到印行探究其來龍去脈。

按目前常見的《使東詩錄》乃收入王錫祺所編輿地叢書《小方壺齋叢書四集》之版本，共收詩歌共四十首，光緒癸巳年王氏於該詩集的編後跋文中，特別提到他心目中第一代使東詩歌集之「三絕」（其他兩集指何如璋《使東略述並雜詠》與黃遵憲《日本雜事詩》）自此終可全數傳鈔付梓，實現多年心願。此乃因「何著《使東述略》與《使東雜詠》，坊間有刊本；黃著《日本雜事詩》（長洲王韜以聚珍版印之；[35]張著獨未見」[36]。雖然王氏並沒有交代他是如何得到《使東詩錄》詩集文稿，但卻透露了《小方壺齋叢書四集》出版之前，這部詩集的內容鮮有讀者得窺全豹。

佐證《申報》與《朝野新聞》報章文獻，輔以王氏說法，說明張斯桂《使東詩錄》自報紙刊載後歷經長達十四年後才印行出版，在一八七〇年代末的刊印流通似乎遠比不上其他幾部使東詩集。但通過報刊文獻資料仔細重建「原生態」歷史語境，卻恰恰推翻上述說法，而得出更貼近真實的情況：張斯桂任職日本使節期間，他的一系列東京見聞詩歌已由上海《申報》及老友王韜[37]在其主持的香港《循環日報》上刊出，其後更由東京《朝野新聞》持續連載多日，總數多達二十三首。可見張之詩歌於當時的東亞三城著名的報刊界轉載流通，其影響力實允稱晚清使東詩集箇中翹楚。

故在《朝野新聞》「故紙」堆中鉤沉的這組詩歌，彌足珍貴地體現一八七〇年代末晚清時期東亞世界報刊暢行的跨域流通網絡，再次揭示「先聲奪人」的報刊媒體在跨文化融匯過程扮演的重要角色：第一任駐日公使團的幾部扶桑見聞錄，不僅是當時中國開明之士了解東瀛的重要渠道，當時東京報刊界刊載印行這些詩歌與文集之流通接受過程，說明了明治維新初期日本朝野文士亟欲透過「他人

33 《申報》於一八七九年四月二日至九日期間刊出。相關論述參見夏曉虹，〈黃遵憲與《申報》追蹤〉，《晚清上海片影》（上海：上海古籍，二〇〇九），頁一一五—一一六。

34 見馮天瑜，〈清末民初國人對新語入華的反應〉，《江西社會科學》二〇〇四年八月號，頁四四—五二；沈國威，《近代中日詞匯交流研究：漢字新詞的創制、容受與共享》（北京：中華書局，二〇一〇），頁一九九—二〇一、二〇七、二一三。

35 黃遵憲的《日本雜事詩》一八七九年曾於香港由主持《循環日報》的王韜以活字排印，不久後也有京師譯館的刻本流通。見王韜，〈《日本雜事詩》序〉，《弢園文錄外編》，頁二〇八—二一〇；翻閱相關報紙，一八八〇年五月十七日（光緒六年四月九日）至五月三十一日，香港《循環日報》上有中華印務總局所刊《日本雜事詩》出版告白（可證上文所謂王韜以活字排印此書一事）；明治十三年（一八八〇）六月一日起，《朝野新聞》（第四頁第三欄）亦見東京文芸堂出版《日本雜事詩》的書籍廣告。均可窺該書在香港、日本流通狀況之一隅。

36 見〈《使東詩錄》跋〉，收入鍾叔河編，《「走向世界叢書III」．甲午戰前日本遊記五種．使東述略》，頁一五三。

37 王韜在《扶桑遊記》中載抵達東京即前往拜謁公使成員，第一次提到張斯桂就介紹他是二十年的故交：「張公字魯生名斯桂。張公於滬上曾識一面，一別二十年矣。日月荏苒，殊不可恃。時張公方銳意為西學，欲刻海甯李壬叔天算諸書。其作《萬國公法》序，指陳歐洲形勢，瞭然如掌上螺紋，以春秋列國比歐洲，此論實由公剏。」見《扶桑遊記》，頁四〇。

之眼」觀照自身的心態剖面，張之詩集也扮演了文化映鏡的重要角色，折射出正處於文化轉渡期的中日菁英社群面對洋風籠罩的城市風貌之複雜心境。

將目光聚焦張斯桂《使東詩錄》，映入讀者眼簾的是日本京畿之地推行明治新政逾十年而氣象一改的時代剖面。張斯桂以「東京」為題及〈東京雜詠〉等系列詩歌如一組風俗畫般呈現首善之都的東京市井百態。[38]〈游東京街市〉云：

細白泥沙一路平，大街十字任縱橫。人無男女皆裙屐，門有留題盡姓名。矮戶凝眉僂傴入，小車代步往來輕。沿途少婦雙趺白，襁負嬰兒得得行。

詩人或搭車或行走於平坦馬路的十字街頭，舉目可見新舊建築錯落交雜的城市景觀，代步的「小車」則是指近十年前創制卻快速普及的人力車，其車身輕巧，方便往來於馬車不能通行的小徑，亦比轎子迅捷許多。成島柳北《柳橋新誌》所載遭東京柳橋妓家揶揄輕視的人力車（詳見第三章分析），在黃遵憲眼中，卻值得歌詠讚美，《日本雜事詩》收入不少此類詩文，已有研究者深入分析，[39]可見公使團一行人在「文明開化」的氛圍中，眼見目睹東京街景因歐化文明器物的引進而添增新鮮樣貌。另三首〈東京男子〉、[40]〈東京女子〉、[41]〈東京婦人〉[42]詩，亦呈現出歌詠日東奇風異俗的洋溢詩思。

如前文所提及，此組詩歌描繪了東京商業繁榮、店家林立的情景，泰西文明的輸入不僅改變了街景市容的情況，亦出現了冠上新詞彙的店家招牌與嶄新行業。過往以漢字文化圈為核心的東亞世界在西力東漸下，必須另創新詞，方能將不斷冒出新鮮事物的日常生活情境形容盡致，新創的語彙在此情境下應運而生，在現代漢語上留下深刻印痕，呈現出共同面對西方挑戰的亞際文化轉型過渡期特徵。茲舉隅數條如下：

---

38 見《朝野新聞》，明治十二年五月四日。

39 明治三年（一八七〇）高山幸之助於日本橫濱創制人力車，很快成為日本「文明開化」重要的物質表徵。一八七三年春，從日本來華的法人梅納爾首次把人力車這種新式的交通工具引進了上海，向法租界公董局提出設立人力車運輸機構，並申請為期十年的專利經營，隔年（一八七四）此方案獲得批准後，使英、法兩租界當局獲利甚夥，作為一種輕便價廉的交通工具，人力車在上海遂迅速發展起來。相關論述參見夏曉虹，〈一悲一喜人力車——新詩題之四〉，《詩界十記》（杭州：浙江文藝，一九九一年初版，一九九七年二刷），頁三七—三八；另見〔法〕梅朋（Charles B. Maybon）、傅立德（Jean Fredet）著，倪靜蘭譯，《上海法租界史》（*Histoire De LA Concession Francaise De Changha*）（上海：上海科學院，二〇〇七），頁三二〇—二一。

40 〈東京男子〉：「男兒膏沐首如蓬，鬢髮長留頂髮空。得得數聲高木屐，纖纖一握小煙筒。呼童拍手輕於板，對客低頭曲似弓。畢竟姸媸容易辨，雄風原不及雌風。」

41 〈東京女子〉：「犀齒蛾眉鬥曉妝（女子未嫁皆修眉皓齒已嫁則否），小姑猶未嫁彭郎。披襟不掩金訶子，曳屐如行響屧廊。如意鴉雲螺不髻（女子梳頭皆如意式樣不得挽髻），拂胸蝶粉（女子皆露胸故自頸至胸皆傅粉甚白然粉粗而劣不及中國宮粉之香李商隱詩拂胸資蝶粉）麝無香。等閒親試蘭湯浴，笑問人前卸綉裳。」

42 〈東京婦人〉：「省識東鄰解語花，容顏皎若散朝霞。嬰兒襁負娘裙屐，宮眷鬟垂俗髻丫。歸妹及期眉鞹豹，使君有婦齒塗鴉（婦人已嫁則眉皆薙落齒皆涅黑）。客來席地郎陪坐，親捧杯盤跪獻茶。」

彈擊所
泥丸一粒豆同紅，裝入神槍小鐵筒。謝却硝磺煙火氣，勁風賴有大王雄。
御入齒（鑲配牙齒　亦西法也）[43]
動搖四十悵昌黎，老去多嫌齒不齊。殘缺可將人巧補，瓠犀不讓衛侯妻。
髮鋏處（鋏剪也　剪髮之匠也）
照鏡鬚眉喜氣添，到門休笑髮鬑鬑。手持燕尾并州翦，翦取烏絲寸寸纖。
御泊宿（小客寓也）[44]
門前潮落泊征橈，茅店頻將過客招。行李暫停人暫宿，圍爐且度可憐宵。
仕立處（成衣鋪也）
纔停金剪度金鍼，密密縫來寸寸心。差喜日長添一綫，製成稱體好衣襟。

不管是宿泊、仕立等等詞彙的解釋，或是洋鎗射擊場、以西法鑲配假牙的「御入齒」技術、男子髮型於新政後已效歐美剪成短髮，東京街頭紛紛出現剪髮店、標榜量身訂製的成衣商店，都呈顯了明治新政後東京城的新樣貌，冠以「文明開化」之詞遂成風潮，[45]記錄了社會風氣轉移變動的軌跡。

明治新政提倡效法西式教育，明治皇后更以皇家之力創辦女子學堂，公使團成員考察日本學校機構時，特別注意到女子教育的普遍。明治十一年（一八七八）六月十九日《朝野新聞》刊有張斯桂贈與日本最早創辦女子學校的跡見花谿（亦作「迹見花蹊」，名「瀧」）女士一詩（〈贈跡見女學校主講花蹊女師〉〉。如下：

新栽桃李滿庭除，桃李穠時尚讀書（女弟子年多及笄）。紅粉兩行陳學士，絳紗一帳女相如，漫薰蘭麝董班馬（女弟子多讀日本外史）。不羨鴛鴦羨蠹魚。更有餘閒添書稿，丹青點染寫芙蕖。

該詩雖未收入《使東詩錄》一書中，但與其所收〈女子師範學校〉一詩並觀之，相映成趣：

滿庭桃李不勝春，都是羅敷未嫁身；西邸簪花多妙格，東鄰詠絮有佳人（多半講求漢學）；薛媛畫筆添毫細，蔡女琴弦按拍新（畫理琴歌，考尚西法）；戲罷鞦韆無个事，綠紗窗下度針神。[46]

43〈詠御入齒〉一詩亦曾刊載於中村敬宇所主持的《文學雜誌》第七十號，亦可證張斯桂之詩歌流傳於東京文藝界。參見《晚清東遊日記匯編．一．「中日詩文交流集」》，頁八。

44 見《朝野新聞》明治十二年五月二十八日，第四頁第一欄。此條並未收入一八九三年「小方壺齋叢書」所印行的《使東詩錄》中。

45 明治十三年二月二十日《朝野新聞》書籍廣告欄可見渡邊修次郎著《明治開化史》一書出版。考察此時日本社會的文化氛圍，歐洲傳來的「文明史學」幾乎占領整個日本文壇，一般大眾更以「文明開化」是尚。參見鮑紹麟，《文明的憧憬：近代中國對民族與國家典範的追尋》（香港：香港中文大學出版社，一九九九），頁一〇六。

46 見《使東詩錄》，頁一四七。

兩詩中均提到該女校中西合璧的教學課程，女學生擅丹青，學西樂，讀外史，繪地圖，也兼顧代表東方婦德的女紅。再更深入橫向考察，我們會發現除自創女學外，跡見花蹊亦曾任教於著名學者中村正直（號敬宇，曾留學英國）所創辦的東京女子高等師範學校[47]（今御茶水女子大學），乃明治時期著名閨秀畫家，能詩文，善書畫。與清國公使團成員張斯桂與黃遵憲頗有往來。[48]故黃遵憲《日本雜事詩》中亦有〈女子師範〉一詩：

深院梧桐養鳳凰，牙簽錦帨沐恩光；繡衣照路鸞輿降，早有雛姬掃玉床。[49]

該詩下注云此師範學校是由皇后出資創辦，故有「鸞輿降」語。皇家下令擇士族與華族之女百人，延師教導。緊接著下一首〈女學生〉亦描述了女子學堂景觀：

捧書長跪藉紅氍，吟罷拈針弄繡襦；歸向爺娘索花果，偷閒鈎出地球圖。[50]

此詩下注有云：

女子師範學校，亦多治西學，而有女紅一業。謂婦工居四德之一也。曹大家《女誡》亦有譯本。校中等及次第，大略與中學相同。若宣文絳紗、私自授業者，亦往往而有。有跡見瀧教女弟子凡一二百人，頗有五六歲能作書畫者。

文末便特別揭舉跡見花蹊的教育成就。

黃遵憲於出使日本期間即著手編撰《日本國志》，在〈學術志〉中即詳細介紹日本現代師範教育的淵源與施行狀況，其中有明治十年（一八七七）對全國教師與男女學生進行調查的統計數字。[51]雖然比不上男性教師（六萬三千餘）與男學生（一百六十二萬七千餘）的人數，但上千名女教師以及在總數兩百二十萬餘學生中占有五十七萬餘名的女學生人數，委實可觀，可知日本政府在教育上廣納外交官與專研西學的知識菁英建言，並致力實踐的豐碩成效。[52]

---

47 王韜《扶桑遊記》記陽曆五月二十九日與中日友人集於萬千樓，座中即有中村正直，王韜提及其在維新後「政府特起之，攝理師範學校」，見《扶桑遊記》，頁八一—九一。

48 參見蔣英豪，《黃遵憲師友記》，頁七九。

49 見《日本雜事詩》，頁六五三。

50 同前注，頁六五四。

51 為：「全國教員凡六萬二千一百七十名，其中六萬三百四為男子，一千八百六十六為女子；生徒凡二百二十萬三千五十名，其中一百六十二萬七千九百三十八名為男子，五十七萬五千一百十二名為女子云。」見黃遵憲，〈學術志〉，收入〔清〕黃遵憲，《日本國志》（「據光緒十六年羊城富文齋刊版」經點校整理印行。天津：天津人民，二〇〇五），頁八一二。

52 「女學校，以教婦職」。下注云：「多習纂組縫紉之工，并及音樂。初，開拓次官黑田清龍歸自美國，極陳教育婦女之要。

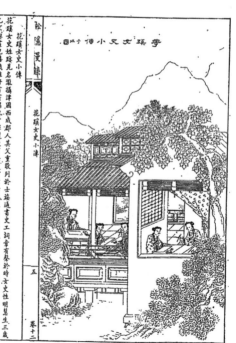

另，黃遵憲《日本雜事詩》中〈畫法〉一詩亦嘗言及跡見花蹊在明治畫壇的地位：

> 掀翻院體好新奇，爭訪南蘋老畫師。近世蛾眉工潑墨，寫花曾不買胭脂。53

下注文便提及跡見花蹊妙寫丹青，得蘇州畫家江稼圃真傳，並遙師鄭板橋，為馳名一時的女書畫家。54

值得注意的是，王韜在東京時曾在友人余元眉書房見到跡見畫作，但始終與她緣慳一面，故並沒有記錄在他的日記《扶桑遊記》中。但這位無論在杏壇或是畫壇堪稱雙傑的女性，在他心中已留下深刻印象。光緒十年（一八八四）

淞隱漫錄　花蹊女史小傳　五　卷十二

花蹊女史小傳

花蹊女史姓跡見名瀧攝津國西成郡人其父重敬列於士族通書史工詞章有聲於時女史性明慧生三歲已不與群兒嬉戲惟好書畫偶執管揮灑便有法度嘗作枯木寒鴉圖神致畢肖父奇之特擇名師授以八法女史偶書紈扇字頗娟秀為父友所見曰此衛夫人簪花格也精進不已嘗以書名當代女史聞之潛心力學昕夕不倦其詣益造乎極遠近閨秀殆無與抗衡者居西京有年名聞輦轂羣以不櫛才人目之咸曰班姬蔡女復見於今矣明治五年壬申春始來東京以書畫法授羣弟子於是習書畫者始知有點畫波磔鉤勒渲染諸法當時翕然稱之請業者戶外屨滿幾於門限為穿乙亥冬新築女學校於中猿樂坊大興女教生徒列於絳帷者常數百人裙釵爭以識字為榮一時風尚所趨俗為之化學校中多華族貴人西洋女子亦願入學執經問難彬彬有禮所教為和漢書籍及書畫歷算針黹篡組其來受教者容儀貞靜咸肅然具大家風範焉女史芳齡三十德言工容四者具備內行既美外儀尤謹雖日周旋乎絲竹之場壺觴之會酣歌而態益莊容益斂故徒以才稱女史失之矣西洋人仰其名以重金求畫女史為繪四季花卉自題其端曰趙昌好畫四季花卉以芍藥躑躅寒菊山茶貳梅花黃葵芙蓉山茶具數活色生香躍然紙上古來寫生之妙莫或過之余亦好畫四季花卉然在我邦不得不以櫻花具數夫櫻花為五大洲中所絕無無之於彼而特有之於我宜若何貴重珍異焉余今以櫻花伍牡丹紫藤罌粟蜀葵萬葉山茶殊覺其芬芳嬋娟而出乎諸品上也此文雖小品亦可覘所見之卓數部省嘗徵為訓導女史上表力辭宮內省亦屢徵見恩賜稠疊時人榮之明治十六年冬女史大開成蹊館甄別其門下女徒一時就試者數百人先期女史貽書迎姚君子梁往觀而折簡招蒲生君子閒為介姚君余國使署隨員年少負雋才為東國名流所仰重詩文詞賦卓然成一家言子閒著述甚富所撰偉人傳尤膾炙人口是日女史明妝炫服席於館之西窗下東面高坐女生徒數十人羣穿緋袴侍坐於右其

《點石齋畫報》所刊《淞隱漫錄》〈花蹊女史小傳〉，見《淞隱漫錄》，頁449-450。

自香港返滬後不久，王韜即在申報館創辦的《點石齋畫報》第六期上開始刊登他的筆記小說《淞隱漫錄》長達數年，其中一則〈花蹊女史小傳〉（見右圖），描述的便是跡見瀧在東京教育界與書畫圈成名的傳奇故事，文末有讚語：

> 女史以一巾幗，名達天閽，華族貴人，咸執弟子禮，西洋數萬里外之人，亦知愛重其筆墨，令女就學焉，豈不盛哉！如女史者，可不謂曠世之奇女子乎哉！[55]

如第一章曾分析過的，脈絡化梳理中國女學的創辦過程，方能明白清公使團成員以及有過歐洲經驗的王韜在一八七〇年代末葉見證日本女學昌盛所感受到的震撼。曾遊歷西洋，與在東瀛蒐羅的奇聞異事化為王韜筆下的海外傳奇，此奇女子形象正映現了晚清時期知識菁英與東西洋文化對話交匯的時代面容，進一步開拓了上海讀者的視野。張斯桂、黃遵憲與王韜皆曾於詩文小說中向跡見花蹊致意再三，均體現了一八七〇年代亞際菁英社群關注日本社會突破傳統性別藩籬之過渡期文化剖面。

政府從其言，選女子五名，命以官費留學美國；又於東京設女子師範學校。其後各地慕效，女學校益多。」見《日本國志》，頁七九九。

53 黃氏曾修改過此詩，故本文以初印本所載原詩為準。見《日本雜事詩》，頁七六三—六四。

54 見《日本雜事詩》，頁七六四。

55 見〔清〕王韜，《淞隱漫錄》（台北：廣文，一九七六），頁四五二。

明治十三年（一八八〇）二月五日《朝野新聞》，又刊出了〈清國副使張君近作〉四首詩，註明為張斯桂去年歲末在東京節署所作。分別吟詠「火輪車」、「電信局」[56]、「煤氣燈」[57]、「新燧社」（火柴[58]公司名），可視為近代東亞漢文化圈以舊體詩寫新事物極富代表性的例證。此組詩歌在五個月後亦轉載於上海《申報》（一八八〇年七月十八日）上，題為〈日本西法四詠〉，令人聯想到本文第一節曾提及《芝山一笑》（明治十一年〔一八七八〕八月出版）詩文集，收有張斯桂的〈觀輕氣球詩〉[59]與石川英次韻唱和[60]的七古長詩，前者即曾由《申報》轉載。[61]儘管它們在《芝山一笑》這部標榜古典風雅情調的集子中略顯突兀，卻鮮明捕捉了張斯桂熱中考察日本社會廣泛運用西洋器物於日用民生的身影。

張在國內時即以洋務幹才著稱，故不管是電信局、煤氣燈，在張並不陌生；至於對輕氣球的濃厚興趣，估計可能來自《教會新報》介紹的西學新知，[62]或王韜《普法戰紀》那段法國大臣監必得

56 詩云：金鐘一打（傳信時先以電氣打鐘令彼處接信人警覺以便聽候接遞也）報君知（瞽者賣卜手攜一圓板敲之有聲名曰報君知），萬里馳書晷不移。插架道傍排雁柱。結繩竿上罥蛛絲。足音如奏無聲樂（傳信時只有輪轉而無聲音），手簡翻來沒字碑。（信來祇有點數而無字跡）漫說置郵傳命速，鱗鴻飛遞總遲遲。

57 詩云：離奇燈火影橫斜，照徹通衢十萬家。一路金莖爭吐豔，滿街鐵樹盡開花。淚無蠟滴明于月，氣有龍噓燦若霞。看到千枝蟠曲處，風來夭矯走金蛇。

58 黃遵憲在《日本雜事詩》中〈淡巴菰〉一詩中云「柳燧」即為火柴，見《日本雜事詩》，頁七一九。

59 見《芝山一笑》，頁七一。

60 石川之詩「……聞說洋人始新制，圖敵瞰營施奇技。或歷宇內撿廣狹，又閱輿地極細微。飄渺空際踞一床，下視塵土氣揚揚。……」出處同前注。

61 該長詩描述參觀施放熱氣球之感，考察何如璋《使東述略》、《雜詠》，黃遵憲《日本雜事詩》均未述及在日期間的相同經驗。大約是因為黃遵憲一八七〇年過香港即已見過熱氣球，曾有「御氣球千尺，馳風百馬驍」（〈香港感懷〉其八）的詩句寫下感想，故不覺稀奇（見《黃遵憲全集．人境廬詩草》卷一，頁七八）。張赴日前從未親眼目睹，因而興致勃勃，且著意留心觀察日人工藝的精巧程度。另值得注意的是，此詩曾以〈陸軍省士官學校觀輕氣球〉為題刊登於《申報》（一八七九年四月九日）上，題名為〈使東詩錄〉，於〈西曆元宵東京府知事邀往三井銀行觀劇　是夕各國公使　日國巨卿大賈咸集　主人索詩　作此以贈之〉長詩（見下引文）之後同時刊出。但王錫祺所輯《小方壺齋叢書．使東詩錄》未收錄此二首長詩。茲錄第一首詩於下：

監銀場裏好春光，張燈元夜獻椒觴。東京府主雅好客，邀我同觀傀儡場。紅鐙纍纍如珠貫，萬點星光同燦爛。樓閣三層步入雲，客來五百阿羅漢。東人之子西人子，瀛洲海客皆珠履。使臣家世慣乘槎，叨陪賓主東南美。瞥見紅羅圍作堵，暗裏兩行排樂部。揭起羅幃出管絃，悠揚絲竹鼕隆鼓。彈者自彈吹者吹，碎如珠玉細如絲。伶人簫鼓齊聲起，優孟衣冠欲上時。須臾裝束出場來，二人翔舞崇霞臺。飛鸞乍迴潛龍婉，柘枝低裊蓮花開。一闋未完二闋補，大小手垂新樂府。峨峨高冠短短身，飄飄長袖仙仙舞。三疊將終庭燎新，主人已熟甕頭春。炙雞炮羔雜然陳，鯨吞牛飲多喧賓。我方避熱南榮下，有人移樽來獻斝。蒲萄滿酌夜光杯，鸞刀細割生魚鮓。酒渴纔浮一大白，一客勸我重觀劇。扶醉登樓倦眼迷，坐近前來情不隔。此時似演魚龍陣，兩隊健兒各腰刃。一將光霽風月情，一將威怒雷霆震。漸漸進逼刀出鞘，龍爭虎鬥勢將交。忽然杯酒消兵氣，鎖甲黃金一霎拋。君不見汾陽單騎入虜寨，虜酋爭向馬前拜。又不見管子多魚師漏泄，召陵猶歃盤中血。古來上策息兵端，鋒鏑何堪性命搏。掉弄干戈等兒戲，上場容易下場難。吁嗟乎，官場儼與戲場同，極好排場轉眼空。歌衫舞扇留鴻爪，吹斷繁華一笛風。曲終人散夜色闌，主人重復勸加餐。謝別頻頻留故故，臨行索我囊中句。我是漢家博望侯，漫擬香山白太傅。那得解詩逢老嫗，聊湊雞林賈人趣。一笑歸來忙起草，文章游戲翻新稿。補綴成篇謝主人，殷勤將去災梨棗。好倩梨園唱此詩，留為舞館歌樓寶。

62 〈輕氣球圖〉，《教會新報》，一六（上海：一八六八），頁六三。

（León Gambetta, 1838-1882，今譯為甘必大）乘氣球穿越戰線的知名敘述而來，[63]可畢竟未曾親睹。從這些詩歌內容不難想見，張出使日本期間更著意留心的是在國內未曾體驗的乘坐「火輪車」經驗，現場觀察日人效西法所製的輕氣球，以及參觀火柴工廠，[64]感受數年前才出現的火柴迅速成為日常用品，大幅改善庶民生活景象。詩中對新事物普及日用民生的程度，流瀉讚嘆之情：

觀輕氣球詩（節錄）

天空遼闊天宇高，誰能振翮去翔翱。泰西氣球新樣巧，軒軒霞舉輕鴻毛。扶桑國裡初學製，一球中徑三丈計。剪縠為衣包舉周，結繩為網綱維細。下繫錦繖復籐牀，中坐一人雙旆揚。排空御氣騰騰起，須臾直上白雲鄉。列子冷然風可御，西母乘輦雲絮絮。捷似王喬控鶴行，快如梅福乘鸞去。下界仰觀齊拍手，人小如蟻球如斗。盤旋夭矯半空中，無翼而飛不脛走。高處生寒日色薄，俯瞰人間無城郭……

火輪車

器車一輛獨參前，十輛安車節節連。循軌不虞與脫輻（鉄軌車輪兩相吻合勿使踰越），御輪直擬箭離弦。巧爭牛馬木流上，開到驊騮道路先。從此飛騰來就日，教人難着祖生鞭。

新燧社

剪斷條枝寸寸齊，靈丹圓裹一丸泥。枯枝入手遭□[65]羯，活火迎眸倏照犀。鑽燧不須春取柳，讀書容易夜燃藜。煎茶煖酒隨時便，石火流光再不題。

泰西科技創制的文明器物運用於軍事設備，並廣泛出現在日常生活中，衝擊舊有的時間與空間概念，詩人描述新事物時不得不轉化傳統漢文詩歌蘊藉情思，以涵容社會文化變遷軌跡，亦映現了明治文壇「新詩題」盛行的時代風尚：[66]傳統和歌的吟詠題材加入西洋的文明事物，轉而發微嶄新構思與詩情。《朝野新聞》刊出張氏四首詩歌，篇末還錄有報社主筆成島柳北大表敬服，稱賞其「新題目，

---

63 文曰：「法國內部大臣監必得，由法京乘氣毬逸出，行至亞緬士，遂下少息，居民迎迓甚恭。」見〔清〕王韜撰，《普法戰紀》卷五，頁十八下。此卷中亦有多處描述輕氣球偵察敵情的軍事用途，見《普法戰紀》卷五，頁七上—下；頁十六下—十八下。

64 明治八年（一八七五）清水誠於東京創立「新燧社」火柴公司，後外銷香港上海，獲利無算。王韜在《扶桑遊記》五月二十二日（陽曆七月十一日）中曾記載參觀一八七八年祝融後重建的火柴工廠「新燧社」，乃時人目為「國中巨擘」的大企業之一，其廠房景觀為：「屋宇深廣，工作八百餘人，婦女居多，截木作條，車凡十架。熬煮硫磺爐竈，悉用西法，暫入一處，已覺氣不可向邇。製匣裝貯，悉以女工，運售於香港上海，年終不知凡幾」（《扶桑遊記》，頁一六四）。據此可推測張斯桂亦曾往觀在東京擁有巨大廠房的火柴工廠「新燧社」。

65 按，新聞紙原版影印本漫漶不清，難以辨識字跡。

66 據彭恩華考察，明治時期新詩題歌集有佐佐木弘綱編《開化類題歌集》。堪稱代表作的有大久保忠保編《開化新詩題歌集》，初編成於明治十年（一八七七），收錄新題一百五十七個，二編刊行於明治十三年（一八八〇），收錄新詩題一百七十七個，三編出版於明治十七年（一八八四），歌題數增加到兩百二十一個。日本社會吸納西方科技文明並落實於一般大眾生活層面的迅捷程度，不難管窺。參見夏曉虹，《詩界十記》，頁五。

新意匠，謝瞿所不夢視」的一段評語。[67]

成島柳北的評論，亦透露出新聞主筆對泰西文明見多識廣的報人風範。從柳北早年任職幕府將軍侍讀即大量閱讀西學書籍與學習歐洲語言的背景看來，他曾在明治五年（一八七二）赴歐美遊歷一年餘歸國，後刊行的《航西雜詩》中提到搭乘輪船與火輪車的經驗（見第三章詳論），以及在詩歌中讚嘆西方報刊結合現代化電信，故得以跨國隔洋迅速傳送精確消息。可知這些開明知識人刊登在報刊出版物的詩歌細數乘坐火車，體會電報的迅捷精準之海外經驗，充分體現了物質文明如何徹底改變固有的時空觀，影響了整體社會的走向。

再與前述清廷洋務派大臣張斯桂書寫東京市容的詩歌加以對照，復描繪出西化物質文明短短不到十年間已點點滴滴滲入東京市民日常圖景，逐步左右了人們的行為思想。綜觀中日文士這些「新詩題」詩歌吟詠新奇的雷同意象中，讀者似能嗅出一絲對西方科技文明大舉壓境的隱憂，詩中意象每每與古風映照而流瀉懷舊況味，亦依稀折射出亞際知識菁英在東西文化碰撞過程中思索自身定位的心態側影。

三、西洋史、東洋劇與報刊界的三城流通網

上一節所述張斯桂的〈東京雜詩〉刊出三天後，即明治十二年（一八七九）五月三十一日的《朝野新聞》，王韜的作品首次登場，側面顯示了王韜抵東京[68]居住約半月餘後，和文化圈名流與報刊界

知識菁英往來的情形。這天刊出的詩文為王修書與清史專家增田岳陽一封，[69]說明四月六日（陽曆五月二十五日）王韜偕公使團成員張斯桂、王治本、王藩清等人集於增田家聚會宴飲，王韜賦七律一首，[70]另有張斯桂和詩一首。[71]隔天（六月三日）報上連載前一日所刊聚會詩歌另三首：王治本和詩[72]

67「意匠」亦為新詞，指構思、匠心之意。乃為何如璋在一八七七年撰《使東述略並雜詠》所介紹的日本名詞。參見馮天瑜，〈清末民初國人對新語入華的反應〉，頁四四—四五。

68據《扶桑遊記》載，王於三月二十八日（陽曆五月十七日）抵達東京。見《扶桑遊記》，頁四〇。

69王韜〈與岳陽增田君書〉：「前讀清史擥要於同治元年。忽睹鄙名，驚喜交至。繼知出閣下手筆，則又感甚，因歎曰：此海外一知己也！自此臨風懷，時不能忘。顧溟渤迢遙，安能覿面於万里之外？今弟泛槎東遊，每見貴國文士，必詢閣下，作登堂之拜，行執贄之禮。乃文旆惠然枉臨，何幸如之？復讀大著，過蒙獎譽，初何敢當？主臣々々。弟甫里一逋客，天南一廢人，而在下，老境頹唐，於文字學問，殊無真得，不知閣下何所見，而推愛若是，至投縞紵？弟願附譜末，曷勝甚幸？（編者云，詢閣下之下，恐有脫字）」。

70王韜，〈四月六日，集於岳陽先生鳴謙齋。同集者，張魯生公使，王桼園、琴仙昆仲及余。主人先有呈公使詩，因步韻錄呈〉：「東去欣瞻海外軺（余至日本，先謁何張二公使），幾番治具辱相邀。二十年酒國虛清罍，百戰詩壇奪錦標（余與張公使二十年不相見，今公使已戒酒，而詩興猶豪）。作史雄才誰可敵？憂時壯志莫輕消。一家文字多嫻令，不獨羹湯手善調（岳陽先生一家皆識文字）。」

71張斯桂，〈次岳陽先生韻〉：「扶桑影裡駐星軺，雞黍蒙君故々邀。笑酌醇醪勤把盞，醉批清史看題標（席間出示清史擥要一書）。揮毫張旭雲烟落，拔劍王郎壘塊消（出示寶劍數口，王君桼詮拔觀之）。聊借一詩抒謝悃，自慚音韵未能調」。

72王治本，〈和岳陽先生玉韵〉：「三年海角駐征軺，把酒頻將明月邀。快睹青編欽學識（先生修清史擥要），相逢墨水挹丰標（與先生初會墨水樓）。高吟每向閑中得，別恨卻從醉後消。更羨孟光能欵客，銀魚玉膾必親調。」

以及增田岳陽贈答張與王的詩歌二首；[73] 此後，王韜的消息與長詩在報紙上屢屢登載，說明了人才淵藪[74]的東京文化界對王氏其人其文的高度關注。

仔細對照王韜《扶桑遊記》四月六日（陽曆五月二十五日）前後日記內容，可知這場與日本著名的清史家增田貢晤面締交與後續往來之始，當在前一日（四月五日，陽曆五月二十四日）增田貢與寺田士弧、吉田易簡來拜會王韜時。按增田貢，字岳陽，曾著《清史擥要》，該書剖析晚清上海政局時提及王韜的貢獻，其文曰：

> 吳郡處士王韜，獻策曰：招募洋兵，人少餉費，不如以壯勇充數，而請洋官領隊。平日以洋法，教演火器，務令精練，西官率之以進，則膽壯力奮，似亦可收効於行間。於是遂有洋槍隊之設，號為常勝軍。[75]

文中特別提出王韜上奏清廷的洋法練兵策之貢獻，故王韜感其知遇之情，引為海外知己。當天一群人（後來黃遵憲加入）共同造訪重野成齋（名安繹，時任修史館編修），然後相偕至後樂園一遊。後樂園曾為江戶時代水戶藩侯源光國（即德川光圀，一六二八—一七〇一）之邸，源氏曾開設史館（彰考館）於邸內，旁設園池，敬禮東渡流亡的明末遺臣朱之瑜（一六〇〇—一六八二，字魯嶼，日人稱「舜水先生」）為師，執弟子之禮，開啟日本文教之先聲。遊後樂園當天，王韜即作七律一首，有「清風百世臣心苦，史筆千秋生面開」句，[76] 推崇的便是朱舜水終生懷抱復明之心，逃亡異域

後樂園中供奉伯夷、叔齊木雕塑像的「得仁堂」（作者攝於2015年11月）

後樂園中由朱舜水所設計之拱橋「円月橋」（作者攝於2015年11月）

73 增田岳陽，〈魯生張公使見訪酒間賦贈〉：「手排藜藿駐軒軺，窮閻生輝倒屐邀。博望光華提玉節，伏波矍鑠想桐標。每聞塵教心胸爽，又接芝眉鄙吝消。今日東西一家等，南薰習々亦和調」；〈贈紫詮王詞宗〉：「獻策轅門拂海氛，曾無茅土報功勳。養成壯勇洋槍隊，收拾威嚴常勝軍。欲使鳳鳴向東日，忽看鵬翼負西雲。楚材晉用吾能解，江表偉人推此君。」

74 「日國人才，聚於東京，所見多不凡之士，而鹿門（按，指岡千仞）尤其矯矯者。」見《扶桑遊記》，頁四七。

75 見〔日〕增田貢，《清史攬要》卷之六，頁一下—二上；頁一下眉批：「王韜　洋法練兵策」。

76 《扶桑遊記》，頁五九—六〇。

後輾轉將漢土儒學東傳，並啟發了源光國撰著《大日本史》，體現新史觀。[77]隔天（即陽曆五月二十五日），曾撰《清史逸話》的本多正納來訪王韜，午後，王先至清使館公署拜會後，偕副使張斯桂、王漆園與王琴仙這對堂兄弟至增田岳陽家，飲宴之餘，除觀賞主人收藏的朝鮮書畫，增田還出示他所撰《清史擥要》及珍藏的寶劍，王韜曾拔劍一觀。[78]賓主盡歡之餘詩興遄飛，即席往來贈答酬和，數日後這一組詩歌分兩天刊登在《朝野新聞》上。

對照《扶桑遊記》所收詩歌僅有七律三首，除遠不若《朝野新聞》連載兩天刊出的書一封詩五首之豐富外，報紙上中日這兩位著名「史家」之深度交往與筆談對話的生動形貌，在明治時期崇尚西學與撰著外國史熱潮的時代氛圍中，更饒富意義，有助我們鮮活感受一八七〇年代末身兼大報社主筆與著名西洋史家雙

源光國像　朱舜水像

（作者翻攝自東京「後樂園」文化園區入口陳設的歷史解說圖）

重身分的王韜來訪日東京城，吸引各界人士前來筆談交流的情狀。

增田岳陽家宴詩歌刊出後不到兩週，即六月十五日《朝野新聞》第三頁「雜錄」一欄，有〈支那ノ新聞記者ノ給金多少〉一文刊出。第一章已略述該文語帶諧謔地評論傳聞云大報社《循環日報》社長王韜受聘赴日，酬薪僅為二百圓，委實甚寡。[79]將華人報社主筆的薪資與日本報社記者的待遇兩相比較，日本記者收入尚屬豐厚，宜當自豪云云。按《朝野新聞》主筆成島柳北以其在「雜錄」欄的辛辣時事評論著稱，[80]此文開篇直指中國之大，與日本相比，報紙卻甚為寡少，卻也是不爭的事實。黃遵憲在日期間特別留意東京報社與新聞紙盛行的狀況，故《日本雜事詩》除有詠〈新聞紙〉詩「一紙新聞出帝城，傳來令甲更文明。曝簷父老私相語，未敢雌黃信口評」外，[81]注文讚「新聞紙山陬海澨

77 關於朱舜水遺民意識的轉化，參見鄭毓瑜，〈從「遺民」到「新民」——朱舜水與〈遊後樂園賦〉〉，收入高嘉謙、鄭毓瑜主編，《從摩羅到諾貝爾：文學．經典．現代意識》（台北：麥田，二〇一五），頁六六—七〇。

78《扶桑遊記》，頁六五。

79 依黃遵憲《日本雜事詩》初版〈錢幣〉一詩云「聞說和銅始紀年，近來又學佛頭錢；雙雙龍鳳描新樣，片紙分明金一圓」，下注「……明治四年，金、銀、銅三貨並鑄，式皆精美。六年，復造紙幣，當墨西哥銀錢一枚者，曰金一圓」。換算一圓與當時通行於上海的墨西哥銀元（因上印西班牙國王之像，俗乎為「佛頭銀元」）一元約等值。故可推測，當時日幣兩百圓相當於兩百銀元。參見《日本雜事詩》，頁六二七—二八。

80 柳北年譜，見塩田良平編，《明治文學全集．卷四：成島柳北　服部撫松　栗本鋤雲集》（東京：筑摩書房，一九六九），頁四二七。

81 見初印本第五十首〈新聞紙〉原詩，《日本雜事詩》，頁六四二。

無所不至，以識時務，以公是非，善矣」，時事政論傾向「不曰文明，則曰開化」。在他較晚成書[82]的《日本國志》〈學術志〉中「新聞紙論列內外事情以啟人智慧」的敘述下，黃遵憲則引用明治十一年（一八七八）的統計資料來說明日本日報林立的情景：

東京及府、縣新聞紙共二百三十一種；是年發賣之數，計三千六百一十八萬零一百二十二紙。在東京最著名者，為《讀賣新聞》、《東京日日新聞》、《郵便報知新聞》、《朝野新聞》、《東京曙新聞》，多者每歲發賣五百萬紙，少者亦二百萬紙云。[83]

可見明治新政十年後日本報業之昌盛繁榮，報章上的時事論說往往有影響社會觀感或左右輿論的效應。成島柳北主持的《朝野新聞》與栗本鋤雲擔任主筆的《郵便報知新聞》便是舉足輕重的報社之一。讀者多，報館發行量大，營業利潤亦可觀，故可以提供報社記者較優厚的薪資。故該文推測：「試想在東京十元或是十五元月薪之新進記者，若被外國同業聘請，至少領受四五十圓之謝銀。然而自遠道而來此不便之地的《循環日報》社長，進入東京報社，雇用費僅得二百圓，可推知彼在本國社長的月薪不過僅有三四十銀圓。」

據費南山（Natasha Vittinghoff）考證王韜身為《循環日報》主筆時報社的聘雇狀況與財政開支，主筆月薪大約就是三四十銀元。[84]又證諸《扶桑遊記》，雖然王韜在序言中表示東瀛之行乃因「東道有人，決然定行計」[85]，並沒有言及邀約的條件，但仍有蛛絲馬跡呈現他在日四個月的花費與薪資問題。《扶桑遊記》於五月二十九日，即王韜抵東京十餘日，與中村正直筆談時道：「特諸同人擬留予在其國中兩閱月，繕立條約，有拘束不如人意者。余聞之，始浩然有去志」[86]，此處所謂「繕立條約」，當為報知社關於王韜在日酬金、開銷與及工作內容的書面協議。王韜從築地精養軒移居較蝸窄的報知社，[87]即為此協議當即付諸執行的條款。報知社此舉令王韜頓生桎梏之感，有失其名士尊嚴，故有「始浩然有去志」的強烈反應。王在日友人岡千仞當日極盡勸慰之能事，令王韜深有知遇之感，最終打消歸去之意。此後，王韜除在報知社書字、[88]撰寫社論，[89]並承諾未來《扶桑遊記》撰成後的版

82 《日本國志》於一八八七年成書，但遲至甲午戰後（一八九五）才出版。

83 《日本國志．學術志》，頁八〇〇。

84 《循環日報》聘雇員工與財政狀況，按《粵報》在一八八六年的統計可知，主筆薪水有五十至五十五元，編輯三十元，翻譯員二十元，副主筆十元。黃勝（平甫，一八二五—一九〇五）一八七六年在香港倫敦會印刷所工作，薪水約二十八元。見〔德〕費南山著，姜嘉榮譯，〈遁窟廢民：香港報業先鋒——王韜〉，收入林啟彥、黃文江主編，《王韜與近代世界》，頁三三二，注27。

85 〈自序〉，《扶桑遊記》，頁五。

86 同前注，頁八四。

87 同前注，頁八六。

88 同前注，頁一二四。

89 據王曉秋考證，王韜在日期間，曾於《郵便報知新聞》上發表四篇文章。分別為：一八七九年六月二十三日，〈華夷辯〉、〈智說〉；六月二十四日，〈地球圖跋〉；六月二十六日，〈讀離騷〉。見林啟彥、黃文江主編，《王韜與近代世界》，頁四〇三—四〇八。

權[90]交與報知社之外，據學者考證，王韜耳聞寓神戶之清人如衛鑄生等「賣字月可得千金一事」[91]頗為豔羨，故亦設法多方從事賣文「生意」，將日本的書籍攜回香港經銷販售日本地理史志、《清史擥要》及岡千仞編譯的外國史著作（如《米利堅志》、《法蘭西志》）諸書籍。[92]

綜上所述，可知《朝野新聞》〈雜錄〉一文固然沒有全盤考慮到東道主報知新聞社款待性好冶遊的王韜所費不貲，[93]除支付酬金外還必須額外負擔的日用花費，評論失之武斷。但刊登在報紙上的這篇評論流露出的得意之情，卻頗值得玩味：盛名如王韜者流東來扶桑一事，恰恰襯出本地報刊界主筆薪資相對豐厚，日本報業在東亞世界中已占據不容忽視的重要地位。進一步透露：非經官方管道，東京大報社已有能力發起並邀來國際名人至本國交流，討論合理的工作內容並訂定契約，進而爭取國際人士的著作權；與報刊界頗有淵源的外國史專家（如《清史擥要》、《清史逸話》作者本多正納，翻譯或輯撰外國史的岡千仞與岡本監輔）把握機會與之近距離深度筆話、辯難，恰可窺知明治維新甫逾十餘年首善之都活絡的亞際知識菁英對話交流文化氛圍。

對明治時期的日本知識界來說，王韜結合親身經驗、透過大量西文報刊掌握泰西世界最新動態而完成的《普法戰紀》展現符合時代脈動的嶄新史觀，突出於日本文化界紛紛出現的西方史地書籍，更獲致報刊界名流一致肯定。邀請王韜訪日的靈魂人物栗本鋤雲，出生於幕府侍醫之家，因與法人交好而精通法語，曾於箱根開設醫院，於幕末時期（一八六七）被派至法國任日本駐法公使，一八六八年幕府瓦解後從歐洲返國，維新後不仕新朝。他的著作《曉窓追錄》中，對於法國的國情政令風俗文化與首都巴黎城市風貌有詳細的紀錄，堪稱幕末時期開明派士人中首屈一指的「國際通」。一八七四年受「報知社」所聘，任日報編輯主筆。由此可知栗本的人生經驗與王韜有多處雷同，如兩人在一八六七年均在法國都城巴黎參觀萬國博覽會，也在一八七四年出任報社主筆，更巧合地同於一八九七年這

90 王韜旅居日本達四個月，部分日常開銷及其購書款得自他在報知社賣字和出賣《扶桑遊記》版權予報知社，包括報知社屬下《郵便報知新聞》刊印王韜旅日期間所有作品。參見易惠莉，〈日本漢學家岡千仞與王韜〉，注148。

91《扶桑遊記》，頁一一九、一一六。

92 據現存《循環日報》微縮膠卷資料，可見光緒六年正月四日（一八八〇年二月十三日）第一八二六號《循環日報》第三頁上刊出文裕堂的「新到日本書籍」廣告，販售：唐土名勝圖、清史擥要、元明清史略、十八史略、今世名家文抄、通議、日本地理全圖、日本風土山水人物畫譜等諸書。到了光緒六年四月六日（一八八〇年五月十四日）第一九〇三號《循環日報》第四頁上，又見到高度相似的書籍廣告，販售書籍為：清史擥要、唐土名勝圖、元明清史略、米利堅志、法蘭西志、并上海葛式嘯園各種新書籍、亞洲地圖、小地球等書，只是這次刊登廣告者正是《循環日報》社。這些書籍廣告的訊息，佐證王韜從日本歸來後，開始於香港當地的書店與《循環日報》報社販售日本書籍，合理推測他當在香港與日本兩造間經銷書籍。

93「日本諸文士，皆乞留兩閱月，願做東道主，行李或匱，供其困乏。日在花天酒地中作活，幾不知有人世事。」（《扶桑遊記》，頁一六）「日東人士疑予，於知命之年，尚復好色，齒高而興不衰，豈中土名士，從無不跌宕風流者乎？」（《扶桑遊記》，頁一二八）；《朝野新聞》〈雜錄〉文中有一段反駁辯難之言，翻譯如下：「或有辯解者云，『足下實為毒舌之人。王氏此番來遊東京，意在與文士墨客交遊，樂觀名山大川，任職某報，僅為遊歷之一隅。』吾人以此辯無法令人信服，何以言之？試想吾輩至京阪或遊歷東隅西陬，與文士結交，訪探山水勝地，縱令囊中羞澀，亦不甘居於雇用於報社，領受薪水而身受束縛。若受束縛，豈能盡興勝遊？故若王氏若真為遊歷而來，豈會受雇某報而成桎梏之身耶？然若如據傳聞領受此薪，則確知其本國薪水為寡，故而遠道而來，受雇於我國報社，嗚呼，我國記者不亦當自豪耶？」

一年辭世。

正因如此，第一章已經分析過，栗本激賞王韜所撰《普法戰紀》，允稱該書最早的東瀛知音，曾有〈王韜讚〉一詩：「慷慨論兵，心存國家。風流逃酒，迹擬浮查」[94]，精要捕捉了擁有多面相特質的王韜形象。龜谷行在《扶桑遊記》跋文詳述邀約王韜赴東瀛的發起人群體，[95]除栗本鋤雲外其他幾個關鍵人物：曾派駐朝鮮的外交官，辭官後創設「大來社」發行漢文期刊《明治詩文》的佐田白茅、曾任修史館編修的岡千仞、重野安繹等人，他們往往具有在幕府從政的經歷。維新後不仕新朝，或著譯外國史，或任職於重要報刊，在新聞業中擁有舉足輕重地位，關注世界局勢動態發展與掌握新時代脈動，乃是此菁英社群的共同特質。

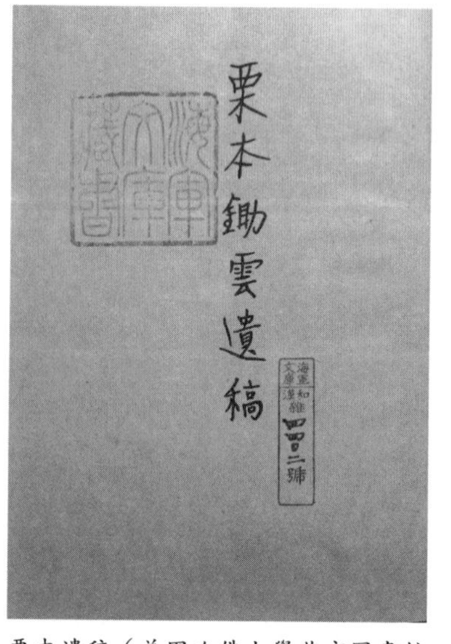

栗本遺稿（美國哈佛大學燕京圖書館藏，作者翻攝）

如第一章所述及，日本學界名士中村正直、時任埼玉縣教諭的木原元禮、《萬國史記》作者岡本監輔、任高崎知縣的源氏後人大河內輝聲（源桂閣）、漢學家森春濤等人，亦頻繁前來與享有盛譽的王韜晤面筆談，或詩賦贈答，或當面就教，甚至相互辯難，此多元異質而跨越領域的深度交流，也影響了王韜對歐洲文化的深刻思索。故一八七九年十月回到香港後，王韜繼續撰著法國史志《重訂法國志略》，便參酌引用了日人的外國史著作（詳見第一章分析），可窺其泰西史著中的東瀛影響之一斑。

如王韜在明治十二年（一八七九）六月二十一日的日記述及《萬國史記》的作者岡本監輔來訪一事。乃因岡本之書新出爐不久，即拜見王韜，也是欣賞他橫跨東西方世界的經歷與開創新聞入史[96]體例的撰著模式，故急欲當面得其評點指正。王韜倒也沒讓他失望，評為「搜羅頗廣，有志於泰西掌故者，不可不觀。必傳之鉅製，不朽之盛業也」，似與該書卷首何如璋題詞頗為一致。但王韜繼續借題發揮，「況日邦近尚西學，得此書著其情偽，則尤切于用」[97]，提出對明治新政的批評：

> 余謂倣傚西學，至今日可謂極盛，然究其實，尚屬皮毛。并有不必學而學之者，亦有斷不可學而學之者，而學之者，又病在其行之太驟，而摹之太似也。[98]

---

94 見《弢菴遺稿》，頁二〇。浮查。漂浮海上的木筏。語出晉王嘉《拾遺記．唐堯》：「堯登位三十年，有巨查浮於西海，查上有光，夜明晝滅，海人望其光，乍大乍小，若星月之出入矣。查常浮繞四海，十二年一周天，周而復始，名曰貫月查，亦謂掛星查，羽仙棲息其上」，呈現王韜在栗本心目中遊走跨越於異域與東西文化間的形象。

95 龜谷行，《扶桑遊記》上卷跋文，頁六七—六八。

96 王韜與張芝軒合譯之《普法戰紀》採當時歐洲日報消息入書的著史模式，乃指該書中除敘述事件始末、戰役過程外，幾乎全數以翻譯的西報消息與議論或「報社主筆」的觀點連綴前後文。詳見拙文，〈文化傳繹中的世界秩序與歷史圖像——以王韜《普法戰紀》為中心〉分析，《海上傾城》，頁一〇二—一〇九。

97 《扶桑遊記》，頁一三〇。

98 出處同前注。

批判日本當下社會競尚西學的熱潮的同時，也藉此書評論點出日本全盤西化的大勢所趨下隱藏著泯滅自身文化傳統的弊病。

撰有美志、英國、法國相關史著的岡千仞，堪稱明治初期編譯西人史著的代表性人物，其撰著多部史志之主幹，往往參酌漢文所譯之相關著作，復加以增補時事近聞，編為一書。如明治六年（一八七三）岡千仞與河野通之根據美國格堅勃斯原文而撰譯的《米利堅志》，就曾參考載錄過徐繼畬《瀛環志略》、裨治文《聯邦志略》、丁韙良編譯的《萬國公法》及《格物入門》等來自中國的世界史地與格致書籍。[99]第一章已經提過，《聯邦志略》乃為王韜早年在上海供職「墨海書館」階段（一八四九—一八六二）同事好友管嗣復協助美籍傳教士裨治文潤色修訂的《美理哥合省國志略》，後易名為《聯邦志略》版行，後來不僅收入一八九七年八月《湘學新報》的「史學書目提要」中，更成為一八九八年湖南學政所出的科舉考試題目之一，可見此書持久不衰的影響力。[100]

《米利堅志》之序為曾任職北京同文館算學總教席的李善蘭所撰，李氏亦為其早年供職墨海書館、傭書上海歲月的摯友，與傳教士偉烈亞力合譯《幾何原本》後九卷（一八五七年出版）、《談天》（一八五九年出版）等堪稱劃時代的天文與數學名著，代表了一八五〇年代上海開明文人與第一波現代性思潮互動對話的模式。岡千仞完成《米利堅志》書稿後不久，恰好藉日本大臣出使中國的機會將此書帶到北京名流圈中，同文館總教席丁韙良囑李氏作序，可想見得李之讚詞時岡氏的興奮心情。（詳見第一章分析）

當時岡千仞譯《英志》已得二卷，王韜展讀即知其為「視慕維廉所撰，言簡而事增，誠不朽之盛事也」[101]，一方面說明了王推許岡氏不僅擅於編譯外國史著，更能輯近事入史而增益之的不凡識見，另一方面也道出王早年在上海的另一忘年摯友，即與英國傳教士慕維廉合譯《大英國志》（一八五六年出版）的蔣敦復，側面說明了彼時蔣雖已謝世十餘年，其譯作在扶桑的流傳接受與後續影響卻不容小覷。如《朝野新聞》主筆成島柳北與高橋基一合譯了英人趙舞ケ的原著《英國國會沿革志》，並由《朝野新聞》社印行出版（參見第一章分析）。成島柳北在序言中，亦強調英國國會制度「屢改屢變」，非一日即臻於善美之境，故需徵諸文獻，以傚其典章制度，裨益國政，[102]呈現出明治新政後文士競著西史以收學步歐西法政制度之效的社會氛圍。

綜上所述，王韜扶桑之行引動的文化漣漪，既是自《普法戰紀》輻射出而交織形成的一場中日朝野文士的對話，亦不啻為王韜出身上海、親履泰西、香港辦報等過往豐富經歷的總驗收，更每每與東京的核心智識圈形成互為鑑鏡與相嵌連結的微妙關係。作為亞際跨域融匯的「樞紐」人物與開啟東西文化融攝的可能性上，王韜無疑扮演了東亞世界吐納融匯西方經驗過程中的關鍵角色，此「日本經驗」因綰合了東亞近代報刊跨疆域與跨文化流通的功能，凸顯出中日知識菁英與開明文士輯譯世界史

99 岡千仞，《米利堅志》「例言」。見〔日〕岡千仞，〔日〕河野通之仝譯，《米利堅志》。

100 相關論述參見潘光哲，〈美國傳教士與西方政體類型知識「概念工程」在晚清中國的發展（一八六一—一八九六）〉，《東亞觀念史集刊》一輯（二〇一一年十二月），頁一八八。

101 見《扶桑遊記》，頁四七—四八。

102 見〈英國國會沿革誌·序〉，《英國國會沿革誌》，頁一—二。

地書籍時往往以新聞或時事入史的特徵，鮮明捕捉了政經社會與文化觀念面臨劇變，東亞知識人汲汲尋思對策的時代面容。

然王韜遠離日東，其迴響卻未嘗告終。我們在明治十二年（一八七九）十月二十四日的《朝野新聞》復睹王韜之作，乃為〈循環日報中我邦ノ毒婦阿傳ノ詩有錄シラ看官ニ示ス〉為題的七古長詩。[103]應是返港後王韜將〈阿傳曲〉一詩刊登在《循環日報》上，而後《朝野新聞》轉載其內容。對照《扶桑遊記》，此詩乃為王韜在東京時六月九日晨與小西藤田、栗本鋤雲至新富劇院欣賞戲劇阿傳故事後為文賦詩的心得。此劇係改編自三年前（一八七六）發生在東京淺草天王橋畔旅社中女子手刃男子的凶殺案，凶手阿傳後遭斬首，轟動一時，為明治十二年最著名的社會事件之一。阿傳「一代毒婦」的形象在通俗小說家仮名垣魯文編的《高橋阿傳夜叉譚》出版後更加深入人心。[104]王韜在日記中扼要記載女兇手阿傳之生平顛末，亦錄下明治時期「時事劇」劇情、劇院場景與日本優伶演出特色之一端。[105]

後藤吉藏。新富座舞台劇，《其名高橋毒婦小傳　東京奇聞》海報。明治12年（1879）5月上演。豐原國周（Toyohara Kunichika, 1835-1900）畫。早稻田大學演劇博物館所藏。

值得進一步探析的是，與前一節分析過的〈花蹊女史小傳〉相若，但刊登時間較早，為《點石齋畫報》第七號[106]《淞隱漫錄》中〈紀日本女子阿傳事〉一篇，畫師吳友如配圖一幅（見下圖），皆為王韜結束香港二十三年歲月於光緒十年（一八八四）二月回到上海後，將扶桑見聞改編後刊登於報刊的例證。[107]故事敘述阿傳乃上野農家女，頗能知書識字，所作和歌抑揚婉轉。擁有人稱「玉觀音」美

103 詩云：「野鴛鴦死紅血迸，花月容顏虺蜴性。短緣究竟是孽緣，同命今番為並命。陰房鬼火照獨眠，霜鋒三尺試寒泉。令嚴終見爰書麗，閭里至今說阿傳。阿傳本是農家女，絕代容華心自許。爭描眉黛鬪遙山，梨花閉戶春無主。笄年偷嫁到汝南，羨殺檀奴風月諳。花魂入牖良宵短，日影侵簾香夢酣。歡樂無端生哭泣，溫柔鄉裡風流劫。一病纏綿不下牀，避人非是甘岑寂。溫泉試浴冀回春，旅途姊妹情相親。一帆又指橫濱道，願奉黃金助玉人。世少盧扁真妙手，到底空牀難獨守，狐綏鴇合只尋常，鰈誓鶼盟無不有。伯勞飛燕不成群，伉儷原知中道分。手調鴆湯作靈藥，姑存疑案付傳聞。一載孤栖歸省父，骨肉情深盡傾吐。阿妹貽書佯弗省，真成跋扈胭脂虎。市太郎經邂逅初，目成已見載同車。貌豔芙蓉嬌卓女，才輸芍藥渴相如。自此倚門彈別調，每博千金買一笑。東京自古號繁華，五陵裘馬多年少。旅館淒涼遇舊歡，焰搖銀燭夜初殘。詎知恩極反生怨，帳底瞥擲刀光寒。含冤地下不能雪，假手雲鬟憑寸鐵。世間孽報豈無因，我觀此事三擊節。阿傳始末何足論，用寓儆勸箴閨門。我為吟成阿傳曲，付與鞠部紅牙翻。」該詩與序亦收入〔清〕王韜著，石川鴻齋訓點，《蘅華館詩錄》（出版人：山中市兵衛，東京：明治十四年〔一八八一〕），卷五，頁九上—十下。

104 參見〔日〕森銑三，《明治東京逸聞史1》（東京：平凡社，一九九七，初版第十四刷），頁七二。另見〔日〕茂呂美耶，《明治日本：含苞初綻的新時代、新女性》（台北：遠流，二〇一四），頁一三三—一四〇。

105 見《扶桑遊記》，頁一〇六—一〇八。

106 據筆者考證，該文刊登於《點石齋畫報》上應為光緒十年閏五月中澣（西曆一八八四年七月七日左右）。

107 《淞隱漫錄》中有數篇故事或筆記是來自王韜的東遊見聞：如〈記日本女子阿傳〉、〈柳橋豔跡記〉、〈花蹊女史小傳〉、

貌的阿傳及笄後便與情人浪之助私奔，未久，浪之助患惡疾癩症，偕往草津溫泉盼能療癒，然不見效，經人介紹後往橫濱投美國名醫平文延治。橫濱船匠吉藏垂涎阿傳美色，出金助之以求歡，遂與其暗通鴇合。後阿傳夫死回鄉省父，頗不安於室，與鄉人市太郎燕好，穢聲聞鄉里，令父不安。阿傳聞東京多浪遊弟子，故前往淺草天王寺旁寓居丸竹亭旅社，竟做倚門娼生計。舊識吉藏至東京亦常光顧，卻因吉藏刺刺不休揭其舊日隱私而生恨，阿傳趁其醉寐時手刃之，此即為震驚一時的東京刑案之本末。

這則故事中視禮法為無物、浪跡四方，擁有過於男子之膽識的阿傳形象，與稍晚刊載的〈花蹊女史小傳〉相較，看似在人品才華的描述判若雲泥，但從另一角度觀之，卻同樣彰顯了東方禮教觀中或叛逆或出格的女子形象。阿傳故事的詩歌版〈阿傳曲〉在香港與東京的日報上先後登載，其故事梗概

淞隱漫錄　阿傳　三　卷一

紀日本女子阿傳事

阿傳日本農家女也生於上野州利根郡下坂村父業農小築三椽頗有幽趣依山種樹臨水啟門自具雜落間風景宛然倚繫籬花滿架花時錦雲霏几楣阿傳卧房在焉阿傳貌美而性蕩長眉入鬢秀靨承頰肌膚尤白勝於豔雪時人因有玉觀音之稱及笄風流靡曼妖冶罕儔鄉人浪之助者佻達子也善自修飾以媚阿傳時以玩物饋貽由是目挑眉語遂成野合鴛鴦往來既稔父不能禁竟倫嫁之成伉儷倡隨極相得無何浪之助忽攖惡疾蓋癩也阿傳恥之偕夫遁去聞草津有溫泉浴之能治癩徙居彼處晨夕往焉鄉人某甲素愛阿傳聞而憐之來勸之歸弗從絹商茶翠春就浴溫泉適與阿傳同寓見阿傳事夫甚謹異之絹商妻亦小家女錄豹多姿時就阿傳話始知為同族姊妹行因勸夫邀阿傳共往橫濱延美國良醫平文治之有吉藏者橫濱船匠頁弁也涎阿傳美思通之願任醫藥費延阿傳夫婦居其家侗間求歡狐媚綏綏合極盡繾綣焉實清五郎俠客也憐阿傳貧時有所贈阿傳意其私己欲以身事之五郎拒不納浪之助疾久不瘳仍偕往溫泉中途遇盜盡掠其囊中金哭訴於逆旅主人絹商適寓其家時方邀客婢以事聞將弄未提數劣濟其窮及來謝乃知即阿傳絹商方獨宿寓中遂薦枕席旋絹商歸阿傳從之至其家絹商妻嘆之曰此禍水也勸絹商絕之贈以資斧遣去未幾浪之助死或疑為吉藏所毒然事跡不明夫死一周阿傳頗不安於室一日歸省父謀訴往事報卒狀阿傳父處女前行令妹貽書規之阿傳至弗省偶排徊門外市太郎道經其室一見驚為天仙借事通詞遂招之入竟作文君之奔焉以徒凡有所屬意者輒相然好穢聲籍籍閭里阿傳以東京多浪遊弟子往送其私乃寓淺草天王橋畔旅舍

《點石齋畫報》第七號《淞隱漫錄》〈紀日本女子阿傳事〉

雖在《扶桑遊記》的「日記」中已披露，但詳細記傳刊載卻是在五年後上海的《點石齋畫報》。此文固是海外風俗考察的紀錄，這則東瀛女子的「上海演繹」版中作者自詡「遯叟詩成，傳鈔日東，一時為之紙貴」[108]或許不無誇大成分，但若考慮到這則故事在亞際報刊界流通的過程，毒婦阿傳形象的跨域登載，未嘗不是象喻了東亞現代城市中固有倫理觀鬆動與社會秩序重組的曲折軌跡。

阿傳故事說明了王韜對明治菊壇的關注，饒具意義的是，繼〈阿傳曲〉之後不到半個月，即明治十二年（一八七九）十一月六日《朝野新聞》上，又刊出王韜（名曰「王紫詮」）品題漢學家森春濤之子森槐南所著戲曲《補春天傳奇》之詩歌與序言。[109]對照《扶桑遊記》，此事見錄於六月二十七日（陽曆七月十六日）日記，言面晤森春濤，其出示其子森泰二郎（號槐南，一八六三—一九一一）劇作《補春天傳奇》，遂賦六首七絕以贈。[110]但《朝野新聞》所刊載之〈題《補春天傳奇》有序〉在日記中未見，應可推測此序當是在新聞紙上首次面世。茲錄於下：

〈橋北十七名花〉、〈東瀛才女〉等。

108 王韜在港時期自號「天南遯叟」。引文見王韜，〈記日本女子阿傳事〉，見氏著，《淞隱漫錄》，頁七。

109 詩云：「千古傷心是小青，拆將情字比娉婷。西冷松柏知誰墓，風雨黃昏獨自經。秋墳鬼唱總魂銷，誰與芳魂伴寂寥。絕代佳人為情死，一般無酒向春澆。一去春光不復還，補天容易補情難。嬋娟在世同遭妬，寂寞梨花泣玉顏。好事風流有碧城，同修芳塚慰卿卿。知音隔世猶同感，地下人間聞哭聲。譜出新詞獨擅場，居然才詞勝周郎。平生顧曲應君讓，付與紅牙唱夕陽。刻翠裁紅渺隔生，怕聽花外囀春鶯。當年我亦情癡者，迸入哀絃似不平。」該詩與序亦收入《蘅華館詩錄》卷五，頁一七下—一八上。

110 見《扶桑遊記》，頁一六九—一七〇。

> 春濤先生今代詩人也。令子槐南承其家傳。又復長於填詞，工於度曲。年僅十七齡，而吐藻采於豪端，驚泉流於腕底。祠壇飛將，復見斯人。今夏同人小集不忍池邊長酡亭上，先生出示其令子所作《補春天傳奇》。情詞旖旎，丰致纏綿，雅韻初流，愁心欲絕。不禁有感於懷，爰題六絕句於上，以志欽佩。

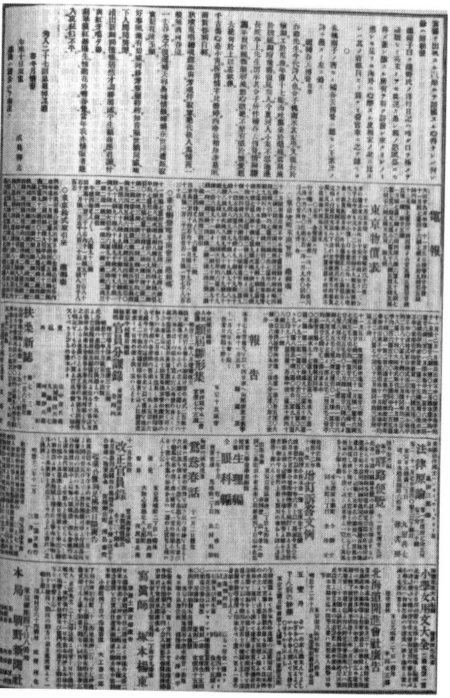

《朝野新聞》（1879年11月6日）第四頁第一欄所刊〈題《補春天傳奇》有序〉

此文後來收在森槐南自印出版，明治十三年（一八八〇）二月印行的《補春天傳奇》的題詞中，文字略有更動，但大意雷同。[111] 仔細比對成書後的《補春天傳奇》，這段序文與六首七絕，即為卷首「題辭」，錄於張斯桂手書李商隱詩「紫蘭香徑與招魂」題名、森槐南所畫劇作中人馮小青肖像（見下圖）與題畫詩之後，沈文熒、黃遵憲之「序」、「評」前，[112] 共同為該部劇作添增丰韻。沈文熒在《補春天傳奇》中的「序評」[113] 讚譽此劇上承湯顯祖「臨川四夢」與《西廂》等言情鉅作之遺續，與清代著名戲曲《桃花扇》及《長生殿》作者孔尚任、洪昇之手筆相彷彿，化「芳膩冷豔」為「幽雋清麗」，也隱約道出了森槐南繼承明清言情文學傳統並企圖轉化的絃外之音。於此不僅可窺王韜與明治詩壇祭酒森春濤多次晤面及交情殷切之一斑，更重現了大清公使成員張斯桂、沈文熒、黃遵憲與日本漢學及文士名流交遊，往往受邀為詩文作品集題序贈跋，贈詩酬應的情狀。

此劇主要敷演錢塘才子陳文述在孤山別業作「小青曲」遙祭小青之魂，小青地下有感，魂魄現身託夢請陳氏為西湖三女士（馮小青、楊雲友、[114]周菊香）修墓的故事，全劇共計四齣。故事中的小青

111 該文末載寫作日期為：「光緒五年己卯六月下旬吳郡王韜。書時游晃山歸，甫解裝也。」見〈補春天傳奇・題辭〉，（日）森槐南，《補春天傳奇》（東京：森泰二郎印行，明治十三年（一八八〇）二月），頁二。

112 評語為：「以秀倩之筆，寫幽豔之思，摹擬《桃花扇》、《長生殿》，遂能具體而微。東國名流，多詩人而少詞人，以土音歧異難於合拍故也。此作得之年少江郎，尤為奇特，輒為誦『桐花萬里、雛鳳聲清』之句不置也。」進而又評道：「此作筆墨于詞尤宜，若能由南北宋諸家，上溯《花間》，又熟讀長吉、飛卿、玉溪、謫仙各詩集，以為根柢，則造詣當未可量。後有觀風之使采東瀛詞者，必應為君首屈一指也。」

113 文曰：「孔雲亭之芳膩，洪昉思之冷艷，皆出於湯臨川四夢，臨川又化於王實甫《西廂記》。此曲於孔洪為近，幽雋清麗四字兼而有之，東國方言多顛倒，其曲絕無此病，尤為難得。曲入絲竹須歌而拍之，余頃將歸，無暇訂正，當俟有知音律者商酌之。」見《補春天傳奇》「序評」。

114 李漁的劇作《意中緣》即敷演明末松江才子董其昌與錢塘女子楊雲友的書畫情緣，而有「楊雲友三嫁董其昌」的諧謔故事情節。《補春天傳奇》第三齣借劇中人楊雲友之口，貶低李笠翁之作有如「荒唐小說」，李笠翁是個「齷齪的無情漢子」，隱隱透露森槐南對《意中緣》劇作情調低下的批判。

乃馮小青（一五九五—一六一二），實有其人，為廣陵世家女，姿容冠絕，能詩善畫。父死家敗，委身富家子馮生，為大婦所妒恨不容，乃幽居西湖孤山，尋抑鬱而卒。原有詩集，為大婦所焚，所餘無幾，稱《焚餘稿》。詩之最負盛名者有二：「新妝竟與畫圖爭，知是昭陽第幾名？瘦影自臨春水照，卿須憐我我憐卿」、「冷雨幽窗不可聽，挑燈閒看牡丹亭。人間亦有癡如我，豈獨傷心是小青」[115]。其悲劇身世受到清初文人士大夫廣泛關注，有關她的小說戲劇之創作為一時之盛。[116]東瀛才子的《補春天傳奇》不啻為清中葉以降小青故事域外遺緒之一章。

關於嘉慶年間詩人陳文述（一七七一—一八四三）[117]的著作與事蹟東傳扶桑，且以森春濤父子為中心在明治文壇散發影響力，已有學者詳述，[118]但本文更想凸顯的是東亞

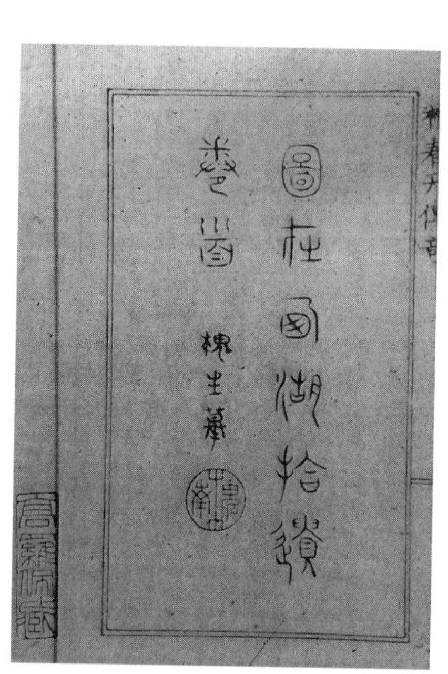

《補春天傳奇》卷首森槐南手繪馮小青肖像與贊詞（漢學家高羅佩藏本）

報刊突破疆域國界的流通網絡：一八七〇年代初期，申報館創辦的文藝期刊《瀛寰瑣紀》也曾刊出數則與陳文述及西湖孤山三女子墓有關的詩文：如署名寶山蔣敦復所作的〈孤山三女士墓陳雲伯大令為小青雲友菊香修建見《頤道堂文集》中雲伯固好事竟不知何許人也辜妄言之弔之以詩〉一詩，[119] 以及錄出陳文述的〈香奩偶錄詩〉（署名「碧城仙吏」）[120]。這都說明了陳氏與才女事蹟在晚清上海文壇依

115 見馮夢龍，《情史》（南京：鳳凰出版社，二〇〇七），頁四九九。

116 關於馮小青故事，曾載於馮夢龍《情史》、支如增《小青傳》、張潮《虞初新志》等明人著作中，其生前軼事與死後詩文至少成就了明清二十五部戲劇，十五部小說，五部民間曲藝，以及其眾多詩歌唱詠的本事與內容。其流傳凡三百年的來龍去脈，參見王道，〈引言〉，《孤山的人文影像：三百年「小青熱」輯事論稿》（台北：新文豐，二〇一〇），頁一—三。
關於森槐南所作《補春天傳奇》之評述，亦可見該書頁一六七—六九、一八二。

117 陳文述，初名文傑，字譜香，又字雋甫、雲伯，英白，後改名文述，別號元龍、退庵、雲伯，又號碧城外史、頤道居士、蓮可居士等，錢塘（今浙江杭州）人。嘉慶時舉人，官昭文、全椒等知縣。學吳梅村、錢牧齋，博雅綺麗，在京師與楊芳燦齊名，時稱「楊陳」，著有《碧城仙館詩鈔》、《頤道堂集》等。

118 明治十年（一八七七）森春濤選編張問陶（一七六四—一八一四）、陳文述、郭麐（一七六七—一八三一）三人之作，出版《清三家絕句》，翌年又有《清二十四家詩》，收錄陳文述詩二十首。見王學玲，〈香奩情種與絕句一家——陳文述及其作品在日本明治時期的接受與演繹〉，《東華漢學》一五期（二〇一二年六月），頁二三四。

119 詩云：「春山埋玉此佳城，黃土紅顏莫愴情。最薄無如才子命，能傳轉是女兒名。梅花冷骨同澆酒，蘇小芳鄰好結盟。冉冉香魂三婦艷，西泠橋畔夜微明。」見同治癸酉年十二月（一八七四年二月），《瀛寰瑣紀》卷一六，頁二十二上。

120 此三組七言長詩名為：〈定是四首〉、〈相思〉、〈閒情〉。均描寫閨閣景物與女子婦人種種情愁幽思。見同治甲戌年十一月（一八七四年十二月），《瀛寰瑣紀》卷二七，頁二十二上—下。

然流傳稱頌，並向東瀛文化圈輻射其魅力，若再加上《朝野新聞》刊出詩文對少年天才森槐南劇作之高度評價，以及森槐南自印付梓時，鄭重將王韜之點評輯入卷首題詞，頗不乏援其盛名為發行助力的企圖，都微妙地呈顯了世變之際中日才子「情」之表述結合新式媒體宣傳與刊行的文化過渡特徵。

上述分析，可見在東京雖已不復得見王韜遊走行蹤，但《朝野新聞》上仍然轉載其「時事劇」〈阿傳曲〉以及森槐南漢文戲劇《補春天傳奇》的題辭，這固然道出了明治時期菊壇演繹新舊事之精采紛呈，但更再次證實了王韜其人其文的推許讚譽，非但為東京文壇增色不少，更代表了權威人物的重量級評價，故鄭重登載於報刊，以收廣昭公信之效。王氏參與的文會詩筵及其活動軌跡與後續不斷發酵影響的效應，更因為現代報刊傳媒而再次在東亞漢文化圈擴散漣漪，益發揭示出一八七〇年代上海—香港—東京三城循環流通的文化迴廊中，存在著融會異文化與深度對話的廣袤空間，與前述王韜在明治時代新史觀的建構與轉變過程中扮演關鍵角色相互印證，咸揭示出十九世紀末葉亞際文化菁英社群文化融匯過程中釋放的豐沛能量。

結語

復現這樣一個獨特的歷史情景，是借助文獻、以當代想像的方式擬構那一群菁英文人的精神文化生活的互動。在都市的亞際文化聯絡中，最前衛的新聞文化成為跨國城市文化融通匯合的橋梁與通道，《朝野新聞》、《循環日報》與《申報》串聯東京、香港和上海大都市的文化功能史無前例，成為亞洲現代性內涵的一種標誌。

這幕情景的價值還在於它的不可複製。其一是清朝使團的官方性質絲毫無礙他們個人與異國民間媒體中文人的互動無間，也不構成與王韜的官民隔閡，而且不同國度的文人都無形地承認王韜的軸心地位。其二在於，不久之後的爭端形成東亞的衝突主題，官方政治的惡性互動總是發展成為軍事行動。「甲午戰爭」之後，更讓人們易於忘記曾經有過超越朝野界限的文化互動方式。其三是報紙的資本性質還未成為主導，所以詩文流轉融通均無阻隔。再有一點，詩酒文人行跡無妨嚴肅的學術著述，歐西史志的當代闡釋可以在東亞跨國界互補對話而不論著作權限。

作為軸心人物的王韜，在亞際文化折衝融匯中獨具象徵意義。涉足歐土、日本的這兩趟泛海東西洋的旅程，固然是王韜個人生命史上的不凡體驗，但確切來說，自香江往返東瀛之旅，非惟王韜個人跨足東西文化之旅，亦為帶領我們進入上海、香港、東京間這條「文化迴廊」的必經路程；這三座吸納西方文明的東亞城市中盛行的報刊傳媒，更從歷史的橫向與縱深呈現了世變中的東亞知識菁英面對當前文化課題的思辨及實踐。惟其為各自不同的精神脈絡與知識結構而形成互有差異的文化社群與實踐行動，益發顯示了此三者間串聯互補的活躍動能之彌足珍貴，歷歷再現了一八七〇年代亞際文化交流對話的豐饒意蘊。

第三章　冶遊、城市史與文化傳繹

——以王韜與成島柳北為中心

前言

本章探討明清冶遊文學特別是余懷記述南京秦淮河畔青樓文化興衰的《板橋雜記》在晚清上海文學以及日本明治維新時期東京城市文學發展史的深刻影響。晚清上海文壇仿余著者甚多，王韜的《海陬冶遊錄》便是著名例證，又從十九世紀中葉以降的東亞視域著手，《板橋雜記》在日本明治維新時期之後續迴響亦相當可觀：第一、二章曾提及日本幕府末葉與明治維新之際的文士成島柳北（一八三七—一八八四）[1]記敘江戶時期吉原地區「遊里」空間的《柳橋新誌》，即體現了《板橋雜記》的文化印痕，呼應了寺門靜軒在《江戶繁昌記》中借城市興衰史嘲謔時政或月旦當代人物的筆調，亦提供我們嶄新視角審視晚清時期「漢文學」如何與在地文化碰撞出複雜多元意義，並創發文化活力的過程。

一、冶遊與城市變遷

第一、二章已提及，光緒五年（一八七九），在香港的王韜因《普法戰紀》的刊行名滿東瀛，受邀訪日，閏三月初七日，王韜從香港道經上海，轉赴東瀛。龜谷行在王韜《扶桑遊記》上卷的跋文中詳述此行緣由：

戊寅之春，余與栗本匏菴、佐田白茅探梅於龜井戶，歸途飲於柳島，匏菴曰：「吾聞有弢園王先生者，今寓粵東，學博而材偉，足跡殆遍海外，曾讀其《普法戰紀》，行文雄奇，其人可想，若得飄然來游，願為東道主。」白茅曰：「善矣。」余友寺田士弧曾至南海，[2]與先生善，乃有東

1 成島柳北，江戶（今東京）人，名惟宏，後易為弘，字叔屬，後為保民，初號確堂，後易為柳北，又號甲子太郎，筆名何有仙史、墨上漁史、墨上仙史。柳北家世代為幕府儒官，任將軍侍讀。自幼熟讀儒家經典，十八歲繼承父祖之業，任侍讀見習。先後為將軍德川定家、德川家茂擔任侍講。主張學習西學有助於國事，自修英語、荷蘭語以及西方兵器軍事等。一八六五年，幕府改革兵制，命柳北為騎兵統領，其後歷任外國事務總理、會計副總裁等職。維新後，隨著幕府政權的消失而下野，此後終生不仕新朝。明治十年（一八七七）創刊《花月新誌》詩文雜誌，專載花月風流韻事、漢詩文與和歌和文等，至明治十七年（一八八四）十月柳北逝世前共發行一百五十五號。柳北亦曾為矢野文雄政治小說《經國美談》、菊池三溪和文體小說《本朝虞初新誌》寫下評點，此外，也為依田學海《新評戲曲十種》作序，並評閱並刊行了怕悅堂刊行《第五才子書水滸傳》十七冊，其漢詩作品流傳多至兩三百首。一八七四年擔任《朝野新聞》社主筆，辛辣批評時政。參見〔日〕前田愛，《幕末・維新期の文学：成島柳北》，頁五四四—五一；〔日〕三浦葉，《明治漢文學史》（東京：汲古書院，一九九八），頁九五；李進益，〈明清小說對日本漢文小說影響之研究〉（中國文化大學中國文學研究所博士論文，一九九三），頁一六八—一六九；高文漢，《日本近代漢文學》（銀川：寧夏人民，二〇〇五），頁七〇；孫虎堂，〈略論成島柳北及其漢文小說《柳橋新誌》——兼論日本十九世紀的花柳類漢文小說〉，《蘭州學刊》二〇〇八年第八期（二〇〇八年八月），頁一九二；Richard John Lynn, "Huang Zunxian and His Association with Meiji Era Japanese Literati (Bunjin): The Formation of the Early Meiji Canon of Kanshi," *Japan Review* 15 (Jan. 2003): p. 117。

2 關於日本名士往香港拜訪王韜事，參見周佳榮，〈在香港與王韜見面——中日兩國名士的訪港紀錄〉，收入林啟彥、黃文江主編，《王韜與近代世界》，頁三七五—九四。

游之約，士弧與重野成齋、岡鹿門諸人，謀欲邀之。余告以匏菴言，於是成齋始與匏菴交。匏菴每置酒會友，未嘗不津津乎王先生也。己卯之夏，先生遂航海而至，居二月，付此書於匏菴而去。頃匏菴將梓之，[3]余謂是區區日記耳，未足以窺先生之學，然豪宕蕭灑之概，亦可以見矣。[4]

這說明王韜在日期間所交往者可謂明治維新初期朝野各界與開明知識社群之佼佼者。[5]此外，以創作仿「聊齋體」聞名，曾著志怪漢文小說集《夜窗鬼談》及編輯日清文士詩文集《芝山一笑》的漢文學家石川英（鴻齋）、[6]日本皇族源氏後人的學者大河內輝聲（源桂閣）、漢學家森春濤，也與王韜有眾多詩文唱和往還，足見王韜的交遊圈亦遍及新舊派日東文人。

綜觀該期間，王韜參與詩社、訪問報館（郵便報知新聞社）、遊覽「崎陽、神戶、浪華、西京、江戶」諸名山勝境，更與眾多新舊派仕紳菁英聚談冶遊，詩文贈答往還，勾留百廿餘日後，回程之時，「日之賢士大夫踐別於中村酒樓，星使參贊以下至者百有餘人」，盛況空前，「日人謂自開國數千年來所未有也」[7]，七月十五日復返滬上，終於抵歸香港，不久王韜便將這段遊歷的詳細經過以日記體裁記述於三卷《扶桑遊記》中。

當然，在香港已經陸續編撰明清以降諸種記載風月事蹟為《豔史叢鈔》的王韜在此期間更不會錯過尋花問柳，體味東瀛青樓風光的機會。《扶桑遊記》就提到：

3 此處係指王韜旅日回國後，將《扶桑遊記》書稿寄給日本友人，此稿即由栗本鋤雲在東京「報知社」印局以最快的速度標點出版，見王立群，《中國早期口岸知識份子形成的文化特徵》，頁二〇五；但此版本中所載日本的「海防、兵政、軍艦、參壘，悉被刪去，紀遊之作有涉於載酒看花者，亦經沈梅史州守所節，蓋有所諱也」，因此王韜在〈弢園著述總目〉接著提到：「殊不滿鄙臆，尚待重刊」（見〔清〕王韜，《弢園文新編》，頁三七六），今本《扶桑遊記》多據明治十二、十三年（一八七九、一八八〇）報知社印本重刊，見游秀雲，《王韜小說三書研究》（台北：秀威資訊，二〇〇六），頁四五。

4 〔日〕龜谷行，《扶桑遊記》上卷跋文。

5 參見〈王韜の來日と都下の詩壇〉，見《明治漢文學史》，頁一三一—一九。

6 見石川英為王韜《衡華館詩錄》所撰序文。王韜在日本與名士往來並為漢學家詩集作序，參見夏曉虹，《返回現場》，頁五—八。

7 《弢園文新編》，頁三七〇。文中所謂「中村樓」位於東京兩國橋東畔，為明治初年文人雅集或召開書畫會的聚會之所，《柳橋新誌》中多處提及此樓：「就中酒肴最佳者川長也……中村等家，則俗稱貸席者，而為右軍道子之書畫會，陶朱猗頓之醵金會。及歌舞插花之師，開業試技者，假以排筵募眾也。」（〔日〕成島柳北，《柳橋新誌》初編〔明治七年奎章閣版（東京：近代文學館發行，昭和四十七年〔一九七二〕），頁七上）說明此樓經常出借場地舉辦歌舞、花道或書畫會。如資深的妓女在此開書畫會的例子：「去年房八婆開書画會于中村樓，當日諸先生皆臨焉，賓客之盛，賀金之夥，近來無比，人皆稱其會曰滅法會，豈不妙乎？余屢往彼宅，未曾見彼摩墨舐毫抹所謂漢字者，而為書画會先生，真是不可思議！」（《柳橋新誌》二編，頁二二下），諷刺妓女假冒風雅名士之舉措，搬弄玄虛以掙得聲名的最佳場地，當在「中村樓」；另荻原乙彥的《東京開化繁昌誌》（一八七四）稱其「外飾風流內實野鄙」，高見澤茂《東京開化繁昌誌》也提到「嗚呼風流場中此殺風景アリ」，見賴毓芝，〈伏流潛借：一八七〇年代上海的日本網絡與任伯年作品中的日本養分〉，《美術史研究集刊》總一四期（二〇〇三年三月），頁一六四。

（本多）正訥約卜日作兩國橋青柳樓之遊，其地頗多名勝，距此二三里而遙，有妙齡之妓，反身貼地，口銜玉盃，如梁羊侃傳所載，旖旎風流得未曾有。余聞東京柳橋多佳麗，與新橋相埒，近人成島柳北，曾著《柳橋新誌》，頗述其豔冶狀，會當一遊以領略此異地烟花，殊鄉風月耳。[8]

可見循成島柳北的漢文著作《柳橋新誌》[9]所載豔跡一遊，為王韜在東京著名的風月區新橋、柳橋時提供了按圖索驥「殊鄉風月」的門徑。這樣的文字因緣與親身印證，促成光緒十年（一八八四）從香港回到上海定居的王韜在《點石齋畫報》上連載筆記小說集《淞隱漫錄》的扶桑成分。其中〈柳橋豔跡記〉即是柳橋青樓風月的全景式描繪，文中多處段落與成島柳北《柳橋新誌》初編文字雷同，將之視為《柳橋新誌》初編之濃縮版亦不為過。列舉如下：

王韜〈柳橋豔跡記〉開篇文字：「橋以柳名，並無一柳。前輩謂橋之東南故有垂柳一株，臨風披拂，橋得名以此。或曰非也，橋建於柳原之末造，故云」[10]，乃為成島柳北《柳橋新誌》初編卷首「橋以柳為名，而不植一株之柳，舊地誌云：『以其在柳原之末，命焉，而橋之東南有一橋，傍有老柳一樹，人呼為故柳橋』」[11]敘述之轉化。王氏更多處援引《柳橋新誌》初編對該地青樓的描述，如：「柳橋之妓妝飾淡雅，意趣疎媚」[12]、「應接賓客則船家之妻也。口齒伶俐，世俗目之為女將軍」[13]、「江都素尚繁華，十步一店，百步一樓，松江之鱸，京江之酒，可立致也。其著名者曰川長，在橋北曰龜清，橋南曰深川，他若丸竹、松亭，指不勝僂。其中芳饌珍羞，山堆坻積，惟鮮魚則取之於河岸。客至，先供茶果，炙魚羹鱠，以次而陳。夏月必設浴室，為客製浴衣，膚涼體爽，其飲自倍。浴室最佳則推柏屋，風雪之夕，可以融凍，酕醄之候，可以解酲」[14]、「妓有定價，大妓晝夜八銖，小妓半之；客於定價外有所賞謂之『花』。大小妓衣服之制亦有別，大妓曳衣於地，以左手扱而行，袒衣之襟白；小妓搴束於腰，袒衣之襟紅」[15]、「奴之陪妓也，將彈絃則為接莖懸線，方更衣則為熨裳斂帶，遇雨即歸取傘，逮暮即走點燈，妓有狎客則必識之。噫！以七尺之軀，于思之髯，甘為賤女子役，結韤理屐以媚其意，僅利數百錢，其辱何如哉！妓於春夏盛時，一月或有五六十席，席價謂之『玉』，記客數者呼之為『玉簿』。妓等每相問，必曰：『今月獲玉幾何？』競誇其多，以為榮劣。」[16]「柳橋之妓色藝兼擅者，自阿金至駒吉，殆不下數十人。聞自開府以來，都下名姝，姿容絕

8《扶桑遊記》卷上，頁一八上—一八下。

9《柳橋新誌》初編稿成並追補於一八六〇年，二編稿成於一八七一年（見《幕末．維新期の文学：成島柳北》，頁五四七—五〇）。本文採用的《柳橋新誌》初編與二編均為明治七年（一八七四）奎章閣版。

10 見〔清〕王韜，《淞隱漫錄》，頁三一八。

11 見《柳橋新誌》初編，頁一上。

12《淞隱漫錄》，頁三一八，引自《柳橋新誌》初編，頁二上。

13《淞隱漫錄》，頁三一八，引自《柳橋新誌》初編，頁四下。

14《淞隱漫錄》，頁三一八—三一九，引自《柳橋新誌》初編，頁六下—八上。

15《淞隱漫錄》，頁三一九，引自《柳橋新誌》初編，頁一二下—一三上。

16《淞隱漫錄》，頁三二〇，引自《柳橋新誌》初編，頁一九下—二〇上。

世，識字知書，足以馳名於北里、標豔於鞠部者，殊不乏人，而尤以二州橋東之阿菊為超群拔萃焉。阿菊性豪邁，喜揮霍。自出巨貲營高樓於墨水之西，榜曰『水明樓』。四面窗櫺，軒爽宏敞，墨川如帶，宛在目前，自建此樓，其名頓播，豪士冶郎，無不入而買醉焉。斯則妓中巨擘，可為柳橋光矣」[17]等諸例，不乏整段挪用或精簡轉化的痕跡，均證實〈柳橋豔跡記〉明顯取自成島柳北《柳橋新誌》初編的原型。

　從個人生命史與出版史看來，王韜自一八六二年避禍至香港，但他在上海文化圈的影響力卻不容小覷，[18]如一八七〇年代便在滬地陸續出版的《海陬冶遊錄》等一系列書籍，可說

柳橋豔跡記

淞隱漫錄　柳橋豔跡記　十九　卷八

柳橋豔跡記

柳橋新橋在日本東京均風月之作坊烟花之淵藪也游冶子弟以柳橋尤為訖闇橋以柳名並無一柳前輩謂橋之東南故有垂柳一株臨風披拂橋得名以此或曰非也橋建於柳原之末造故云其地為神田川咽喉距兩國橋僅數十弓江都舟楫之利以此為通津遊舫飛舸往來如織南達芝浦北向墨陀東泝深川西通下谷凡游五街娼肆觀三場演劇與客之探花泛月納涼賞雪者無不取道於此釣篷漁艇亦時出沒於烟波六月盛暑遊客麕至無殊銷夏灣焉東西兩岸酒樓茶肆壯麗異常連甍接棟肴炙紛陳芬芳外溢江都歌妓既多且佳當推斯地為冠芳原品川麴坊仲街僅及十之二三而已柳橋之妓妝飾淡雅意趣疎媚頗有閭閻風近歲日增月盛多至百三四十人遊客招妓侑觴多在酒樓船鋪一歲中以二三五六七月為最正四八次之肇擧頗噪者雖三冬寂寂之時亦不曠一日也船鋪凡分四區都三十有三戶患難相援吉凶相問有遊親戚雖有貧富冷熱之異而家各有樓樓各分內外船之大小不一其有取乎輕桃畫槳劃浪衝波者則以小為宜船中酒醆茶鑪無不具備咄嗟立辦則或取之於外肆應接賓客刑船家之妻也口齒伶俐世俗目之為女將軍其夫則日出喝雉呼盧逍遙於甌茗罏香而已客之來船宿者凡數等或遊或飲或碁或博挾妓者則以為貴客客至船孃視其貧富恩愚為趨承富而愚者是其刀砧間物矣一至則立陳杯杓呼肴饌酒沸於瓶香溫於室船孃於是列舉某妓色豔技絕某妓新揭名於教坊娟麗罕倫舌底蓮生唇邊春盎使客怦怦心動為客若有舊識即招之來不待首之肯也妓至先拜客次拜船孃就席必唱請恕二字舉杯必唱令夕奉謝四字於是妍姿獻媚秀靨呈嬌玉手揮絃珠喉裂帛船孃在旁把舵抑揚鼓舞其妙不可言而客亦不覺神飛魄蕩探懷出金若遇豪客則并犒其從者纏頭所擲動費不貲而後酒闌月落乃得擁妓而宿於船妓酬船孃金幣一方而得二銖船孃之所以攫利者在此不在彼也江都素尚繁華十步一店百步一樓松江之鱸京江之酒可

《點石齋畫報》上所連載王韜《淞隱漫錄》
〈柳橋豔跡記〉圖文見《淞隱漫錄》，頁317-318。

是最早以上海一地青樓為主要敘事題材的前行典範。在該書序言中，王韜已表明此著旨在滬地青樓北里滄桑變化，寄寓家國身世之感與城市變遷軌跡，故當時文人以「且軼板橋雜記之編」[19]讚譽其深得余懷《板橋雜記》「月旦勸懲」的筆法神髓。一八七九年王韜在香港更印行了由他所編撰的《豔史叢鈔》，分別收入了從清初余懷《板橋雜記》以降，主要記述江南等地風月事蹟的相關書籍。[20]此叢書後半部主要由王韜自己的《海陬冶遊錄》、《海陬冶遊附錄》、《海陬冶遊餘錄》以及《花國劇談》所構成，數量之龐大，說明了王氏在這類書籍上擁有的豐碩成果，與他最為後人所稱道的諸多政論書籍或獨樹一格的「報章體」文章，並不稍遜。

放大來看彼時上海的出版環境，從一八七〇年代中期開始，申報館發行的一系列冶遊書便十分風行，當時光是重新排印明清以來的筆記作品就有：捧花生《三十春小譜》、西溪山人《吳門畫舫

17《淞隱漫錄》，頁三二〇，引自《柳橋新誌》初編，頁二四下—二六上。

18王韜描述滬北靜安寺、城西薇竹山房（禪寺「鐸菴」）、黃浦西村龍華寺的文章，以城中名寺的滄桑變化，側面記錄了走向現代化的新興都市社會風俗的變遷，這些文章後來收入王韜所著《瀛壖雜志》中。見〔清〕申報館編，《瀛寰瑣紀》（上海：申報館，一八七三），同治十二年八月卷一二，頁二〇下—二一上。

19〔清〕嶺南護落花人〈《海陬冶遊錄》序〉，頁一下；收入〔清〕玉魫生（王韜）等撰，《豔史叢鈔》（光緒戊寅年〔一八七八〕）弢園主人選校刊下（台北：廣文，一九七六），頁五三二一。

20內容有《板橋雜記》、《吳門畫舫錄》、《吳門畫舫續錄》、《續板橋雜記》、《雪鴻小記》、《秦淮畫舫錄》、《畫舫餘譚》、《白門新柳記》、《白門衰柳附記》、《十洲春語》、《竹西花事小錄》等前人作品。

錄》、箇中生《吳門畫舫錄續錄》、李斗《揚州畫舫錄》、捧花生《秦淮畫舫錄》與《畫舫餘譚》、許豫《白門新柳記》與《白門衰柳附記》等等。《申報》主筆們錢昕伯、何桂笙、蔡爾康等人在這樣的「秦淮追憶」氛圍中，遂欲共同編輯呈現「申江」特色的《春江花月志》，[21]雖然此書終究並沒有集結付梓，[22]但它卻使書市上瀰漫的秦淮風月從此為之一變，逐漸由申浦風格取而代之。固然如王韜所言的，該著若出版將「以繼秦淮、吳門畫舫之後，誠花國之劇談，盛時之雅事也」[23]，讀者可藉此重新溯回秦淮與蘇州的流風餘韻。若從一八八〇年前後出現的「風月」書籍看來，此書的構思模式，已代表是類書刊環繞「春江」而激起漣漪，預告了日後海上豔書的全盛時期。自《申報》登出〈擬刻春江花月志徵諸同人品題著作小啟〉的告白，隔月（五月二十七日）已有滬地冶遊、品評上海妓女的詩作：古吳莫釐峰樵的〈癸酉孟夏申江記遊〉[24]，可見由《申報》主筆群引領的風潮之一端，鄒弢在一八八四年出版的《春江燈市錄》（另名：《海上花天酒地傳》）、《春江花史》[25]更正式以「春江」為名品花評月，見證春申之風華豔跡。

青樓十二時　申の刻
浮世繪大師喜多川歌麿（1753-1806）所繪

這類書籍同時與滬地采風的筆記圖籍與上海旅遊指南的書寫風尚相呼應，如本著「開眼看世界」的編輯旨趣印行的套書《小方壺齋輿地叢鈔》（由王錫祺編纂）「第九帙」即是專載海禁開放後沿海港口風土情勢的一系列書，其中又屬記述上海城的筆記書最值得注意；觀察當時各式各樣琳琅滿目以「上海通」自詡，或勸誡讀者勿蹈迷津的雜記、竹枝詞、遊記、圖說等，在書市中占據愈來愈大的版圖。甚至大量以「名妓」為主題的「上海青樓」寫真圖記或筆記：前面提到的一八八四年出版的《春江花史》、《春江燈市錄》、《海上群芳譜》、《上海品豔百花圖》、一八八八年的《淞濱華影》、一八九五年的《海上青樓圖記》等等，都呈現了開埠以來上海洋場經過將近半個世紀西潮衝擊沉澱後的多元

21 上海為戰國四公子之一春申君（本名黃歇）的封地，故自古有「春申故郡」之稱。上海航運的經濟命脈黃浦江，原名黃歇浦，又名申江、春江，均取自春申君姓名。

22 《申報》在清同治十二年三月七日（一八七三年四月三日）開始刊登〈擬刻《春江花月志》徵諸同人品題著作小啟〉，揭開了《申報》月旦花月的序幕，也顯示這一構想確出於早期《申報》筆政。詳見第六章分析。

23 王韜語「近聞山陰太痴生、苕溪修月樓主人、滬瀆縷馨僊史將撰春江花月志」，見〈海陬冶遊錄自序（并引）〉，收入〔清〕申報館輯，《四溟瑣記》卷八（上海：申報館，一八七五），頁一七上。王韜《海陬冶遊餘錄》提到「曩滬上縷馨仙史有擬刻春江花月志啟，原思廣為網羅，以張豔麗，後卒無好事者贊成其事」，可見此書終未能付梓。收入《豔史叢鈔》下，頁七四一。詳見第六章分析。

24 見《申報》，同治十二年五月念七日，頁二。

25 《春江花史》與《春江燈市錄》（上海：二石軒刻本，一八八四）二書均藏於上海圖書館館。

文化與城市圖景（詳見本書第六章分析）。[26]

因此，可以說，這些青樓風月書與城市旅遊指南的合流與相互作用，呈現了東亞第一大國際港埠上海城市新興崛起的訊息，也透露了傳統文化與泰西文明的衝擊與交融，時代轉接過渡期間釋放的豐富能量。基於這樣的關懷基調，可想見王韜對成島柳北在《柳橋新誌》初編（一八五九年出版）〈自序〉中提及該書藉風月事蹟諷諭邦城興衰的題旨，自然深有共鳴：

往日有靜軒居士者，著《江戶繁昌記》，備摸八百八街之景狀，勝場劇區，無所不載，無所不說。其文極詼謔，而其事則明詳，使讀者臥知其地之所有，雖有諳熟閭都風俗之人，亦不能附益一事也。然其距今過二十年，物換俗移，地之熱鬧冷索相變者，不為少矣！往時新地深川之妓院，綺羅為叢者，今乃索然無踪，神明芳坊之孌童肆與娼樓相抗者，亦寥乎斂影，其他各處之繁華，日衰月瘠，能及古者鮮矣。若芳原、品川亦比當日所說則減五六分。嗚呼！使居士觀方今之狀，將愕然而驚，慨然而嘆，不知其人尚存否？然此大都之繁華，奚其可掃地而盡矣，微于古而盛于今者亦有焉，柳橋是也……余也狂愚一書生，凹硯禿筆，僅糊其口者，無居士之才，無居士之學，加之赤貧如洗，未曾一日遊其境而驗其實，焉足記之？然喜聞蕩子之說話，覩市街之圖冊，得窺其槩畧。

寺門靜軒（一七九六—一八六八）[27]於一八三一年稿成，全書以漢文撰寫，於一八三五年發售的

《江戶繁昌記》[28]，無疑是成島柳北追摹的經典之作。《柳橋新誌》二編文末類似跋文的總結，復又以靜軒居士其人其文為夙昔典範：「昔靜軒翁著《繁昌記》，當時幕吏怒其誹謗之語，繫翁於獄，焚其書，鳴其罪，竟逐之，世笑其吏之局量偏隘，而翁之書猶行于今焉」[29]。文中稱柳橋風月已然將新地、深川的舊日丰華取而代之，故成島柳北效倣靜軒居士，以諧謔諷刺之筆法將時代感遇寄寓於城市書寫之中，自然將焦點聚集於東京之首要繁華勝地「柳橋」。

也因此，撰寫東京柳橋之變遷與青樓花月誌，不啻為歷歷記載幕末（江戶時代）到明治維新時期東京一地新舊文化推移嬗遞的軌跡。《柳橋新誌》二編撰寫的動機，便欲如實再現十數年間東京城「世移物換」與「王政一新」的社會百態：

> 余曾著《柳橋新誌》，距今既十有二年。當時自以為善記其新，而讀者亦或喜其新焉。爾來世

26 針對晚清上海青樓文學與城市敘述的密切關係，拙文〈巴黎魅影的海上顯相——晚清「域外」小說與地方想像〉中有詳細討論，然本文偏向闡發東亞現代性，兩文取向不同，但可互相補充。見拙著，《海上傾城》，頁四〇—七二。

27 寺門靜軒，名良，字溫，通稱彌五左衛門，江戶人。其父為地方藩儒的藩士，自幼即隨其父往返江戶，二十歲時，靜軒冀望得到藩侯的拔擢而成為地方藩儒，然終落空，此後即以著述為生，參見《明清小說對日本漢文小說影響之研究》，頁二七。

28 《江戶繁昌記》共有五編，由天保二年（一八三一）至天保七年（一八三六）為止，共計五年刊完，出處同前注。

29 《柳橋新誌》二編，頁二七上。

> 移物換，柳橋遊趣一變，而《新誌》亦既腐矣。德川氏西遷之後，東京府內朱門粉壁變為桑茶之園者不鮮，而柳橋妓輩依然不失其業，操管絃馳逐于風流場中，比諸幕吏免脫鼠伏而偷生者，豈不優哉？蓋王政一新而柳橋亦一新，而未有好事者記其新也。[30]

故吾人誠可從一八七〇年代城市史的視角，深入探析王韜與成島柳北的青樓風月誌再現的社會過渡期之都會形貌，得窺晚清上海與明治維新初期東京等地城市文化變遷之一斑。

值得一提的是，《申報》館創辦的第一份文藝雜誌《瀛寰瑣紀》中，就曾刊出過署名「靜軒居士」的《江戶繁昌記》三大段落。[31]依次刊載該書〈自序〉、〈相撲〉、〈吉原〉、〈千人會〉（第二十四卷[32]）；〈千人會　續

《柳橋新誌》二編卷首繪圖

錄〉、〈戲場〉、〈混堂（節錄）〉（第二十五卷[33]）；〈三童子股技〉、〈冶郎院〉、〈篦頭鋪（節錄）〉（第二十六卷[34]）。稍晚，《滬游雜記》

30 同前注，頁一上—一下。

31 卷二四《江戶繁昌記》文末有編者按語：「此書為日本敬軒居士所著。敘述江戶風景，極盡形容，可驚可喜。因節錄而分印之，以供好奇者之覽云。餘卷嗣出。」這些選文描述吉原的花街柳巷、戲園、混堂（泡澡處）以及祭祀賽會等江戶都下風俗。見（清）申報館編，《瀛寰瑣紀》卷二四至卷二六（同治甲戌年八月至十月（一八七四年九月至十一月））：卷二四，頁一五上—一七下；卷二五，頁一六上—一七下；卷二六，頁一七上—一八下。

32《瀛寰瑣紀》卷二四（同治甲戌年八月（一八七四年九月）），頁一五上—一七下。

33《瀛寰瑣紀》卷二五（同治甲戌年九月（一八七四年十月）），頁一六上—一七下。

34 此卷所錄〈三童子股技〉之名乃原書所無，經筆者考察，為選自《江戶繁昌記》初編的〈兩國烟火〉一段文字之節錄，推測此標題為《瀛寰瑣紀》編輯所加；該卷所錄〈冶

東京柳橋今貌與重建碑（作者攝於2015年11月）

（葛元煦著，一八七六年出版）這部系統地介紹滬地洋場風貌的城市指南書出版不到兩年（一八七八）即由日本藤堂良駿訓點，易名為《上海繁昌記》在東京出版，成為一八七〇年代中末葉東瀛人士道經上海來華行旅的重要參考書籍之一。下面五幅圖為日本出版的《上海繁昌記》之卷首扉頁圖片與第一頁內文，這數幅圖畫乃「日本版」所獨具，書中目錄、文字內容基本與《滬游雜記》原著無異，只是內文加上藤堂良駿的日文訓讀，方便日本讀者閱看。讀者一翻開此書，這四幅圖中呈現了上海這個國際港埠洋行林立、番舶縱橫的盛況，勾勒出一八七〇年代末葉上海大都會的代表性形象。由這幾部以「繁昌記」為名的城市書交織出的面相，更讓我們進一步審視晚清時期「漢文學」在西潮東漸的東亞文化語境中，如何傳繹或轉化，並與當地文化圈碰撞出或矛盾或交融的複雜意義。

王韜也曾經在〈讀日本《東京繁昌記》〉[35]一文中，揭示彼時眾多志書、繁昌記的諷諭之旨：

見〔清〕葛元煦著，〔日〕藤堂良駿訓點，《上海繁昌記》（東京：稻田佐吉，1878），卷首扉頁插圖。

志書之流，近時夥矣，或記方隅，或錄異域，或追想今昔之盛衰。如《洛陽伽藍記》、《東京夢華錄》，猶令見之者欷歔想慕不已。江戶為都會名區，固繁華藪澤也。其間如樓臺之崇綺，園囿之廣

郎院〉為節錄自《江戶繁昌記》二編的〈神明〉一段文字之節錄。見《瀛寰瑣紀》卷二六（同治甲戌年十月〔一八七四年十一月〕），頁一七上—一八下。

35 此書可能是一八七六年出版的《東京新繁昌記》（服部撫松著）。《扶桑遊記》中，王韜曾記載日本漢學大儒島田重禮在東京拜訪他，並「以《東京新繁昌志》見貽」（卷上，頁二九）。事實上，日本文化圈自一八七〇、八〇年代就有多部以「繁昌記」為名的著作相繼問世；如《田舍繁昌記》（松本萬年，一八七五），《東京新繁昌記》（服部撫松，一八七六），《大阪繁昌記》（石田魯門，一八七七），《大阪繁昌記》（奧澤信行，一八七七），《善光寺繁昌記》（長尾無墨，一八七八），《岡山繁昌記》（玉置正太郎，一八七九），《新編東京繁昌記》（吉田喜七，一八八一），《函館繁昌記》（高須墨浦，一八八四），《新潟繁昌記》（岡田有邦，一八八四），皆可證《江戶繁昌記》鼓盪起的潮流，蔚然可觀。參見《明治漢文學史》，頁九七—一〇〇。

上海繁昌記卷一
清　武林葛元煦理齋　著
日本　東京藤堂良駿　訓點
上海交界里數
上海縣東至川沙廳界三十里西至青浦縣界三十六里南至南滙縣界七十二里北至寶山縣界十二里東西橫六十六里南北縱八十四里

《上海繁昌記》卷首繪圖與卷一頁上

深，士女之便娟，民物之般闐，海外諸國無不萃於此，賈胡列貨於市廛，火齊木難，光怪陸離，不可方物，以至魚龍蔓衍，變幻萬狀，而平康曲里，窈窕其容，麗都其服，燈火笙歌，徹夜不絕，錄此者殆侈其盛歟？然有太盛必有衰，不可侍也。惟為上者有以持盈保泰，去其僭侈而汰其靡麗，使之務適於中。古者國奢則示之以儉，國儉則示之以禮，是所望於主持風會之君子。[36]

此類書籍中描述青樓平康的繁盛，更加體現了東京城的輝煌時代，說明了日本漢文著作的城市書寫與青樓風月誌往往一體兩面地揭示了時代移轉之徵狀和矛盾面相，[37]固然如王氏文末所言，足以作為在上位者體察民情並矯正風氣的依據，現在來看，更重要的是它們提供了一個時代的橫向剖面，揭示近代日本面對泰西文化與現代文明衝擊的種種回應、排斥情狀之具體縮影，吾人方可從此一視角見證十九世紀中日城市史發展變遷的軌跡。

二、秦淮風月的江戶迴潮與海上遺緒

誠如多位學者已指出的，明清之際著名文人余懷（一六一六—一六九六）[38]記述南京秦淮河畔青樓文化興衰變化的《板橋雜記》，不約而同成為晚清上海文壇與日本江戶時期以至明治維新初期漢文學圈縈繞不去的文化符徵，[39]但本文更企圖從王韜與成島柳北冶遊文本中的城市書寫與史誌筆法切入，分析其敘事托喻，重建十九世紀末葉上海與東京的文化氛圍，並從文化傳繹的諸種面相，挖掘

《板橋雜記》作為指涉豐富之文化載體，如何呈現中日轉型期的知識分子面對西潮東漸的「世變」衝擊之心態史異同。

《柳橋新誌》初編中，多處即以余曼翁《板橋雜記》為比較觀點，例如：

> 假母貪惏無厭，而真母否，以情故也。曼翁《板橋雜記》云：親母則取費不多，假母則勒索高價，人情無東西，可知矣。親母或併其衣服器物，亦送之至。義母則剝其皮，裸而沽之。故真猶

36 見〔清〕王韜，〈讀日本《東京繁昌記》〉，《弢園文錄外編》，頁二四五。

37 Henry D. Smith II, "Tokyo as an Idea: An Exploration of Japanese Urban Thought Until 1945," *Journal of Japanese Studies* 4.1 (Winter 1978): 56-57.

38 余懷，字澹心，又字無懷，號廣霞、曼翁，又號壹山外史、寒鐵道人，晚年自號鬘持老人。祖籍福建莆田。明清之際遭逢鼎革之變，不願仕宦二主，晚年退隱吳門，漫遊支硎、靈岩之間，徵歌選曲，不再過問世事。與杜濬、白夢鼐齊名，生平交往人物多為當世名人，如王士禎、尤侗、李漁等人。著有《板橋雜記》、《余子說史》、《硯林》、《茶史補》、《味外軒零拾》、《四蓮華齋雜錄》、《研山堂集》、《秋雪詞》、《宮閨小名後錄》、《三吳遊覽志》、《婦人鞋襪考》等著作。參見〔清〕余懷，〈余懷及其著述〉，《余懷集》冊一（揚州：廣陵書社，二〇〇五），頁一—二一。

39 見《明清小說對日本漢文小說影響之研究》，頁一六六—八五；鄭清茂，〈海內文章落布衣——談江戶時代的文人〉，《東華人文學報》第一期（一九九九年七月），頁三〇；高文漢，〈孤忠鑄詩魂，綺語綴華章——評日本近代漢文學家成島柳北〉，《日本語與學習》二〇〇六年一期（二〇〇六年二月），頁七〇；〔日〕大木康著，辛如意譯，《風月秦淮：中國遊里空間》（台北：聯經，二〇〇七），頁二二一—二二五；孫虎堂，〈略論成島柳北及其漢文小說《柳橋新誌》——兼論日本十九世紀的花柳類漢文小說〉，頁一九一—一九三。

可愛，而假可最惡也。況乎假者不知其誰氏女，乞兒之兒耶？抑王侯之種耶？贖之為妻妾，何等意思？傳云：買妾不知其姓，則卜之。噫，彼徒果能卜之歟？

《板橋雜記》云：衣衫皆客為之措辦，巧様新裁出於假母。衫之短長，袖之大小，隨時變易，見者謂是時世粧。崇禎距今過二百年，地之相去數萬里，而風情酷肖，可謂奇矣。而近時服飾之美，月加歲長，至今春殊甚，大妓之飾，迥出命婦孺人之上，小妓亦僭擬大妓。頭上簪釵，玳瑁燦然，至大妓更插玳瑁長笄。40

這些段落清楚可知自十八世紀前半期舶載入日[41]的《板橋雜記》在日本漢文學，特別是世襲擔任德川幕府侍讀（如清代之翰林學士）的成島柳北其人其文的影響印痕。柳北身處幕末與維新期的易代之際，面對明治開化期間社會上的種種可笑可嘆之事，不免以諧謔筆法批判之，新政後任幕府舊業者喪失官職與身分定位的認同危機，更與曾遭逢明清鼎革之變的余懷在作品中流露出的遺民意識若合符節。因此，他欲以記金陵名妓列傳筆法徵柳橋一地之繁華：

余曼翁列金陵珠市名妓，作其小傳，佳人之跡百世不朽。余今欲記柳橋紅裙，以準擬之而未詳，有一個行實可記者，乃徒列所聞之名十之七八于左而已。後之情痴如余者，若索其事作其傳，以繼曼翁之舉，則有一以使脂粉色長不朽，一以可徵斯地繁華於後日者矣。42

在這樣的中日、古今視野對照之下，柳北不禁對柳橋之糜爛風氣發出批判，屢屢發出諷刺現實、今不如昔之嘆：

金陵名妓李十娘語余澹心言曰：「兒雖風塵賤質，非好淫蕩者流，如夏姬河間婦也。苟兒心所好，雖相莊如賓，情與之洽也。非兒心之所好，雖勉同枕席，不與之合也。」噫，柳橋之妓夥矣，若深求則無一人彷彿十娘者乎哉！[43]

此段引述《板橋雜記．麗品》中首位記述的名妓李十娘與余懷之著名對話，呈現了風塵中人之潔身自好，品位自高的風度，卻無疑更在指涉當下時空（東京柳橋）文化價值的淪落。這當中，明季秦淮名妓的風骨以及鼎革之際名士佳人的節烈事蹟，柳北頻頻以讚頌之筆描繪：

40《柳橋新誌》初編，頁一七下—一八上、二二上—二二下。

41見（日）大庭脩（一九二七—二〇〇二），《舶載書目．上》（共二冊）（吹田市：關西大學東西學術研究所，昭和四十七年（一九七二））冊二九，頁七；《明清小說對日本漢文小說影響之研究》，頁一八—二一；〈略論成島柳北及其漢文小說《柳橋新誌》〉，頁一九〇。

42《柳橋新誌》初編，頁二五上。

43同前注，頁二四上。

夫花柳之遊，其來也久矣，故名妓豔姬之跡，與英將忠士同傳千載者，無慮數百名，非有多情人記而存之耶？蘓小小之心與西陵松柏表貞，毛惜惜之節與淮海波瀾爭清。綠珠於崇，不負其恩；紅拂於靖，真知所奔。楚蓮香坐臥也，蜂蝶慕其香風；高玲瓏唱詩也，其音定玲瓏；顧媚之迷樓，巧迷了詞客；薛濤之彩牋，能呈彩于書閣。如葛蕊芳之烈操，李湘真之雅致，則全然不似女子也。我邦往昔所謂白拍子者，[44]亦妓也。若千手鼓琶，慰重衡於羈館，靜女奏舞，不屈賴朝於幕府。皆是千古之情事，百世之雅談，使聞者恍然惝然，神飛魂颺，而涎其美泣其情者。世漓人齪，風致如是者，今也則亡！[45]

文中所謂「千手」、「靜女」，乃為平安、鎌倉時代將軍武士平重衡與源義經的情人與愛妾，以擅歌舞著稱。她們雖是伎人樂戶出身，卻不畏強權惡勢壓迫，展現不屈的膽識與勇氣，[46]與秦淮佳麗葛嫩、[47]李十娘之貞烈形象互相輝映，見證一代風華。然而，對照「世漓人齪」的當下時空，夙昔典範已遠，傳統文化核心價值亦隨之殞落。

陋妓拙孃售技方息，而至情之事可以適也。風凍霰濺之夜，綺樓有春，情夢正暖，酒氣常薰，不知二州橋上月影凍殺人？余疑孫臨[48]定情之歡，韓香[49]謝客之親，必在斯辰也。天明矣，屋瓦皚然，於是乎注酒於瓶，安爐于船，以為墨堤觀雪之遊，豈有興盡而還乎？至若年華將除，人情匆忙之際，迺別開分歲之宴，豫締春遊之契，吁亦快矣！余忖度千古才子佳人之心，想像往昔甘心得意之遊，豈得與此間有霄壤之異耶？夫風花雲月之變態，絲竹肉之妙趣，一悲一歡一顰一笑之綢繆，可以詩也，可以畫也；雖然，亦焉可與彼蚩蚩齪齪，徒揮其財而炫豪，不問其趣，唯美是涎者，語此等之事乎哉？[50]

今日妓女多數為「陋妓拙孃」，顧客皆是「蚩蚩齪齪」，只知「揮其財而炫豪，不問其趣，唯美

44 白拍子為平安末期至鎌倉時代，一種女扮男裝的女藝人。她們的特徵為「口中吟唱著今樣（流行歌曲），手裏拍打個著笏，雙腳則隨著旋律踩著拍子」，遂稱白拍子。

45 《柳橋新誌》初編，頁二七上—二七下。

46 參見日野龍夫校注《柳橋新誌》初編。見〔日〕成島柳北著，〔日〕日野龍夫校注，《江戶繁昌記．柳橋新誌》（東京：岩波書店，一九八九），頁三七六，注4、5。

47 葛嫩本為將門之後，其父因抗清殉國，家破人亡，葛嫩淪落秦淮，指奸辨賢，抱香自重。孫臨為葛嫩娘贖身，娶為側室。清初孫臨參加抗清活動，唐王時任監軍副使。一日過太湖，孫臨因事登岸，將葛嫩娘留在舟中，忽有清兵至，舟上明軍力戰死。清兵見葛嫩娘貌甚美，欲逞獸慾，葛嫩娘咬舌自盡，鮮血噴向清軍，跳湖殉難死。見〔清〕余懷著，〔日〕桑孝寬句讀，〔日〕山崎蘭齋譯，〔日〕齋田作樂解說，《板橋雜記：唐土名妓傳》（東京：太平書屋，一九九七），頁四一—四三。

48 即為《板橋雜記》所載名妓葛嫩與孫克咸（名臨）定情之事，參見前注。

49 韓香，南徐之倡也，色藝冠一時。與大將葉氏子交，閉門謝客，將終身焉。見《情史》，頁三〇。

50 《柳橋新誌》初編，頁二九下—三〇上。

是涎者」，更加凸顯其與往昔才子佳人事蹟與風流形象「有霄壤之異」；另外，幕府瓦解後，在維新政府官吏的撐腰下，柳橋繁盛固然無以復加，但卻流於惡俗的一面，柳北便從具備技藝才識的妓女之日漸鮮少談起：

> 柳橋往日之妓，無姿色則有技藝，無技藝則有才識，三者無一而與婢子同致者，甚希矣。今則否，無姿色無藝無才徒粉其面錦其身而是妓之稱者，十之七八，不啻有眼之客鄙而遠之，雖傖父痴漢亦或疑其妓而不妓，故揭名月餘未蒙一招者，往往有焉。故雖妓籍日殖，而不使各樓能倍其利也。蓋頃年商賈罷弊，閭巷失産者無數，皆百計求活，故女兒鼻目稍具而彈得宵待、曉怨一曲者，爭入妓籍，是妓而不妓者日殖之原也。夫無姿無藝者自知無由于獲客，故濫轉巧衒，唯利之視，其風一播，雖中等以上頗有名聲者，亦漸染其習，噫！柳橋聲妓之風一壞，而其醜不可言也。然則柳橋雖加其盛於往日，而其實可謂大衰者歟，抑客亦有罪焉？不知遊戲有其道，不辨風流為何物，沉湎耽溺不問其為妓與不妓，喜濫轉以為戀己，信巧衒以為愛己者甚多，偶有淑良而不輕浮，能存柳橋往時之遺風者，則皆罵以為痴頑不解事之老婆。夫客而如此，則安能得遏奴輩之日趨淫風乎哉？[51]

「妓而不妓者日殖」之因，乃維新政權取代幕府後社會動盪百業凋敝，淪落煙花的商人女子不少，「濫轉巧衒唯利之視」，直接衝擊「聲妓」（具曲藝素養的高級妓女）的行情，使得青樓規制崩潰。因此柳橋雖繁盛，風氣之敗壞也埋下了衰頹的先兆。但這當中，身為明治新朝新貴的妓家嫖客們沉溺於酒色文化，不辨妓女之才藝識見，更間接指陳幕府崩潰後，維新政權一味追求西潮西學之皮毛，拋棄江戶傳統文化遺產，致使淳良風俗幾近淪亡之文化危機。成島柳北署名何有仙史於一八七七年創辦的詩文雜誌《花月新誌》一號上刊出的〈《柳橋新誌》三編序〉，就指出從一八五九至一八七六年間，柳橋一地之興盛已歷經大起大落：

> 余之始著《柳橋新誌》也，年二十有三，當幕朝未喪其師之時，而柳橋之繁華大有可觀焉。及著第二編，則皇室定鼎於東京，百事維新，余齡三旬加四，而當時柳橋，綺羅競妍，絲竹鬪嬌，其氣焰殆如添幾度熾熱，而其實有胎衰兆於其間者。爾來倏忽七裘葛，全都光景，轉變可驚，而余亦衰矣。……頃日島原淺草私窩鬻毒，遂招黑夜白梃之禍，餘威施及花柳場裡，驚蝶夢於香房，割鴛衾乎水樓之變，比比現出新聞紙上，而柳橋最居多云。其冷索寂寞，使脂粉之氣全然凋萎者，亦不足異焉。浮屠氏所謂色即是空，安知非為柳橋今日之事而道也。噫！東京第一風流之地，而業已如是，其他可推知也。[52]

51《柳橋新誌》二編，頁三上—四上。

52〈《柳橋新誌》三編序〉，《花月新志》一號，頁九下—十上。亦收入〔日〕成島柳北著，〔日〕青柳達雄解說，《柳橋新誌．伊都滿底草》（東京：勉誠社，昭和六十年〔一九八五〕），頁一四三—四四。

文中柳北以自身從青春到壯年來比附柳橋的繁華與凋萎，細數「幕朝未喪其師」至「皇室定鼎於東京，百事維新」的政治變遷左右了柳橋的發展，新政權更加助長柳橋氣焰，雖商業畸形繁茂，卻也招來「私窩鬻毒，遂招黑夜白梃之禍」，波及柳橋青樓，負面消息屢屢在新聞紙上刊出，柳橋便迅速地衰敗蕭索。這些段落與其說是記述柳橋一地興衰，不如說是十九世紀東京城的變遷縮影，隱藏在字裡行間「眼看他起朱樓，眼看他宴賓客，眼看他樓塌了」[53]之意象，其寄寓的砭針世風及對新政之批判意味，不言可喻。

饒具意義的是，與柳北《柳橋新誌》描述的時空約同期，上海文壇的「晚明回歸熱」亦蔚然成風。一八七〇至一八八〇年代，上海文壇《板橋雜記》的仿作不少，亦復將之作為今昔文化對照的座標。如前述王韜一系列「冶遊錄」仿效的前行典範：秦淮歌妓、吳門名娃與高士碩彥的風流事蹟，擴大來看，不僅為晚清上海文人追摹慕想的典範，更成為此類風月書中不斷模擬複製的文化符碼。《海陬冶遊附錄》中王韜提到他撰寫此書的動機：

滬上青樓多在北里，庚辛以來，倍極繁華。壬戌（筆者按：即一八六二年）之秋，余浮海至粵，自此遂與隔絕。其中素飲香名，夙推豔質，以翹舉於花國，而領袖羣芳者，惟有得之耳聞而已。且前後風景迥殊，規模亦稍異，不獨倍盛於曩時為不同也。僕三生杜牧，綺夢全消，十載揚州，狂名尚在。問前度之劉郎，桃花如舊；作重來之崔護，人面難尋。聊述所知，以供臥游。[54]

這段話除了身在香港的王韜遺憾自己不能見證申江北里繁華之「在場者」外，就像學者指出的，與晚明模式作為「對比」來批判上海的青樓文化是王韜最慣用的筆法。[55]如〈眉繡二校書合傳〉中描繪眉君，強調她「雖處勾欄，選擇殊苛，有不當意者，雖出重貲，弗肯流盼」；傳記中另一個妓女李繡金，「每見文人才士，極相憐愛，周旋酬應，出自至誠，從不瑣瑣較錢幣。若遇巨腹賈，則必破其慳囊而後已」[56]，與寓居上海的名士李士棻（字芋仙，一八二一—一八八三）交情匪淺，堪稱佳話。此類敘述即與《板橋雜記》中的顧媚傳記相當神似。從橫剖面來考察，如王氏此類筆法一時間也紛紛出現在同時期由上海文人編著的「花榜」類書中。一八七九年由花下解人撰輯的《吳門百豔圖》，[57]就是另一部寓滬的江南文人企圖重現晚明秦淮文化遺緒之代表作。此書撰者花下解人疑為蘇州文人俞

53 出自孔尚任所著戲曲名作《桃花扇》最後一齣〈餘韻〉之〈哀江南〉詞。見〔清〕孔尚任，《桃花扇》（台北：漢京文化，一九八四），頁二六〇。

54 收入《豔史叢鈔》下，頁六〇一—六〇二。

55 Catherine Vance Yeh, "Creating a Shanghai Identity: Late Qing Courtesan Handbooks and the Formation of the New Citizen," in *Unity and Diversity: Local Cultures and Identities in China*. Ed. Tao Tao Liu and David Faure (Hong Kong: Hong Kong University Press, 1996), p. 110. 另參見〔美〕葉凱蒂（Catherine Vance Yeh）著，楊可譯，《上海．愛：名妓、知識份子和娛樂文化，一八五〇—一九一〇》（*Shanghai Love: Courtesans, Intellectuals, and Entertainment Culture, 1850-1910*）（北京：生活．讀書．新知三聯，二〇一〇），頁一九三—九五。

56 《淞隱漫錄》，頁七〇—七一。

57 該書於一八八〇年出版，且於一八八四年、一八八七年改名《上海品豔百花圖》再版。詳見第六章分析。

達，其長篇妓女小說《青樓夢》曾於一八七八年在上海出版，正與《吳門百豔圖》[58]前後銜接。[59]

又如曾任職天主教報刊《益聞錄》為筆政的鄒弢所著《春江花史》與畢以堮撰《海上群芳譜》等滬地妓女小傳書中，亦經常提及某姬「事詳《海陬冶遊錄》」[60]，可見俞達與王韜的花史及冶遊書皆經常被後繼者引用，側面托出當時幾位特定的妓女是某某文人經常顧訪的對象，幫助我們重構晚清洋場才子社群的生活面相。

《春江花史》中，經常有「滬上妓女大都來自吳門，間有土著及雲間產，率皆染海濱粗俗之氣」的描述，[61]指出時人對上海妓女的評比委實以蘇幫居冠。換言之，「來自吳門」彷彿成為品質保證的標籤，色藝俱佳與蘇州古城悠久的文化底蘊，在此相互指涉界定。此外，《板橋雜記》〈麗品〉中所載諸姬及明季名士佳人的事蹟，也是文本中另一個評量指標，在《春江花史》與《海上群芳譜》中往往成為比附的典範，以凸顯滬地名花的才分與節操，皆說明了《板橋雜記》奠定的審美與品味之基準，雖歷數百年猶未衰減其影響力，成為此滬地文人頻頻回顧的特定歷史時空，此文化氛圍更籠罩在其品評滬地風月與妓女小傳的文本中。[62]

這也間接說明王韜的《海陬冶遊錄》一系列書之中，為何屢屢強調某名妓為吳門宦臣之女，某名妓來自橫塘、白門、金陵、姑蘇等等舊日文化重鎮或古都名郡，[63]其居處「簾櫳峭靜，室宇精潔」[64]、高級妓院「院宇深沉，樓閣高迴，層檻迴廊，宛如世族」[65]，並在字裡行間流露著對於上海城當年（嘉慶、道光年間）「名流踵至，提唱風雅」[66]的追念與緬懷；我們可以從文本脈絡歸納出：名妓色藝精絕與否猶在其次，「性愛文人才士」，或「苟遇大腹賈，即以閉門羹待之」[67]的妓女，方能成為王韜筆下推崇之超凡絕俗、豔冠群倫的佳人。

其次，此類文本的筆法模式便是在上海的妓女與青樓院落中重構曾經存在的夙昔典型與文化記

58 此書題為「花下解人寫豔」，有光緒五年三借廬主人（鄒弢）的長序，序言中透露他當時人在「虞山客寓」（筆者按：虞山位於常熟），證諸第一篇亦是箇中人的序，也提到當時花下解人有「自娛軒詩稿」，亦作客虞山，因此請同在虞山客次的好友鄒弢評定甲乙，且更改原先「百花榜」為「百豔圖」。據此可推測花下解人即為《青樓夢》的作者俞達。參見邵雍，《中國近代妓女史》（上海：上海人民，二〇〇五），頁八七。

59 詳細分析見拙著，《海上傾城》，頁三七七—九〇。

60 如《春江花史》陳玉卿、朱逸卿、胡寶玉一條。《海上群芳譜》中姚芳葆一條，引出淞北玉魫生（即王韜）的贈詩強調她的「解音律，知翰墨」，見〔清〕畢以堣（小藍田懺情侍者），《海上群芳譜》卷三（上海：申報館仿聚珍版印，一八八四），頁二上。

61 《春江花史》利卷，頁一二下。

62 詳見拙著，《海上傾城》分析，頁三八四—八五。

63 太平軍相繼攻陷南京、蘇州，在戰亂中逃到上海淪落為娼的江南巨族世家女子不在少數；從《白門衰柳記》看來，許多名妓舊籍蘇州，及當時人稱「娼妓大半來自吳門」，占據了租界區娼妓人口的一大部分。見忻平，《從上海發現歷史：現代化進程中的上海人及其社會生活（一九二七—一九三七）》（上海：上海人民，一九九六），頁四〇—四一。

64 《海陬冶遊錄》卷中，頁四下，收入《豔史叢鈔》下，頁五六四。

65 《海陬冶遊錄》卷上，頁五上。收入《豔史叢鈔》下，頁五四九。

66 《海陬冶遊錄》卷中，頁一上。收入《豔史叢鈔》下，頁五五七。

67 《海陬冶遊餘錄》，頁七下，收入《豔史叢鈔》下，頁七五四。

憶，王韜強調《海陬冶遊錄》一書是循余曼翁《板橋雜記》之例來記載上海妓女軼事，並以此標準將中江名妓分隸品級高下。[68]只是明眼的讀者會發現，體例相仿只是表象的肖似，《板橋雜記》充滿亡國之痛，哀悼文化價值沉淪失落，才是王韜在冶遊錄中所寄託的醉翁之意。

誠如研究者所指出的，洋場風華正茂，妓業的興盛更不在話下，現實狀況似乎與王韜文中影射朝代殞亡的傷感情調與立場並不相符。[69]但是，也就因為這層排比的落差，更加揭露了這批都市中的「洋場才子」擺脫不了的士大夫姿態：在傳統士人眼中道德敗壞的現代化潮流與商業文明的大軍壓境，可堪與明清之際朝代鼎革的巨變互為隱喻，並勾動洋場文人對時下功利膚淺的文化風尚之憂心批判。

因此，自命「風月平章」[70]（意即青樓宰相）的王韜，頻頻感嘆江南妓女一到了上海便渾身銅臭俗氣；在他眼中，青樓除了是徵歌選色的所在，也是一扇窺看文化風氣與時代潮流浮沉變換的窗口：

> 顧或謂昔趙秋谷《海漚小譜》、余曼翁《板橋雜記》，西溪山人之《吳門畫舫錄》，皆地當通都，時逢饒樂，其事可傳，其人足重。今一城斗大，四海氛多，既無趙李名倡，又少崔張俠客，染黛研朱，藥叉變相，墜鞭投轄，猾虜爭豪。未聞金屋之麗人，能擅玉臺之新詠，矧又不能抽白刃以殺賊，取謚貞姬，著黃絁而參禪，證名仙籍。綺羅因之減色，脂夜於焉為妖……[71]

文中將幾部描繪前朝江南風月的典範著作拿來做一比對，要凸顯的就是強烈的今不如昔之感：不僅晚明名妓的高尚情操與不屈氣節，在上海洋場妓家中已然蕩然無存，與成島柳北有同樣慨嘆的是，「伎人」傳統所強調的才華技藝，在海上名花中亦寥寥可數、乏善可陳。乍看之下，謔稱自己「丐食滬上」[72]的王韜對自己阮囊羞澀、無法與富賈巨賈抗衡似乎不以為意，但他慨嘆妓女粉頭們「綺羅因之減色，脂夜於焉為妖」的語調，卻隱隱流露了洋場文人面對強勢的商業文明以及士大夫文化地位逐漸淪喪所產生的邊緣化自憐心態。

在這種凸顯「今不如古」的差異與純粹美化「晚明模式」的雙向往逆中，同治、光緒時期取代上海縣城內舊有妓院而成為申江風月之翹楚的滬北租界區妓院，自然顯得失色許多，惟見急色兒搬演情色徵逐戲碼：

> 滬城少水，無畫船簫鼓諸勝。春秋佳日，士女出游，多萃於西園。園有茶寮十餘所，蓮子碧螺，芬芳欲醉，時來麗人，雜坐成羣。每當夕陽將落，人影散亂，真覺衣香不遠，輕薄少年，鄉

68〈《海陬冶遊錄》自序〉，頁一上，收入《豔史叢鈔》下，頁五三五。
69葉凱蒂，〈文化記憶的負擔〉，收入陳平原、王德威、商偉編，《晚明與晚清：歷史傳承與文化創新》（武漢：湖北教育，二〇〇二），頁五八。
70王韜，〈眉孃二校書合傳〉，《淞隱漫錄》卷二，頁一六上。
71〈《海陬冶遊錄》自序〉，頁一上—一下，收入《豔史叢鈔》下，頁五三五—三六。
72《海陬冶遊錄》卷中，頁二下，收入《豔史叢鈔》下，頁五六〇。

曲猥子，掉臂其間，多與目成而去。[73]

早期《申報》主筆何桂笙（一八四一—一八九四）曾讚譽黃式權（一八五一—一九二四）記載滬地俗尚之另一部著作「權輿於《海陬冶遊錄》」[74]的《淞南夢影錄》（一八八三年出版）中，亦見馬車取代畫舫，搭載青樓麗人出遊的相似描繪。

滬地少水，畫船簫鼓諸勝，概付缺如。然春秋佳日，錦韉玉勒，馳驟康莊，亦足賞心娛目。向惟泰西鉅賈，得以騁龍媒，擁翠蓋，馳逐紅塵紫陌間。近則失業僕夫，多賃以載客。青樓中人，晚妝初罷，過市招搖，電掣雷奔，莫可喻其迅速。[75]

另一段文字除呈現出滬北花柳界的區域與等級差異外，也讓我們瞥見妓院消費者群象之一景：

滬城無畫船水榭之勝，青樓妙選，多匿曲巷中。如東西繪芳里、東西公和里、合興里、合信里、繪芳樓、小桃源、毓秀里等處，樓深巷狹，曲折迴旋。每當夕陽欲下時，羅綺風柔，管絃聲沸，脂香粉膩，如水如雲。遊客至此，真有迷路出花難之勢。至東西棋盤街、兆榮里、肇貴里、百花里、公順里、桂馨里諸處，昔之稱煙花窟者，近來俱次等句欄，而走馬王孫，揮金大賈，無復歌墜鞭入院者矣。[76]

文中提及高級妓院多位於英租界四馬路周遭的巷弄內，允稱繁華中心，自是尋芳客群集之處，而東西棋盤街則是英租界的下緣，近法租界的交界地帶，多為次等妓院之所在，罕見豪商鉅賈出入其間。

王、黃兩人同屬於《申報》報人圈子，皆對「滬城少水」或「無畫船水榭之勝」同表嗟嘆，該有最早的報導文學意味。在文人眼中，當時租界區設在馬路邊里弄街坊之間的「長三書寓」、「么二堂子」，一開始就缺乏水湄畫舫的妓家「迥非塵境」的空間條件：作者一再強調妓家布局在滾滾紅塵之中，主要還在凸顯妓院驕客不復為名流仕紳或才子文人，而被商賈狎客所取代（但卻不具往昔「揮金大賈」的堂皇氣勢）；租界區的妓家既乏秦淮河畔的瀲灩波光，亦非等待問津客尋訪的深深庭院。高級妓院的紅牌倌人更經常在半私人半公共性質的花園露臉，與「輕薄少年，鄉曲猥子」公然勾搭。反過來說，書中所述饒有古風的妓女已寥寥可數，益發映現出：海上名花早已不復見晚明名妓的絕代風華，而妓女「花遭溷墮，蓮逐泥污」[77]的命運，更與高雅精緻的才子文化、名士傳統在滬地重商氣氛

---

73 王韜，《海陬冶遊錄》卷上，頁三上，收入《豔史叢鈔》下，頁五四五。

74 （清）高昌寒食生（何桂笙），〈淞南夢影錄．序〉，見（清）畹香留夢室（黃式權）編，〈序〉，《淞南夢影錄》（原刊於光緒九年〔一八八三〕）（台北：新興，一九八〇年重印出版），頁一上。

75 《淞南夢影錄》卷一，頁一上。

76 《淞南夢影錄》卷四，頁七上。

77 同前注，卷一，頁六上。

中業已淪亡互為指涉，成為洋場才子所遭逢的歷史文化難題之具體象徵。

故從十九世紀末葉中日文化圈的橫剖面來看，與其說這些花史與風月誌中的「她者」書寫是傳承並延續前人的品鑑美學，不如說，此類敘事文本乃是文人社群經由口語言說與虛實參半的經驗而不斷複製出來的文化產物，它們以哀悼士大夫中心價值的衰敗為敘事特徵，在凸顯憶想、夢語、臥遊之心影的同時，更披露了創作主體對庸俗現實的批判及面對新興潮流的焦慮。這些文本往往可見同構相類的敘事模式：首先刻畫某姝在人品與才華上獨標眾類的特質，吟詠讚嘆之餘，也帶出對銅臭薰人[78]的上海洋場現實環境，或如暴發戶般的新進仕族不解日本江戶文化遺風之慨嘆，最終目的是對顯高尚文化與優美傳統在庸俗潮流被擠壓為弱勢邊緣，文化主體性與核心價值橫遭斲傷而成劫後餘灰的時代語境。

換句話說，該類文體的敘事特徵固然採取余懷面對清兵入關的家國巨變後，自命前朝遺老，慨嘆「河山邈矣，能不悲哉」[79]的筆調，卻更在藉由物／我關係、「她我」（妓女）的書寫，憑弔文化價值僅存剩水殘山，說明了此類文本觸及現代性主體建構之複雜過程，文本之再現對象與創作主體間的映照關係，亦進一步向我們展示了近代中日文人面對西潮與文化轉型之社會徵狀的心態驛變痕跡。

三、文明進化的危機與契機

前述分析已說明，不管是洋場的興盛還是東京柳橋的繁華，一方面帶給彼時文人與轉型期知識分子複雜矛盾的不安體認，但本節也將進一步闡釋：新興潮流的沖刷撞擊，另一方面卻也帶來不可預期的文化轉型契機，蘊藏著從嶄新視角審顧舊有傳統並開創新境的潛力，加深了是類風月書所含納的豐富與歧義性。如上文提及的，王韜與成島柳北各別在近代中日報刊史上地位重要，巧合的是，前者在香港創辦《循環日報》，後者擔任《朝野新聞》社社長都是在一八七四年。成島柳北更在明治十年（一八七七）創刊《花月新誌》詩文雜誌，連載漢文與和文之詩歌文章，發行至一八八四年，總計刊載一百五十五號。

王韜一八七九年的東瀛之行，基於報人的自覺，除了冶遊書之外，也注意到成島柳北在報刊界的標誌性地位，他與栗本鋤雲、福地源一郎[80]鼎足而三，堪稱為日本近代重量級的早期報人：

> （栗本）鋤雲老而不仕……維新既建，日報盛行，時始剏「報知社」，聘君司編輯事，然非君初志也。後福地源一郎、成島柳北各建一社，與君鼎足而三。[81]

78《春江燈市錄（海上花天酒地傳）》亨卷，頁九下。

79《板橋雜記：唐土名妓傳》卷下，〈軼事〉，頁一〇七。

80 福地源一郎於慶應四年（一八六八）閏四月在江戶發行了有佐幕傾向的《江湖新聞》，由於闖下筆禍而一時被監禁，到五月的二十二日即停刊。

81《扶桑遊記》卷中，頁一上—一下。除了這三位日本早期重量級的報人外，值得注意的是，日本最早發行的新聞報紙之一《東京日日新聞》（一八七二年創刊）的創辦人、著名實業家岸田吟香（一八三三—一九〇五）於一八六八至一八八八年此外，王韜與成島柳北身為上海（、香港）和東京報刊界大老，兩人又分別在一八六八年與一八七二年啟程遊歷歐美，[82]對泰西物質文明，特別是新聞報刊界與出版業的觀察與了解，亦影響了他們的風月誌與冶遊書寫。如前文所云，在此類文本中，作者一方面在描繪城市繁華與欲望時自我邊緣化，展現出尋索新身分定位的焦慮，一方面卻因掌握現代化報刊並左右社會輿論與發言權，對新興的市民文化影響匪淺，因而不免有自我揄揚的得意之情。考察中日城市文藝圈與文人群體，往往發現這兩股互斥而相逆的力道交織共生在十九世紀末葉的城市冶遊文學中。

前面提過，成島柳北創辦詩文雜誌《花月新誌》與「朝野新聞」社，[83]在維新時期的東京市民文化中占有一席之地，當時主要的文人與漢學家如菊池三溪、小野湖山、大沼枕山、大槻盤溪、依田學海、森春濤等都有不少詩文作品刊登於該雜誌。翻閱《花月新誌》，就會發現該期刊幾乎每一期都有品評妓女的主題詩文（多以漢文寫成）：或創辦人柳北所撰與文友的詩文，乃至於讀者步韻和詩投稿；該雜誌創刊號上還刊登了《柳橋新誌》三編[84]的序言，預告了柳北即將再度出版東京遊里風月誌的消息，種種訊息都說明了《花月新誌》編輯旨趣擺盪在高雅與通俗文化間的雙重特徵。

柳北署名墨上漁史在《花月新誌》中多次連載《新柳情譜二篇》，每次皆刊出品評新橋與柳橋妓女各一人之長篇詠詩，詩末並有秋風道人評語。如《花月新誌》第八十九號中品評新橋妓女小光之詩末，秋風道人評曰：

漁史為校書下一評語，能使明眸皓齒，頓增聲價，不啻連城。[85]

新橋與柳橋一樣，皆以青樓風月區知名，校書雖為清末高級妓女之雅稱，在日本漢文化圈亦以此指色藝俱全的名妓。秋風道人這段評語側面襯托出成島柳北《柳橋新誌》與《花月新誌》等書籍與刊物的出版在東京文化圈造成的實質影響，甚且間接為青樓名姝的名聲與生意增值。如《花月新誌》第

往返中日之間，與上海文藝圈關係匪淺，他曾協助一直想要渡日賣文的海派文人與書畫家陳曼壽（？—一八八四），寫信向《朝野新聞》主筆成島柳北推薦，使陳在一八八〇年可以順利東渡日本。見〈上海ノ岸田吟香翁ヨリ柳北へ贈リシ書簡〉，《朝野新聞》，明治十三年（一八八〇）四月十三日，參見〈伏流潛借〉一文，頁一八〇—八二；另參見陳祖恩，《尋訪東洋人：近代上海的日本居留民（一八六八—一九四五）》（上海：上海社會科學院，二〇〇七），頁五九—七〇。

82 成島柳北在幕府瓦解後，自稱為「天地間無用之人」，隱居於向島，編《柳橋新誌》第二編，藉由柳橋的改變來諷刺時世。明治五年（一八七二），隨東本願寺法主大谷光瑩前往訪問歐美為期一年餘，留下遊記《航西日乘》與詩集《航西雜詩》等作品。

83 成島柳北擔任《朝野新聞》主筆時，便以敢於在雜文中批評當道者知名。一八七五年，因為不滿於新貴們慫恿政府頒布《誹謗律》與《新聞條例》箝制輿論自由，在同年十二月五日的《朝野新聞》上撰文點名批判法令起草者井上毅和尾崎三郎，因而以誹謗罪被判刑四個月，罰金百元。出獄後的柳北依然不改其耿直文風，文筆更加犀利，進入創作巔峰期。參見〔日〕前田愛，《幕末・維新期の文学・成島柳北》，頁四四七—五九；另見〈孤忠鑄詩魂，綺語綴華章——評日本近代漢文學家成島柳北〉，頁七〇。

84 《柳橋新誌》三編因為嚴厲批評時政，暴露官員愚行惡狀，受制於當時出版許可之限，最終並未面世刊行。見塩田良平編，《明治文學全集・卷四：成島柳北　服部撫松　栗本鋤雲集》，頁二九—三〇；頁四一五—二〇。

85 見〈新柳情譜〉二篇（吟詠新橋小兼、柳橋阿久），秋風道人漫評。原載《花月新誌》（明治十年一月創刊，東京：朝野新聞社內花月社，一八七八）第八十九號（明治十二年一月十日發行），頁八下—九上。

六十三號上登載憐花夢蝶生一組十四首詠妓詩，[86]就提到此組詩歌是步韻該刊登載的《新橋雜記》第二篇中南橋仙史〈十四詠〉。第八十九號中鶴亭小史刊出〈讀花月新誌成柳北仙史〉二首詩，開宗明義揄揚該刊：「美人才子大家評，詠月吟花筆底清，方是太平好時節，幾篇新誌補文明。」[87]詩中點出才子筆墨品評的美人（名妓）為東京城的維新開化氣象增添丰采。一八七一年出版的《柳橋新誌》二編中，曾記載：

> 壬戌之夏，余與柳春三[88]戲作〈柳橋二十四番花信〉，評阿金比梅花，阿幸比櫻花，阿久李花，小勝杏花，美代海棠，阿紺桃花，阿兼菊花，阿清牡丹，小繁拒霜，阿竹蓮花，菊壽紫薇，梅吉藤花，政吉燕子花，千吉芍藥，阿蓮水仙，小照躑躅，其他增吉、小糸、阿常、三代吉、阿輕、久吉、阿角、阿直亦各比眾芳，而當今存者唯阿幸、菊壽、政吉（今稱阿郁）、阿蓮四人耳。阿清、千吉、久吉三個既載豔名於鬼簿，餘皆四散不知其所在者亦多。噫嘻，十年之久，一浮一沉，一枯一榮，豈獨紅裙而已也哉。[89]

讀者不難發現，〈柳橋二十四番花信〉榜上有名的妓女，亦經常出現在三年後創刊的《花月新誌》上，[90]足見柳北的妓女花品相當程度營造了同人文學集團品花評豔的風氣，捕捉了市民娛樂文化繁盛之一景，更添柳北詩酒風流的形象。

柳北與報刊界名士柳河春三戲作的〈柳橋二十四番花信〉，也讓人想起上海文壇與遊滬指南書關係密切的妓女花品、花榜或花譜。如上一節提到過畢以㙔《海上群芳譜》中經常引述桎湖漁郎曾評定「春申二十四鬒花榜」，就與柳北的〈柳橋二十四番花信〉的名稱與命意相契。若將目光轉回一八七○至一八八○年代滬地近二十種相關書籍仔細考查，我們也發現多數吟詠或評選者不是在報社（主要是《申報》）擔任主編筆政，就是與報人群體密切往來的文士，前者如何桂笙（鏡中花史）、錢昕伯（霧裏看花客）、蔡爾康（縷馨仙史）、鄒弢（號瀟湘館侍者、瘦鶴詞人），後者如二愛仙人李芋仙、免癡道人金繼、柘湖漁郎、癡情醉眼生等。

---

86 這組詩分別吟詠了新橋妓女十二人：阿染、小松、小鶴、島次、國助、小萬、小仙、小竹、小園、小高、小時、三勝、小兼、小德，見《花月新誌》六三號（明治十二年一月十日發行），頁五上—七下。柳北在〈新柳情譜〉二編中也曾吟詠新橋妓女小兼，見《花月新誌》八九號（明治十二年一月十日發行），頁八下—九上。

87 見《花月新誌》八九號，頁六下。

88 即為柳河春三。柳河春三為幕末維新時期著名的西洋學（蘭學）學者，他在戊辰戰爭進行當中的慶應四年（一八六八）二月於江戶發行了第一份由日本人自己編輯的日文報紙《中外新聞》。參見〔日〕前田愛，《幕末・維新期の文学・成島柳北》，頁四三六、四四一—四二一。

89 《柳橋新誌》二編，頁一四上—一四下。

90 其中以李花為喻的阿久，以及被評為菊花的梅吉分別在《花月新誌》八一號（吟詠新橋小兼、柳橋阿九，見頁九上—九下）與八九號（吟詠新橋小光、柳橋梅吉，頁八下—九上）的〈新柳情譜〉二編上連載刊登。描述妓女小兼時，強調其「屋宇清楚，器具雅潔，而爺孃皆淳樸，不似市井之人也」（頁八下），乍看之下，頗類余懷描述李十娘「性嗜潔，能鼓琴清歌」，「所居曲房密室，帷帳尊彝，楚楚有致」的筆法（見余懷，《板橋雜記》〔上海：上海古籍，二○○○〕，頁三六—三七）。

當時不少妓女經這些文人學士的品評、鼓吹後名聲大噪，其中王逸卿、李佩蘭、姚倩卿、李三三、朱素貞、孫文玉、朱玉琴、陸月舫、姚蓉初、王雪香等都曾數次名列花榜。尤以名妓李三三最為突出，她曾得到倉山舊主袁祖志的賞識，[91]作詩吹捧，結果引來騷壇文人紛紛仿效，竟然得「三三詞」六十餘首，名播士林（李三三繪像亦可參見第六章第三節所引《海上青樓圖記》一圖）。這些詩詞文本中呈現出的，彷彿如遠在香港卻隔海評價滬江青樓名姝的王韜所言：「滬上名姝其冠絕一時者，皆邀月旦之評，而登諸花榜，一經品題，聲價十倍，其不得列於榜中者，輒以為憾事。」[92]與前述經柳北題詩之妓將享譽同儕一樣，這裡所謂「一經品題，身價頓增十倍」也表示這些「花品」、「花榜」造成的「接受效應」不可小覷，憑藉報章媒體的宣傳，的確也為這些滬北

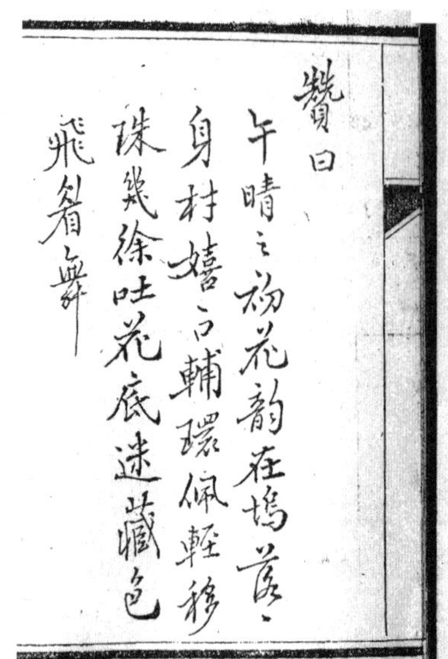

《海上繁華圖》（1884）李三三圖像與贊詩

名娃帶來可觀的收入。如鄒弢便坦承他在撰寫《春江燈市錄》與《春江花史》（一八八四年出版）期間，不少妓女一聽說他將著此書，無不殷勤相待，再三請託他巧筆添花；此書完編即將付梓的消息傳出後，不少好友懇請其將相熟妓女的事蹟補入書中，唯恐喪失廁身其中的資格。文本中這些描述，固然不乏自我吹噓的成分，卻也側面說明具有代表性「花品」類書籍在出版市場炙手可熱，無形中影響娛樂消費風尚的現象。東京與上海的旅人以此類書刊作為冶遊門徑的指南書，也揭示出此類書刊與通俗出版品和大眾媒體的密切關係。

故從柳北的報人身分與早年任職幕府將軍侍讀時即大量閱讀西學書籍的背景看來，《柳橋新誌》二編多處濃筆著墨並諷刺東京城接觸西潮後的文明景象，亦呈現了他面對西方現代器物的複雜態度，如藉妓女對話評論彼時交通工具——人力車盛行的景象：

> 似輦而非輦，似轎而非轎，乘者仰而踞，推者俯而奔，鐵輪木轅，轣轆作聲而來者，人力車也。一酒樓上數妓憑欄而觀，一妓顧左右曰：「陋哉車也。近來此車遍滿街衢，東輾西轟，咄咄怪事。往時遊客，皆倩街輿。街輿之為物，便而快，輿夫亦健捷，連叫鼓勇，其聲清亮，能使人遊意勃發，真是江戶兒之氣象，不似此車醜陋，殆與乞兒膝行車一轍也。方今客多捨輿而取車，

91《申報》西曆一八八二年一月五日（頁三）起開始，至一八八二年三月二十九日（頁四）這段期間不定期刊出。

92《海陬冶遊錄附錄》卷中，頁一上，收入《豔史叢鈔》下，頁六三三。

論其價耳，何其鄙也。」老妓在側，笑一笑曰：「卿妙齡，未知氣運之變。往年都內觀侯伯之往來，傔從如雲，雙槍在前，鞍馬在後，張威競華。今則否，單騎奔馳，簡易為風，儉素是尚，卻是美事。聞官家頃日捨鉅万金以造鐵路，將通蒸氣車。蒸氣車之疾，一瞬十里，一刻百里，如橫濱往還一飯時限耳，大坂長崎可一日而至，即漢土天竺亦可三日而達，真是所謂妙妙車也！」[93]

文中見多識廣的老妓口中的「蒸汽車」，即火車的出現，透露了新的文明景觀即將取代肩輿、鞍馬與人力車象徵的前現代交通工具之訊息。柳北在明治五年（一八七二）赴歐美遊歷一年餘歸國後刊行的《航西雜詩》中，也多次提到在歐洲搭乘輪船與火輪車的親身體驗：

汽車烟接汽船烟，四望冥冥不見天，忽地長風來一掃，倫敦橋上夕陽妍。

頂上晴雷腳底烟，一車入地一車天，中間吾亦車中客，驀過東西陌與阡（倫敦府雜詩二首）。[94]

崎嶇路在老巖間，落月斷雲相對閒，恠獸有聲人不語，火輪碾上綠魁山（過綠魁山）。[95]

坐看萬水又千山，百里行程轉瞬間，何事往來如許急，火輪不似客身閒（火輪車中之作）。[96]

客身遠逐汽烟飛，千里風光一望奇，來路未收紅旭影，前山已濺雨絲絲（三月十六日發巴里赴伊太利汽車中所得）。[97]

這些詩中描繪蒸汽火車改善了城與城、城與鄉之間交通而迅捷往返的情景。比較明治五年（一八七二）首度方有東京新橋至橫濱間營運通行火車，[98]但猶未普及於一般大眾的國內交通實況，可推想這些詩歌對東京居民來說，無疑有耳目一新之感，其釋放出的泰西新世界氛圍，更在當時文壇中生面別開。[99]

事實上，柳北身處明治維新這個瞬息萬變的時代，雖身為幕府遺臣堅守不仕新朝的原則，但幕府垮台後明治政權成立後，卻因緣際會在首府東京報刊界取得一席之地，展現在野文士的批判視野。故旅歐期間，往往更敏感於西方出版業結合攝影技術改善印刷質量與降低成本、報刊界結合電信業得以

93《柳橋新誌》二編，頁一四上—一五下。

94 見成島柳北，《航西雜詩》。見〔日〕成島柳北著，〔日〕小野湖山校閱，〔日〕成島復三郎編，《柳北詩鈔》（東京：博文館藏版「寸珍百種第三拾九編」，一八九四），頁四〇。

95〈倫敦雜詩〉第一首與〈過綠魃山〉皆收入〔日〕森春濤編，《東京才人絕句》卷上（東京：額田正三郎發行，明治八年〔一八七五〕刻本），頁四上—四下。

96 見《航西雜詩》，頁三二。

97 同前注，頁三六。

98 相關論述參見〔日〕藤井明，〈嵩古香の『西游小品』（一）〉一文分析，原載《埼玉短期大學研究紀要》一四號（二〇〇五年三月），頁一四五—四八。

99 參見《明治漢文學史》，頁一四〇—四二；Maeda Ai（前田愛）, "Ryuhoku in Paris," trans. Matthew Fraleigh, in *Text and the City: Essays on Japanese Modernity*. Ed. James Fujii (Durham: Duke University Press, 2004), pp. 280-88。

便捷地跨國隔洋迅速傳送精確消息，發出讚嘆：

> 返魂誰道有仙丹，巧寫其真小鏡團。傾國百年長不老，故人千里忽相看。各家君相一堂會，殊域山川雙眼攢。當日漢宮伝此術，明妃何必嫁呼韓（〈寫真鏡〉）。
>
> 無聲無臭電馳奇，一線之絲達西陲，海外書來賴誰腳，空中筆在寫吾辭。交情時隔山河語，邊警豈緣烽燧知，千古鄒翁能取譬，置郵傳命太遲遲（〈傳信機〉）。100

〈寫真鏡〉所指的攝影機，〈傳信機〉提到的電報，都呈現衝擊傳統時間與空間概念的西方文明器物，即將在市民日常生活圖景中扮演重要角色。

柳北對火車改變傳統運輸與交通形態的描繪，很容易讓我們聯想到上海《申報》刊出的葛其龍（號龍湫舊隱）的〈乘火輪車至吳淞作歌〉長詩：

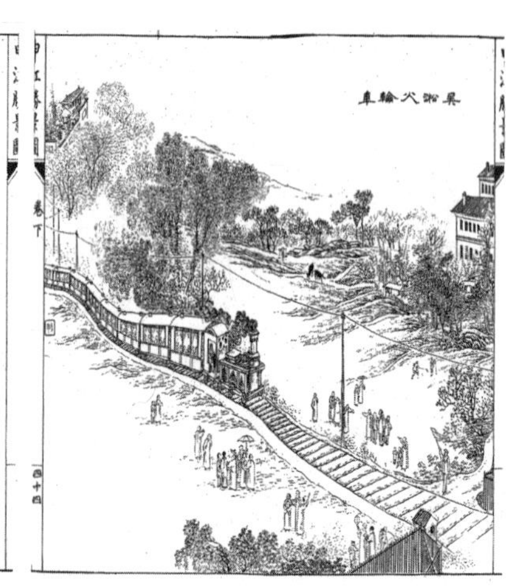

《申江勝景圖》〈吳淞火輪車〉
翻攝自〔清〕尊聞閣主人編，〔清〕吳友如繪圖，《申江勝景圖》卷下（台北：廣文，1981），頁44下—45上。

> 我昔曾乘火輪船，萬頃波瀾若平地，我今復乘火輪車，又若平地波瀾沸。先導眾車隨推挽，不假人力為青天，無雲霹靂響黑煙，莽莽騰空上遊人。列坐一室中耳邊，颯爽生長風發軔，乍自虹口始道旁，觀者堵牆似風檣。陣馬不及追瞬息，已經數千里江灣，忽過吳淞來，海天空闊胸襟開，惜哉同游促我返。未得長嘯登高臺，駕輕就熟返故道，捲地塵沙逐飛鳥，一輪旋轉爭天功。開闢以來無此巧，吁嗟乎！中原地美多康衢，西人得意誇馳驅，諸公袞袞居高位，早握籌邊勝算無。[101]

詩中生動地傳達了與報刊界關係密切的文人，親身體驗泰西新奇物事的興奮之情，雖然吳淞火輪車終究囿於觀念未開而導致強大反對聲浪，正式通車後，僅三個月就被拆除，不久之後就由清廷向英商買回，任其鏽蝕。

到了一八八四年，上海文藝界大老袁祖志結束歐遊之旅，刊行遊記《談瀛錄》中〈火輪車記〉詳細描繪自身搭乘火車的感想：

> 舟以行水，車以行陸，舟既可以火輪取捷，車亦何不可？火輪取捷，泰西久已創行，往年曾於

100《柳北詩鈔》卷三，頁二—三。

101 見《申報》，光緒三年九月十四日（一八七七年十月二十日），頁二。

中國上海地方小試其端，咸稱精絕。其時沈文肅公立持不可，故未一載即毀去。今乘輪舟從海至義大利拿波利都城，捨舟親試。……其迅速如箭之離弦、鳥之展翼，耳中但聞風聲而已。竭一日之力可千餘里，亦有日夜長行者。每穿山洞而過，雖晝如夜，然當將入洞口時，則以倏乎燃燈，蓋以電氣引火，徧其各車之中也。……車中可坐可臥，可以促膝談心，可以當窗遠眺，頗不寂寞，至足怡情。較之輪舟，既無風濤之險，遂無眩暈之憂。且同一不翼而飛，不脛而馳。人則逸而不勞，期則速而不淹。雖起古人於九原，亦當驚為奇絕。彼駒稱千里，僅一人騎耳。若此雖千萬人無難立至焉。然則世所豔稱千金市駿者，視此瞠乎後矣！[102]

值得一提的是，這段文本還不自覺地流露出敘述者「身在其中」、融入城市生活的自在自適，悄悄披露了旅居滬上三十多年的老上海人／早期報人逐漸完構的新文明空間意識。同樣的，必須親履其地且參與其中方能「膚觸」實有，逼真感受，王韜於一八八七年開始在《點石齋畫報》上刊登他二十餘年前壯遊歐陸的旅遊回憶錄《漫遊隨錄》，也特別在〈制度略述〉中回顧一八六〇年代末葉他在歐土所見的火輪車，說明彼時儘管在洋人圈子中浸淫長達十七年，對泰西事物相較熟稔的王韜，仍然津津樂道當年他在倫敦搭乘火輪車時「百聞不如一見」的讚嘆：

泰西利捷之制，莫如舟車。雖都中往來，無不賴輪車之迅便。……車亦分三等，上者其中寬綽，几席帷褥光潔華美，坐客安舒；中者位置次之。……其行，每時約二百里或三百餘里。轍道鑄鐵為渠，起凸線安輪，分寸合軌，平坦堅整，以利馳驅。無高低凹凸、欹斜傾側之患，遇山石則闢鑿。通衢大道，平直如砥。車道之旁，貫接鐵線，千萬里不斷。以電氣秘機傳達言語，有所欲言，則電氣運線，如雷電之迅，頃刻千里，有如覿面晤對，呼應答問，其法精微，有難析述者。[103]

可以看出，王、袁二人對火車通訊以「電氣」傳達、一絲不苟的嚴謹鐵道管理的深刻印象幾乎如出一轍，這段話置諸當時還未有鐵路營運通行的中國，自有提供文化參照座標的積極意涵。

故總結來說，這些具備西方經驗的中日文士筆下描繪的歐美城市生活樣貌，一來不乏提供讀者「域外獵奇」的閱讀樂趣，二來更扮演了文化協商與中介的重要角色。即便未曾親履西土，將彼時正處於文化轉接過渡期的時空考慮進去，這些具備報人身分的中日文人，因敏感於接受泰西新知，在傳播新形態知識的過程中有一定貢獻，不僅值得重新關注剖析，更應肯定其人其文所起的文化斡旋作用。

從此視角來看成島柳北的青樓風月誌，與其說是東京遊里與市民消閒娛樂文化的深入導遊書，不如說它展現了新舊時代交接轉型期間，城市知識分子面臨如大軍壓境般泰西文明氛圍之複雜心境。完

102〔清〕袁祖志，〈涉洋管見〉，《談瀛錄》卷二（上海：同文，一八八四）頁一二上—一二下。

103〔清〕王韜撰，王稼句點校，《漫遊隨錄圖記》，頁九四—九六。

稿於明治維新初期的《柳橋新誌》二編，透過大量「答客問」式的對話模式（妓女問、妓院常客問、妓女與顧客間，以及妓院顧客和盲人按摩師之間），較諸《柳橋新誌》初編更採取諷刺筆觸，揭露當時士人一味隨俗追求新潮，僅僅懂得西學皮毛便誇誇其談的行徑。

柳北曾描述兩位士人至酒樓對飲：「談及宇內形勢，竟論郡縣封建之得失，辯駁移刻而不決，口角吐火，舌頭噴血，酒冷肴爛而不顧也。」[104]數妓坐傍聽而倦，其中兩名妓女起而如廁，相會廊下後埋怨顧客之不解情趣，遂決意進而勸說：

（妓）問曰：「公等所論果何論？」客曰：「僕等所論，天下之政體，郡縣封建之利害得失，卿等何問焉？」乙屬盃曰：「公等何謬也。夫郡縣封建之得失，秦漢以來先哲論而無遺，今復何俟公等呶呶之言哉！妾聞米國有共和之政，極公極明，極正極大，雖唐虞之治，不能過焉，公等宜棄古人糟粕，兩廢郡縣封建之說而徇共和之美矣！且夫遊也者，最要共和而樂，今公等既在酒樓置酒肉而不食，擲管絃而不奏，空論妄言，使妾等向隅催睡，可謂之共和而樂耶？公等真不知遊者，妾將為大統領一振此衰頽之勢，請先吸此罰盃。」於是二客大慚，兩首並肯而謝曰：「謹奉女王殿下之令。」[105]

這裡藉聲色娛樂場所中擅舌鋒的妓女之口，戳破當時新進士人自以為是的政治議論，以一八五三年率武力威脅結束日本近兩百年鎖國政策的米國（即美國）政權的共和之制，來比附在酒樓理當追求尋歡作樂的共和之樂，頗具顛覆意味。文末兩士人尊奉妓女為「女王殿下」，並甘願受罰飲酒，也不難見出柳北在字裡行間暗諷新政後朝野人士歷經全面西化，徬徨於尋求國體與主體定位，卻仍無所適從的轉型期知識分子之心態翦影。[106]

《二編》中另外一則敘述，亦有異曲同工之筆：

一書生入學校，頗通英語。一夕飲柳光亭上，與妓言，半用英語，妓曰：「郎君獨識英語，奴輩不解，是甚無趣，願教奴以英語。」書生意甚得曰：「卿才子、卿才子，若學之數月，必為大家。僕於英語無所不通，不知卿欲所學何先？」妓曰：「儕輩相呼用常語，似無風致，願郎君先教以奴輩之名。」書生曰：「妙，妙。」妓問阿竹，曰蠻蒲。問阿梅，曰吱啉。問阿鳥，曰弗得。問阿蝶，曰洒孛。應荅如響。妓又問美佐吉，書生俯首，百考不得，又問阿茶羅，書生益困，拭汗於其額，曰：「今者僕不携辞書，近日將懷英語箋一部來，以荅卿等百般之問」。[107]

104《柳橋新誌》二編，頁一二下。
105 同前注，頁一三上—一三下。
106 參見《幕末・維新期の文学・成島柳北》，頁四二八—三二一。
107 見《柳橋新誌》二編，頁六下至七上。

柳北於幕末時期就意識到西學的重要性，積極學習外文（英語、荷蘭語）與泰西兵法，[108]《伊都滿底草》中記載他在一八六三年左右閉門在家向幾位熟諳外語的友朋學習，[109]該書中部分文字段落（喫霞仙客、誰園曼士與烏有居士關於《花押說》的解說）即轉化為上述對話，[110]但情境已自不同：柳北將友朋間的對話置換為東京妓女與顧客間的閒談，益發說明了柳北特以諷諭筆法，嘲弄新舊文化碰撞期青黃不接社會怪現狀的企圖。

有趣的是，同時期的上海學習外文的風潮亦方興未艾，同治十二年（一八七三）《申報》上刊登洗耳狂人陽湖楊少坪的〈別琴竹枝詞〉[111]，最能曲盡上海洋場光怪陸離文化元素畢集的特徵。此文開頭先說明「別琴二字，肇於華人，用以作貿易、事端二義，英人取之，以為杜撰英語之別名，蓋極言其鄙俚也。」[112]其詞為：

生意原來別有琴，洋場通事盡知音。不須另學英人字，的里（三）溫（一）多（二）值萬金。算帳先呼押克康，對而（銀兩）大辣（洋錢）即銀洋。辛工（甯人呼為身工）概說為儔四（無薪水束脩之別），是否何人蝦勃郎。雪彈抽乃乘肩輿，開來治倫跑馬車。知否路傍人煞味（知），錫指（烟名）斜插任呵噓。好法身而沙法身，如何如此脫羅真。勃郎由（屬你）與勃郎妹（屬我），是爾是我抑是人。衣裳楚楚語陪陪（略停），考姆陪陪歇歇來。多少洋行康八杜（當手也，粵人呼為買辦），片言茹吐費疑猜。清晨相見谷貓迎，好度由途敘闊情。若不從中肆鬼肆（賺錢），如何密四叫先生。

文中呈現華人欲通曉英語，以上海方言模擬英文讀音而衍生諸多滑稽揣想與比附，翌年復於《申報》連載刊登的〈接續別琴竹枝詞〉[113]中亦有如「為因酒也」等等一系列中、英文對照詩文，益發可窺見洋場因貿易鼎盛，華人競學英語的時尚熱潮，以及因而衍生之種種荒謬情狀之一斑。

上述中日文化現象與文本徵狀的分析，皆不約而同展示出十九世紀一九七〇、八〇年代的東京與上海城已然匯集八方四面之政治、經濟等勢力與充沛能量，更因為處於西潮東漸的前哨站而被迫容納了更為駁雜多元，甚且往往互相矛盾扞格的時代課題。柳北與王韜及同代人的冶遊文本或城市敘述，具體說明中日知識分子汲取異國經驗並創造新形態的文化傳繹之緩慢艱辛過程，在舊文化傳統斷裂、核心價值轉異的危機中，卻透過不斷的反思「自我」創造嶄新的文化契機。

108 參見《幕末・維新期の文学・成島柳北》，頁四三五—三七。

109 即桂川甫周、柳河春三、神田孝平與箕作秋坪等西洋學者。見〈解說〉，《柳橋新誌・伊都滿底草》，頁九。

110 見《柳橋新誌・伊都滿底草》，頁一五四；另參見〔日〕成島柳北，〔日〕日野龍夫校注，《江戶繁昌記・柳橋新誌》，頁三九三。

111 見《申報》，同治十二年（一八七三）二月初五日，頁二—三。

112 筆者按：別琴二字應為pidgin的音譯，當時典型的「洋涇浜英文」，為business的訛轉。鄒振環，〈十九世紀下半期上海的「英語熱」與早期英語讀本及其影響〉，收入馬長林主編，《租界裡的上海》（上海：上海社會科學院，二〇〇三），頁九四—九五。另參考周振鶴，〈別琴竹枝詞百首箋釋——洋涇浜英語研究之一〉一文分析，參見網址：http://lingualyouth.blogbus.com/logs/1522942.html，下載時間：二〇一五年十一月二十一日，21:00。

113 見《申報》，同治十三年（一八七四）二月初七日。

結語

> 往昔北里雖盛，柳橋雖熱，未聞有名公鉅卿一遊以嘗其情味。蓋文政天保以還，幕府禁網極嚴，雖麾下之士，遊則有譴。天朝矯其弊，赦小過，舉賢才，正其大綱，修其大典，如擁花抱柳瑣末之事，釋而不問，故駟馬高蓋有時而三顧藕小之家。彼公子王孫在深閨中，畢生不能入狹斜之鄉者，一朝放縱，任其所之，若野鶴出籠而飛，洪水決堤而進，其快可知也。校書幫閒，捧媚而來，朵頤而候，一酌百金，一彈千金，真是一曲紅綃不知數者。夫通下情解人事者，莫遊若也。貴介搢紳寓深意於遊戲，以察閭巷之情態，則於為治，不為無益。且若泰西諸國帝王同遊于民庶，若花旗聯邦貴賤不殊等，皆是所謂文明開化者。頃歲本邦日除舊弊，力新政教，可不謂美事乎？雖然，徒以酒樓之遊、娼妓之樂為文明開化之道者，余不肯左其祖也。[114]

與上前一節所論雷同，成島柳北提及美國（花旗聯邦）時，總不免述及其國中在上位者與庶民「同樂」、「共和」的精神，表面上稱許為文明開化的象徵，卻復以新政權成立後青樓冶遊之所迸現的「野鶴出籠」、「洪水決堤」亂象，隱隱預見明治維新後諸多新的時代難題將蜂擁而至。柳北先鄭重申明北里狹斜之遊的「深意」乃是「察閭巷之情態」有助於治國，但卻又在文末自亂陣腳地流露「徒以酒樓之遊、娼妓之樂為文明開化之道者，余不肯左其祖」之心聲，看似與自己先前的「遊以載道」說法自相矛盾。但這段話卻迂迴地呈現兼具詩人與報界聞人身分的柳北及其同代人，一方面游移於傳統與現代間歷經認同困境與文化失衡，憂心傳統文化的精髓與核心價值之淪亡，另一方面在重重危機與迫切感中向讀者揭示出文明進化的嶄新契機及與異文化交融和合的種種可能。

以同樣的視野觀照洋場才子群首要代表人物王韜及其同代人的上海冶遊書，我們發現，他們既透過城市書寫回應西潮，見證啟迪革新的一面，卻依然文人積習猶深，冶遊嗜癖不減，或不免道學家氣味地批判上海城的奢靡浮華面貌，但這些文本呈顯的時代症候，正迂迴而真實地折射出彼時知識社群欲迎接新思潮卻又裹足不前，深恐在融入新思潮之際喪失主體性的不安焦慮。

或許可以說，透過東京遊里與上海青樓向內向外逡望，試圖重構文化語境，爬梳一八七〇年代末葉至一八八〇年代上海文藝圈與東京文化界種種文學形式、文化形態及城市想像之類同與歧異，更能具體而微地揭開十九世紀末葉東京與上海作為異域多元文化的輸入港口與東亞文化擴散輻輳地標的時代角色。其間展演的跨國流動、城鄉互動、傳統階級與新興勢力重新洗牌、地方經驗與國際文化交織角力、認知與觀念之生成演化的種種課題，將豐富我們重新理解近代中日文人、第一代現代報人心態史的多元剖面，揭示出十九世紀中末葉中日文化面臨全球圖景與衍化東西文化傳繹之種種可能的標誌性意義。

114《柳橋新誌》二編，頁四上—四下。

第二部分：人情演義——世變與世故

第四章　香港的文學「易」代

——從王韜到張愛玲

前言

自從一八四〇年代，士大夫致力賡續王朝、經緯天下的精神與知識結構產生了巨大變易，現代知識分子先驅王韜在香港（特別是他一八七〇年代從英國返回以後）的文字書寫，即充滿危機意識與變革精神，他的文化活動已經成為近代歷史的有機成分，本書前三章對此已有充分論述。越七十年爾後，香港戰事中的經歷，供給張愛玲回到上海、逾越大洋以後隱喻歷史的「不相干」瑣細經驗，她直接給小說命名《易經》（*The Book of Change*）。王韜縱覽天下時局而作的政論，屢屢訴求「『窮則變，變則通』，此君子所以自強不息也」[1]，自承君子的陽剛「大我」，其於歷史的責任感沛然充溢於字裡行間，在晚清語境中，王韜來香港之後的政論，是他對國際社會關係作出迅即反應的方式，也呈現了「海上文化迴廊」上某種知識階層的結構性思維。而這種文化的結構性的易代體現，跨越數個世代，在二戰時期來港的張愛玲身上則有饒富辯證意味的回應，她將晚清小說中的政治現代性敘事與世界大戰中「港戰」逼現出人際關係的變形與扭曲，透過人情小說筆法予以再現。中晚年後，早年生命中的香港經驗成為她下筆為文的重要資源：她一邊寫香港經驗的國際關係大變動中的人情（《雷峰塔》和《易經》再合二而一凝聚為《小團圓》），一邊研究《紅樓夢》，翻譯《海上花》（詳見第五章分析）。她筆下的戰時香港與上海，專寫戰爭語境中的人際烽煙與人情關係中的心理征戰，晚清「海上」小說人情流脈貫穿的「世故」元素大於「世變」，在張愛玲中晚期的小說中尤可窺其流風傳衍的軌跡。

相對於王韜為文揭櫫的「大我」關懷，張愛玲的陰柔「小我」則心甘情願地遠離歷史大敘述。王韜、張愛玲個人的命運的窮通仍然呼應著歷史，「小我」與「大我」的對照論述展開了一場百年陰陽變易的歷史辯證，在本書架構中則更具相互闡發與歧義並陳的意蘊。

一、「才子」與「國是」的窮通

本書前兩章均已點出「香港歲月」在王韜生命史別具重大意義。可以說，倘非遁跡至此，王韜仍然是一個為稻粱謀的滬上才子；若不是寓居二十餘載，王韜的現代知識分子身分無以卓然確立。來港只因不甘海上的文字稻粱謀生涯，參與朝廷科考久不售，別尋路徑上書太平天國，而被詆封「長毛狀元」，居然成了朝廷的通緝犯。這些經歷展示出他晚年名帖上標示的三十二字生命歷程：「天南遁叟、淞北逸民、歐西經師、日東詩祖、書讀十年、路行萬里、身歷四代、足遍三洲。」[2] 沒落才子王韜離開上海，數年後成為中國最具影響力的知識分子，他走過了一段個人的由「窮」而「通」道路，其間之「變」主要來自於他的世界行旅。歐西、日本的兩次行旅，使他的知識邊界不斷擴大，思考東

1〔清〕王韜，〈變法．中〉：「《易》曰：『窮則變，變則通。』知天下事，未有久而不變者也。」見《弢園文錄外編》，頁一一；〈尚簡〉一文曰：「《易》曰：『窮則變，變則通。』非今日之急務哉？」《弢園文錄外編》，頁四〇；〈答《強弱論》〉一文曰：「《易》曰：『窮則變，變則通。』此君子所以自強不息也。」《弢園文錄外編》，頁一六七；另，一八七四年王韜在香港創辦《循環日報》，報名「循環」亦有「天道循環，自強不息」之意。

2 王韜，〈自署楹帖〉，《循環日報》，光緒六年歲次庚辰十二月十二日（西元一八八一年一月十一日），頁三。

亞乃至當代國際局勢，跳脫了士人「朝廷議政」傳統，將對當代中國困境思索的筆墨思緒體現在與友人合力創刊的《循環日報》上。王韜《弢園文錄外編》中大量政論文章初次刊載於此一文化平台。確切地說，他的「通」途，完全不依賴於朝廷，卻是依賴知識的跨文化融通、對當代世界的把握，其主體顯示則最大地依賴於他參與創辦和主持的現代報刊。他的通途的價值只有在聯繫世界與東亞的「文化迴廊」的建構中才充分顯示。

作為近代中國的重要思想家與真正意義的「現代」報人，其生平事蹟與相關研究雖已汗牛充棟，仍得先扼要簡述其溝通「海上」文化的功績，益能彰顯王氏積極有為的「香港時期」的特殊意義。如本書第一章所述，他甫逾弱冠（二十二歲）即至上海協助傳教士佐譯聖經，同治元年（一八六二）因捲入獻策上書太平天國軍的通敵疑雲而遭清廷通緝，遂出逃至香港，易名韜，自號天南遁叟。在港期間，助香港英華

王韜1868年旅英時所攝
見忻平，《王韜評傳》，頁2。

1870年代理雅各（James Legge）
見*The Victorian Translation of China*，頁400。

書院院長理雅各翻譯中國經典為英文。一八六七年理氏回英臨行之際邀王韜「往遊泰西，佐輯群書」。[3]是年冬，王韜從香港去理雅各故鄉蘇格蘭佐譯群經，一八七〇年春隨理氏回到香港，兩年有餘兩人共譯出《禮記》、《書經》、《詩經》、《春秋》與《易經》。與此前上海階段將《聖經》譯為中文相異，香港時期的王韜扮演了將十三經[4]「譯」為西文著作《中國經典》（*The Chinese Classics*）五巨冊並在泰西世界廣為流通的主要角色，不僅奠定了理雅各成為英國牛津大學漢學講座教授首席之地位，[5]更象徵了晚清中國東西文化與思想深度交流、互動所鎔鑄的心血結晶。

自歐土返港後不久，王韜震驚於歐陸強國法國在剛剛結束的普法戰爭中竟至一蹶不振，更有感此戰爭對世界局勢投下的巨大變數，遂與在港友人張芝軒合作輯譯西文日報的戰爭消息，編撰《普法戰紀》（一八七三年出版），風行一時。同治十三年（一八七四）創辦的第一份由華人全權負責的報紙《循環日報》（*Universal Circulating Herald*），由王韜任主筆。該報名「循環」寓「天道循環，自強不

3〔清〕王韜著，王稼句點校，《漫遊隨錄圖記》，頁四一。

4 十三經是十三部儒家經書的合稱，是儒學的核心文獻。十三經的內容經過不少演變，明清時期逐漸確定：包括《周易》、《尚書》、《詩經》、《周禮》、《儀禮》、《禮記》、《左傳》（附《春秋》）、《公羊傳》、《穀梁傳》、《孝經》、《論語》、《爾雅》、《孟子》。

5 王韜與理雅各長達十一年的合作關係，在理雅各晚年出版的五巨冊《中國經典》（*The Chinese Classics*）中體現出關鍵性的影響。見 Lauren F. Pfister, *Striving for the Whole Duty of Man: James Legge and the Scottish Protestant Encounter with China.* (Frankfurt am Main & New York: Peter Lang, 2004), vol. 1, pp. 158, 230; vol. 2, pp. 200-204。

息」之意。自強不息的王韜也正在此時走向了生命巔峰，他因應全球世變出版泰西戰事書籍、直面東亞時事發表政論文章。《循環日報》創刊恰逢牡丹社事件發生，其輯撰的〈臺灣番社風俗考〉構成一條追索十九世紀末葉亞際關係交融匯通的重要管道，再輔以中國、日本新興報紙媒體與當代新舊材料，映現報刊語境中知識菁英對當前文化與政治課題的思辨和實踐，形塑了東亞文化交流對話的知識格局，揭示出亞際交流版圖中尚未被廓清的知識邊界。初次面對激盪東亞的中日關係，王韜顯示出敏銳的政治觀察力。他在深刻了解「歐亞一體」的動態而撰著《普法戰紀》後，又對於如何收編排序台灣「化外番民」、如何重新在朝貢體系與夷夏之防的困惑

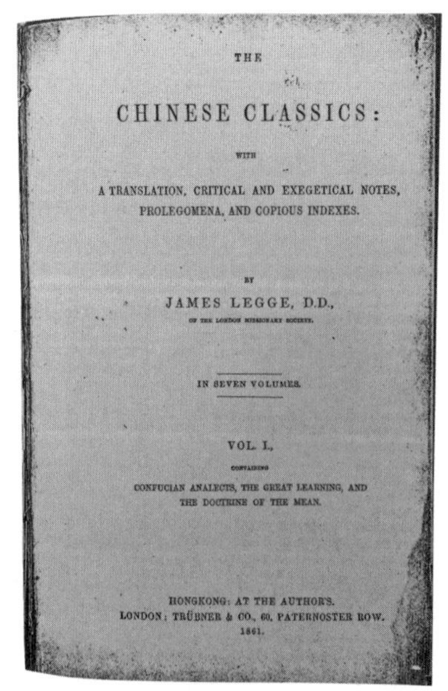
THE

CHINESE CLASSICS:

WITH

A TRANSLATION, CRITICAL AND EXEGETICAL NOTES, PROLEGOMENA, AND COPIOUS INDEXES.

BY

JAMES LEGGE, D.D.,

OF THE LONDON MISSIONARY SOCIETY.

IN SEVEN VOLUMES.

VOL. I.,

CONTAINING

CONFUCIAN ANALECTS, THE GREAT LEARNING, AND THE DOCTRINE OF THE MEAN.

HONGKONG: AT THE AUTHOR'S.
LONDON: TRÜBNER & CO., 60, PATERNOSTER ROW.
1861.

1861年於香港出版的*The Chinese Classics*
翻攝自*The Victorian Translation of China: James Legge's Oriental Pilgrimage*，頁59。

香港英華書院（1860-1870年代）
翻攝自*The Victorian Translation of China: James Legge's Oriental Pilgrimage*，頁57。

糾纏中定位自我地理／政治／文化的多維面相，展現了晚清中國現代性轉型的交互辯證，再創新說。

因「黃畹上書」捲入通敵疑雲而避居香港，不意開啟了殊異以往的人生風景，從墨海書館到英華書院，後至中華印務總局，與兩次東西洋的旅程，不僅標示了從經濟壓力下傭書西人到接受傳教士邀約輔佐翻譯《中國經典》的主體心態變動，創設《循環日報》更是展現了王韜對當代世界局勢的把握。從而著述發表，文字書寫之間充滿危機與變革意識，體現知識分子見識廣博與如何面對世變的思辨軌跡。將視野放諸世界，從全球議題的宏觀角度去審視亞洲問題，藉由報刊之轉載與流通展開東亞知識分子的對話和觀念交鋒，王韜亦因此聲名鵲起。應該說，他是晚清中國對泰西、東亞最了解並具有發言資格的知識分子之一，其開闊的世界視野從他在報上發表的大量政論文章上清晰呈現。他所傳播的前沿的改革觀念，自然在晚清第一代報人中最為顯赫。

然而，這個過程也必須面對重重關卡，以及多方的身心調適。甫自上海亡命香港的王韜，號位於鴨巴甸街（Aberdeen Street）的寓所曰「天南遁窟」，欲潛心匿跡，韜光隱晦，不復出問世，[6]更花了不少時間面對新的生活環境與挑戰。以遭貶流謫自況的他，易「瀚」名為「韜」，但縈繞心懷的追悔自咎情緒未嘗稍減：「已知成棄物，何得尚談兵？殺賊雄心在，還鄉噩夢驚。」[7]在這種心緒之下，香

6 參見忻平，《王韜評傳》，頁七四—七五。

7 王韜於同治元年（一八六二）逃亡至香港後寫下的日記，壬辰四月二十六日（十月十九日）。見王韜，《悔余漫錄》，〔清〕王韜，《王韜日記》，頁一九七。

江風物觸目皆悲：「我初來時厭此土性惡，常畏煩熱委頓病泄嘔。瘦妻嬌女啼哭思舊土，一家四人臥床無一瘳。半椽矮屋月費半萬錢，風逼爨煙入戶難啟眸。」[8]在在呈現其在港初期身心適應不良的景況。

度過初期的艱難階段，王韜漸與當地報刊界華人知識菁英頗為契合，如：曾赴美就學，後擔任上海廣方言館英文教席的黃勝（字平甫）、在港創辦最早中文報紙《華字日報》的陳藹廷、[9]西文日報主筆張宗良（字芝軒）、廣東仕紳名流如容閎、鄒誠（字夢南）、何玉祥、梅籍、陳桂士等。王韜在香港創辦中文日報與編譯泰西史志每每得力於他們，這表明在香港已經有一種現代知識界的力量形成，這群文士亦創造了成為一個獨特的社會階層。

香港中環鴨巴甸街（Aberdeen Street）（作者2015年攝）

處於這個階層中的王韜，因與西方世界深度接觸而獲致真正的了解，與此前在滬供職西人教會組織機構乃權宜之計的心態特徵，有著本質上的差異。故可謂，王韜的「窮通之變」並非舊小說中的時來運轉，亦不恃一己之力單打獨鬥，他的成績是和諸多報界同仁共同造就的。

光緒五年（一八七九），因著作《普法戰紀》流傳東亞地區而享有盛譽，此期間漢學素養深厚的日本新舊派知識菁英因《普法戰紀》與王韜神交已久，自然對其禮遇有加，他的作品可說突破了國界及語言的限制，繼上海報刊界之後，頻頻在日本新聞業與文化界亮相，東京文壇儼然成為漢土之外他的另一座登場展演的舞台。此期間日記《扶桑遊記》三卷亦交由東京三大報社之一「報知新聞社」出版。本書前三章已經詳細分析過，不獨東京的讀者透過此書得知其扶桑歲月所見所聞所思，並藉日記中的評論鑑照自身社會文化風氣，亦得益於香港與上海發達的報刊出版業，該書在中國流通廣遠，為晚清時期開明文士欲了解日本明治維新社會轉型狀況的重要書籍。

王韜在港計二十三年（一八六二—一八八四），占個人成年後生命時光近半，且正當盛年（三十

---

8 同前注，頁二一一。

9 德國學者費南山（Natasha Vittinghoff）在〈遁窟廢民：香港報業先鋒——王韜〉一文中對於王韜在香港密切往來或成為同僚的華人知識菁英如陳藹廷、黃勝與伍廷芳的分析最為精闢。費氏從他們的教育歷程、專業資格與家族關係來論證其共同特質：自幼於傳教士學校接受西式教育、在外國公司從事翻譯與印刷工作，英文流利。王韜在香港期間與當地文士往還，逐漸擺脫了中國傳統文士的思維窠臼，對西方世界了解更為深刻，獲致國際視野與格局。見《王韜與近代世界》，頁三一三—三三六。

五至五十七歲），思維相對活躍、體力精神堪稱巔峰，此階段王氏創辦中文報《循環日報》並擔任主筆，主持印書局（中華印務總局）[10]，著作出版品質俱佳，且與上海報刊界聲息相通，執上海報界之牛耳的《申報》經常轉載其詩文，報館出版社亦屢屢代售其著作，儼然報界元老。

此一時期，王韜在《循環日報》發表的政論，為變法強國製造輿論，他開創了「文人論政」風氣，不再是士大夫「身在江湖，心存魏闕」的方式。王韜為文，立場鮮明，短小精悍，富於感情而易讀，後來發展成為一種報章文體，對後起的維新派報人影響深遠。以報導琉球臣民因颶風漂流至台灣遭番民殺害之「牡丹社事件」引發日本薩摩藩出兵台灣，日本政府強將清廷藩屬國琉球改置沖繩縣的系列新聞為例，王韜發表了不少日本出兵台灣的評論，如〈論日本舉事之謬〉（一八七四年八月十日）、〈論日本侵犯臺灣事〉（一八八〇年十一月十五日）、〈辨琉球屬於我朝〉（一八八〇年十一月十五日）、〈論日本經營琉球〉（一八八一年十二月三十日）等文，[11]強烈批判日本強行出兵台灣、重申中國作為琉球宗主國的觀點。如前文所述，更因對於引發此外交事件導火線的台灣番民欠缺深刻了解，而自覺地蒐集前人所著台灣番社論述，輯錄為〈臺灣番社風俗考〉凡十六篇，[12]不定時連載刊出，且多數均轉載於上海《申報》，堪稱為《循環日報》創辦初期最具代表性的系列政論之一。這十六篇文獻搜集的範圍從明末到清乾隆年間，其中尤以清康熙六十一年（一七二二）曾任巡台御史的黃叔璥（一六六六—一七四二）所著《臺海使槎錄》，及清乾隆年間任職台灣監察御史的范咸所著《重修臺灣府志》為主要的引述對象與資料來源。王將之采編重輯，並因應時代情境有多處修改刪增，觀視論點已與前人大異其趣，均鮮明呈現其當代視界與動態觀點，[13]更可窺見第一代報人立足香港，關心亞際關係變化，放眼世界秩序消長的闊闊視野。王韜將發在報紙上的部分文章收入《弢園文錄外編》（一八八三），為近代文人所著第一部報章政論文集，意義不凡。

究其政論經緯，核心不外一個「易」。之所以要變易，乃因國運之「窮」，觀歐洲之「通」，必要改弦易轍。所以，他在〈變法〉中呼籲：

10 關於王韜與任職西文日報翻譯的陳言（陳藹廷）共同創辦中華印務總局之始末，可參見蘇精，〈從英華書院到中華印務總局——近代中文印刷的新局面〉（《王韜與近代世界》，頁二九九—三一二）一文所云，王韜組織各方人才的開創性貢獻，可以該文所云「中國印務總局就是當時香港華人文學、報紙、印刷、商業等人才和資本一個新的經營組合……不僅是西方活字印刷術本土化的開端，也是近代中文出版事業的開端」來概括。《王韜與近代世界》，頁三一一。

11 參見〔日〕西里喜行著，鄭海麟譯，〈關於王韜和《循環日報》〉，《國外中國近代史研究》第一〇輯（北京：中國社會科學近代史研究所，一九九〇），頁二八二—三〇〇；亦參見〔日〕西里喜行著，胡連成等譯，胡連成終校，王曉秋審校，《清末中琉關係史研究》（北京：社會科學文獻，二〇一〇），頁五七〇—七二。

12 見〈臺灣番社風俗考十六〉文末天南遯窟老民識語，可知為王氏所輯：「余所集番社風俗考十六篇，臺灣番人情狀之兇純，習俗之好尚，風土之夷險，略具於此矣。留心于臺灣番事者，或有取資焉。」（《循環日報》，一八七四年八月六日，頁二—三）；另經筆者考證，原載《循環日報》一八七四年七月二十日上的〈臺灣番社風俗考十四〉後由王錫祺節錄於《小方壺齋輿地叢鈔正編》第九帙〈臺灣番社考〉中，惟著者處標示為「鄺其照錄」。此文亦由上海《申報》轉載（見《申報》，一八七四年八月十一日，第三—四頁）。

13 參見陳坤佑，〈臺灣．東亞．世界：王韜的《循環日報》視界研究〉（桃園：國立中央大學中國文學系碩士論文，二〇一六）第三章分析。

易曰：窮則變，變則通。知天下事，未有久而不變者。……嗚呼！至今日而欲辨天下事，必自歐洲始！以歐洲諸大國，為富強之綱領，製作之樞紐。舍此，無以師其長而成一變之道。……然而一變之道難矣。以今日西國之所有，彼悍然不顧者，皆視以為不屑者也。其言曰：我用我法以治天下，自有聖人之道在，不知道貴乎因時制宜而已。即使孔子而生乎今日，其斷不拘泥古昔，而不為變通，有可知也。今觀中國之所長者無他，曰：因循也，苟且也，蒙蔽也，粉飾也，貪罔也，虛驕也；喜貢諛而惡直言，好貨財而彼此交徵利。其有深思遠慮矯然出眾者，則必擯不見用。苟以一變之說進，其不譁然逐之者幾希！……14

王韜對中國變革的艱難亦估計充分，深明「易」「國是」之不易。在個人窮通變易之外關心國運之窮通，是王韜香港筆墨之焦點，這些文字的背後呈現出王韜為代表的晚清知識分子陽剛「大我」的一面。

二、「海上文化迴廊」與東亞文化聯繫之「易」

如果說在港完成的《普法戰紀》是王氏吸納歐洲經驗後的文化產物，那麼《扶桑遊記》（晚清第一批「東遊日記」中之佼佼）更微妙地呈現了上海、香港、東京三地間這一條「文化迴廊」，標誌著王韜作為十九世紀末葉東亞漢文化圈的「觸媒」人物，以報刊為中心催發了三城間活躍能量的「化合」作用。這種都市報刊知識界的文化聯繫成了一個穩固的三角，又遙遙呼應著歐美文化而變易。香港因與歐洲聯繫更形密切而地位特殊，三城紐帶循環往復的能量化合，已隱隱產生顛覆性作用，鬆動了中原文化的中心地位。

以香港歲月為界，王韜此前十三年的上海經驗為其一生事業的「奠基期」，那時他每與友人李善蘭、蔣敦復等自命為「海上三狂士」，正如日本報人栗本鋤雲所言，[15]藉「風流逃酒」抒發鬱鬱不平之氣。設若非遭情勢所逼而倉皇狼狽出逃，不難想見應在上海租界區佐譯西人，相對安逸地度過一生，成為第一代「洋場才子」典型人物。可惟因遁跡香江，改名為韜，以此為據點走出國境，先是周遊歐陸各國，繼而泛海東瀛，涉足扶桑關東關西等地名城，方成為晚清中國士人階層中，非循正途出身或奉使出洋，卻能具備泰西與東瀛實際生活經驗的先驅者之一。因此也可以說，結束扶桑之旅再次回到香港，王韜才在傳統才子與名士格局外，成為具有現代知識結構的一代魁儒。[16]

饒具意義的是，王韜乘船賦別東瀛之際，與來時路相同，他離開東京後，仍循原路先至大阪，轉到神戶，他再度造訪來時已見過的香港舊識張芝軒。張畢業自香港「保羅書院」（即今聖保羅書

14《弢園文錄外編》，頁一一一。

15 見第二章提及栗本鋤雲所作〈王韜贊〉中云，見《匏菴遺稿》，頁二〇。

16 參見夏曉虹，〈才子、名士與魁儒——說王韜的「豪放」〉，《同學非少年：陳平原夏曉虹隨筆》（西安：太白文藝，二〇〇五），頁二三九。

院），深通西學，能說流利英語，《普法戰紀》新聞入史的嶄新撰著模式，大抵輯纂自張即時譯出的西文報章最新消息，故亦可言「香港元素」是《普法戰紀》不可或缺的一環；在神戶啟程搭輪船回滬，同舟者有亦受日本大藏大輔松方正義之邀東遊而返的香港總督燕梟斯（John Pope Hennessy, 1834-1891，今譯為軒尼詩）[17]，故人相聚歡然，舟行經長崎離日本，轉道上海拜訪創辦輪船招商局總理唐景星、徐潤。也可以說，香港故交舊識身影「自始至終」陪伴在王韜往返東瀛的旅途中，再次象徵了東亞三城中香港名流扮演的關鍵角色。

考量各方面條件，香港不啻為王韜生命逆旅中最具特殊意義的中繼站，缺此轉捩點，其生命風景勢必迥異。香港生活固以看似被甩出既定軌道的厄運為起點，但非經此千回百折的劫難所淬鍊，亦斷斷無法成為一顆近代東亞動盪歷史中綻放耀眼光芒的彗星。故可言：涉足歐土、日本的這兩趟泛海東西洋的旅程，非但是王韜個人生命史上的不凡體驗，從十九世紀末葉東西文化折衝融匯的角度來看，饒具象徵意義。

更進一步來說，自香江往返東瀛之旅，凸顯出王韜作為十

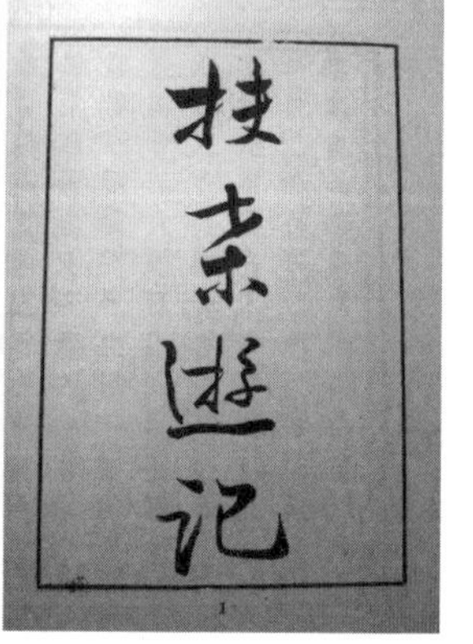

扶桑遊記自序
余少時卽有海上三神山之想。以為秦漢方士所云蓬萊諸島。在虛無縹緲間。此臆說耳。安知非卽徐福所至之地。彼欲去而迷其途乎。顧自此東瀛始通。文字書籍。由漸流入。其人之容貌音聲。性情風俗。固有與中土相髣髴者。邇來與泰

西通商。其法一變。前之所謂世外桃源。可以避秦者。今秦人反從而問津焉。余多日東文士交。每相見。筆談往復。輙誇述其山川之佳麗。士女之便娟。謂相近若此。曷不一游。又言至東瀛者。自古罕文士。先生若往。聞其先聲。此千載一時也。聆之躍躍心動。神已飛於方壺員

王韜《扶桑遊記》書影

九世紀末葉東亞漢文化圈的「觸媒」人物，亦為進入上海、香港、東京間這條「海上文化迴廊」之樞紐；這三座吸納西方文明的東亞城市中盛行的報刊傳媒，如本書第二章所分析，更是幫助我們從歷史的橫向與縱深理解世變中的東亞知識菁英如何面對當前文化課題的重要管道。王韜其人其文遊走流通於三城知識菁英群體間激起的質詰辯難與切磋交鋒，無形中體現其遊走邊際並櫽栝八方的特性，復揭示出此東亞三城共同因應西方衝擊而衍生複雜多元對應策略的思想底蘊。

如果說蘊含東方深刻智慧的《易經》以一套兼具符號與文字系統來描述事物變化，表現了中國古典文化的哲學和宇宙觀，那麼，香港階段的王韜，得《易經》窮通變化啟迪的思想演變與二十三年生命歷程，則寫就了一部「變易之書」，更為那一代因

17　王韜曾在〈記香港總督燕制軍東游〉一文提及此事。見《弢園文錄外編》，頁二四三—四四。

聖保羅書院歷史照片（作者2015年攝於香港中環）

應世變之「海上知識階層」的精神樣態與心靈史留下珍貴剖面。

三、張腔《易經》：「不相干」的「小我」敘述

一個晚清才子加現代知識分子（王韜一代人的多面相）的香港易經寫完了，一個民國女子張愛玲（一九二〇——一九九五）的香港《易經》在二次大戰後十多年在美國產生了。她到香港讀書三年之後，從港大回到上海。三年讀英文書，寫英文文章，連書信都用英文，甚至回上海初期發表的文章也是用英文寫成。若從表述語言的轉換意味著生命歷程的驛動衍變來看，回顧其中文創作生涯七歲伊始，那是一篇歷史小說，開頭是「話說隋末唐初的時候」，還引來大她十多歲的堂房姪兒的驚奇：「喝！寫起《隋唐演義》來了」，雖後來難以為繼，卻饒具寓意地說明張愛玲初試身手的寫作是從民間一向沒有中斷過演出的評話評書及擬話本汲取養分。她又憶及十二三歲的時候寫了五回「純粹鴛蝴派的章回小說」《摩登紅樓夢》，由父親給擬出回目。有一回叫做〈萍梗天涯有情成眷屬，淒涼泉路同命作鴛鴦〉[18]，「萍梗天涯有情成眷屬」當然是鴛鴦蝴蝶派的感傷愛情悲劇，「淒涼泉路同命作鴛鴦」明顯是從《花月痕》轉化過來的風格。

故可謂張氏上海—香港—上海的青年時期生命旅途，也同時是中文—英文—中文創作語言的轉換過程，創作風格經歷了話本演義、舊派小說到現代敘事的轉型。香港時期之英文表述書寫不啻意味著文化轉渡期間的橋梁與樞紐，在張氏看似一度中斷的中文創作生涯中扮演關鍵角色。

然張愛玲與前兩節所論王韜的歷史變易之敘述書寫大相逕庭，她有特殊的「張腔」，「不相干」的「小我」與市井眾生是她的著眼點，歷史縫隙中的「生趣」是她的原則。不同時段的男女香港經歷的陽剛陰柔，成就了兩段「易」經。

一九三九年夏，英國倫敦大學在上海舉行入學考試，在包括日本、香港、菲律賓、馬來西亞等整個遠東區的考生中，自美國教會創辦的聖瑪莉亞女校畢業的張愛玲以第一名的成績考取，但因為二戰不克赴英留學，持成績單改入香港大學。戎馬倥傯的動亂局勢讓張愛玲進入英國殖民地就讀大學，這是她人生中第一個香港時期（一九三九—一九四一）。

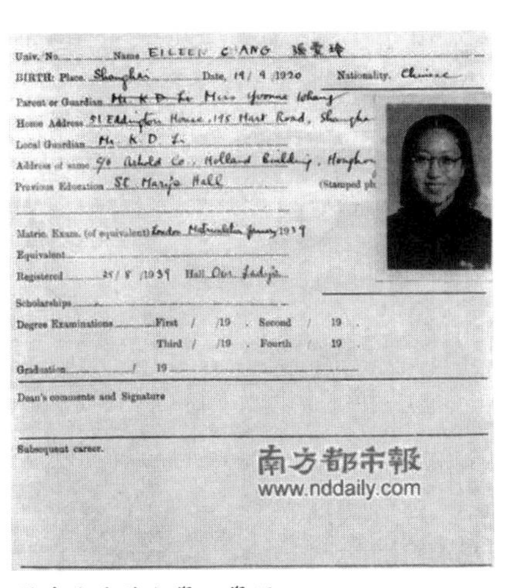
Univ. No. ____ Name EILEEN CHANG 張愛玲
BIRTH: Place Shanghai Date, 19/9/1920 Nationality, Chinese
Parent or Guardian
Home Address
Local Guardian
Address of same
Previous Education St. Mary's Hall (Stamped ph
Matric. Exam. (of equivalent) 1939
Equivalent
Registered 25/8/1939 Hall
Scholarships
Degree Examinations First / /19 . Second / 19 .
Third / /19 . Fourth / 19 .
Graduation / 19
Dean's comments and Signature
Subsequent career.

張愛玲香港大學入學照
見中國新聞網2007年10月16日〈張愛玲〈談色．戒〉初稿及珍貴入學照在港展出〉一文，網址：http://news.xinhuanet.com/newmedia/2007-10/16/content_6888782.htm，下載時間：2015年10月17日，15:15。

這段經歷，在張愛玲的兩卷本長篇英文小說《雷峰塔》（*The Fall of the Pagoda*）與《易經》（*The Book of Change*）尚未出土之前（二〇一〇年出版），讀者早就能在她小說中的香港故事（〈沉香屑：第一爐香〉、〈沉香屑：第二爐香〉、〈茉莉香片〉、〈連環套〉），或上海香港雙城故事（〈傾城之戀〉）

18 張愛玲，〈存稿〉，《流言》（台北：皇冠，一九八八，十七版），頁一一四—一一六。

中拼湊出斷片印象。珍珠港事變後，香港慘遭日軍轟炸，在港大苦讀三年、成績優異的張愛玲本來很有希望得到牛津大學獎學金赴英深造，無情的戰火燒毀一切就學成績與紀錄，無奈之餘只得再度回到已成日軍占領的淪陷區上海。

但上述這批稍遲出土（出版）的文物說明了過去被視為文學創作減產期的一九五七至一九六四年間，其實張愛玲正動筆撰寫長篇英文小說。在宋淇夫婦與她的通信中，張坦承題材並不新鮮：「（上半部《雷峰塔倒了》）看過我的散文〈私語〉的人，情節一望即知……下半部叫《易經》，港戰部分也在另一篇散文裡寫過，也同樣沒有羅曼斯。……」[19] 均取材於本人的半生經歷。「張迷」應知此散文即為〈燼餘錄〉[20]：《易經》的縮小版原型。

〈燼餘錄〉開篇在憶往語調中傳達一種特異的歷史敘述之「不相干」哲學：

> 我與香港之間已經隔了相當的距離了——幾千里路，兩年，新的事，新的人。戰時香港所見所聞，唯其因為它對我有切身的、劇烈的影響，當時我是無從說起的。現在呢，定下心來了，至少提到的時候不至於語無倫次。然而香港之戰予我的印象幾乎完全限於一些不相干的事。
>
> 我沒有寫歷史的志願，也沒有資格評論史家應持何種態度，可是私下裡總希望他們多說點不相干的話。現實這樣東西是沒有系統的，像七八個話匣子同時開唱，各唱各的，打成一片混沌。在那不可解的喧囂中偶然也有清澄的，使人心酸眼亮的一剎那，聽得出音樂的調子，但立刻又被重重黑暗上擁來，淹沒了那點了解。畫家、文人、作曲家將零星的、湊巧發現的和諧聯繫起來，造成

藝術上的完整性。歷史如果過於注重藝術上的完整性，便成為小說了。像威爾斯的《歷史大綱》，所以不能躋於正史之列，便是因為它太合理化了一點，自始至終記述的是小我與大我的鬥爭。清堅決絕的宇宙觀，不論是政治上的還是哲學上的，總未免使人嫌煩。人生的所謂「生趣」全在那些不相干的事。[21]

這段陳述饒有一九七〇年代以降流行一時的「新歷史主義」所謂「歷史充滿斷層，歷史由論述構成，歷史並非對史實單一的記載」意味的作者自況，儼有與「大敘述」涇渭分明的態勢，正是她大學時期（就讀香港大學）時期遭逢太平洋戰爭爆發後日軍大舉轟炸香港的戰火追憶。[22]即使不夠資格列入正史，但這段於「小我」而言刻骨銘心的戰亂餘生錄，始終在張愛玲的作品中縈繞不去，成為現代中國小說史上張迷讀者耳熟能詳的文學「正典（典故）」。

不同於王韜構成晚清中國史的政論，張愛玲主要在小說中以「不相干」瑣屑事實隱喻歷史。在港

19 引自張愛玲與宋淇夫婦的書信往返內容，見宋以朗，〈《雷峰塔》／《易經》引言〉，收入張愛玲著，趙丕慧譯，《易經》（台北：皇冠，二〇一〇），頁五。

20 該文先是發表於一九四四年《天地》月刊第五期，後收入張愛玲的散文集《流言》。

21 張愛玲，《流言》，頁四一。

22 此文曾日譯刊載於《大陸新報》。見許季木，〈評張愛玲的《流言》〉，收入陳子善編，《張愛玲的風氣：一九四九年前張愛玲評說》（濟南：山東畫報，二〇〇四），頁八二。

戰後回到上海淪陷區，她雖曾在聖約翰大學繼續未完學業，不久卻經濟困窘而輟學。生計問題使她朝著職業作家一途努力，她已算不得文壇新手，曾有投稿多篇英文散文到上海的稿酬豐厚的《二十世紀》（*The 20th Century*），頗受德籍編輯克勞斯·梅奈特（Klaus Mehnert）的賞識。一九四三年初到年底間發表了至少九篇洋洋灑灑的長文及小品文影評：計有"Chinese Life and Fashions"（改寫的中文版為收入散文集《流言》的〈更衣記〉）；"Wife, Vamp, Child"（直譯為〈妻子，蕩婦，孩童〉，即中文版的〈借銀燈〉一文）；"Still Alive"（直譯是〈依然活著〉，中文版本更名為〈洋人看京戲及其它〉，後收入散文集《流言》）；"The Opium War"（〈鴉片戰爭〉，評的是電影《萬世流芳》）；"On the Screen"（《秋之歌》、《浮雲遮月》兩部影片影評）；"Mother and Daughters-in-law"（〈婆婆和媳婦〉，評《自由魂》、《兩代女性》、《母親》等三部片子）；影評專欄「無題」（評李麗華、嚴俊、王丹鳳主演的《萬紫千紅》和男星劉瓊自編自導自演的《回春曲》〔即《燕迎春》一片〕）；"China Educating the Family"（〈中國的家庭教育〉，後來收入《流言》名為〈銀宮就學記〉）；"Demons and Fairies"（直譯為〈神仙鬼怪〉，中文本即〈中國人的宗教〉，刊登於一九四四年《天地月刊》一一期與一二期）。[23]這些英文撰寫的文藝評論，可窺其對電影的熱愛及剖析中外影視藝術的過人品味，預告了張愛玲後來積極參與舞台劇與電影劇本創作的豐碩成績，[24]其文化評論的散文，風格新穎，擅長從比較視野中呈現中國雅俗文化特色，在彼時文化界中堪稱獨樹一幟。

饒是如此，在華文藝文圈中，她仍屬籍籍無名之輩。接下來是張迷耳熟能詳的典故：她提著「兩爐香」拜訪主編周瘦鵑，在復刊後的《紫羅蘭》上分五期連載，從而成為上海文壇耀眼新星。[25]前文已述及，也早有學者提出精闢觀點，[26]張愛玲正是靠著三篇一系列中文寫就的香港故事（〈沉香屑：第一爐香〉、〈沉香屑：第二爐香〉、刊登在《雜誌》月刊的〈茉莉香片〉）在滬城文藝圈一舉成名，其豐沛的創作能量一瀉千里，迅速成為滬地文壇箇中佼佼。這三篇小說初試啼聲而一鳴驚人，命名均有「香」字不是偶然，乃作者有意為之。

再從創作史編年來看，學界一般認定為張愛玲爐火純青時期的短篇小說力作——一九七九年發表於台灣《中國時報．人間副刊》的〈色，戒〉——中美豔間諜王佳芝即是在香港嶺南大學就讀時被吸收為對日抗戰期間的地下情報人員，此乃繼〈傾城之戀〉後張愛玲上海／香港雙城故事又一巔峰。甚至英文書寫的長篇小說《易經》（中文譯本同步推出）作為張愛玲小說最後出版的一部雙語著作，訴說的正是小說女主人公沈琵琶從上海負笈香港大學後遭遇港戰洗禮，身心狀態於焉正式歷經「成年

---

23 〈中國人的宗教〉一文後收入台灣皇冠文化出版公司於一九八七年出版的《餘韻》中。參見余斌，《張愛玲傳》（台中：晨星，一九九八，修訂版），頁八二—八四；關於三篇英文影評"The Opium War"、"Mother and Daughters-in-law"、《萬紫千紅》和《燕迎春》影評的看法，則參見陳炳良中文翻譯。見子通、亦清編，《張愛玲文集．補遺》（北京：中國華僑，二〇〇二），頁二四七—五七。

24 參見李歐梵（Leo Ou-fan Lee）著，毛尖譯，《上海摩登：一種新都市文化在中國一九三〇—一九四五》（*Shanghai Modern: The Flowering of a New Urban Culture in China, 1930-1945*）（香港：牛津大學出版社，二〇〇〇），頁二六一—六四。

25 周瘦鵑，〈寫在《紫羅蘭》前頭（二則）〉，收入陳子善編，《張愛玲的風氣》，頁六三—六五。

26 李歐梵，〈香港，作為上海的「她者」〉，《讀書》十二期（一九九八年十二月），頁一八—二三。

禮」儀式。總結來看，香港魅影可謂在張氏創作生涯中徘徊不去，屢經多重演繹，看似變貌迭生，實則仍根植於家族／自我（小我）的生命體驗。

四、軼／逸／易經：世俗／世故／世變

〈燼餘錄〉文末進一步顛覆大時代敘述與個人之間的關係：

> 時代的車轟轟地往前開。我們坐在車上，經過的也許不過是幾條熟悉的街衢，可是在漫天的火光中也自驚心動魄。就可惜我們只顧忙著在一瞥即逝的店鋪的櫥窗裡找尋我們自己的影子——我們只看見自己的臉，蒼白，渺小；我們的自私與空虛，我們恬不知恥的愚蠢——誰都像我們一樣，然而我們每人都是孤獨的。

在淪陷區以外的抗戰是作為一個「大時代」展示，而張愛玲個人化的港戰生涯卻只當作一個櫥窗呈現：每一個人都是孤獨的，並沒有什麼統一的意識把人們聯繫在一起，讓人們在心理上誇大群體化、民族化效應，以達到忘記個人的渺小與空虛。戰時的香港是一部變異之書（*A Book of Change*），但是張愛玲強調的是一些「世俗」生活中人際關係的小小的變化，她以「世故」態度去應對世界大戰的「世變」。

《易經》的篇章結構至少表明某種「不相干」：該書前五章仍接續《雷峰塔》，著重描述少女琵琶逃出父親家的囚禁，結束童年歲月，投奔母親，和姑姑三人同住在上海公寓大廈的瑣屑生活。香港對日戰爭完全不是一個決定結構的大事件。在世界範圍的戰爭之世變中，張愛玲不忘穿插與父系及母系的女性長輩家常閒話的日子，瑣言碎語間亦不時參雜著家史軼聞的層層揭密：舅舅楊國柱是抱來的；濃眉大眼的弟弟沈陵可能是母親楊露與「教唱歌的義大利人」的骨肉，因此長得「不像中國人」；而姑姑沈珊瑚則與表姪兒羅明有了亂倫戀情，甚至為資助羅明營救他深陷貪污案的父親而挪用楊露的半生積蓄，讓一向親密的姑嫂因財務問題起了勃谿。也許，這種穿插才是張愛玲的價值：「世變」中的處變不驚；「世故」眼中常態的「世俗」生活。

從《燼餘錄》到《易經》再至《小團圓》，港戰期間的生活被張愛玲一再重寫，然而從未有過「大我」的敘述。她以人物（沈琵琶、盛九莉）的「小我」為基點，藉由與大敘述「不相干」的事情表現「生趣」。這個生趣並未得到張愛玲的進一步闡釋，從她的小說人情表達效果來看，生趣在於：最切近的人際關係生發的糾葛中往往更全面地折射出人性的隱微曲折。

占《易經》全書三分之二強的香港戰時生活經驗，有許多情節如沈琵琶從大學資優生成為轟炸空襲中的倖存者、圍城中的饑民、淪陷區教會中臨時充任志工與戰時醫院看護傷患的護士，都可以在散文〈燼餘錄〉與小說〈傾城之戀〉找到線索，但最終能讓琵琶在戰後失序混亂的局面中買到船票順利偕同窗摯友比比逃離香港，竟是她威脅醫院的主事者莫醫生，要將他深夜偷運日軍物資獲致暴利的行徑向日軍總部密告，對讀者而言卻相當新鮮。若不從道德上判斷，行此險招也說明了琵琶拚了命也要回到上海的決心。小說收束於琵琶的意外發現：竟與持抗日立場的京劇名伶梅蘭芳同船。琵琶生怕輪船會被炸沉，梅蘭芳則如人質，是日軍或能保障航行安全的重要籌碼。竊喜心境中，輪船緩緩繞行經過台灣，在古名雞籠的基隆港外停泊，來到祖父於晚清中法戰役中敗走之地，令人有歷史輪迴之感。她下船回到上海，在陽光照耀下乘黃包車奔赴姑姑公寓，好像不曾經歷過戰爭一樣。小說至此戛然而止！

《小團圓》前半部多處情節結構幾乎等於是《雷峰塔》與《易經》中重要橋段的濃縮版：如《小團圓》九莉與母親蕊秋間的愛恨情結，應了張愛玲所謂「所有的女人都是同行」的話，而同行相忌，親如母女亦不例外。在《易經》中已屆青春叛逆期的琵琶與母親楊露間戰爭的白熱化，乃是楊露在牌桌上一夕之間賭光了女兒的獎學金（八百元港幣）後正式爆發，癥結是楊露斷定這筆款子是大學歷史教授布雷斯代（《小團圓》中名為安竹斯）付給琵琶的一筆夜度

張愛玲上海寓所之一：常德公寓。1942年自港返滬後與姑姑同住於此。（作者2015年7月攝）

資，終於徹底摧毀琵琶對母親的愛。

在一場巨大的戰爭中，將敘事的焦點放在一筆「錢」上，獲獎之數與賭桌上輸錢數目恰好相等，簡直如明代擬話本小說「十五貫」故事之複製，可歎進入世俗之深。再從這種俗事中俯視母女情感的張力空間，那是一副世故老到的眼光與姿態。無視身邊的世界大戰，專就身邊瑣事做文章，這不由地要想到張愛玲似乎要向被批判的梁實秋們「與抗戰無關論」致敬。

張愛玲只是將世界大戰作為個人生活中的一段經驗過程，根本不存企盼要在戰火中獲取個人乃至民族國家的新生。她的人心／人性危機感遠遠強於國家民族。《易經》中的楊露（《小團圓》中的蕊秋）來去香港，表面上只是一次

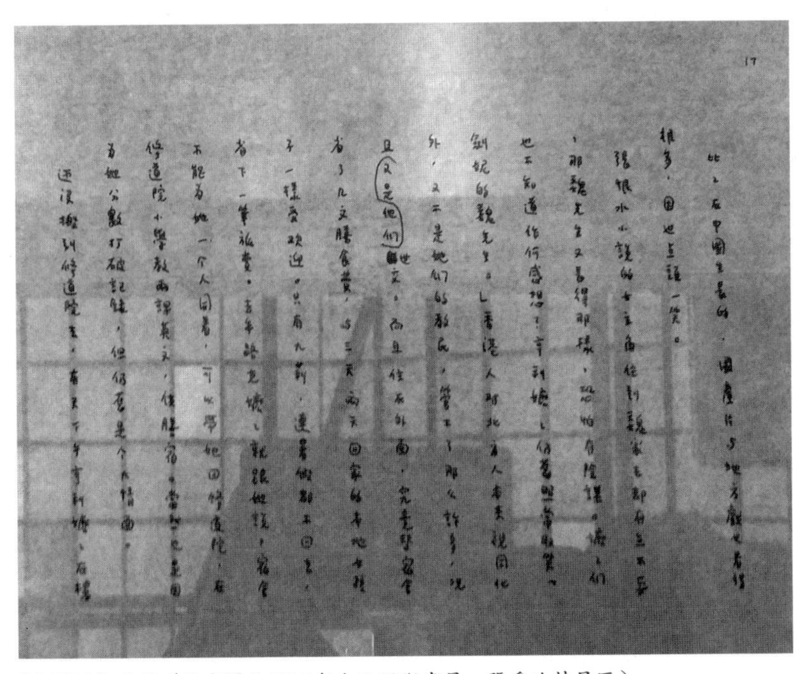

《小團圓》手稿（作者攝於2016年台北國際書展，張愛玲特展區）

出遊，內裡卻是一場情感徵逐的遊戲，而遊戲的目標往往與她生活的經濟依靠相聯繫，這又與她從不太青春年少時留洋過程中的追求一以貫之。一個處處精打細算受過西洋教育的母親，其實只是另一個喝過洋墨水的曹七巧，她始終在九莉耳邊聒噪為她花了多少錢。以至於九莉在戰爭中最大的心願是有朝一日能還清她母親為教育她所投資的錢。九莉在淺水灣送走母親，不無訝異地觀察到她竟然隨身攜帶十數件行李。這「不相干」的行李所藏的是她的箱底，直到她死後才揭開謎底。《小團圓》中敘述嗣後蕊秋又從上海出行，仍是隨身攜帶十幾件行李。最終她死在歐洲，報紙載拍賣其遺物的消息，最值錢的是一對不知何朝代的玉瓶。楊露／蕊秋畢生進行的是她沒有家鄉的奧德賽之旅，她教給女兒的行為能力的遺產是如何「裝行李箱」。

骨董花瓶的「軼事」，蕊秋交接種種不同國籍的男朋友的「逸事」，這一切看起來無關宏旨，都是些「不相干」的瑣事。花瓶只是不虞之計，有那麼一天斷了男人們的貼補，它就是果腹保暖的依靠。一個日漸老去的女人的無窮無盡的行旅，從一地到另一地，從一個男人的臂彎到另一個男人的懷抱，一個接著一個的「易人／易地」，至死方休。她在母女關係上，圍繞這「錢」處理得那樣世俗，她看錢主宰的人際關係那樣地世故，以至於世故地對待足以震動世界的戰爭「世變」。現代中國文學中，有若干個作家會寫戰爭中的國家民族大敘述，也有若干個王韜那樣的知識界人士，在危機感的驅動下寫出種種政論和歷史敘述，可只有一個張愛玲會在戰事進行的過程中提出重視那些「不相干」，因為她相信戰爭不能帶來「生趣」，真正有趣的是人情百態。張愛玲從《第一爐香》開始，就寫這種生趣，到《小團圓》而登峰造極。

非常遺憾的是，人們總是樂此不疲地將它作為自傳看。然而就如同張愛玲在一九六〇年代左右進行對《紅樓夢》的考評，對並無大波瀾的前八十回情節中最扣人心弦，亦對寶玉打擊甚深的晴雯之死，花費許多篇幅進行闡析，力主「是創作不是自傳」一說，反駁自二〇年代「新紅學」主張《紅樓夢》為曹雪芹家史自敘而風行一時的「自傳說」[27]，而終究不能撼動讀者習於對號入座的「索隱」癖：

> 不少讀者硬是分不清楚作者和他書中人物的關係，往往混為一談。曹雪芹的紅樓夢如果不是自傳，就是他傳，或是合傳，偏偏沒有人拿它當小說讀。[28]

廣大張迷亦慣將前述三部小說與張愛玲十八歲（一九三八）那年發表在上海《大美晚報》（*Evening Post*）上的“What a Life! What a Girl's Life!”英文自傳體散文及中文改寫的〈童言無忌〉、〈私語〉，太平洋戰爭時期的香港經驗〈燼餘錄〉，以及《對照記》相互參詳對照、中英對譯。張愛玲生前未能出版的小說迄今為止，大抵仍偏向被視為張之「自傳」，用以佐證（認證）她的小說人物塑

---

27 「寶玉大致是脂硯的畫像，但是個性中也有作者的成分在內。他們共同的家庭背景與一些紀實的細節都用了進去，也間或有作者的親身的經驗，如出園與襲人別嫁，但是絕大部分的故事內容都是虛構的。……紅樓夢是創作，不是自傳性小說。」張愛玲，《紅樓夢魘》（台北：皇冠，一九八七），頁二五四—五五。相關論述參見本書第五章分析。

28 張愛玲曾以此為喻，說明〈色．戒〉被讀者認定是自傳，無奈之餘被逼著寫出〈羊毛出在羊身上〉一文自我辯解。見〈自序〉，《續集》（台北：皇冠，一九八八），頁八—九。

模脫胎的原型，罕有人將它們當成純粹的文學「創作」來看。[29]

前述《易經》中智勇雙全地購得船票、與梅蘭芳同船及航行過台灣的情節或許是太過傳奇化，這些細節於一九七六年撰成的《小團圓》中僅輕描淡寫一筆帶過。[30]饒是如此，卻仍帶給我們從創作的視角全面評估張愛玲小說「香港成分」的重要契機，已逾不惑知命之年的小說家未嘗不是再度回應早年在〈燼餘錄〉所言：回憶「不相干的事」最是生趣盎然，家史不妨與「街談巷議」等量齊觀，國事往往與「道聽塗說」真假莫辨，到頭來都成了「沒有系統的，像七八個話匣子同時開唱，各唱各的，打成一片混沌」的小道八卦或軼聞逸話。唯有扮演自我生命的「易容師」，將小我私史與人際關係擷長掐短、變形整容、排列組合，最後更效巫師卜筮算命行徑，以不同的語言符號自行翻譯或演繹命運的多重變奏，方能在天災人禍頻仍的世界裡覓得一息生機。

就如琵琶在戰火延燒的宿舍樓梯上一堆沒人清理的棄置書籍中挖寶：

多半是教科書，有中文的，《孔子》、《老子》、《孟子》。她想找《易經》，據說是西元前十二世紀周文王所作，當時他囚於羑里，已是垂垂老矣，自信不久便會遭紂王毒手。這是一本哲學書，論陰陽、明暗、男女，彼此間的消長興衰，以八卦來卜算運勢，刻之於龜甲燒灼之。她還沒讀過，五經裡屬《易經》最幽秘玄奧，學校也不教，因為晦澀難懂，也因為提到性。《老子》也不在她的課外書之列，唯讀過引文，終於讓她找著了一本。《老子》是亂世的賢哲，而中國歷史上總是亂世多於治世。[31]

既然「亂世多於治世」，那就世故地看待世變吧！女子在兵燹廢墟中持著道家經典《老子》一書的形象翦影，彷彿讓我們看見張愛玲中晚年在不斷重複書寫個人生命史的自我療癒或自我耽溺的過程中，終於尋得亂世中安身立命之「道」……

結語

「一陰一陽之謂道」，陽剛之「大我」歷史敘述如王韜的香港報紙政論，陰柔之「小我」瑣屑全與歷史「不相干」，僅得其一面皆為片面。幸而王韜的上海才子底色時時筆涉「不相干」，他的東瀛

29 幾個較具代表性的例外為：一、王德威於二〇〇四年對張愛玲晚期風格的詮釋：重複、迴旋與衍生的敘事學，以此解釋後來出土的《小團圓》、*Fall of the Pagoda*與*The Book of Change*（詳見本書第五章分析）。見王德威，〈張愛玲再生緣——重複、迴旋與衍生的敘事學〉，收入劉紹銘、梁秉鈞、許子東編，《再讀張愛玲》（濟南：山東畫報，二〇〇四），頁七—一九。另見王德威，〈雷峰塔下的張愛玲〉，《INK印刻文學生活誌》七卷二期（二〇一〇年十月），頁七二—九三；二、蘇偉貞在〈連環套：張愛玲的出版美學演繹：以一九九五年後出土著作為文本〉一文中雖不脫將張愛玲的小說與自傳相互參詳的詮釋模式，但偏向以文學創作的藝術價值予以定位。見林幸謙主編，《張愛玲：傳奇．性別．系譜》（台北：聯經，二〇一二），頁七一九—五二。

30《小團圓》中九莉的情人燕山第一次主演「金碧霞」，扮相像梅蘭芳。引出九莉當年從香港搭日本船回上海的回憶。見張愛玲，《小團圓》（台北：皇冠，二〇〇九），頁二八三—八四。

31 張愛玲，《易經》，頁二八八。

之旅亦不無瑣屑，處處留下風流香豔行跡，時常引發衛道人士的負面貶抑；張愛玲筆下的楊露／蕊秋更應視為一個大敘述，中國近現代文化轉型中一個卓絕漂泊的新女性曲折經歷自有其代表性意義，即使她最終蛻化到寄生的境地中去了，彷若又是一個「五四遺事」故事。王韜抑或張愛玲，並不是造化定型，他們都是「易」的產物。

不容誇張他們二人的筆下能夠經天緯地，但至不濟也是其自家的《易經》。王韜式的歷史觀與敘述代不乏人，張愛玲成了當代文學家的祖師奶奶，卻找不到一個酷肖子孫。我的以香港為證的文化地理與歷史書寫不同時段的並置，是大敘述，還是「不相干」，更或是展示「易」象？說不出為何卦象，借張愛玲的話來說：就算是一點學術的「生趣」也好！

然此「生趣」於本書整體脈絡有如丹青「點睛」之效：「從王韜到張愛玲」的題旨在於，這一辯證並不專為提示某一文學史時段或進程，在本書前幾章所凸顯由上海、香港與東京之東亞三城中流動的「海上文化迴廊」，香港之扮演重要角色須跳脫地域概念的限制，重新建構其作為「文化平台」的視角。故從香港文脈中性別差異的人世關懷，聚焦王韜與張愛玲兩人生命史上「香港時期」象徵的多重豐饒意義，分析兩者以香港作為依託的現代「易」經。索解此類人事與文字中包孕的現代性，價值不下於傳統正典意涵，更裨益於深刻體察不同世代的「文心」易變之道。

第五章　五詳《紅樓夢》，三棄《海上花》？

——張愛玲的人情文學系譜

前言

本章討論張愛玲穿越晚清、五四與整個二十世紀，於一九六〇年代開始《紅樓夢》考證、透過英譯及國語註譯研究《海上花列傳》，熨帖闡釋社會文化易代的晚清「文心」，讓韓邦慶的文學遺產復活於當下時空。與魯迅將《海上花列傳》類分為「狹邪」小說一脈的觀點互異，她認為韓邦慶《海上花列傳》與《金瓶梅》、《紅樓夢》乃一脈相承的人情文學系譜。小說中的妓家人際關係亦人之常情，且歷經層疊世變後，在晚清主流小說中充滿活力，持續影響民初《歇浦潮》為代表的社會小說浪潮。易代的張愛玲闡明韓邦慶的《海上花列傳》在王韜開拓的歷史文化迴廊上，添置了華洋雜處的新風景。故深入分析張愛玲與《紅樓夢》、《海上花》間的文學傳承與相互闡釋的複雜關係，可梳理出張愛玲自覺建構自身文學定位的曲折心理脈絡，更得窺晚清民初都市文學《歇浦潮》如何賡續衍異人情小說系譜的豐饒內涵。

一、從「石頭」說起：「對照」「詳夢」與自我詮釋的生命文本

（這兩部書）在我是一切的源頭，尤其紅樓夢。[1]

著筆於一九六〇年代，張愛玲生前從未發表的幾部自傳體中英文小說無疑讓張迷興奮異常：二〇〇九年在台灣率先出版，銷售火紅與迴響熱烈的《小團圓》（一九七六年完成）[2]；動筆於一九五七年，完成於一九六三年龐然巨冊一分為二的兩部英文自傳小說《雷峰塔》（*Fall of the Pagoda*）與《易經》（*The Book of Change*）[3]，於二〇一〇年四月在港、台出版，由鄭丕慧翻譯的中文版緊接著於該年九月推出。評者有言，這三部自傳小說，可從她的自傳式中英文散文以及《對照記：看老照相簿》（一九九三年出版）找出故事的素材與人物原型。

因此不論題材或情節上，這幾部自傳小說中絕大多數的內容對「張迷」而言早已是琅琅上口的典故，了無新意。[4]王德威於是重提他在二〇〇四年對張愛玲晚期風格的詮釋：重複、迴旋與衍生的敘

1 「這兩部書」指的是《金瓶梅》與《紅樓夢》。見張愛玲，《紅樓夢魘》，頁一一。

2 據宋以朗所指出，一九七五至一九七六年張愛玲與宋淇的通信中可推算《小團圓》的完稿時間，一九七六年三月十八日的信中，張已將完稿的《小團圓》寄給宋，但諸種原因致使此書一直未能面世。見宋以朗，〈小團圓該銷燬？憑什麼？——為張愛玲自傳小說出書辯護〉，《中國時報．人間副刊》，二〇〇九年三月十九日。關於《小團圓》一書出版引起的討論熱潮，可於二〇〇九年三月至四月《中國時報．人間副刊》的系列文章窺見盛況之一隅。

3 此兩部書原為一部英文自傳小說，最早動筆的時間大約為一九五七年，至一九六三年才完工，見宋以朗訪談 big5.ifeng.com/gate/big5/book.ifeng.com/.../529082_0.shtml。另見宋以朗，〈《雷峰塔》／《易經》引言〉，見張愛玲著，鄭丕慧譯，《易經》（台北：皇冠，二〇一〇），頁五。

4 《瞄》文化月刊主編林沛理在看完該書後，認為該書只是將張愛玲的《私語》的內容放大，更多細節，只是重複地述說她童年的家庭關係，由她父母離異，她從父親和後母的家中逃出來，到與母親和姑姑生活。這段家庭關係影響著她的一生，

事學，以此解釋日後出土的《小團圓》、*Fall of the Pagoda*與*The Book of Chang*依然適用。[5]然而，就如王德威受訪時所言，對於這三部生前終未發表的自傳小說，也許張愛玲的態度是「但願大家不要找到我」[6]。不管這不斷重寫的衝動是自我療癒或自我陷溺，讓張愛玲最終放棄出版的原因固然是顧慮讀者怎麼讀，更毋寧是自己怎看（「張看」）的根本問題，過不過得了自己這一關尤其要緊。除了《小團圓》中邵之雍與九莉間的情愛糾葛與現實中的胡張戀勢必再度掀起諸多話題與爭議外，這部「坦率得嚇人」[7]的自傳小說中展現張愛玲眼中不堪回首復又糾結縈繞的家庭羅曼史或許更是她躊躇再三的關鍵因素。

讀者看《小團圓》，每每訝異小說中九莉與母親蕊秋間的愛恨情結，如第四章曾分析過的，張迷們不免對號入座地想像真實人生中黃素瓊的行徑：離婚後各國男友源源不斷，警戒及不無忌妒地提防更年輕的女兒出落長成後壓倒她的風采……；《雷峰塔》藉童女沈琵琶之眼，進一步揭露出家族祕辛：舅舅楊國柱的身世可疑，是鄉下村婦的骨肉偽裝而成的世家遺腹子、輪廓洋化的弟弟沈陵可能是母親楊露與義大利歌唱教師的孽種，而姑姑沈珊瑚則與表姪羅明有了亂倫戀情，為了資助羅明打官司營救因貪污案入獄的父親，使一向親密的姑嫂因財務問題而產生無法彌合的裂痕。更有甚者，《易經》的少女琵琶與母親楊露的親情戰爭，乃是楊露在牌桌上一夕之間賭光了女兒的獎學金（八百元港幣）後正式爆發，琵琶認定楊露懷疑這是港大歷史教授付給琵琶的一筆夜度資，故不惜將這筆來路不明的鉅款輸光，如壓垮駱駝的最後一根稻草，母女溫情終於銷毀殆盡。凡此種種，皆構成《易經》中幽深無望的主題之一：人與人間溝通的不可能，親人彼此誤解與互相提防的心理鬥爭，盤根錯節地構成無法直面的精神創傷，終其一生如幽魂般縈繞迴盪在作家的生命史與作品中。

讀者終於明白曹七巧（《金鎖記》）、霓喜（《連環套》）等人的惡母形象從何而來。這種赤裸裸的曝現筆法，若對照一九九三年出版也引起騷動的《對照記》，張愛玲筆觸中處處流露對母親的孺慕之情，其中相距何止以道理計！

> 我記得的那件衣服是淡藍色薄綢，印著一蓬蓬白霧。T字形白綢領，穿著有點傻頭傻腦的，我

她不斷重複地敘述，其實是自己的一種心理治療。但對張愛玲讀者來說，她只是用另一種語言去述說同一個故事，沒有太多新意。見tw.myblog.yahoo.com/modern-china/article?mid=5201。

5 王德威，〈張愛玲再生緣——重複、迴旋與衍生的敘事學〉，收入劉紹銘、梁秉鈞、許子東編，《再讀張愛玲》（濟南：山東畫報，二〇〇四），頁七—一九。另見王德威，〈雷峰塔下的張愛玲〉，頁七二—九三。

6 王德威：「《小團圓》要讀進去的話，是需要準備的，尤其是家史部分，『四大家族』肯定跟《紅樓夢》有關。此外一定要讀《海上花列傳》，讀了《海上花列傳》，你再去讀《小團圓》中胡蘭成出場前的部分，就會豁然開朗。前面一百頁，我可以想像是她一邊翻譯《海上花列傳》一邊寫的，你突然就理解了，張愛玲在跟誰對話，她是在跟韓邦慶想像的讀者對話。但在《海上花列傳》翻譯完後，張愛玲也不無諷刺地說，『張愛玲五詳《紅樓夢》，看官們三棄《海上花》』，她預期到，她的《海上花》翻譯本仍然不為讀者所重視。從這個意義上，她預期《小團圓》也不是為張迷所喜愛的作品。」見〈王德威解讀張愛玲「晚期風格」〉一文（《東方早報》，二〇一〇年六月十一日），網址：http://big5.taiwan.cn/wh/dswh/wtxx/201006/t20100611_1410172.htm，檢索時間：二〇一五年十一月二十一日，21:00。

7 見《中國時報．人間副刊》，二〇〇九年四月二十三日。

並不怎麼喜歡，只感到親切。隨即又記起那天我非常高興，看見我母親為這張照片著色。一張小書桌迎亮擱在裝著玻璃的狹窄的小陽臺上，北國的陰天下午，仍舊相當幽暗。我站在旁邊看著，雜亂無章的桌面上有黑鐵水彩畫顏料盒，瘦瘦的黑鐵管毛筆，一杯水。她把我的嘴唇畫成薄薄的紅唇，衣服也改填最鮮豔的藍綠色。那是她的藍綠色時期。

我第一本書出版，自己設計的封面就是整個一色的孔雀藍，沒有圖案，只印上黑字，不留半點空白，濃稠得使人窒息。[8]以後才聽見說我母親從前也喜歡這顏色，衣服全是或深或淺的藍綠色。我記得牆上一直掛著她的一幅靜物習作靜物，也是以湖綠色為主。遺傳就是這樣神秘飄忽——我就是這些不相干的地方像她，氣死人。[9]

參看年譜，這部她在世時最後一部「欽定」出版的自傳式圖文集（相簿）是讓張愛玲有「天長地久」[10]之感的姑姑張茂淵逝世（一九九二）後隔一年旋即付梓出版的，[11]與當時張迷們引頸期待的自傳小說（即《小團圓》）千呼萬喚始終「只聽樓梯響」而久久不見下聞（文）的狀況恰恰相反，皆非偶然隨意之舉。[12]

宋以朗曾經提及，*The Fall of the Pagoda*完成於

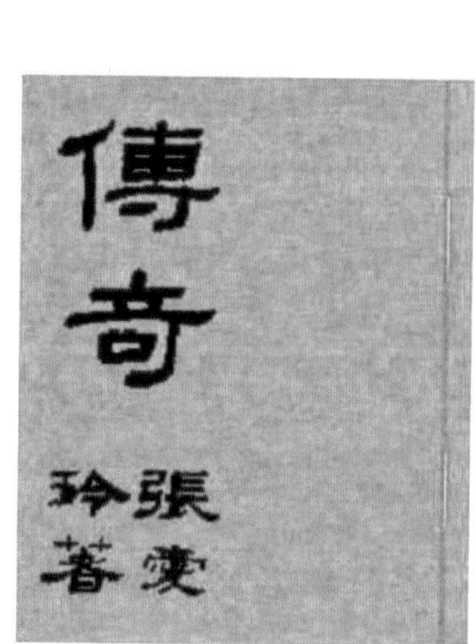

張愛玲《傳奇》封面（《雜誌》月刊社，1944年版）

一九六三年，《小團圓》寫於一九七六年，《小團圓》很多內容都是從*The Fall of the Pagoda*中譯過來的，[13]也許可以說，張愛玲在漫長的雙語互換、重複書寫自我與家史的過程中，《對照記》的溫暖回憶筆調終究取代了《小團圓》的直白坦露與譴責之聲。彷彿這本老相片簿的出版，是年過耳順之年的張愛玲對姑姑與母親、姑姑與自己之間異常堅固的「姊妹」情誼（sisterhood）回眸致意。她挑選出代表母親黃素瓊一生各個階段的相片：[14]我們看見三寸金蓮的深閨少女，庭園中掌壺宴茶的嫻靜少婦，在倫敦、法國、北京、西湖的雍容婦人，以及海船上側映夕陽餘暉的時髦翦影——踏著三寸金蓮橫跨兩個時代的「摩登女性」——一九五〇年代末葉客死英倫，她的遺物（整箱骨董）留給了女兒。

特別是在上面所引《對照記》這段文字中，張愛玲甚至將自己創作史上第一部出版的小說《傳

8 此封面參見唐文標，《張愛玲研究》（台北：聯經，一九八三，一九八六），卷首照片。

9 張愛玲，《對照記：看老照相簿》（台北：皇冠，一九九四），頁六。

10 張愛玲，〈私語〉，《流言》（台北：皇冠，一九六八），頁一四〇。

11 周芬伶，《豔異：張愛玲與中國文學》（台北：元尊文化，一九九九），頁四七三。

12 季季，〈張愛玲為什麼要銷毀小團圓？〉，《中國時報．人間副刊》，二〇〇九年四月二十三日；另見林以亮，〈私語張愛玲〉，收入子通、亦清主編，《張愛玲評說六十年》（北京：中國華僑，二〇〇一），頁一三一、一三三。

13 參見〈張愛玲首部英文自傳體小說《雷峰塔》在港首發〉一文，香港通訊社二〇一〇年四月十六日發布，網址：www.hkcna.hk/content/2010/0416/50641.shtml，檢索時間：二〇一五年十一月二十一日，19:00。

14 與此相對的是，在《對照記》一書中張之父親的獨照付諸闕如（皆是分別與張之姑姑、母親、親戚等人合照），「我母親故後遺物中有我父親的一張照片，被我丟失了。」見張愛玲，《對照記》，頁八。

奇》[15]封面設計的藝術直觀歸諸於母親的遺傳：文藝創作天分的「家學淵源」。這幀經母親上色的照片而使張愛玲憶起的細節，一方面透過相片的組構，拼湊出一位嚮往西式現代教育、細膩情感的藝術愛好者形象，一方面則饒有意味地彰顯母親所延續的仕女閨閣傳統，以及由女兒所典藏的世代記憶。這特殊的女性記憶，藉由感官、物質的描述在張愛玲筆下復活：顏色，連結了視覺、衣著與藝術天賦，遙遙與小說文本（藍綠色封面的《傳奇》）的內在空間比鄰相接。

張愛玲文本中的閨閣細節很容易會被轉接為母親與姑姑所代表的前衛新女性意符，並在她嶄露頭角的《傳奇》中再現為對上海讀者充滿誘惑力的現代性敘事，但若循著張愛玲〈私語〉所述——父母的世界於各代表黑與白、光與暗，劈開二分[16]——將張愛玲少女時所叛逃的父系家族（經常與小說文本中的遺老遺少互為換喻）與陳腐、守舊甚或攻擊性等等負面意符畫上等號，則未免錯過了張愛玲文本中最值得細究的深層結構。《雷峰塔》與《易經》再次證明來自母親的精神暴力造成之創傷印痕不容小覷，正如父親所連結的記憶未嘗不曾令人眷戀孺慕。父母形象各自象徵的矛盾性與歧義糅雜，交叉錯織成一部欲掩彌彰的生命文本。

《對照記》也透露端倪：數幀父系上一代家族的老照片及照片附記（給了她很大的「滿足」的祖父母姻緣），更真實地說明了張愛玲心中占據一席之地的父祖身影。

> 我沒趕上看見他們，所以跟他們的關係只是屬於彼此，一種沈默的無條件的支持，看似無用、無效，卻是我最需要的。他們只是靜靜地躺在我的血液裡，等我死的時候再死一次。

我愛他們。[17]

這段經常被引用的文字，也迂迴地說明張愛玲透過書寫祖父母，尤其是別具詩才的祖母李菊耦孀居後特殊的教育觀與課子方式——將兒子打扮成女孩樣，怕他穿著入時，跟親戚的子弟學壞了——向父親致意的複雜心理。生命歷程中，張愛玲在少女時期遍讀中國舊小說（《醒世姻緣》、《海上花列傳》、《歇浦潮》、《人心大變》等等，英文書也頗有涉獵），主要受惠於父親收藏豐富的書房，《對照記》中提及抽大煙的父親一輩子將古文時文與奏摺「繞室吟哦，背誦如流，滔滔不絕，一氣到底，末了拖長腔一唱三歎地作結」，少女的張愛玲「聽著覺著心酸，因為毫無用處」[18]。

---

15 陳子善：「一九四四年八、九月間張愛玲的《傳奇》初版本和再版本出版時，書脊上都清晰印有如下字樣：傳奇　張愛玲　小說之一　雜誌社出版，也就是說，《傳奇》只是張愛玲當時計畫出版的『小說集之一』，接下來應當還有『小說集之二』乃至『小說集之三』。事實上，一九四五年四月上海《雜誌》第十五卷第一期已經刊出長篇《苗（描）金鳳》即將作為張愛玲新小說集出版的廣告。遺憾的是，《苗金鳳》未能問世。」見陳子善，〈編後記〉，收入張愛玲，《鬱金香》（北京：北京十月文藝，二〇〇六），頁四六八。

16 張愛玲，〈私語〉，頁一四九。

17 張愛玲，《對照記》，頁五二。

18 「有一本蕭伯納的戲：《心碎的屋》，是我父親當初買的。空白上留有他的英文提識：『天津，華北，一九二六。三十二號路六十一號。提摩太．C．張。』」見《流言》，頁一四一—四二。在《雷峰塔》中，琵琶的父親沈榆溪舊學底子深厚，但也懂英文德文，在親戚間是出了名的「滿腹經綸」，都側面說明了張愛玲父親張廷眾的中西文學造詣匪淺。見張愛玲，張子靜的回憶錄中提及，他姊姊時常與父親討論小說細節（如共同參詳《紅樓夢》高鶚續本），[19]十四歲時便杜撰了五回〈摩登紅樓夢〉，回目由父親代擬，[20]堪稱為父女水乳交融（共同創作）的極致圖像；縱然這辰光隨著父親張志沂（廷眾）與曾任北洋政府總理的孫寶琦之女孫用蕃再婚轉瞬即逝，接下來就如眾多張迷讀者所熟知的後續發展：因繼母的介入與挑撥，少女張愛玲慘遭父親家暴與囚禁近半年，後來一度染了痢疾幾乎死去，最終在老女傭何干的協助下逃出父親的家，奔向母親和姑姑的公寓，從此與父親斷絕聯繫……。就如張子靜曾經指出張愛玲在〈私語〉中提到遭囚禁患重病時「我父親不替我請醫生，也沒有藥」雖是實情，但她卻遺漏了重要情節：張的父親曾親自幫她施打消炎與抗生素針劑醫治，方使病情漸漸好轉。雖然張出逃後不久便於《大美晚報》上登出她被軟禁的經過，讓一向訂閱此英文報的張志沂見報後大動肝火，[21]張愛玲成功地透過文字展開復仇計畫。但這對父女間的情仇糾纏仍然以各種文學形式的變貌不斷現形：從創作年表看來，張愛玲在步入中年後花了整整十年工夫，正為了考證《紅樓夢》（書名意義深長的命為《紅樓夢魘》），其中線索，不得不回到她對父親「滿腹經綸」而毫無用場的哀矜勿喜，以及少女在鴉片煙霧繚繞的「父親的書房」中文學啟蒙的生命經驗尋繹蹤跡。童女到少女的文學教育之養成與父親的影響難解難分，後來在張愛玲與視之如父的胡適書信往來與回憶文字中，更能清楚窺見此複雜情結。[22]

宋淇早在一九七六年以林以亮筆名發表的〈私語張愛玲〉中就曾提到《小團圓》：「她新近寫完了一篇短篇小說（即為〈色，戒〉），其中有些細節與當時上海的實際情形不盡相符，經我指出，她嫌重寫太麻煩，暫擱一旁，先寫《二詳紅樓夢》和一個新的中篇小說：《小團圓》。現在《二詳紅樓夢》已發表，《小團圓》正在潤飾中。」[23]上文的分析可得知，一九六〇年代的張愛玲透過「自傳」書寫頻頻回顧充滿禁錮與暴力意象的「父系」家庭羅曼史，正與她考證《紅樓》、翻譯《海上花》交錯進行，其間的互涉滲透不言可喻。《紅樓夢魘》既演繹出張愛玲五次三番詳夢過程，更與她的生命文

《雷峰塔》，頁一七四。

19 「我記得姊姊放學回家，多在他的書房看書，和他閒談她對哪一本小說的看法。父親細心聽著，也會把他的看法說給她聽。他們閒談的時候，我都在一旁聽著。我記得姊姊最愛談的是《紅樓夢》。曹雪芹創作這部書的時代背景，他的家庭以及書中主要人物的刻畫，我父親都曾詳細地分析給她聽。關於高鶚的續作，他們談論得最多。姊姊上高中那年的暑假，提出了兩個疑問：一、高鶚在續作中對某些主要人物的形象描寫，與原作相差太多；二、原書開頭寫寶玉夢中在警幻仙子處看見十二金釵畫冊上的題詩，已暗示了她們將來的歸宿，但續作並沒按照曹雪芹的構想去寫。她認為這是續作最大的不足之處。父親對姊姊的這兩點看法也有同感。但他對高鶚的出身和熱中於功名利祿這一點頗為重視。他認為續作中不少地方寫到官場景況極為生動逼真，就是因為高鶚的出身，對官場情形極為熟悉。父親是姊姊研究《紅樓夢》的啟蒙師。」見張子靜，《我的姊姊張愛玲》（台北：時報文化，一九九六），頁一一三。

20 第一回「滄桑變幻寶黛住層樓，雞犬升天賈璉膺景命」；第二回「弭訟端覆雨翻雲，賽時裝嗔鶯叱燕」；第三回「收放心浪子別閨闈，假虔誠情郎參教典」；第四回「萍梗天涯有情成眷屬，淒涼泉路同命作鴛鴦」；第五回「音問浮沉良朋空灑淚，波光駘蕩情侶共嬉春」；第六回「陷阱設康衢嬌娃蹈險，驪歌驚別夢遊子傷懷」。張愛玲，〈存稿〉，《流言》，頁一一六—一一八。

21 《我的姊姊張愛玲》，頁九一。

22 張愛玲，〈憶胡適之〉，《張看》（台北：皇冠，一九八七），頁一六九。

23 文中所指短篇即〈色．戒〉，一九七八年一月發表於《皇冠》。季季，〈張愛玲為什麼要銷毀小團圓？〉。

本及自傳小說的文本之間，鑲嵌組構為一更複雜的超文本（hypertext）：青春期的扭曲傷痛，同時也與閱讀中國傳統小說時啟蒙驚喜的記憶，血肉相連。這愛恨交織，無法剜割，甚且一再復返的矛盾情結，日後終於借屍還魂為〈金鎖記〉文本中的主軸：抽鴉片、捧戲子、叫條子的遺少遺老，在清涼如古墓的宅院深處徘徊的先祖幽靈……，無一不使她著迷，摩挲再三——日後更不憚重複地將之改寫成電影劇本，擴充為長篇小說為*Pink Tears*（粉淚，一九五七），因苦無管道出版，又大幅重寫，改題為*The Rouge of the North*（北地胭脂），英文版終能於倫敦問世（一九六七）[24]，此期間同時回頭改寫成中文中篇小說《怨女》，短篇〈金鎖記〉亦自譯為英文版*The Golden Cangue*。[25]也

夏志清（C. T. Hsia）編*Twentieth-Century Chinese Stories*書影（作者攝於2016年台北國際書展，張愛玲特展區）

張愛玲英文小說*The Rouge of the North*（《北地胭脂》）書影（作者攝於2016年台北國際書展，張愛玲特展區）

就是說，在二十四年間，「張愛玲用兩種語言至少寫了六遍《金鎖記》」[26]，她對這個故事素材之執迷偏好於此可見，也給該小說下了自我評價：

〈金鎖記〉halfway between《紅樓夢》與現代〔介乎《紅樓夢》與現代之間〕[27]

《紅樓夢魘》的寫作動機，恰與《怨女》密切關係；當時張愛玲正忙於《海上花列傳》的英文翻譯工作，一九六八年七月寫給夏志清的信上透露：

---

24 英國倫敦的Cassell & Company出版社於一九六七年出版。

25 此英譯稿乃因夏志清欲編輯《二十世紀中國小說選》（*Twentieth-Century Chinese Stories*）一書（見圖），該書亦收入郁達夫、沈從文等一九二〇、三〇年代作家作品，一九七一年由哥倫比亞大學出版社出版，曾於美國大學中作為中國小說的教材。參見羅秀美，〈張愛玲的「翻譯」文學：試論她如何以「翻譯」傳播並接受他者／自我的華文小說〉，收入林幸謙主編，《張愛玲：傳奇．性別．系譜》（台北：聯經，二〇一二），頁四三八—三九。

26 David Der-wei Wang (王德威), "Introduction," Eileen Chang, *The Fall of the Pagoda* (Hong Kong: Hong Kong University Press, 2009), p. viii。見王德威，〈雷峰塔下的張愛玲〉，頁七四。除文中提及的三次英文版外，一九四九年張愛玲曾將〈金鎖記〉改編成電影，因共黨來滬片子未拍成，故自云「留下些電影劇本的成分未經消化」，可視為中文版總計三次改寫的證據。參見夏志清，《張愛玲給我的信件》（台北：聯合文學，二〇一三），頁一四—一六。

27 見張愛玲、宋淇、宋鄺文美著，宋以朗主編，《張愛玲私語錄》（台北：皇冠，二〇一〇），頁四九。

……我本來不過是寫《怨女》序提到《紅樓夢》，因為興趣關係，越寫越長，喧賓奪主，結果只好光寫它，完全是個奢侈品，浪費無數的時間，叫苦不迭……[28]

諸多研究者認為中晚年的張愛玲小說創作似乎陷入瓶頸與低潮，但從上文看來，其實自一九六〇年代下半葉開始，她投入大量的精力進行中國長篇小說的研究與考證，且成績豐碩。一九六七年她接受附屬於哈佛大學的著名女校瑞德克里夫學院（Radcliffe）學院首創提供睿智女性學者研究經費的「獨立研究獎學金」（Radcliffe Institute for Independent Study）資助，[29]進行《海上花列傳》的英文翻譯，同步著手國語註譯，中途卻因撰寫中篇小說《怨女》（由早期的短篇小說〈金鎖記〉擴充而來）的序言，無意間岔出去考證《紅樓夢》，且為此灌注近二十年的心血。

上面引文她自稱如著了魔一般寫成長文，原先的「苦」事也逆轉為「偶遇拂逆，事無大小，只要詳一會《紅樓夢》就好了」[30]的心靈饗宴；由是，此書之考證完全不類學術規格，張愛玲坦

張愛玲受Radcliffe學院獎金資助翻譯《海上花》時所居之處（作者攝於美國波士頓劍橋區Brattle街83號）

承她靠的是「熟讀」（「稍微眼生點的字自會蹦出來」）[31]。《紅樓夢魘》娓娓訴說大荒山青埂峰上的石頭故事非僅為值得一詳再詳的文學公案，張愛玲更「活入」其中，熟諳賈府閨閣園林，彷彿與之呼吸同一空氣。正因為這樣的心理脈絡，她才會發出「高鶚妄改，死有餘辜」的重話，[32]彷彿家史族譜遭腰斬竄改一般憤憤不平。此番種種，在在說明了：《紅樓夢》文本除了是文學的血緣之外，更與她的生命文本盤根錯節、連成一氣，並終其一生於此汲取靈犀泉源。

二、誤讀、創作與「自傳」說的重新商榷

眾多的學者指出張愛玲以一個「小說家」身分投入「紅學」研究之林的重要成就，[33]現在她的數

28 周芬伶，《艷異》，頁三八一。

29 莊信正與張愛玲的信件往來，證實張愛玲一九六七年申請此獎助金（Radcliffe，她在信裡拼成Racliffe）；次年獲再延一次的獎助，至一九六九年六月。見莊信正，《張愛玲來信箋註》（台北：INK印刻，二〇〇八），頁三八一；夏志清，《張愛玲給我的信件》，頁四〇—四一；另見張鳳，《一頭栽進哈佛》（台北：九歌，二〇〇六），頁七二—七七。

30 〈自序〉，《紅樓夢魘》，頁一二。

31 同前注，頁七。

32 見宋淇，〈張愛玲語錄〉，收入張子靜，《我的姊姊張愛玲》，頁三一二。此文原載香港《明報週刊》一三三二期（一九七六年十二月）。

33 見賴芳伶，〈海外學人專訪——陳慶浩博士的紅學研究〉，《東華漢學》第八期（二〇〇八年十二月），頁二五五—七七；

部自傳小說已經出土，更加證明張愛玲在「詳夢」過程中，不僅以回憶之眼顧盼自身與家族的歲月滄桑，在抉發《紅樓夢》之「本來面目」：包括前八十回中人物結局之考證，主張小說的改寫之長說明了曹雪芹創作逐步向成熟的軌跡，刪增內容與更動情節恰好揭現出「天才的橫剖面」[34]等論點之際，張愛玲益發認清「自己的文章」與此文學系譜千絲萬縷的關聯。

論者嘗言，「張看」式的「紅學」與一干新舊派男性紅學家的閱讀（或批評）策略大相逕庭，[35]以「迷」、「夢」、「魘」式的女性感性語言「海外考紅」[36]。其實細究起來，張氏五番詳夢的內在理路，大抵仍是奠基在一九二一年（時值張愛玲一歲）胡適的《紅樓夢考證》，隔一年俞平伯的《紅樓夢辨》（一九二三）等挑戰顛覆百年來居於主流的索隱派舊紅學或曹學研究之「新紅學」的基礎上，突出歧義，與之對話。女性的感性見解特質固然是張氏一貫對邏輯理論「解甲歸田」式的筆觸，看似隨興輕玩，缺乏井然構建，實則別開生面提出新解、另闢蹊徑甚或反駁糾正[37]「新紅學」開山宗師的主要論點，也與更早的（一九〇四）王國維《紅樓夢評論》從哲學或美學終極關懷來尋求解決苦痛之道的觀點大異其趣。[38]

作為五四的女兒，張愛玲在其原以英文發表於美國《記者》雙月刊的 *Stale Mates*（老搭子，一九五六）而以中文重寫的《五四遺事》（一九五八）[39]，已經演繹出五四以降高喊「個人主義」的口號，追尋「婚戀自由」，一旦在換湯不換藥的中國社會舊習中「身體力行」，不免衍生滑稽突梯的人生情狀與啼笑交織的兒女情事。「羅文濤三美團圓」的副標題既是羅文濤追求純粹愛情最後卻落得妻妾成群、四個人恰好湊一桌麻將牌的喜劇反諷，也恰如該小說的英文副題—— A Short Story Set in the Time

When Love Came to China——所言，張愛玲既調侃了企圖掙脫禮教的中國式婚戀遭遇維新愛情時的不倫不類，亦三分無奈地揶揄理想愛情與自我追求在中國不僅四處碰壁，舉步維艱，最終悲劇地墮進傳統禮教積習的泥淖，退回庸俗文化的糟粕中無法自拔，此小說「反托出了中國追求現代性的不安與

錢敏，〈張愛玲和她的《紅樓夢魘》〉，收入張愛玲，《紅樓夢魘》（哈爾濱：哈爾濱，二〇〇五），頁二五九—六三；周芬伶，《艷異》，頁三八一—四〇九；余斌，《張愛玲傳》（台中：晨星，一九九八），頁三五六—六五。

34 〈自序〉，《紅樓夢魘》，頁七。

35 見康來新，〈對照記：張愛玲與《紅樓夢》〉；郭玉雯，〈《紅樓夢魘》與紅學〉，兩文俱見楊澤主編，《閱讀張愛玲：張愛玲研討會論文集》（台北：麥田，一九九九），頁二九—五八、頁五九—八二。另見周芬伶，《艷異》，頁三八一—四〇九。

36 見康來新，〈對照記〉，頁五〇。

37 如她極力稱「是創作不是自傳」來駁風行一時的「自傳說」、「自敘說」。陳慶浩亦指出張愛玲主張《紅樓夢》作品演進說確為卓見。見賴芳伶，〈海外學人專訪〉，頁二五七—五八、二六二—六三。

38 關於《紅樓夢》考證與評論資料，徵引文獻如下：朱一玄，《紅樓夢資料匯編》（天津：南開大學出版社，二〇〇一年初版，二〇〇四年重印），頁八九三—九〇一；王國維，〈紅樓夢評論〉，《紅樓夢藝術論》（台北：里仁，一九八四），頁一—二五；周汝昌，〈黛玉之死〉、〈八十回後之寶釵〉、〈湘雲的後來及其他〉，宋淇，〈論大觀園〉，均收入余英時等，《曹雪芹與紅樓夢》（台北：里仁，一九八五），頁二九七—三〇六、頁三〇七—一四、頁三一五—二三、頁六八九—七一五。胡適，〈《紅樓夢》考證〉，《中國章回小說考證》（台北：里仁，一九八二），頁一五五—二七三；俞平伯，《脂硯齋紅樓夢評》（北京：中華書局，一九六〇年新一版）；陳慶浩，《新編石頭記脂硯齋評語輯校》（台北：聯經，一九七九）。

39 張愛玲，〈自序〉，《續集》（台北：皇冠，一九八八），頁九。另見劉紹銘，《到底是張愛玲》（上海：上海書店出版社，二〇〇七），頁一〇四—一〇五。

不足」[40]，遙遙呼應了一九二五年魯迅小說〈傷逝〉中的懺情筆法，只是調子一輕一重，相映成趣。

如果說閱讀愛情故事，是讀者為在為自己荷槍上情場前詳加閱看與虛擬演練的教戰手冊，那麼小說中人談情說愛的語彙與行動，便如彈藥炮火一般，成為意欲稱勝情場者之基本配備。因此，閱讀言情小說與愛情體驗，始終有著一層層往返認證與互相詮解的微妙關係，閱讀文學與情愛啟蒙既是形而上的想像，亦復為形而下的現實相互交織的多維認知。《五四遺事》體現了即便在全盤西化浪潮下，流行白話文寫詩作文與創作小說，實踐（實驗）自由戀愛，一時蔚為時髦，卻益發凸顯出浪漫先行的理念空洞，相應文化條件的貧瘠，學得的「西化」皮毛不僅無益增加實戰中的愛情「配備」，以之改變現狀，更反過來墜入社會劣習的惡性循環。更重要的是，小說背景設於一九二四年，結局說明了「才子佳人終成眷屬」與「眾美團圓」的陳套觀念依然強悍，新的文化氛圍充其量是泡沫般的短暫時髦，無能催生新的自我認知與主體追求，「情」之表述與愛情語言依然乾枯匱乏。

正如張愛玲從未如胡適般痛斥麻將為鴉片、八股、小腳之外的「中國四害」[41]，小說中男主人公三房妻妾恰好湊成下半輩子的麻將牌老搭子之荒謬圖景是典型的張氏幽默，恰恰也隱喻地映照出張愛玲與「新紅學」自始分歧的路線（固然她翻譯《海上花》的主要動力是受到胡適的影響與肯定）[42]。

若與她對《海上花列傳》的相關評論結合來看，更能完整看出她獨特的著眼之處：看似閒談而又有侃侃議論味道的〈國語本《海上花》譯後記〉這篇長跋說到，源遠流長無處不滲透的中國文化「獨有小說的薪傳中斷過不止一次」[43]：

《水滸傳》被腰斬，《金瓶梅》是禁書，《紅樓夢》沒寫完，《海上花》沒人知道。此外就只有《三國演義》、《西遊記》、《儒林外史》是完整普及的。三本書倒有兩本是歷史神話傳說，缺少格雷亨．葛林（Greene）所謂「通常的人生的回聲」。似乎實在太貧乏了點。[44]

揣摩張愛玲之言，中國的神話、歷史小說並非她探究的焦點，縈繞「通常的人生的回聲」，根植於現實人生，對人性細緻深究的「情」的（世情、人情、言情的感受與傳達）小說系譜的湮沒，方為她注目再三，不憚叨叨贅言的核心關懷。此外，她更一再提及近代以降「閱讀趣味」的僵化窄化與庸俗化，正是此小說薪傳斷裂的主因：

---

40 王德威，〈張愛玲再生緣〉，頁一一。

41 胡適在〈漫遊的感想〉中專門寫了「麻將」一節，痛斥麻將的禍害。見《胡適文存三集》卷一（上海：上海書店出版社，一九八九），頁七一。

42 張愛玲，〈憶胡適之〉，頁一六九。有趣的是，張愛玲曾對宋淇夫婦提到過，寫信時「揀人家聽得進的說」目的是「只要使人快樂就好了」，例如「我寫給胡適的信故意說《海上花》和《醒世姻緣》也是有用意的」。再次說明了張愛玲待胡適如父執輩的情誼，卻也隱隱透露她與五四時期的文學領袖詮釋這兩部經典小說時「和而不同」的一面。見《張愛玲私語錄》，頁一〇六。

43 張愛玲，〈譯後記〉，收入〔清〕韓子雲著，張愛玲註譯，《海上花》（台北：皇冠，一九八三年初版，一九八九年第六版），頁六〇八。

44 《海上花》，頁五九二—九三。

他（按，指曹雪芹）完全孤立。即使當時與海外有接觸，也沒有書可供參考。舊俄的小說還沒寫出來。中國長篇小說這樣「起了個大早，趕了個晚集」，是剛巧發展到頂巔的時候一受挫，就給擱了回去。潮流趨勢往往如此。清末民初的罵世小說還是繼承紅樓夢之前的《儒林外史》。紅樓夢未完還不要緊，壞在狗尾續貂成了附骨之疽——請原諒我這混雜的比喻。……紅樓夢被庸俗化了，而家喻戶曉，與聖經在西方一樣普及，因此影響了小說的主流與閱讀趣味。一百年後的《海上花列傳》有三分神似，就兩次都見棄於讀者，包括本世紀三〇年間的亞東版。一方面讀者已經在變，但那是受外來的影響，對於舊小說已經有了成見了，而舊小說也多數就是這樣。[45]

拋開《紅樓夢》的好處不談，它是第一部以愛情為主題的長篇小說，而我們是一個愛情荒的國家，它空前絕後的成功不會完全與這無關。自從十八世紀末印行以來，它在中國的地位大概全世界沒有任何小說可比——在中國倒有《三國演義》，不過《三國》也許口傳比讀者更多，因此對宗教的影響大於文字上的。……百廿回《紅樓夢》對小說的影響大到無法估計。等到十九世紀末《海上花》出版的時候，閱讀趣味早已形成了，唯一的標準是傳奇化的情節，寫實的細節。……但是整個的看來，令人驚異的是一旦擺脫了外來的影響與一部分的禁條，露出的本來面目這樣稚嫩，彷彿我們沒有過去，至少過去沒有小說。[46]

可見不管是《紅樓夢》考證或《海上花》的譯介，張愛玲念茲在茲亟欲平反的正是「彷彿我們沒有過去」的創作和閱讀的主流成見。

如果我們將「閱讀趣味」擴大解釋為閱讀或批評文藝作品，特別是愛情小說時微妙的「審美距離」，以及通過此虛實相生的審美距離反思主體與建構自我的複雜過程，那麼，張愛玲苦口婆心轉譯吳語為普通話與英語，自承「甘冒介入之譏」的文本注釋，[47]投身眾說紛紜的紅學版本迷霧中，不厭其煩地試圖還原廓清「石頭記」舊本原貌，體貼曹雪芹原意，便是申明這道適切的審美目光之珍貴，以及在閱讀及審美經驗中燭照自我與形構主體的必要性。

《紅樓夢魘》首先指出人情文學系譜的斷裂在中國小說薪傳中的奇特現象：表面上百二十回的《紅樓夢》獲得「空前絕後的巨大成功」，但高鶚後四十回續書扭曲作者原意，造成庸俗化結局，不僅讓曹雪芹的苦心孤詣付之東流，更回過頭來影響了前八十回的人物塑造與小說意境。因此，《紅樓夢魘》五番詳夢長文大抵可以歸納為來自同樣出發點的三個面相：一、透過脂硯齋、畸笏叟等作者親近人士的第一手評點貼近《石頭記》原貌。[48]二、極力主張天才必須經過成長成熟的歷程，前八十回

45〈自序〉，《紅樓夢魘》，頁九。

46《海上花》，頁六〇七。

47〈《海上花》的幾個問題——英譯本序〉，《續集》，頁八八。

48「一直到一九五四年左右，才在香港看見根據脂批研究八十回後事的書，在我實在是個感情上的經驗，石破天驚，驚喜交集，這些熟人多年不知下落，早已死了心，又有了消息。迄今看見有關的近著，總是等不及的看。」見《紅樓夢魘》，頁一九。

許多重要段落，特別是寶黛之戀皆經過不斷的添加與改寫。三、最後也是最重要的：指陳已成章回小說創作主流的「傳奇化的情節，寫實的細節」以及被養壞了的小說「閱讀趣味」之弊端，提供了一道回顧審思並廓清這幾部中國古典人情經典鉅著的另一種觀看視角。

張愛玲推敲線索，向幽徑般不同版本（程甲本、程乙本、甲戌本、庚辰本）以及這些不同版本上存留的原始批語（脂批）一頭鑽入，並大膽提出幾個重要論點：賈赦一家與寧府是後來添入，《風月寶鑑》加入後才有了寧府，秦可卿、秦鍾姊弟與二尤故事成為榮府的鏡像，太虛幻境自此誕生；榮寧二府獲罪與抄家的添寫，寶玉證悟與出家的更動，乃至於有關黛玉與湘雲情節的增加與刪減。種種新解，如踟躕於荒野漫草間尋繹貼近雪芹原意的蛛絲馬跡，由早本到晚期作品的判別，獨出機杼「作品演進說」[49]：即便是天才如曹雪芹，成就其藝術偉構亦不乏寫寫改改、反覆增刪、推敲斟酌的曲折歷程：「曹雪芹的天才不是像女神雅典那一樣，從他父王修斯的眉宇間跳出來的，一下地就是全副武裝。」[50]

> 早本白日夢的成分居多，所以能容許寶玉住在大觀園裡，萬紅叢中一點綠。越寫下去越不妥，惟有將寶黛的年齡一次次減低。中國人的伊甸園是兒童樂園。個人唯一的抵制方法是早熟。[51]

從早本到晚期寫作，「何止十年間『增刪五次』？直到去世為止，大概占作者成年時代的全部」[52]，張愛玲更對書中寶黛情感之鋪陳進一步闡釋：兩人感情洋溢的場面，書中的「戲肉」——葬花、聞曲以及贈帕、題帕[53]——都是作者去世前數月才寫成的，顯示作者晚期的技巧漸趨成熟：微妙含蓄與跌宕波瀾的情感表述同樣遊刃有餘，寶玉從博愛（脂硯齊所謂「情不情」[54]）到弱水三千只取一瓢飲，感情漸漸集中於黛玉一人。然而隨著作者之病逝，「寫寶黛的場面正得心應手時被斬斷了，令人痛惜」[55]，則未免是張愛玲製造的一幕飽蓄張力的懸疑推理劇，逕可視為一種充滿強大改寫企圖的創造式「誤讀」。故順著「張看」觀點，寶玉生命中別的重要女性，如襲人、晴雯與湘雲，恰皆與黛玉的人物塑造「參差對照」，回過頭來增加黛玉之形象縱深。她提及：

49 見周芬伶，《艷異》，頁四〇九。

50 《紅樓夢魘》，頁八。

51 同前注，頁二一一。

52 同前注，頁八。

53 同前注，頁二二八。又如「題帕一場感情強烈，但是送帕題帕也不是寶黛面對面。寶黛見面的場子，情感洋溢的都是去世前數月內改寫的」，同前注，頁四〇七。

54 情不情可以解釋為：待那些對自己無情之人亦有情。「寶玉情不情，黛玉情情」之脂批見《紅樓夢》庚辰本十九回批，見陳慶浩，《新編石頭記脂硯齋評語輯校》，頁三〇九。另參考陳萬益之分析「情不情是寶玉情案的最終歸結，是人物的論定之詞」，見〈說寶玉的「意淫」與「情不情」——脂評探微之一〉，收入余英時等，《曹雪芹與紅樓夢》，頁二〇五—四〇八。

55 同前注，頁四〇五。

> 寶玉四周這許多女性內，只有黛玉與襲人是他視為己有的，預期「同死同歸」（第七十八回）。四兒說同一日生日就是夫妻（第七十七回）。黛玉襲人同一日生日（第六十二回）。當然她們倆的關係是通過寶玉。[56]

襲人與黛玉生日同一天，通過寶玉，兩人形象的「兩元對比」更清晰。襲人是小說前八十回中唯一與寶玉有肌膚之親的女子，也因此，當襲人陰錯陽差聽聞寶玉向黛玉「訴肺腑」剖白後驚異不已，便向王夫人提出讓寶玉搬出大觀園的「防微杜漸」大道理，張愛玲道：「大觀園在書中這樣重要，而有象徵性，寶玉出園是襲人種的因，簡直使襲人成為伊甸園的蛇。」[57]導致被逐出樂園惡果之元兇，以及後來負心嫁蔣玉函、根據脂批推測襲人終究還是「有始有終」，與其夫一同供養寶玉等等情節，都使襲人的形象構成更加複雜。張愛玲從襲人與寶玉的情感糾葛，分析作者的心理曲折：

> 我想這裡因為襲人之去是作者身歷的事，給他極大的打擊，極深的印象。而寶黛是根據脂硯小時候的一段戀情擬想的，可用的資料太少，因此他們倆的場面是此書最晚熟的部分。[58]

此想像力豐富的評點，不啻為小說家張愛玲觀點的曹侯情史軼聞外編。

同樣的，張愛玲也對並無大波瀾的前八十回情節中最扣人心弦，亦對寶玉打擊甚深的晴雯之死，花費許多篇幅進行闡析，並提出「是創作不是自傳」一說，反駁自一九二〇年代「新紅學」主張《紅樓夢》為曹雪芹家史自敘而風行一時的「自傳說」[59]。

張愛玲通過細膩的校勘來證明金釧一角在較早的本子中並不存在，後來作者將晴雯的身世與結局移轉給金釧。這麼一來，金釧之死與晴雯下場，便構成預兆悲劇主題的雙重變奏，[60]小說意境益發深邃，人物神韻更為豐潤，《紅樓夢》之虛構與創造之本色可見一斑。深入來看，一方面晴雯與金釧在小說結構中是一分為二的互我（alter ego），另一方面晴雯也是黛玉的象徵化分身。第六十三回怡紅院群芳夜宴「黛玉抽籤抽著芙蓉花，而晴雯封芙蓉花神，《芙蓉誄》又兼輓黛玉。怡紅院的海棠死了，寶玉認為是晴雯死的預兆」[61]：

56　同前注，頁三九八。

57　同前注，頁四〇九。

58　同前注，頁四〇三。

59　「寶玉大致是脂硯的畫像，但是個性中也有作者的成分在內。他們共同的家庭背景與一些紀實的細節都用了進去，也間或有作者的親身的經驗，如出園與襲人別嫁，但是絕大部分的故事內容都是虛構的。延遲元妃之死，獲罪的主犯自賈珍改為賈赦賈政，加抄家，都是純粹由於藝術上的要求。金釧兒從晴雯脫化出來的經過，也就是創造的過程。黛玉的個性輪廓根據脂硯早年的戀人，較重要的文字卻都是虛構的。正如麝月實有其人，麝月正傳卻是虛構的。……紅樓夢是創作，不是自傳性小說。」同前注，頁二五四—五五。

60　「她們倆的悲劇像音樂上同一主題而曲調有變化，更加深了此書反禮教的一面。」同前注，頁二一九。

61　同前注，頁二一六。

海棠「紅暈若施脂，輕弱似扶病」。纏足正是為了造成「扶病」的姿勢。寫晴雯纏足，已經隱隱約約，黛玉更嬌弱，但是她不可能纏足，也不會寫她纏足，纏足究竟還是有時間性。寫黛玉，就連面貌也幾乎純是神情，唯一具體的是「薄面含嗔」的「薄面」二字。通身沒有一點細節，只是一種姿態，一個聲音。[62]

寶玉祭晴雯，要「別開生面，另立排場，風流奇異，與世無涉，方不負我二人之為人」。晴雯是不甘心受環境拘束的，處處托大，不守女奴的本份，而是個典型的女孩子，可以是任何時代的。[63]

張愛玲處處強調，兩人的身姿形影皆「無時間性」，前八十回從不清楚交代她們的妝容或衣飾之時代特徵，模糊渾沌的寫作策略該是擅畫[64]的曹雪芹深悉中國詩畫「留白」美學而發之為小說的具體表現，於襲人之筆觸點畫亦可如是觀：

襲人自第三回出場，除了「柔媚嬌俏」四個字評語（第六回），我們始終不知道她面長面短。這是因為她一直在寶玉身邊，太習慣了……作者原意，大概是將襲人晴雯一例看待，沒有形相的描寫，儘量留著空白，使每一個讀者想到自己生命裡的女性。[65]

點染數筆輪廓，留下「空白」而「氣韻生動」，因之激發幽邃想像，更加餘味深長。與市井性格強烈的「說話」藝術類型，[66]說話人口頭搬演人物務必「如在目前」的性格塑造，各自有別。作為一部文人化的長篇愛情小說，曹雪芹的先鋒地位正應自其捕捉「神韻」，突出「性情」的人物塑造，予以領略。

又如麝月一角，張愛玲從脂評推測她與襲人皆實有其人，「後來作者身邊只剩下一個麝月」，她名下的工作是為《石頭記》縫釘稿本，[67]作者體恤伊人，因此總是在一卷的首頁與末頁進行修改，方不必勞煩她大費周章易稿換頁云云，堪稱為張愛玲中晚年返璞歸真後續寫少女時代的《摩登紅樓夢》

62 同前注，頁二六。前文為：「晴雯『天天打扮得像個西施的樣子』（王善保家的語），但是只寫她的褻衣睡鞋。膈肢芳官那次，剛起身，只穿著內衣。臨死與寶玉交換的也是一件『貼身穿的舊紅綾襖』。唯一的一次穿上衣服去見王夫人，並沒有十分妝飾『……釵嚲鬢鬆，衫垂帶褪，有春睡捧心之遺風……』依舊含糊籠統。『衫垂帶褪』似是古裝，也跟黛玉一樣，沒有一定的時代。」同前注，頁二五—二六。

63 同前注，頁二六。

64 見胡適，《中國章回小說考證》，頁一八〇。

65《紅樓夢魘》，頁八五。

66 吳自牧，《夢粱錄》，灌園耐得翁，《都城記勝》，皆有「說話四科」、「說話四家數」說法。而「小說」為其中一家，別立門戶，名「銀字兒」，如「煙粉、靈怪、傳奇、公案、撲刀扞棒，發跡變態之事……」。魯迅，《中國小說史略》，《魯迅全集》卷三（台北：唐山，一九八九），頁一一四—一一五。

67《紅樓夢魘》，頁九。

外一章。

像這類小說家一時手癢小試身手將曹雪芹的現實生活「小說化」的例證，在《紅樓夢魘》中俯拾皆是，張自承「詳夢」於她，「像迷宮，像拼圖遊戲，又像推理偵探小說。早本各各不同的結局又有『羅生門』的情趣」[68]。

同樣地，以此環繞著寶玉視為「生命共同體」與性情投相契的女子為中心來闡釋的人物品鑑，焉能獨漏湘雲？〈五詳紅樓夢〉開篇即提出湘雲的面貌描述在小說中煙雲模糊，[69]與前文所述虛筆捕捉「神韻」的筆法同一路數，但湘雲結合天真晚熟及無邪憨態的「俠女」特質與眾自別，因此也最受廣大讀者歡迎。康來新曾指出張愛玲「湘雲論」的「別開生面而又透闢情理」，雖是考據過程中於人於事的「蜻蜓點水」，卻「令人耳目一新，大可深究」[70]。其實張愛玲論湘雲絕非隨意點撥，實為「詳夢」之重要關目，她一來從眾多舊本與根據早本續寫的版本中推測：早本中湘雲是在黛玉之前跟著賈母住，因此對後來居上的黛玉「有種兒童嫉妒新生弟妹奪寵的心理」[71]，但這些段落後來被刪除；二來湘雲的歸宿不僅可見高鶚續書為「單薄傳奇劇」[72]拙劣草率之一隅，更因牽涉到寶玉最終結局，將左右整部小說的旨趣，因而，判斷釐清幾種互異版本何者最能貼近作者原意，也就牽涉到張氏力主《紅樓夢》前八十回的「反傳奇」[73]小說美學走到巔峰卻橫遭斬斷的癥結。使張愛玲驚異的「舊時真本」中情節，即與湘雲息息相關：

> 根據第一個早本續書的共四種，內中大概是南京刻本流傳最廣，連端方本續書人這老北京也買

到一部。但是予人印象最深的是「舊本」之二。我十四五歲的時候看《胡適文存》上的一篇紅樓夢考證，大概也就是引《續閱微草堂筆記》——手邊無書，可能記錯了——傳說有個「舊時真本」寫湘雲為丐，寶玉作更夫，雪夜重逢，結為夫婦，看了真是石破天驚，雲垂海立，永遠不能忘記。這位續書編得確是有一手，哀豔刺激傳奇化，老年夫婦改為青年單身，也改得合理，因為是續八十回本，當然應有抄家，所以青年綦貧。而且二人結合已是末回卷終，並無其他的好下

---

68 同前注，頁一二一。

69 「怪的是要角中獨湘雲沒有面貌的描寫，除了『醉眠芍藥蔭』的『慢起秋波』四字，與被窩外的『一彎雪白的膀子』（第二十一回），似乎除了一雙眼睛與皮膚白，並不美。身材『蜂腰猿背，鶴勢螂形』，極言其細高個子，長腿，國人也不大對胃口。她的吸引力，前人有兩句詩說得最清楚：『眾中最小最輕盈，真率天成詎解情？』（董康《書舶庸譚》卷四，題玉壺山人〔筆者按：即清中葉著名仕女畫家改琦〕繪寶釵黛玉湘雲『瓊樓三豔圖』，見周汝昌著《紅樓夢新證》第九二九頁。）她稚氣，帶幾分憨，因此更天真無邪。」同前注，頁三五一。

70 「湘雲的廣受歡迎，與文化中的俠女崇拜有關，湘黛對比，後者情竇早開，前者情竇未開，湘雲對黛玉是兒童忌妒新生弟妹的吃味，和寶釵迥異。」康來新，〈對照記〉，頁五五。

71 《紅樓夢魘》，頁三五二。

72 《海上花》，頁六〇七。

73 「原著八十回中沒有一件大事，除了晴雯之死。抄檢大觀園後，寶玉就快要搬出園去，但是那也不過是回到第二十三回入園前的生活，就只少了個晴雯。迎春是眾姐妹中比較最不聰明可愛的一個，因此她的婚姻與死亡的震撼性不大。大事都在後四十回內。原著可以說沒有輪廓，即有也是隱隱的，經過近代的考據才明確起來。一向讀者看來，是後四十回予以輪廓，前八十回只提供了細密真切的生活質地。」（《海上花》，頁六〇六）余斌，《張愛玲傳》，頁三七四—七五）。

場，仿佛成為一對流浪的情侶，在此斬斷，節拍扣得極準，於通俗中也現代化，甚至於使人有點疑惑——會不會是曹雪芹自一七五四本起改寫抄沒，一直難產，久久膠著之後，一度恢復續娶湘雲的情節，不過移到抄家後？[74]

張愛玲反覆提及曹雪芹改寫《紅樓夢》的「雙向運動」，一方面的特點是筆法越趨成熟，寶黛情感場面即為後期的爐火純青，另一方面改寫的特點之一是從「現代改為傳統化」。早本富有實驗性，寫實而首創現代化，她分析：[75]

寶玉思慕太多，而又富於同情心與想像力，以致人我不分，念念不忘，當然無法專心工作，窮了之後成為無業遊民。在第一個早本內，此書是個性格的悲劇，主要人物都是自誤。[76]

但全然孤立的作者遙遙走在時代前端卻不免心虛起來，因此幾經修改後的結局乃為百回本的「青埂峰下了情緣」，回歸傳統小說的神話路線，遷就讀者口味。[77]舊本中保留的早本遺跡「湘雲為丐，寶玉作更夫，雪夜重逢，結為夫婦」結局，「既通俗又現代化」，堪稱為張愛玲最鍾情的「先鋒版」《紅樓夢》尾聲。

固然這樣的前衛收煞畢竟連作者自己都疑惑，考量其藝術完整面及其小說結構的合理性，亦未見得是眾多續書中的最佳版本，但觀察「張看」舊時真本的「石破天驚，雲垂海立，永遠不能忘記」的心靈震動，何嘗不是我們理解張愛玲之續書癖自此得到補償滿足之心態幽微的契入點？可以說，八十回內外的懸案迷霧，紅學諸子百家的眾說紛紜，恰恰提供紅迷如張愛玲可馳騁想像的開放性結局，勾起回憶並藉此重溫豆蔻年華與父親共同創作《紅樓夢》續書的流金歲月，[78]失落的父愛與少年時期的創傷情結一度在回味中重返再現，此中上癮般痛苦與自我療癒的快慰輾轉輪替，不言可喻。

因此，如「情榜」有名者王熙鳳、秦可卿、香菱、巧姐，或附於十二金釵副冊、又副冊上的襲人、鴛鴦，甚至懸而未決的次要情節：紅玉與賈芸剛開頭卻被掐斷的戀情，茜雪被攆出後的歸向等等，都是一宗宗值得平反廓清的公案，此中呼之欲出的偵探張愛玲之身影隱微閃現。故《紅樓夢魘》中的人物論看似隨興發揮無章法，但卻自有內在的清楚理路，往往與其針對小說「細節」（如纏足、衣飾的滿漢傾向、南北方言口語的運用）大發議論的態度一以貫之，目的均在具體呈現《紅樓夢》前八十回如何呈現「細密真切的生活質地」，然而此平實自然筆觸與反傳奇化的小說人物命運結局，也隨著曹雪芹之逝戛然而止，留下中國人情小說發展到巔峰時期的未竟之業。

總結看來，與其說《紅樓夢魘》自始至終鋪陳的就是有別於學究口吻與理論面目的考證文章，她

74《紅樓夢魘》，頁三八九。
75 同前注，頁三八八。
76 同前注，頁三八八。
77 參見余斌，《張愛玲傳》，頁三六一。
78 楊澤，〈世故的少女〉，收入楊澤主編，《閱讀張愛玲》，頁二一四。

的創造性閱讀，與其視之為掙脫文學宗師與前行者「影響焦慮」（the anxiety of influence）的誤讀，不如說，所謂《紅樓夢》「非自傳」之說，於張愛玲而言，乃是強調創作主體即便訴說的是同一個故事，但一次次不同的腔調口吻、調整改換的視角、添補與斟酌人物命運與結局，便一次次再度賦予文本輪迴轉生般的賡續力道，文本的生命在時間的流轉中雖經歷了死亡，卻又復活重生。曹侯終其一生絮語不休的同一個家族興衰故事，十年間無數次大大小小規模的改寫，萬斛心血貫注其間，「自傳」一說未能曲盡創作心靈之其中奧妙，故張愛玲力主：《紅樓夢》「是創作，不是自傳小說」一說，當從這樣的脈絡予以理解。

可以說，中晚年的張愛玲亦步亦趨追隨曹侯足跡，一面延續著自早年一貫的中英互換不斷刪改更動、加添修補早年作品的寫作模式，一面進行自傳式小說與家族史的回顧與書寫，更重要的，更是對《金瓶梅》、《紅樓夢》與《海上花》一脈相承的世情／人情小說系譜的揭示闡發，不管是考證不同版本或是將吳語譯成國語及英文，其貫注之心血何只十年（《海上花》的註譯就將近二十年）[79]？直追悼紅軒中「批閱十載，增刪五次，纂成目錄，分出章回」的曹雪芹，亦不啻為透過詮釋解讀與自我省思，進行雙向往逆的創造及審顧的漫長歷程。

三、海上花國：禁果之園「平淡自然」？

通過上面的分析，更可重新詮解《紅樓夢魘》首章題為〈紅樓夢未完〉的幾重意涵：首先，張確鑿斷言《紅樓夢》一書本身殘缺不全，是藝術天才未完成的遺作，其次，此闕佚的「未完之夢」之晦澀難解固須等待伯樂為之釋夢解夢，詳加解析來龍去脈，洗刷出原貌真跡，但其懸置之「留白」更留下誘發想像的餘韻，交織為身兼「小說家」與「紅迷」雙重身分的張愛玲酣暢淋漓地揮灑創作天賦的無垠空間。

再次，張愛玲筆下《紅樓夢》藝術成就如同「高峰成了斷崖」亦不妨視之為「張腔」語風之一端：表面上是對中國傳統人情小說系譜的「先天不足，後天失調」發出喟嘆，但她筆鋒一轉，指出此文脈遁入地下，化為伏波潛流，百年後的韓邦慶繼承衣缽的《海上花列傳》雖重現三分神采，卻依然知音寥落，正待內力深厚的大師級高手注疏轉譯，讀者方能得其神髓三昧，張愛玲「驕矜自負」的一面由此可見。

> 當時的新文藝，小說另起爐灶，已經是它歷史上的第二次中斷了。第一次是發展到《紅樓夢》是個高峰，而高峰成了斷崖。……但是一百年後倒居然又出了個《海上花》。《海上花》兩次悄悄的自生自滅之後，有點什麼東西死了。[80]

79 周芬伶，《艷異》，頁三八二。

80《海上花》，頁六〇八。

這段話值得從清末以來《海上花列傳》的「接受史」來加以審視。所謂「小說另起爐灶」的新文藝時期，往上回溯至「新小說」時期的相關評論頗值得注意：當時《海上花列傳》就一度受到矚目，且激起不小的漣漪。如別士（夏曾佑）曾在〈小說原理〉一文中提到五種寫作小說的法則就以《海上花》為例：

蓋作小說有五難。一，寫小人易，寫君子難。人之用意必就己所住之本位以為推，人多中才，仰而測之以度君子，未必即得君子之品行，俯而察之以燭小人，未有不見小人之肺腑也。試觀三國志演義，竭力寫一關羽，乃適成一驕矜滅烈之人。又欲竭力寫一諸葛亮，乃適成一刻薄輕狡之人。儒林外史竭力寫一虞博士，乃適成一迂闊枯寂之人。而各書之寫小人，無不栩栩欲活，此君子難寫，小人易寫之徵也。是以作金瓶梅、紅樓夢與海上花之前三十回者，皆立意不寫君子。[81]

彼時方當梁啟超以《新小說》雜誌為中心，鼓動起「小說界革命」的風潮，學者開始有意識地整理評論前人小說。在夏眼中，《海上花列傳》的寫作技巧與《三國演義》、《金瓶梅》、《紅樓夢》、《儒林外史》等小說名著不分軒輊；這篇文章也可以說是《海上花列傳》刊行整整十年後，首次受到文化界較嚴肅的評論。文章接著寫道：

二，寫小事易，寫大事難。小事如吃酒旅行姦盜之類，大事如廢立打仗之類，大抵吾人於小事之經歷多而於大事之經歷少。金瓶梅、紅樓夢均不寫大事。[82]

這段話中的「吃酒」一詞已點出專述妓家的《海上花列傳》亦與《金瓶梅》、《紅樓夢》同屬「寫小事」的章回小說之列。

五，敘實事易，敘議論難。以大段議論羼入敘述之中最為討厭。讀正史紀傳者，無不知之矣。若以此習加之小說，尤為不宜。有時不得不作，則必設法將議論之痕跡剪去始可。如水滸吳用說三阮撞籌，海上花黃二姐說羅子富，均有大段議論者。然三阮傳中必時時插入吃酒烹魚撐船等事，黃二姐傳中，必時時插入點煙燈、吃水煙、叫管家等事，其法是將實景點入，則議論均成畫意矣。不然，刺刺不休，竟成一經世文編面目，豈不令人噴飯？[83]

這裡舉出《海上花列傳》第七回中黃二姐勸說羅子富的一段文字來作為議論痕跡成功融入小說中的例證，點出《水滸傳》和《海上花列傳》的作者深知「紀傳」體小說的寫作法門，間接地推崇兩位

---

81 別士，〈小說原理〉，見《繡像小說》三號（光緒癸丑年〔一九〇三〕閏五月初一發行），頁二上。
82 同前注，頁三上。
83 同前注，頁三上—三下。

小說家的高度成就。

夏曾佑的長文很快有了迴響，同年（一九〇三）《新小說》第七號中，梁啟超署名「飲冰」刊出一篇集眾位學者縱論小說心得的〈小說叢話〉，文中引蜕庵云：

> 小說之妙，在取尋常社會上習聞習見，人人能解之事理，淋漓摹寫之，而挑逗默化之故。必讀者入其境界愈深，然後其受感刺也愈劇。未到上海者，而與之讀海上花，未到北京者而與之讀品花寶鑑，雖有趣味，其亦僅矣。[84]

文中強調小說固然描寫尋常人「習聞習見」之事較能引起共鳴，仍須讀者親身入其境，方能深入感受並潛移默化。若僅只停留於紙面文章的理解而缺乏自身體驗，終不免隔閡，領略出的「趣味」自然有限了。但文中以《品花寶鑑》的「京味」與《海上花列傳》濃濃的「海派」色彩為例，卻也反映出《海上花列傳》出現後的十年間，它為上海城「寫照傳神」的功力已具代表性。

上面的分析，可以看出在「小說界革命」時期，這部小說的市井性格以及承繼晚明「世情」說部的深厚淵源，已獲得文化界人士的肯定，《海上花列傳》描摹人情世態的成就也堪與眾多說部經典相提並論。即便如此，我們仍然可以看出這些評論者的主要目的卻是「提倡」小說創作與閱讀風氣：他們都在向讀者宣稱，閱讀這些經典小說足以薰陶感刺讀者大眾。換言之，這些論述大抵不脫傳統「文以載道」的思維，所不同的是，「小說」從原先所處的邊陲地位，驀然被劃入重要範疇，且迅速位居核心。

光緒末、宣統初年（一九一〇年代），上海出現了大批暴露醜聞祕辛的「黑幕小說」，影響所及，也有人開始記起《海上花列傳》是最早揭露上海名流事蹟[85]的近代小說，並將它與曾樸《孽海花》的影射手法相提並論，皆為將「真事隱去」，保留豐富掌故、軼聞（醜聞）的「歷史小說」[86]。

到了一九二〇年代，正當五四運動激起的「新文化運動」達到高潮，重估既有文化的批判也促成了一波「重訪經典」的小說批評熱，關於《海上花列傳》最具代表性且影響深遠的幾則評論，幾乎盡數在此時出現。首先，魯迅於一九二〇年代中前期完成的《中國小說史略》〈清之狹邪小說〉一章，正式將該書定位為繼承唐代北里傳統，匯成晚清「狹邪小說」一脈，並畫下圓滿句點的代表作。此文一出，《海上花列傳》從此與《品花寶鑑》、《花月痕》、《青樓夢》等作品成為同譜同宗，相關的批

84 飲冰輯，〈小說叢話〉，《新小說》七號（一九〇三），頁四。

85 宣統三年（一九一一），狄平子在《小說時報》九期發表的〈小說新語〉一文，最早引用隱名氏所著《談瀛室筆記》來談《海上花列傳》的隱托之筆。

86 狄平子首先指出曾樸《孽海花》的暢銷，提到該書人物影射當時名人，小說中有四十多位人物之諧音，明顯地指涉當代人；文末寫道「孽海花之前小說佳者為海上花列傳，其中人名大都均有所指，今略舉數人列表於後」，即列出這段引文。一九一四年顛公（即雷瑨，又號「松江顛公」）也在《文藝雜誌》第五期中，將《談瀛室筆記》「海上花第一百七十九」條全文引出。此後，蔣瑞藻的《小說考證》（一九一九年出版）都分別引用此段文字。參見〔清〕韓邦慶，《海上花列傳》（台北：河洛圖書，一九八〇），頁五七〇。

評更幾乎一無例外以此說為基準，堪稱為該小說的「接受史」上影響力最為深遠的評價之一。

只是，我們若回到《海上花列傳》出版時的文化語境來觀察，就會輕易地發現，《海上花列傳》雖然以妓女為題材、主旨在人情，卻從未被視為和《品花寶鑑》以降的三部言情狹邪小說一貫宗脈；[87]第一代「洋場才子」王韜倒是曾舉出鄒弢（一八五〇—一九三一）所著妓女小說《海上塵天影》，讚譽它繼承了《品花寶鑑》、《花月痕》等書的優點。[88]這說明了「當時」的讀者與「後來」的文學批評家從大不相同的視野為出發點進行詮釋，此中雖無是非對錯，但此「後見之明」卻往往遮蓋甚至取代了「同時代的讀者回應」。

魯迅的說法即是最鮮明的例證。如他肯定作者「記載如實，絕少誇張」[89]的寫實功力，一向批語嚴峻的他，給了《海上花列傳》「平淡而近自然」[90]評價，此語堪稱為《海上花列傳》的文學史地位「定調」「定位」之言。仔細看來，魯迅的評論與「新小說」時期最大的相異之處，乃是他直接將該小說置於暗含貶意、且不乏幾分頹廢意味的「狹邪小說」一脈，並從創作心態著眼，將此文類上推唐人「冶遊」筆記書的淵源。換言之，小說的「載道」需求在魯迅看來其實大可不必，既然它來自於冶遊書的傳統，得使「《紅樓夢》在狹邪小說之澤，至此而斬」[91]，已屬難能可貴。

同時期的文壇祭酒，也是鼓吹白話文運動的胡適與劉復，卻與魯迅採取的態度不同。他們不僅合力將這部小說推入經典文學的殿堂，更毫不保留地讚譽它的藝術成就，稱之為「吳語文學的第一部傑作」。這樣的推薦讚揚，一時看似四方響應：如孫玉聲、雷瑨[92]等與韓邦慶相識，也同樣兼具傳統文人與早期報人身分的作家，都宣稱早已識得《海上花列傳》的「絕好筆墨」；[93]當時也出現疑似續書的作品，但實際上並沒有造成後來的新文藝仿效跟進的熱潮[94]，這使得《海上花列傳》似乎諷刺地成為「空前絕後」的吳語文學巨著，倒是由《海上繁華夢》、《九尾龜》等小說所代表的「黑幕小說」

---

87 雖然如前面提及，「新小說」時期（一九〇二）評論家蛻庵曾經將兩書作比較：「未到上海者，而與之讀海上花，未到北京者而與之讀品花寶鑑」，但這裡強調的是兩部小說鮮明的「地域」代表性色彩，而非前者師承後者。見《新小說》七號，頁四。

88 王韜更搬出幾部前人作品來襯托這部小說的過人之處：「歷來章回說部中，《石頭記》以細膩勝，《水滸傳》以粗豪勝，《鏡花緣》以苛刻勝，《品花寶鑑》以含蓄勝，《野叟曝言》以誇大勝，《花月痕》以情致勝，是書兼而有之」，其中明顯將此書上接言情小說的傳統。見王韜，〈《海上塵天影》敘〉，收入〔清〕司香舊尉（鄒弢），《海上塵天影》（據光緒三十年石印本影印，上海：上海古籍，一九九〇），頁二。

89 魯迅，《中國小說史略》，頁二八〇。

90 同前注，頁二八三。

91 同前注，頁二七九。

92 即松江顛公，曾在《小時報》寫下關於韓邦慶的兩則簡傳，文中的資料，後來成為胡適考證韓邦慶生平的重要骨幹。引自胡適，〈海上花列傳序〉，收入〔清〕韓邦慶，《海上花列傳》，頁五六九—七一。

93 孫玉聲，〈海上花列傳〉一文，見《退醒廬筆記》，引自胡適，〈海上花列傳序〉，頁五六八。

94 陳無我，〈騷壇錦繡〉一文，錄有一則「拈花室主人」所撰的〈跋《海上花列傳》〉一文，文中提到文友壽萱室主若「筆政稍閒，可續《花列傳》」，可能是即將撰寫有意模仿韓邦慶《海上花列傳》的續書。見陳無我，《老上海三十年見聞錄》（上海：大東，一九二八）。但據王學鈞考證，後來沒有任何署名壽萱室主的小說出版。即使如此，拈花室主這篇文章卻可以窺見一九二〇年代文壇、報界人士閱讀《海上花列傳》的一種心態剪影。見王學鈞，〈跋《海上花列傳》異文試辨〉，《南京化工大學學報》一期（二〇〇一年一月），頁六一。

一脈，以及沿襲林紓譯《巴黎茶花女遺事》言情感傷遺緒的「鴛鴦蝴蝶派」小說在清末民初的文壇上大行其道。

至於《海上花列傳》特殊的「穿插藏閃」結構在胡適認為：「看慣了西洋那種格局單一的小說的人，也許要嫌這種『摺疊式』的格局也點牽強，有點不自然」，張愛玲在《海上花》國語註譯本〈譯後記〉回應了胡適的話：

它第二次出現，正當五四運動進入高潮，認真愛好文藝的人拿它跟西方名著一比，南轅北轍，《海上花》把傳統發揮到極端，比任何古典小說都更不像西方長篇小說——更散漫，更簡略，只有個姓名的人物更多。95

比對先前她在〈憶胡適之〉一文中提到的：

《海上花列傳》其實是舊小說發展到極端，最典型的一部。作者最自負的結構，倒是與西方小說共同的。特點是極度經濟，讀著像劇本，只有對白與少量動作。暗寫、白描，又都輕描淡寫不落痕跡，織成一般人生活的質地，粗疏、灰撲撲的，許多事「當時渾不覺」。所以題材雖是八十年前的上海妓家，並無豔異之感，在我所有看過的書裏最有日常生活的況味。96

這兩段話看似有些出入，卻一致說出了《海上花列傳》的作者將「舊小說發展到極端」。在張愛玲眼中，處在傳播媒體萌芽的年代，外來的影響在文學上還相當有限，韓邦慶的筆法「極度經濟，讀著像劇本，只有對白與少量動作」，「散漫簡略」，「輕描淡寫不著痕跡」地織就「日常生活」的線條質地。《海上花列傳》「暗寫、白描」呈現了創作主體細膩營造小說結構、精準控馭閱讀效應的強烈企圖，在這一點上，《海上花列傳》展露的高度「形式理性」，倒與現代小說微妙互通。

從這樣的脈絡來分析，張愛玲的所謂「《海上花》兩次悄悄的自生自滅之後，有點什麼東西死了」，除了她反覆申說近代以來讀者嗜讀傳奇劇的「閱讀趣味」已然形成並難以扭轉外，從「新小說」到五四新文學運動，幾個重量級的文化明星皆未能道出《海上花》繼承《紅樓夢》透過描繪平實自然的生活質地，深入而細緻地刻畫人生與人性之幽微，此人情文類核心價值之詮釋「空白」，乃是張愛玲得以施展拳腳的舞台。

就如她認為《紅樓夢》中的大觀園道出中國人潛意識裡的伊甸園是「兒童樂園，個人唯一的抵制方法是早熟」，但在〈國語版《海上花》譯後記〉裡，開宗明義即指出《海上花》專寫清末妓院，但「主題其實是禁果的果園，填寫了百年前人生的一個重要的空白」。張愛玲解釋道：

95 《海上花》，頁六〇八。

96 《張看》，頁一七七。

> 盲婚的夫婦也有婚後發生愛情的，但是先有性再有愛，缺乏緊張懸疑、憧憬與神秘感，就不是戀愛，雖然可能是最珍貴的感情。戀愛只能是早熟的表兄妹，一成年，就只有妓院這髒亂的角落裡還許有機會。再就只有《聊齋》中狐鬼的狂想曲了。
>
> 直到民初也還是這樣。北伐後，婚姻自主、廢妻、離婚才有法律上的保障。戀愛婚姻流行了，寫妓院的小說忽然過了時，一掃而空，該不是偶然的巧合。[97]

從社會文化與風俗史的變遷談《海上花》這部妓院小說何以應視為描摹人性與愛情的重要小說，過去的社會「戀愛只能是早熟的表兄妹，一成年，就只有妓院這髒亂的角落裡還許有機會」，這段話中「早熟的表兄妹」不妨視為《紅樓夢》四大家族聯姻格套中與眾自別的寶黛之戀，《海上花》呈現的是逢場作戲的歡場裡，紅倌人與多金顧客間除了生意經營與情色交易外，仍保有愛情萌生的空間：

> 書中寫情最不可及的，不是陶玉甫、李漱芳的生死戀，而是王蓮生、沈小紅的故事。[98]

從《紅樓夢》到《海上花》，自無邪的兒童樂園走入嘗禁果的園子，青梅竹馬的純真戀情終究得面對世故的成人世界，而青年男女的情愛糾葛就在《海上花》中體現無遺。張愛玲指出「陶玉甫、李漱芳那樣強烈的情感，一般人是沒有的」[99]，一方面是因為在妓院的環境中陶李間的深情摯意畢竟罕見，只能歸為奇聞而不夠具有普遍性，從人物形象的塑造來看，李漱芳的工愁善病還是來自林黛玉原型的變體，因此不能清楚說明韓邦慶作品的獨創性。張愛玲認為最能表現「列傳」成就的「一對」，是王蓮生與沈小紅間多角糾纏的情愛關係，並推崇為「在愛情故事上是個重大的突破」[100]。

可以說，國語版《海上花》的註譯與導讀，固然是提供一道進入吳語版《海上花列傳》的捷徑，但張卻不滿足於僅只扮演附屬角色：或解釋晚清滬地風俗、或導覽青樓冶遊規則、或考訂服飾時裝與人物身分及社會地位

97《海上花》，頁五九六。
98 同前注，頁五九六。
99 同前注，頁五九三。
100 同前注，頁五九七。

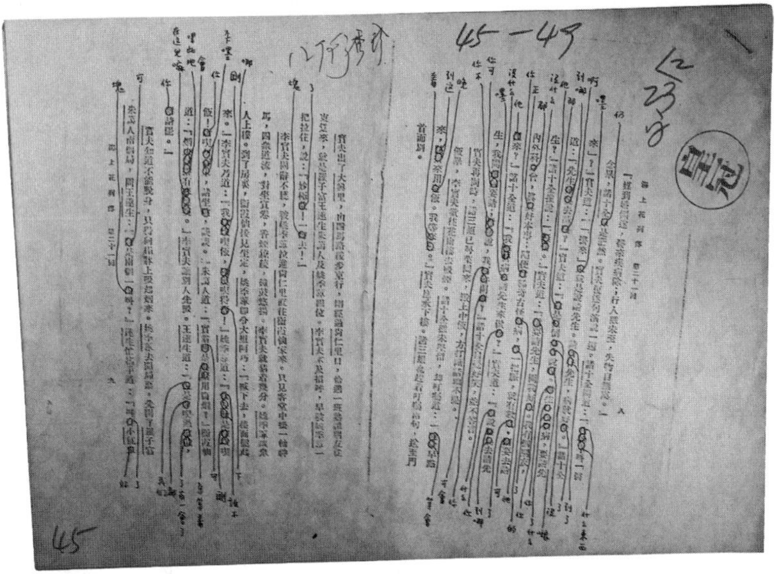

張愛玲　國語版《海上花》校稿手跡（作者攝於2016年台北國際書展，張愛玲特展區）

（如近代僕傭制度）等等，她自承「我加的註解較近批註，甘冒介入之譏」[101]的獨特註譯方式，儼有「反客為主」姿態。從國語版第八回「蓄深心劫留紅線盒　逞利口謝卻七香車」分析黃翠鳳手腕高明地周旋於新歡羅子富及舊愛錢子剛間的長註揭開序幕，[102]此後第三十六回注釋點破李漱芳病因；[103]第三十九回注釋將趙二寶與同鄉女友張秀英同施瑞生的過往情史帶出，[104]第五十九回則富有妓家風俗學意味地解釋周雙玉如何調製假毒藥，欲懲戒負心情人[105]……。凡此種種，都進一步說明了張愛玲獨抒機杼的創造性注釋，其目光始終關注闡析小說家隱晦而微妙的「談情說愛」筆法，並以「打破悶葫蘆」的精神揭示作者費心描摹的列傳人物各自曲折的情愛歷程。

但令人納悶的是，正如上文提及，《海上花》中張評價最高的王沈故事，卻不若黃翠鳳、李漱芳、周雙玉故事屢屢在注釋裡殷殷解析，而待到〈譯後記〉長文中，方才夾敘夾議正面提出她的獨到論點。國語版《海上花》的讀者隨著「張看」視角回顧審思這對情人間多重複雜的情愛關係。

從頭梳理起來，沈小紅首次出現在讀者眼前，是第四回她似乎察覺王蓮生行蹤不定，似有變心嫌疑，到了第九回好戲正式登場：她率領娘姨大姊一干人等，奔赴中西合璧的公家花園「明園」，當眾痛打老顧客王蓮生的新歡妓女張蕙貞。她「隨身舊衣裳，頭也沒梳便來了」，「直瞪著兩隻眼睛，滿頭都是油汗，喘吁吁的上氣不接下氣」，一上樓劈面撞見蓮生，還沒說話就「照準蓮生太陽裡狠狠戳了一下」，接下來放手痛打張蕙貞，其間蓮生得空架住小紅，也被企圖掙開身的她毫不留情「口咬指掐」[106]。蓮生雖然極力阻止，但還是被中途攔下，只能任由小紅坐在張蕙貞身上「結結實實下手死打」，直待茶館堂倌喊來外國巡捕才止住混亂局面。事後王蓮生心虛有愧，不敢親自送張蕙貞回住處，更害怕獨自面對沈小紅，於是找了兩個保駕的幫手（洪善卿、湯嘯庵）一同到沈小紅處請罪。小紅餘怒未息，故一見到蓮生「蓬頭垢面，如鬼怪一般」[107]撲過來要跟他拚命，蓮生怯懦欲走，小紅一頭撞向板壁，作勢尋死。蓮生不敢便行，勉強留下，狠狠地被奚落一頓的蓮生，百般賠罪討饒，答應幫她還債，終於勉強挽回了局面。對比小紅的潑婦行徑，怯懦的蓮生一方面確如張愛玲所言「簡直到

101《續集》，頁八八。

102 國語註譯版《海上花》，頁九四—九七。相同類型的注釋還有第四十七回描述黃翠鳳自立門戶前一晚堅留羅子富的用意，乃是要他見到她穿著如重孝的「戲劇性的改裝」一幕，並刻意不與羅同行赴新居，免得刺激早已在那兒等候的錢子剛，見頁四六二。

103 此回回目「絕世奇情打成嘉耦　回天神力仰仗良醫」，原文敘述陶玉甫安慰病中的李漱芳，建議她離開妓院，與母親到城中租房子居住，沒想到漱芳聽了：「大拂其意」，嘆了口氣，「懊惱益甚」。張愛玲在注釋中分析漱芳說不出口的心事：想必因為這樣就成了他的外室，而且反而失去跟他一同赴宴，同去同回的權利。同前注，頁三五三。

104 此回回目「渡銀河七夕續歡娛　沖繡閣一旦斷情誼」，小說中描寫趙二寶與眾人至張秀英書寓，雖是頭一遭到訪，卻逕開衣櫥取出春宮圖冊予同行諸人傳觀。張愛玲闡釋二寶從未到過秀英書寓卻熟門熟路的舉止，乃是因她初到上海不久，曾與秀英跟施瑞生效春宮畫所繪姿勢翻雲覆雨。故謂二寶此舉予人「無邊春色」的想像，也點出小說第三十一回施瑞生夜宿二寶秀英清河坊新房後，隔天便傷風的緣故，乃是畫中姿勢「太體育化」不能蓋被的緣故。同前注，頁三八五。

105 張愛玲的注釋中說明：雙玉將梨子熬成梨膏後燒焦，再加入酒同煮，形似味似生鴉片煙攙酒，以便接下來扮演「殉情記」女主角。同前注，頁五七七。

106 同前注，頁一〇二。

107 同前注，頁九九。

了花錢買罪受的地步」，但另一方面張也細膩分析：「可見他們之間自有一種共鳴，別人不懂的。如沈小紅所言，他與張蕙貞的交情根本不能比。」[108]

王沈故事繼續發展，看似兩人關係並無太大改善，小紅雖明裡大鬧，暗裡予取予求，要蓮生幫她還清債務、敲竹槓般多花錢購買珠寶頭面[109]，蓮生一方面討好敷衍小紅，另一方面倒沒有停止包養張蕙貞，仍然「腳踏兩條船」地維持危險的平衡。直到另一重高潮是酒醉後的蓮生目睹小紅與戲子小柳兒摟在一處，他盛怒之下砸爛妓院中所有家具，出於報復心態迅速迎娶張蕙貞為妾。但不久便發現蕙貞竟與自己姪兒在公館中私通，撞破姦情的他毒打張蕙貞，將之逐出。

前文提及張愛玲謂韓邦慶用筆「極度經濟」、「輕描淡寫不落痕跡」在王沈故事中顯現尤著，也是韓邦慶「穿插藏閃」敘事技巧高明之處。且不談二人故事從頭開始延續幾十回的種種穿插，其「藏、閃」之處包孕一個情感、理智與欲望不能協調的大關目，卻處理得如此「淒清」，這是張愛玲所言在「愛情故事上是個重大的突破」。讀者反覆細讀小說中二人糾葛，未免有一連串的疑問：王蓮生撇下長三書寓中的頂尖人物沈小紅去「做」[110]一個未見出色的么二張蕙貞，以其經濟與地位不去另做一個長三，有悖情理其一；沈小紅因對張蕙貞的醋意氣急敗壞，在稠人廣眾面前大打出手，全然不在乎紅倌人的名聲。既然姘戲子，就不應該在乎客人另做他人，對王蓮生愛怨交集地手指其太陽穴，這般在意而「只許州官放火，不許百姓點燈」，悖理之二；做生意買賣，傷心而至於憔悴顏損，生死以之不是妓家風範，悖理之三；更有一重悖理在張蕙貞，嫁給王蓮生三個半月，便與王蓮生的蠢笨無才的姪兒通姦，比姘戲子更等而下之。

令人不禁疑惑：王蓮生交往的妓女不分等級地都會背叛，不無緣由？沈小紅被王蓮生撞破她與小柳兒，欲向他自我洗刷，更一味關心，一段表情言語輕描淡寫地交代出王蓮生沒有言明的生理障礙：「耐今年也四十多歲哉，倪子囡仵才勿曾有，身體本底子嬌寡，再吃仔兩筒煙……，耐再要有啥勿舒齊，啥人來替耐當心？」[111]估計二人相差約二十多歲，王蓮生為何沒有兒女，身體嬌弱清寡何處體現？抽鴉片只會讓弱者更弱。這種弱點在張蕙貞那裡未見得好，於是便有體強者取而代之。王蓮生未必沒有自愧之心，卻又自強不來，碰見強者只會打房間、打女人，所以張愛玲才會在〈《海上花》譯後記〉中說他是個「令人不齒的懦夫」[112]。

幾番起落，他仍然與沈小紅藕斷絲連，雖然兩人的情愛關係早已千瘡百孔，她也因為姘戲子壞了名聲，生意全無，即將離開上海到江西赴任前的某個夜晚，蓮生在周雙珠處作客，過去曾是小紅處幫

108 同前注，頁五九六。
109 即首飾之意。
110 此詞多重意涵，主要指晚清妓院顧客與相好妓女間形成某種互相認定的默契與實質關係，顧客負擔該妓女的所有開銷，妓女亦等同與他成為生意夥伴與固定情愛伴侶。
111 〔清〕韓邦慶著，姜漢椿校注，《海上花列傳》（台北：三民，一九九八），頁三三七。張愛玲譯為：「你今年也四十多歲了，兒子女兒都沒有；身體本底子單弱，再吃了兩筒烟……這以後你再要有什麼不舒服，誰來替你當心？」見《海上花》，頁三三三。
112《海上花》，頁五九七。

傭娘姨的阿珠幾句話觸動前情，使他不禁在鴉片榻前愴然垂淚。[113]

王蓮生的故事表面上不過是一幕幕青樓妓院日日上演的情色悲喜劇，但張愛玲指出在妓家的「生意經」之下，其情欲敘述擅長於表相無波瀾的段落中隱藏「極度微妙」[114]之戲劇張力。如第五回回目「墊空檔快手結新歡　包住宅調頭瞞舊好」中所謂「墊空檔」令人費解，張愛玲則點出：沈小紅並沒有離開上海，除非她正與小柳兒熱戀，對蓮生自然與往日不同，「他不會不覺得，雖然不知道原因。那他對張蕙貞自始至終就是反激作用，借她來填滿一種無名的空虛悵惘」[115]。張愛玲顧了一面，放著另一面未論：王蓮生在沈小紅處未始不是一個自然的空檔，因此才需要小柳兒填充。

從小說中嚴整的敘事結構來分析，張此言可謂一針見血：小柳兒與小紅情事真相大白後，第三十四回描述蓮生不過五天工夫（五月初八）迅即納張蕙貞為妾，隔日朋友們一同到公館慶賀納寵的筵席上，故意叫沈小紅的局，沈小紅雖然心中氣苦，卻也不敢不去，一到場就見到王公館兩席酒並排在外間，一班毛兒戲正在亭子間搬演崑曲《跳牆著棋》。這折戲出自《西廂記》，內容是張生踰垣與鶯鶯私會，恰與小說中沈小紅身為王蓮生四、五年老相好，卻「紅杏出牆」般與戲子搞私情的情節形成對應。不久，戲台上換上一齣《翠屏山》，由這班「毛兒戲」（全由少女組成的戲班子）的頭號小生姚文君粉墨登場扮演石秀，她的扮相做工「倒也慷慨激昂，聲情並茂；做到酒店中，也能使一把單刀，雖非真實本領，畢竟有些功夫」。這齣戲也讓座中一直未能在滬上妓女中尋得「如意之人」的高亞白對「眉宇間另有一種英銳之氣，咄咄逼人」的文君一見傾心。有趣的是，這齣戲也勾動觀眾席裡的兩樣情：高亞白頻頻喝「好」、擊節讚嘆，沈小紅卻「心中感觸，面色一紅」。

乍看之下，小紅的反應是因為舊顧客蓮生娶新歡張蕙貞為妾，心中酸楚不甘，但細心的讀者會發現，導致小紅「面色一紅」的真正原因，乃是姚文君所反串的石秀。這讓人想起小說中首次出現《翠屏山》這齣由水滸故事改編的傳奇劇，並不在私人性質的宴會中，而是滬上最著名的戲園子之一：四馬路寶善街一帶的「大觀園」。當時趙二寶初到上海沒幾天，就接受手帕交張秀英的乾哥哥施瑞生之邀，到「頭等角色最多」的著名戲園子「大觀園」看戲，是晚壓軸的一齣戲即由「做工、唱口，絕不猶人」、大觀園最出色的武小生小柳兒演出《翠屏山》中的石秀：做到潘巧雲趕罵、潘老丈解勸之際，小柳兒唱得聲情激越、意氣飛揚。及至酒店中使一把單刀，又覺一線電光，滿身飛繞，果然名不虛傳。[116]這段文字與姚文君演出石秀的描繪，表面上幾乎如出一轍，但卻襯出伶人小柳兒的武藝是「真實本領」，劇中使刀的功夫最能顯出他的當行本事，可見小柳兒所詮釋的石秀享譽滬上菊壇，向來膾炙人口；初到滬上的二寶首次見識十里洋場的繁華夜戲，早已名列上海時髦倌人之列、嗜坐馬車的沈小紅必定是「大觀園」常客，也是觀眾席上為小柳兒如癡如醉的一員。

這樣看來，沈小紅在王蓮生公館的筵席上雖然見到的是「姚文君版本」的石秀，劇中潘巧雲與海

113 詳細分析見拙著，《海上傾城》，頁四九九—五〇〇。
114 《續集》，頁八八。
115 《海上花》，頁五九五—九六。
116 見《海上花列傳》（台北：三民，一九九八），頁二九〇。

和尚的姦情遭石秀撞破，潘與石爆發嚴重衝突的情節，正點破了小紅的心病，與戲外現實語境裡的她姘戲子（與小柳兒私通）被王蓮生發現的情事互為指涉。這使得小說中出現兩次的《翠屏山》這幕戲達到一石二鳥的效果，一來將小紅與蓮生、小柳兒之間的糾葛情愛，以及小紅觀戲時混合著傷心受辱與羞赧不安的複雜心緒表露無遺，二來也再次凸顯姚文君在妓女群中的特殊地位與強勢性格，她的「坤生」（相對於「乾旦」）形象，也為海上戲劇界當紅看俏的新興勢力，做了最好的說明。

蓮生娶妾後，小說家便按下不表這段複雜多角關係的後續發展，轉入一笠園的敘述。直到第五十四回方重新接上王蓮生的故事，這時他娶妾近三個半月，卻在八月二十三日這天發現自己戴綠帽（小老婆與同住的姪兒之姦情）而痛打小妾，將姪兒逐出。不久後，官運亨通的他準備離滬至江西赴任。幾個同事友人幫他餞行的晚宴上，王蓮生又重新叫小紅的局。

小說家並不特別描述暌違數月的兩人見面情景，但一方面先是透過名妓黃翠鳳與羅子富又在明園巧遇沈小紅與小柳兒前後接踵而來的神態，對顯出小紅的憔悴；另一方面，也從餞行宴第二晚蓮生的醉後嘔吐，側寫他的離開上海前身心俱疲與黯然傷懷：醉不成歡的蓮生，以及他與小紅間若即若離的冷淡，這也是小說中他們兩人的最終晤面。緊接著第五十七回描述第三晚的餞別宴後，王蓮生席散後到周雙玉處打茶圍，與娘姨阿珠（曾在小紅處幫傭，後來辭工轉到周雙珠處）提起小紅生意慘澹的景況，勾動一腔愁緒的蓮生不禁落淚。心中納悶的阿珠後來問洪善卿：「王老爺為啥氣得來？」「王老爺作仔官末，該應快活點，再有啥氣嗄？」善卿答道：

起先王老爺阿是一逕喜歡個沈小紅，為仔沈小紅勿好末，去討個張蕙貞。陸裡曉得張蕙貞也勿好，難末為仔張蕙貞勿好，再去做個沈小紅。做末來浪做，心裡末來浪氣。[117]

寥寥數語，一方面點出已屆不惑之齡的蓮生雖然仕途順遂，卻在情路上蹇行顛簸。洪善卿之言，也提醒我們注意到張愛玲在〈譯後記〉中獨具隻眼看出善卿這個「不務正業」的中藥店老闆身上具有代表性，體現了作為全國與東亞經濟中心的繁華大都市上海，眾多社交與貿易往來場合所遵循的法則，依然環繞著世故人情與人際關係打轉，更揭示出晚清人情小說的另一重要面相。

經此提點，讀者恍然覺知：小說中的確不曾見他為藥材店事務忙碌，倒是常為掮客莊荔甫仲介[118]珠寶、古玩、衣服等生意牽線奔波；或儼然是老相好周雙珠書寓的男主人，為鴇母周蘭新買的討人雙玉命名、勸慰雙寶、調解雙玉與朱淑人之間的糾紛；再就是小說中多處描繪，替洋務官員王蓮生跑腿購買衣裳頭面、家具，為他與沈小紅及張蕙貞間爭風吃醋的鬥爭緩頰，居中調停。

尤其王沈關係透過上文引出洪善卿這位頭號「幫閒」角色的評語，可側面得知更清楚的全景：如

117　張愛玲國語語譯為：「起先王老爺不是一直喜歡沈小紅？為了沈小紅不好嘿，去娶了張蕙貞；哪曉得張蕙貞也不好！這就為了張蕙貞不好，再去做個沈小紅。做嘿在做，心裏嘿在氣！」見《海上花》，頁五二八。

118　如小說第一回，莊荔甫要洪善卿幫忙引介生意，提到他要陳小雲做杭州富商黎篆鴻的牽線人。洪善卿後來為王蓮生跑腿，採買妓女沈小紅與張蕙貞的衣裳頭面，極可能便由莊荔甫牽線購得，再從中得取跑腿費。

第四回沈小紅還未露面之前，讀者跟著洪善卿的視線，一同與蓮生剛剛做起的祥春里么二住家「滿面和氣，藹然可親」的張蕙貞照面，原來蓮生託善卿購買「一隻大理石紅木榻床」與「一堂香妃竹翎毛燈片」，為的是張蕙貞要「掉頭」（搬家）到東合興里大腳姚家，善卿開玩笑地向蓮生說道「耐叫別人去搭耐買仔罷，我勿來買。撥來沈小紅曉得仔，吃俚兩記耳光哉」[119]，清楚表明沈小紅的潑辣脾性。王蓮生瞞著她另結新歡，需要一個口風緊，信得過的人幫忙「買辦」物事，說明了洪善卿雖是南市鹹瓜街永昌參店的老闆，頻頻出入活動的場域卻是城北的外國租界區，不難推知，充任王蓮生的跑腿或幫手從中賺取的「油水」或「外快」，委實可觀，多年累積之收益儼然已壓倒其正業。

小說描述洪善卿固然具有商人普遍的現實世故特徵，卻不乏細膩敏感與同情體察的圓融性格。王沈關係曾因張蕙貞而一度陷入僵局時，小紅對善卿冷言冷語，藉此譏諷蓮生與張蕙貞打得火熱。善卿「正色」說出一番勸誡之語：

「小紅，勠實概。王老爺做末做仔個張蕙貞。搭耐原鑾要好，耐也就噥噥罷。耐定歸要王老爺勿去做張蕙貞，在王老爺也無啥，聽仔耐閒話就勿去哉。不過我來裡說，張蕙貞也苦煞來浪。讓王老爺去照應點俚，耐也賽過做好事。」[120]這幾句話倒說得沈小紅盛氣都平，無言可答。[121]

這兩段話不僅說明了洪善卿對王蓮生的心事瞭如指掌，沈小紅的脾氣作風也摸得一清二楚，甚至早已知悉小紅背著蓮生姘戲子，故能兼情顧理說出一番平心話，讓牙尖嘴利的小紅「盛氣都平，無言可答」。

因善卿住處位於遠離外國租界、人力車都無法到達的南市，他主要追隨王蓮生，充當他的智庫或調解緩頰及跑腿的角色，「應酬場中需要有個長三相好，有時候別處不便密談，也需要有個落腳的地方」，得要有一個體面的「副業辦公室」[122]：北頭租界區裡公陽里周雙珠處。雖然洪的勢利淺薄是上海灘這類人物的共同特質。如王蓮生一到江西赴任，善卿就不大光顧周雙珠處，乃因可撈外快的機會頓減，投資報酬率太低之故，其在商言商的生意人本色暴露無遺，但「他與雙珠的友誼，他對雙寶阿金的同情，都給他深度厚度，把他這個人物立體化了」[123]。洪周兩人的關係自始至終如同生意場上的合夥人一般，他們之間有知己般徹底的了解，深刻道出清末上海商業輻輳地區的高級妓家中，倌人與客人間蘊生出各自互異卻同樣珍貴的諸種情感模式，為人情小說敘事學系譜注入新血。

---

119 張愛玲國語語譯為：「你教別人去替你買了罷，我不去買，我不去買。給沈小紅曉得了，喫她兩個嘴巴子喏！」見《海上花》，頁五八。

120 張愛玲語譯為：「小紅，不要這樣。王老爺做嘿做了個張蕙貞，跟你還是蠻要好，你也就噥噥罷。你一定要王老爺不去做張蕙貞，在王老爺也沒什麼，聽了你的話就不去了。不過在我說，張蕙貞也苦死了在那兒，讓王老爺去照應她點，你也譬如做好事。」見《海上花》，頁二四一。

121 見《海上花列傳》（台北：三民，一九九八），頁二三四。

122 《海上花》，頁五九四。

123 同前注，頁五九四。

再者，經過張愛玲對洪善卿在王沈關係起伏歷程扮演不可或缺的角色，也讓我們透過小說中唯一細摹的洋務官員王蓮生的愛情危機，審思晚清洋場妓家的生意法則實為小說家敷演世道人情之幽微的絕佳場域。如第十一回小紅大鬧後他勉力挽回的那天夜裡，租界發生火災，靠近蓮生公館。他慌忙奔回後但見火勢益發熾旺，幾乎要延燒過來，看得他直發急，故雖然屋舍什物都保了險，他收拾貴重品仍「顧了這樣，忘了那樣」[124]的驚慌失措，彷彿為他與小紅間糾葛難解的情愛衝突正式揭開序幕。小紅姘戲子的真相令他負氣火速娶了張蕙貞為妾，但無疑醞釀出更巨大的「茶壺裡的風暴」：妾與姪兒在自家公館裡偷情。與先前撞破小紅與小柳兒姦情如出一轍，但不同的是蓮生這次發洩怒氣的方式不是打壞宅第家具物事，而是在自家公館關上門虐打張蕙貞洩憤。

人物心理的反面刻畫，點出身為洋務官員的王蓮生儘管熟悉西洋制度與法規律令（深知打房間要避開保險燈，屋宅什物要提前規畫保險），但就如他官運亨通與多金優勢非但無法成為歡場（情場）裡稱勝奏捷的保證，更彷彿弔詭地成為他冀求一個知心體己人的某一部分障礙，蓮生的上海情愛體驗最終以節節敗退、鎩羽而歸收場。他的上海經驗卻無疑充滿雙重矛盾意義：固然享受文明繁昌的現代城市生活，在名流社交圈得到禮遇，更能一展洋務長才，等同功名事業春風得意，但他追逐時髦倌人的享樂歷程卻印滿了背叛、羞辱與愛欲幻滅的累累傷痕，始終得不到他所希冀的理想情愛，最終黯然離滬。

張愛玲則儼然是小說中桃色內幕的揭祕者與情色密碼破譯者的姿態，向讀者導讀展示看似「情」、「權」、「錢」一把抓的官場外圍新進，在上海灘的歡場與情場中跌了重重一跤的曲折歷程。她更道出對王沈的情愛公案背後隱藏著的深層情結：

他們的事已經到了花錢買罪受的階段。一方面他（按，指蓮生）倒十分欣賞小悍婦周雙玉，雖然雙玉那時候還圭角未露。人生的反諷往往如此。[125]

王蓮生對悍婦小紅的愛恨交織與心理上近乎被虐狂的病態扭曲，看似荒謬，卻深刻托喻了城市中徵逐欲望的現代性主體所遭遇最險惡噬人的異己經驗，從來不是自「外」入侵，而是自始至終藏身於自我之「內」，僅在無法邏輯解釋的非理性情緒中暫且棲身，卻在人們不提防時無聲無息現身作祟。因此，小說裡這場「火災」場面，與其說是蓮生禍不單行的坎坷情路之具體象徵，燒出了非理性的危殆感知與惴惴不安的自我面容，卻毋寧幽微地掩映了欲望主體「自虐虐人」的暴力輪迴景觀。

故張愛玲提出《海上花》中的王蓮生對沈小紅／抑或「自身」幻滅仍餘情未了，其書寫人物性格與心理的細膩複雜程度已經提升到了「淒清境界」，逕與中國「舊詩的意境」相彷，其成就委實不亞於詩歌在文學史上的經典地位，便可窺見其導讀注釋《海上花》之巨大企圖。

因此，如果說中國人情小說的薪傳彷彿普羅米修斯盜取之天火，在張愛玲將中國小說傳統評點加

124 同前注，頁一二三。

125 同前注，頁五九七。

上戲劇化的修辭策略：「張愛玲五詳《紅樓夢》，看官們三棄《海上花》」，除了展現真知灼見捨我其誰的態勢，更儼以幾座文學香爐《金瓶梅》、《紅樓夢》與《海上花》的後繼傳人自命，且惟有《傳奇》火種之傳遞，方能復活在歷史的闃黯中幾乎熄滅的星星火苗。

四、峰迴路轉：從「海上」到「歇浦」的人情衍化

上文提及一九六〇年代的張愛玲「自傳」的生命書寫與她考證《紅樓夢》、翻譯《海上花》之間組構了複雜的超文本，值得進一步申述的是，她的「詳夢」是要復原《紅樓夢》活潑而具有生命力的創作過程，凸顯小說的中國特質；翻譯《海上花列傳》到英語世界、翻譯區域性的吳語為普泛的國語，則無非要使這部中國人情小說的巔峰之作在當代世界再生。張愛玲研究、翻譯、創作三軍齊發，我們隱約看見她的企圖：要讓「趕了個晚集」的中國小說復現出起大早、在路上的樣貌，在「斷崖」上開鑿一條道路，連貫後世今生，在下一個「集市」上賣自己的貨色。培養、復現已經消失了的閱讀趣味，不外乎要讓世界了解，中國小說有「過去」，曾有過富有人生味的長篇小說。同時張愛玲更殷殷叩問：在那條連接《紅樓夢》高峰斷崖與現代的路上，「世情」、「人情」敘述在新文藝之外，還有那些具有價值的文學表現？

將目光調整到十九世紀末的上海，一八九二年《海上花列傳》，扮演了「海上」譜系小說的「旗艦」角色，前文已詳述，可值得注意的是同時代以上海青樓為主題的小說蔚成風氣的文化語境。彼時

晚清洋場文化圈前後出現了至少三部以「海上」為名的小說：《海上花列傳》、《海上塵天影》（鄒弢著），以及《海上繁華夢》（孫玉聲著）。其共同特徵之一為，作者多曾擔任報刊之主編或筆政，堪稱近代中國最早的現代意義的「報人」；特徵之二，是它們都以滬北租界區的文明環境作為小說場景，妓家生態作為敘述主軸。「現代都會」與「妓女」也正式成為矚目的形象隱喻，自長三堂子輻射出鳥瞰洋場大都會中的視野，從此改變了人情說部的敘事特徵，成為「海上」系列小說共同譜寫的主旋律，亦關鍵性地決定了海派人情小說系譜傳衍變異的方向。[126]

民國以後妓家生活便逐漸從小說中消失，妓女成為姨太太則開啟另樣的海上羅曼史，她們斷斷續續地進入了「社會小說」。很長時間，一般讀者忘記了海上小說，學究們偶一關注，除了魯迅「近真」一說，也不大清楚《海上花列傳》與其他小說的區別所在，上述張愛玲《海上花》翻譯時「介入」的解析之外，該著恰與其他「海上」小說敘事模式相反的高度含蓄之藝術風格、複雜的人物與結構、「穿插藏閃」的藝術肌理，至今未曾見到深刻的剖析與揭示。

一九四四年的上海淪陷區，張愛玲曾在《雜誌》月刊所舉辦的女作家座談會上說道：「我是熟讀《紅樓夢》的，但同時也曾熟讀《老殘遊記》、《醒世姻緣傳》、《海上花列傳》、《歇浦潮》、《二馬》、《離婚》和《日出》」[127]。從這些小說中的時代背景分析，《歇浦潮》與《海上花列傳》同樣以

126 詳見拙著，《海上傾城》，頁四七〇。

127 唐文標，《張愛玲研究》，頁一四三。座談會內容見〈女作家聚談會〉，收入陳子善編，《張愛玲的風氣：一九四九年前張

清末民初的申江作為上演人間劇目的舞台，在張氏「人情小說學」系譜中自有一脈相承的關係。社會小說是「民國舊派小說史」的文類標準，[128]從再現的層面講它重在世態變化的寫實，與魯迅所謂譴責小說「辭氣浮露」[129]的批判方式並無二致；從人情上說，則多在悲歡離合、變化無常，與狹邪小說中以妓女作為主要人物，一脈相承，它的敘述口吻常常是世故而非感傷的。張愛玲指出：

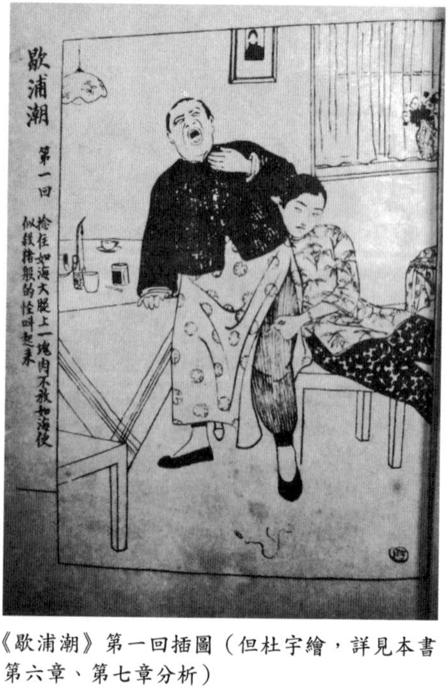

> 社會小說這名稱，似乎是二〇年代才有，是從《儒林外史》到《官場現形記》一脈相傳下來的，內容看上去都是紀實，結構本來也就鬆散，散漫到一個地步，連主題上的統一性也不要了，也是一種自然的趨勢。清末民初的諷刺小說的宣傳教育性，被新文藝繼承了去，章回小說不再震聾發聵，有些如《歇浦潮》還是諷刺，一般連諷刺也沖淡了，止於世故。對新的一切感到幻滅，對舊道德雖然懷戀，也遙遠黯淡。[130]

《歇浦潮》第一回插圖（但杜宇繪，詳見本書第六章、第七章分析）

仔細看張氏書單的七種作品中，清代占三種，五四新文學的占三種，民初時期唯有《歇浦潮》這部社會小說得到張愛玲的賞識。[131]

朱瘦菊（一八九二—一九六六，號「海上說夢人」）《歇浦潮》在上海寫上海灘上的生活，與張曾言「上海人是傳統的中國人加上近代高壓生活的磨練。新舊文化種種畸形產物的交流。結果也許是不甚健康的，但是這裡有一種奇異的智慧」，若合符節。[132]這種智慧在小說中富有戲劇性的表現，在《海上花列傳》到《歇浦潮》一以貫之的妓女、姨太太的個人奮鬥史上表露無遺。

《海上花列傳》「專述妓家，不及他事」[133]，表面上看來在《歇浦潮》中「妓女」與「妓家」不再

愛玲評說》（濟南：山東畫報，二〇〇四），頁一五八。

128 參見范煙橋，《民國舊派小說史略》，收入魏紹昌編，《鴛鴦蝴蝶派研究資料》（上海：上海文藝，一九六二），頁一八一—二〇七。

129 魯迅，《中國小說史略》，頁二九八。

130 〈談看書〉，《張看》，頁二一五。

131 張愛玲曾接受水晶訪談，承認自己的作品《怨女》中描述三爺偷了妻子的珠花，卻生怕被識破，當他知道家人打算請人來家中「圓光」（以法術顯現賊的面目），便打聽到將豬血塗在臉上可破解法術的一段情節，是「下意識」將童年看的《歇浦潮》情節「滑」入自己的小說。見水晶，〈蟬——夜訪張愛玲〉，《張愛玲的小說藝術》（台北：大地，一九九四），頁一一二—一一三。

132 張愛玲，〈到底是上海人〉，《流言》，頁五六。

133 《海上花列傳》（台北：三民，一九九八），頁三。

是重要焦點人物，但深層剖析，小說中描述上海名流圈子的「姨太太」階層，幾乎一無例外出身於長三堂子。紅牌名妓從「妓家」從良，進入豪門或富戶「人家」，這些女性在滬地的生活形態與社交活動以及背後牽動的複雜社會關係網絡，亦為此部小說隱形主幹，與小說中開設西藥房的男性角色錢如海為主軸所串起的情節：政局、商界與上流階層暗藏的社會腐敗亂象，一隱一顯，共同撐起小說的主要支柱。

女人在家庭中的中心地位就是由「名分」確定的：夫人、太太的雅稱中有時含虛帶假，大老婆才是正字標記的純金，小老婆就是姨太太，充其量只是次等貨色。故小說情節往往著力描繪為當大老婆而奮鬥的名妓，以及她們無法實現美夢的曲折遭際。《海上花列傳》裡懷抱著成為「大老母」（大老婆）天真夢想的二寶與《歇浦潮》中不敵「大老母」薛氏鬥爭的邵氏，除了迷惑於表象的自誤成分外，她們的悲慘結局更揭示了男女情欲關係的成敗與向上攀升社會階層的可能與否，密不可分。換言之，這些懷抱著美好優渥生活願景與未來可能的男男女女，正可藉由小說中屢屢可見的「大老母」迷思，以及妓女從良為姨太太的「溷浴」[134]心理幽微深入剖析：妓女願嫁與實行嫁人的心理與行為，正是呈現人情與世情的絕好過程，也是「海上」系列小說與其後《歇浦潮》等此類小說給人情譜系增添蘊含的核心元素。

分析起來，「願嫁」包含理想，是妓女未曾識破世情的迷思，是耽戀普通人生的心理階段，其實絕大多數不能遂願，與話本小說〈賣油郎獨占花魁〉中名妓花魁女費心思量如何「從良」的心理曲折，同質異構，也是狹邪小說一脈相承的永恆主題。《歇浦潮》對此主題的延展發揮，在於它細膩展現了妓女真正「嫁人」前後的種種心理估量與謀畫、實踐過程，這也是她們看破世情而尋找一種與人世的妥協方式，這個方式往往是精心策畫的，核心仍是切身的利害。聯繫著這兩端的是一個漫長的做「生意」的過程，期間妓女閱人無數，歷經人情世故的多重變幻。應對這些變幻情境的行為動作概括成一個字，便是「做」。妓家「做生意」要調動各種手段，這便是魯迅所謂《海上花列傳》「暴其奸譎」的對象。《歇浦潮》更進一步展現出：奸譎亦是一種人情，從另一角度而言，這也是弱者掙扎生存所必要的狡猾。

妓家人的初始生活階段，妓女斷不肯丟卻一般的人家人的生活理想，也期望如願的愛情，嫁得一個好人家。這便是《海上花列傳》中的周雙玉、李漱芳、趙二寶一流人物，她們都有一廂情願的理想的戀愛對象與嫁作大老母（大老婆）的願景，這些對象便是朱淑人、陶玉甫、史三公子們。這些男女也還年紀相當，總之都是未曾經歷滄桑，於世故人情上缺少歷練。他（她）們的情愛過程有生離死別，要死要活，作瘋作癡，旁觀或阻擾的卻正是他（她）們身邊那些飽經世故的人們。晚清民國世情小說的「大老母」的迷思展示，比之於明清小說「鴇兒愛鈔，姐兒愛俏」的妓家內部的衝突更其豐富，且加倍殘酷地直面現實，自不待言。

134 指妓女的一種騙錢手段。本來上海人稱洗澡為「淴浴」。妓女遇富有嫖客，欲敲大注金錢，假意從良，求其贖身，一旦脫籍，卻恣意妄為，任情揮霍，鬧得主人公無法管束，唯有揮之出門，她便重入勾欄，再張豔幟。此種行為，妓界也稱為「淴浴」。

《海上花列傳》中李漱芳與陶玉甫的一段情感，生死繫之，不下於簪纓世家中的寶黛之戀。陶玉甫不能自主，李漱芳的情感執著而大老母的願景只存在於隱忍狀態；周雙玉的大膽追求，卻不得不面臨怯弱膽小的朱淑人；史三公子雖有承諾的力量與可能，一旦回鄉卻變故橫生，留待趙二寶癡癡做夢而驚醒。李漱芳死了，周雙玉、趙二寶還留在妓家生活，她們的生意還得做下去，而她們是否會成為口風潑辣能做能當的黃翠鳳、衛霞仙們，則在可否之間。

妓女們本應該在她們的妓家規範中循規蹈矩，留戀不得大老母的迷思。她們本來就是應該重複著歷來的老路，由雛妓清倌人而努力做成紅倌人，在走紅的階段積蓄財富，等到不得已的時候再另謀出路。雛妓或是清倌人，[135]本來是由「人家人」（良家女子）剛剛轉化而來，理想中仍然是做一個好人家的妻子，那就是明媒正娶的「大老母」，結局總歸不離幻滅。倌人走紅便成名妓，那是要有先天的條件與後天的功夫鍛鍊。妓家女子的生意好壞，其自身的條件資本必須在「面張、唱口、應酬」[136]有所優長，面皮生得俊，曲子唱得好，應酬功夫到家，既要媚態又要八面玲瓏。三者得兼，則能成為紅倌人，略缺一點，則需發展別項，以期彌補，各樣平常，就不大能夠做好生意了。

即使是集眾美於一身，妓家女子的生意仍然是有時效的，那就是必須在她們的青春鼎盛時期。名妓年輕時選擇最多，客人資源豐富。失去了青春資本，人老色衰，功架猶存，雖不失周旋於「做熟了」的老顧客之間的機會，已經沒有了坐馬車兜風的勇氣。紅倌人縱使春風得意於色藝資本充足的年輕時日，一旦人老珠黃、門庭冷落，便非比良家婦女老來兒孫繞膝、地位鞏固。就妓女的興衰變化看，所謂風塵淪落大都指謂其衰頹期的生涯。為迴避這樣的結局，那就需要脫離妓家身分，去做一個人家人。但是一般所謂的良家女子一旦進入妓家門檻，豔幟升張，再抽身而退，談何容易？

妓女比之一般的人家人，有一個接觸眾多男人機會的優勢，相對於張愛玲所言「一般人太沒有戀愛的機會」。妓女走到末途，時時有色衰的危機襲來，於是她們就要變本加厲地在頭面上增飾珠翠，其實現的手段便是「敲竹槓」、「砍斧頭」[137]，最好是逮著一類「曲辮子」（鄉愚）。這便是《海上花列傳》同期及而後的《海上繁華夢》、《歇浦潮》中大力鋪陳的妓女騙客人錢的普遍手段。作為和她們對抗的人物便是張春帆《九尾龜》中的男主人公了，涉及妓家的小說，走到這一步，如魯迅所言，乃與一時流行的「黑幕」發生交叉感染，便生出「罵世」的意味：諷刺不足，譴責繼之，等而下之者為暴露、謾罵的「黑幕小說」[138]。

變本加厲地花錢與搜刮客人錢財，是妓女末途的客觀寫照，也是她們不得不這樣「做」的必然，於是「生意」中的人情愈寡，小說家「罵世」的成分愈增。避免由此而愈走愈遠終止於身敗名裂，最好便是拉攏一個恩客，嫁給他做小老母（姨太太）。

135「未破瓜而待年者曰清倌人，或有房間或無房間，在十二三歲以內間有完璧，過此絕不足信。」見〔清〕指迷生輯，《海上冶遊備覽》卷一（上海：寄月軒印行，一八九一），頁六。

136《海上花列傳》（台北：三民，一九九八），頁三六五。

137「諸姬向客索取體己之資，在彼等私相說知則曰抄小貨，在客則曰砍斧頭。所宜芟其枝葉，勿傷本根，倘運斤成風，不留餘步，往往一刀兩斷，不復纏連，只落得退有後言曰：砍斷哉，砍斷哉！」見《海上冶遊備覽》卷二，頁一三。

138魯迅，《中國小說史略》，頁三一二。

一旦成為姨太太，她們與男人之間的關係就實行了置換。這便是在《歇浦潮》中體現的複雜深層結構：姨太太原來在妓家接待客人，她們與男人是主賓關係；一旦做成了姨太太，客人就成了她們的主人，於是她們便失去了拿捏作弄原來的客人的情境與機會。她們衣食無憂了，「妓」變成了「妻（姨太太）」，但是這個「姨」字卻是一個家奴的標誌，她們和在妓家身分一致，仍然是「玩」的對象，她們還不是「堂客」女主，只能充作處在別室內的「玩妻」。做成了人家人，離開了冶遊的公共場合，變成了一個人的專屬玩物，當年處於競爭者地位的客人現今是「夫」，現在成了專利擁有者。

於是洞明世事的妓女，在決心做姨太太之先，就打定主意不規規矩矩地被一個人玩，但是人老珠黃階段，她們愈是要維持名妓身分就愈要多花錢，年節之下的帳單往往無力開銷。妓家欠債是不名譽的，她們掛牌做生意，並不願意倒牌子，欠債就像染了一身的污垢。她們要洗去這一身債垢，要找一個池塘「涊浴」，這個池塘就是那願意娶她作姨太太的人家。於是，嫁入人家的條件，就是要和這人談判，如何幫她清理這些債務。她們無需感激這人：你要我的身子，總得把這身子洗洗乾淨，就這樣兩邊都不差欠地作了姨太太。晚清民國的妓女們，大多數都不是怒沉百寶箱的杜十娘。

妓女進入「人家」成為「人家人」，是真正的買賣婚姻，是過去的客人買她們回家，專屬的被玩。比起當年的露水夫妻來，臨時的姐夫成為了老爺，所有的情趣也隨之頓減。驀然回首，在無數的客人面前演戲，出入於不同腳色的樂趣，於今何在？她們天生就是不能安於室內的正妻，找回樂趣的機緣便落在了一種特殊人物的身上。

這種人物也是擅長演出種種人生活劇的腳色，他們是晚清「文明戲」的參與者，這類人在罵世小說中的名字是「新劇家」。姨太太在做「人家人」之後，通常的消遣娛樂便是看戲。上海的戲曲科班不多，而且科班重規矩，容不得毀損聲譽的行徑，姨太太移情的對象不便在科班中尋找，自然就落實在文明戲的陣容中。新劇倡導者本來是一種藝術創造者的身分，然而一旦普及為文明戲，一切都相關於「臨時」了，不固定的班底，不固定的台詞，不固定的演出場所，廁身其中而並無藝術與人格追求的臨時演劇的人。這樣的人充當臨時情人也適逢其會，於是與前任妓女（即現任姨太太）打得火熱。這便是描繪現當代上海的著名作家王安憶談《歇浦潮》所謂「妓女們先在風流老爺家落了正籍，再去玩弄新劇家，可謂一報還一報」[139]的內在邏輯，民國初年的《歇浦潮》為「海上」系列小說之後的人情小說流派注入活水，正在於此。

從這個脈絡回過來看范煙橋（一八九四—一九六七）[140]視張愛玲為「民國舊派小說家」殿軍人物

139　原文為：「在上海這一個大市場裏，妓女隊伍便很壯大，而傳統的男女關係則在此得到奇異的扭轉。妓女們先在風流老爺家落了正籍，再去玩弄新劇家，可謂一報還一報。她們憑了自己的生存經驗，總結出實利主義的人生觀：既有錢，又有欲，欲能換錢，錢也能換欲，猶如資本的運轉，只要得法，便可連連生值，天天向上。」見王安憶，〈上海的故事——讀《歇浦潮》〉。本文轉引自博客中國「讀書」，網址：http://anyi29.blogchina.com/86730.html，下載時間：二〇一五年九月十四日，18.00。

140　范煙橋，乳名愛蓮，學名鏞，字味韶，號煙橋，別署含涼生、鴟夷室主、萬年橋、愁城俠客，吳江同里人。出生於同里漆字圩范家埭的書香門第。後移居蘇州溫家岸。范煙橋在上海時參與娛樂文化，曾為流行歌曲填詞。他參酌傳統的崑曲，用長短句，協平仄韻，由其作詞的名曲〈夜上海〉、〈花好月圓〉、〈拷紅〉等，經由金嗓子歌后周璇演唱後，紅遍大江南北。

的評價，[141]正是看中她介乎新文藝與《紅樓夢》之間的人情一脈，儘管她從英文寫作開始文學生涯，但是她的西洋文學素養水乳交融地化在文章中，這一點讓她與五四以後的小說家有顯著差異，亦幫助我們從另一側面理解她揭示民初「社會小說」力作《歇浦潮》之不容忽視，乃因其於「人情派」近代傳衍的系譜所占據的一席之地，猶具深刻意義！

結語：從《傳奇》到《小團圓》

從時間軸上看來，因躲避二戰，張愛玲從香港再度返回上海，恰值雙十年華的「傳奇」時代，風華正茂的她同時達到寫作生涯質與量的巔峰，汪精衛時期的上海成為淪陷區，卻在兵馬倥傯中擁有片刻寧靜天地，小說集《傳奇》在此夾縫般的時空中，一躍而成為文藝舞台上光彩奪目的明星。然而璀璨炫目的光芒畢竟不過幾年（一九四三─一九四五），一九四九年後，政治的巨變與詭譎氛圍，張愛玲於一九五二年選擇離開上海前往香港，一九五五年赴美遠離中國，開始了長達四十年定居美國的歲月。一如眾多學者的共識，後半生移居美國的張愛玲，似乎不僅將步入人生的中年，她的小說創作（尤其是中文小說）的生命，亦陷入瓶頸與低潮。除了一九七九年發表於《中國時報．人間副刊》的短篇小說〈色，戒〉之外，回頭改寫她自己的短篇小說成為中長篇，如一九六六年連載於香港《星島日報》的《怨女》、一九六七年在台灣、香港兩地連載出版的《半生緣》（由一九五〇年連載於上海《赤報》的《十八春》改寫），被認為與早期小說大相逕庭，不見華麗蒼涼，而代之以平淡素樸。

與中文小說和散文（如她在世最晚出的一九九三年《對照記》）相較，近不惑至知命之年的張愛玲在中國人情小說的考據與翻譯上投入的心力，反倒浮出地表占據顯要地位，換句話說，中晚年後半數的歲月，張愛玲與《紅樓夢》、《海上花列傳》兩部章回小說糾纏益深，後者甚至在相當大程度上影響她的「晚期」寫作風格，且體現在她終生未曾發表的中英文自傳小說中。或者可以說，回顧來看「小說家」張愛玲普遍被視為陷入「創作低潮」的晚年，實則透過《紅樓夢魘》與翻譯《海上花》進行異常活躍的反移情（countertransference）活動與自我解夢，張愛玲其人其文同時是夢魘連連的病患，也扮演釋夢的精神分析師，在如同自我治療的過程中重新得到「誤讀」經典與「導讀註解」寂寞名著的快感，精神苦悶獲得紓解的同時，她的寫作生命亦從早期「兀自燃燒著的句子」[142]之《傳奇》體，歸於簡靜平淡的《小團圓》。張愛玲既自《紅樓夢》與《海上花》這一脈相承的人情文學系譜，汲取的豐沛能量，此小說傳統歷經斷裂與失落，亦在張愛玲的作品中再次復活（絕非「大團圓」的俗套結局），因之賡續綿延，且將傳衍四方……。

141 范煙橋，《民國舊派小說史略》，頁二六九－七一。
142 劉紹銘，《到底是張愛玲》，頁六六。

第三部分：「百美圖」相

——文化時尚與性別展演

第六章　點石飛影・海上寫真

——晚清「百美圖」敘事的文化轉渡

前言

本書前五章分別就「新史學」、「人情演義」等主題，探究政論、當代史、小說與報刊等文本中掩映的「文心」之變，自本章起至下一章，則欲於前述文史之外延續並開啟另一主題：「百美圖」相，藉此文化命題的橫向與縱深，重構晚清民初視覺與圖像敘事的「文化迴廊」，細加考究明清以降至民初時期「百美圖」的文化轉渡、性別文化的嬗變。論述方法盼能突破學科分類與文學（小說）和藝術（圖像）的界限，分析晚清民初社會文化中性別文化與時尚互動的嬗變轉渡。將視野從男性菁英與主流文類的闡釋，轉移到審顧海上都市文明歷史中作為文史符碼的女性主體及女性行跡，就中特別凸顯晚清文藝市場中占據相當版圖的「百美圖」及相關敘事，從悠長綿遠的香豔百美圖畫敘事傳統，分析「百美圖」的共名歷經明末以降而至民初的文化衍生與增殖及疆界跨越。

具體而言，「百美圖」從明末到民初，內容上逸出唐代仕女畫狹窄的貴婦生活敘事傳統，技法上脫化雕版的線描人物圖像，布局豐富以漸行開拓的都市生活背景，文化指涉擺蕩於家國論述的大傳統與閒情豔跡的小道之間，入晚清、民初海上文藝語境乃為丕變：文類跨圖像與文學，「媚／美」情境中的物質現代化元素愈形突出，其間的「美人活動」的主體性增強，透顯出圖文生產主體的文化概念與思維的轉渡。此一對象，亦足資反省近代文人文化私情論述與隸屬於小道的香豔文學傳統在晚清民初海上文化圈的發展變演過程，其命名上不斷變化（從百媚、百美、百豔乃至「新」百美）與圖像內涵的形跡移轉，在在成為考察不同世代「文心」易變的風向標。

一、從「仕女」到「百媚」：百美圖與豔史敘事的離合

悠久的中國繪畫史中，人物畫可謂源遠流長，我們只要稍稍翻閱相關的藝術史研究著作，更會發現人物畫中，將眾多美人圖集中於一卷一冊，實可謂中國傳統人物畫的重要類型，南北朝畫家顧愷之的〈女史箴圖〉、〈洛神賦圖〉公認為最早以女性為主角的著名畫作。但將畫中美人以「仕女」稱之，成為「仕女畫」的專用詞，始見於北宋官修的《宣和畫譜》，可見仕女畫從它的源起、發展到概念的真正確立，經歷了一個相當漫長的過程。[1]唐宋時期，仕女畫作為一個獨立的畫種，逐步趨於成熟。[2]傳為唐人周昉所作的〈簪花仕女圖卷〉和〈揮扇仕女圖卷〉最具代表性。[3]宋代以後，因理學思想勃興，文人畫在此時亦逐步擴大影響，遂使繪畫史中人物畫漸趨沉寂，山水畫科居於核心。這個現象一直到了明代末年有了轉變，江南地區的經濟繁盛，商業與出版界的合流，皆使人物畫重新綻放生機，寫真畫法、肖像畫的畫論也紛紛在此時出籠。[4]此中最引人注意的現象，是與青樓文化關係至為密切的花榜與花案的妓女肖像畫冊的風行，也連帶影響了仕女畫的後續發展。

此類圖籍中通常也將文人評豔的詩詞吟詠，品題名花與名妓的詩文彙編成冊，以數卷成套的方式

1 薛永年主編，汪紋西編寫，《故宮畫譜・人物卷・仕女》（北京：故宮出版社，二〇一二），頁二。
2 陳粟裕，《綺羅人物：唐代仕女畫與女性生活》（上海：上海錦繡文章，二〇一二），頁二—五。
3 國立故宮博物院編輯委員會編輯，《仕女畫之美》（台北：國立故宮博物院，一九八八），頁四—五。
4 毛文芳，《物・性別・觀看：明末清初文化書寫新探》（台北：臺灣學生，二〇〇一），頁二八六。

出版。其中，南京秦淮河畔妓院的選美活動而衍生的「花案」類書籍最具代表性。「花案」活動通常是由某位文士提議，選擇合適場所、聚集人選，接著舉行妓女的選美活動，最後以文士進行科舉考試的形式決定狀元、榜眼、探花，貫將之擬作學士、太史等官階，以花卉為喻，加上題詠，故稱為「花案」或「花榜」。最後勝選的佳麗名單產生後，便由這些獲選的名妓打頭陣在市街中巡繞遊行。余懷就曾為文描述崇禎十二年七夕夜這場萬人空巷的盛典：

> 己卯歲牛女渡河之夕，大集諸姬於方密之僑居水閣，四方賢豪，車騎盈閭巷，梨園子弟，三班駢演，閣外環列舟航如堵牆。品藻花案，設立層台，以坐狀元。二十餘人中，考微波第一，登臺奏樂，進金屈卮。南曲諸姬皆色沮，漸逸去。天明始罷酒。次日，各賦詩紀其事。余詩所云「月中仙子花中王，第一姮娥第一香」者是也。[5]

可見花案選美堪稱秦淮河畔最吸睛的娛樂活動之一，周邊商品自然趁勢推出，江南地區蓬勃的出版業自然不會錯過將妓女花名席次集結印行的商機。品評蘇州妓女的《吳姬百媚》（一六一七）開創了此類書籍的圖文並茂模式，[6]隔一年出版的《金陵百媚》（一六一八）[7]堪稱現存明末清初秦淮花案最豐富的資料。這兩本書的出版經過與事宜，據日本學者大木康考證，均有活躍於文藝界的蘇州文人馮夢龍的參與，集子中收羅眾多文人稱讚某位妓女而賦詩填詞作曲的系列作品，可說是間接載錄明末文人歌詠妓女的詩文集，稱之為晚明青樓文學的「陳列館」亦不為過。[8]

值得一提的是，花案選美活動，以及《百媚》類型的書籍，固然如論者所言，呈現出符合男性凝視與審美欲望的圖像敘事格套，[9]但值得探究的是，因商業的操作，這類出版品不僅蘊藏鉅大利潤，且進一步在市井間造成流行、引領風潮，間接影響江南地區的社會風氣。此類書中畫像所描繪的妓女服飾、妝容、髮式，皆迅速成為當代婦女競相仿效的時尚指標，亦即以青樓為中心，廣泛傳播到社會上，形塑時代文化的風貌。[10]花案的選美活動結束之後，《吳姬百媚》一類的書即刻付印出版並廣泛流傳。大多數沒能參與花案的文士與市民大眾也通過這些書了解青樓中花案的情況，故此類書堪稱相關資訊傳播到市民百姓的重要途徑，亦可見當時的青樓文化和出版業關係密切，更帶動了社會、經濟的繁榮景觀，建構出符合時代風向的審美與時尚文化。彼時針對女性文化的品鑑及榻蘖審美品味的書

5〔清〕余懷，〈珠市名姬附見〉「王月」條，《板橋雜記》卷中，頁四九—五〇。
6 該書最早的版本有明萬曆四十五年（一六一七）貯花齋刻本，清初康熙十六年（一六七七）又據此本重印出版。
7 此書現藏於日本公文書館的內閣文庫，列為「子部，雜家瑣語類」書，題名葉某（葉一夔）撰，馮夢龍評，蘇州閶門錢益吾萃奇館梓。書中載有萬曆四十六年（一六一八）邗江為霖子的序文，為《吳姬百媚》之姊妹篇；康熙戊午十七年（一六七八）據此本再版印行。參見周蕪、周路、周亮編，《日本藏中國古版畫珍品》（南京：江蘇美術，一九九九），頁六三四—三九、六五〇—五一。另見〔日〕大木康，《風月秦淮》，頁二一七—二三。
8〔日〕大木康，《風月秦淮》，頁二一八。
9 毛文芳，《物・性別・觀看》，頁三九七—九九。
10〔日〕大木康，《風月秦淮》，頁二八二—八四。

《吳姬百媚》三名張小翩醉春圖

《吳姬百媚》狀元王嬌如凭欄圖

《金陵百媚》會魁四名沙嫩字宛在倦睡圖

《金陵百媚》狀元董年字雙成折桂圖

籍相應而生，[11]也為仕女圖一脈注入更豐富的元素。

從上面的分析可知，明末的花案衍生的出版品《吳姬百媚》、《金陵百媚》，相當程度說明了傳統仕女圖與青樓名妓寫真的匯流現象，更影響了美人畫像的敘事模式。然明末清初的「百媚圖」畫冊，除與述寫妓女的狎邪豔冶文學（或曰「冶遊文學」）相互輝映外，又將家國興亡與民族憂患寓含其

11 考察明末文人品鑑女性美的眾多著作如《豔異編》、《情史》、《閒情偶寄》的出版與流通，即可得知當時女性論與美人論受到廣泛討論，文人更為此編撰專門的文集。這當中，衛泳所編豔情類書籍《枕中秘》（明天啟七年〔一六二七〕出版）中的《悅容編》最具有代表性，不僅與後出的「百媚」類書籍的評價標準，關係至為密切，更影響了清代中期出版的《百美新詠圖傳》之收錄標準。如該編開篇〈序〉即有「情之一字，可以生而死，可以死而生。故凡忠臣孝子，義士節婦，莫非大有情人。故丈夫不遇知己，滿腔真情，欲付之名節事功而無所用。不得不鍾情於尤物，以寄其牢騷憤懣之懷。至婦人女子一段不可磨滅之真，亦惟寄之以色事人一道」表達出為美人作傳實乃寄寓胸中鬱鬱之情；〈隨緣〉一篇亦言「天地清淑之氣，金莖玉露，萃為閨秀」，「如面皆芙蓉，何必文君。眉皆遠山，何必合德。口皆櫻桃，何必樊素。腰皆楊柳，何必小蠻。足皆金蓮，何必潘妃。歌即念奴，笑即褒姒，顰即西子，點額即壽陽，肥者不失為阿環，瘦者不失為飛燕，奇醜者不失為無鹽。當其怨，出塞之明妃也。當其恨，長門之阿嬌也。當其雲雨，巫山之神女也。他如稍識數字，堪充柳絮高才。略減妒心，已有小星遺意。」中述及十四位歷史上知名的女性（計有十二位皆收入《百美新詠圖傳》中）。另〈尋真〉一篇談及「美人有態有神有趣有情有心。……然得神為上、得趣次之、得態得情又次之。至於得心難言也。姑蘇台半生貼肉，不及若耶溪頭之一面。紫台宮十年虛度、那堪塞外琵琶之一聲。故有終身不得而反得之一語、歷年不得而反得之邂逅。」再次突出西施與王昭君的事蹟，皆說明「百媚」類書籍的揀擇標準其來有自。相關論述參見〔日〕大木康，《明清文人の小品世界》（福岡：中國書店，二〇〇六），頁一二七—一二八、一六〇—一六三。另見〔日〕大木康著，王言譯，《明清文人的小品世界》（上海：復旦大學出版社，二〇一五），頁八三—一〇五。

中。如頻頻被徵引，呈現出世變之際文人在香豔敘述中寄託喪亂情懷的文字，莫過於余懷《板橋雜記》序言中答客問的一段話：[12]

> 鼎革以來，時移物換。十年舊夢，依約揚州；一片歡場，鞠為茂草。紅牙碧串，妙舞清歌，不可得而聞也；洞房綺疏，湘簾繡幕，不可得而見也；名花瑤草，錦瑟犀毗，不可得而賞也。間亦過之，蒿藜滿眼，樓館劫灰，美人塵土，盛衰感慨，豈復有過此者乎！鬱志未伸，俄逢喪亂，靜思陳事，追念無因。聊記見聞，用編汗簡，效東京夢華之錄，標崖公蜆斗之名。豈徒狹邪之是述，豔治之是傳也哉？

這段文字中呈現了明末到達繁盛巔峰的南京秦淮娛樂文化，至清代已然衰亡，故追憶南京秦淮與名妓身影，對余懷而言，正與明王朝的繁榮緊緊繫連，充盈著歌台舞榭與縟麗河房的秦淮勝景即為明朝興盛的象徵。蕩漾的秦淮河水既沉澱又糾結了民族大義與家國興亡之情，並與青樓生活的追思懷想纏繞綰結在一起，共同衍化出明清之際江南文人們共有的文化心態。換言之，余懷以回憶之眼敘寫狹邪豔冶事蹟，乃意在呈顯「一代之興衰，千秋之感慨」，寄寓「大道」家國敘述與民族憂患於「小道」香豔敘事，進一步完成了敘事模式的挪用轉渡。亦即：撰寫花史（或曰軼史、野史）固然可謂補正史之闕，此類香豔敘事亦收錄朝代興替之跡，故品花評豔誠然有其正當性；進一步來說，若不以此「過眼錄」筆調訴說鼎革之際秦淮遊客（明末遺民／貳臣）與美人名妓的身前身後事，或以浪蕩子的戲謔口吻及頹廢姿態敷陳豔史逸事，便無法迂迴婉轉地陳訴喪亂悼亡的感傷。換言之，名妓圖像與略傳的敘寫，實乃包蘊著世變之際士人矛盾複雜的心態特徵，曲折陳述亂離憂患之思。

《吳姬百媚》一書中宛瑜子的〈百媚小引〉即以「丈夫少與女子多」的命題展開辯證，首先批判磊落光明的丈夫於今已難得見，媚骨趨俗的男子比比皆是，襯出如夷光（西施）明妃（昭君）等深明家國大義、犧牲小我的女子，猶得見於秦樓歌館中，彰顯這些花案吟詠的青樓名妓之高於男子的「媚」，固是「一顧百媚生」之義（而非收集百幅美人圖），[13]書中名妓「有棲神于澹者，有寄想于悠者，有托懷于曠，寓情于傲，標韻于落拓者，皆自成一品格，而不露一毫媚態也，乃真態也」[14]，擁

12 余懷的序言中，客問曰：「一代之興衰，千秋之感慨，其可歌可錄者何限，而子唯狹邪之是述，豔治之是傳，不已荒乎？」（清）余懷，《板橋雜記》，頁三。

13《吳姬百媚》計有二十九幅圖，《金陵百媚》有二十五幅圖，皆非百幅圖。

14（明）宛瑜子〈百媚小引〉：「今天下丈夫少而女子多，何也？丈夫，氣宇磊落胸次光明者也。磊落則無媚骨，光明則無媚心。即云處若處子，出如節婦。而處子不解媚，節婦不肯媚，磊磊落落光光明明，傑然以丈夫自命，而一世亦咸指之曰此丈夫也，靡媿也。今天下獨不然。吾見以佞取悅矣，以美取憐矣，甚且昏夜乞哀以買愛矣，即數行博士家言，亦爭趨柔媚一路，自謂投合世眼，可必其售，而一切丈夫氣骨，飄沒都盡。嘻，可歎也，可歎也。先輩云，女無態，男無殺，天下之大戒。然則媚也者，固是女子事也，賈誼為漢名儒，而痛哭帝前，卒致身死長沙；梁驥妻折腰踽步，天下不數其淫。使丈夫而可媚，將女子而可不媚耶？雖然，媚亦有辨焉，塗脂抹粉，妝點顏色，媚之下也。嬌歌嫩舞，誇詡伎倆，媚之中也。天然色韻，亦不脂粉亦不伎倆，而自令人淫，媚而上矣。夷光興越，麋鹿姑蘇，有云：風花隊裡收飛箭，此又以媚為戈者也。嘻，可歎也，可歎也；明妃出塞，胡虜和親，有云：旁人莫訝腰肢軟，猶勝嫖姚百萬兵，此又以媚為盾者也。嘻，可

有脫俗絕倫真態之「媚」，方值得以詩詞歌賦反覆讚頌，亦為編者纂輯此書的中心要旨，藉此委婉諷諭鼎革之際士大夫品格的失落沉淪。

二、海上變形記：從《百美新詠圖傳》到《宮閨聯名譜》

上述明末清初的「百媚」類與品鑑女性美的出版品，及治遊文學中的青樓女性群像，對後出的「百美圖」書籍影響深遠，如同樣以為美人作傳的觀點，出版於康熙年間，由鑑塘主人顏希源編撰，袁枚（一七一六—一七九七）為之作序的《百美新詠圖傳》，正可將之譽為踵繼「百媚」類書籍流風餘韻的代表作。

袁〈序〉開篇即云「天生人最易，生美人最難」，故欲表彰其美，得免美人韻事湮沒無聞，加之得馮夢龍美人百韻的啟發，而有詠美人詩十餘首，以彰顯「清流之勝事」，滿足「騷人之暇想」也。[15]其筆意與上一節提及宛瑜子欲凸顯不流凡俗的名妓美人之「媚」，以天下無光明磊落之丈夫藉以褒貶世局，異曲同工。

承繼前人但亦有所發微，《百美新詠圖傳》可說是蒐羅美人事蹟，配以百頁圖繪，圖文並茂的畫冊。以歷史和傳說中的百餘名女子為題材，合畫譜、傳略、詩詞歌詠為一體。編者顏希源（約活躍於一七八四至一八〇四年期間），字鑑塘，號問渠，粵東望族，長期於江南為官。他在乾隆丁未年（五十二年，一七八七）所作〈序〉中提及成書經過：丁未年於射雉城（即今如皋）得題百美詩五十韻，不知何人何時所作，編者「心竊豔之，若絕代佳人後先媲美，目不暇給，及一再披閱，似無起結，少貫串，且複字疊見，不可勝數」，於是「效作一首，列宮闈於前，臣庶於後，列色藝才學於前，淫亂流離者於後，貞淫賢否，之中微寓抑揚褒貶之意，終以神仙作結，為其歸於虛無杳渺而已。其所錄美

歎也，可歎也。總之皆媚，則皆女子事，丈夫不與焉。丈夫媚人而又欲女子媚己，吾恐媚人之丈夫詘且泣隨之矣，而謂女子甘心媚之耶？女子中甘心媚人者，似惟秦樓女。然有棲神于澹者，有寄想于悠者，有托懷于曠，寓情于傲，標韻于落拓者，皆自成一品格，而不露一毫媚態也，乃真態也。女有態，男有殺，以有態之女子，追隨有殺之丈夫，磊落光明，何必非處子？何必非節婦矣？吾次秦樓女，而取一顧百媚生之義。以媚傳媚，則奈何曰：才郎薄倖，自分非其人，浪子多情，誰言不是我？　丁巳夏日吳下宛瑜子醉筆戲題。」見《吳姬百媚》卷首小引。

15 袁枚〈序二〉：「天生人最易，生美人最難。自周秦以來，三千年中，美人傳者，落落無幾。豈山川靈秀之氣，不鍾美于巽方耶？抑生長閨閣無甚遭際，遂弊弊然如草亡木卒耶？要知物非美不著，美非文不傳，古來和氏之璧、昆吾之劍，皆物之美而仗文士為之表章者也，況人之美者哉？余幼見馮猶龍美人百韻，麟羅布列，足云備矣。惜開卷即詠杜麗娘是以亡，是公為元貞子也，不已傎乎？鑒塘主人以潤古雕今之筆，寫芳芬悱惻之懷，考訂史書，屬詞比事，得閨閣若干人，各以韻語括之，真少陵所謂五字抵華星矣。更倩名手，追寫其容，姍姍來遲，呼之欲活，乃清流之盛事，騷人之遐想也。目論者謂：貞淫正變，微嫌羼襍。不知三百篇中，詠姜嫄不遺褒姒，歌柏舟亦賦新臺，此詩教之所以為大也；或又謂其人往矣，捕風搏影，圖形未必克肖。不知漢武梁祠石刻，曾子之母，老萊之妻，彼皆追摹於千載以上，能保其果肖乎？主人之為此也，亦猶行古之道也。余舊詠美人詩，亦有十餘首，望古遙集，懷而慕思，未免國風之好為作者先聲。莊子曰：人而無情，何以謂之人；戴禮曰：賢者過情，不肖者不及情。我輩皆賢而過者也，因其過，愈見其賢。嗚呼，斯百美詩之所以必傳於後，無疑歟！　乾隆庚戌夏五　隨園老人　袁枚撰。」見〔清〕顏希源撰，〔清〕王翽繪，〔清〕袁簡齋先生鑑定，《百美新詠圖傳》。

人，俱經史詩傳所習見者，稗官野史所撰，概不收入」，然後，「采其事蹟，綴以圖傳，用備參觀」[16]。《百美新詠圖傳》約成書於乾隆嘉慶年間，今較為常見的版本為嘉慶十年（一八〇五）刻本。該本封面印有「百美新詠圖傳，集腋軒藏版，袁簡齋（袁枚號簡齋）先生鑑定」。全書共分為四卷，第一卷為序、自跋、新詠和文人雅士的題詞，收有乾隆五十五年（一七九〇）袁枚序、乾隆五十二年（一七八七）編者自序和嘉慶九年（一八〇四）學者法式善[17]序等。第二和第三卷為圖傳，繪美女圖一百幅，其中圖三、十八、四十九，同一幅畫中繪兩位人物，故實際涉及到一百零三人。[18]第四卷為跋與集詠。卷一的「新詠」部分，第一首便是顏希源效作的五言長詩〈百美新詠〉，共一百句，兩句一韻，每句詠一美女。[19]此外，該書《集詠》收入當時文人騷客以這些美人為題材所寫下的詩歌，共二百六十首。

該書畫師王翽，字鉢池，壽春（今安徽壽縣）人，曾供奉內廷，其人物畫有「酷肖」之美譽。畫譜繪圖共一百幅，每幅畫的右上方有美女姓名，左下方頁緣有詠美女詩一句（均出自顏希源〈新詠〉的五言古詩之詩句），背面附有美女的傳略。[20]隨園老人光環和「性靈」詩派宗主的加持，使得該書自清中葉後屢見翻印，且曾流傳至歐洲；[21]筆者於美國哈佛大學燕京圖書館便得見封面內頁題為「同治庚午（按，即西曆一八七〇年）鐫，《百美圖新詠》，義盛堂梓」的版本，[22]可窺其風行程度之一

16 顏希源，〈自序〉，同前注。

17 法式善（一七五三—一八一三）為乾隆四十五年進士，官至侍講學士，著有《存素堂文集》。

18 書中共收一百零三位女性人物，列如下：李夫人、陳后、飛鸞輕鳳（一圖中有二人）、潘玉兒、張麗華、楊貴妃、鉤弋夫人、虢國夫人、西施、潘夫人、吳絳仙、鄧夫人、壽陽公主、甘后、莫瓊樹、張麗嬪、麗娟、娥皇女英（一圖中有二人）、窅娘、凝香兒、梅妃、班婕妤、袁大捨、袁寶兒、孫夫人、王昭君、陰后、上官昭容、竇后、樂昌公主、薛夜來、戈小娥、孟才人、花蕊夫人、邢夫人、息夫人、夏姬、懿德后、馮小憐、羊后、趙飛燕、武則天、衛莊姜、趙合德、宣華夫人、山陰公主、褒姒、虞姬。大喬小喬（一圖中有二人）、秦國夫人、李勢女、王戎婦、楚蓮香、孫壽、樊素、小蠻、薛瑤英、寵姐、瑩娘、雪兒、蘇蕙、劉采春、衛夫人、管夫人、蔡文姬、木蘭、琴操、張紅紅、隨清娛、薛濤、卓文君、紫雲、朱淑真、桃葉、崔鶯鶯、韓翠蘋、紅綃、紅拂、葉小鸞、粉兒、柳氏、潯陽妓、賈愛卿、關盼盼、徐月英、琵琶、秦若蘭、綠珠、任氏、朝雲、開元宮人、盧媚兒、萼綠華、雲英、洛神、巫山神女、董雙成、弄玉、嫦娥、織女。

19 如起首句詠李夫人為：佳人難再得。

20 如圖一〈李夫人〉之略傳為：《漢書．外戚傳》李延年侍上起舞，歌曰：「北方有佳人，遺世而獨立。一顧傾人城，再顧傾人國。寧不知傾城與傾國，佳人難再得。」上嘆息曰：「善！世豈有此人乎？」平陽主因言：「延年有女弟。」上乃召之，實妙麗善舞，由是得幸。（按：原文無句讀，為筆者標點斷句。）

21 德國文豪歌德（Johann Wolfgang von Goethe, 1749-1832）於一八二七年在《藝術與古代》卷六冊一上發表了四首「中國詩」。據歌德自己的說明和國內外學者考證，這些詩是歌德讀了湯姆斯（Peter Perring Thoms, 1814-1856）於一八二四年英譯的《花箋記》以及附錄的《百美新詠》後，依據《百美新詠》中的四首（圖五十七〈薛瑤英〉、圖二十一〈梅妃〉、圖三十九〈馮小憐〉、圖九十一〈開元宮女〉）仿作的。參見衛茂平，《中國對德國文學影響史述》（上海：上海外語教育，一九九六），頁一一四。

22 該書的編排次序與嘉慶十年的版本不同，卷一收有自序、圖傳詩序、袁枚以及其他七位文人的序（序一張道渥、序二乾隆庚戌秋長白黃德成、序三紫琅孫奎、序四史積容、序五吳門吳經元、序六甲子仲秋瑯嬛仙客題於西湖小舫、序七茹雪山人熊璉）、文人所作百美新詠題詞；卷二收入顏希源的〈百美新詠〉五言長詩、各專詠一美人的七言律詩〈百美新詠〉一百首、顏希源的集詠序、袁枚及其他十二位文人與兩位閨秀（分別為：江干　片石江蘇如皋人、周澍　晴嵐浙江仁和人、黃理　艮男江蘇如皋人、吳嚳　石林江蘇如皋人、吳鵬孫　倉匡江蘇儀徵人、朱洪寅　蟫仙江蘇如皋人、曹星谷　竹人江蘇

《百美新詠圖傳》武則天

《百美新詠圖傳》李夫人

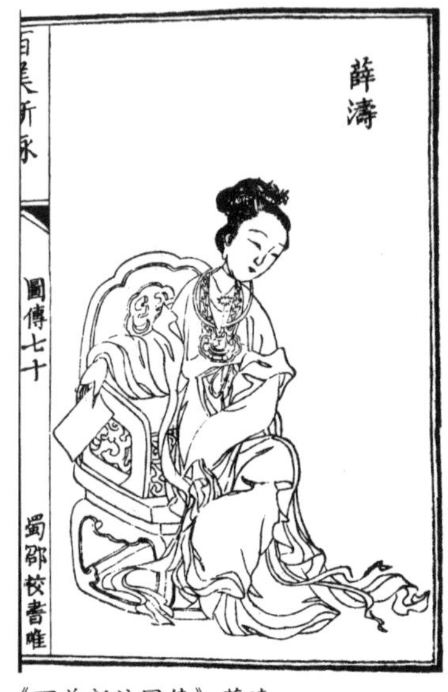

《百美新詠圖傳》薛濤

《百美新詠圖傳》木蘭

端。[23]該書一出，幾乎從此奠定了「百美圖」左圖右史（詩文吟詠美人生平事蹟）的敘事模式。流風所及，晚清三大仕女畫名家：改琦（一七七四—一八二九）[24]、王素（一七九四—一八七七）[25]、費曉樓（一八〇一—一八五〇）[26]所繪「百美圖」均得見其影響印痕。

通州人、何瑩　秋潭江蘇如皋人、朱洪炳　秀岩江蘇如皋人、汪懷信　可堂江蘇如皋人、靳光宸　韜叄漢軍鑲黃旗人、邵颿　無恙　浙江山陰人、熊璉　澹卿江蘇如皋閨秀、黃碮　心石江蘇如皋閨秀）的〈集詠〉七律詩歌，此卷缺頁二十七至三十四；卷四收有嘉慶九年十一月小希涯居士法式善圖傳序、美人圖傳一〈李夫人〉至三十九〈馮小憐〉；卷四收有美人圖傳四十〈羊后〉至一百〈織女〉，以及顏希源的自跋。

23　光緒甲辰年（一九〇四）曾由上海書局石印發行《百美新詠》。民國十四年（一九二五），斐章書局印刷、錫記書局發行了該書，書名為《百美新詠》，著者署「袁簡齋」。

24　改琦，字伯蘊，號香白，又號七薌，別號玉壺外史，其先本西域人，家松江（今屬上海市）。幼通敏，詩畫皆天授，工人物、佛像、仕女，筆姿秀逸，山水、花草，蘭竹小品，亦皆本之前人而運思迥別。世以華巖比之。嘗取蔣捷句繪少年聽雨圖，題者甚眾。著《玉壺山人集》。參見楊逸著，印曉峰點校，《海上墨林》（初版於一九二〇年由上海豫園書畫善會印行，上海：華東師範大學出版社，二〇〇九），頁七一。

25　王素，字小梅，晚號遜之，甘泉（今江蘇揚州）人。幼師鮑芥田，又多臨華巖，凡人物、花鳥、走獸、蟲魚，無不入妙。道光初與魏小眠、王應祥並駕。自悔書拙，每晨必臨數百字，至老無間。咸豐三年（一八五三）太平天國克揚州，遷邵伯，又遷郭村，逾年返揚。有請畫南北斗星君像，乃詣蕃釐觀，圖其塑像為稿本，其虛心若此。篆刻效法漢印，為畫名所掩。卒年八十四。

26　費丹旭，字子苕，號曉樓、長房後裔，烏程縣三碑鄉（今浙江湖州）人。父親費玨，擅畫山水，丹旭深得家傳，於坡石、流水、雜草等無不得精到，尤擅繪仕女，工寫照，如鏡取影。秦祖永《桐陰論畫》曰：「補景仕女，香豔中更饒妍雅之這當中最值得一提的，是清中葉著名人物畫家改琦的仕女畫在「百美圖」系譜中所注入的嶄新元素。改琦以《紅樓夢圖詠》（嘉慶二十二年〔一八一六〕繪成後流傳）享譽畫壇，此書收圖五十幅，每幅圖後又收有名家題詠[27]，共七十五篇。因改琦的生平（一七七四年生）與曹雪芹（約卒於一七六三年）有所疊合，學界咸以其所繪《紅樓夢圖詠》中人物的髮型飾品、服裝風格、器物樣貌、生活情趣等，相當接近《紅樓夢》小說的場景與原貌，堪稱紅學圖像敘事的代表性作品。

出身華亭[28]的改琦，為「海上墨林」其中佼佼，其畫作亦嶄露以同時代小說人物為素材的「海上」畫派元素，[29]且對《紅樓夢》人物畫的敘事模式烙下深刻印痕，清末仕女畫名家王墀[30]曾有《增刻紅樓夢圖詠》一書於申報館點石齋刊印發行，可視為對於改琦繪本的踵事增華。[31]值

改琦《紅樓夢圖詠》黛玉

改七薌《百美圖》拔劍殉情

得一提的是，據民國印本「書韻樓」叢刊校訂改琦所繪「百美圖」[32]，有十餘幅與《紅樓夢》人物或

致，一樹一石，雖未能深入古法，而一種瀟灑之致頗極自然。」和同一時期的大畫家改琦齊名，在丹青圈內被譽為「改、費」。晚年感悟人生如寄，自號隅翁，另有環赭生、三碑鄉人等號。卒於道光三十三年（一八五〇）。

27 此書於一八〇五至一八二〇年代繪成時，世人交相讚譽。一八七九年第一次由淮浦居士付梓初印，便洛陽紙貴。此後又分別在一八八四年及一九二一年重印，一直為世人所寶。二百年間，有關紅樓夢的圖詠，仍以改氏的作品為最佳。參見羅青，〈專業商標、分工量產——商業都會畫風之特質〉，收入上海書畫出版社編，《海派繪畫研究文集》（上海：上海書畫，二〇〇一），頁五四四—四六。另，筆者曾於美國哈佛大學燕京圖書館參閱張問陶、王希廉等題詠的《紅樓夢圖詠》版本（一八七九年出版）；另亦有張問陶、錢杜等選辭，於東京由「風俗繪卷圖畫刊行會」出版的《紅樓夢圖詠》版本（一九一六）。

28 此地明代屬松江府，後隸入廣義的上海。

29 見邱孟瑜，〈近代城市文化濫觴與任伯年的繪畫〉；王柏敏，〈近代畫史分期的一個焦點——評海派繪畫〉，兩文均收入《海派繪畫研究文集》，頁五〇四—一五；頁三〇—四四。

30 王墀（一八二〇—一八九〇），字菊農，江陰人，著名畫家，其最著名的作品是一八八二年（光緒年間）《增刻紅樓夢圖詠》，風行一時，傳為經典。

31 參見（清）王墀繪，《增刻紅樓夢圖詠》（上海：點石齋刊印，申報館申昌書畫室發兌，光緒八年〔一八八二〕；上海：上海書店出版社據此重印出版，二〇〇五）卷首出版說明。

32 即《改七薌百美畫譜》一書。從接受史來看，晚清民初「百美圖」類書籍風行一時（見第七章詳論），民國十五年（一九二六）上海世界書局重新編輯了改七薌、王小梅與費曉樓三位清代名畫家的仕女圖各百幅，編成《百美畫譜》石印本出版，反映了「百美圖」類書籍在民國初年暢銷熱賣之一瞥。相關論述參見陳平原，《看圖說書：小說繡像閱讀札記》（北京：生活・讀書・新知三聯書店，二〇〇三），頁一七；另見孫麗瑩，〈一九二〇年代上海的畫家、知識份子與裸體文化——以張競生〈裸體研究〉為中心〉，《清華中文學報》一〇期（二〇一三年十二月），頁三二三。

情節相合或作為粉本的圖像，[33]已可窺清中葉後畫壇將當世流傳的小說人物形像繪入「百美圖」的趨勢，通俗小說文本與美人圖詠繪像互相輝映的關係，既承繼清代以降「百美圖」類書籍收入前代傳奇小說人物（如《百美新詠圖傳》收入唐傳奇人物崔鶯鶯、紅綃、紅拂女等）的慣例，亦發揚了明末馮夢龍《美人百韻》以杜麗娘為卷首，採同時代流通的小說戲曲作品之情節與人物入畫，以闡釋文本情節與人物神態，展現了富有時代脈動的圖像敘事特質。[34]

小說戲曲文本與美人圖傳歌詠互相定義與闡發的關係，在《申報》創辦初期筆政核心人物蔡爾康（一八五二—一九二四？）所編輯參定的《宮閨聯名譜》（光緒二年〔一八七六〕出版）[35]上益發表露無遺。當時仍任職於申報的蔡爾康，負責編輯《申報》館的聚珍版叢

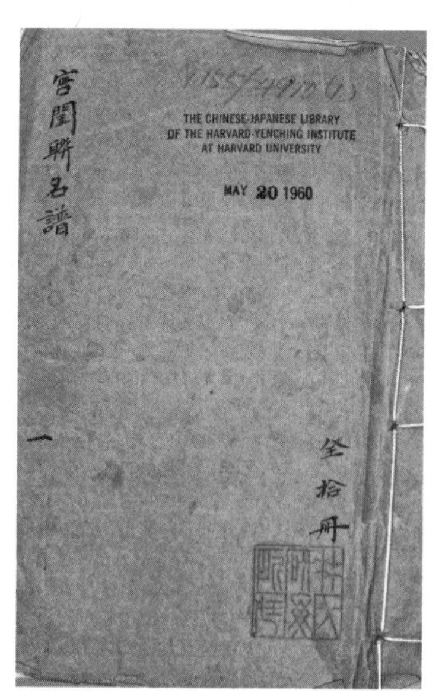

宮閨聯名譜原序
且士人息影遺廬操三寸……此古書之所以汗牛充棟也晚近來文哲之士不少概見聞有能採諸野史纂述舊聞以自成一家言者往往有之誰能於人物志列女傳外捜輯羣芳勒為成書聯珠編貝巧成天成者我友壺山董君殆其人焉君淹通諸史博覽羣書以其餘暇綜三代之豔容六朝之麗色下逮唐宋元明苟有名媛上自宮闈下至里巷比其姓氏採而輯之得書八卷抑亦煞費苦心矣且是譜之作也言必有稽事必有宗或詳其著述或誌其里居或表其生平事蹟因端竟委縷晰條分雖志怪捜神亦不足為典要然驅使烟雲亦學者不廢之事也錫封末學淺陋每當芸窗岑寂獨坐
宮閨聯名譜　原序　一

《宮閨聯名譜》封面與序文舉隅

書，他將董恂（一八〇七—一八九二）原編、陸贇（生卒年不詳）補輯的二十二卷《宮閨聯名譜》重新參定，納入「古今記麗」類，由申報館以「聚珍版」印行。[36]該書雖然未配圖繪，但其結集歷代女

33 分別為「戲看金魚」（頁三）、「羅帕締盟」（頁一二）、「金釵題字」（頁一八）、「綠萼紅梅」（頁二八）、「節婦課兒」（頁一九）、「花園撲蝶」（頁三五）、「拔劍殉情」（頁三八）、「竹徑調鸚」（頁三九）、「帶病補裘」（頁四二）、「醉臥花邊」（頁四五）、「神女荒唐」（頁四九）、「花徑荷鋤」（頁九八）等幅圖。以上俱見〔清〕改七薌繪，史良昭、穆儔配詩，《晚清三名家繪百美圖》（上海：上海古籍，二〇〇五）。

34 參見萬青力，《並非衰落的百年：十九世紀中國繪畫史》（台北：雄獅美術，二〇〇五），頁一一六—一一九。

35 蔡爾康同一年應上海機器印書局（與江南製造局翻譯館關係密切）經理人沈飽山之邀，編輯文藝期刊《侯鯖新錄》，可見其與上海報刊界和文藝圈的深厚淵源。

36 「是書為烏程董壺山先生恂原本，而陸莘田纘補輯之，上海蔡紫黻茂才爾康所參定者也。計搜輯古今名媛千餘人，以其芳名為屬對，下附小傳一篇。而其人或有著述者，咸采入焉。是書供詩詞家之取材，凡艷情諸作，奉為藍本，庶免空疏之誚。即當一燈如豆，愁緒紛來時，隨手披閱，亦可以勾綺思、遣睡魔。況其中如趙飛燕、楊太真、汧國夫人、霍小玉諸傳，皆可作為典實。即所采《情史》、《觚賸》諸書，亦皆酒後燈前，可資談助。芬芳藪澤，翰墨生涯，譜中殆兼而有之矣。」見〔清〕申報館編，「宮閨聯名譜二十二卷」一條，《申報館書目》（上海：申報館刊，光緒三年〔一八七七〕夏五月），頁八上—八下。從報刊資料作為佐證，《申報》，清光緒丙子年十月初六日（一八七六年十一月二十一日），第一四〇五號第一頁，即刊有《宮閨聯名譜》的告白（「《宮閨聯名譜》一書，係烏程董君壺山採錄列朝宮中、閨中之女名，裁紅刻翠，苦心編列，且各人名下俱錄其書之小傳、雜事閱之可以增識，見破睡魔，蓋紀麗書之薈萃也，又得海上縷馨仙史悉心參定，謬者正之訛者易之，共書二十二卷，分為十帙。每部收回工料，洋銀六角正，準於初七日即禮拜三出書矣，諸君子欲閱者，外埠則向賣申報人購取，本埠則向本館帳房或送報人處購閱可也，此佈。」），清光緒丙子年十一月初五日（一八七六年十二月二十日），第一四三〇號第一頁「新印各種書籍出售」亦有此書在列。

性傳記，亦屬廣義的「百美圖」一脈：所收美人自后妃以逮娼妓共計千餘位，並有天文、地輿、人倫、性情、形體、服御、寶器、動物、植物、數目……等名目品類之編排，終卷更有「巾幗鬚眉」如女才子、女堯舜、女諸侯……等之附錄，堪稱一部歷代婦女文化百科全書，為清末民初時期《香豔小品》、[37]《香豔叢書》類型書籍之濫觴，亦引發了同時代文人的迴響。如該書印行後五天，報上旋即刊出曾任《益聞錄》筆政的瀟湘館侍者鄒弢的題詞：〈宮閨聯名譜題詞即塵縷馨仙史正可〉長詩，[38]側面呈現太平天國之亂後海上才子閱讀歷代豔史而引發喪亡感傷的心態特徵。

《申報館書目》中針對該書的簡介曾提到書中「所采《情史》、《觚賸》諸書，亦皆酒後燈前，可資談助」，可見蔡爾康的編輯策略與顏希源同中有異，並不排斥將「稗官野史所撰」人物事蹟錄入美人譜中。翻開第一卷〈天文〉，讀者可見編者引述《左傳》、《續觚賸》、《佩文齋書畫譜》、《青泥蓮花記》、《青樓集》、《圖繪寶鑑》與《婦人集》、《板橋雜記》、《小名錄》（陸龜蒙著）等史書、畫論、筆記叢談或小說中的美人傳記。同名人物在不同典籍中俱見者，則均列出其敘述以資對照，如「王月」一條，即引錄《圖繪寶鑑》、《板橋雜記》中針對這位秦淮名妓於明清鼎革之際殉節或受辱而死的相異記載，文末還有壺山居士董恂針對兩書異說加以解釋的總結之語。[39]可窺此書蒐羅眾書所載佳人豔事，欲建構「美人博物志」叢書的強大企圖。

從整體的文化語境來看，咸豐、同治年間，江南地區飽受民亂（太平天國）肆虐，明清以降所累積的豐厚圖書文獻多數付諸一炬，時人頗有古昔典冊蕩泯無存之歎。申報館自同治壬申年（一八七二）成立中文報社以來，首創以武英殿聚珍版印書之例，「日有搜輯，月有投贈，計印成五十萬餘種。皆從未刊行，及原版業經燬失者，故問價之人，踵相接也」[40]，固有洋商經營者的銷售策略之考量，卻間接達到了挽救文獻與重刊舊籍之效。

與本文最相關的是聚珍版書目中「古今紀麗」類型書籍，乃重新排印明清以來的豔情小說筆記書：如《秦淮畫舫錄》、《揚州畫舫錄》、《十洲春語》（附《竹西花事小錄》、《燕台花事錄》）、《吳門畫舫錄（正、續）》、《白門新柳記》、《詞媛姓氏錄》[41]等等。

---

37 筆者於哈佛大學燕京圖書館曾見出版年不詳（疑為清末民初時期出版）的《香豔小品》一書，收入余懷《板橋雜記》、史震林《欠愁集》、趙執信《海鷗小譜》以及冒襄的五篇作品（〈影梅庵憶語〉、〈寒碧孤吟〉、〈集美人名詩〉、〈蘭言〉、〈岕茶彙鈔〉）共八種。

38 詩云：「紅羊刦換滄桑改，古今遺艷珠沉海。縱有千金市駿心，名花凋謝人安在？文人自古擅摛詞，管領春風筆一枝。不惜才華徵信史，廣搜逸事緯深思。鴛鴦機上雙紋織，姹紫嫣紅成五色。里巷宮闈兩采存，幽光闡發難侵蝕。零脂斷粉一編成，珠玉圍中喚小名。妍醜貞淫羅紙上，天風愕愕鬼神驚。參差品類須甄綜，才多命薄皆傳誦。璇閨遙許訂知音，千百年來還鄭重。其此深情誌麗人，偏教粉黛盡生春。紅樓翠館多愁怨，掩淚應知展笑顰。妝樓轉瞬驚春夢，紅顏白髮相迎送。留將軼傳後人摩，寄語後人休抱痛。」《申報》，清光緒丙子年十月十二日（一八七六年十一月二十七日），第一四一〇號第三頁。詩中所云紅羊刦指洪楊之亂，即占據江南之地之半壁江山十數年，與清廷分庭抗體的太平天國之亂。

39 「夫著書立說，以傳信非傳疑也。如二家言，鮮不蹈狐裘蒙戎之無所適從矣。孟子云：盡信書則不如無書，今而後請從事斯語矣」。見《宮閨聯名譜》卷一，頁一七上。

40 《申報館書目・序》，頁一上。

41 《白門新柳記》、《詞媛姓氏錄》兩書均收入〔清〕申報館編，《申報館書目續集》（上海：申報館，一八八〇）之「紀麗類」目錄。

第三章曾提及，《申報》筆政群錢昕伯、何桂笙、蔡爾康在這樣的「秦淮追憶」氛圍中，擬編輯一部能呈現上海特色的《春江花月志》，因而在報紙上頻繁刊登了二十多則〈擬刻春江花月志徵諸同人品題著作〉小啟：

> 夫以東京夢熟，誰題翠幄之花，南郭春酣，早譜白門之柳。試春風於千里，齊上珠簾，盪明月之二分，巧模銀管。況滬北者，樓臺到處，煙月無邊，笙暖簫寒，粉圍黛繞。霓裳罷按，群誇十品之仙，鸞鏡初開，齊鬬雙鬟之影。或則鯤絃靜撥，快睹纏頭；或則鸛杓爭傳，豪輸戰拇；或則清談霏玉，舌妙生蓮；或則靚飾縷金，衫輕裁杏，憑欄凝望，過市招搖。雖分聲價之低昂，各擅風花之點染，所惜綺紅叢翠，未加北里之評，徒令豔蕊嬌花，莫貴東風之價。是宜亟為搜輯，確予品題，墨灑金壺，畫化胭脂之色，香薰銀葉，願參兜率之緣。秖以聞見難周，網羅未富，伏望蓉城仙史，花國名流，各陳粘絮之因，齊運粲花之筆，編成佳傳，當無乞米之嫌，誌彼遺聞，聊述尋芳之夢，庶幾板橋豔跡，恍疑留影於驚鴻，畫舫清遊，並可按圖而索驥。42

該文採駢儷四六筆墨，模擬呈現出繼承前代風月冶遊書系譜（孟元老《東京夢華錄》的故都追憶、二分明月的揚州畫舫、《白門柳》傳奇與《板橋雜記》所呈現的秦淮風月），鮮明展現一幅海上特色的群芳間爭奇鬥豔的景象，更添上海都會的旖旎手姿。發起者（申報筆政）認為應該將這些代表上海娛樂風貌的名花事蹟記錄下來，給予適當的評價，並集結成冊，一方面供遊人閱看，一方面也隨之載錄了上海城市發展演變的歷程。總之，《春江花月志》小啟具體說明了申報筆政群提出了「春江」書寫的概念，雖終未能編輯成書，但它卻使文化界瀰漫的秦淮風月為之一變，奠定了後來滬城風月書籍的書寫模式。

遠在香港的王韜，在光緒六年（一八八〇）集《板橋雜記》、《秦淮畫舫錄》與《吳門畫舫錄》等著，題名為《豔史叢鈔》與之呼應。[43] 該書〈序〉文云：

> 邇見海上尊聞閣主人集《吳門》、《秦淮畫舫》諸錄，付之手民，播於藝苑。……皆從兵燹之餘，重覩昇平氣象，患難餘生，尤為幸事，是豈徒侈花月之遺聞，而作水天之閒話哉？[44]

書中後半部所收王氏自己的《海陬冶遊錄》（及附錄、餘錄）與《花國劇談》等敘寫滬城青樓女

42《申報》二八四號（同治十二年三月初七日〔一八七三年四月三日〕，頁一），開始陸續刊載內文相同的啟示，且多達二十五則。至一九一七年三月二十七日，《申報》第一五八四四號第一七版「尊聞閣選」的「老申報四十年來之回顧」的「文苑」一欄復刊出此文，且註明「見本報癸酉年三月初七日」。其被視為《申報》報史具代表性的一則啟示，於此可見。

43 王韜，《豔史叢鈔》（上）收入的書籍有：余懷澹心《板橋雜記》、西溪山人《吳門畫舫錄》、箇中生《吳門畫舫續錄》、珠泉居士《續板橋雜記》、珠泉居士《雪鴻小記》、捧花生《秦淮畫舫錄》、捧花生《畫舫餘談》、嬾雲山人《白門新柳記》。王韜，《豔史叢鈔（下）》收錄的書籍依序為：二石生《十洲春語》、芬利它行《竹西花事小錄》，以及王韜所著《海陬冶遊錄》、《花國劇談》。見氏著《豔史叢鈔》。

44〔清〕王韜，〈豔史叢鈔序〉，見《豔史叢鈔》上，頁一——二。

子列傳的書籍，標誌性地成就了這部環繞「春江」（春申江）而泛起漣漪的名花傳奇。

宣統元年至三年（一九〇八—一九一一）由南社社員蟲天子（張延華）序、王文濡[45]纂輯的二十集（八十卷）的《香豔叢書》陸續印行。[46]該套叢書則可謂仿效蔡爾康主編聚珍版「古今紀麗」類書及重新編定《宮閨聯名譜》的作法，[47]並與王韜《豔史叢鈔》「專題」式纂著豔史的用心相仿，編成這部匯集自隋至晚清之歷代香豔論述書籍三百三十五種的集大成之作。[48]其中，王韜所著曾收入《豔史叢鈔》的《海陬冶遊錄》（及《附錄》與《餘錄》）、[49]《花國劇談》[50]及筆記小說集《淞濱瑣話》[51]均見錄於此，說明了蔡爾康與王韜蒐羅撰著豔史著作的苦心有了繼承者，其後續迴響更餘音裊裊於滬上文化圈。

綜上所述，可歸納蔡爾康仿效「百美圖」傳統編定與出版《宮閨聯名譜》的重要意義，一方面搜採晚明金陵名妓事蹟，以憶語叢談或稗官瑣紀，向江南名城的青樓佳人致意再三，另一方面也呈現了作為報社筆政與編輯的嶄新視野：分別從新聞與出版等媒體及商業運作層面，仿效模擬《百美新詠圖傳》與冶遊文學及秦淮追憶的敘事語境，架接過渡春申郡邑的風格與特徵，置換並建立出另一套申江品花——品評吟詠海上名花——論述。

三、點石飛影存真跡：從《吳門百豔圖》到《海上百豔圖》的妝閣[52]敘事轉渡

有了上述的認識，便能理解充分體現晚清「百美圖」的敘事模式從秦淮風格過渡到申浦景觀的典

型例證，莫過於後來易名為《上海品豔百花圖》，屢見翻印的《吳門百豔圖》了。

題為花下解人撰輯的《吳門百豔圖》（一八八〇年出版）曾於一八八四年、一八八七年改名《上

45 王氏亦為南社社友，曾編輯《筆記小說大觀》、《說庫》等享譽廣遠的叢書。參見卷首扉頁，〈《香豔叢書》影印說明〉，〔清〕王文濡編，《香豔叢書》（北京：人民文學，一九九二）。

46 該書原版為上海國學扶輪社分三次排印出版，一九九二年年由人民文學出版社據此影印，分五大冊出版。見〈出版說明〉，《香豔叢書》卷首頁。

47 仔細比對，申報館「聚珍版」叢書印行的「古今紀麗」類書除《詞媛姓氏錄》外，其餘諸作均見錄於《香豔叢書》中：如《秦淮畫舫錄》收入《香豔叢書》第十四集卷三、卷四；《揚州畫舫錄》收入《香豔叢書》第十七集卷三；《十洲春語》收入《香豔叢書》第十五集卷三；《竹西花事小錄》與《燕臺花事錄》皆收入《香豔叢書》第十二集卷三；《吳門畫舫錄（正、續）》收入《香豔叢書》第十七集卷三、《白門新柳記》（《補記》、《附記》）收入《香豔叢書》第十八集卷二。曾編入王韜《豔史叢鈔》中的《板橋雜記》收入於《香豔叢書》第十三集卷三；《叢鈔》所收《續板橋雜記》與《畫舫餘譚》均收入《香豔叢書》第十八集卷一。綜上可知，《香豔叢書》的編輯方針，相當大的成分仿效自前行者蔡爾康與王韜。

48 其序曰：「……集中載孝綽之名姝，敘李波之小妹。群雌粥粥，非奪婿於瑤光，往事沉沉，孰留痕於鯽墨。或玉鉤斜畔，弔勝國之遺蹤，或鑿鑑圖中，譜盛朝之佳話……」可窺見編者於佳人豔事中載錄家國興亡之跡的企圖。見〈序〉，《香豔叢書》，頁一上。

49 《海陬冶遊錄》收入《香豔叢書》第二十集卷二；《海陬冶遊附錄》收入第二十集卷二、卷三；《海陬冶遊餘錄》收入第二十集卷四。

50 該書收入《香豔叢書》第十九集卷一。

51 該書以兩卷為一單位，分別收入《香豔叢書》各卷中。

52 此語在本節論述中，除了呈現圖像敘事所描繪的婦女閨閣，更在指涉北里青樓的妓女妝閣。

海品豔百花圖》出版。與其說是寓滬的江南文人企圖延續晚明秦淮文化遺緒，不如說，檢視此書的接受史，分析該書流傳於上海的命運，更透露出「海上」風格的冶遊文學之萌芽訊息。花下解人疑為蘇州文人俞達（？—一八八四），[53]俞氏的長篇妓女小說《青樓夢》（主要記述蘇州妓女）曾於一八七八年在上海出版，[54]正與稍晚出版的《吳門百豔圖》主題相契。該書雖以記述出身金陵、琴川、揚州等地的蘇州名妓為主，但卻也提到她們之中不少人後來「遷居滬上」重張豔幟。[55]我們在稍晚出現的同類書籍，如鄒弢《春江花史》、畢以塤《海上群芳譜》等書（均於一八八四年出版）中，不難重睹她們的芳姿倩影。[56]

前文已提及，「百豔圖」書籍通常被劃歸於香豔敘述，或描摹豔情，或敷陳豔跡，或錄載豔史，實乃其最顯著的文類特徵。第三章已詳論過，滬上冶遊文學中，一八四九年從家鄉蘇州來滬，一八六二年避禍遁跡香港的王韜，在一八七九年起便陸續撰成《海陬冶遊錄》等一系列書籍，乃最早以上海一地的青樓為主要敘事題材的前行典範。光緒九年（一八八三）申報主筆之一黃式權所撰《淞南夢影錄》，便曾從滬上風俗變遷的側面披露了王韜作品的重要性：

稗官野史，專記滬上風俗者，不下數家。而要以王紫詮廣文弢之《海陬冶遊錄》為最。永既去之芳情，摹已陳之豔跡。鴛鴦袖底，韻事爭傳，翡翠屏前，小名並錄。其餘紅巾之擾亂，番舶之縱橫，往往低徊三致意，固不僅記花月之新聞，補水天之閒話也。近日瀟湘館侍者所編《春江小志》，差足媲美，他若袁翔甫太令之《海上吟》，則專採韻語。朱子美茂才之《詞媛姓氏錄》，則

> 第敘青樓，梨棗未謀，難傳久遠。至《滬上豔譜》、《滬上評花錄》、《冶遊必覽》、《廣滬上竹枝詞》等書，皆係書賈藉以牟利，凌躐踳駮，頗不足觀，置之弗論可也。[57]

在這段話中，可以看出他最為推崇的是王韜（字紫詮）模仿余懷《板橋雜記》鋪陳滬上風月事蹟的《海陬冶遊錄》。此書記載了上海城經過「紅巾之擾亂」（即一八五三年的小刀會之亂）與「番舶之縱橫」（即鴉片戰爭後五口通商）之後的巨大變化，感懷遂深，在妓女傳記中寄寓第一代洋場才子的個人心影，更印證了滬地社會文化的滄桑變化。

可見儘管人在香港，王韜卻與滬地文化圈關係密切，因此《豔史叢鈔》中的《海陬冶遊錄》出版後引起上海文人競相效尤，黃氏文中提到可與王氏之作媲美的同類著作，就有鄒弢（字翰飛）的《春江小志》（即前文提及的《春江花史》）。另外，袁枚之孫袁祖志（字翔甫）的《海上吟》素孚盛譽，

---

53 參見邵雍，《中國近代妓女史》（上海：上海人民，二〇〇五），頁八七。

54 參見〔清〕鄒弢，《三借廬筆談》卷四（台北：新興，一九八八），頁二一—三。

55 如書中八位妓女特別標出「遷居四馬路」，或在目錄中標出「遷居滬上」。

56 如收入《海上群芳譜》的妓女八人、鄒弢所撰《春江花史》收有四位妓女之小傳，亦曾名列《吳門百豔圖》中。見〔清〕畢以堦（小藍田懺情侍者），《海上群芳譜》；〔清〕鄒弢，《春江花史》（上海：二石軒刻本，一八八四）。以上論述，見拙著，《海上傾城》，頁三八一—八四。

57 〔清〕黃式權，《淞南夢影錄》卷三，頁二下。

黃式權在《淞南夢影錄》中特別錄出了袁氏〈滬上竹枝詞〉與〈洋場感事詩〉兩首，[58]讚譽其「纖悉無遺，文言道俗」，將滬上目見耳聞之事「盡相窮形」[59]。

結合滬上冶遊文學的系譜綜合來分析，一八八〇年代初出現在上海的《吳門百豔圖》與王韜《海陬冶遊錄》一系列書的風格相輝映，亦可上推余懷筆下的才士名娃傳奇，且踵繼《宮閨聯名譜》將歷代佳人傳略與歌詠集成的編輯方式。但更值得深入探析的是，該書在一八八四年由鄒弢從「百花榜」易為「百花圖」，刊行人王氏冠以《上海品豔百花圖》之名再版，[60]書名「吳門」易為「上海」，可見文人評花重心已經從江南名城蘇州轉移焦點至滬上都會，饒具深意地呈現了海上文士的「本地觀點」。又從命名來看，鄒弢所題「百花榜」到「百豔

《上海品豔百花圖》陳秀珠

《上海品豔百花圖》張少卿

圖」，不僅呈現了滬上新形態「品豔」形態，更代表著當時出版市場的取向。

尤其，《上海品豔百花圖》首開花案「圖」文書之例，卷首載有十幅圖，擇張少卿、傅月仙、吳秀琴（或稱吳繡琴）、周墨卿、陳秀珠、倪愛寶、王鳳齡、莫桂珠、武素仙及楊如意等十位名妓圖像，圖後有贊詩，各自配以名花與七絕歌詠。如位於高品的張少卿，便繪其蓮足尖尖，倩影依依佇立於置有函裝書冊與插瓶梅花的几案旁，一派仕女風格，乍看為出身書香門第的閨秀，有短詩作贊歌詠，用以概括其人形象；在內文小傳前附有詩歌一首：「玉作精神雪作肌，幾生修到好芳姿，蘇臺花柳知多少，此事東風第一

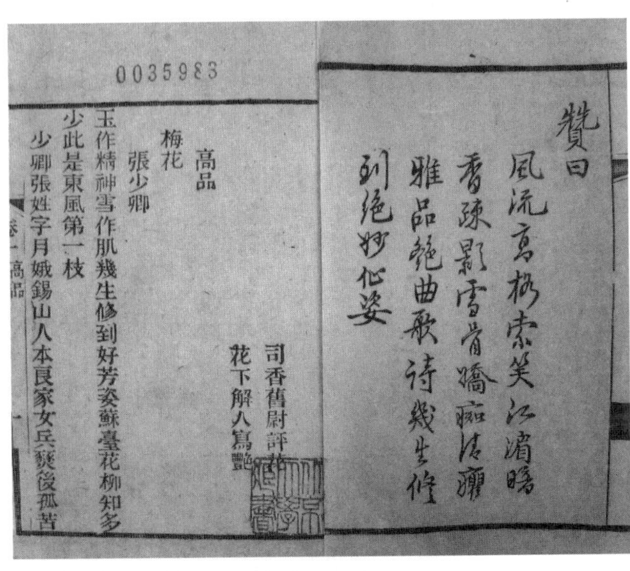
贊曰
風流高格索笑江湄
暗香疏影雪骨嬌痴
清癯雅品絕曲歌詩
幾生修到絕妙仙姿
司香舊尉評花
花下解人寫豔

0035983
高品
梅花
張少卿
玉作精神雪作肌幾生修到好芳姿蘇臺花柳知多
少此是東風第一枝
少卿張姓字月娥錫山人本良家女兵燹後孤苦

《上海品豔百花圖》張少卿贊詩與小傳

58 同前注，卷三，頁六上—下。
59 同前注，卷四，頁五上。
60 見上海通社編，《舊上海史料匯編》上冊（北京：北京圖書館，一九九八），頁五八四。

枝」[61]，小傳稱「少卿張姓字月娥，錫山人。本良家女，兵燹後孤苦無依，為假母所誘遂致淪落，……年華碧玉，身價綠珠，善曲工詩，一時傾倒。故凡鉅公富宦無不以先覩為快」[62]。原來佳人乃是淪落風塵的良家女子，身世堪憐，難怪同是因戰亂逃難來滬的海上文人偏愛為此類型青樓女子作傳，敘述時未嘗不興起「物傷其類」的感觸，不禁令人回想起鄒弢為《宮閨聯名譜》題詞的那首長詩中寄託的慨嘆，也同時宣告了「海上豔書」敘事模式的濫觴。如前文所述，此書首開名妓圖繪之例，畫中人皆為清裝少女，往往置身於擺設著西洋鐘、中式瓶花、茶盞、水煙筒的背景，亦呈顯了中西合璧與華洋混雜的文化特徵，不啻為滬上冶遊圖文書的前驅。

從當時的出版環境考察此後紛紛出現蒐羅滬上名妓繪像的「圖文書」，如掄花館主人的《鏡影簫聲初集》，花影樓主人的《淞濱華影》、蝂川蕙蘭沅主所輯《海上青樓圖記》都突出「影像」視覺為先導，[63]繼之以詩文吟詠與簡傳，無疑可將之視為追摹《上海品豔百花圖》精神底蘊的同類著作。

就如豔史敘述滲入滬上風俗，品花評豔的冶遊文學與上海旅遊指南書或詩詞吟詠城市之敘事傾向合流：[64]袁祖志曾協助葛元煦編撰與重修上海最具代表性的指南書《滬游雜記》（一八七六年初版，《重修滬游雜記》於一八八六年出版）；王韜於香港出版的上海史志書《瀛壖雜志》（一八七五）；鄒弢也有滬地指南類型的《春江燈市錄》（一八八四）與《游滬筆記》兩書刊行（一八八八）。該書卷首標明金匱瘦鶴詞人（鄒弢之號）著，光緒十四年（一八八八）壯月咏哦齋刻本。該書凡三卷，卷三有〈冶遊備要〉之附錄，內容詳述青樓冶遊規則，與其於光緒十年（一八八四）出版的《春江燈市錄》（又名《海上花天酒地傳》，及《春江花史》俱為光緒十年春仲上海二石軒藏版翻印）內容多有重疊。將《游滬筆記》與《春江燈市錄》二書內文對照，可見《春江燈市錄》元卷所敘寫的諸多主題，無論是名稱相同或相近，不乏再次現身於《游滬筆記》之例。換言之，《春江燈市錄》一半以上的文字篇幅，經過文字增減後往往重複出現在四年後成書的《游滬筆記》卷三中。《春江燈市錄》為敘述較簡略、漫錄式散文風格的上海城市指南書，《游滬筆記》則是構思較為成熟，蒐羅資料較為完備的作品。故《春江燈市錄》不妨視之為《游滬筆記》之前身，兩者間有明顯的繼承與轉化軌跡。可見太平天國亂後，從江南各地逃難而寓居滬地的文人，不僅是滬上青樓傳記與香豔論述的撰著者，同時也以史志筆法為上海城市的變遷及重構歷史記憶的文化活動留下珍貴紀錄，兩者更互相交織輝映，

61〔清〕花下解人寫豔，〔清〕司香舊尉評花，《上海品豔百花圖》（上海：王氏刻本，一八八四），頁一a。

62《上海品豔百花圖》，頁一上—下。

63 花影樓主人《淞濱華影》一書序言中提到：「滬上為萬花薈萃之區，顧影自憐者往往以西法照相，幾於人人各有一相，此不僅為花之影，直花之魂矣。三春暇日輒與二三同志遍索諸美，得一相，則請名畫師勾而摹之，不惟形似，而且神似。」見〔清〕花影樓主人，〈序〉，《淞濱華影》，頁一；《海上青樓圖記》序中更提到「前刊《鏡影簫聲》僅集名花五十枝，猶不免遺珠之憾，且日新月異大有滄桑，金瀏東弟一友情客，選色藝雙絕，名噪一時者，倩名人繪成小影百餘輩」，均突出留影造相的「圖像」特徵。見〔清〕蝂川蕙蘭沅主輯，《海上青樓圖記》（上海：花雨小築居印行，一八九五），頁一。《鏡影簫聲初集》的視覺文化分析參見Catherin Vance Yeh, *Shanghai Love: Courtesans, Intellectuals, and Entertainment Culture, 1850-1910*, pp. 7-49, 152-53。

64〔法〕安克強（Christian Henriot）著，袁燮銘、夏俊霞譯，《上海妓女：十九—二十世紀中國的賣淫與性》（*Belles de Shanghai. Prostitution et sexualité en Chine aux 19e et 2Oe siècles*）（上海：上海古籍，二〇〇四），頁七二—七三。

鄭紅字金花江西人幼隸滬喜唱班還滬時十數名姝中姬年最稚隨班度曲已自楚楚可人及長覩微豐春纖横剪秋波送嬌豔質柔情盐形賦媚而蓮鉤纖小瘦不盈握每登場奏曲珊珊來遲羅襪生春凌波微步見者為之魂消吉弁餐英使者贈以聯云金合藏嬌春滿屋花能解語夜添香茲圖背窗對鏡手彈三弦妙相圓窺其慧心靜悟識韻事也爲譜南歌子一闋曰照鏡窺星靨迴廊映月眉畫簾終日鏁葳蕤鄧道蜜梅花下是良期蠟炬銷殘灺金猊腦宿灰舞扇歌扇莫輕提分付素纖流怨入哀絃

《鏡影簫聲初集》鄭金花

見〔清〕揄花館主人著，《鏡影簫聲初集》（上海：東京銅刻版，1887），頁27。

與壁月為伴侶載畫舫之綺羅拐擬之樊素而不逢白傅拐比之朝雲而未嫁東坡始含情以凝睇長兮是爲婆娑

《淞濱華影》陸月舫

〔清〕花影樓主人著，《淞濱華影》卷下（上海：石印本，1888），頁17。

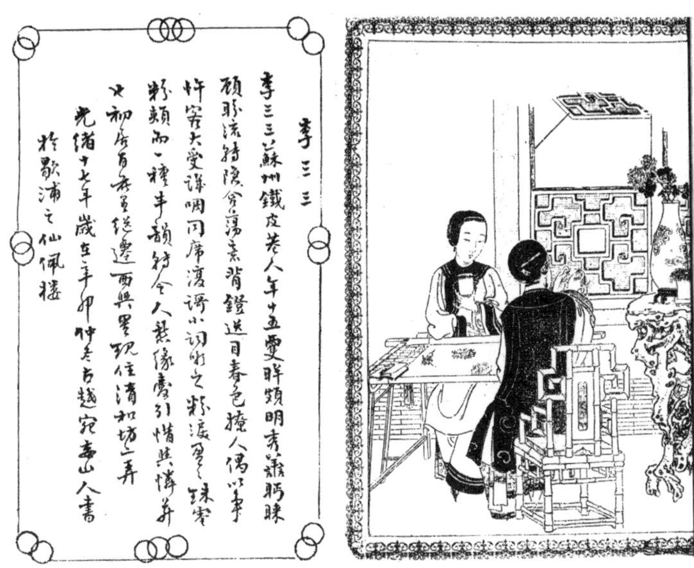

《海上青樓圖記》李三三
〔清〕蜨川蕙蘭沅主輯，《海上青樓圖記》卷一，頁20。

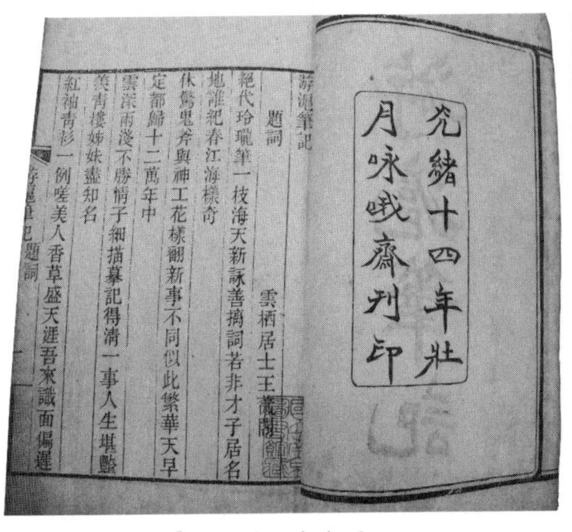

鄒弢《游滬筆記》封面與題詞內頁

折射出上海這個邁向現代化的新興城市之社會文化的更迭與變貌。

在黃式權《淞南夢影錄》付梓的隔年，《申報》館發行了以圖像為主體的《點石齋畫報》（一八八四—一八九八），它以老幼皆解的視覺語言，與當前時事結合，迅速成為「申報館」的暢銷刊物。此畫報一出，便有區分近代圖像文獻的萌芽期及繁榮期的分水嶺之里程碑意義[65]。由於畫報的風行，大量以圖像掛帥的通俗讀物相繼出版，造成了一八八〇年代末至一八九〇年代上海城市指南繪像圖籍蔚為大觀的盛況：如「點石齋」出版的《申江勝景圖》以及管可壽齋出版的《申江名勝圖說》（一八八四）、其他如《海上繁華圖》（一八八四）、《申江時下勝景圖說》（一八九四）、《海上遊戲圖說》（一八九八）等等，在書市中相繼出版。

與此同時，大量以名妓為主題的「百美圖」、青樓豔史之寫真圖記更如雨後春筍地紛紛刊行：前面提到《上海品豔百花圖》、《春江花史》、《海上群芳譜》四者皆於一八八四年出版；《鏡影簫聲初集》（一八八七）、《淞濱華影》（一八八七），以及《海上青樓圖記》（一八九五）等等圖籍踵繼其後，爭相以旖旎豔異的風格，擄獲讀者的目光。

曾任《點石齋畫報》主要編輯與畫師群之一的吳友如（嘉猷，一八四一？—一八九四）[66]，因畫報風行，聲名不脛而走，故於一八九〇年離開「點石齋」自創門戶，創辦《飛影閣畫報》（一八九〇—一八九四），三年後又創《飛影閣畫冊》。每期畫報配圖十幅，首為滬裝仕女圖，後接七至八幅新聞畫，末載「百獸圖」和「閨豔彙編」各一幅。[67]一九九〇年代重新整理排印《飛影閣畫報》中系列主題之圖像而印成的《吳友如畫寶》集成肆大冊，第壹冊收入《古今百美圖》、《海上百豔圖》兩大部分，即為將逐期刊出的畫報繪圖區分主題後結集成冊印行。[68]

《古今百美圖》的圖像構成上固然呈現了《百美新詠圖傳》[69]、改琦仕女畫的影響印痕，美人簡

---

65 見祝均宙，《圖鑑百年文獻：晚清民國年間畫報源流探究》（新北市：華藝學術，二〇一二），頁二六—三二。

66 參見〔美〕文以誠（Richard Vinograd），〈可視性和視覺性——十九世紀晚期海上繪畫的女性形象〉（Visibility and Visuality: Painted Women in Nineteenth-Century Shanghai）；邵琦，〈現代認同與自我性〉，二文均收入《海派繪畫研究文集》，頁一〇七五—一〇八六；頁四八一—五〇三。

67 上海通社編，《舊上海史料匯編》上冊，頁二九。

68 見〔清〕吳友如，《吳友如畫寶》（北京：中國青年，一九九八）。

69 《古今百美圖》所繪百美共計一百零九人：娥皇女英（一圖中有二人）、息夫人、西施鄭旦（一圖中有二人）、虞姬、邢夫人、趙合德、王昭君、麗娟、陰后、班婕妤、甘后、孫夫人、薛夜來、孫亮四姬（一圖中有四人）、鄧夫人、潘夫人、潘妃、張麗華、窅娘、吳絳仙、竇后、楊玉環、虢國夫人、開元宮人、孟才人、壽陽公主、花蕊夫人、飛鸞輕鳳（一圖中有二人）、戈小娥、一窜、羅敷、曹娥、綠珠、木蘭、孝婦、曹大家、文姬、衛夫人、謝道韞、蘇蕙、管夫人、蔡女蘿、朱淑真、黃崇嘏、薛素素、樵國夫人、紅綫、荊十三娘、梁夫人、秦良玉、隨清娛、卓文君、貂蟬、二喬（一圖中有二人）、王戎婦、桃葉桃根（一圖中有二人）紅拂、韓采蘋、紅綃、樊素、小蠻、賈愛卿、樵青、鶯鶯、盼盼、姚月華、張紅紅、粉兒、小紅、小青、任氏、薛濤、李娃、蓮香、寵姐、琵琶、柳氏、寵寵、媚兒、潯陽妓、琴操、徐月英、瑩娘、金母、嫦娥、織女、麻姑、青女、弄玉、巫山神女、雙成、天女、洛神、許飛瓊、王妙想、雲英、真真、葉小鸞、楊敬真、蕚綠華、吳綵鸞。詳加比較《百美新詠圖傳》與《古今百美圖》兩書，可知後者所畫美人與前者多達三十五位相異；繪圖風格則後者所繪計有二十九幅圖像與前者筆意雷同，其餘七十一幅繪圖，明顯為吳氏之新創。至於《古今百美圖》中的美人簡傳，幾乎悉數剪擷自《宮閨聯名譜》。可知蔡爾康重新編定的《宮閨聯名譜》直接影響了吳友如所繪《古今百美圖》之編錄準則。

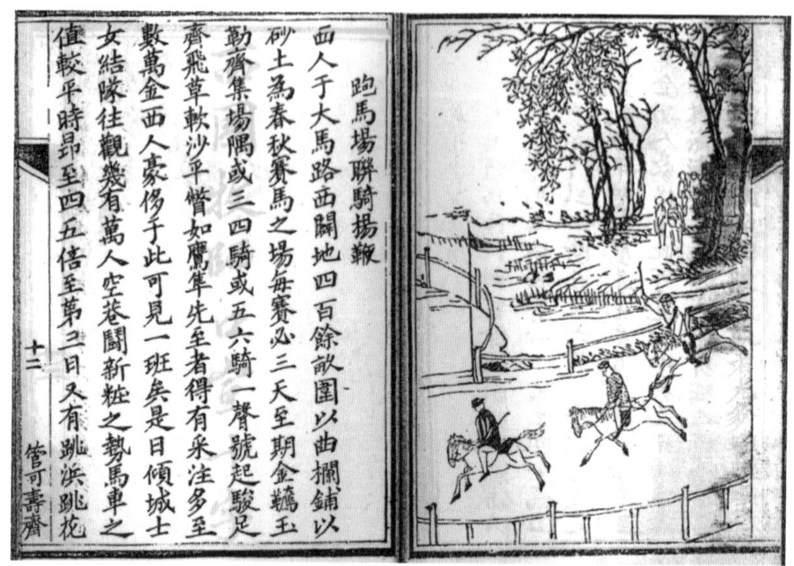
跑馬場聯騎揚鞭

西人于大馬路西闢地四百餘畝圍以曲攔鋪以砂土為春秋賽馬之場每賽必三天至期金韉玉勒齊集場隅或三四騎或五六騎一聲號起駿足齊飛草軟沙平瞥如鷹隼先至者得有采注多至數萬金西人豪侈于此可見一班矣是日傾城士女結隊往觀幾有萬人空巷鬪新粧之勢馬車之值較平時昂至四五倍至第三日又有跳浜跳花

十二 管可壽齋

《申江名勝圖說》〈跑馬場聯騎揚鞭〉

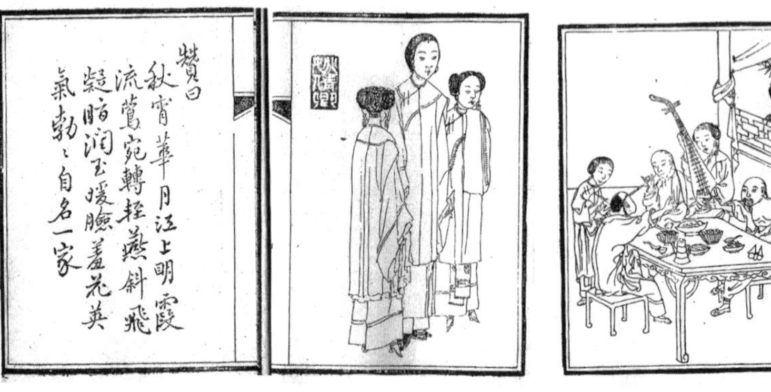

《海上繁華圖》 姚倩卿

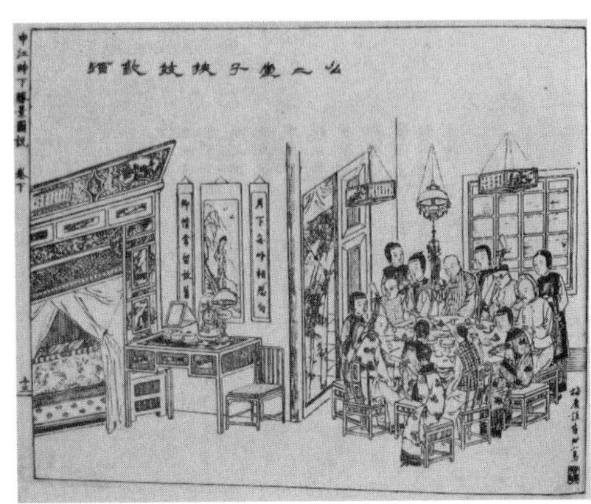

《申江時下勝景圖說》
〈么二堂子挾妓飲酒〉

《海上遊戲圖說》安塏第大洋房請客　天樂窩小如意唱書

《飛影閣畫報》會賽翠冠

傳的文字敘述則幾乎悉數來自《宮閨聯名譜》[70]。但其以繪像為主，傳略為輔，共置於一圖中的敘事模式，則體現了時事畫報的風尚，說明了吳友如在百美圖的敘事傳統上縱有承繼，亦具創新；[71]可見上海報刊業與出版界重新印行或風行書市的美人圖傳，都給予畫師因應潮流與融和新舊體裁的靈感。

近幾年有關吳友如與晚清上海畫報的發展關係已受到學者矚目，主要著眼於吳氏畫作中突出的現實元素，鮮明捕捉了上海洋場經歷西方文化衝擊的點點滴滴。[72]前文述及滬上青樓百豔書強調繪圖如小照的影像寫真，乃是吳友如繪編《海上百豔圖》的出版環境。畫中佳人往往置身於上海城市的現代文明生活景觀，不管是赴城郊寺廟進香、乘馬車、拍小照或憑欄遠眺，修整平坦的馬路上矗立著煤氣燈、電塔、電線杆及屢見數層高樓之城市居室景觀，

《古今百美圖》 王昭君

中西混雜的空間環境為其顯目特徵之一隅，[73]雖曰「百豔」，其中「海上」都會的物質文明元素一度反客為主，躍然紙上。故吳友如繪畫中的「百豔」敘事一方面轉化挪移了傳統仕女畫或「百美圖」傳統中仍不脫讚揚德行節操的「大道」窠臼，另一方面其將視角聚焦於日常

70 如夜來、徐月華、羅敷等人的略傳文字，均出自《宮閨聯名譜》所錄美人傳記。

71《古今百美圖》中吳絳仙、管夫人、衛夫人、王戎婦、二喬、開元宮人等繪像，與《百美新詠圖傳》筆意雷同。但虞姬、木蘭、文姬、織女諸人形象則可見吳氏獨特詮釋，展現鮮明個人風格。另參見薛永年、杜娟，《清代繪畫史》（北京：人民美術，二〇〇〇），頁二六〇—六二。

72 見陳平原，《左圖右史與西學東漸：晚清畫報研究》（香港：三聯書店，二〇〇八），頁六—七。

73 相關論述參見劉秋蘭，〈《海上百豔圖》與民國新興百美圖的濫觴〉，《美術》三期（二〇一四年三月），頁一一〇—一三。

《古今百美圖》 羅敷

〈龍華進香〉，見《吳友如畫寶》第3集上，《海上百豔圖》冊5，圖23。

〈以水為鑑〉，見《吳友如畫寶》第3集下，《海上百豔圖》冊6，圖17。

〈遊目騁懷〉，見《吳友如畫寶》第3集上，《海上百豔圖》冊5，圖30。

〈我見猶憐〉，見《吳友如畫寶》第3集上，《海上百豔圖》冊5，圖31。

生活細節的「小道」範圍，體現新興城市中先進的文明條件與西化軌跡，更反映報刊出版業影響下的社會時尚和新興消費文化相互形塑的特徵，創造出前所未有的「百美圖」敘事文化新地標。

又從文字文本與圖像文本互相闡釋滲透的複雜關係來切入，《海上百豔圖》正可與一八九〇年代初期上海文壇開始出現以現代化城市中的青樓場景作為主要舞台的「海上」系列小說（如一八九二年的《海上花列傳》，一八九四年的《海上塵天影》，一八九八年的《海上繁華夢》，一八九九年的《海天鴻雪記》）相互參看，小說中虛構的文學場景與吳氏「新聞畫」的寫實風格恰成互補參照的微妙關係，小說人物在新興都會上海城中的行止際遇頓時躍然紙上。

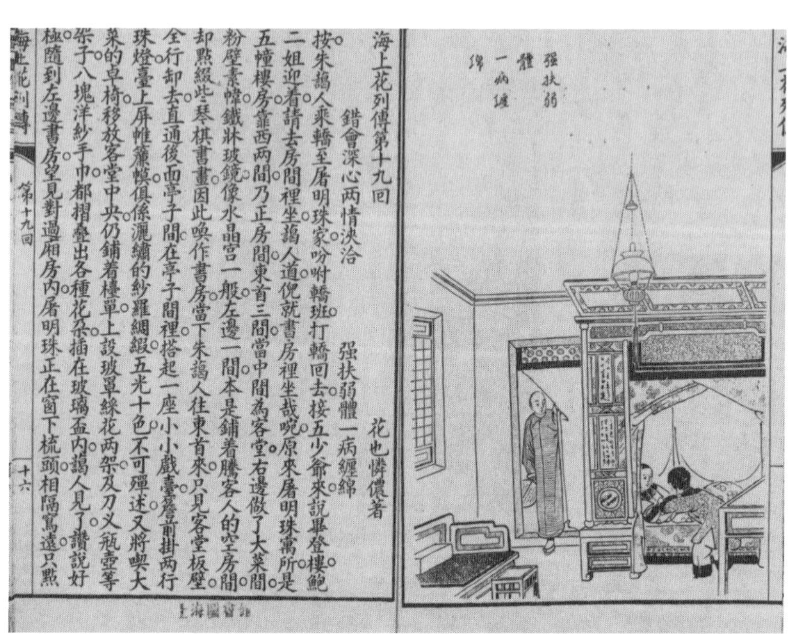

海上花列傳第十九回
錯會深心兩情浹洽　強扶弱體一病纏綿　花也憐儂著
按。朱藹人乘轎至屠明珠家。吩咐轎班。打轎回去。接五少爺來。說畢。登樓。鮑二姐迎着請去房間裡坐。藹人道。俛就書房裡坐哉啘。原來屠明珠寓所。是五幢樓房。靠西兩間。乃正房間。東首三間。當中間為客堂。右邊做了大菜間。粉壁素幃。鐵牀玻鏡。像水晶宮一般。左邊一間。本是鋪着騰客人的空房間。卻點綴些琴棋書畫。因此喚作書房。當下朱藹人往東首來。只見客堂板壁。全行卸去。直通後面亭子間。在亭子間裡。搭起一座小小戲臺。簷前掛兩行珠燈。臺上屏帷簾幙。俱係灑繡的紗羅綢緞。五光十色。不可殫述。又將喫大菜的卓椅。移放客堂中央。仍鋪着檯單。上設玻罩綠花兩架。及刀叉瓶壺等架子。八塊洋紗手巾。都摺疊出各種花朵。插在玻璃盃內。藹人見了。讚說好。極隨到左邊書房。望見對過廂房內。屠明珠正在窗下梳頭。相隔寫遠。只點
海上花列傳　第十九回　十六

《海上花列傳》第19回插圖　〈強扶弱體一病纏綿〉

酒我祇想了詩句沒有將字數算算不是我的心太覺粗了子靖笑道俗語說得好自搬磚兒自打脚本來有的快請一同乾了杯兒我要收令了戟三無語一飲而乾子靖身邊擺的是一碟福橘遂念了一句山中奴隸橘千頭照字點去應少牧一人飲酒少牧道人家一句詩兒是兩杯酒大哥祇有一杯却偏偏作成了我到也湊巧得緊子靖道祇算我心敬的罷如今是應你的令了少牧乾過了酒道我也是席上生風但不許用着酒饌祇許用每人身邊席上的動用器皿又要用身体上一個字又要做一個手勢兒把這句詩描摹出來說不出的罰酒說出的就此過令省得牽扯別人飲酒未知衆意可好戟三道這到有趣少翁請先做個樣兒我們瞧瞧然後可以依令而行少牧點頭稱是遂滿滿的斟了一大杯令酒立起身來將酒杯高高擎起笑嘻嘻念出一句詩來道我說的是萬事不如杯在手念完將酒一喝而盡子靖看着忽大笑道牧弟好幾年不見仍是一塊天真你們看方纔好個樣兒幼安

海上繁華夢　五　采風報館附送

微笑答道他本來是孩子氣慣的今日故友重逢又喝了幾杯酒自然要露出本相來了少牧也笑着道我不與李大哥和你鬪口你們請照這樣兒把令行下去就是倘行不下罰酒不饒子靖道是了待我來接將下去口中說着心裡暗想有了器皿上的字兒沒有了身体上的有了身体上的字兒却又沒了器皿上的一時性急不覺面紅耳熱起來除下瓜皮帽子搔了搔頭靈機一動把帽子吹了一吹又將頭髮捋了一捋衆人見此光景忍不住彼此大笑子靖道且莫要笑聽我過令我說的是羞將短髮還吹帽不知可算得麼少牧道大哥果然靈變怎麼從這帽子上頭竟想出這句詩來祇可惜帽子不是那席上的器皿罰酒是不能免了子靖撲嗤的笑道這是我糊塗了若帽子算了器皿衣裳鞋襪却是怎麼東西本來怎能免罰如今我唱一杯安弟接下去罷說定自己斟了一杯熱酒一吸而乾不留涓滴幼安道大哥為人到底豪爽就是喝一杯酒也是直捷痛快的少牧道閒話休題安哥你說的

《海上繁華夢》繡像與內文連載於《采風報》副張

這也提醒我們一個不容忽視的面相：《海上花列傳》與《海上繁華夢》均於文學期刊與報紙上與世人初次照面，《海上花列傳》每回卷首配圖一至二幅連載於期刊《海上奇書》中，《海上繁華夢》在《采風報》、《世界繁華報》的附章中連載，亦刊出多幅小說人物的繡像，後由笑林報館結集成冊印行。可見久居滬上的小說家們，除了著眼於當下環境，以之作為小說背景，引起市民的閱讀興致以刺激銷量外，善用圖像所誘發的視覺想像，進而以圖像打頭陣刊載小說內文，亦已滲入晚清上海文人的創作意識中，形塑出近代海派都市小說突出視覺元素的敘事特徵。

吳友如《海上百豔圖》裡年款最

丁悚《上海時裝百美圖詠》，丁悚，《上海時裝百美圖詠》下冊（上海：天南書局石印本，1916），圖29。

沈泊塵，《老上海女子風情畫》，見吳浩然編，《老上海女子風情畫：沈泊塵《新新百美圖》》（濟南：齊魯，2010），頁85。

晚的幾幅，繪於光緒十九年（一八九三）正月，[74]可知其於《點石齋畫報》刊行近十年後，改朝換代的政治巨變與社會動盪造成的文化變遷，也讓上海文藝圈中的「百美圖」迭見新姿。如一九一三年沈泊塵（一八八九—一九二〇）將連載於《大共和星期畫報》上繪圖集結成冊的《新新百美圖》已可見身手矯健從事西式體操的女子形象；一九一六年丁悚（一八九一—一九六九）所繪《上海時裝百美圖詠》突出時裝女性藉由現代傳郵體系遙寄情思；一九二〇至一九二三年但杜宇（一八九七—一九七二）的《最新時裝杜宇百美圖（正集、續

74 參見王稼句〈新百美圖〉一文，見氏著，《看書瑣記》（濟南：山東畫報，二〇〇六），頁八三。

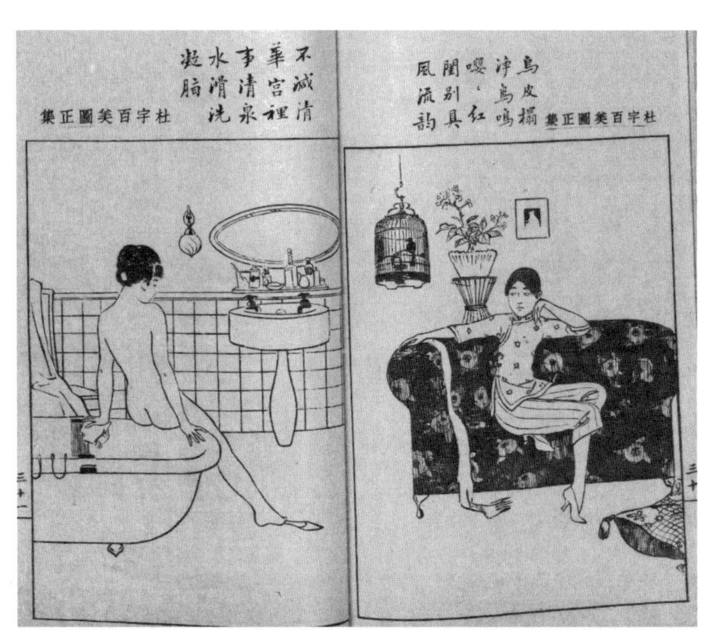

但杜宇《最新時裝杜宇百美圖正集》，但杜宇，《最新時裝杜宇百美圖正集》上冊（上海：新民圖書館，1922年初版，1924年7月四版），圖30、31。

集）》（全四冊）則呈現了在西洋浴室若有所思、以背影示人的女性裸體、足蹬高跟鞋獨坐沙發幽幽凝視籠中鳥的女子（上海新民圖書館兄弟公司印行），均演繹出新舊轉接時代中的女性群像。綜觀三書，美人圖像配以詩歌吟詠固仍繼承了晚明以降的百美圖敘事模式，但吳友如《飛影閣畫報》中建立的海派特徵：物質文明、日常生活與社會脈動應和對話的風格，更在此體現無遺，歷歷記載了晚清時期女學、女權的萌芽發展軌跡。這些圖像中雖逐漸出現女性走出閨閣參與社會政治活動的身影，[75]卻也掩映了她們備受舊有倫理價值觀拉扯與桎梏而蟄居內室的心靈困境。

近代「百美圖」敘事中蓄藏著或批判或諷諭的力道，促發讀者按圖索驥般同情理解彼時連載於報刊的小說作品女性群像：如一九一二年《民權報》副刊上的哀情小說《玉梨魂》（徐枕亞

第60回插圖

《歇浦潮》第3回插圖，見朱瘦菊，《歇浦潮》（上海：新民圖書館，1921）。

著）、一九一四年上海《大共和日報》的《廣陵潮》（原名《過渡鏡》，李涵秋著），以及自一九一六年起在《新申報》上刊載長達五年（至一九二一）之久的長篇章回小說《歇浦潮》（海上說夢人，朱瘦菊著）。一九二一年由新民圖書館兄弟公司匯總出版印行的《歇浦潮》一書[76]每回前均有點出情節關目的插圖，其繪圖者，正是與朱瘦菊共創電影事業的好友但杜宇。[77]若將但杜宇《最新時裝杜宇百美圖（正集、續集）》與小說《歇浦潮》閱看對照，非但為貼近時代語境和體味小說中女性形象的現代演變，增加了圖文對照的另一重要管道，更為讀者提供多元視角介入小說情節的閱讀可能性。[78]故民初時期上海出版的諸種「百美圖」，也隱然呈現出畫家企圖掙脫中國仕女畫強大傳統，注入時代推移之跡，此中往往預示著潛藏其間的文化危機，進一步反映當代困境與現實難題（詳見第七章分析）。

75 陳建華曾分析清末民初上海消閒雜誌中呈現的女性形象與女性話語的轉變歷程，與民初時期政局打破帝制成立共和，又一度復辟的時局動盪，息息相關。見陳建華，〈演講實錄1：民國初期消閒雜誌與女性話語的轉型〉，《中正漢學研究》二〇一三年第二期（二〇一三年十二月），頁三六六—八〇。

76 該書版本總計十卷百回單行本，一九二五年又由世界書局出版五卷百回修訂本。

77〔日〕佐藤秋成，〈朱瘦菊與他的電影作品《風雨之夜》：中國無聲電影東京鑑定手記〉，《明報月刊》二〇一一年六月號。見http://www.mingpaomonthly.com/cfm/Archive2.cfm?File=201106/cal/01a.txt，下載日期：二〇一五年十一月二十一日，21:00。

78 參見陳建華，〈從影迷到螢幕情緣——但杜宇、殷明珠與早期中國電影的身體政治〉，收入吳盛青編，《旅行的圖像與文本：現代華語語境中的媒介互動》（上海：復旦大學出版社，二〇一六），頁二九八—三〇四。

結語

本章剖析自仕女畫傳統中游離出來的「百美圖」圖像敘事，細數明末清初「百媚」圖與冶遊文學匯流，彌合大傳統（大敘述）的家國論述以及閒情豔跡的小道敘事，正給了清中期性靈派宗主袁枚作序專詠美人的正當性；改琦《紅樓夢圖詠》對《紅樓夢》的圖像詮釋，體現出海派藝術家以插圖參與文本敘事的獨特模式，不再滿足於複製式的風情描繪，從被動的裝飾性插圖到饒具自覺的圖像敘事，轉而挑戰原有的「百美圖」中包藏仕女畫的道德教化意涵，影響了同時稍後的「百美圖」畫家。繪圖者不再滿足於體現文字風情的描繪，亦進一步創造了圖像敘事的新形態：視覺詮釋與閱讀感知彼此構成一種呼應銜接，超越甚至僭越的關係。

上海早期報人蔡爾康編定《宮閨聯名譜》中蒐集野史或韻語重新賦予「百美圖」敘事嶄新元素。他並參與、推動了描摹「滬濱時尚泊北里中事」[79]的滬地冶遊文學，逐步構成「海派豔史」的論述。故《吳門百豔圖》易名為《上海品豔百花圖》，方得一再刊行，充分體現編撰者的上海本地文士觀點，為後來與新聞畫報結盟的《海上百豔圖》進行暖身。

以上種種「百美圖」不僅提供我們從另一重視角觀察近代日常生活百態所反映出城市轉型的痕跡[80]，更可從「海上」城市文學（以妓女或城市罪惡為主題的長篇章回小說）與連載小說的插圖如何製造時尚潮流，開闢多重空間，見證歷史推演的圖像敘事策略，窺見清末民初海上文人心態與文化記憶的推衍派生，為之勾勒出更為清晰的輪廓。要之，解讀清末民初不同時期的「百美圖」敘事，尋索挖掘深藏其間的豐富意蘊，庶幾可繪出近現代中國文學與文化史演變的軌跡。

79〔清〕黃式權，〈淞南夢影錄・提要〉，《淞南夢影錄》卷首。

80 葉文心（Wen-hsin Yeh）教授的《上海繁華》（*Shanghai Splendor*）一書從經濟條件的改善、市民日常生活中的西化物質，重建被視覺、文學、城市環境所包圍的居民生活之文化記憶。見 Wen-hsin Yeh, *Shanghai Splendor: Economic Sentiments and the Making of Modern China,1843-1949* (Berkeley: University of California Press, 2007), pp. 17-21。

第七章　民初海上「百美圖」時尚敘事與性別文化的塑形嬗變

前言

第六章已考察過晚清洋場才子王韜、蔡爾康、鄒弢推動「百美圖」文化一脈從「女史」轉渡為「豔史」，吳友如因《點石齋畫報》聲名鵲起，更自立門戶創辦《飛影閣畫報》，繪出海上「品花百豔」圖像文化與都市時尚的融匯。[1]四十年後進入民國，一批畫家參與促成當代女性視界與論述的形成，於報刊又呈現出「新」形態的百美圖像，[2]他們立足當下語境，在想像中建構當代女性形象並促成性別文化的遞移轉化，海上百媚／百美圖畫流脈由是於民初嬗變。

縷述民初與晚清的聯繫與區別，在比較的基礎上開展論述是本章的主要方法；討論對象為：一九一三年沈泊塵[3]連載於上海《大共和星期畫報》副張上繪圖集結成冊的《新新百美圖》[4]（及《新新百美圖補遺》等）、一九一六年丁悚[5]所繪《上海時裝百美圖詠》[6]（含其於《神州畫報》繪圖與後人據民初報刊所載圖畫集結而成的《民國風情百美圖》[7]）、一九二二年但杜宇[8]於上海出版的《最新時

1 參見陳平原，《圖像晚清：《點石齋畫報》之外》（香港：中和，二〇一五），頁一一—三三。

2 民國前畫報上亦有號稱《新百美圖》者，一九〇九年上海《時事報圖畫旬報》（上海圖書館藏）就陸續刊載，前四位美人霍小玉、杜十娘、卞玉京、崔鶯鶯皆為文學形象，其當世者如追憶大戶人家侍女周珊珊，秦淮名妓王秀瑛獨標清韻，繪法仍舊，題圖多記敘寫原因，結末舊體詩四句。至一九一九年有《群報畫報》（上海圖書館藏），亦有斗南所繪《新新百美圖》，名稱應是效沈泊塵，內容畫法卻都陳舊。再如浙江杭州《之江畫報》（一九一三—一九一四）有「雙百美圖」，畫面上有雙仕女，還有「新雙百美圖」、「最新雙百美圖」，由楊士猷（嗣櫄）等畫。可與民初海上「百美圖」畫家的創作意識作為對照。

3 沈泊塵（一八八九—一九二〇），原名學明，字伯誠，浙江桐鄉人，近代漫畫家先驅。幼多病失學，自學文化知識和繪畫。一九〇九年到上海綢布莊當店員，不久從潘雅聲學中國畫，擅畫寫意和工筆人物、仕女，頗有影響。畫戲劇人物，油畫、水彩、漫畫，多有成就。民國初年先後在上海《大共和日報》、《民權畫報》、《申報》、《神州畫報》、《新申報》、《時事新報》等報刊上發表「於世道人心痛加針砭」的政治和社會生活漫畫，達千幅以上，有些作品產生過強烈的社會影響。一九一八年東渡考察日本新聞事業和近代繪畫。他是民國初年成就最為突出的一位漫畫家，創辦了中國第一本專門的漫畫刊物——《上海潑克》，punch意「詼諧善謔」，又名《泊塵滑稽畫報》，所刊作品多出沈泊塵之手。他在漫畫創作技法方面注意發揮中國傳統線描的長處，又善於將西洋的鋼筆黑白畫法加以運用，從而豐富了我國漫畫的表現技法。死後其弟沈學仁曾在上海基督教青年會舉辦沈泊塵諷刺漫畫展。

4 該書原由上海國學書室石印出版，大共和日報總經銷，印量達數萬冊，不久又出版了《新新百美圖外集》與《續新新百美圖》二書。本文參考一九一三年張丹斧主編《大共和星期畫報》所連載沈泊塵「新百美圖」系列圖像為主，以吳浩然所收上三書，編成《老上海女子風情畫》（濟南：齊魯書社，二〇一〇）為輔，作為主要討論文本。

5 丁悚（一八九一—一九六九），字慕琴，浙江嘉善人。幼年在上海當鋪學徒時業餘學畫。師承周湘，初攻西畫，擅素描，繼研國畫，歷任學校教員，刊物編輯，尤擅諷刺畫。歷任上海美專、同濟、晏摩氏、神州、進德等校的教授，並為上海《申報》、《新聞報》、《神州日報》等重要報刊作插圖。一九一二年在《申報》上發表漫畫。一九二五年後，為《上海漫畫》、《三日畫刊》等作漫畫，亦常在上海《福爾摩斯》、《禮拜六》等報刊上發表作品，逐漸成為上海漫畫界和月份牌畫界的中心人物和組織者。一九二七年秋，與張正宇、張光宇、黃文農、魯少飛、王敦慶、季小波、張胥蓀、蔡翰丹、葉淺予、胡旭光等十一人組成中國第一個民間漫畫團體漫畫會，常在丁悚、張光宇家交流畫藝。一九三〇年代開始，轉入電影製片廠從事美術設計，直至一九五〇年代。

6 名人（丁悚）精繪，《上海時裝百美圖詠》（上、下冊）（上海：天南書局石印本，一九一六）。該書藏於上海圖書館。

7 丁悚繪，《民國風情百美圖》（北京：中國文聯，二〇〇四）。

8 但杜宇（一八九七—一九七二），原名祖齡，號繩武，祖籍貴州廣順，生於江西南昌。早年喪父，家道中落。在上海美術專科學校畢業後，以畫仕女月份牌和替報刊雜誌畫封面、插圖為生，曾出版《百美圖》畫集。喜愛攝影和電影，從一個法裝杜宇百美圖（正集、續集）》[9]等書，其所呈現、演繹出晚清民國新舊過渡時代中的女性群像及當世性別文化的衍變軌跡。

考察橫向與縱深的文化語境，本章欲將上述三家所繪「百美圖」予以脈絡化（contextualization），論證過程特別關注男性畫家進行創作的過程中以何種「性別觀看」視角面對藝術客體（現實中的女性與筆下的美人圖）？並從圖與文（題畫詩）之間或和諧或扞格，亦彼此質詰對話的複雜關係，剖析創作主體「性別位置」的騰挪遊移，以具體勾勒民初百美圖掩映了社會主流意識形態與新興思維觀念之間不無張力的「乍暖還寒」特徵——新百美圖範疇與新舊文化／文學語境的溝通詰問，圖像敘事透露當時新女性身分與新興「性別意識」間的參差錯雜——在逾越界限或突破囚籠的片刻，又與固有觀念及成規糾纏不清的矛盾態度。

為凸顯此類書籍在近代文化史上所占據的地位，將往前追溯晚清上海的百美圖敘事脈絡（承續第六章論題）、與同一時段「舊派」小說[10]的對話關係，並往後延伸至一九四〇年代海派文學代表人物

國人手中買到一架攝影機，經過鑽研，學會了電影攝影的基本技藝。一九二〇年與長篇小說《歇浦潮》作者朱瘦菊創辦上海影戲公司，自編、自導、自攝影片。處女作《海誓》是中國最早的三部長故事片之一，該片他邀請女星殷明珠在《海誓》中扮演少女福珠，成為中國電影史上第一位名副其實的女主角，後兩人結縭，共同締造電影事業的高峰。但氏相繼拍攝著名電影《盤絲洞》、《楊貴妃》、《傳家寶》、《豆腐西施》等影片。一九三一年後隨上海影戲公司相繼併入聯華、藝華影片公司，拍攝了《南海美人》、《足恨》、《國色天香》等影片。一九三七年八一三事變後赴香港，先後在大中華、亞洲、永華等影片公司任導演。一九五四年退出影壇，主要為《星島日報》創作諷刺漫畫。

9 據筆者考察，冠以《杜宇百美圖》（共二冊）之名的書籍有兩種版本，第一種為一九二〇年七月再版，題詞在畫框外側，名為《杜宇百美圖》（藏於上海圖書館），上冊有周劍雲、顧鋤非、沈淑英作序，由上海新民圖書館發行；第二種為一九二二年初版，一九二四年四版，標題加上「時裝」，封面題名則為《最新時裝杜宇百美圖正集》（二冊），題詞位於畫框之上，周劍雲作序（藏於美國哈佛大學燕京圖書館），由上海新民圖書館兄弟公司發行，兩種版本皆為但杜宇繪圖，姚民哀題詞。冠以《杜宇百美圖續集》（共二冊）之名的書籍亦有兩種版本，第一種為一九二二年出版，題詞在畫框外側，名為《杜宇百美圖續集》（藏於上海圖書館），無序，由上海新民圖書館發行；第二種版本為一九二三年初版，一九二四年三版，上冊卷首有顧鋤非、沈淑英序文，由上海新民圖書館發行。上述兩種版本皆為但杜宇繪圖，許指嚴題詞。另筆者注意到一九二四年新民圖書館發行了《最新時裝杜宇百美圖正集》、《最新時裝杜宇百美圖續集》二書，均為一九二〇至一九二二年出版的《杜宇百美圖正續集》重印刊行，此書受到上海讀者之歡迎，可見一斑。

10 魏紹昌編，〈敘例〉，《鴛鴦蝴蝶派研究資料（史料部分）》中提及范煙橋、鄭逸梅曾指出，相對於「新文學」，用「民國舊派小說較為恰當」。一九六一年范煙橋據其舊作《中國小說史》（一九二七）「最近之十五年」擴充成《民國舊派小說史略》，指出哀情小說固為此派之正宗，社會小說也是相當繁茂的一支，都給與讀者相當大的影響。此派文學的出版均以上海報刊為中心，堪稱為市民大眾喜聞樂見的通俗讀物。此書之「尾聲」，論及張愛玲的小說集《傳奇》堪稱為舊派小說在上海敵偽時期中的佼佼者：「用新的文字結構來描寫，也滲用了一些通俗小說的傳統技法」，予以嚴肅評價，乃一九四九年中華人民共和國成立後公開在文章中論及張愛玲的第一人，意義不凡。可佐證本章將民初「百美圖」敘事與張氏小說參差對照閱讀之理由（見魏紹昌編，《鴛鴦蝴蝶派研究資料》，頁一六七—七〇；頁二六九—七一）；范伯群教授則因鴛鴦蝴蝶派作家的作品多數刊登在《禮拜六》雜誌上，因而統稱民初上海通俗文學為「鴛鴦蝴蝶——《禮拜六》派」，見范伯群編選，《鴛鴦蝴蝶——《禮拜六》派作品選》修訂版（北京：人民文學，二〇〇九）。有關民國「舊派」小說與上海的關係可參見胡曉真，《新理想、舊體制與不可思議之社會：清末民初上海「傳統派」文人與閨秀作家的轉型現象》（台北：中央研究院中國文哲研究所，二〇一〇），頁一二〇—二四。另見蔡登山，《繁華落盡：洋場才子與小報文人》（台北：秀威資訊，二〇一一），頁七三；段懷清，《清末民初報人——小說家：海上漱石生研究》（台北：獨立作家，二〇一三），頁三三二—三三。

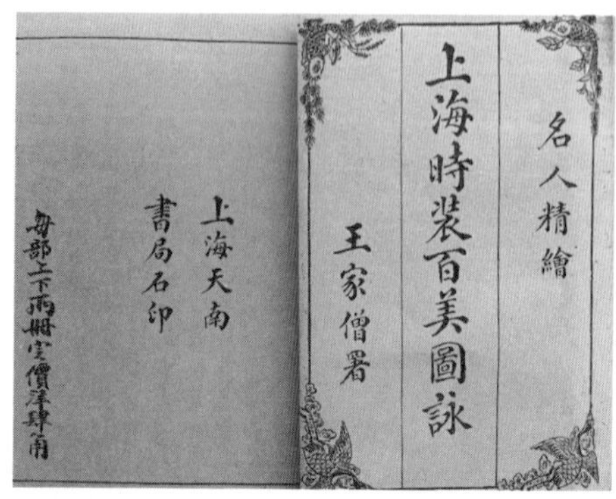

丁悚，《上海時裝百美圖詠》封面內頁

沈泊塵，《新新百美圖》廣告
見《大共和星期畫報》1913年第19期
（1913年，月分不詳），頁17。

《最新時裝杜宇百美圖正續集》封面書影

張愛玲的文化省思，以完整梳理此視覺文化與圖像敘事的流變軌跡，並具體展示民初時期性別文化轉型的有機歷程。

一、西洋鏡蠡測分明

西洋鏡這個「向上／向遠看」的符號貫穿晚清、民國繪畫，自晚清始，視角已然生變：從向上的天文科學觀測轉而為平遠觀景的日用，民初的西洋鏡暗示現代女性的方向與追求，與前此的仕女圖像的風範大相逕庭，展現了女人與科學、舶來品之間的對話。西洋鏡與西洋景相關於女人的視覺圖像，讓我們借助科學與性別平權的鏡頭，遠遠地窺見東方地平線上的現代女性景觀與性別意識的發展軌跡。

晚清上海洋場彰顯的現代器物文明大抵基於舶來品，測遠鏡之類用為格致之學，有所謂：「遠鏡至今日之歐洲而精極矣。用以測月……，測日……，測金星……。此皆古人所未見者也，然非在上海用西人之遠鏡，亦不能知也」[11]；京師同文館建高台觀測「金星與日行同道」的新聞，在《點石齋畫

---

11 見（清）陳其元撰，俞曲園參訂，《庸閒齋筆記》卷九（台北：廣文，一九八二），頁二上。參見陳平原、夏曉虹編註，《圖像晚清：《點石齋畫報》》（香港：中和，二〇一五），頁二四八。

報》刊出的圖畫即命名〈占驗天文〉，諸大臣參與其事。[12]清末維新思潮中，望遠鏡在拓展新知息息相關的教育及研究方面，扮演不可或缺的角色，也在民初「百美圖」中頻頻露臉，以彰顯女子的活躍行動力，運用非止一處。吳友如所編《飛影閣畫報》中晚清滬城每每呈現西洋景，海上人以望遠鏡觀西洋景亦不乏其例，畫報班底周慕橋所繪〈視遠惟明〉一幅即是典型代表。畫面中用望遠鏡平視的女子與身後兩位美人的形影姿態，分明是長三堂子中的校書風采。正如張愛玲在〈更衣記〉一文所謂：「交際花與妓女常常有戴平光眼鏡以為美的。舶來品不分皂白地被接受，可見一斑。」[13]

一旦進入民國，畫家不約而同捨名妓身姿，轉以女學生作為掌握科學文明物質現代性的典型示範。畫中呈顯現代社會中人們隨著自身活動變化，而形成前所未有的時間、空間感，透過望遠鏡片，彷彿瞬間擁有千里眼般的神妙能力，大千世界的圖景如在目前，「百美圖」畫家們自然不能錯過讓美人獨領風騷的機會。

〈視遠惟明〉中的清裝美人利用望遠鏡的功能看清肉眼不易了然的遠景／遠人，似乎是享受乘馬車兜風觀光之外，另一得以「登高望遠」的樂趣，所在不外「海上小說」[14]中屢屢描述的張園安塏第[15]一類地方。沈泊塵、丁悚、但杜宇所繪女子們透過望遠鏡觀察的圖像，與吳友如等人畫風最大的區別在於她們的視線均仰望天空，似欲獨立求索某種天體自然蘊含的未知對象，對顯之下，周慕橋筆下女郎的身分屬性讓她的遠視目標逗人揣想，平添幾許曖昧色彩：良家婦女不大有可能在這種場合看西洋鏡，畫中倌人凝睇遠景風物外，不排除以鏡頭窺伺跟蹤某個潛在的生意對象（顧客），在這個意義上，與李漁所著《十二樓．夏宜樓》小說中男性欲望主體用望遠鏡獵獲理想妻妾的情節設置，脈絡一致而異曲同工。

兩者（吳友如一輩與民國「百美圖」畫家們）最根本的差別可歸因於五四前後風行「賽先生」科學主義的思潮，新時代女性焉能與新觀念相左？她們的形貌身姿恰恰是民初百美圖畫家亟欲捕捉的時尚特徵：沈泊塵、丁悚畫中女子或多或少烙印了科學教育與文化思維的痕跡，她們的背向、微側面龐的構圖基本無異，

12 見〈占驗天文〉，《點石齋畫報》，光緒十二年（一八八六），壬二。

13 見張愛玲，《流言》，頁七〇。

14 特別是指一八九〇年代開始於上海報刊中連載的《海上花列傳》、《海上塵天影》、《海上繁華夢》及《海天鴻雪記》等等，敷陳清末上海妓家場景之長篇章回小說。

15 一八八二年無錫商人張鴻祿買下歐式花園住宅，改稱「張園」，為晚清時期上海最著名的中西合璧公園，地標建築西式洋樓名為安塏第。

張園安塏第，翻攝自吳亮著文，《老上海：已逝的時光》（南京：江蘇美術，1998），頁225。

兩位畫家顯然更推崇知性美；但杜宇畫中的少婦雖也帶有幾分知識少女的嬌俏，七分褲筒露出腳踝的家常打扮有助於凸顯青春的身體線條，畫題供承「不是欲窮千里目，為憐七夕叩雙星」，別有懷抱的女子充滿愛情憧憬地運用科學儀器求證人類的男女情感，畫面上的美人單手執望遠鏡略顯誇張，與沈、丁畫中女性微微前佝及科學探究意味的背影，內涵已見差異；其腰肢、手足分明做出幾分態勢，微偏的腦袋更有邀寵的意味。也可以說，但杜宇繪圖中觀察天空的背影畫像，風韻天然，是更近女性本色的「媚」，可此中並無晚清妓女居心媚人的生意經，亦非以啟蒙者自任的男性畫家單憑想像描繪出的進步知識女子形象。這一題材表現角度的選擇，新穎別致而充滿歧義性，呈現了萌芽期的性別意識之複雜內涵。

出身蘇州的吳友如仍保留傳統年畫的影響，其繪編之洋場圖畫彌漫著世俗人間的趣味，畫面本身也將現實情境中華洋雜處的景觀收納為一幕幕西洋鏡／西洋景。〈視遠惟明〉預設讀者與畫面之間的關係為：男人看／看男人，但三種民初「百美圖」在觀閱者看來則完全背影示人的「不賞臉」，美人「心比天高」，知識活動的空間替代了人際溝通，年輕一代女人於此獲得了一種超越感。她們憑欄而立，卻對「欄杆」無感。

歷來舊詩詞中「登高、憑欄」往往是男性設置的抒懷情境，諸如「怒髮衝冠，憑欄處、瀟瀟雨歇。抬望眼、仰天長嘯，壯懷激烈」[16]、「把吳鉤看了，欄杆拍遍，無人會，登臨意」[17]等等，岳飛、辛棄疾有此豪放，女詩人李清照只能「凄凄慘慘戚戚」[18]婉約傾訴衷腸；傳統中國藝文中的女人形象鮮有遙騁遠目的資格，王昭君身處空曠無極的塞北背景中，也僅只以異域冬裝供人觀看。一般女性與護欄之類背景的關係，不外是倚在「美人靠」上，男性主導的世界總是為女人設計了種種以關懷面目出現的保護性限制。民國「百美圖」中的女性則儼然瞭望星空無限，呈現的是一種掙脫舊有窠臼的新文化語境：新女性之美往內轉向，在她們的自我探索上體現出來，隱隱含有跨越傳統性別藩籬的態勢。

關於「百美圖」性別主體的闡釋固然是後見之明，但若再觀察多種此類圖籍中同代人疏解的文字及其指涉意涵，更會發現民初文化性別意識的新舊並陳和多音駁雜性，極端之例更有題畫詩與圖像意境牴牾悖反的現象，彷彿繪圖者和題詩人溝通艱難甚或彼此誤解。從刊載百美圖的報刊文化生產環境來看，這些畫家與題畫的文人同時是朋友、投稿人與編輯的多重合作關係。媒體主筆與畫家熟稔，為他們刊發畫作的時候，常常自作主張地將自己的解釋作為題畫詩一同發表。沈泊塵、丁悚作品的題畫詩、作品集序言之作者，計有王鈍根（一八八八—一九五一）[19]、天虛我生（一八七九—一九四

16〔宋〕岳飛，〈滿江紅〉，收入唐圭章編，《全宋詞》三（北京：中華書局，一九九九），頁一六一五。

17〔宋〕辛棄疾，〈水龍吟．登健康賞心亭〉，收入唐圭章編，《全宋詞》三，頁二四一四。

18〔宋〕李清照，〈聲聲慢〉，收入唐圭章編，《全宋詞》二，頁一二〇九。

19王鈍根，原名王晦，更名王永甲，字耕培、芷淨，號鈍根，別署根盤，以號為筆名。江蘇青浦（今屬上海市）鎮人。十六歲中秀才，廢科舉後進廣方言館習外語，僅一年即通英語。清末在家鄉主編《自治旬報》。一九一一年應同鄉席子佩（裕福）邀任《申報》編輯，後任該報所闢《自由談》副刊主筆。撰詩作文，發表自作漫畫，配以詩作，抨擊時弊。繼主編《自由雜誌》、《遊戲雜誌》、《禮拜六》週刊等。一九一五年為南社社員。同年辭去《申報》編輯，設立明記公司經營鐵業，經商失敗應《新申報》之聘，主編該報《小申報》副刊。晚年以賣字為生。

周慕橋〈視遠惟明〉，見《吳友如畫寶》第3集下，《海上百豔圖》，冊6，圖28。

沈泊塵繪，張丹斧題詩，見吳浩然編，《老上海女子風情畫》，頁95。1914年錢病鶴所繪《世界百美圖》中便有一幅中國少婦「窺星圖」，除天際一鉤新月外，構圖明顯仿襲沈氏此作，可見其畫風引領當代「百美圖」潮流。錢氏該書為上海中法大藥房主人黃磋玖出資付之精製，中法大藥房贈送之品，由海上漱石生孫玉聲題序，並為全書一百幅繪圖題詩。參見〈百美圖裡的民國時尚〉一文，見孔夫子舊書網網頁http://www.vccoo.com/v/0bd518，下載時間2015年11月7日。

沈泊塵，《婦女時報》20號封面（1916年10月31日出版，沈泊塵繪）。

丁悚繪，陳小蝶題詩，《上海時裝百美圖詠》冊下，第6幅。

楊士猷，〈雙百美圖〉，《之江畫報》1914年卷8第6期。

但杜宇，《最新時裝杜宇百美圖正集》冊上，頁12。

〇）[20]、陳小蝶（一八九七—一九八七）[21]、張丹斧（一八六八—一九三七）[22]等舊派文人與報刊創辦人，尤其是後者（張丹斧）的詩作，往往與諸畫家之畫作如影隨形。但杜宇百美圖的題詞者亦為姚民哀（一八九三—一九三八）[23]、許指嚴（一八七五—一九二三）[24]等舊派文學名家。題圖者之詩文固有相互吹捧的意味，卻也不乏誤導可能，均有意無意左右了閱眾對圖像的解讀，構成圖文間不盡和諧的敘事張力。

現在看來，這些詩或與畫面相得益彰，亦常與畫家在圖像中意欲再現的觀念相去不可以道里計，沈泊塵與張丹斧的關係可作為後者代表，兩人情誼交惡實由於此。但看上頁圖中張丹斧題沈泊塵畫之詩：「閫外星辰靜欲流，茜紗衫子未知秋。鏡波直射三千里，窺見天河戲女牛。」有憐香惜玉之真意，談科學則近於濫調。丁悚畫作上陳小蝶的題詩予人突兀之感，強將女子舉止視為夜觀天象來指涉人間政治：「天南月黑小星稠，太孛光芒入夜流。幼女也知憂國亂，朝朝望氣上高樓。」在詩中，讀者嗅不出畫面流露出的求新除魅文化氣象，卻籠罩著封建教條意味的陰陽五行政治觀。「太孛」的邪氣現於天際，天下不太平由此而生，政治動亂怎生得了，連小女子也憂心得夜不能寐。題詩者強將政治亂象的憂思闡釋小兒女好奇求知的情態，藉科學嫁接五行以示女子愛國情操，似也觸及民初時代語境中新興的性別意識與家國論述間無法合拍的矛盾扞格。以不同的「性別觀看」視角來分析，益能深

20 天虛我生，原名陳栩，字栩園，號蝶仙，杭州人。十六歲試作《桃花夢傳奇》和《瀟湘雨彈詞》，後登在自辦的《大觀報》上；十九歲仿效《紅樓夢》寫出《淚珠緣》轟動上海文壇。後有小說《鴛鴦血》、《嬌櫻記》、《麗絹記》、《黃金祟》，

並出任《申報》副刊〈自由談〉主編，為鴛鴦蝴蝶派代表人物之一。研製「無敵牌」牙粉暢銷無數，是罕見的文人兼實業家的成功之例。

21 陳小蝶，浙江杭州人，天虛我生（陳蝶仙）的長子。名蘧，字蝶野、小蝶，室名醉靈軒。工書畫，兼善詩文，所作詩畫，頗多奇鬱蒼涼之感。父親蝶仙，妹小翠，妻子張嫻。他不僅是賡續父親未竟事業的繼承人，在文學創作上也不讓乃父。父子二人曾合作創作了《棄兒》、《二城風雨錄》、《嫣紅劫》、《柳暗花明》等共十一部長篇小說，其中的《柳暗花明》還被上海明星電影公司拍成電影。一九三七年他更名為陳定山，專注於美術事業，曾與吳湖帆、錢瘦鐵等畫家在上海名噪畫壇。一九四九年初他赴台定居，以作畫為生，於一九八九年病故。

22 張丹斧，原名扆，又名延禮，以字行，別署丹翁、無厄道人、張無為等。晚號後樂笑翁，江蘇儀徵人。舊體詩名盛，為揚州冶春後社重要成員。民國著名報人，曾任上海《大共和日報》主編，《神州日報》編輯，後又在《晶報》工作十餘年，與袁克文同為主筆。曾擔任《繁華報》編輯、兼為《鐘報》、《光報》、《大報》等特約撰述人。他為鴛鴦蝴蝶派重要成員，作小說《拆白黨》、傳奇《雙鴛隱》，與李涵秋、貢少芹齊名，為「揚州三傑」之一。

23 姚民哀，著名評彈藝人；鴛鴦蝴蝶派重要作家，舊派武俠前五家之一。幫會武俠之祖。江蘇常熟人。本名姚朕，字天亶，號民哀。書壇藝名是朱蘭庵（亦作萊庵）。筆名鄉下人、花萼樓主、護法軍、靈鳳等。與文公直、顧明道合稱武壇三健將。「南社」中堅分子。作為評書藝人獨創「吟詠調」，善說「書外書」，被稱為「真乃當世柳敬亭也」。曾任美商花旗煙草公司文牘，出差各地搜求黨會祕聞。一九二三年，他的第一篇武俠小說《山東響馬傳》被公認「近代武俠小說」開山之作。他能利用他對幫會內幕熟悉的優勢，大寫幫派故事。主編過《春聲日報》、《世界小報》、《新世界報》、《遊戲雜誌》、《小說霸王》等報刊。

24 許指嚴，近代小說家。名國英，字志毅，一字指嚴。武進人，南社社員，出身仕宦之家。清末曾執教於上海的南洋公學（今交通大學之前身），文壇名家李定夷、趙苕狂等皆為其高足。其杜撰《石達開日記》，銷路甚好，重版數次。自幼多聞祖父講述官場祕聞，故作品多為掌故性雜記，如《清鑒易知錄》、《清史野聞》、《南巡秘記》、《京塵聞見錄》等。所作小說頗多，僅長篇即達十餘部，如《泣路記》、《近十年之怪現狀》、《民國春秋演義》、《電世界》、《劫花慘史》等；短篇小說輯為《許指嚴小說集》、《許指嚴小說精華》。另有《埃及慘狀彈詞》、《小築茗談》、《指嚴餘墨》等。

入挖掘男性創作主體（畫家，題詩者）多聲並陳的內在雜音。

再者，西洋鏡與女子知性追求題材的傳播流通，亦可在上海以外的畫報上印證。如《之江畫報》上這幅楊士猷[25]所繪〈雙百美圖〉，樓上女子以望遠鏡看田野間走來的另一女子，畫家繪出望遠鏡觀察者的眼睛，其實是妨礙成像的（視線無法聚焦鏡中影像），透露這些作品模仿上海畫家不無悖理之處，但也反面證實，海上「百美圖」的追隨者未必具備正確的科學知識，但無妨於對此畫風心嚮往之而競起效尤。要之，民初「百美圖」女子與望遠鏡的相互定義，圖與文間或和諧或矛盾的對話張力，在在說明其圖像敘事一方面擺脫了晚清上海長三堂子的商業邏輯，另一方面也成為民初女子平權與啟蒙論述中的裊裊雜音，掩不住呼求著回歸自我本真的內在願望。儘管步履維艱，這些透過望遠鏡望穿秋水的女子們已經走向探索世界的蹊徑，跫跫足音更迴盪反響於一九三〇年代上海文化界的女權道路上。

二、美人妝罷入「時」無？

第六章已詳述，在吳友如時代，「百美圖」猶冠以「古今」之名，意味著畫家、出版家甚至讀者皆未動搖亙古不變的美人風韻之成規；至於「時裝」，吳友如《飛影閣畫報》初作「滬妝」，繼以「飛影閣畫冊之時裝仕女」號召，上海地域性時尚因素已然體現。[26]丁悚的《上海時裝百美圖詠》字面凸顯上海都市現代化地位，內中絕少洋場風光，日常家居與郊野屋樹似乎暗示一份民主共和時期的平等。丁悚因「時」制宜的命名機制不乏海上文化對此類書籍的要求。故欲深入探究民初現代女性形象建構的轉變歷程，便不能輕易放過由時裝之「表」，來穿透「百美圖」精神追求的「裡」。

張愛玲曾言清代三百年服裝幾乎無變化來說明「時裝」[27]的付諸闕如，難免武斷，卻也提供一道特殊視角回顧審視晚清上海種種「申江勝景圖」中描繪的女性服飾。打量圖景會發現，圖中眾家時髦倌人儘管引導時尚與消費潮流，[28]卻沒有像坐鋼絲馬車招搖過市的氣魄一樣全面展示奇裝異服，大鑲大滾的袿襖袍罩遮蔽了身體線條與個性特點，長三么二的面目往往難免雷同。

晚清以前，男性畫家眼中的百媚／百美品質大抵偏重詩性（如張愛玲語「一縷詩魂」[29]）、才

25 楊士猷，民國名畫家，浙江杭州人，別署墨葉軒，工畫山水花鳥。為天虛我生陳蝶仙之女陳小翠恩師，晚清海上四大家蒲華弟子。

26 參見陳建華，〈民國初期上海消閒雜誌與名花美人的文化政治〉，《學術月刊》二〇一五年第六期（二〇一五年六月），頁一三二。

27 張愛玲〈更衣記〉：「在滿清三百年的統治下，女人竟沒有什麼時裝可言」，見《流言》，頁六五。一九四一年張愛玲甫從香港回到淪陷的上海，即投多篇英文稿到英文雜誌 *The 20th Century*。本文原名"Chinese Life and Fashions"，附多幅手繪插圖，文章點出時尚潮流在中國人的生活及生命中扮演的角色，堪稱其寫作生涯首篇力作。她珍視而自譯為〈更衣記〉，中文版發表於上海《古今》雜誌（一九四三），後收入其第一本散文集《流言》（一九四五年出版）。

28 見鄭文惠，〈鄉野傳奇．全球圖景．現代性——《點石齋畫報》花界形象的文化敘事〉，收入吳盛青編，《旅行的圖像與文本》，頁二〇七—二〇九。

29 《流言》，頁六九。

藝，富有詩騷風流趣味的男人是欣賞、品味百媚佳人。在戀愛不自由的時代，和藝妓佳人相戀的有限自由，分外值得珍惜；晚清妓家經營色藝買賣，雙方的動作過程是「做」生意，妓家與士商客人是一種功力悉敵的對壘遊戲，妓女的尤物特徵被放大了，對她們的敘述以應酬功架（做各種張致，對客人

周慕橋〈粲粲衣服〉，見《吳友如畫寶》第3集下，《海上百豔圖》冊6，圖48。

吳友如〈顰效東施〉，見《吳友如畫寶》第3集下，《海上百豔圖》冊6，圖49。

收縱自如的把握）勝於外貌，服裝更在其次。所以，妓女重視含金量高的首飾遠遠過於服裝，甚至梳頭的款式也有過之，如果看重服裝則多在其鮮亮，款式外形差異甚微，一言以蔽之：那是一個沒有時裝特色的時代。

《海上百豔圖》收有《飛影閣畫報》基本班底周慕橋所繪一幅以《詩・小雅》中〈谷風之什・大東〉[30]詩句「粲粲衣服」為題之圖，畫面西側兩婦人穿著西式淑女洋裝，頭戴西帽，時髦亮麗自不待言，恰與東側清裝蓮足少女的背影相映成趣。由原詩「西人之子」之句聯想及洋服裝扮的東方面孔，圖文間跳躍幅度雖有任性恣意之嫌，但圖像所指涉惟有在洋場社交場合公開可見女性裙裝款式，倒也如實呈現了晚清婦女文化大膽利用外來服飾資源之一瞥，可惜僅在紙上靈光乍現，西式裙裝多年以後也未形成時尚，[31]後來簡化了的連衣裙與淑女正裝卻已有了不小的差別。

30 〈谷風之什・大東〉有云：「有饛簋飧，有捄棘匕。周道如砥，其直如矢。君子所履，小人所視。睠言顧之，潸焉出涕。小東大東，杼柚其空。糾糾葛屨，可以履霜。佻佻公子，行彼周行，既往既來，使我心疚。有冽氿泉，無浸穫薪。契契寤歎，哀我憚人。薪是穫薪，尚可載也。哀我憚人，亦可息也。東人之子，職勞不來；西人之子，粲粲衣服；舟人之子，熊羆是裘；私人之子，百僚是試。或以其酒，不以其漿；鞙鞙佩璲，不以其長。維天有漢，監亦有光。跂彼織女，終日七襄。雖則七襄，不成報章。睆彼牽牛，不以服箱。東有啟明，西有長庚。有捄天畢，載施之行。維南有箕，不可以簸揚。維北有斗，不可以挹酒漿。維南有箕，載翕其舌。維北有斗，西柄之揭。」見〔漢〕毛亨傳，〔漢〕鄭玄箋，〔唐〕孔穎達等疏，《重刊宋本毛詩注疏附校勘記》（台北：藝文，一九八一年影印清嘉慶二十年〔一八一五〕江西南昌府學刊本），卷一三之一，頁六下—一三下。

31 參見王東霞編著，《從長袍馬褂到西裝革履》（成都：四川人民，二〇〇二），頁五二—五三。

緊接著一幅由吳友如所繪〈顰效東施〉則是二女子穿著和服，彷彿刻意延續上圖《詩經》同一首詩之用典，成就別具一格的「東人之子」意象。畫家筆下晚清洋場的美人形象，已與歷朝學人注疏〈大東〉詩所蘊含的政局諷諭意涵背道而馳，解構了儒家經典詩作中「東國困於役而傷於財」的憂患意旨，卻捕捉了上海洋場在西力東漸的「世變」語境中因異文化碰撞而有融匯契機的時代翦影。《海上百豔圖》的「海上」指洋場租界，百豔則包括民間婦女和租界上長三么二的倌人，無論良家妓家一仍中國服裝，上面分析的兩幅圖畫與西洋、東洋時尚沾點邊，其時裝因素幾可略而不論。連接晚清吳友如到民初百美圖之間的「時裝」是元寶領，總體造型無大改革，絲綢棉布質料也不改，差不多二十年間就是做一些或高或低的衣領、或寬或窄的腰與下襬的「改良」。一般刊物封面與插頁所見美人照的元寶領嚴嚴地封著頸脖，張愛玲的元寶領則有漫畫式誇張，一如她所述：

> 那歇斯底里的氣氛裡，「元寶領」這東西產生了——高得與鼻尖平行的硬領，……逼迫女人們伸長了脖子。這嚇人的衣服與下面的一撚柳腰完全不相稱，頭重腳輕，無均衡的性質正象徵了那個時代。32

女子服裝中，竟弔詭地折射出清末政治荒謬突梯的亂象怪狀。

時序流轉，民初「百美圖」中呈現繼起的學生裝成為青年女性們穿章打扮時的首選。「倘使挾書增女美，滿街爭鬥學生裝」是許指嚴題詞但杜宇這幅女學生圖。畫面女生三人為眾，一例上裝喇叭袖，下配寬褶裙或及膝的褲子。前景橫向翩然走過的側面像女子，白絲巾包裹在頭上，左手理著風吹動的絲巾，手臂曲在身側，手扶腋下夾著的書包，淺色裙下是高跟鞋；右邊中景正面走來的女子穿褲裝，上下一色花樣點綴，布鞋，順眉低眼地不似前景女子自信瀟灑，一手挾書，一手提的大概是便當盒；背向走去的，衣著色彩比前景多一分濃豔，平添幾許少婦風韻。這三人的出身與經濟狀況明顯有別，認同學生裝時尚卻一無差異，簡潔的三角構圖間接證實學生裝在時尚中的穩定性。

〈更衣記〉這段文字為但氏畫面下了最好的註腳：

32《流言》，頁六九。

1910-1920女學生畫像，張愛玲“Chinese Life and Fashions”插圖標示「1910-1920」。出自張愛玲《對照記》，皇冠文化出版有限公司。

但杜宇，《最新時裝杜宇百美圖續集》下冊，頁41。

張愛玲繪「清末時裝」，出自張愛玲《華麗緣》，皇冠文化出版有限公司。

民國初建立，……「喇叭管袖子」飄飄欲仙，露出一大截玉腕。短襖腰部極為緊小。上層階級的女人出門繫裙，在家裡只穿一條齊膝的短褲，絲襪也只到膝為止，褲與襪的交界處偶然也大膽地暴露了膝蓋，存心不良的女人往往從襖底垂下挑撥性的長而寬的淡色絲質的褲帶，帶端飄著排穗。[33]

上面張愛玲所繪標明「一九一〇——一九二〇年代」的女學生畫像，毫不遜於專業畫家，正捕捉住民國初年街道上頻繁出現的風景。不知為何，沈泊塵《老上海女子風情畫》不願意美女穿喇叭袖，所以他的圖像中的美女，不管長短袖，一律窄袖管，讓人感受到進入民初女性在時尚上「欲走還留」的猶疑態度。

標明「時裝」的畫集之出現，推上海國學書室出版、天南書局印行的《上海時裝百美圖詠》（一九一六）為濫觴。仍沿舊例，以圖像配合詩詞題詠表現現代仕女，題簽標明「名人精繪」，其實作者就是丁悚一人而已。一九二〇年代初但杜宇出版的《最新時裝杜宇百美圖正集》與《續集》共四冊短短兩三年就印行了第三、四版，可見聚焦於「時裝」，一直是吸引讀者目光的熱銷書籍。

細看丁悚所繪百美，據王鈍根在該書序言所道，其婚後「家居伴其夫人，凡夫人一舉一動，一顰一笑，一坐一臥，一飲一食，一言一視，一俯一仰，無不入丁君之畫。六閱月而裒然成帙。」毋庸諱言，時裝模特兒僅僅是畫家夫人一人，畫面體現的時裝概念外延有限，內室之景篇幅甚夥，自然也使畫意偏於狹隘。比較鴛鴦蝴蝶派男性文人張丹斧、天虛我生或陳小蝶等，其畫作上署名小翠、翠娜[34]的女性題詩者更能貼切畫意。間接透露了其夫人可能是入過新學的女學生，故其繪畫取材範圍不免受到限制，私人生活環境而宜於公開的才可以入畫，公共空間中的取材除女子學堂外明顯不足。

丁悚這一本百美圖的時裝和他為《禮拜六》畫的第七期（一九一四）封面風格一致，說明這一封面畫進入閱眾視野的機率更高。那一幅支頤托腮、凝眸正視、著粉絳色學生裝（卻折衷地保留一點元寶領蛻化風範）的封面女郎畫，在靜雅中追求活色生香，端莊下掩蓋一種俏媚，線條從眉梢到指尖而玉臂都蘊藉風流。其精神正與舊派文學名家王鈍根為《禮拜六》所作發刊詞[35]和諧浹洽：

> ……買笑耗金錢，覓醉礙衛生，顧曲苦喧囂，不若讀小說之省儉而安樂也。且買笑覓醉顧曲其為樂轉瞬即逝，不能繼續以至明日也。讀小說則以小銀元一枚，換得新奇小說數十篇，遊倦歸齋挑燈展卷，或與良友抵掌評論，或伴愛妻並肩互讀。意興稍闌，則以其餘留於明日讀之。晴曦照窗，花香入坐，一編在手，萬慮都忘，勞瘁一周，安閒此日，不亦快哉！……

檢點《禮拜六》封面，此類學生裝圖像屢屢呈現，女學生是《禮拜六》曝光率最高的圖文主角，

33 張愛玲，《流言》，頁七〇。

34 陳小翠，（一九〇七—一九六八），女，浙江杭州人。又名玉翠、翠娜，別署翠候、翠吟樓主，齋名翠樓。其父陳蝶仙，其兄陳小蝶均為當時名詩人。擅長中國畫，十三歲即能詩，有神童之稱，後從楊士猷、馮超然學畫。擅長工筆仕女和花卉畫，風格雋雅清麗，饒具風姿。擅書法，筆致清峭，有俊拔挺秀之趣。上海中國畫院畫師。著有《翠樓吟草》十三卷等。

35 見《禮拜六》創刊號（一九一四年六月）。

也說明了學生裝則是新一代百美圖的視覺符徵。

學生裝如此普及民間大眾，時裝的新奇感往往隨之迅速消耗殆盡。加上時代語境的諸多變化，便產生了張愛玲〈更衣記〉所說的狀況：

> 政治上，對內對外陸續發生的不幸事件使民眾灰了心。青年人的理想總有支持不了的一天。時裝開始緊縮。喇叭管袖子收小了。一九三〇年，袖長及肘，衣領又高了起來……[36]

此後的中國畫家已經無心再去作《百美圖》：圖畫美人形象轉換成銀幕形象，但杜宇輝煌的電影事業應該是此一轉向的最好注解。

一個世紀過去，民國百美圖中的女裝學生裝已經成為一種美學符號，新百美圖成了百年美學記憶。當代華人世界的影像製品，一旦涉及到二十世紀上半葉的知性文化生活，無不以此符號呈現。如一度紅遍兩岸三地的電視連續劇《人間四月天》（一九九九）中的女性角色頻頻以此女學生裝扮顯示青春與智識的融和無間（尤其劇中角色林徽因扮相），與她們合演對手戲的男主角則往往是沒有特殊印記的長衫客。一時間，民國風的懷舊復古氣息瀰天漫地，至今未嘗稍歇。明清百美圖代表女性美的

丁悚

一縷詩魂到了晚清看似已遭抽離，民初「百美圖」回眸鍾情喇叭袖，隔了一個世紀魂兮歸來，在諸種視覺文化與戀物潮流中變形塑形，卻益發服從於商業邏輯。美的流動與流布的力量跨越近一世紀仍歷久彌新，未免也諷刺當下現實世界時尚的乏善可陳。

三、香車寶馬共喧闐

若要細膩考察女性自主與性別意識的變化轉型歷程，重新梳理晚清上海文學文化脈絡可帶來不同的視野。其時海上紅倌人曾經有過炫目的獨立意象，那就是「坐馬車」的寓言，文學文本歷歷可證。即便交通工具日新月異，「馬車」到了民國年間已成明日黃花，娛樂文化汰舊換新的速度連帶引動了性別文化的嬗遞轉型，卻同樣顯現在「坐馬車」的意象流變上。從這個寓言中觀照晚清海上名妓的自主意識及其對性別文化如何造成衝擊？藉此反思民初「百美圖」敘事中再現的女性主體形象之複雜維度，進一步從「坐馬車」現身於公共場域、娛樂空間的眾家美女身上，觀察其如何「看」與期待「被看」的「性別扮演」。

晚清之前，大戶人家女眷僅是上元觀燈、清明踏青可以拋頭露面，餘下就沒有什麼機會現身於大庭廣眾，倒是小戶人家少了許多規矩。海上妓家雖然沒有良家婦女那麼多限制，但是妓女在書寓的茶

36《流言》，頁七一。

圍、擺台、應局票出堂唱都是私人聚集；其自家外出的娛樂，到廟裡燒香拜拜是為了生意發個吉利，偶爾陪顧客到「彈子房」打彈子，雖為公眾場合，畢竟仍侷限在室內。《海上百豔圖》中〈隊結團雲〉的畫面是不同書寓名號的多乘轎子，倌人攜帶琵琶、大姐拿著水煙筒，其實不過是多個叫局的男

〈隊結團雲〉，《海上百豔圖》，圖8。

〈別饒風味〉，《海上百豔圖》，圖19。

人們的盛會。〈別饒風味〉一群女子吃西餐，誠然時尚，進餐是不必要公諸於眾的。

走出堂子，「坐馬車」去大馬路、逛公園、泥城橋外兜風、馳騁鄉野，香車美人招搖過街，方稱得上晚清洋場女性真正意義上面向公眾的活動。吳趼人曾記「鋼絲馬車，起於張書玉，[37]至外洋定造，輪件皆鍍鎳」[38]，傍晚馬車在都市公園兜風的大抵是長三堂子裡的當紅女校書。從英租界四馬路一帶的書寓（今福州路一帶是長三堂子集中的地方，《海上花列傳》等諸海上小說的紅倌人的書寓皆在此處）乘馬車出行，至大馬路（今南京路）兜轉跑馬廳繞幾個圈子便回去；間或驅車出租界過泥城橋西向兜風，公園中愚園早些時候馬車進不去，通車以後正當奢華風盛，「坐夜馬車」尋大樹蔭蔽處乘涼，經夜方回也是妓家一景（《海天鴻雪記》在妓女姘戲子之外更有姘馬車夫者），張園是海上小說敘述長三妓女在安塏第吃茶的重要場景；或往鄉間遊目騁懷（《點石齋畫報》有〈名花任俠〉[39]講妓女乘馬車出遊，行經鄉間救人急難的故事）。

小說場景種種顯示這是奢侈的娛樂，她們走在晚清時期現代化享樂的最前沿。馬車上的紅倌人是一道流動的風景，她們儼然是晚清時期最自由的女人，《海上花列傳》諸名妓黃翠鳳、沈小紅、趙二寶的自我扮演與行動抉擇，每每藉由「坐馬車」彰顯，然歡場中禍福相倚、運途浮沉，往往也與此表

37 晚清海上名妓，與胡寶玉等在洋場高張豔幟，號稱「四大金剛」之一。

38 吳趼人，《胡寶玉》（上海：群益書局，一九〇六），第四章「附見事物起源」。

39 見《點石齋畫報》亨八，光緒二十三年（一八九七）。

象上的行動自主，牽連甚深。[40]

坐馬車縱眺行樂的妓女，軒車駿馬、亮麗的車飾、雪亮的克羅米電鍍車輪，職業車夫司職駕馭，遵從坐車人的令旨，間或風馳電掣，時亦緩轡而行，讓沿途觀者避讓不迭，又令其羨豔不置，可望而不可即，卻又止不住興起懸念。途間人眾紛紛指問，馬車上倌人的書寓牌子此時轉化為一個出盡鋒頭的活體廣告，坐馬車的好處赫然醒目！爭鋒頭的妓女，每每坐馬車而發生衝突，如《海上繁華夢》中張園前面兩車上的妓女對罵；[41]《海上花列傳》沈小紅痛毆張蕙貞也是坐馬車故事的延伸。[42]她們在公共場所的競爭乃至大打出手並非出於個人獨立意志的衝突，而是為了一個共同爭取的目標客人，他是她們依附的

〈名花任俠〉，《點石齋畫報》

經濟基礎，一切的風流色相都是為這樣的客人而展示。有財勢的男人都是其潛在顧客，她們在馬車上的自由為的是把生意「做」到牢靠。她們以虛假的主體性在場面上招搖，「依附型主體」的妓女交際花恐懼場面「坍台」，因為這個場面需要男人的力量才能把它「繃」[43]起來，所以妓家拿捏姿態、做足「功架」的虛偽主體形同風燭草霜，耽溺迷戀坐馬車其實是都市洋場妓女的頹廢風範。

吳友如從《點石齋畫報》到《飛影閣畫報》的繪畫大都表現婦女家居，然而對洋場上的新興都市景觀的敏感使他無法忽略「坐馬車」的西洋景，於是《海上百豔圖》中既有〈有女同車〉，又有〈一鞭殘照〉。吳友如的命題依據在坐車人及其心境，而《申江時下勝景圖說》中的〈電氣燈　鋼絲馬車〉則將聚焦點放在爍亮的車輪上，同時矚目車行路途的照明，所以一張畫上命名以兩樣西洋器物，因為其目標是「申江」（上海灘）上的「時下勝景」（西洋景）的推介與導覽，車上一男一女同坐更能聳動外埠人來上海白相（遊逛）。這三幅圖彰顯的文化語境同中有異：〈電氣燈　鋼絲馬車〉是以物質文化、洋場風光為訴求點，並以內地鄉下人（曲辮子）為訴求對象的廣告宣傳；另外兩幅的讀者興味則在於難得一窺的校書「明星」，竟可赫然紙上。

40 詳細分析，見拙著，《海上傾城》，頁四九七—五〇六。
41 見《海上繁華夢》，第二十五回。
42 見《海上花列傳》，第九回。
43 晚清海上小說中習慣將客人在堂子中擺酒抬舉倌人，稱之為「繃場面」，沒有客人光臨的書寓，校書先生便坍台了。

〈一鞭殘照〉以詩意命名的表象掩蓋著生意經營的實情。還原畫面的情節／情景：晚晴霞飛時分，長三堂子裡的當紅倌人（上座）帶著娘姨（背行，與倌人對坐）、小大姐（隨侍在側）登上定坐的雙轡馬車去兜風，經行所在是公園洋房的公共空間。有趣的是：畫面中車身輪廓僅以三分之二現身，連後輪也約略露出端倪，構圖提示畫面以外隱藏了什麼？此車後有別車緊隨，那就是倌人的熟客，此行闊綽的主使者。請倌人坐馬車，那是比打茶圍[44]更大的花費，也許甚於在堂子裡擺酒席。客人花了銀錢，卻不是妓家的收入，本家老鴇還白白放倌人出去陪一晚晌，說不定耽誤了臨時來打茶圍的，如果不是客人長期報效有加「做」這家倌人，或是倌人自主強拗，不會有坐馬車的一幕。同行而不同車，這是堂子裡紅倌人墨守的規矩。如果同車出雙入對，則是對外明白宣稱倌人結了恩客，單做或等於包給了某人，則自己杜絕了其他客人的生意。至於一般巴結生意的妓女，和客人通宵乘馬車乘涼也不鮮見。當紅者去的公園往往是張園，如《海上花列傳》客人羅子富與紅倌人黃翠鳳要去坐馬車，羅提出合乘一輛車，便被黃決然拒之。[45]妓女而不本分待在堂子中，徹夜在愚園乘涼的新聞曾經刊於《點石齋畫報》的〈虛題實做〉一圖，文字記述：

> 本埠馬車每居夏令好行夜市，往往夜半而往，天明始歸，泥城外愚園一帶，或進園啜茗，或並不下車，竟在車上熄燈停於樹蔭之下。而輕薄選事之徒奔走於車輪馬足間，冀得一親香澤者，時有徘徊不忍去之意。[46]

〈有女同車〉是小姊妹共乘，她們是海上校書的色藝同行，一路上也不在意都有些什麼樣的風物，只是唧唧噥噥地說話，她們說些什麼？無外乎相好的男人（也許此刻就跟在後面車上），彼此交流一些各自的相好的情況，說一些他／她們之間的真情假意。被邀請同車的總得恭維阿姊幾句，約請的倌人無非要遜謝一番，掩不住的當紅得意最好不要寫在鼻子尖上，免得陪襯人難堪，做得彷彿沒有誰看著一樣。無論如何，她們同車說男人，同乘男人的包車，同樣

44 訪客至妓家飲茶談話。

45《海上花列傳》，第八回。

46 見《點石齋畫報》元十，光緒二十三年（一八九七）。

〈虛題實做〉，《點石齋畫報》

經營男人的生意，同是洋場上的一道風景。〈電氣燈　鋼絲馬車〉一男一女無所顧忌地坐馬車，所行是風月場上名花所忌諱的事情。妓女結恩客，往往得遮掩一些，同坐馬車最好也支起皮篷來。畫面上同坐一車，路燈灼灼之下（並不尋找樹蔭）女人傾聽男人高談闊論，乃現實情境所罕見，諒及此畫的目的為外地「鄉下人」[47]遊滬導引宣傳，即使誤導也是當年的上海灘特色。

上述三幅圖畫的美人主角無疑都是以色媚人的妓女，向闊客要求「坐馬車」幾乎成了她們的專利。如果變成她們自己破費坐馬車，那會是什麼樣情況？用《海上花列傳》中掮客洪善卿說長三書寓紅倌人沈小紅的話，她的巨大開銷就是由「坐馬車」而生。妓女自己負擔坐馬車的高昂費用又為的是哪般？沈小紅為的是姘戲子，她要品嘗一番不是生意的自由戀愛，與精壯勁健的武生小柳兒交往，不比來堂子中的多金草包客人。由坐馬車出入公共場所，引發場面上各色人等的注意，再和善於表達、擅長修飾而逢場作戲的演員戀愛、遊樂，其間控制不住的各種花費當然是到處留情而進項不豐的戲子承擔不起的，這便成了沈小紅帳目中的一個填不上的窟窿。如此自由戀愛的寄生主體的困頓絕不如坐在馬車上兜風暢快，女人欲顯現自身主體之美，自明清時期的《吳姬百媚》[48]到民國《百美圖》以前的媚／美圖像，充其量僅止於鏡花水月。

從前面分析可知晚清海上紅倌人曾經有過炫目的「坐馬車」的虛假獨立意象，《海上花列傳》等一系列「海上小說」以此為風流繁華張目，「馬車」到了民國年間已成明日黃花，娛樂文化汰舊換新的速度連帶引動了性別文化的嬗遞轉型，同樣顯現在「坐馬車」的意象流變上。更重要的是民初共和的男女平權思想，促生了畫家們的巨大想像空間，女人不僅自駕馬車，且憧憬駕駛飛機、巨輪，「平

〈一鞭殘照〉，《海上百豔圖》，圖50。

〈有女同車〉，《海上百豔圖》，圖37。

47 晚清民國的洋場中人看不懂得租界規矩的外地人，鄙之為「鄉下人」。其無知無識在租界上被放大。城鄉見識差距被民間概括為「鄉下人進城」的隱喻。鄉下來的逛書寓打茶圍的傻客人被稱為「曲辮子」，海上小說中多見。

48 該書由明代文人宛俞子編撰，主要記述與吟詠蘇州名妓，配有插圖，最早的版本有明萬曆四十五年（一六一七）貯花齋刻本，清初康熙十六年（一六七七）又據此本重印出版。詳見第六章分析。

權」與「交通」成就了一篇轟隆隆喧闐的「新中國女性未來記」。

民初百美圖仍捨不下賢妻良母婦嬰行樂的家庭畫面，「共和」先得「家和」，而又不便在仕女百美圖中呈現夫妻和睦，於是專屬女人的百美圖中出現了被年輕的母親環繞著的男性兒童；女人們出得門來，少女、少婦都有一派向學的行裝與神色。畫家們還馳騁出一種平權想像：女人幹和男人一樣能幹的事情，幹男人不能的事情，於是英雌們上天出海、無所不能。

王維詩云「香車寶馬共喧闐，箇裡多情俠少年」[49]，都市中的「喧闐」起鬨未必包寓現代主體，任俠的獨立方是精神。民初上海的租界上仍然是聲色追逐的場合，畫家們偏偏不讓妓女出現在自己的作品中。雖然馬車已有為汽車替代的可能，沈泊塵仍然執意

〈電氣燈　鋼絲馬車〉，見梅花盦主編，《申江時下勝景圖說》（上海：石印本，1894）。

用畫作表達洋場上女性與馬車的關係，並以之顛覆晚清洋場妓女「坐馬車」的意象，體現女性的自主氣概。值得注意的是，這幅圖由沈泊塵自畫自題，不勞舊派文人題詩。前此的畫作往往是張丹斧這些報紙主筆自作聰明或自作主張地題詩、歪曲了畫作原意，畫與詩的關係或貌合神離或矛盾相悖，他被這撥舊派文人搞得哭笑不得（張是《大共和畫報》主筆，沈的畫作多在《大共和星期畫報》發表）。這幅拒絕讓別人染指的女子駕車圖，乃罕見的自作自題者，署名沈伯誠。詩曰：「輕車怒馬出洋場，斜拂鞭絲自御韁。幾個釘梢幾人看，賺儂眉眼太輕狂」，詩與畫間呈現了缺一不可、互相闡釋的藝術整體。以全新的意象呈現洋場中的「多情俠少年／女／婦」，象徵著中國現代女性自主意識的萌芽，女性掌握主導權的性別扮演，於焉揭開序幕。

洋場上跑馬車已為人們習焉不察，但是沈泊塵畫出的車上景況變了，原本習見的馭手換了人，關鍵是換了性別角色。一個摩登女子坐在輕型馬車上，側目路人，雙手執韁，意態端肅地危坐在車廂，緊繃的韁繩彷彿訴說著：她牢牢地把握著自己的方向與路途。畫面的構成頗為奇特，駕車而畫面無馬，僅以兩股韁繩暗示。究其用心，實為突出女子形象，省略一切妨礙畫面主體的元素。若非車輪暗示畫中人物正在運動的過程中，此畫亦可作為定格的肖像畫欣賞。若是西畫，我們可以把她當作莊園女主人、管家或者家庭女教師駕車在鄉間路上，然而這是民國時期上海租界。為何女子非得在洋場駕

49〔唐〕王維，〈同比部楊員外十五夜遊有懷靜者季〉一詩。見〔清〕清聖祖敕編，《全唐詩》冊四，卷一二五（北京：中華書局，一九八五），頁一二六一。

沈泊塵〈駕駛飛機〉，《老上海女子風情畫》，頁72。

沈泊塵〈自駕馬車〉，《老上海女子風情畫》，頁130。

丁悚〈駕駛汽車〉，《民國風情百美圖》，頁62。

車「出洋相」？這是沈泊塵故意設定的「出洋場」，讓人揣摩駕車人身分。習慣的經驗告訴人們從洋場上出來的馬車上的女人一定是紅倌人，然而妓女有媚態而絕無此英氣；妓女介意生意場上的規矩與口碑，她們不會把出鋒頭變為強出頭。這個英氣勃勃與男性爭雄的女人當得上其時流行的一種稱號——英雌。她令盯梢的洋場流氓辟易，對莫名驚詫的路人鄙夷不屑，這種作派的震世駭俗有如女革命黨一樣，她以自己的狂態壓下了流氓與少豪的輕狂，頗有巾幗英雄氣概。她的確切身分令人存疑：集中了英雌與女學生、女革命黨的多元想像，她是妓女與女學生的角色歷史轉換的中間物，「出洋場」預示該女子走出四馬路為中心的聲色場所，至於她將走向何方？徒留讀者巨大的想像空間，也說明了此時畫家似乎還不必急著回應稍晚數年的「娜拉走後怎樣？」[50]的尖銳探問。

沈泊塵此一女性想像充滿著對傳統中國社會固有性別角色的解構意味，試從晚清上海文學文化中的性別扮演脈絡來推敲：她從洋場書寓出走，解構了媚／美／豔圖畫想像的傳統，駕馬車的實際可能與否不值得推究，從金蓮步移到輕車駕熟，女性運動想像與規畫的軌跡於此略見一端。後起文化界由《新青年》雜誌打頭陣提出：除了兩位先生（德先生〔Democracy〕，賽先生〔Science〕），還有一位「費小姐（Freedom）」。這位小姐在民初「百美圖」中已顯現百變身影。

偏愛讓筆下的女性十項全能者，無獨有偶地出現在丁悚的繪畫上。男性創作主體著力塑造頭角崢

50 見魯迅一九二三年十二月二十六日於北京女子高等師範文藝會演講〈娜拉走後怎樣〉，收入雜文集《墳》，《魯迅全集》卷一（台北：唐山，一九八九），頁一四一。

嶸的「雄性特質」女性，全然不理會畫中人勝任與否，弔詭地讓這些理想女性的面目呈現統一同化的傾向。畫女性全能的藝術家，他的女性自主想像超越時代侷限，不無誇張地賦與女子積極和男子一爭短長的活躍行動力及實踐精神。

此類與男性爭雄、泯滅「女性氣質」的百美圖敘事與民初女性解放論述初期的過度理想傾向不無關係。弔詭的是，對照圖中舊派文人的題詩，卻見到詩人欲將女性放大的天足再度纏成玲瓏小腳的悖論，如丁悚畫充滿速度感駕駛汽車的女性，桐花所題之詩卻是：「踏青人去折桃花，儂看桃花走鈿車。獨自飛輪何處似，刺天塔影指龍華」，題詩者憑空將此圖設定為女子春遊去遠郊龍華鎮，代言駕車人得意於開車迅捷且活動範圍較步行踏青者更廣。又如沈泊塵畫中開飛機的女子，張丹斧題詩稱之為飛車空中去散花，玄虛化地遙指佛教中天女形象，意象之陳舊與共和時代獨立自強女性殊不相稱。

此外，沈畫亦不乏駕駛巨輪、[51]西式帆船[52]與蒸汽火車[53]的雄健女子圖像，偏偏多由舊派文人（張丹斧）題詩，它們的共同喻指不是回歸傳統閨閣女子的情趣，就是大而無當地揭舉憂國憂民的大纛。讀者在詩中但見巾幗英雄共度國難，還我神州河山的氣概，獨獨未見女性主體訴說衷曲，為自己發聲。

固然圖文間時而和諧圓滿，時而大打出手，女性形象往往擺盪於傳統婦嬰圖與現代英雌像之間，賢妻良母與強悍全能的形象在百美圖中輪番上場。特別是上文分析這一類充滿性別顛覆意涵與時代超越感圖畫，呈現出徒具表象，內涵空洞，與現實情境脫離的敘事特徵，留下意義不明、仍待詮釋或與時代語境扞格的前衛女子身影，但卻不啻捕捉了民初「百美圖」敘事處於文化轉接過渡期的時代一瞥。

時代的巨輪轟轟輾過，不甘於謹守成規的畫家們，必須掌握思想潮流，創造一個具有說服力、且能誘發其想像基礎的群體形象，如前文屢屢觸及、頻繁出現在文學作品與大眾文化中的角色——女學生——蔚為一代時尚之所趨。

四、女學生脫胎換骨？

民初男性畫家作百美圖，有一個潛在的賡續仕女傳統的意願。妓女與仕女在晚明秦淮名妓柳如是、董小宛形象上一度合二為一，晚清則大不然，而民初仕女就是女學生。以女學生作為百美系譜的中間帶，恰如赤橙黃綠藍靛紫的光譜，女學生為綠藍，全能英雌在左近赤，賢妻良母如成熟之紫。全能英雌讓人生詫，女學生頻頻豔驚四座，私家場合中的賢妻良母日常而波瀾不驚，足以為民初百美圖典型者應是公共生活中的女學生。女性走出私人生活舊圈子正是民初社會理念：

51 張丹斧題詩：「獨抱風輪立舵樓，戎衣挽髻渡中流。窗前一片蛟龍氣，未許波濤犯此舟。」見沈泊塵，《老上海女子風情畫》，頁五三。

52 該幅題詩未署名，詩云：「大鳥飛飛碧海春，波濤四面送輕輪。橫流駕駛談何易，要作神州過渡人。」同前注，頁四五。

53 張丹斧題詩：「獨立傾城一世稀，奔車如箭逐殘暉。經時送我千餘里，忍見河山片片飛。」同前注，頁五四。

昔日女子纏足多。今日女子多天足。昔日女子能文者少，今日女子入學堂者多。昔日女子多柔順之氣，今日女子多英爽之氣。昔日女子謹守閨中羞不見客，今日女子靴聲橐橐，馬路中疾行如飛。昔日女子祝中饋惟酒食是議，今日女子結隊成軍，頗有鐵血主義。[54]

今昔差異的形成，必經學校知識訓練、鑄成理念。故女學生實乃現代百美之聚焦所在。前幾節已分析過，民初百美圖呈現前所未有的女性行動能力與時興裝飾（學生裝等等），在這二者的背後除了體現出畫家迫切地形塑女性自我與主體意識的願望外，毋寧也說明他們力圖傳達出的美人形象是從身體到精神理念的靈肉一致。深層分析，沈泊塵、丁悚、但杜宇在圖畫上呈現出傳統女性進入現代語境而有近乎脫胎換骨的改變，受到西畫技法影響固是要因，處於上海這個自清末以降便是外來文化交匯衝擊前哨站的國際大都會，報刊界龍頭的上海文化圈的先聲（女學、女報、婦女雜誌與女性編輯的文藝期刊[55]幾乎均以滬城為先導與出版中心），[56]早已搶在「五四」運動前迴盪著兩性平權與性別解放的口號。凡此，皆從不同方面形塑了開風氣之先的多面相性別意識，直接間接促使男性創作主體反思「百美」的組構條件。

衡諸現實情境與文化氛圍，民初新興的「女學生」社群與其在社會文化造成的諸多震盪與種種反響，便成為畫家心中表現「靈肉合一」之理想形象的最佳模特兒人選。反映在「百美圖」敘事中的「泛女學生」（含知識女性）圖像上，非但凸顯了彼時多元競逐與歧義共生的價值觀和意識形態，更涵納社會各階層無法統一和多聲齊鳴的文化聲浪，為民初時期性別文化的演變軌跡留下珍貴紀錄。

（一）鏡像「自我」

如上述，民初海上百美圖的敘事，未能自外於呼求女性自主的時代語境，面對源遠流長的「百美圖」敘事傳統，創作主體很難迴避一個內在設問：面對當下時空，富有思想內涵的民初美人如何看待自身，她們對自己身體與對自我的想像為何？以線條為媒介，如何在構圖上表述女性主體的思考深度？丁悚、但杜宇筆下多幅知識女性／女學生形象敘事意義複雜多歧的作品，正提供了一個絕佳的契入點。

民初知識女性的美雖是多方位的，饒具喻指的是，男畫家的凝視一度聚焦於瑟縮孱弱卻又艱難起步的瞬間。丁悚刊登在《神州日報》的〈濯足〉（原畫只題詩，筆者據畫面命名，下同）是一個私密空間中的活動，俗說的「洗腳」。如果說男畫家讓畫面暗示了什麼窺視的可能，那只能是腳盆以外的東西，因為波動的水紋拒絕讀者繼續探究，盆中清水卻也如螢幕一般，反射出在新舊文化價值間徘徊的鏡像自我。在西式沙發上依稀找到了答案，幾疊布帶，推測是民初女人的裹腳布。民國以前的美人

54〈今昔女子觀〉，《申報》，一九一二年二月一日。另參見張玉法，《中華民國史稿（修訂版）》（台北：聯經，二〇一三），頁五五—五七。

55 如許嘯天夫人高劍華主編的《眉語》月刊，發刊於一九一四至一九一六年，上海新學會社發行。參見黃錦珠，〈《眉語》女作家高劍華小說的自我呈現〉，《中國文學學報》五期（二〇一四年十二月），頁一八五—二〇六。關於《眉語》裸體美女或時裝美人的封面與一九一〇年代性別文化的關係和闡析，參考張小虹，《時尚現代性》（台北：聯經，二〇一六），頁二三七—四一。

56 參見夏曉虹著，呂文翠選編，《晚清報刊、性別與文化轉型：夏曉虹選集》（台北：人間，二〇一三），頁二一一—六三。

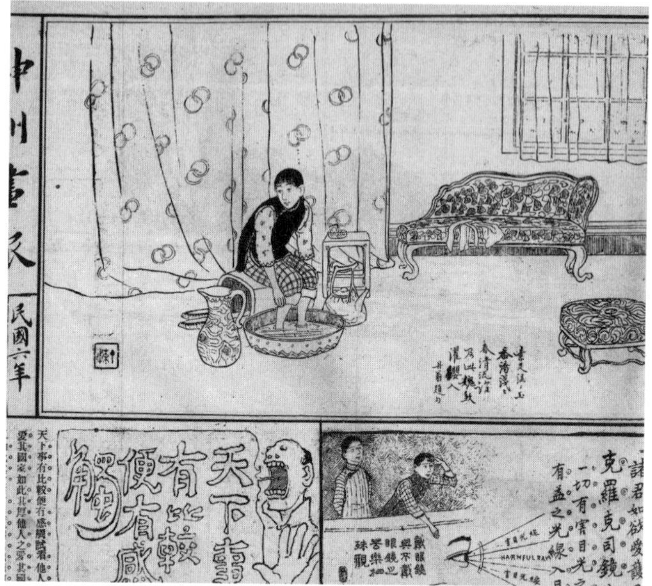

丁悚，〈濯足〉，原圖刊載於《神州畫報》，1917年12月，頁95。後收入《民國風情百美圖》，頁39。

丁悚，〈對鏡〉，《民國風情百美圖》，頁7。

圖畫，即使是女學中的學生，一無例外都裹著小腳，就座前排的女學生在袍褂、褲腳下露出三寸金蓮（見圖）。

改朝換代時光荏苒，民初畫家的仕女圖上沒有了小腳（鞋仍尖起，長闊度皆接近天足），她們和知識界幾乎有一個共識：中國女性要獨立，首先就得依靠腳骨變形的錐狀小腳站立。沒有第一代的小腳與「後放腳」的解放，就沒有後來的天足。[57]〈濯足〉把女子的內心曲折成功地展示出來：畫面上女人的自我意識是怯懦的，她不忍正視盆中的腳，又看著側向的門，擔心會有來人看到自己殘損的肢體。這不由地讓人聯想張愛玲小說

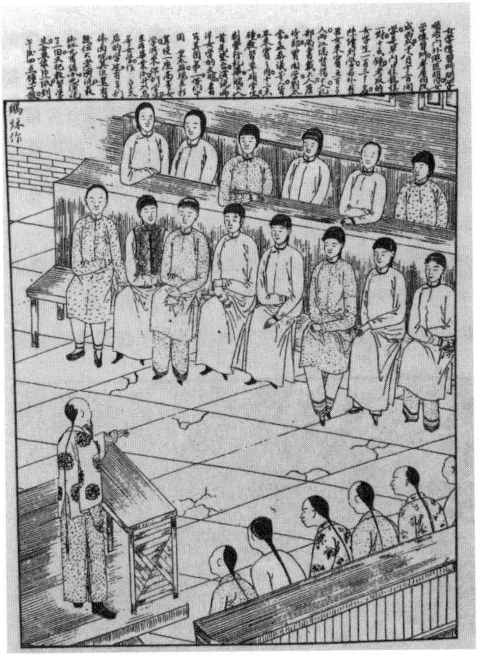

〈女學傳習所開學〉，原載1906至1908年創辦於北京的《星期畫報》。參見陳平原，《圖像晚清：《點石齋畫報》之外》，頁124。

57 女性纏足的過程中，適逢天足運動要求，將裹起來幾乎成型的小腳放開，腳骨已經骨折變形，回不去天然模樣。如此解開束縛繼續長成的女腳，是清末民初唯一的一代婦女的體徵，它和小腳一樣畸形。參見夏曉虹，《晚清女性與近代中國》（北京：北京大學出版社，二〇〇四），頁二六八—七二。

《小團圓》中的蕊秋，女主人公九莉幾度出洋的母親（留洋女學生的先行者），逃不過舊時代裹腳造成的傷害，即使酷暑，亦無時無刻不穿著包涵內襯的絲襪，九莉眼中那雙鞋彷彿童話中灰姑娘失落的玻璃鞋，[58]既象徵一介平民冀盼一朝成為皇室顯貴（追求理想自我）的渴望，也弔詭地證實了卸下華麗裝束與完美妝容的本尊竟是一個孤苦無依的少女（自我原型），就如畫中擺在水瓶後那雙鞋，穿出來見人前需要多方「襯墊」[59]，填補畸形「虧空」，方能登上大雅之堂。內室中的沙發陳設與加水的瓷瓶、腳盆表示這是一個新舊混雜的環境，恰如那個時代裡被諸多力量壓迫而又有所覺悟的女人，一個痛苦無告的心靈，面對自殘／被損的身體狀況，欲說無言、欲哭無淚。張丹斧題詩卻是：「素足溫溫玉，香湯淺淺春。清流誰及此，媿煞濯纓人」，由憐香惜玉出發而對女人進行沒來由的道德讚頌，一方面可知那仍是一個對女人的自主充滿懷疑與誤解的時空，另一方面也說明了畫家與題詩的舊派文人間，既有兩造文本的互涉交映作用，也往往存在無法契合的罅隙與意義延宕的留白空間。放大從文化語境來看，畫面人物與民國舊派／鴛鴦蝴蝶派小說幾可互訓，中國畫詩、書、畫一體的傳統在此體現，卻又轉化變形，較諸晚清《海上百豔圖》與洋場才子的文字因緣，顯示出更為深層的相斥與共生的複雜關係。

中國舊詩詞與戲曲中充滿獨對菱花暗傷懷的感慨，傳統媚／美繪畫中也多有對鏡理妝，這個母題被民初畫家的新百美圖繼承並予以改變。上頁丁悚〈對鏡〉一圖別有用心地在鏡子外安排了一個價值參照體系：牆上有一幅西洋裸體繪畫（丁氏繪畫中多見女子房間內懸西洋畫的布局），西洋畫中人、鏡中影與女人構成一個三角鏡像關係。西洋畫中人與女人的自我想像若即若離，似重合又分歧，鏡中影才是自己須面對、辨認的真實。引人推敲：女人在鏡前是脫衣還是著裝？若按「畫中人」走出畫框來附身解釋，女人應該解衣，接下來的畫面可能是裸體；如果拘於實際生活，就該如題詩者天虛我生之女陳小翠所指的禦寒添衣：「紅閨生小不知愁，花影衣香滿畫樓。今日寒須調護好，莫教小病惹郎憂。」

「脫」抑或「穿」？畫家饒有深意地凝結在女人面臨抉擇的一刻，也拋出民初女性如何坦然面對自己的身體與內在真我的問題。[60]畫家在圖中人的動作裡同時懸置了答案，女性題畫詩者對此議題似仍有不願點破的迴避意味。

沈泊塵與丁悚出版於一九一〇年代的百美圖中，裸體繪畫付諸闕如，此與民國初年政府曾在社會非議聲浪中禁絕裸體畫（一九一七）及其造成激烈的道德譴責不無關係。[61]至一九二〇年代，與首次

58 見張愛玲，《小團圓》，頁八七—八八。

59 張愛玲同樣以水邊的意象來描述九莉眼中的蕊秋，她在香港淺水灣飯店外的海灘上，穿著白色游泳衣與男性外國友人相會的畫面。蕊秋腳下那雙白色橡膠軟底鞋，讓九莉迴避正視，「纏足的人腿細而直，更顯得鞋太大，當然裡面襯墊了東西」。小說中的這段描述，隱微道出纏過足的女性在社交場合無法以本來面目與人來往的心理曲折和重重顧慮。《小團圓》，頁四二—四三。

60 同樣對鏡，但杜宇所繪浴罷美人圖以裸體呈現，姚民哀題詞為「浴罷蘭膏憐影瘦，悄無人在立多時」。繪像映現對鏡其實面對的是自己的內心，裸體解衣為釋放內心人格的表徵。見《最新時裝杜宇百美集正集》冊上，頁一六。

61 一九一七年讀者投書報紙，要求政府下令禁止月份牌著名畫師鄭曼陀繪裸體畫，女性裸體畫一度遭禁，呈現了社會上對此物議沸騰的一面。這使得稍早（一九一四）由女作家高劍華主編的《眉語》雜誌第三期封面上由鄭曼陀所繪輕紗微籠的裸

《女才子書》〈小青〉，清代煙水散人（徐震），《女才子書》順治刊本卷首插圖（大德堂本影印），收入《古本小說集成》第1輯116冊（上海：上海古籍，1990）。

見森槐南，《補春天傳奇》卷首手繪（東京：森泰二郎印行，明治十三年〔1880〕2月）。

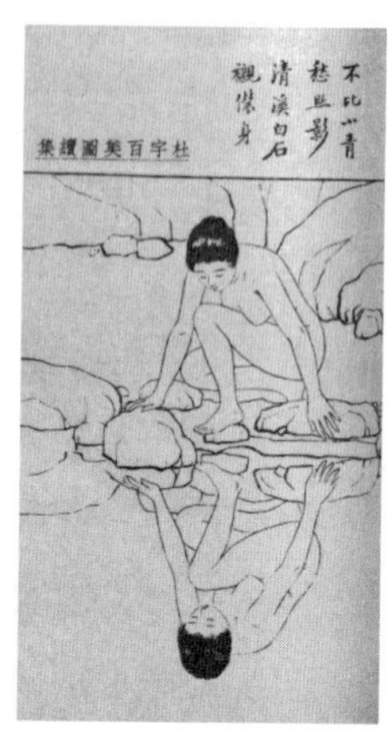

但杜宇，《最新時裝杜宇百美圖續集》冊上，頁35。

聞一多，〈對鏡〉，聞一多為潘光旦所著《小青之分析》（上海：新月書店，1927）卷首扉頁插圖。

〈小青〉，見吳友如，《古今百美圖》第2集下，冊4，圖19。

採用裸體女模特人體寫生的上海美術專校校長劉海粟（一八九六—一九九四）引發的風波震盪同步，[62]但杜宇的時裝百美圖已見多幅女子裸體畫，其人體線條的呈現與繪畫風格，除指向畫中人的「自我」打量，亦見證了挑戰舊有成規的性別主體意識與時推移的軌跡。該圖題詩：「不比小青愁照影，清溪白石襯儂身」的山溪水畔裸體少女，自然讓人想起西洋掌故：希臘神話中美少年納西色斯（Narcissus，水仙花）迷戀自己的倒影，竟躍入湖中殉身的自戀之情。但氏筆風固已受西洋繪畫與經典文學的影響，許指嚴題詩中揭舉的卻是明清文學史中的傳奇人物馮小青，耐人尋味。

馮小青的個人悲劇與自戀詩在明清文化界流播甚廣，其能詩擅畫的才女形象深植人心，[63]其才高薄命的形象甚至飄洋渡海到扶桑。本書第二章已述及，十九世紀末葉日本作家森槐南創作《補春天傳奇》（一八八〇年出版），並作馮小青寫真。該劇卷首的這幅畫一副惹人憐愛的弱女子形象，白描筆法稍嫌單調，雖比不上後來吳友如所繪背影示人的才女依依扶病姿態，卻已說明了小青故事東瀛迴響之一端。晚清與民國初年，小青的傳奇一生持續引發舊文人與現代學者的關注。最值得一提之例即為當時仍就讀清華大學修習梁啟超課程的潘光旦（一八九九—一九六七）以「影戀」（Narcissism）與佛

體女性圖像，與第五期「圖畫欄」所刊三幅西洋裸體女性形象的采蓮圖，成為罕見的先例。參見陳建華，〈演講實錄1〉，頁三六九；另見黃錦珠，〈《眉語》女作家高劍華小說的自我呈現〉，頁二〇三。

62　參見吳嘉陵，《清末民初的繪畫教育與畫家》（台北：秀威資訊，二〇〇六），頁一一九—二〇。

63　關於馮小青故事及其詩文與寫真在明清兩代的才女論述中占據的重要位置及其影響，除本書第二章已述及，其圖像傳播與接受史，亦可參見毛文芳，《卷中小立亦百年：明清女性畫像文本探論》（台北：臺灣學生，二〇一三），頁一二七—三三。

洛依德（Sigmund Freud, 1856-1939）的性變態心理之論點詮釋的〈馮小青考〉（一九二二），後經修改發表於上海的《婦女雜誌》（一九二四）上，一度引起矚目與討論。[64]

出版於一九二二年的但杜宇這幅「百美圖」與上海文藝圈「小青」風潮似有微妙呼應關係，他意欲打破鴛鴦蝴蝶的自戀感傷的文化氛圍，讓女人大膽正視、愛戀自己的身體，與「清溪白石」的自然環境形成和諧的意象。而畫中人乍驚於自己在水中裸露的倒影，她略微低頭分不清是悲是喜的表情，捕捉住女性自主意識萌芽階段的翦影：如何凝視一無遮蔽的內在真我？揭開鏡像的屏障，露出的會不會是畸形傷口、累累疤痕的醜陋真實？

可堪玩味的是，民初「百美圖」畫家常常擬構一個女性的畫家去表現另一個自我的「寫真」：但杜宇所繪、姚民哀題詞「圖中倩影阿

丁悚，《民國風情百美圖》，頁67。

誰知」[65]，暗示是圖中女畫家的自畫像；丁悚有意識專門創作自畫像的「畫中畫」，沈泊塵畫中的美人擅畫風景，偶有畫家、模特、畫板上形象「三位一體」寫真如〈畫中人作畫人畫人〉一圖。她們與明末劇作家湯顯祖（一五五〇—一

沈泊塵，《新新百美圖補遺》卷期不詳(1919)，頁18，上海圖書館藏。沈泊塵自題：「畫中人作畫人畫人　莫道幻又幻　寫從真裏真」，畫面上的「現代畫室」雜糅了傳統的「寫真」創作意識。

64 潘光旦選修梁啟超「中國歷史的方法論」課程，藉課堂繳交報告的機會寫下〈馮小青考〉，受到梁的讚譽鼓勵，後經修改寄給上海的《婦女雜誌》，兩年後《婦女雜誌》（一〇卷一一期）發表該文，題為〈馮小青考〉。後應上海《新月書店》之邀，「取舊有關於小青之材料重加釐訂，於其性心理變態，復作詳細之探討」（《小青分析．敘言》），並增補〈精神分析之性發育觀〉一節，於一九二七年九月出版，書名《小青之分析》，卷首扉頁由聞一多繪圖〈對鏡〉。一九二九年八月訂正再版時，書名改為《馮小青：一件影戀之研究》（見潘乃木、潘乃和編，《潘光旦文集》卷一〔北京：北京大學出版社，一九九三〕）。潘文相關分析，參見Haiyan Lee, *Revolution of the Heart: A Genealogy of Love In China, 1900-1950* (Stanford: Stanford University Press, 2007), pp. 190-99；另見彭小妍，〈一個旅行的現代病——「心的疾病」、科學術語與新感覺派〉，《中國文哲研究集刊》三四期（二〇〇九年三月），頁二一六—二一八。

65 此圖亦為女子以自身形象為模型，在畫布上繪出肖像畫，題詞全文為「弄墨調朱不是痴，圖中倩影阿誰知？漫云衛管無陳迹，足愧江南老畫詩」。見但杜宇繪，《最新時裝杜宇百美圖正集》，頁三二。

六一六）膾炙人口的傳奇劇《牡丹亭》所描述杜麗娘「寫真」的私人行為有別，賦予畫面藝術創作的理念，讓圖中的女畫家正處於創造富有思想內涵的藝術形象之重要片刻。丁悚繪有多幅具有「畫中畫」[66]結構的圖畫，其中這幅，畫面上的女畫家手執畫筆專注審視，畫中的女子側身回顧，似乎和畫家對話，要求賦予她某種特殊性。儘管女畫家以自身為模特，完成的尺寸宏偉的「畫中畫」卻多了一份自由的力度，洩漏了圖中畫家內在有股投射出「大寫的我」的衝動。即便她們未必清晰意識到自身的舉止行徑，已為近現代中國新女性形象的塑造過程繪出嶄新的一頁。

故「畫中畫」與「畫面上的畫家」的關係以及和「畫外的畫家」的關係仿如志怪小說《續齊諧記．陽羨書生》[67]故事主人公隨心所欲吞吐變化的奇幻敘事，大可深掘探究。如圖所示：站在梯子上的女子在壁上作近乎自我寫真的一幅大畫，丁悚是那畫外的畫家，梯子上女子是畫面上的畫家，壁畫上女子則是畫中畫。沈泊塵、丁悚、但杜宇其他類型的百美圖，都是直接畫出女人神情、動作，唯有「畫中畫」得經過一個「畫面上的畫家」仲介，何必多此一舉？

仔細分析，這些「畫中畫」無非為男性畫家所塑造出的理想藝術形象，卻也透露出創作主體思辨反省的印痕：如何讓畫中美人成為自為的主體，一個不經過男性創作者之手的產物？男畫家們一時間找不到女性同行來完成這項工作，[68]於是，他們不得不畫餅充飢地先行創造一個畫面上的女畫家。在這樣的創作前提下，圖中女畫家皆酷愛作肖像畫，而這幅肖像的原型則往往就是畫家繪圖中的女畫家。為何丁悚所作畫中畫尤多？民初男畫家切盼呈現身邊獨立的女性現代主體，丁悚夫人與「畫面上的女畫家」的相似性提示了畫家打破公私畛域、甚而變裝替代、越俎代庖的傾向。那個壁畫上的女子遠比梯子上作畫的女子比例雄偉，形象大小的對照，與畫中女子背向觀眾，依稀透顯出圖中女畫家獨特創造力背後不無主體掙扎。如果說，畫面上的女畫家創作出來的是一個相對於自身的「超我」，壁畫所繪女子身著素衣黑裙跪坐臨流浣紗狀，仍彰顯賢良婦德。民國女子的主體獨立面臨的要麼是遵循傳統道德觀的「超我」、要麼是被召喚出來的壁畫上的那個「大（而無當的）我」。可以說，民初百美圖敘事揭示出凝視「自我形象」的女子，既有自傳的欲望，男畫家的眼中又有自戀自憐並夾雜著自我質疑的猶豫不決。

從主體位置或曰視點（point of view）的角度來分析，畫家時而將丹青中人視為傀儡，頻下指導棋，時而又潛入閨中窺伺，時而有壓抑不住的變裝欲望，呈現出「彼可取而代之」的態勢。種種再現手法與敘事欲望，都側面記錄了畫家欲打破僵固的性別位置與跨越界限的種種嘗試：畫家與筆下人物呈現出不固定甚或可相互置換的主客關係。

66 如另外幾幅見《民國風情百美圖》，頁九三；《上海時裝百美圖詠》冊下，第一幅。

67 見〔南北朝〕吳均，《續齊諧記》，收入〔明〕吳琯校，《古今逸史》四（台北：藝文，一九九六）。

68 民國初年的第一代受過現代美術科班教育的女畫家，潘玉良（一八九五—一九七七）、蔡威廉（一九〇四—一九三九）、方君璧（一八九八—一九八六）等人一九二〇年代中期以後才漸為人知。參見潘玉雯，〈清末民初女子藝術教育之研究——以上海為例〉（桃園：國立中央大學藝術學研究所碩士論文，二〇〇七），第三章第二節分析。另參考姚玳玫，〈民國時期中國女畫家的自畫像〉，參見網址http://www.chinaluxus.com/20111227/107196_1.html。下載時間：二〇一五年十月八日，16:00。

上述圖文可以窺見丁悚以夫人作模特畫時裝百美圖，而以啟蒙者自命的男畫家驅不走對美人自主性的懷疑，於是將畫中美人藉「自我造像」的行動來強化其主體展現。

「畫中畫」將她置於梯子上作畫乃展示一進程中的女性主體活動。男畫家要吹噓一口活氣，或曰注入一股精神於女畫家主體，並由此而創造牆上「真人」理想。我們於此依稀窺見一個由來已久的男人想像統緒——中國文學文本的「會真」（遇仙）[69]想像。唐人杜荀鶴（八四六—九〇四）所撰軟障圖中美人，經男主人公（進士趙顏）喚「真真」之名百日方渡得一口活氣，從地仙來到人間的志怪傳奇最為人所熟知，[70]然故事裡的畫中美人最終因趙疑懼其為妖，只能黯然離開人間回到圖

上海的《遊戲世界》雜誌第13期（1922）曾刊出題為「丁悚夫人素娟女士及其公子」的照片（卷首無標頁數），旁文註明「丁悚攝贈」。將照片中素娟女士對照丁氏所繪「百美圖」中人，兩者大抵眉目神似，再度印證了丁悚將現實中的愛妻作為畫作人物原型，並化身為其丹青中美人之百變姿態，呈現理想的新女性形象。

中，無能掌握自身命運，體現的仍是文學中男女主人公主客對立的古典規律。明代湯顯祖戲曲中病危的杜麗娘繪自畫像的「寫真」行徑，透露佳人惟恐香消玉殞，後人不知世間有此絕色女子的自我意識與自主行動，方可謂古典戲曲與文學文本表現女性從消極退讓到積極實踐之思想歷程的代表性例證。

經過前文分析，到了民初「百美圖」畫家筆下所繪「畫中畫」美人，已隱約讓我們窺見創作主體經歷了如「莊周夢蝶」寓言般的切身經驗，藝術家與其藝術 作品（創造物）彷彿上演了主客位置騰挪、移轉，甚至對調的一幕戲。畫中美人繪美女圖，彷彿擁有自己的血肉軀體與思想，甚至反客為主，挑戰著畫家以「造物者」全知全能自詡的主體意識，映照出創作者這過程中的主體（the subject in process）[71]閃爍著猶疑不定、徬徨未決、無能把握、甚至片段碎裂的意識蜃影之一瞬。

69 陳寅恪在〈讀鶯鶯傳〉一文中考證，〈鶯鶯傳〉又稱〈會真記〉，「會真」為當時慣用之語，為遇仙或遊仙之謂，而唐代「仙」之一名多用作妖豔婦人或風流放誕之女道士之代稱，亦竟有以之目娼妓者。見陳寅恪，《元白詩箋證稿》（北京：生活・讀書・新知三聯，二〇〇二），第四章附錄，頁一一〇—一一一。

70 典出〔唐〕杜荀鶴編，《松窗雜記》，收入〔宋〕李昉等編，〈幻術三・畫工〉，《太平廣記》冊六，卷二八六（北京：中華書局，一九六一），頁二二八三。

71 此概念見本書〈緒論〉注釋1分析。亦可言，對克莉斯蒂娃（Julia Kristeva, 1941-）而言，危機表示轉化與創造。創造絕非複製父系論述，而是試圖使被壓抑的符號動力再次釋放。透過美學與知性的昇華，也就是書寫與創作，我們才有可能將此被壓抑的記憶重新透過語言而使之得以釋放與理解。參見劉紀蕙，〈導論：文化主體的「賤斥」——論克莉斯蒂娃的語言中分裂主體與文化恐懼結構〉，見克莉斯蒂娃著，彭仁郁譯，《恐怖的力量》，頁xii—xiii。

故可謂，民初海上百美圖的畫中畫，參差對照地呈現了社會風氣漸開與探索藝術表述新形式之間剪不斷理還亂的關係，道出近現代性別文化與性別意識曲折蜿蜒的衍變軌跡。

（二）現代女性文明圖譜

上文述及學生裝風靡一時，著時裝者自須知時尚，識潮流者必先識文斷字，民初新新／時裝百美圖形塑形象之美的主軸之一，是在民初共和民主的社會氛圍中表現知識女性識時勢而能清晰認知自我的形象，此乃時代容顏之一瞥。清末女學生形象以稀為貴，對她們的想像一直都參雜著曖昧成分，民初百美圖所呈現的知識化的現代女性形象，某種程度見證了近現代女性之性別意識演變過程的階段性標誌。民初共和語境中虛擬女性平權的日常實踐而外，更期待獲得超越一般男性的女子能量，讓她們無障礙地投入一切家庭勞作、生產工作與社會活動。這一切的基礎在於知識和受教育，故關於女性的假設是以學生為起點的，進而實現獲取中產階級主婦地位的想像。理性思考而產生的結論是：不能坐等一個秩序降臨，乃需女子參政。下面所選八幅民初仕女形象的多元圖譜：首選女性參政，終於賢妻良母的家庭生活，其間有服務社會與女子讀書上學及婚嫁。外出參政，入主家政，核心經歷仍為富有知識人格的現代女學生。

男女平權的共和民主標誌便是參政，如「女子參政同盟會」（一九一二年成立）會長唐群英女士（一八七一—一九三七）。第一幅圖題詞曰：「今宵參政會，出席非遨游。外間風雪緊，欲行更加裘。」衡諸歷史，民國成立初期，女子參政的呼聲便不絕如縷，卻也重重艱辛，一度受到政府鎮壓而

1（但杜宇），《最新時裝杜宇百美圖續集》冊上，頁38。

2（沈泊塵），《老上海女子風情畫》，頁136。

3（丁悚），《上海時裝百美》冊下，第29幅。

4（但杜宇），《最新時裝杜宇百美圖正集》冊下，頁23。

5（但杜宇），《最新時裝杜宇百美圖正集》冊上，頁22。

6（沈泊塵），《老上海女子風情畫》，頁206。

7（但杜宇），《最新時裝杜宇百美圖正集》冊上，頁1。

8（但杜宇），《最新時裝杜宇百美圖正集》冊下，頁26。

解體。然就如圖畫中預備衝風冒雪出行的女子，雖知顛簸道途，仍堅持為理念熱血奔走。平權之二是就業機會，第二幅描繪經歷女學生學習獲得能力而後走上社會的一個職場女性：著學生裝、皮鞋、手拿陽傘與公事包，剛剛走下火車。皮包、洋傘吸收變化了英國繪畫的紳士風格，成就一幅學生裝的職場仕女圖。第三幅畫中年輕的女教師正在為女學童上課，畫家特地註明「慕琴畫所見，時在丙辰之夏」（一九一六），此圖之寫實基礎可見一斑。畫面上的師生可視為女學生的代際賡續，未必如天虛我生題詩所述的學術道理，諸如盧騷（Jacques Rousseau, 1712-1778）、羅蘭夫人（Madame Roland, 1754-1793）所主張或質疑的人權自由。當時新聞與畫報對篳路藍縷的女子興學歷程多有記載，興辦女學之經費籌措與徵聘師資均非易事，[72]此形象是胸懷抱負與志向的女性在晚清民初投身女子教育的一個縮影，將之與現實中獻身社會政治改革的女性合而觀之，其形象內涵更豐饒複雜。

參政或富有挑戰性的女子人格不是一朝形成的。第四幅女學生身手矯健地在校園裡擺盪於吊環／單槓上的圖畫不無誇張成分，卻也體現承繼晚清新式女學堂理想願景的社會呼聲之一隅，科學、體育、人文的訓練，學堂章程務使女學生全面成長，讓過去習慣觀賞閒坐秋千架上婉約女子的讀者瞠目驚豔。[73]誇張的吊環女子與更大的家國想像聯繫在一起，題詩是「偉哉女國民，具此好身手」，預示了經此中西合璧與文武全才教育的女學生，當是肯擔當有能力的現代公民。

民初百美圖畫中學堂裡的女學生不乏走出《紅樓夢》大觀園的十二金釵分身，如第五幅但杜宇所繪，姚民哀題詩為「絕似沁芳橋畔石，有人痴坐讀西廂」，穿喇叭袖的女學生酷肖林黛玉行徑，於公園／校園讀《西廂記》。改朝換代的動盪在她身上未見影響，一樣地感時傷春，一樣地幽懷難遣，女性私領域的閱讀行為不必理會時代風雲。一旦進入公眾視野就不同了，女學生背著書包行走街頭，則似突然中斷了和過往歷史的聯繫，儼然成為一個新異的文化符號，在當世時空中格格不入。觀者看見第六幅圖畫中女子身後的新式學堂，這位放學歸家的民初女學生反顧西式校門的面色有些凝重，似乎在考慮：應當回到舊文化結構派定給女子的生存空間（深宅大院、繡樓、後花園等等）？還是繼續上學追求新知？往來於兩造不同空間的女學生，亦鮮明體現了新舊文化的衝突和合與抉擇難題。

學者曾指出：在民初的文學文化中，一種「共和」主體精神發揮了「主導」作用，即回歸到人性和日常生活，尊重個人、男女平權與家庭價值。[74]民初百美圖譜中部分地印證了這種共和氛圍中的平權與日常。第七幅中呈現了受教育培養的女學生大放光彩的婚禮場合。自由戀愛與文明婚禮是民初女學生的理想歸宿，圖畫與題詩幾乎一致地表達這個大團圓的結局。此圖為《最新時裝杜宇百美圖正集》上冊開卷第一幅圖，新娘披著西洋婚紗，新娘上衣卻仍是喇叭袖的學生裝，手捧鮮花香草，喜笑

72《晚清女性與近代中國》，頁二八—三〇。

73 中國仕女畫與百媚／百美繪畫傳統中歷來不缺少美人與秋千的圖景，在民初新百美圖中也是必有的篇章，但是沈泊塵的女子單槓、但杜宇的女子吊環則可說出於「彼可取而代也」的想像。沈泊塵所繪其他體育課目，有：體操、舞蹈、跑步、踢球、網球、檯球、騎馬、騎腳踏車、打拳、擊劍、舞長槍、射擊、吹號、攀索、走雲梯，簡直是運動全能女子。丁悚筆下的女學生不曾作此努力，但杜宇更看重女子的身體線條，裸體畫堪稱為其特長。

74 陳建華，〈「共和」的遺產：民國初年文學與文化的非激進主義轉型〉，《二十一世紀雙月刊》總第一五一期（二〇一五年十月號），頁五六—六四。

顏開的面龐，處處呼應著題詞：「羅襦珠絡索，五彩同心結，恭喜聲中，耳邊不絕」，此書既以禮讚揭開序幕，意味著創作主體欲使自己創造出來的藝術生命擁有單純完美的結局。圖像風格幾分希臘古典氣息，是希臘神話中阿芙蘿黛蒂（希臘語：Αφροδίτη、拉丁語：Aphrodite）的愛與美的結合。但這個大團圓的結尾並不標誌現代女性主體建構的完工，以自由戀愛到自主婚姻只是一個站頭，民初女學生一旦結婚，幾乎等同於休學！女學生表面上揭開了嶄新與充滿西化色彩的生活帷幕，可是也同時走回「三日入廚下，洗手作羹湯」的老路，第八幅畫面上的新婦與傳統的差別僅在於下廚的服裝和廚具，以西式廚具燒煮的內容是西餐咖啡一類。此後由女學生而新媳婦的新生活除了一些家政活動外，畫家再行規畫便只有賢妻良母的庸常生活了。

不妨將幾幅但杜宇寫實風格的畫圖作為女學生婚姻生涯之想像憑藉，他依稀提示了，幾個新婦聚在一起，找一樁消遣的活動，那就是打打麻將，牌桌上的女性再也不談性別主體的議題（詳見下節分析），而專注於牌桌上爾虞我詐的心理戰。進入婚姻的女學生在眾家百美圖中的表現遭遇了瓶頸，隱喻著民初百美圖敘事中展現的女學生文明進程，至此暫告一段落。然而她們的形象所承載的多歧意義猶未稍歇，一方面說明了新舊並陳的社會現象及性別議題的紛紜眾說，另一方面更不斷發酵成為民初時期重要的文學母題，造成餘韻深長的後續影響。

五、「新」百美圖 vs.「舊」派小說

從主題來看，民國前三年（光緒三十四年（一九〇八））位在上海麥家圈慶雲里的改良小說社出版了赤夏所著《女學生》可視為最早的文學先例。[75]小說共十回，從孤兒寡母苦度時日寫到女子留洋讀書，逃過騙局與劫難，女學生與戀人偕歸故里即戛然而止。環繞著女主人公的身心「成長」主軸，小說筆法大抵呈現了清末以降興女學與鼓勵出洋留學的社會期待之一斑，其頌歌式筆法，與稍晚在百美圖中呈現對女學生形象「溢美」的禮讚之情，顯見文化脈絡的延續關係。同時稍晚一年，畫家錢病鶴（一八七九—一九四四）在同盟會於上海的機關報《民呼日報》（一九〇九年由革命黨元老于右任（一八七九—一九六四）所辦）上發表了一幅著名的漫畫。此圖將女學生與妓女相提並論，看似與《女學生》小說大相逕庭，卻呈現了社會大眾看待公領域視野中這一新興族群的分歧觀點、道德質疑之具體縮影。小說與漫畫代表此兩造態度之間的角力與社會輿論不同聲浪的衝突，正提供了深入理解民初性別文化與女性主體意識衍變的有機空間。

75 一九一八年上海文藝圈出現了另一部同名之作，為飯牛亭長匯集當時上海多位舊派文學名家（如李定夷（一八八九—一九六三）、貢少芹（天懺生，一八七九—一九二三）、吳綺緣（一八九八—一九四九）、天台山農（一八七八—一九三二）、李涵秋（墨隱，一八七八—一九二三）……等）之文編成《女學生》（又名《女學生百面觀》）（上海：南華書局，一九一八），值得注意的是隨書附送的四幅彩色插圖，即但杜宇所繪，四圖標題分別為：「題曉妝鬥豔圖」、「題春閨病渴圖」、「題尺素寄情圖」、「題愛河弄影圖」，均由李定夷題詩。

就如《女學生》封面自報家門一般強調此乃「社會小說」，出版社名為「改良小說社」，與報紙標榜「為『民呼』告」的使命感異曲同工之趣，小說與報紙均負有社會改良責任，自是梁啟超「新小說」論述必得有益群治的附驥追隨者，隸屬清末維新論述之一脈。小說末回的回目名為「偕歸」，卻未在結尾交代女學生的終身歸宿。可讀者根據情節脈絡不難想像下一步情節，順理成章就是文明結婚了。

錢病鶴的漫畫卻調侃文明結婚者與妓女無本質差別，固如論者曾言，此提問「潛藏著某種欲望，也隱含了畫家對於讀者興趣的逢迎」[76]，可若再仔細分析畫面上的兩個人物：一個掛牌「金錢主義」，另一個標誌「文明結婚」[77]，其實畫家並無先入之見要貶抑妓女或抬高女學生。從外貌上看來二者皆頭腳齊整（都曾裹腳或放過足），服飾清爽、式樣雷同，平光鏡與墨鏡沒有性質差別，手中的扇子與陽傘也可以互換，只是其心窩上的目標有異。卻可見畫家企圖改寫自古以來的道德判斷，從「鴇兒愛鈔，姐兒愛

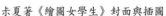

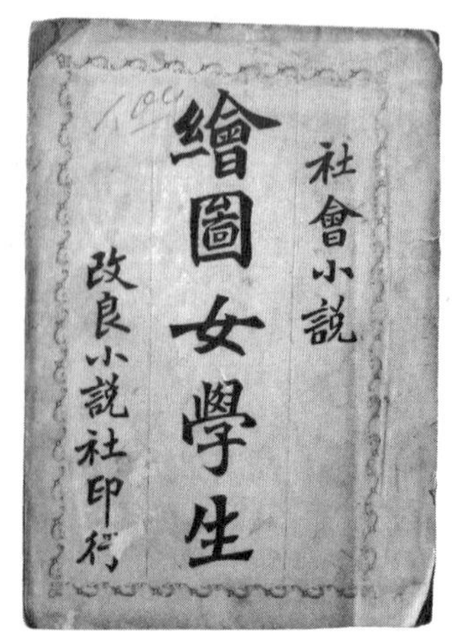

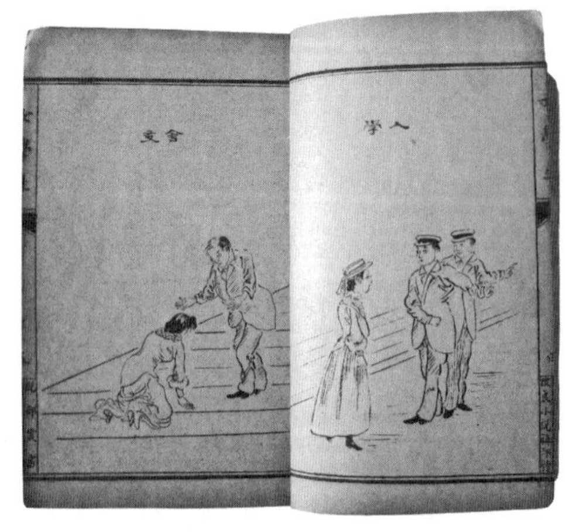

朩夏著《繪圖女學生》封面與插圖

俏」轉變為「妓女金錢至上，女學生文明結婚」，構成相互指涉與彼此詰問的鏡像關係，漫畫中的兩個人物可以互相替代，如讖語般道出了清末民初此類敘述中女學生與妓女雙重身分的糾葛命運。這樣的兩面映照與其說透露出主流意識形態的懷疑設問，不如說，與民初百美圖幾乎一面倒的詠讚女學生知性形象及其仕女時裝相較，報刊上的諷刺漫畫似更接近現實中充滿雜音的文化情境。

若再仔細梳理同代語境海上文學的表現，民初舊派小說家多未如百美圖畫家呈現女學生的正面樂觀傾向，而呈顯出另一隱藏面相：小說的敘事從成長向上轉為描繪男女戀愛發展過

《民呼日報》錢病鶴漫畫（1909年7月29日）

76 陳平原，《圖像晚清：《點石齋畫報》之外》，頁三一九。

77 從一九〇五至一九〇九年，上海張園公開的文明婚禮與報刊為「文明結婚」張目的宣傳，可窺社會風氣之一斑。見《晚清女性與近代中國》，頁四三—四四。

程的挫敗，以感傷病亡等悲劇性的結局告終。表面上看來，兩者南轅北轍，但深層分析起來，其精神底蘊卻源自同一文化結構。

鴛鴦蝴蝶派小說牽涉到女學生主題的作品，當時影響力最鉅者，非一九一二年於《民權報》上連載的徐枕亞（一八八九—一九三七）哀情小說《玉梨魂》（一九一二年八月三日—一九一三年六月二十五日）莫屬。《玉梨魂》安排的小說場景雖不是上海，卻是教育與文化理念相對開通發達的江南鄉村，故兩個主要女性人物梨娘與筠倩簡直就像是沈泊塵、丁悚百美圖的文學分身／她我（alter ego）。擅古典詞章、曉西洋文學的梨娘曾為女學生，帶著一個獨生男孩守寡，小姑筠倩正在女校讀書，假日回到家中與老父、嫂嫂和姪兒團聚。梨娘的兒子名鵬郎，在其母與借住家中的小學老師何夢霞的戀愛過程中，他充當了天真的信使。

如同民初上海百美圖在新女性特徵以外，頻繁表現的仍然是賢妻良母的主題，母子行樂圖與教子課讀是常見畫面。如沈泊塵這幅小兒郎代母投信圖（其他畫家亦繪代姊投信），以間接的方式表達含蓄相思，掩飾內在澎湃的熱情。小說中，鵬郎在家庭教師與寡母間傳遞書簡與冷暖康健的資訊。借小學生傳書遞柬，可謂是清末以降便頻繁出現

沈泊塵，《老上海女子風情畫》，頁144。

的文學藝術掌故，畫家與小說家取現成題材不足為奇。[78]但舊道德與新風尚、新理想的衝突阻止了這段刻骨銘心的情愛的發展，卻也賦予這個青鳥般的信使嶄新的意義。[79]其間男女主角生病、問候仍是《西廂》、《紅樓》的套路，援引莎士比亞（William Shakespeare, 1564-1616）等則是新世代女學生特徵，「薦小姑代嫁」則復呈顯了新舊道德的調和與逃避。這位被薦的女學生筠倩是我們在民初百美圖上熟悉的形象，神似丁悚畫裡這位剛剛從女學堂回家的學生（見圖）。只是筠倩平常在學校住宿，放假才得一歸。本來擁有自由戀愛資格與可能的女學生，無形中成為嫂嫂的替身。但愛情的不可替代與獨占性，注定了這是一段哀情，兩位女學生承受不了過度的情感刺激而亡故，何夢霞逃避情感痛苦的方式是

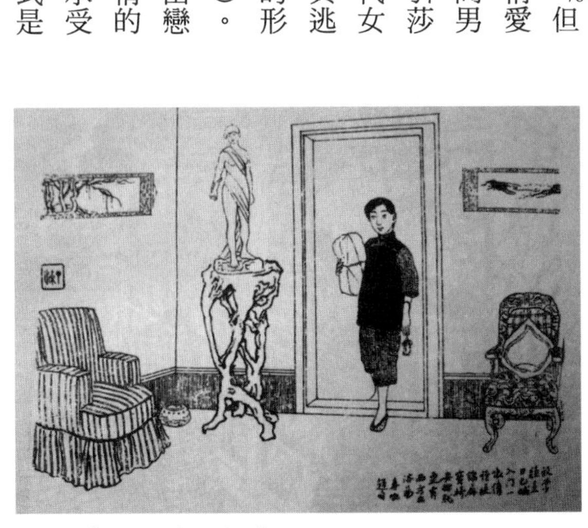

丁悚，《民國風情百美圖》，頁9。

78　參見夏曉虹，〈男學生的私函與女學生的公開信〉。一九〇六年初，京師大學堂譯學館學生屈彊在中國婦人會舉行的義賣活動中，託參加義賣的小學生胡潤仁傳遞表達情誼的書信給成都女學堂學生杜成淑遭拒，惹起一段新聞論爭公案。《晚清女性與近代中國》，頁四六—五〇。

79　小男孩對家庭教師毫無排斥心裡的誠摯接納，並隱隱有為仍值韶年便守寡的母親牽線促成姻緣的企圖，皆使小說中鵬郎的形象更似《西廂》故事中紅娘角色的變體，堪稱為舊派小說成功創造的一種嶄新文學形象。

投身武昌革命，不幸身殉。

夏志清（一九二一—二〇一三）洞見小說男女主人公所有不能相愛的種種阻礙非因外在的壓迫（傳統禮教或道德譴責），卻是源自己身對幸福生活充滿罪惡感的自我咎責，成了小說敘事結構的內在悖論。比之百美圖，《玉梨魂》兩位女學生的結局映現了在哀感頑豔的舊派小說現身的多是脆弱女性主體，受眼淚與死亡的經幡籠罩。此哀情小說正宗之作具體象徵了開明進化的社會表象與主流價值觀下，男女主人公自虐虐人的心理趨力，從道德折磨的不幸中獲致昇華的快感，[80] 顯示仍有無數徘徊於禮教與情欲間的心靈，備嘗身體心靈的壓抑苦痛。

如前文分析，舊派小說中節操高潔，逃不開禮法觀念束縛終致心病纏綿而亡的女學生，實為百美圖「溢美」筆法的一體兩面。而錢病鶴將女學生與妓女並置的諷刺漫畫，則分明繼承了清末狹邪小說與譴責、黑幕小說發生交叉感染的文脈與筆風，走「溢惡」的路子，均非海上文壇的新產物。

第三節分析過「坐馬車」的時髦倌人在華洋雜處的晚清上海引領風騷，文學中的呈現則往往寓褒於貶，是海上狹邪小說批判社會黑暗面的慣用筆法，更是後來興起的民初舊派小說中重要派別「社會小說」中常見的主題。文學中妓女走在時尚前端卻引人非議的另一行徑，則曾在舊派小說大家包天笑（一八七六—一九七三）的回憶錄《釧影樓筆記》中留下珍貴記載。包曾任教於上海城東女學，同事曾西餐館應酬，同座商人叫局前來侑酒的妓女，赫然即為白日課堂裡端坐聽講的女學生，名妓四大金剛之一金小寶。他也點出，彼時著名女校中西女學附屬專為繳不起學費的貧困女子所設的沐爾學堂亦有不少周遭妓院的雛妓前來就讀補習。[81] 包氏筆觸持平未見臧否，「妓女就學」的議題呈現清末興女學十年風潮的一個側面，隱藏著底層女性追求自我實現的願望，也未嘗不是洩漏了金小寶與雛妓的學習動機中含有提高「藝妓」身價與趕時髦的生意經。

上述幾重交疊又相斥的面相，弔詭地折射出近代中國追求現代化與文明進化的社會氛圍下，隱藏在父權主流價值觀背後的偷窺癖[82]與情慾想像（看穿了「白天在讀書，夜裡在出堂唱」〔半日學生，半日妓女〕[83]的祕密與快感）。故與其說眾目睽注於行走大街的女學生身上的「知識」光環，不如說端詳她們的裝束舉止和逛窯子欣賞妓女曲藝並無差異，深層分析，兩者實為互可換喻的窺淫想像的載體，差別只在於：名妓過去是有錢有閒階層才有資格消費的商品，女學生的容貌身體如今卻是大眾市井皆可意淫的對象。

民初「社會小說」繼承了晚清譴責、黑幕小說的口吻，屢屢如清末民初報刊上頻頻報導時髦倌人競效學生裝，引發良賤混淆的社會非議，[84]連帶也使一心向學的妓女被剝奪了受教權，妓女興學的善

80 徐鋼，〈情的現代傳承——讀夏志清的〈徐枕亞的《玉梨魂》〉〉，收入王德威編，《中國現代小說的史與學：向夏志清先生致敬》（台北：聯經，二〇一〇），頁一六〇—六一。

81 見包天笑著，劉幼生點校，《釧影樓回憶錄》（太原：山西古籍、山西教育，一九九九），頁四三九。

82 參見陳建華，〈周瘦鵑與紫羅蘭：文學商品的建構及其文化意涵〉，《中正漢學研究》二〇一三年二期（二〇一三年十二月），頁二六五。

83 晚清上海妓女曾興「半日學堂」之議，導致學界衛道人士強烈反對，終究滯礙難行。參見黃湘金，〈壓抑與救贖——清末民初小說內外的妓女和女學〉，《學術月刊》二〇一一年四期（二〇一一年四月），頁一一三—二〇。

84 如〈何暢威太守上學務處書〉反對妓女學堂，見《新聞報》，一九〇六年六月八日；《時報》，一九〇九年四月二十一日；

舉更遭受重重阻礙，甚至不乏來自女界自身的抨擊。因此由女學生裝束與其求知入學表彰的爭取「自由」（費小姐）的價值觀念，經常被衛道人士妖魔化，非難者幾將之等同於行為不檢與淫奢放蕩。到了一九三〇年代，沈從文（一九〇二—一九八八）小說〈蕭蕭〉仍呈現鄉間閭里對女學生視為奇觀的負面眼光：

> 女學生這東西，在本鄉的確永遠是奇聞。……裝扮奇奇怪怪，行為更不可思議。……她們穿衣服不管天氣冷熱，吃東西不問饑飽，晚上交到子時才睡，白天正經事全不作，只知道唱歌打球，讀洋書。她們都會花錢……，她們在學校，男女在一處上課讀書，人熟了，就隨意同那男子睡覺，也不要媒人，也不要財禮，名叫做「自由」。

舊派小說描述妓女入新式學堂引起的道德非議，不乏先例。一九二一年張恨水（一八九五—一九六七）《春明外史》中，報界才子楊杏園只在私下單獨教雛妓梨雲識字，稍晚的《啼笑因緣》中沈鳳喜一旦被發現靠聲色獻藝謀生的身分，就立即從學校中默默引退了。[85]民國舊派小說不乏妓女與女學生角色交錯重疊的描繪，與上文所謂社會觀看「女學生」在公共場合嶄露頭角的複雜情緒密切相關，呈現出都市裡變動著的性別文化脈絡，也說明了海上人情小說儘管從晚清文學的妓家轉向了民初的民家，[86]卻仍對此類女子（妓女從良為妾）：女學生與妓女、乃至從良後的妓女成為姨太太的身分糾葛，充滿矛盾態度。

上一節結尾談及民初百美圖畫家不擅表現女學生就學歲月轉瞬飛逝、一旦畢業後的時光。進入社會就職的畫作並不多見，退化為世俗家常的可能情景，則在但杜宇以打麻將為題旨，描畫一種暗寓危機的場景表現出來（見下圖）。題詩「雖是無聊消計畫，怕人戲喚牧豬奴」的核心辭彙是「無聊」。從女性「新國民」到無聊賴地打麻將，牌桌上的面孔散發著進入「家庭」後掩蓋不了的消極頹廢心境。

就如胡適視麻將為「好閒愛蕩，不愛惜光陰的『精神文明』的中華民族的專利品」[87]，男人是以麻將桌上的偷閒完成公事桌上辦不成的事情，女人的麻將社交是為了處理有閒的無聊。畫面上的女人們忘我投入集體的時間謀殺：一人背向，一人斟酌遲疑出牌，一人低頭理牌謀畫胡牌的組合，唯一白眼看著對面出牌者，顯示出贏的渴望與等待的煩躁。「無聊」在牌桌上搖身一變為「緊張」，一場相

〈上海社會之現象——冒充女學生之荒誕〉一圖，見《圖畫日報》二七號（一九〇九），頁七；〈對於女學生之卮言〉，《婦女時報》四期（一九一一年九月），頁一一。相關論述參見張世瑛，〈清末民初的世變與身體〉（台北：國立政治大學歷史研究所博士論文，二〇〇五），頁二〇五—一一。

85《春明外史》第三回述及，楊杏園初識梨雲，談到在北京的江西人林燕兮，這個紅了一陣的妓女，原來是個女學生，「認識幾個字，掛一個學生出身的招牌，生意自然不會很壞。」做學生期間隨一個法政的男生「自由」私奔，旋即遭棄，又受騙落入火坑。

86《春明外史》一開頭敘述的女性主要人物是梨雲，她就是北平八大胡同中的清倌人（雛妓），因她的病故才有另一個主要女性人物李冬青取而代之，後者的身分則是女學生。參見徐德明，〈清倌人、坤伶和女學生——張恨水二〇年代小說女性社交的想像與轉型〉，《安徽師範大學學報（人文社會科學版）》二〇一五年三期（二〇一五年五月），頁三五八—六四。

87胡適，〈漫遊的感想〉，《胡適文存三集》卷一，頁六九。

互牽掣的征戰，以制約另外三方成功為目的。麻將象徵了中國文化勾心鬥角的人際關係，但是牌桌上的人又想方設法掩飾這種緊張，每個人都要制敵死命，卻有種種虛偽的藉口：向別人的囊中輸送銀錢，養肥別人，自己成為「牧豬奴」會貽笑大方。上牌桌的人色不便太講究，不致「三缺一」而湊成一桌就行，太太、小姐可以，姨太太也是當然主力。

女學生因家境而成為姨太太不鮮見，妓女從良成為姨太太大抵是約定俗成的規律，一家幾個姨太太姊妹稱呼，日夜明爭暗鬥，在牌桌上模擬見分曉。但杜宇隱隱表達牌場如戰場的意思，面向觀者的女人一瞥白眼表達出互別苗頭的較勁，令人想到胡適的批判措辭寓含敗德貶意的「閒」與「蕩」。「逾閒蕩檢」歷來形容竊玉偷香的不肖子弟、不守

但杜宇，《最新時裝杜宇百美圖正集》冊下，頁1。

但杜宇，《歇浦潮》第40回插圖。

婦道的行徑。畫面上一桌人分明很「閒」，翻白眼者的眼風中透露一絲「蕩」意。但杜宇這幅畫時裝百美圖在他多數呈現女學生「溢美」形象的畫作中，是一個特例，卻與他同時期為社會小說所作插圖風格趨近一致。

長篇章回小說《歇浦潮》（海上說夢人，朱瘦菊著）自一九一六至一九二一年在《新申報》上刊載五年，一九二一年由新民圖書館兄弟公司匯總出版印行的《歇浦潮》[88]暢銷一時。經過文獻資料的蒐集與重建，筆者發現該書每回前均有點出情節關目的插圖，繪圖者正是與朱瘦菊共創電影事業的好友但杜宇。[89]若將但杜宇《百美圖（正集、續集）》與小說《歇浦潮》閱看對照，小說中由堂子從良的姨太太們之奢靡淫逸（如媚月閣、如雙等人）、商紳之女與文明戲演員的糾纏（如錢如海之女秀珍）以及維新女青年從事暗殺行動（如談漢英）的形象特徵益發具體鮮明，非但為貼近時代語境和體察文學中女性形象的現代演變增加了圖文對照的管道，為讀者提供多元視角介入小說情節的閱讀可能性，更幫助我們深入思考民初「百美圖」飽蓄張力與蘊含歧義的敘事模式，及性別文化的轉渡嬗遞痕跡。

如小說第四十回，插圖黑白對比極為強烈，而且是典型的鏡頭語言，聚焦體現了複雜人際關係的層次。遠景高光下是對面樓上客間沙發裡上演的活劇：上海官銀行監督趙伯宣與候補官員魏文錦的姨

88 該書一九二一年版本總計十卷百回單行本，一九二五年又由世界書局出版五卷百回修訂本。

89 佐藤秋成，〈朱瘦菊與他的電影作品《風雨之夜》〉。

太太相擁相偎；近景背影逆光裡有一群男女，他們站在黑暗中，是對面樓上演出戲劇的觀眾，又是身後鏡頭裡的劇中人。這邊暗地裡有：姘新劇家裘天敏而剛剛和趙伯宣絕撒的媚月閣（原先的趙姨太），有對面姨太太丈夫魏文錦，有領著大家過來「看戲」的男女主人賈琢渠夫婦（和趙家是隔壁鄰居，因在自家聽「隔壁戲」不過癮，轉來空屋看「對景戲」），其他人剛剛在賈家打過牌，預備進餐前有此插曲。賈少奶和媚月閣為私欲金錢、為鬥氣逞勝充當這場戲劇的導演，戲如常地以鬧劇收了場。小說裡諷刺與暴露的對象是民初上海灘上官場商界的時髦人士，插畫家把社會小說家筆下的糾纏複雜的關係在畫面上有條不紊地表達出來。畫面上的女人的基本身分都是具備「媚人」特質的姨太太，訴說著民初百美圖中的「美」讓位給社會小說所諷刺謾罵的「醜」，如寓言般道出民初百美圖理想化的女性美於焉落幕。

妓女與女學生雙重身分的話題仍時不時地有人提起，在文學上也成為代代相承的母題，如老舍（一八九九—一九六六）寫於一九三〇年代的〈月牙兒〉主人公仍然是女學生，生活壓迫她做了「暗門子」（私娼），後來因此被抓坐牢，她詛咒「世界比這兒並強不了許多」[90]，控訴禮教依舊吃人的社會。進入一九四〇年代，張愛玲的香港傳奇〈沉香屑——第一爐香〉讓來自上海的女學生葛薇龍在香港重演色藝與書生的雙重角色，姑母梁氏以社交方式掩飾變相鴇母的情色交易營生。出身沒落書香世家的窮學生葛薇龍看到為自己備下的四季各色衣裳，醒悟「這跟長三堂子買進一個討人，[91]有什麼分別？」徐娘半老，歡場閱歷深厚的姑母，將女學生和妓女等量齊觀，要成就葛薇龍在華洋雜處的香港上流社會的交際花角色與搖錢樹功能。小說結尾，情海浮沉後，決定下嫁混血兒紈絝子喬琪的薇龍認識到自己未來的婚姻生活實為變相的賣身。小說最後一幕描述她被街上喝醉的洋人水手當作流娼，喬琪喝斥：「那些醉泥鰍，把妳當作甚麼人了？」薇龍卻彷彿喃喃自問：「我跟她們有什麼分別？……她們是不得已的，我是自願的！」[92]

從橫向縱向的文學系譜來看，民國舊派小說家范煙橋在其所著《民國舊派小說史略》中安排張愛玲在最後的章節唱大軸，其深層原因即在於此。葛薇龍由女學生而進身／淪落為交際花的過程，像反面教材道盡了自清末至民初女性主體追尋過程的危險誘惑與自我扭曲，她對自身的反省既是最深刻的女性自覺，也是仍到不了「自由」境界的民初女性最沉痛的表白。

張愛玲進身上海文壇新星的這部小說，如寓言般指陳她的創作生涯中對「女學生」文學的主旋律與變奏曲，始終興趣盎然。如一九五〇年代反顧「五四」作〈五四遺事〉，重提女裝學生話題，顛覆一個虛構出來的女性解放了自己的現代神話。女性釋放了自我，有時又重新回到囚禁過自己的牢房中，一旦坐下來歇腳，就再也不想出來，因為外面的世界不比這裡好多少。〈五四遺事〉中的女學生密斯范與羅先生戀愛，終於一起生活。婚後的女學生以打麻將為日常功課，羅先生於是將他離婚了的

90 見老舍，〈月牙兒〉，《老舍全集（七）》（北京：人民文學，二〇一三），頁二七九。

91 老鴇買來當娼的養女。

92 見張愛玲，〈沉香屑——第一爐香〉，《回顧展II：張愛玲短篇小說集之二》（台北：皇冠，典藏版初版，一九九一），頁三一三。

兩位太太接回來一起生活，「不用找搭子，關起門來就是一桌麻將」，誰是太太、姨太太不分，渾然一體。走向社會的女學生返轉到退為對自身生命與主體的敷衍。張愛玲的女學生主人公，從葛薇龍到密斯范、王佳芝（〈色，戒〉），自傳色彩濃厚的《雷鋒塔》、《易經》乃至《小團圓》。從琵琶、九莉的母親露、蕊秋，姑姑珊瑚、楚悌要出洋作留學生，到二次大戰期間女學生琵琶從香港回到上海，女學生自始至終地兜了一個現代歷史輪迴的圈子，是中國近現代女性自我的現代性寓言。

綿延三十年，海上文學中的女學生身影精采紛呈也充滿悖論，與民初「百美圖」敘事對讀，不僅揭示了近代中國性別意識的萌芽與衍化歷程遭遇的困境，更深層地反映民國初年舊有社會思維與多元性別文化相互拮抗的過程。那看似停滯不動卻仍顛簸行進的軌跡，正真實地呈現了思想文化革新的點點滴滴，盡皆萬斛心血所凝結而成。

結語

以畫面的流動作結，讓百美圖的討論從文化史回到圖畫。

吳友如〈以永今夕〉畫晚清海上的公館家居。屋內的家什華洋雜處：中式羅漢床、方杌、還配有高腳痰盂；西式圓桌、沙發椅。應是一樓一底的住房，樓上窗下有欄杆。初夏的日子，窗簾半捲，小大姐一邊打盹一邊拉風，娘姨抱著孩子，太太擺骨牌通關。男主人去吃花酒了，還是去了姨太太的小房子？抑或畫面上就是姨太太？無論其身分，這是典型的晚清仕女圖。時光流轉，主僕依舊，骨牌通

吳友如，〈以永今夕〉，見《海上百豔圖》冊5，圖40。

《傳奇》封面（1946年上海山河圖書）

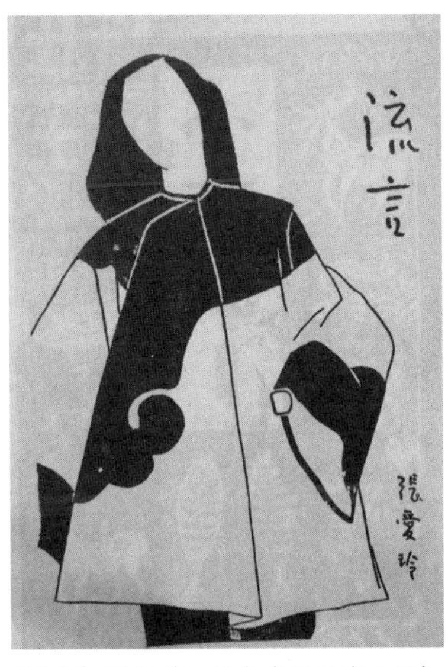

《流言》封面（1945年中國科學公司）

闕還在接著擺，小大姐和半間房一起被剪切掉了，高腳痰盂移到椅子側邊，牆上多了卷軸，是張愛玲《傳奇》增訂本的封面。

時光哪裡去了？一派《流言》的歷史脈絡打通了半個世紀裡的《傳奇》故事，都是女人的故事，可這回由女人自己來說。這是個燙髮、沒面目的主體，活在流言／流動的敘述中，恰如不入款的衣服：清代大鑲大滾的寬邊放大且挪了位置，成為從肩頭到襟懷的主色／飾，不得腰（要）領（畫面上寬身無領）、喇叭袖帶動著下襬都成了不羈狀，整體風格黑白陰陽錯亂。畫面隱喻著流言種種，既是過往傳奇故事，亦是時尚的逐浪兒，在一側窺視同類的生命；圖像敘事的系譜穿越了半個世紀，卻又是歷史的一幕幕定格，面目虛無卻不放過細節，在現代女性主體建構的過程中，如一則回顧省思卻不流於空洞的預言。

本章分析的圖畫上溯到前一章所述明末百美圖，有一個空間流轉的重要脈絡不可忽視：《吳姬百媚圖》所示畫面，基本不出庭園私人空間，秦淮八豔為原型的仕女也只是私人生活的雅賞趣味；隨著海上繁華興起，《海上百豔圖》的妓家生意每每涉及公共生活空間，雅賞趣味的物質展示（鋪設豪華現代的房間與馬路、公園）和恣肆的占有欲望擠壓；民初走在街頭的女學生，是獨立於公共空間的行動者，即使活動在廚房、廳堂裡的賢妻良母，莫不顯示有知識內涵、獨立大方的風韻，三百多年的仕女從私生活的空間走到了公共大眾的場所。

這些圖像一方面框範了一個中國女性的現代時域，另一方面也在這個語境中釋放了近代中國特有的現代性因素，連帶清理出一道烙印著精神史演變脈絡的歧路幽徑。一九四〇年代張愛玲創作小說集

《傳奇》不啻象徵回眸晚清的必要性，〈金鎖記〉的文學場景與〈以永今夕〉既可相互闡釋，在看似移置倒錯的意象中重新組構並予以新詮。然《傳奇》之重構並非孤例，《流言》散文集也有一篇〈有女同車〉講公車上聆聽兩個女人在談話，自始至終都在說她們身邊的男人，比較第三節所述吳友如繪二女同乘馬車的同題畫作，竟然一脈相承。交通工具變化了，女人與世界的連接溝通方式一仍如舊。儘管眾多學者已指出張愛玲文學著作的封面改造了吳友如的畫作，為仕女圖增添不安感[93]，饒具奇幻文學色彩，[94]但本文更要凸顯視窗探入的那個幽魂般無面目的女性圖像，毋寧如魅影般隱喻了冉冉誕生的現代女性主體與性別意識，當我們審視傳統到現代的文化過渡歷程，便不能不從頭梳理晚清至民初「百美圖」畫家作品意涵的複雜歧義，思索其為此喻指性的魅影注入的重要元素。

晚清到民初社會轉型，文化以「新」號召來標示進步。作為小傳統的「百美圖」香豔敘事沒有自外於「世變」，吳友如推陳出新之後，其未盡之意在民初畫家的筆下再創新的里程碑。新時代女性主體的漸形呈現，極大地拓展與豐富了民國百美圖的內涵，更衝擊舊有的性別意識，在社會文化思維衍變的軌跡中，留下鮮明印痕。

93 見楊義、中井政喜、張中良合著，《中國現代文學圖志》（台北：業強，一九九五），頁二四八—五三；另見姚玳玫，〈從吳友如到張愛玲——近現代海派媒體「仕女」插圖的文化演繹〉，收入林幸謙主編，《張愛玲：文學‧電影‧舞台》（香港：牛津大學出版社，二〇〇七），頁一八三—八四。

94 參見陳建華在〈質疑理性、反諷自我——張愛玲《傳奇》與奇幻小說現代性〉一文中對吳友如繪圖和張愛玲《傳奇》封面的比較及精采闡析，收入林幸謙主編，《張愛玲：文學‧電影‧舞台》，頁二三〇—三三。

到了民國，美人與宮闈不再發生關涉，卻與海上都市時尚糾葛益深，不得不走出閨閣與當代世界溝通。從清末到民初仕女畫的基本特徵為：妓家風流的展現漸為識文斷字的良家婦女生活替代，追求新知識的女性，其修養、行動的方方面面成為百變形貌，畫家的修為與技藝的進展讓女性美獲得了情感與心靈深度。這些女性不同於海上百花的具名圖影，她們既是無名的，又是畫家與社會公認的「共名」才媛／女學生／新女性。

畫面上，她們的活動範圍不同於在《海上百豔圖》中占據一部分的名妓「生意」場合，而展現出或甫自學校歸來，或深閨閱讀、圖繪、做女工、攬鏡自持（但杜宇擅長出浴自賞的裸體畫），或郊野、水濱盡興騁懷，或對景傷情，或體驗諸如體操器械、音樂演奏、駕駛汽車等前衛文化，或充當賢良母親教子有方，間亦可見思婦現代郵傳書信和電話通訊依戀良人。這些畫面活動中的女人，其現代生活氣息濃郁，在打量與應對周遭的現實生活的過程中，相當程度地作了自己的主人。海上長三書寓、么二堂子已漸行退出了畫家的取材範圍，畫面中即使有絲竹演奏，也不是堂唱，而是女性的自我抒懷，她們彷彿擁有寬廣的自我表現的手段與資源，絲弦、橫笛與梵阿玲、鋼琴、小號一樣傳達自己的心聲。

女學生取代了校書先生成為戀愛欲求的想像，女子社會活動的內容對男性知識階層與其說是一個挑戰，不如說是一種挑逗：洋場才子的出入平康的風流與白相人對抗妓家的手段已經不再風光，沈泊塵、丁悚與但杜宇的百美圖中，琴棋書畫的仕女本色，婦女兒童的家庭樂趣而外，更值得注意的是男性畫家窺見的、或說理想化的富於新形態知識內涵的女性生活方式。

此類「百美圖」在民初數年間蔚為大觀，[95]其後二三十年內逐漸蛻變、普泛化於各種紙質媒介與文字相伴而行，仕女美人的圖像彰顯於書刊封皮、月分牌、菸草與電影廣告，於是文學與圖像互文的敘述的滲透力就像一九三〇年代報紙上的香菸廣告所云：「有美皆備，無麗不臻」[96]，海上文化中的百美之「百」非止約數，而是無遠弗屆地成了民國市民的「良友」（如《良友》畫報集繪畫、攝影、新聞、文學於一身）。

擴及同時代文化語境的文學文本，更可映照折射民初「百美圖」多元因素的互動，清晰呈顯性別文化的轉型歷程。從傳統「百美圖」中而走出更形立體，「女學生」形象屢經塑形變體，一度成為文化時尚聚焦的中心議題。無論是流行時裝或文學文本中呈現自我的方式，皆與上海都市物質世界互為表裡，這無所不在的推動百美的力量，既包含時尚的擴大、流轉，亦使原有的社會結構與性別意識挪移變形，而帶有普及通俗與平民化的色彩。一旦豔美繪事的生活範圍涉及一般平民，舊時的王謝堂前

95　如學者劉秋蘭所言，這個畫家群體的名單還可以不斷「被發現」，通過對民國報刊的蒐集檢索，可發現一部分新興百美圖畫家，如「徐悲鴻、周慕橋、徐詠清、鄭曼陀、杭稚英、周柏生、丁雲先、胡靜蓉、楊清磬、龐亦鵬、守仁、術初、冰如、吟笙、方雪鴣、胡亞光、君濂、詠蓮、虞侯世、葉淺予、陸爾強、杜也、陳柏、張光宇、謝之光、萬古蟾、金少梅、斗南、楊柳橋、楊嗣猷」等，呈現出晚清民初海上「百美圖」畫家輩出，出版品繁盛的情況。但劉文並未分析闡釋這批「新百美圖」作家與畫作。見劉秋蘭，〈《海上百豔圖》與民國新興百美圖的濫觴〉，頁一一〇。

96　一九三三年十二月美麗牌香菸在《申報》上刊登廣告，畫面圖像上的廣告詞。參見魏可風，《張愛玲的廣告世界》（台北：聯合文學，二〇〇二），頁九一—一〇。

燕飛入了尋常百姓家，「百美」就喪失了獨特價值與時代標誌，沈泊塵、丁悚、杜宇的百美圖既是這一脈圖畫的高峰，也弔詭地呈現了無法迭起高潮的藝術表現難題，畫家必須轉而以彼時不同藝術類型人物畫呼應時代推移，卻促使其圖像敘事蘊含多層面相與複雜歧義的美學內涵，映現出含納異質多樣性別文化的時代容顏。

後記

收在本書中的文章，最早可以追溯到二〇一〇年受邀赴香港浸會大學參加紀念「張愛玲九十冥誕」國際學術研討會的「業績」。在那之前，出於對人情小說的個人興趣，不自量力欲疏理《紅樓夢》、《海上花》到張愛玲的端緒脈絡，原本設想重讀幾部經典且逼自己繳出論文。於是發憤細讀張愛玲的《紅樓夢魘》，反覆咀嚼的結果是：著了魔一般亦步亦趨跟隨張愛玲鑽入「石頭記」的世界不可自拔。繳交論文期限已至，學術文字幾無進展，我卻還痴痴惦念著不同版本的小說人物身前身後事，不肯從大觀園的諸多疑案中抽身。最後只好熬夜草草交稿，寫得七零八落，心力耗盡，招致暈眩纏身的後遺症。現在想來，那時躺在床上天旋地轉，就像〈沉香屑——第一爐香〉裡葛薇龍連日發高燒的覺悟：一半是自願的……。如果生一場病可以逃避學術體制「產量」的要求，那麼我寧願意一直病下去，沉溺在筆墨文字構築的廣闊天地中，暈眩又何妨？

本著這樣的願念，也是益發體認到自身對創作者擬構筆下天地的「原生態」情境與變化更迭的心路歷程有更濃厚的興趣，集結於此的諸篇文字，大抵是期許自己能成為一個在文化迴流中更純粹享受路途風景的旅人。不問能否抵達目的地，激盪於數百年間光影輝映的創作者心影中，領略兩岸的風景與印象，儘管零縑片羽、鴻爪雪泥，有時因撞擊亂石危巖而險象環生，難免陷入阻滯不前的泥淖。但求無違初衷，生命歷程的點點滴滴終將匯聚成蔚藍湖泊，或便流淌成生機勃發的萬般姿態，奔赴廣袤無垠的海洋。

印象一　查爾斯河（Charles River）上

二〇一二年夏，赴美訪學一年的初始時光，總愛在校園各種學術活動結束後踅回鄰近哈佛大學Mather House的賃廬，途中駐足John W. Weeks Bridge觀賞餘霞成綺的查爾斯河岸風光。水草豐美的河道，常見母天鵝領著幼雛逡巡覓食，時與成列渡河的野鴨照面交錯，晴空中歸鳥的倒影，真意盎然。岸邊如茵綠草，青年們三三兩兩或坐或臥笑語晏晏，我注意到一對衣著樸實而儒雅的男女：男的髮鬢飛霜，女子成熟丰采，年齡顯見差距不小，肖似夫妻模樣。雖各坐一隅，偶然打破岑寂交談數語，視線卻共同凝注著變幻萬千的霞彩雲影與粼粼波光，猶恐喧囂人語驚擾如畫圖景，往往靜謐地從薄暮待到日色完全曛黯，方才起身緩步並肩離去。

望著兩人迤邐遠去的背影，似無言向我訴說著：歷經人世滄桑與波折，能與靈魂伴侶靜靜領略欣賞一條河流四季輪迴的萬千風情，便是此生最值得擁有的時光。

幾年過去了，這對伴侶的身影，總不時浮現腦海，提醒著我在喧囂紛擾的人世浮華中，傾聽內心深處最真實的渴求。人生長河中，無論是獨自向前或結伴而行，歷經風浪後，駐足凝望河畔夕照，看似易得無奇的風景，須得多少緣分機遇的湊泊交會？方得領會這涓滴不盡的平凡幸福，實為萬斛心血所灌注而成。

印象二　暴風雪中的寧靜

紛飛大雪，掩沒一樓台階上的出入足痕，迅速積累成及膝的冰層。攝氏零下十二度的寒冬，窗外透進濛濛天光，依稀分辨得出客廳沙發與几案上，四處散落著從圖書館借出的諸多書籍。這酷寒時節的凜冽氣溫，令人膽怯出門，窩在暖氣充足的屋內，「無目的」翻閱各類圖文，實乃人生一大樂事。

在氣象預告暴風雪將至前，早已蓄謀要將書房兼臥室堆滿我渴饞多時的精神糧食，像兒時經常幻想家裡若有像童話故事的閣樓該有多好！那兒總有不問世事（不受管束）的隱密角落可供藏身，暗夜裡只要一燈螢然，或坐或躺或臥，饜足於周遭環繞著的鍾愛零嘴與各類讀物。

惡劣天候造就的孤獨體驗，引逗童年白日幻夢蠢蠢欲動，除因年逾不惑卻從未領會過酷寒時節冰封大地的與世隔絕感外，還得歸功於哈佛燕京免去一般圖書館借閱規定的繁文縟節，既無冊數之限，還書日期更寬鬆得驚人：若無其他人預約等待，借書者愛看多久就多久。如此良機焉能不好好把握？何況多年來慕名卻未能親睹的珍希善本唾手可得的夢幻情境居然成真，遂不管與自己的學術興趣相不相干，放膽將之悉數搬回賃廬，日日書香伴眠，以備心血來潮時翻找尋覓，泰半是在姿勢攲斜心情輕鬆的狀態中泛覽雜書。

那段不專為備課、撰寫論文拚業績，「無目的」悠閒沉浸在浩瀚書海的日子，堪稱學術生涯中前所未有「無所為而為」的珍貴時光。當時的我未嘗期待，這一批時代相異、文化脈絡各自不同，詩文小說、圖冊、攝影集、美人畫、檔案、報刊等紛然雜陳的和文漢文或外文圖籍，日後將催化我溝通思考，轉化為撰寫一篇篇學術論文的難得養分，並日漸茁壯為獨樹一格的學術生命。

此時方能體會，看似沒有確定方向，座標飄移的「放空」期間，內心深處反倒安若磐石。風雪中的寧靜時光，重新喚起盡情徜徉於文學藝術園地的單純渴念，即便仍未全然釋放自我設限的思維慣性，願借天地間白雪寒冰的真力，滌除固陋陳痾，還我純淨本身！

印象三　張愛玲故居（Brattle街八十七號，劍橋）

在波士頓劍橋區哈佛大學Radcliffe學院附近，我幾度拜訪張愛玲故居。此前，因為撰寫論文，曾多方查證究竟她生命中的哪個時期專心翻譯《海上花列傳》？受益於劍橋老城的深厚穩重，我的賃居地推論起來也是清末光緒年建造，許多歷經百年的建築與路牌不曾輕改容顏，故未經周折便得以尋繹她在此兩年（一九六七—一九六九）行走徘徊的印跡。

張愛玲當時赴美近十二年，創作面臨困境。可以想見的艱辛：挫敗於英文小說沒有出版機會、衰年丈夫病篤難返。幸得輾轉多方尋求各大學研究資助，在瑞德克里夫女校獲得一份資助女性「獨立研究」的獎助金，才喘息少定。雖猶拮据，總算有了基本保障。但生命的考驗總是接踵而來，英譯《海上花》計畫才開始不久，另一半賴雅（Fedinand Reyher）在多次中風後走到了生命的盡頭（享年七十六歲）。四十七歲的她，處理完丈夫的後事，仍在此地待足了兩年，直至計畫結束後才離開劍橋。遷居西岸加州的她，已近半百。

雖說喪偶孀居，心境淒清寂寥自屬必然，但若攤開她的生命歷程來看，此時的孑然一身又何嘗不是另一層意義的解脫？往後不須再奔走大洋兩岸撰稿寫劇本、向各處研究機構申請獎助金，籌措丈夫醫療費與生活開支。打理一個人的生活，畢竟容易得多！

將屆知命之年，當外在的喧囂逐漸平靜，那些有違本願的事毋須理會，回首初衷，將精力投注在鍾情傾心之事，再自然不過了。或許因為如此，這段期間之後，張愛玲的中文書寫來到另一個高潮，產量亦頗為可觀：《紅樓夢魘》與《海上花列傳》的英譯與國語譯本、〈色，戒〉、〈浮花浪蕊〉、〈相見歡〉，及生前從未出版的《小團圓》……等，彷彿落盡繁華歸於簡靜，冷凝文字底層卻飽蓄微妙的張力與騷動。

於張氏故居的靜謐前庭閒坐，在花木扶疏的街道往來踱步，我遙想這一對結縭寒暑十數載，年歲相差近三旬卻靈犀相通的伴侶，遷居至此共渡的時光不足三個月，他們相偕扶持在查爾斯河畔凝望夕照？可有心思欣賞麻省馳名的深秋楓紅？孀居後迎來的第一個寒冬，她因風雪所阻寸步難行？又有多少次望著窗外飛舞雪影陷入沉思？

那餘下的二十多個月圓月缺，獨居的張愛玲全副精力貫注於考證《紅樓夢》與翻譯《海上花》。後者自是研究計畫的主幹，前者卻彷彿頻來顧盼的故舊摯交，兩者或互為鏡鑑，或難分難捨。從拂曉至深夜，異樣的文字交織錯落，若即若離，形影相激，化為她筆下靈動深邃的考證與獨出機杼的譯注。

世人看來，冷寂孤寡是她生活的「現實」處境，可在這些看似不合學術規範的小說考證及注譯文字中，一個幽默自嘲的身影卓然獨立：遊走於各種疆界與框架內外，「玩」出自己的一片天地，不禁令人思索：若非從人生須得扮演的各種角色徹底釋放出來，哪得如許身心自由與翩躚綽約？

生之旅途憂患重重，因果生滅，卻得難能機緣擺脫制約框限，忠於自己，遂能優游於各種文體實驗：像小說評點考證又像偵探故事的「夢魘」體書寫，似自傳又如大曝家族祕辛與名人影射手法的《小團圓》，出入於歷史、文學與文化人類學的〈談看書〉及〈談看書後記〉長文……，均為各種書寫變相。玩得酣暢淋漓卻非恣意妄為，推翻既成格局又另創新境，端賴「游於藝」的內在動力。

隨之而來的各種「江郎才盡」的謗訕詆毀與「自我重複」的質疑，孤僻不見人或如街友拾荒度日的小道八卦，甚或獨居老人悽苦貧病無依的諸般揣測，她只須一句「把我包括在外」，舉重若輕，置之度外。但見笑睇世人繪聲繪影紛紜議論，一個昂然挺立的身姿在眾人語聲稍歇之際，正自冉冉升起……

哈佛歲月不啻為張氏人生轉捩點。有幸如我，在她的故居外流連踟躕，依稀懂得：那堅定無悔的做自己的勇氣，無非是徹底了悟「長的是磨難，短的是人生」。剝去保護殼，卸下自我防禦的假面，方能赤裸裸與內心的懼怖軟弱遭逢對話，直面人生真相，終能抵達自由的彼岸。

這般或懵懂或理解的思考所得，將使我終生受用不盡。

＊

回到平凡日子，如常的生活淹沒在教書與研究兩大主脈交錯的洪流中，故分外懷念海外訪學的那一載時光，這些無法磨滅的深刻印象已隨呼吸起伏潛入生命。

特別感激王德威老師多年來的提攜與此番鄭重推薦，我得以赴哈佛大學東亞系研習訪問，體驗這段上天賜予的歲月。

本書有幸得聯經出版公司總編輯胡金倫先生擘畫。多年前拙著《海上傾城》即由他親自執編，多虧他細膩精深的功力，讓嚴肅的學術著作平添幾許閱讀樂趣，也結下珍貴友誼。謝謝他撥冗再次為我的書費心勞神，讓它的出版別具意義，見證了紛擾人間存在著這般歷久恆新的情誼。

衷心感謝最親愛的家人友好，他們無怨無悔、全心全意的支持相伴，永遠是我忠於自己的深厚動力。

最後，本書也該獻給自己，當作不惑之年「中道」上的生日禮物。期許更能從容地面對生命起伏，擁有澄靜自得的懷抱，淡然看待光陰流年。

二〇一六年十月下旬於平鎮　陶然居

徵引文獻

一、傳統文獻

〔漢〕毛亨傳，〔漢〕鄭玄箋，〔唐〕孔穎達等疏，阮元校刻，《重刊宋本毛詩注疏附校勘記》，《十三經注疏》（台北：藝文，一九八一）。

〔晉〕陸機撰，張永康集釋，《文賦集釋》（台北：漢京文化，一九八七）。

〔齊〕劉勰著，周振甫注，周振甫、王文進、李正治、蔡英俊、龔鵬程譯，《文心雕龍注釋》（台北：里仁，一九八四）。

〔南北朝〕吳均，《續齊諧記》，收入〔明〕吳琯校，《古今逸史》四（台北：藝文，一九六六）。

〔唐〕杜荀鶴編，《松窗雜記》，收入〔宋〕李昉等編，《太平廣記》六（北京：中華書局，一九六一）。

〔唐〕王維，〈同比部楊員外十五夜遊有懷靜者季〉，收入〔清〕清聖祖敕編，《全唐詩》四（北京：中華書局，一九八五）。

〔明〕吳下宛瑜子輯撰、總評，《吳姬百媚》，明萬曆四十五年（一六一七）貯花齋刻本，清康熙十六年（一六七七）重印。

〔明〕徐光啟〈曆書總目表〉，王重民輯校，《徐光啟集》（北京：中華書局，一九六三）。

〔明〕馮夢龍，《情史》（南京：鳳凰出版社，二〇〇七〔據江蘇古籍出版社一九九三年版影印〕）。

〔明〕葉一夔撰，馮夢龍評，《金陵百媚》，明萬曆四十六年（一六一八）蘇州閶門錢益吾萃奇館梓，康熙戊午十七年〔一六七八〕據此本再版印行。

〔清〕二春居士，《海天鴻雪記》（南昌：江西人民，一九八九）。

〔清〕之吉編，《海上繁華圖》（上海：刻本，一八八四）。

〔清〕孔尚任，《桃花扇》（台北：漢京文化，一九八四）。

〔清〕王文濡編，《香豔叢書》，清宣統元年出版第一輯（北京：人民文學，一九九二年第一版，一九九四年第二次印刷）。

〔清〕王墀繪，《增刻紅樓夢圖詠》（上海：點石齋刊印，申報館申昌書畫室發兌，光緒八年〔一八八二〕；上海：上海書店出版社據此重印出版，二〇〇五）。

〔清〕王錫祺，〈《使東詩錄》跋〉，收入鍾叔河編，《「走向世界叢書III」·甲午戰前日本遊記五種·使東述略》（長沙：岳麓書社，二〇〇八）。

〔清〕王韜（玉魫生）等撰，《豔史叢鈔》，光緒戊寅年（一八七八）弢園主人選校刊行（台北：廣文，一九七六）。

〔清〕王韜，〈《海上塵天影》敘〉，收入司香舊尉（鄒弢），《海上塵天影》（上海：上海古籍出版社據光緒三十年石印本影印，一九九〇）。

〔清〕王韜，《王韜日記》（台北：中華書局，一九八七）。

〔清〕王韜，《扶桑遊記》，收入沈雲龍主編，《近代中國史料叢刊》六十二輯（台北：文海，一九七一）。

〔清〕王韜，《弢園尺牘》，《近代中國史料叢刊》（光緒二年丙子秋九月以活字版排印，天南遁叟所藏），收入沈雲龍主編，《近代中國史料叢刊續編》一〇〇輯（台北：文海，一九八三）。

〔清〕王韜，《弢園文新編》（北京：生活．讀書．新知三聯，一九九八）。

〔清〕王韜，《弢園文錄外編》（上海：上海書店出版社，二〇〇二）。

〔清〕王韜，《法越交兵記》（台北：文海，一九七一）。

〔清〕王韜，《重訂法國志略》（上海：光緒己丑年弢園老民校刊本，一八八九）。

〔清〕王韜，《重訂法國志略》（上海：光緒壬寅年夏月雲間麗澤學石印本，一九〇二）。

〔清〕王韜，《淞隱漫錄》（台北：廣文，一九七六）。

〔清〕王韜，《普法戰紀》（大阪：脩道館，一八八八）。

〔清〕王韜，王稼句點校，《漫遊隨錄圖記》（濟南：山東畫報，二〇〇四）。

〔清〕王韜著，石川鴻齋訓點，《蘅華館詩錄》（出版人：山中市兵衛，東京：明治十四年〔一八八一〕）。

〔清〕王韜等撰，《豔史叢鈔》（台北：廣文，一九七六）。

〔清〕申報館編，《申報館書目》（上海：申報館刊，光緒三年〔一八七七〕夏五月）。

〔清〕申報館編，《申報館書目續集》（上海：申報館刊，一八八〇）。

〔清〕余懷，《板橋雜記》（上海：上海古籍，二〇〇〇）。

〔清〕余懷著，桑孝寬句讀，山崎蘭齋譯，齋田作樂解說，《板橋雜記：唐土名妓傳》（東京：太平書屋，一九九九七）。

〔清〕佚名編，《香豔小品》，出版年不詳，疑為清末宣統年間出版。

〔清〕佚名，《齊豫晉直賑捐徵信錄》，林慶彰等主編，《晚清四部叢刊》（台中：文聽閣圖書，二〇一二），第七編五十冊，頁一——一三八。

〔清〕吳友如繪，《吳友如畫寶》（北京：中國青年，一九九八）。

〔清〕吳趼人，《胡寶玉》（上海：群益書局，一九〇六）。

〔清〕改七薌繪，史良昭、穆儔配詩，《晚清三名家繪百美圖》（上海：上海古籍，二〇〇五）。

〔清〕改琦繪，《紅樓夢圖詠》（光緒己卯年〔一八七九〕淮浦居士付梓初印，一八八四年及一九二一年重印；台北：新興書局重印，一九八二）。

〔清〕李漁著，王連海注釋，《閒情偶寄圖說》（濟南：山東畫報，二〇〇三）。

〔清〕花影樓主人，《淞濱花影》（上海：石印本，一八八七）。

〔清〕俞達（花下解人），《吳門百豔圖》（上海：雪祿軒校印，光緒庚辰新鐫，一八八〇）。

〔清〕俞達（花下解人）寫豔，鄒弢（司香舊尉）評花，《上海品豔百花圖》（上海：王氏刻本，一八八四）。

〔清〕俞達，《青樓夢》（又名《綺紅小史》），六十四回（上海：申報館排印，一八七八）。

〔清〕指迷生輯，《海上冶遊備覽》（上海：寄月軒印行，一八九一）。

〔清〕香國頭陀輯，《申江名勝圖說》（上海：揉雲館，管可壽齋書局，一八八四）。

〔清〕孫玉聲（海上漱石生）著，鄒子鶴點校，《海上繁華夢》（濟南：齊魯書社，一九九五）。

〔清〕徐維則，《增版東西學書錄》（光緒二十八年〔一九〇二〕；收入熊月之主編，《晚清新學書目提要》（上海：上海書店出版社，二〇〇七）。
〔清〕袁祖志，《談瀛錄》（上海：同文書局，一八八四）。
〔清〕張春帆，《九尾龜》（濟南：齊魯書社，一九九五）。
〔清〕張斯桂，《使東詩錄》，收入鍾叔河編，《「走向世界叢書III」．甲午戰前日本遊記五種．使東述略》（長沙：岳麓書社，二〇〇八）。
〔清〕掄花館主人，《鏡影簫聲初集》（上海：東京銅刻版，一八八七）。
〔清〕梅花盦主編，《申江時下勝景圖說》（上海：石印本，一八九四）。
〔清〕畢以堮（小藍田懺情侍者），《海上群芳譜》（上海：申報館仿聚珍版印行，一八八四）。
〔清〕陳其元撰，俞曲園參訂，《庸閒齋筆記》（台北：廣文，一九八二）。
〔清〕黃式權編，《淞南夢影錄》（台北：新興，原刊光緒九年〔一八八三〕，一九八〇年重印）。
〔清〕黃遵憲，《日本國志》（天津：天津人民「據光緒十六年羊城富文齋刊版」經點校整理印行，二〇〇五）。
〔清〕黃遵憲著，陳錚編，《黃遵憲全集》（北京：中華書局，二〇〇五）。
〔清〕董恂原編，陸贄補輯，蔡爾康編定，《宮閨聯名譜》（上海：申報館仿聚珍版印行，光緒二年〔一八七六〕初版）。
〔清〕煙水散人（徐震），《女才子集》順治刊本卷首插圖（大德堂本影印），收入《古本小說集成》一輯一一六冊（上海：上海古籍，一九九〇）。

〔清〕葛元煦著，〔日〕藤堂良駿訓點，《上海繁昌記》（東京：稻田佐吉，一八七八）。

〔清〕鄒弢（金匱瘦鶴詞人），《游滬筆記》（上海：詠哦齋刻本，光緒十四年〔一八八八〕壯月）。

〔清〕鄒弢，《春江花史》（上海：二石軒刻本，一八八四）。

〔清〕鄒弢，《三借廬筆談》（台北：新興，一九八八）。

〔清〕鄒弢，《春江燈市錄（海上花天酒地傳）》（上海：二石軒刻本，一八八四）。

〔清〕鄒弢，《海上塵天影》（上海：上海古籍，一九九〇）。

〔清〕滬上遊戲主輯，《海上遊戲圖說》（上海：出版社不詳，一八九八年石印本）。

〔清〕蝂川蕙蘭浣主輯，《海上青樓圖記》（上海：花雨小築居印行，一八九五）。

〔清〕趙維熙，《西學書目問答》（光緒二十七年〔一九〇一〕），收入熊月之主編，《晚清新學書目提要》（上海：上海書店出版社，二〇〇七）。

〔清〕蔡爾康，〈中東戰紀本末例言〉，美國林樂知著譯，上海蔡爾康芝紱纂輯，《中東戰紀本末初編》，收入陳支平主編，《臺灣文獻匯刊》六輯八冊（北京：九州，二〇〇四）。

〔清〕錢恂，《五洲各國政治考》（光緒二十七年〔一九〇一〕上海刊本）。

〔清〕韓子雲著，張愛玲註譯，《海上花》（台北：皇冠，一九八三年初版，一九八九年第六版）。

〔清〕韓邦慶（花也憐儂），《海上花列傳》，韓邦慶編撰，《海上奇書》（上海：石印本，編者自印，一八九二）。

〔清〕韓邦慶，《海上花列傳》（台北：河洛圖書，一九八〇）。

〔清〕韓邦慶著，姜漢椿校注，《海上花列傳》（台北：三民，一九九八）。

〔清〕顏希源撰，王翽繪，袁簡齋先生鑑定，《百美新詠圖傳》（揚州：廣陵書社，據華東師範大學所藏清嘉慶十年刻本〔集腋軒藏版〕，二〇一二）。
〔清〕鄺其照錄，〈臺灣番社考〉，收入王錫祺輯，《小方壺齋輿地叢鈔》第九帙（上海：著易堂排印本，清光緒丁丑年〔三〕〔一八七七〕至丁酉十三年〔一八九七〕）。
〔清〕鄒百耐纂，石菲整理，陳先行審定，《雲間韓氏藏書題識彙錄》（上海：上海古籍，二〇一三）。
〔清〕尊聞閣主人編，〔清〕吳友如繪圖，《申江勝景圖》（台北：廣文，一九八一）。
〔日〕成島柳北著，小野湖山校閱，成島復三郎編，《柳北詩鈔》（東京：博文館藏版「寸珍百種第三拾九編」，一八九四）。
〔日〕成島柳北著，青柳達雄解說，《柳橋新誌・伊都滿底草》（東京：勉誠社，昭和六十年〔一九八五〕）。
〔日〕成島柳北，《柳橋新誌》二編（明治七年〔一八七四〕奎章閣版；東京：近代文學館重印發行，昭和四十七年〔一九七二〕）。
〔日〕竹添進一郎著，張明杰整理，《棧雲峽雨日記》（北京：中華書局，二〇〇七）。
〔日〕岡千仞，《觀光紀遊》（台北：文海，一九七一）。
〔日〕岡千仞，《藏名山房文初集》（東京：岡百世印行，大正九年〔一九二〇〕）。
〔日〕岡千仞著，張明杰整理，《近代日本人中國遊記叢書：觀光紀遊・觀光續紀・觀光遊草》（北京：中華書局，二〇〇九）。
〔日〕岡本監輔編纂，中村正直閱，《萬國史記》（東京府：岡本監輔出版，內外兵事新聞局出發兌，明治十一年

（一八七八）。
〔日〕栗本匏菴著，日本史籍協會編，《匏菴遺稿》（東京：東京大學出版會，昭和五十年〔一九七五〕）。
〔日〕野龍夫校注，《江戶繁昌記‧柳橋新誌》（東京：岩波書店，一九八九）。
〔日〕曾根俊虎著，范建明譯，《北中國紀行‧清國漫遊志》，《近代日本人中國遊記》（北京：中華書局，二〇〇七）。
〔英〕趙舞亇著，〔日〕成島柳北、高橋基一譯，《英國國會沿革誌》（東京：朝野新聞社，一八七九）。
〔日〕森春濤編，《東京才人絕句》（東京：額田正三郎發行，明治八年〔一八七五〕刻本）。
〔日〕森槐南，《補春天傳奇》（東京：森泰二郎印行，明治十三年〔一八八〇〕二月）。
〔日〕增田貢，《清史擥要》（東京：別所平七，明治十年〔一八七七〕）。
〔法〕猶里氏（Victor Jean Duruy）原撰，〔日〕高橋二郎譯述，岡千仞刪訂，《法蘭西志》（日本露月樓上梓，明治十一年〔一八七八〕五月刻成）。
〔美〕金楷理口譯，姚棻筆述（卷一至三）、蔡錫齡筆述（卷四），《西國近事彙編》（上海：上海機器製造局，同治十二年〔一八七三〕）。
〔美〕格堅勃斯（George Payn Quackenbos）著，〔日〕岡千仞、河野通之譯，《米利堅志》（東京：博聞社、光啟社發行，明治六年〔一八七三〕十二月）。
〔越〕阮述著，陳荊和編註，《阮述〈往津日記〉》（香港：香港中文大學出版社，一九八〇）。

近人論著

丁悚繪，《民國風情百美圖》（北京：中國文聯，二〇〇四）。

名人（丁悚）精繪，《上海時裝百美圖詠》（上海：天南書局石印本，一九一六）。

上海書畫出版社編，《海派繪畫研究文集》（上海：上海書畫，二〇〇一）。

上海通社編，《舊上海史料匯編》（北京：北京圖書館，一九九八）。

子通、亦清編，《張愛玲文集．補遺》（北京：中國華僑，二〇〇二）。

方寶川、陳旭東，〈余懷及其著述〉，《余懷集》（揚州：廣陵書社，二〇〇五）。

毛文芳，《卷中小立亦百年：明清女性畫像文本探論》（台北：臺灣學生，二〇一三）。

毛文芳，《物．性別．觀看：明末清初文化書寫新探》（台北：臺灣學生，二〇〇一）。

水晶，〈蟬——夜訪張愛玲〉，《張愛玲的小說藝術》（台北：大地，一九九四）。

王立群，《中國早期口岸知識份子形成的文化特徵：王韜研究》（北京：北京大學出版社，二〇〇九）。

王宏志，〈「賣身事夷」的王韜：當傳統文士當上了譯者〉，《復旦學報》二〇一一年第二期（二〇一一年三月），頁二五一—四〇。

王東霞編著，《從長袍馬褂到西裝革履》（成都：四川人民，二〇〇二）。

王國維，〈紅樓夢評論〉，《紅樓夢藝術論》（台北：里仁，一九八四）。

王國維，《王國維文學論著三種》（北京：商務，二〇〇一）。

王晴佳，〈中國近代「新史學」的日本背景——清末「史界革命」和日本的「文明史學」〉，《臺大歷史學報》三卷三二期（二〇〇三年十二月），頁一九一—二三六。

王爾敏，《近代經世小儒》（桂林：廣西師範大學出版社，二〇〇八）。

王德威，〈張愛玲再生緣——重複、迴旋與衍生的敘事學〉，收入劉紹銘、梁秉鈞、許子東編，《再讀張愛玲》（濟南：山東畫報，二〇〇四）。

王德威，〈雷峰塔下的張愛玲——《雷峰塔》、《易經》與「迴旋」和「衍生」的美學〉，《INK印刻文學生活誌》八六期（二〇一〇年十月），頁七二—九三。

王稼句，《看書瑣記》（濟南：山東畫報，二〇〇六）。

王學玲，〈香奩情種與絕句一家——陳文述及其作品在日本明治時期的接受與演繹〉，《東華漢學》一五期（二〇一二年六月），頁二一三—四八。

王學鈞，〈跋《海上花列傳》異文試辨〉，《南京化工大學學報》（哲學社會科學版）二〇〇〇年第一期（二〇〇〇年一月），頁五八—六一。

王櫨，《孤山的人文影像——三百年「小青熱」輯事論稿》（台北：新文豐，二〇一〇）。

王曉秋，〈王韜日本之遊補論〉，收入林啟彥、黃文江主編，《王韜與近代世界》（香港：香港教育，二〇〇〇），頁三九五—四〇八。

王寶平主編，《晚清東遊日記匯編（一）．中日詩文交流集》（上海：上海古籍，二〇〇四）。

包天笑著，劉幼生點校，《釧影樓回憶錄》（太原：山西古籍，山西教育，一九九九）。

朱一玄，《紅樓夢資料匯編》（天津：南開大學出版社，二〇〇一年初版，二〇〇四年重印）。

老舍，《二馬》（武漢：長江文藝，一九九三）。

老舍，《老舍全集（七）》（北京：人民文學，二〇一三）。

朱瘦菊（海上說夢人）著，但杜宇插圖，《歇浦潮》（上海：新民圖書館兄弟，一九二一）。

朱瘦菊（海上說夢人）著，司馬丁、金牛、陳為標點，《歇浦潮》（長沙：湖南文藝，一九九八）。

但杜宇繪圖，姚民哀題詞，《杜宇百美圖正集（二冊）》（上海：新民圖書館兄弟，一九二〇）。

但杜宇繪圖，許指嚴題詞，《杜宇百美圖續集（二冊）》（上海：新民圖書館兄弟，一九二二）。

但杜宇繪圖，姚民哀題詞，《最新時裝杜宇百美圖正集（二冊）》（上海：新民圖書館兄弟，一九二三年初版，一九二四年第四版）。

但杜宇繪圖，許指嚴題詞，《最新時裝杜宇百美圖續集（二冊）》（上海：新民圖書館兄弟，一九二三年初版，一九二四年第三版）。

余斌，《張愛玲傳》（台中：晨星，一九九八）。

邵雍，《中國近代妓女史》（上海：上海人民，二〇〇五）。

吳亮著文，《老上海：已逝的時光》（南京：江蘇美術，一九九八）。

吳浩然編，《老上海女子風情畫：沈泊塵《新新百美圖》》（濟南：齊魯書社，二〇一〇）。

吳國豪總編，《萬曆萬象：多元開放的晚明文化特展》專刊（台北：財團法人何創時書法藝術文教基金會，二〇一五）。

吳嘉陵，《清末民初的繪畫教育與畫家》（台北：秀威資訊，二〇〇六）。

呂文翠，〈五詳《紅樓夢》，三棄《海上花》？——張愛玲與中國言情文學系譜的斷裂與重構〉，《華文文學》總一〇二期（二〇一一年一月），頁四三—五七。

呂文翠，〈冶遊、城市記憶與文化傳繹——以王韜與成島柳北為中心〉，《中國文化研究所學報》五四期（二〇一二年十二月），頁二七七—三〇四。

呂文翠，〈海上法蘭西：從王韜的法國史志談晚清「海上」知識社群的思想特徵與文化實踐〉，《中國文學學報》四期（二〇一三年十二月），頁一九—五四。

呂文翠，〈點石飛影．海上寫真：晚清民初「百美圖」敘事的文化轉渡〉，《中國學術年刊》三七期（二〇一五年三月），頁三九—七一。

呂文翠，《海上傾城：上海文學與文化的轉異，一八四九—一九〇八》（台北：麥田，二〇〇九）。

宋以朗，〈小團圓該銷燬？憑什麼？——為張愛玲自傳小說出書辯護〉，《中國時報．人間副刊》，二〇〇九年三月十九日，三九版。

宋淇，〈論大觀園〉，收入余英時等，《曹雪芹與紅樓夢》（台北：里仁，一九八五，頁六八九—七一五。

忻平，《王韜評傳》（上海：華東師範大學出版社，一九九〇）。

忻平，《從上海發現歷史：現代化進程中的上海人及其社會生活（一九二七—一九三七）》（上海：上海人民，一九九六）。

李孝悌，〈建立新事業：晚清的百科全書家〉，《中央研究院歷史語言研究所集刊》八一本三份（二〇一〇年九月），頁六五一—七〇〇。

李哲仁，〈海上「新」選家：蔡爾康編譯事業研究〉（桃園：國立中央大學中國文學研究所碩士論文，二〇一五）。

李進益，〈明清小說對日本漢文小說影響之研究〉（台北：中國文化大學中國文學研究所博士論文，一九九三）。

李歐梵，〈香港，作為上海的「她者」〉，《讀書》一九九八年一二期（一九九八年十二月），頁一八—二三。

李歐梵（Leo Ou-fan Lee）著，毛尖譯，《上海摩登：一種新都市文化在中國一九三〇—一九四五》（*Shanghai Modern: The Flowering of a New Urban Culture in China, 1930-1945*）（香港：牛津大學出版社，二〇〇〇）。

李歐梵、夏志清著，陳子善編，《重讀張愛玲》（上海：上海書店出版社，二〇〇八）。

沈從文著，彭小妍編，《沈從文小說選》（台北：洪範書店，一九九五）。

沈國威編著，《六合叢談（附解題索引）》（上海：上海辭書，二〇〇六）。

沈國威，《近代中日詞匯交流研究：漢字新詞的創制、容受與共享》（北京：中華書局，二〇一〇）。

別士，〈小說原理〉，《繡像小說》三號（光緒癸丑年〔一九〇三〕閏五月初一）。

狄平子，〈小說新語〉，《小說時報》九期（一九一一），頁一—四。

周汝昌，〈黛玉之死〉，收入余英時等，《曹雪芹與紅樓夢》（台北：里仁，一九八五），頁二九七—三〇六。

周汝昌，〈八十回後之寶釵〉，收入余英時等，《曹雪芹與紅樓夢》（台北：里仁，一九八五），頁三〇七—一四。

周汝昌，〈湘雲的後來及其他〉，收入余英時等，《曹雪芹與紅樓夢》（台北：里仁，一九八五），頁三一五—二三。

周汝昌，《紅樓夢新證》（增訂本）（北京：中華書局，二〇一二）。

周佳榮，〈在香港與王韜見面——中日兩國名士的訪港紀錄〉，收入林啟彥、黃文江主編，《王韜與近代世界》（香港：香港教育，二〇〇〇），頁三七五—九四。

周芬伶，《艷異：張愛玲與中國文學》（台北：元尊文化，一九九九）。

周振鶴，〈《六合叢談》的編纂及其詞彙〉，收入沈國威編著，《六合叢談（附解題索引）》（上海：上海辭書，二〇〇六），頁一六六—七〇。

周蕪、周路、周亮編，《日本藏中國古版畫珍品》（南京：江蘇美術，一九九九）。

季季，〈張愛玲為什麼要銷毀小團圓？〉，《中國時報．人間副刊》，二〇〇九年四月二十三日，三九版。

易惠莉，〈日本漢學家岡千仞與王韜——兼論一八六〇—一八七〇年代中日知識界的交流〉，《近代中國》一二輯（二〇〇二年十二月），頁一六八—二四三。

林以亮，〈私語張愛玲〉，收入子通、亦清主編，《張愛玲評說六十年》（北京：中國華僑，二〇〇一），頁一二三—一三三。

林幸謙主編，《張愛玲：文學．電影．舞台》（香港：牛津大學出版社，二〇〇七）。

林幸謙主編，《張愛玲：傳奇．性別．系譜》（台北：聯經，二〇一二）。

俞平伯，《脂硯齋紅樓夢評》（北京：中華書局，一九六〇年新一版）。

段懷清，《清末民初報人：小說家：海上漱石生研究》（台北：獨立作家，二〇一三）。

胡適，〈漫遊的感想〉，《胡適文存三集》卷一（上海：上海書店出版社，一九八九），頁五一—七二。

胡適，〈紅樓夢考證〉，《中國章回小說考證》（台北：里仁，一九八二），頁一五五—二七六。

胡曉真，《新理想、舊體制與不可思議之社會：清末民初上海「傳統派」文人與閨秀作家的轉型現象》（台北：中央研究院中國文哲研究所，二〇一〇）。
范伯群，《插圖本中國現代通俗文學史》（北京：北京大學出版社，二〇〇七）。
范伯群編選，《鴛鴦蝴蝶——《禮拜六》派作品選》（北京：人民文學，二〇〇九，修訂版）。
范煙橋，《民國舊派小說史略》，收入魏紹昌，《鴛鴦蝴蝶派研究資料》（上海：上海文藝，一九六二）。
唐文標，《張愛玲研究》（台北：聯經，一九八三）。
唐圭章編，《全宋詞》（北京：中華書局，一九九九）。
夏志清，《張愛玲給我的信件》（台北：聯合文學，二〇一三）。
夏曉虹，《返回現場：晚清人物尋蹤》（南昌：江西教育，二〇〇一）。
夏曉虹，《晚清上海片影》（上海：上海古籍，二〇〇九）。
夏曉虹，《晚清女性與近代中國》（北京：北京大學出版社，二〇〇四）。
夏曉虹，《晚清文人婦女觀》（北京：作家，一九九五）。
夏曉虹，《詩界十記》（杭州：浙江文藝，一九九一）。
夏曉虹著，呂文翠選編，《晚清報刊、性別與文化轉型：夏曉虹選集》（台北：人間，二〇一三）
孫虎堂，〈略論成島柳北及其漢文小說《柳橋新誌》——兼論日本十九世紀的花柳類漢文小說〉，《蘭州學刊》二〇〇八年八期（二〇〇八年八月），頁一九一—九三。
孫麗瑩，〈一九二〇年代上海的畫家、知識份子與裸體文化——以張競生〈裸體研究〉為中心〉，《清華中文學報》一〇期（二〇一三年十二月），頁二八七—三四〇。

徐枕亞，《玉梨魂》（與《遊仙窟》合刊）（台北：三民，二〇〇七）。

徐德明，〈清倌人、坤伶和女學生——張恨水二〇年代小說女性社交的想像與轉型〉，《安徽師範大學學報（人文社會科學版）》二〇一五年三期（二〇一五年五月），頁三五八—六四。

徐興慶，〈王韜與日本維新人物之思想比較〉，《臺大文史哲學報》六四期（二〇〇六年五月），頁一三一—七一。

徐興慶，〈王韜的日本經驗及其思想變遷〉，收入徐興慶、陳明姿編，《東亞文化交流：空間・疆域・遷移》（台北：國立臺灣大學出版中心，二〇〇八）。

徐鋼，〈情的現代傳承——讀夏志清的〈徐枕亞的《玉梨魂》〉〉，收入王德威編，《中國現代小說的史與學：向夏志清先生致敬》（台北：聯經，二〇一〇），頁一五三—六四。

祝均宙，《圖鑑百年文獻：晚清民國年間畫報源流探究》（新北市：華藝學術，二〇一二）。

姚玳玫，〈從吳友如到張愛玲——近現代海派媒體「仕女」插圖的文化演繹〉，收入林幸謙主編，《張愛玲：文學・電影・舞台》（香港：牛津大學出版社，二〇〇七），頁一八三—二〇三。

莊信正，《張愛玲來信箋註》（台北：INK印刻，二〇〇八）。

高文漢，〈孤忠鑄詩魂，綺語綴華章——評日本近代漢文學家成島柳北〉，《日本語與學習》二〇〇六年一期（二〇〇六年二月），頁六七—七一。

高文漢，《日本近代漢文學》（銀川：寧夏人民，二〇〇五）。

國立故宮博物院編輯委員會編輯，《仕女畫之美》（台北：國立故宮博物院，一九八八）。

康來新，〈對照記：張愛玲與《紅樓夢》〉，收入楊澤主編，《閱讀張愛玲：張愛玲國際研討會論文集》（台北：麥田，一九九九），頁二九—五八。
張小虹，《時尚現代性》（台北：聯經，二〇一六）。
張子靜，《我的姊姊張愛玲》（台北：時報文化，一九九六）。
張玉法，《中華民國史稿》修訂版（台北：聯經，二〇〇一年初版，二〇一三年十一月二版六刷）。
張世瑛，〈清末民初的世變與身體〉（台北：國立政治大學歷史研究所博士論文，二〇〇五）。
張純梅，〈第二代洋場才子的文化創新：蔡爾康與字林滬報研究（一八八二—一八八八）〉（桃園：國立中央大學中國文學系碩士論文，二〇一二）。
張恨水，《春明外史》（太原：北岳文藝，一九九三）。
張恨水，《啼笑因緣》（台北：聯合文學，二〇一一）。
張愛玲，《續集》（台北：皇冠，一九八八）。
張愛玲，《餘韻》（台北：皇冠，一九八七年初版，一九八九年第三版）。
張愛玲，《小團圓》（台北：皇冠，二〇〇九）。
張愛玲，《回顧展Ⅰ：張愛玲短篇小說集之一》（台北：皇冠，一九九一）。
張愛玲，《回顧展Ⅱ：張愛玲短篇小說集之二》（台北：皇冠，一九九一）。
張愛玲，《流言》（台北：皇冠，一九六八年初版，一九八八年第十七版）。
張愛玲，《紅樓夢魘》（台北：皇冠，一九七七年初版，一九八七年第九版）。
張愛玲，《張看》（台北：皇冠，一九八七）。

張愛玲著，趙不慧譯，《雷峰塔》（台北：皇冠，二〇一〇）。
張愛玲著，趙不慧譯，《易經》（台北：皇冠，二〇一〇）。
張愛玲，《小團圓》（台北：皇冠，二〇〇九）。
張愛玲，《對照記：看老照相簿》（台北：皇冠，一九九六）。
張愛玲、宋淇、宋鄺文美著，宋以朗主編，《張愛玲私語錄》（台北：皇冠，二〇一〇）。
張鳳，《一頭栽進哈佛》（台北：九歌，二〇〇六）。
郭玉雯，〈《紅樓夢魘》與紅學〉，收入楊澤主編，《閱讀張愛玲：張愛玲國際研討會論文集》（台北：麥田，一九九九）。
陳子善，〈編後記〉，收入張愛玲，《鬱金香》（北京：北京十月文藝，二〇〇六），頁四六八—六九。
陳子善編，《張愛玲的風氣：一九四九年前張愛玲評說》（濟南：山東畫報，二〇〇四）。
陳平原，《看圖說書：小說繡像閱讀札記》（北京：生活．讀書．新知三聯，二〇〇三）。
陳平原，《左圖右史與西學東漸：晚清畫報研究》（香港：三聯書店，二〇〇八）。
陳平原，《圖像晚清：《點石齋畫報》之外》（香港：中和，二〇一五）。
陳平原、夏曉虹，《同學非少年：陳平原夏曉虹隨筆》（西安：太白文藝，二〇〇五）。
陳平原、夏曉虹編註，《圖像晚清：《點石齋畫報》》（香港：中和，二〇一五）。
陳寅恪，《元白詩箋證稿》（北京：生活．讀書．新知三聯，二〇〇二）。
陳坤佑，〈臺灣．東亞．世界：王韜的《循環日報》視界研究〉（桃園：國立中央大學中國文學系碩士論文，二〇一六）。
陳建華，〈「共和」的遺產：民國初年文學與文化的非激進主義轉型〉，《二十一世紀雙月刊》總第一五一期（二〇一五年十月號），頁五六—六四。
陳建華，〈民國初期上海消閒雜誌與名花美人的文化政治〉，《學術月刊》二〇一五年第六期（二〇一五年六月），一三一—四三。
陳建華，〈周瘦鵑與紫羅蘭：文學商品的建構及其文化意涵〉，《中正漢學研究》二〇一三年二期（二〇一三年十二月），頁二三九—七〇。
陳建華，〈演講實錄1：民國初期消閒雜誌與女性話語的轉型〉，《中正漢學研究》二〇一三年二期（二〇一三年十二月），頁三六六—八〇。
陳建華，〈質疑理性、反諷自我——張愛玲《傳奇》與奇幻小說現代性〉，收入林幸謙主編，《張愛玲：文學·電影·舞台》（香港：牛津大學出版社，二〇〇七），頁二三〇—六六。
陳建華，〈從影迷到螢幕情緣——但杜宇、殷明珠與早期中國電影的身體政治〉，收入吳盛青編，《旅行的圖像與文本：現代華語語境中的媒介互動》（上海：復旦大學出版社，二〇一六），頁二九七—三二〇。
陳建華著，張暉譯，〈世界革命語境中的中國「革命」〉，《東亞觀念史集刊》一輯（二〇一一年十二月），頁二三一—六〇。
陳祖恩，《尋訪東洋人：近代上海的日本居留民（一八六八—一九四五）》（上海：上海社會科學院，二〇〇七）。
陳無我，《老上海三十年見聞錄》（上海：大東書局，一九二八）。

陳粟裕，《綺羅人物：唐代仕女畫與女性生活》（上海：上海錦繡文章，二〇一二）。

陳萬益，〈說寶玉的「意淫」與「情不情」——脂評探微之一〉，收入余英時等，《曹雪芹與紅樓夢》（台北：里仁，一九八五），頁二〇五—四八。

陳慶浩，《新編石頭記脂硯齋評語輯校》（台北：聯經，一九七九）。

彭小妍，〈一個旅行的現代病——「心的疾病」、科學術語與新感覺派〉，《中國文哲研究集刊》三四期（二〇〇九年三月），頁二〇五—四八。

飲冰輯，〈小說叢話〉，《新小說》七號（一九〇三），頁一—一二。

游秀雲，《王韜小說三書研究》（台北：秀威資訊，二〇〇六）。

馮天瑜，〈清末民初國人對新語入華的反應〉，《江西社會科學》二〇〇四年八期（二〇〇四年八月），頁四四—五二。

黃湘金，〈壓抑與救贖——清末民初小說內外的妓女和女學〉，《學術月刊》二〇一一年四期（二〇一一年四月），頁一一三—二〇。

黃錦珠，〈《眉語》女作家高劍華小說的自我呈現〉，《中國文學學報》五期（二〇一四年十二月），頁一八五—二〇六。

飯牛亭長編，《女學生》（又名《女學生百面觀》）（上海：南華，一九一八）。

楊逸著，印曉峰點校，《海上墨林》（上海：上海豫園書畫善會，一九二〇；上海：華東師範大學出版社，二〇〇九）。

楊義、中井政喜、張中良合著，《中國現代文學圖志》（台北：業強，一九九五）。

楊澤，〈世故的少女〉，收入楊澤編，《閱讀張愛玲：張愛玲國際研討會論文集》（台北：麥田，一九九九），頁九—二六。

楊劍利，〈晚清社會災荒救治功能的演變——以「丁戊奇荒」的兩種賑濟方式為例〉，《清史研究》二〇〇〇年第四期（二〇〇〇年十一月），頁五九—六四。

萬青力，《並非衰落的百年：十九世紀中國繪畫史》（台北：雄獅美術，二〇〇五）。

葉凱蒂，〈文化記憶的負擔〉，收入陳平原、王德威、商偉編，《晚明與晚清：歷史傳承與文化創新》（武漢：湖北教育，二〇〇二），頁五三—六三。

葉凱蒂（Catherine Vance Yeh）著，楊可譯，《上海・愛：名妓、知識份子和娛樂文化，一八五〇—一九一〇》（*Shanghai Love: Courtesans, Intellectuals, and Entertainment Culture, 1850-1910*）（北京：生活・讀書・新知三聯，二〇一〇）。

鄒振環，〈十九世紀下半期上海的「英語熱」與早期英語讀本及其影響〉，收入馬長林主編，《租界裡的上海》（上海：上海社會科學院，二〇〇三），頁九三—一〇六。

鄒振環，《晚明漢文西學經典：編譯、詮釋、流傳與影響》（上海：復旦大學出版社，二〇一一）。

劉秋蘭，〈《海上百豔圖》與民國新興百美圖的濫觴〉，《美術》二〇一四年三期（二〇一四年三月），頁一一〇—一一三。

劉紀蕙，〈導論：文化主體的「賤斥」——論克莉斯蒂娃的語言中分裂主體與文化恐懼結構〉，收入克莉斯蒂娃

（Julia Kristeva）著，彭仁郁譯，《恐怖的力量》（*Pouvoirs de l'horreur. Essai sur l'abjection*）（台北：桂冠，二〇〇三），頁xi-xxxiv。

劉紹銘，《到底是張愛玲》（上海：上海書店出版社，二〇〇七）。

潘乃木、潘乃和編，《潘光旦文集》卷一（北京：北京大學，一九九三）。

潘玉雯，〈清末民初女子藝術教育之研究——以上海為例〉（桃園：國立中央大學藝術學研究所碩士論文，二〇〇七）。

潘光哲，〈追尋晚清中國「民主想像」的歷史軌跡〉，收入劉青峰、岑國良編，《自由主義與中國近代傳統：「中國近現代思想的演變」研討會論文集》上（香港：香港中文大學出版社，二〇〇二），頁一三一—六四。

潘光哲，《晚清士人的西學閱讀史（一八三〇—一八九八）》（台北：中央研究院近代史研究所，二〇一四）。

蔡登山，《繁華落盡：洋場才子與小報文人》（台北：秀威資訊，二〇一一）。

蔣英豪編著，《黃遵憲師友記》（香港：香港中文大學出版社，二〇〇二）。

衛茂平，《中國對德國文學影響史述》（上海：上海外語教育，一九九六）。

鄭文惠，〈鄉野傳奇・全球圖景・現代性——《點石齋畫報》花界形象的文化敘事〉，收入吳盛青編，《旅行的圖像與文本：現代華語語境中的媒介互動》（上海：復旦大學出版社，二〇一五），頁一八七—二五三。

鄭海麟，〈王韜、黃遵憲與日本岡鹿門的文字因緣〉，《近代中國》九輯（一九九九年六月），頁一三〇—三三。

鄭海麟，〈王韜遺墨〉，《近代中國》九輯（一九九九年六月），頁一三四—四六。

鄭毓瑜，〈從「遺民」到「新民」——朱舜水與〈遊後樂園賦〉〉，收入高嘉謙、鄭毓瑜主編，《從摩羅到諾貝爾：

文學・經典・現代意識》（台北：麥田，二〇一五），頁六三—七九。

鄭清茂，〈海內文章落布衣——談江戶時代的文人〉，《東華人文學報》一期（一九九九年七月），頁一九—三一。

魯迅，《墳》，《魯迅全集》卷一（台北：唐山，一九八九）。

魯迅，《吶喊》，《魯迅全集》卷二（台北：唐山，一九八九）。

魯迅，《中國小說史略》，《魯迅全集》卷三（台北：唐山，一九八九）。

魯迅，《二心集》，《魯迅全集》卷六（台北：唐山，一九八九）。

賴芳伶，〈海外學人專訪——陳慶浩博士的紅學研究〉，《東華漢學》八期（二〇〇八年十二月），頁二五五—七七。

賴毓芝，〈伏流潛借：一八七〇年代上海的日本網絡與任伯年作品中的日本養分〉，《國立臺灣大學美術史研究集刊》一四期（二〇〇三年三月），頁一五九—二四二。

錢敏，〈附錄：張愛玲和她的《紅樓夢魘》〉，收入張愛玲，《紅樓夢魘》（哈爾濱：哈爾濱，二〇〇五），頁二五九—六三。

薛永年、杜娟，《清代繪畫史》（北京：人民美術，二〇〇〇）。

薛永年主編，汪紋西編寫，《故宮畫譜・人物卷・仕女》（北京：故宮出版社，二〇一二）。

魏可風，《張愛玲的廣告世界》（台北：聯合文學，二〇〇二）。

魏紹昌編，《鴛鴦蝴蝶派研究資料》（上海：上海文藝，一九六二）。

顛公，〈小說叢談〉，《文藝雜誌》五期（一九一四），頁九九—一〇〇。

羅秀美，〈張愛玲的「翻譯」文學：試論她如何以「翻譯」傳播並接受他者／自我的華文小說〉，收入林幸謙主編，《張愛玲：傳奇．性別．系譜》（台北：聯經，二〇一二），頁四一三—五八。
蘇偉貞，〈連環套：張愛玲的出版美學演繹：以一九九五年後出土著作為文本〉，收入林幸謙主編，《張愛玲：傳奇．性別．系譜》（台北：聯經，二〇一二），頁七一九—五二。
蘇精，〈從英華書院到中華印務總局——近代中文印刷的新局面〉，收入林啟彥，黃文江主編，《王韜與近代世界》（香港：香港教育，二〇〇〇），頁二九九—三一二。
顏健富，《從「身體」到「世界」：晚清小說的新概念地圖》（台北：國立臺灣大學出版中心，二〇一四）。
龔敏，〈阮逑《往津日記》引發的學術因緣——以香港大學饒宗頤學術館藏戴密微、饒宗頤往來書信為中心〉，《社會科學論壇》二〇一一年三期（二〇一一年三月），頁四三—四四。
〔日〕三蒲叶，《明治漢文學史》（東京：汲古書院，一九九八）。
〔日〕大庭脩，《舶載書目．上》（大阪：關西大學，一九七二）。
〔日〕大木康，《明清文人の小品世界》（福岡：中國書店，二〇〇六）。
〔日〕大木康撰，辛如意譯，《風月秦淮：中國遊里空間》（台北：聯經，二〇〇七）。
〔日〕大木康著，王言譯，《明清文人的小品世界》（上海：復旦大學出版社，二〇一五）。
〔日〕花咲一男，《川柳江戶吉原図絵》（東京：三樹書房，平成五年〔一九九三〕）。
〔日〕沖浦和光著，桑田草譯，《極樂惡所：日本社會的風月演化》（台北：麥田，二〇〇八）。
〔日〕前田愛，《幕末．維新期の文学：成島柳北》（東京：筑摩書房，一九八九）。
〔日〕佐藤慎一著，劉岳兵譯，《近代中國的知識份子與文明》（南京：江蘇人民，二〇〇六）。

〔日〕松浦章著，鄭潔西等譯，〈《遐邇貫珍》中所見的近代東亞世界〉，《明清時代東亞海域的文化交流》（南京：江蘇人民，二〇〇九），頁二一三－八〇。

〔日〕茂呂美耶，《明治日本：含苞初綻的新時代．新女性》（台北：遠流，二〇一四）。

〔日〕森鉄三，《明治東京逸聞史1》（東京：平凡社，一九九七初版第十四刷）。

〔日〕濱下武志著，朱蔭貴、歐陽菲譯，虞和平校，《近代中國的國際契機：朝貢體系與近代亞洲經濟圈》（北京：中國社會科學，一九九九）。

〔日〕藤井明，〈嵩古香の『西游小品』（一）〉，《埼玉短期大學研究紀要》一四號（二〇〇五年三月），頁一四五－四八。

〔日〕塩田良平編，《明治文學全集．卷四：成島柳北　服部撫松　栗本鋤雲集》（東京：筑摩書房，一九六九）。

〔美〕文以誠（Richard Vinograd），〈可視性和視覺性——十九世紀晚期海上繪畫的女性形象〉（Visibility and Visuality: Painted Women in Nineteenth-Century Shanghai），收入上海書畫出版社編，《海派繪畫研究文集》（上海：上海書畫，二〇〇一），頁一〇七五－一〇一。

〔美〕艾志端（Kathryn Edgerton-Tarpley）著，曹曦譯，《鐵淚圖：十九世紀中國對於饑饉的文化反應》（*Tears from Iron: Cultural Responses to Famine in Nineteenth-Century China*）（南京：江蘇人民，二〇一一）。

〔美〕柯文（Paul A. Cohen）著，雷頤、羅檢秋譯，《在傳統與現代性之間：王韜與晚清改革》（*Between Tradition and Modernity: Wang T'ao and Reform in Late Ch'ing China*）（南京：江蘇人民，二〇〇三）。

〔美〕韓南（Patrick Hanan）撰，姚達兌譯，〈漢語基督教文學：寫作的過程〉（Chinese Christian Literature: The

Writing Process），《中國文學研究》二〇一二年第一期（二〇一二年一月），頁五—一八。

〔法〕安克強（Christian Henriot）著，袁燮銘、夏俊霞譯，《上海妓女：十九—二十世紀中國的賣淫與性》（*Belles de Shanghai. Prostitution et sexualité en Chine aux 19e et 2Oe siècles*）（上海：上海古籍，二〇〇四）。

Cohen, Paul A. *Between Tradition and Modernity: Wang T'ao and Reform in Late Ch'ing China* (Cambridge, Mass.: Council on East Asian Studies, Harvard University: Distributed by Harvard University Press, 1987).

Girardot, Norman J. *The Victorian Translation of China: James Legge's Oriental Pilgrimage* (Berkeley, CA.: University of California Press, 2002).

Lee, Haiyan. *Revolution of the Heart: A Genealogy of Love In China,1900-1950* (Stanford: Stanford University Press, 2007).

Lynn, Richard John. "Huang Zunxian and His Association with Meiji Era Japanese Literati (Bunjin): The Formation of the Early Meiji Canon of Kanshi," *Japan Review* 15 (2003): 101-125.

Maeda , Ai (前田愛). "Ryuhoku in Paris," Trans. Matthew Fraleigh, in *Text and the City: Essays on Japanese Modernity.* Ed. Fujii, James. Durham: Duke University Press, 2004, pp. 275-294.

Pfister, Lauren F. *Striving for the Whole Duty of Man: James Legge and the Scottish Protestant. Encounter with China* (Frankfurt am Main & New York: Peter Lang, 2004).

Smith II, Henry D. "Tokyo as an Idea: An Exploration of Japanese Urban Thought Until 1945," *Journal of Japanese Studies* 4.1 (Winter 1978): 45-80.

Wang, David Der-wei (王德威). "Introduction," in Eileen Chang. *The Fall of the Pagoda* (Hong Kong: Hong Kong

University Press, 2009), pp. viii.

Yeh, Catherin Vance. *Shanghai Love: Courtesans, Intellectuals, and Entertainment Culture, 1850-1910* (Seattle & London: University of Washington Press, 2006).

Yeh, Catherine Vance. "Creating a Shanghai Identity: Late Qing Courtesan Handbooks and the Formation of the New Citizen," in *Unity and Diversity: Local Cultures and Identities in China*. Ed. Tao Tao Liu and David Faure (Hong Kong: Hong Kong University Press, 1996).

Yeh, Wen-hsin. *Shanghai Splendor: Economic Sentiments and the Making of Modern China,1843-1949* (Berkeley: University of California Press, 2007).

報刊

《大共和星期畫報》（上海：大共和日報館，一九一三）。

《小說時報》（上海：小說時報社，有正書局，一九一一）。

《中國時報．人間副刊》，二〇〇九年三月十九日至四月二十三日。

《之江畫報》（杭州：之江日報社發行，一九一三）。

《六合叢談》（上海：墨海書館，一八五七—一八五八；上海：上海辭書出版社重印，二〇〇六）。

《文藝雜誌》（上海：掃葉山房，一九一四）。

《民呼日報》（一九〇九）（台北：中國國民黨中央委員會黨史史料編纂委員會，一九六九年重印本）。

《民權報》（一九一二—一九一四）（上海：上海圖書館，一九八九年微縮資料，藏上海圖書館）。
《良友》（上海：良友，一九二六）。
《花月新誌》（東京：朝野新聞社內花月社，明治十年〔一八七八〕一月創刊）。
《飛影閣畫報》（一八九〇），《清代報刊圖畫集成》（北京：全國圖書館文獻縮微複製中心，二〇〇一）。
《時報》（上海：時報社刊行，一九〇九）。
《神州日報》（一九〇七—一九四六）（上海：上海圖書館，一九八九年微縮資料，藏上海圖書館）。
《婦女時報》（上海：婦女時報社，一九一一—一九一七）。
《婦女雜誌》（一九一二—一九二四）。
《清代報刊圖畫集成》共十三冊（北京：全國圖書館文獻縮微複製中心，二〇〇一）。
《清末民初報刊圖畫集成》共二十冊（北京：全國圖畫館文獻縮微複製中心，二〇〇三）。
《清末民初報刊圖畫集成續編》共二十冊（北京：全國圖畫館文獻縮微複製中心，二〇〇三）。
《循環日報》微縮資料（香港：循環日報社，一八七四—一八八六；東京：國立國會圖書館重新攝製）。
《朝野新聞》（東京：朝野新聞社，一八七四—一八九四）（東京：東京大學法學部明治新聞雜誌文庫編，一九八一—一九八二）。
《新小說》（上海：廣智書局，一九〇三）。
《新聞報》（一八九三—一九四九）（上海：上海圖書館，一九八九年微縮資料，藏上海圖書館）。
《群報畫報》（出版地不詳；上海圖書館館藏，一九一九）。

《遊戲雜誌》（上海：遊戲雜誌社，一九一三）。

《遐邇貫珍》（香港：英華書院，一八五三—一八五六；上海：上海辭書出版社重印，二〇〇五）。

《圖畫日報》（一九〇九—一九一〇）（上海：上海古籍，一九九九年重印本）。

《點石齋畫報》（上海：申報館發行，一八八四—一八九八；廣州：廣州人民出版社重印，一九八三）。

《點石齋畫報》（揚州：江蘇廣陵古籍刻印社，一九九七）。

《禮拜六》（上海：中華圖書館，一九一四）。

《繡像小說》（上海：商務，一九〇三）。

申報館，《申報》，參閱「愛如生《申報》」數據庫電子資料（一八七二—一九四九）。資料來源：北京愛如生數字化技術研究中心（台北：漢珍數位圖書公司代理，二〇一二）。

申報館編，《四溟瑣記》（上海：申報館，一八七五）。

申報館編，《瀛寰瑣紀》（上海：申報館，一八七三）。

愛漢者（郭實臘）纂，《東西洋考每月統記傳》，創刊於廣州，一八三三至一八三八（北京：中華書局據哈佛大學哈佛燕京圖書館藏本影印出版，一九九七）。

網路資料

〔日〕佐藤秋成，〈朱瘦菊與他的電影作品《風雨之夜》：中國無聲電影東京鑑定手記〉，《明報月刊》二〇一一年六月號。網址：http://www.mingpaomonthly.com/cfm/Archive2.cfm?File=201106/cal/01a.txt，檢索時間：二〇一四年九月二十九日，21:00。

王安憶，〈上海的故事——讀《歇浦潮》〉。轉引自博客中國「讀書」，網址：http://anyi29.blogchina.com/86730.html，下載時間：二〇一五年十一月二十一日，18:00。

中國新聞網，〈張愛玲〈談色，戒〉初稿及珍貴入學照在港展出〉，二〇〇七年十月十六日發布，網址：http://news.xinhuanet.com/newmedia/2007-10/16/content_6888782.htm，下載時間：二〇一五年十月十七日，15:15。

孔夫子舊書網，〈百美圖裡的民國時尚〉，見孔夫子舊書網網頁：http://www.vccoo.com/v/0bd518，下載時間：二〇一五年十一月二十一日，22:00。

《東方早報》二〇一〇年六月十一日〈王德威解讀張愛玲「晚期風格」〉一文，網址：http://big5.taiwan.cn/wh/dswh/wtxx/201006/t20100611_1410172.htm，檢索時間：二〇一五年十一月二十一日，21:00。

周振鶴，〈別琴竹枝詞百首箋釋——洋涇浜英語研究之一〉一文分析，見網址：http://lingualyouth.blogbus.com/logs/1522942.html，下載時間：二〇一五年十一月二十一日，21:00。

香港通訊社，〈張愛玲首部英文自傳體小說《雷峰塔》在港首發〉一文，二〇一〇年四月十六日發布，網址：www.hkcna.hk/content/2010/0416/50641.shtml，下載時間：二〇一五年十一月二十一日，19:00。

姚玳玫，〈民國時期中國女畫家的自畫像〉，網址:http://www.chinaluxus.com/20111227/107196_1.html，下載時間：二〇一五年十月八日，16:00。

本書各章出處

第一章原題〈海上法蘭西：從王韜的法國史志談晚清「海上」知識社群的思想特徵與文化實踐〉，原刊《中國文學學報》四期（二〇一三年十二月），頁一九—五四。（本文為國科會計畫「才子、筆政、通人：論晚清民初『海上』知識社群的思想特徵與文化實踐」補助之研究成果，計畫編號：NSC102-2410-H-008-072-MY2）

第二章原題〈一八七〇年代的亞際文化融匯：由《朝野新聞》所載詩文論王韜與中日菁英社群〉，原刊《中國文學學報》五期（二〇一四年十二月），頁九三—一二二。（本文為國科會計畫「才子、筆政、通人：論晚清民初『海上』知識社群的思想特徵與文化實踐」補助之研究成果，計畫編號：NSC102-2410-H-008-072-MY2）

第三章原題〈冶遊、城市記憶與文化傳繹——以王韜與成島柳北為中心〉，原刊《中國文化研究所學報》五四期（二〇一二年十二月），頁二七七—三〇四。

（本文為國科會計畫「主體之轉異：從清末民初上海文化圈再探東亞現代性（優秀年輕學者研究計畫）」補助之研究成果，計畫編號：NSC100-2628-H-008-005-MY2）

第四章原題〈香港的文學「易」代：從王韜到張愛玲〉，原刊《中國現代文學研究叢刊》總一九〇期（二〇一五年五月），頁一〇二—一一二。

（本文為國科會計畫「才子、筆政、通人：論晚清民初『海上』知識社群的思想特徵與文化實踐」補助之研究成果，計畫編號：NSC102-2410-H-008-072-MY2）

第五章原題〈五詳《紅樓夢》，三棄《海上花》？——張愛玲與中國言情文學系譜的斷裂與重構〉，原刊《華文文學》總一〇二期（二〇一一年二月），頁四三—五七。

（本文為國科會計畫「重探東亞現代性：家國、自我、情感之形構—從異文化流動視角看晚清上海社會文化觀念之生成衍繹」補助之研究成果，計畫編號：NSC98-2410-H-008-071-MY2）

第六章原題〈點石飛影．海上寫真——晚清民初「百美圖」敘事的文化轉渡〉，原刊《中國學術年刊》三七期春季號（二〇一五年三月），頁三九—七〇。

（本文為國科會計畫「才子、筆政、通人：論晚清民初『海上』知識社群的思想特徵與文化實踐」補助之研究成果，計畫編號：NSC102-2410-H-008-072-MY2）

第七章〈民初海上「百美圖」時尚敘事與性別文化的塑形嬗變〉，原刊《清華中文學報》一四期（二〇一五年十二月），頁三七五—四三六。

（本文為科技部計畫「亞際文化傳繹的近代模式：晚清上海、香港、東京三城知識菁英建構的海上文化迴廊」補助之研究成果，計畫編號：MOST104-2410-H-008-062）

專有名詞、術語

索引

人名

易代文心：晚清民初的海上文化賡續與新變

2016年12月初版 定價：新臺幣650元

著　　者　呂　文　翠
總 編 輯　胡　金　倫
總 經 理　羅　國　俊
發 行 人　林　載　爵

叢書主編　沙　淑　芬
校　　對　吳　淑　芳
封面設計　沈　佳　德

出　版　者　聯經出版事業股份有限公司
地　　　址　台北市基隆路一段180號4樓
編輯部地址　台北市基隆路一段180號4樓
叢書主編電話　(02)87876242轉212
台北聯經書房　台北市新生南路三段94號
電　　　話　(02)23620308
台中分公司　台中市北區崇德路一段198號
暨門市電話　(04)22312023
台中電子信箱　e-mail：linking2@ms42.hinet.net
郵政劃撥帳戶第0100559-3號
郵撥電話　(02)23620308
印　刷　者　世和印製企業有限公司
總　經　銷　聯合發行股份有限公司
發　行　所　新北市新店區寶橋路235巷6弄6號2樓
電　　　話　(02)29178022

行政院新聞局出版事業登記證局版臺業字第0130號

本書如有缺頁，破損，倒裝請寄回台北聯經書房更換。 ISBN 978-957-08-4848-9 (精裝)
聯經網址：www.linkingbooks.com.tw
電子信箱：linking@udngroup.com

國家圖書館出版品預行編目資料

易代文心：晚清民初的海上文化賡續與新變/
呂文翠著．初版．臺北市．聯經．2016年12月（民105年）．
496面．14.8×21公分
ISBN 978-957-08-4848-9（精裝）

1.中國文學 2.中國文化 3.晚清史 4.民國史

820.907 105022757